Reacties op *Verloren vrouw*:

'Gillian Flynn staat boven aan het korte lijstje auteurs die een spannend verhaal combineren met angstaanjagend overtuigende personages.' Karin Slaughter

'Vrijwel iedereen die ik ontmoet, en iedereen op Twitter, vertelt me dat het geweldig is, dus ik kan niet wachten om te zien waar iedereen zo opgewonden over doet.'
S.J. Watson

'Perfect proza... een griezelig helder inzicht in de donkerste uithoeken van de geest.'
**** *de Volkskrant*

'Een perfect psychologisch raadsel en een monumentaal eerbetoon aan glorieuze vrouwelijke finesse... Verreweg de beste psychologische thriller van het jaar.'
NRC Handelsblad

'Een buitengewoon sterke en donkere psychologische thriller met complexe personages, een verontrustende plot en een totaal verrassend einde.' *De Standaard*

'Gillian Flynn: een van de beste thrillerschrijfsters van dit moment.' ***** *Het Parool*

'Een ijzersterke en bij vlagen ronduit huiveringwekkende roman. Aanrader!'
**** *Algemeen Dagblad*

'Volstrekt overtuigend verhaal met heerlijk foute personages en een verbluffende plot... aanrader die de schijnwerpers absoluut verdient.' *De Morgen*

'Zonder meer een van de beste thrillers die dit jaar is verschenen.' *NU.nl*

'Flynn zet je voortdurend op het verkeerde been en doet dat ook nog met humor. Lees en huiver!' **** *VN Detective & Thrillergids*

'Dit hele, geweldige boek sprankelt van het plezier dat zij heeft gehad bij het schrijven ervan.' *BOEK*

'Flynn schrijft intelligente, donkere, bijzonder goed geconstrueerde thrillers die ook nog eens ergens over gaan. Stevige aanrader!' *Gazet van Antwerpen*

'Het is niet alleen de spanning die ervoor zorgt dat je aandacht geen moment verslapt tot je bij het huiveringwekkende einde bent, ook de schrijfstijl helpt mee.' *Leeuwarder Courant*

'Gillian Flynn overtuigt, verrast en maakt de grote belofte ook met haar derde boek meer dan waar. Lezen!' Crimezone.nl

Gillian Flynn bij Boekerij:

Teerbemind
Duisternis
Verloren vrouw

www.boekerij.nl

Gillian Flynn

GONE GIRL

[Verloren vrouw]

BOEKERIJ

Eerste druk 2012
Elfde druk 2014

ISBN 978-90-225-7204-7
ISBN 978-94-023-0293-6 (e-boek)
NUR 305

Oorspronkelijke titel: *Gone Girl*
Oorspronkelijke uitgever: Crown Publishers, Random House, Inc.
Vertaling: Hanneke van Soest en Herman van der Ploeg
Bewerking omslag: © DPS design & prepress services, Amsterdam
Zetwerk: Mat-Zet bv, Soest

Voor Brett, zon in mijn leven senior
en
Flynn, zon in mijn leven junior

Liefde is oneindig wisselvallig; het is een kluwen van leugens, haat en soms zelfs moord. Tegenstellingen komen er onvermijdelijk in tot bloei, als een prachtige roos die vagelijk naar bloed ruikt.

TONY KUSHNER, *The Illusion*

DEEL 1

JONGEN VERLIEST MEISJE

De dag van Nick Dunne

Als ik aan mijn vrouw denk, denk ik meteen aan haar hoofd. En dan vooral aan de vorm ervan. De allereerste keer dat ik haar zag, keek ik naar haar achterhoofd; de rondingen hadden iets lieftalligs. Als een glanzende, harde graankorrel of een fossiel uit een rivierbedding. Ze had wat de victorianen een *fraai gevormd hoofd* genoemd zouden hebben. Je kon je heel gemakkelijk voorstellen hoe haar schedelvorm was.

Ik zou haar hoofd overal herkennen.

En wat erin zit. Daar denk ik óók aan, aan haar geest. Haar hersenen, die kronkelende brij. Haar gedachten die als snelle, op hol geslagen duizendpoten door al die kronkelingen schieten. Als een kind stel ik me voor hoe ik haar schedeldak open, hoe ik haar hersenen afwikkel en doorspit in een poging haar gedachten te vangen en uit te pluizen. Waar denk je aan, Amy? Dat is de vraag die ik tijdens ons huwelijk het meest heb gesteld, hoewel niet hardop, niet aan degene die daar antwoord op zou kunnen geven. *Waar denk je aan? Hoe voel je je? Wie ben je? Wat hebben we elkaar aangedaan? Wat gaan we nog doen?*

Precies om zes uur in de ochtend sloeg ik mijn ogen op. Geen vogelachtig geklapper van de wimpers, geen kalme oogopslag bij het ontwaken. Het wakker worden was mechanisch. Een griezelige klik van de oogleden als van een buikspreekpop. De wereld is zwart en dan opeens, bingo! Op de klok las ik 06.00. Dat was het eerste wat ik zag, 06.00. Het was vreemd. Ik werd zelden op zo'n rond uur wakker. Ik ontwaakte op ongeregelde tijden: om 08.43, 11.51, 09.26 uur. Ik leidde een leven zonder wekker.

Precies op dat moment, om 06.00, rees de zon boven het silhouet van de eiken aan de horizon, als een boze god in al haar zomerse glorie. Boven de rivier vlamde het licht op in de richting van ons huis, een lange, verzengende vinger die door onze dunne slaapkamergordijnen priemde en naar mij wees. Beschuldigend: je bent gezien. Je zult gezien worden.

Ik lag woelend in bed, ons New Yorkse bed in ons nieuwe huis, dat we nog steeds *het nieuwe huis* noemden, hoewel we er al twee jaar woonden. Het is een huurhuis pal aan de oever van de Mississippi, zo'n typisch nouveaux riches-pand in een buitenwijk, zo'n huis waar ik als kind van droomde toen ik nog in een appartementje in een afbraakbuurt woonde. Zo'n huis waarin je je meteen thuis voelt: een nieuw, nieuw, nieuw huis met een zekere anonieme, gemiddelde grandeur, een huis waar mijn vrouw onmiddellijk van zou walgen. En zo ging het ook.

'Moet ik afstand doen van mijn ziel voordat ik hier naar binnen ga?' Dat was het eerste wat ze zei, na aankomst. Het was een compromis: Amy wilde dat we zouden huren, niet kopen in het kleine stadje in Missouri waar ik geboren was, in de hoop dat we er niet lang zouden blijven hangen. Maar de enige huurhuizen die beschikbaar waren, lagen op een kluitje in dit verloederde nieuwbouwproject: een kleine spookstad van herenhuizen die eigendom waren van de bank, die te lijden hadden onder de recessie en daardoor in waarde waren gedaald, in een buurt die al vóór de oplevering gedoemd was te mislukken. Het was een compromis, maar zo zag Amy het niet, niet in het minst. Voor Amy was het een straf, een gril van mij, een mes in haar rug. Als een holbewoner had ik haar meegesleept naar een stadje waar ze niets mee had en haar gedwongen een huis te betrekken dat in een categorie viel waar ze altijd op had afgegeven. Eigenlijk kun je niet spreken van een compromis als een van beide partijen het er totaal niet mee eens is, maar dat was nu eenmaal de aard van onze compromissen. Een van ons was altijd kwaad. Meestal Amy.

Neem me deze grief niet kwalijk, Amy. De Missouri-grief. Wijt het aan de economie, aan domme pech, aan mijn ouders, jouw ouders, aan het internet, aan de mensen die het internet gebruiken. Ik was schrijver. Ik schreef over tv, films en boeken. Toen mensen nog dingen op papier lazen, toen het mensen nog iets kon schelen wat ik dacht. Ik was eind jaren negentig in New York aangekomen, de laatste oprisping van de glorierijke dagen, hoewel niemand dat toen nog besefte. New York krioelde van de schrijvers, echte schrijvers, want er waren tijdschriften, echte tijdschriften, stapels. Dat was in de tijd toen internet nog een exotisch huisdier was dat in een hoekje van de publieke wereld werd gehouden. Je gooit het wat brokjes toe, kijkt hoe het aan zijn halsbandje trekt, ach wat schattig, dat beestje zal ons vannacht zeker niet vermoorden. Stel je eens voor: een tijd waarin pas afgestudeerde jongeren van de universiteit naar New York konden komen en *geld verdienden met schrijven*. We hadden geen idee dat we aan een carrière begonnen die binnen tien jaar zou verdwijnen.

Ik had elf jaar lang werk en toen opeens niet meer. Zo snel ging het. In het hele land werden tijdschriften opgeheven, slachtoffers van een plotselinge infectie die werd veroorzaakt door de economische crisis. Schrijvers (mijn soort schrijvers, beginnende romanciers, diepzinnige denkers, mensen wier hersenen niet snel genoeg werken om te bloggen, te linken of te twitteren; in wezen oude, koppige opscheppers) waren passé. We waren te vergelijken met hoedjesmakers of fabrikanten van lange autoantennes: onze tijd zat erop. Drie weken nadat ik mijn congé had gekregen verloor ook Amy haar baan, wat die dan ook voorstelde. (Nu voel ik Amy over mijn schouder meekijken, met een geringschattende glimlach over de uitgebreide aandacht die ik heb besteed aan mijn carrière en mijn tegenspoed, terwijl ik haar malheur afdoe met één zin. Ze zou zeggen dat dat typerend voor me is. *Echt iets voor Nick*, zou ze zeggen. Dat was een soort refrein van haar: *Echt iets voor Nick om...* Hierna volgde altijd iets negatiefs.) Twee volwassenen zonder baan. We liepen wekenlang in ons herenhuis in Brooklyn rond in sokken en pyjama, we negeerden de toekomst, strooiden ongeopende post uit over tafels en banken, aten ijs om tien uur in de ochtend en deden een dutje in de namiddag.

Toen ging op een dag de telefoon. Mijn tweelingzus was aan de lijn. Margo was teruggekeerd naar ons geboortestadje nadat ook zij een jaar geleden was ontslagen. Die meid is me altijd in alles een stap voor, zelfs als het gaat om tegenslagen. Margo belde me vanuit het oude vertrouwde North Carthage in Missouri vanuit het huis waar ze was opgegroeid. Terwijl ik naar haar luisterde zag ik haar voor me als kind van tien, met een donkere bos haar, in korte broek aan de waterkant van het haventje van onze grootouders, sloom zittend met een ronde rug als een oud kussen, met haar magere benen bungelend in het water terwijl ze naar het rivierwater keek dat over haar viswitte voeten stroomde, intens en totaal in zichzelf verzonken, ook als kind al.

Go's stem klonk warm en krakerig terwijl ze het kille nieuws meedeelde: onze onbuigzame moeder was stervende. Onze vader was bijna dood – zijn (akelige) geest en zijn (miserabele) hart verkeerden beide in onheilspellend slechte staat terwijl hij naar het grote grijze gebied aan de overzijde meanderde. Maar het leek erop dat moeder hem zou verslaan. Ze had nog ongeveer zes maanden, een jaar op zijn hoogst. Ik kon horen dat Go zelf de arts had gesproken en dat ze ijverig aantekeningen had gemaakt in haar slordige handschrift. Ze was huilerig en probeerde te ontcijferen wat ze had geschreven. Data en doses.

'Verdomme, ik heb geen idee wat hier staat, is dat een negen? Kan dat eigenlijk wel?' zei ze. Ik onderbrak haar. Hier was een taak, een doel, me als een pruim aangeboden op de handpalm van mijn zus. Ik huilde bijna van opluchting.

'Ik kom naar huis, Go. We gaan verhuizen. Je hoeft dit niet allemaal in je eentje op te knappen.'

Ze geloofde me niet. Ik hoorde haar ademhalen aan de andere kant van de lijn.

'Ik meen het, Go. Waarom niet? Er is hier niets.'

Een diepe zucht. 'En Amy dan?'

Daar had ik nog niet echt over nagedacht. Ik had eenvoudig aangenomen dat ik mijn New Yorkse vrouw met haar New Yorkse interesses en haar New Yorkse trots zou oppakken en weghalen van haar New Yorkse ouders om haar over te planten in een stadje aan de Missouri-rivier. Waarna alles goed zou komen. Het razende, opwindende leven in het futuristische Manhattan zouden we achter ons laten.

Ik begreep nog niet hoe dwaas, hoe optimistisch, ja hoe het echt weer iets voor Nick was dat ik zo dacht. Het verdriet waar het allemaal toe zou leiden.

'Amy redt zich wel. Amy...' Hier had ik moeten zeggen: 'Amy is dol op mama.' Maar dat kon ik niet tegen Go zeggen, want na al die tijd kende Amy haar schoonmoeder nog nauwelijks. Ze hadden elkaar een paar keer ontmoet. Beiden waren na afloop verbijsterd. Amy ontleedde de gesprekken met haar nog dagen nadien: 'En wat bedoelde ze met...' alsof mijn moeder een of andere oude stamvrouw was die van de toendra kwam met een armvol jakvlees en een paar knopen om ruilhandel mee te drijven, in een poging iets van Amy te krijgen wat ze niet in de aanbieding had.

Amy wilde helemaal niet kennismaken met mijn familie, wilde mijn geboorteplaats niet kennen. Toch leek terugkeren naar mijn familie me om de een of andere reden een goed idee.

Mijn ochtendadem verwarmde het kussen en ik veranderde het onderwerp van mijn gedachten. Vandaag was geen dag om achteraf kritiek te leveren of ergens spijt van te hebben, het was een dag om in actie te komen. Beneden hoorde ik een geluid dat ik lange tijd niet had gehoord: Amy die het ontbijt maakte. Het geluid van dichtslaande houten keukenkastjes (boink!), geratel van metaal en glas (rinkeldekinkel!), geschuifel en sorteren van een verzameling metalen potten en ijzeren pannen (kleng!). Een culinair orkest dat aan het stemmen was en dat met veel gekletter naar de finale toewerkte, een bakblik dat over de vloer rolde en met cimbalisch geweld tegen de muur botste. Er werd iets indrukwekkends gecreëerd, waarschijnlijk een pannenkoekje, want pannenkoekjes zijn bijzonder en vandaag zou Amy ongetwijfeld iets bijzonders klaarmaken.

We waren vandaag vijf jaar getrouwd.

Ik liep blootsvoets naar de trap en bleef bovenaan even staan luisteren. Mijn tenen zakten in het dikke, kamerbrede tapijt waar Amy een grondige afkeer van had. Ik probeerde te beslissen of ik al klaar was voor het gezelschap van mijn vrouw. Amy was in de keuken, onwetend van mijn aarzelingen. Ze neuriede een weemoedig en bekend deuntje. Ik deed moeite om te horen wat het was – een folksong? Een slaapliedje? Toen drong het tot me door dat het de herkenningsmelodie van *M**A*S*H.* was. 'Suicide is painless.' Ik ging naar beneden.

Ik wachtte in de deuropening en keek naar mijn vrouw. Haar strogele haar was opgestoken, de streng van haar paardenstaart zwaaide vrolijk heen en weer als een springtouw en ze zoog afwezig op een verbrande vingertop terwijl ze doorging met neuriën. Ze neuriede in zichzelf omdat ze de teksten van liedjes altijd verhaspelde. Tijdens ons eerste afspraakje klonk er een song van Genesis op de radio: 'She seems to have an invisible touch, yeah.' En in plaats daarvan zong Amy half mompelend: 'She takes my hat and puts it on the top shelf.' Toen ik haar vroeg hoe ze erbij kwam dat haar teksten ook maar in de buurt van het origineel kwamen, zei ze tegen me dat ze altijd dacht dat de vrouw in die song echt van die man hield omdat ze zijn hoed op de *bovenste* plank legde. Op dat moment wist ik dat ik van haar hield, écht van haar hield: het meisje dat voor alles een verklaring had.

Het heeft iets verontrustends als je terugdenkt aan een warme herinnering terwijl je een ijskoud gevoel hebt.

Amy tuurde naar het pannenkoekje dat sissend in de pan lag en likte iets van haar pols. Ze zag er triomfantelijk uit, als een toegenegen echtgenote. Ik nam haar in mijn armen. Ze rook naar bessen en poedersuiker.

Toen ze me in de gaten kreeg in mijn slonzige boxershort, met verward piekhaar, leunde ze tegen het aanrecht en zei: 'Hallo, lekker ding.'

Gal en vrees kropen omhoog in mijn keel. Ik dacht bij mezelf: *Oké, vooruit.*

Ik kwam veel te laat op mijn werk. Mijn zus en ik hadden iets zeer dwaas gedaan toen we terugkeerden naar onze geboortestad. We hadden gedaan wat we altijd al van plan waren geweest: we waren een bar begonnen. We hadden daar geld van Amy voor geleend, tachtigduizend dollar. Ooit was dat niets voor Amy maar op dat moment was het bijna alles. Ik zwoer dat ik haar zou terugbetalen, met rente. Ik wilde geen man zijn die geld van zijn vrouw leende – ik voelde hoe mijn vader een bitter trekje om zijn mond kreeg bij het idee alleen al. *Nou ja, er zijn allerlei soorten mannen*, zijn meest vernietigende uitspraak, waarbij hij het tweede deel niet hoefde uit te spreken: *en jij bent van het verkeerde soort.*

Maar het was wel degelijk een praktisch besluit, een slimme, zakelijke stap. Amy en ik hadden allebei een nieuwe carrière nodig en dit zou de mijne zijn. Zij zou op zekere dag ook beginnen aan een nieuwe carrière, of niet, maar ondertussen konden we hier een inkomen mee verdienen, mogelijk gemaakt met het laatste spaargeld van Amy. Net als de McMansion die ik had gehuurd, speelde die bar een symbolische rol in mijn jeugdherinneringen, een plek waar alleen volwassenen komen om te doen wat volwassenen zoal doen. Misschien is dat de reden dat ik hem per se wilde kopen nadat ik mijn bron van inkomsten was kwijtgeraakt. Het herinnert me eraan dat ik een volwassen man ben, een meerderjarige, een nuttig menselijk wezen, ondanks het feit dat ik de carrière die me had gevormd was misgelopen. Ik zal die fout niet opnieuw maken: de schifting onder de ooit zo talrijke tijdschriftauteurs zou voortduren, onder invloed van het internet, de recessie, het Amerikaanse publiek dat liever tv-keek, videospelletjes speelde of vrienden elektronisch informeerde dat het echt heel hard regende. Maar er is geen app voor de aangename roes van een bourbon op een warme dag in een koele, donkere bar. De wereld zal altijd blijven drinken.

Onze bar is een hoekbar met spullen die een lukrake, bijeengeraapte indruk maken. Het mooiste is de enorme, victoriaanse bar achterin. Uit het eikenhout springen uitgesneden drakenkoppen en engelengezichten naar voren. Het is een buitenissig stuk houtwerk in deze tijden van goedkoop plastic. De rest van de bar maakt eerlijk gezegd wel een goedkope indruk en is een toonbeeld van de sjofelste designspullen uit diverse decennia: een linoleumvloer uit het Eisenhower-tijdperk, met opkrullende randen die aan verbrande toast doen denken; dubieuze lambrisering, rechtstreeks afkomstig uit een amateuristische pornofilm uit de jaren zeventig; halogeen schemerlampen, een toevallige ode aan mijn studentenkamer uit de jaren negentig. Het uiteindelijke effect is vreemd huiselijk, de ruimte wekt niet zozeer de indruk van een bar als wel van een gekoesterd doch verwaarloosd huis dat toe is aan renovatie. En joviaal: we delen een parkeerplaats met de plaatselijke bowlingbaan, en als onze deur openzwaait wordt de binnenkomende klant begroet door het gekletter van omvergeworpen kegels.

We noemden de bar De Bar. 'De mensen zullen denken dat het ironisch is bedoeld, niet dat we niet creatief genoeg waren,' redeneerde mijn zus.

Ja, we dachten dat we uitgekookte New Yorkers waren, dat de naam een grap was die niemand werkelijk zou begrijpen, althans niet zoals wij hem begrepen. Niet op metaniveau. We stelden ons de plaatselijke bewoners voor die zich afvroegen: waarom hebben jullie het De Bar genoemd? Maar onze eerste klant, een vrouw met grijs haar, een bifocale bril en een roze trainingspak zei: 'Die naam bevalt me. Net zoals de kat van Audrey Hepburn in *Breakfast at Tiffany's* Cat heette.'

Daarna voelden we ons een stuk minder superieur, en dat was maar goed ook.

Ik reed de parkeerplaats op en stopte. Ik wachtte tot ik het daverende geluid van een strike hoorde uit de bowlingzaal – dank u, vrienden, dank u – en stapte uit. Ik bewonderde de omgeving, nog steeds niet verveeld door het rommelige uitzicht: het uit lichte baksteen opgetrokken postkantoor aan de overkant van de straat dat aan een kraakpand deed denken (nu gesloten op zondag), de onaanzienlijke beige kantoorgebouwen een eindje verderop in de straat (nu gesloten, punt). Het was zeker geen welvarend stadje. Het was niet eens origineel, want er zijn twee plaatsjes in Missouri die Carthage heten: onze plaats heet officieel North Carthage, waardoor het klinkt als een tweelingstad, hoewel het honderden kilometers verwijderd is van het andere en mindere stadje van de twee. Onze plaats is een eigenaardig oord uit de jaren vijftig dat zichzelf heeft opgeblazen tot een middelgrote randgemeente en dat vooruitgang noemde. Maar toch, hier was mijn moeder opgegroeid en had ze Go en mij opgevoed, dus het had enige geschiedenis. Die van mij in ieder geval.

Ik wandelde naar de bar over de met onkruid overgroeide betonnen parkeerplaats, keek uit over de weg en zag de rivier. Dat is wat ik altijd zo mooi heb gevonden van onze stad. Die is niet gebouwd op een of andere veilige hoge steile oever met uitzicht op de Mississippi, we liggen pal aan de oever ervan. Als ik de weg af liep stapte ik zo in de uitlopers van de rivier, een verval van een meter, en kon ik me naar Tennessee laten drijven. Elk gebouw in het centrum heeft met de hand getrokken lijnen die het niveau aangeven van het waterpeil tijdens de overstromingen van 1961, 1975, 1984, 1993, 2007, 2008, 2011.

Het water in de rivier stond nu niet hoog, maar de stroming was fors en hardnekkig. Gelijke tred houdend met de rivier zag ik een lange rij mannen met neergeslagen ogen en strakke schouders die vastberaden op weg waren naar nergens. Terwijl ik hen gadesloeg, keek een van de mannen plotseling naar me op. In de schaduw leek zijn gezicht een ovaal zwart masker. Ik wendde me af.

Ik voelde een acute, hevige drang om naar binnen te gaan. Na minder dan tien meter was mijn nek nat van het zweet. De zon was al een boosaardig oog in de lucht. *Je bent gezien.*

Mijn maag draaide zich om en ik liep sneller door. Ik moest iets drinken.

Amy Elliott

Dagboek

8 januari 2005

Tra, la en lá! Ik heb een enorme geadopteerdeweesglimlach op mijn gezicht terwijl ik dit schrijf. Ik schaam me bijna voor mijn blijdschap, alsof ik een tienermeisje ben in een stripverhaal dat met haar haren in een paardenstaart aan de telefoon staat te kletsen en in een tekstballon boven haar hoofd staat: *Ik heb een* jongen *leren kennen!*

Maar het is zo. Het is een formele, empirische waarheid. Ik heb een jongen ontmoet, een geweldige, heerlijke vent, een grappige, te gekke kerel. Ik zal de situatie even schetsen, want dit dient te worden vastgelegd voor het nageslacht (schrik niet, zover ben ik nog niet heen. Nageslacht! Bèh). Maar toch. Het is geen oudejaarsavond, maar wel aan het begin van het nieuwe jaar. Het is winter: vroeg donker, snijdend koud.

Carmen, een kersverse vriendin – een semivriendin, ampervriendin, het soort vriendin waar je nog niet van op aan kunt – heeft me overgehaald mee te gaan naar Brooklyn, naar een van haar schrijversfeestjes. Nu hou ik van schrijversfeestjes, ik hou van schrijvers, ik ben een kind van schrijvers, ik ben zelf schrijver. Ik vind het nog altijd heerlijk om het woord – SCHRIJVER – in te vullen als er in een formulier, vragenlijst of document naar mijn beroep wordt gevraagd. Juist. Ik schrijf vragen voor persoonlijkheidstestjes, ik schrijf niet over de Grote Onderwerpen van de Dag. Toch vind ik dat ik mezelf schrijver mag noemen. Ik gebruik dit dagboek om beter te worden: ik slijp mijn vaardigheden en verzamel bijzonderheden en observaties. Ik oefen het schrijfprincipe 'show, don't tell', net als al die andere schrijversonzin. (*Geadopteerdeweesglimlach*, ik bedoel, niet slecht, toch?) Hoe dan ook, ik vind dat mijn vragenlijsten me voldoende kwalificeren, al was het alleen maar omdat ik ervoor betaald word. Oké?

Je wordt op een feest omringd door zeer getalenteerde schrijvers die werken bij gerenommeerde kranten en tijdschriften. Jij schrijft alleen vragenlijsten voor vrouwenbladen. Als iemand je vraagt wat je doet voor de kost,

a) Zeg je beschaamd: 'Ik schrijf slechts onzinnige vragenlijsten voor vrouwenbladen.'
b) Ga je meteen in de aanval: 'Ik ben schrijver, maar ik denk erover een uitdagender en nuttiger beroep te kiezen. Hoezo, wat doe jij?'
c) Ben je trots op wat je hebt bereikt: 'Ik schrijf persoonlijkheidstestjes waarvoor ik gebruikmaak van mijn kennis uit mijn masteropleiding psychologie. O ja, een leuk feitje: ik ben de inspiratie voor een geliefde kinderboekenserie, waar je vast wel eens van hebt gehoord: *Amazing Amy.* Ja, dus bekijk 't maar, snob!'

Antwoord: c. Geen twijfel mogelijk.

Hoe dan ook, het feest wordt georganiseerd door een goede vriend van Carmen die over films schrijft voor een filmblad en, volgens Carmen, erg geestig is. Ik ben even bang dat ze ons probeert te koppelen, waar ik helemaal geen zin in heb. Ik wil nietsvermoedend overvallen en verrast worden, alsof ik een soort ongetemde liefdesjakhals ben. Anders ben ik me veel te bewust van mezelf. Ik voel dat ik charmant probeer te zijn, vervolgens besef ik dat het er veel te dik bovenop ligt, waarna ik nog charmanter probeer te zijn om mijn gemaakte charme weer goed te maken, totdat ik uiteindelijk in Liza Minelli verander: ik dans in glitterjurk en netkousen en smeek je om van me te houden. Dat alles met stok, een tapdans en heel veel tanden.

Maar nee, besef ik terwijl Carmen opgeeft over haar vriendje: ze vindt hem zélf leuk. Mooi.

We gaan drie wenteltrappen op en komen in een kamer die bol staat van lichaamswarmte en schrijverschap: veel zwartgerande brillen en warrige haardossen; foute westernoverhemden en blauwgrijze coltruien; stapels zwartwollen jassen, over de bankleuning en op de grond; een Duitse poster voor de Getaway (*Ihre Chance was, gleich Null!*) die een van de afgebladderde muren bedekt. Franz Ferdinand op de stereo-installatie: 'Take me out'.

Een groepje jongens hangt rond bij een kaarttafel waar de alcohol staat. Na een paar slokken vullen ze hun bekers telkens weer bij, zich maar al te bewust van de beperkte drankvoorraad. Ik wring me de groep binnen en hou mijn plastic beker als een straatmuzikant voor me uit. Een jongen met een vriendelijk gezicht en gehuld in een Space Invaders-T-shirt laat een handvol ijsklontjes in mijn beker kletteren en geeft me een scheut wodka.

Een dodelijk uitziende fles groeneappellikeur, bedoeld als knipoog van de gastheer, zal spoedig ons lot zijn, tenzij iemand drank gaat halen. Die kans lijkt nihil, aangezien iedereen duidelijk van mening is dat hij de vorige keer degene was die eropuit is gegaan voor extra drank. Het is een echt januarifeest: de aanwezigen zijn nog opgeblazen en chagrijnig van de overdaad aan eten en zoetigheid van de feestdagen en zijn behalve prikkelbaar ook lui. Het is een feest waarop mensen te veel drinken en elkaar vliegen proberen af te vangen, een feest waarop ze sigarettenrook uit een open raam blazen, zelfs nadat de gastheer hun heeft gevraagd of ze naar buiten willen gaan. We hebben elkaar al op honderden andere feestjes in de kerstvakantie gesproken en zijn inmiddels uitgepraat. We zijn collectief verveeld, maar willen niet terug de januarikou in; onze botten doen nog pijn van de metrotrappen.

Ik ben Carmen kwijtgeraakt aan haar mooie gastheer – ze voeren een doordringend gesprek in een hoek van de keuken, hun opgetrokken schouders en naar elkaar toe gebogen hoofden vormen de contouren van een hart. Oké. Ik overweeg op zoek te gaan naar iets eetbaars om iets te doen te hebben en niet alleen maar glimlachend in het midden van de kamer te staan, als een nieuwe leerling op het schoolplein. Maar bijna alles is al op. Onder in een reusachtige Tupperware-schaal liggen nog wat kruimels naturelchips en op de salontafel staat een onaangeraakte rauwkostschaal uit de supermarkt met slappe worteltjes, gekartelde bleekselderij en een spermakleurige dipsaus, waarin peuken steken als extra groentesticks. Ik doe mijn eigen ding, mijn impulsspelletje: wat zou er gebeuren als ik nu van het theaterbalkon zou springen? Wat zou er gebeuren als ik die dakloze aan de overkant in de metro een tongzoen zou geven? Wat zou er gebeuren als ik hier op de grond ging zitten en alles op die hapjesschaal opat, inclusief sigarettenpeuken?

'Blijf alsjeblieft uit de buurt van die salontafel,' zegt hij. Het is De Jongen (lekker kontje!), maar dat weet ik dan nog niet (kontje-kontje-kontje). Wat ik wel weet, is dat hij een praatje met me wil aanknopen: hij straalt een en al zelfgenoegzaamheid uit, wat hem wel staat, als een T-shirt met een grappige tekst. Hij is het type man dat zich gedraagt alsof hij vaak seks heeft, een man die van vrouwen houdt, een man die me eindelijk eens een goede beurt zou kunnen geven. En ik ben toe aan een goede beurt! Mijn liefdesleven lijkt zich te beperken tot drie typen mannen: de blazer-bandplooi-broguestypen, die denken dat het leven één grote Fitzgerald-roman is; gladde Wall Street-mannen met dollartekens in hun ogen, oren en mond; en gevoelige nerds die zo zelfbewust zijn dat alles één grote grap lijkt. De Fitzgerald-jongens voeren vaak een halve pornoshow op, met veel lawaai en acrobatiek, maar maken weinig klaar. De geldjongens worden boos en krijgen hem maar moeilijk omhoog. De nerds neuken alsof ze een math-rocknummer componeren: als ik met deze hand hier tokkel, kan deze vinger voor een mooie baslijn zorgen... Of klink ik nu als een slet? Wacht, dan tel ik even hoeveel... elf. Niet slecht. Ik heb twaalf altijd een mooi rond getal gevonden om mee te eindigen.

'Dat meen ik,' vervolgt Nummer Twaalf. (Ha!) 'Blijf uit de buurt van die schaal daar. James heeft zeker nog drie eetbare dingen in zijn koelkast liggen. Ik kan een olijf met mosterd voor je maken. En met één olijf bedoel ik ook één olijf.'

En met één olijf bedoel ik ook één olijf. Geen echt grappige opmerking, maar wel een die iets van een inside joke in zich heeft, een opmerking die grappiger wordt naarmate ze een nostalgische herhaling zou krijgen. Ik denk: *Over een jaar lopen we bij zonsopgang over Brooklyn Bridge en zal een van ons fluisteren: 'En met één olijf bedoel ik ook één olijf', en dan schieten we in de lach.* (Ik roep mezelf tot de orde. Verschrikkelijk. Hij moest eens weten dat ik al *een jaar* vooruitkijk – hij zou er als een haas vandoor gaan.)

Maar het grootste deel van de tijd glimlach ik omdat ik hem geweldig vind. Hij is zo geweldig dat je hem wel gebiologeerd aan móét kijken en geneigd bent meteen met de deur in huis te vallen en te zeggen: 'Je weet dat je een lekker ding bent, hè?', om vervolgens verder te gaan met het gesprek. Ik wed dat andere jongens een hekel aan hem hebben: hij ziet eruit als een rijkeluiskind in een tienerfilm uit de jaren tachtig, waarin hij degene is die het buitenbeentje het leven zuur maakt en uiteindelijk een taart in zijn gezicht krijgt, en terwijl de slagroom nog van zijn opgezette kraag druipt, gaat er in de cafetaria gejuich op.

Maar zo gedraagt hij zich niet. Hij heet Nick. Leuke naam, vind ik. Het geeft hem iets aardigs, iets gewoons, en dat is hij ook. Als hij zegt hoe hij heet, zeg ik: 'Dat is nog eens een échte naam.' Hij grijnst en dreunt een zin op: 'Nick is zo'n jongen met wie je een biertje kunt gaan drinken, zo'n jongen die het niets uitmaakt of je zijn auto onderkotst. Nick!'

Hij maakt een paar vreselijke woordgrappen. Ik herken driekwart van zijn filmcitaten. Of misschien tweederde. (Niet vergeten: *The Sure Thing* huren.) Hij schenkt nog een glas voor me in zonder dat ik erom hoef te vragen, en op een of andere manier weet hij nog een laatste slok uit de fles goede drank te persen. Hij heeft me geclaimd, heeft een vlag in me geplant: *Ik was hier eerst, ze is van míj.* Na mijn recente reeks nerveuze, respectvolle postfeministische mannen voelt het goed om een territorium te zijn. Hij heeft een geweldige glimlach, de glimlach van een kat. Hij zou gele Tweetyveertjes uit moeten spugen, zoals hij naar me lacht. Hij vraagt niet wat ik doe voor de kost, waar ik blij om ben, het is weer eens iets anders. (Ik ben schrijver, of had ik dat al gezegd?) Hij praat tegen me met zijn meanderende Missouri-accent; hij is geboren en getogen nabij Hannibal, waar Mark Twain zijn jeugd heeft doorgebracht, de inspiratiebron voor *Tom Sawyer.* Hij vertelt me dat hij als tiener op een stoomboot heeft gewerkt voor toeristen die kwamen dineren bij een jazzbandje. En als ik lach (het verwende New Yorkse meisje dat nog nooit in de uitgestrekte, starre middenstaten van Amerika is geweest Waar Heel Veel Andere Mensen Wonen), zegt hij dat *Missoura* een magische plek is, de mooiste plek ter wereld. Een mooiere staat is er niet. Zijn ogen zijn ondeugend, zijn wimpers lang. Ik zie hoe hij er als jongen moet hebben uitgezien.

We nemen samen een taxi naar huis, de straatlantaarns werpen duizelingwekkende schaduwen op het asfalt en de taxi spoedt zich vol gas door de straten alsof we worden achtervolgd. Het is één uur 's nachts als we, twaalf huizenblokken van mijn appartement vandaan, bij een van New Yorks onverklaarbare verkeersopstoppingen belanden. We stappen snel uit, de kou in, het grote Wat Nu? tegemoet. Nick legt zijn hand op mijn onderrug en loodst me mee naar zijn woning, onze gezichten verstijfd van de kou. Als we de hoek om slaan, wordt bij de lokale bakker zojuist een lading poedersuiker geleverd, dat als cement via een trechter in de kelder wordt gestort. Het enige wat we zien zijn de contouren van de werkmannen in de witte, zoete wolk. De straat deint terwijl Nick me in zijn armen neemt en me weer met die grijnslach van hem aankijkt. Dan pakt hij een lok van mijn haar tussen twee vingers, laat ze omlaag glijden tot aan het puntje en trekt er twee keer aan, alsof het een bellenkoord is. Zijn wimpers zijn bedekt met poeder en voordat hij zich naar me toe buigt, veegt hij de suiker van mijn lippen zodat hij me kan proeven.

De dag van Nick Dunne

Ik zwaaide de deur van mijn bar open, glipte de duisternis in en haalde voor de eerste keer die dag diep adem. Ik snoof de geur van sigaretten en bier op, een zweem van bourbon, de scherpe lucht van ranzige popcorn. Er zat maar één klant in de bar, helemaal achterin: een oudere vrouw die Sue heette. Ze kwam hier iedere donderdag met haar man totdat hij drie maanden geleden overleed. Nu kwam ze iedere donderdag in haar eentje. Ze zei niet veel, zat daar gewoon met een biertje en haar kruiswoordpuzzel. Een ritueel waaraan ze zich vastklampte.

Mijn zus was achter de bar aan het werk. Ze had haar haren nogal lullig met haarspeldjes vastgezet. Met roze armen spoelde ze bierglazen in het hete zeepsop. Go is slank en heeft een typisch gezicht, waarmee ik niet wil zeggen dat ze onaantrekkelijk is. Het duurt even voor je haar gezicht goed kunt opnemen: de brede kaak, de samengeknepen, fraaie neus; de donkere, bolle ogen. Als dit een kostuumfilm zou zijn, zou een man die haar zag zijn gleufhoed achterover tikken, fluiten en zeggen: 'Zo, wat een knappe meid!' Het gezicht van een filmster uit een komedie in de jaren dertig is tegenwoordig met al die gladgestreken prinsesjes misschien niet meer zo in trek, maar ik weet uit de tijd dat we samen waren dat mannen dol zijn op mijn zus, wat me als broer in de eigenaardige positie brengt dat ik zowel trots als argwanend moet zijn.

'Gehaktbrood met Spaanse peper, bestaat dat nog?' zei ze bij wijze van begroeting. Ze keek niet op omdat ze toch wel wist dat ik het was. Ik voelde de opluchting die ik meestal voelde als ik haar zag: de zaken gingen dan misschien niet geweldig, maar het zou allemaal goed komen.

Mijn tweelingzus Go. Ik heb die woorden zo vaak uitgesproken dat het een geruststellende mantra is geworden. MijntweelingzusGo. We zijn geboren in de jaren zeventig, toen tweelingen nog niet zo vaak voorkwamen, een beetje magisch: verre neefjes van de eenhoorn, verwanten van de elfen. We hebben zelfs een lichte mate van telepathie. Go is werkelijk de enige in de hele wereld bij wie ik helemaal mezelf ben. Ik hoef haar niets uit te leggen over mijn gedragingen. Ik verduidelijk niet, ik twijfel niet, ik pieker niet. Ik vertel haar niet alles, dat niet meer, maar ik vertel haar veel meer dan anderen. Ik vertel haar zo veel ik kan. We hebben negen maanden dicht tegen elkaar aan gelegen. Dat is een levenslange gewoonte geworden. Het heeft me nooit kunnen schelen dat ze een meisje was, en vreemd voor een kind dat zo ontzettend verlegen was als ik. Wat moet ik zeggen? Ze was gewoon cool, altijd.

'Gehaktbrood met Spaanse peper, dat is toch een soort boterhamworst? Ik geloof het wel.'

'Dat moeten we kopen,' zei ze. Ze trok een wenkbrauw op. 'Het intrigeert me.'

Zonder te vragen tapte ze een biertje in een verre van schone pul. Toen ze zag dat ik naar de vieze rand keek, bracht ze het glas naar haar mond en likte de vlekken weg, waarbij een veeg speeksel achterbleef. Ze zette de pul pal voor me neer. 'Beter zo, mijn prins?'

Go gelooft echt dat ik van onze ouders het beste heb gekregen, dat ik de jongen was die was gepland, het enige kind dat ze zich konden veroorloven, en dat zij deze wereld is binnengeglipt door me bij mijn enkel beet te grijpen, een ongewenste vreemdeling. (Een zeer ongewenste vreemdeling voor mijn vader.) Ze gelooft dat ze haar hele jeugd voor zichzelf heeft moeten zorgen, dat ze een zielig kind was dat het moest doen met afdankertjes. Haar verlofbriefjes werden vergeten en ze kreeg weinig zakgeld, alsof haar aanwezigheid algemeen werd betreurd. Ik kan het bijna niet toegeven, maar het zou kunnen dat er iets van waar is.

'Ja, lelijk slaafje van me,' zei ik, en ik maakte een koninklijk handgebaar alsof ik haar zuiverde van alle blaam.

Ik boog me over het bier. Ik moest even bijkomen en een stuk of wat biertjes drinken. Ik was nog steeds zenuwachtig van de ochtend.

'Wat heb je?' vroeg ze. 'Je lijkt zo zenuwachtig.' Ze bespatte me met sop, meer water dan schuim. De airconditioning sloeg aan en blies ons haar in de war. We brachten meer tijd door in De Bar dan nodig was. Het was voor ons het clubhuis geworden dat we in onze kindertijd nooit hadden gehad. Vorig jaar hadden we op een dronken avond de opslagdozen in de kelder van onze moeder opengebroken, toen ze niet lang meer te leven had en we behoefte hadden aan troost. We dronken bier uit blik en vol verbazing en ontroering herkenden we ons oude speelgoed en onze spellen. Kerstmis in augustus. Na de dood van ma trok Go in ons oude huis en langzaam verplaatsten we beetje bij beetje al ons speelgoed, naar De Bar: een lappenpop lag opeens op een barkruk (een cadeau van mij aan Go). Een kleine dinky toy, met een ontbrekend wiel, stond opeens op een plank in de hoek (cadeau van Go aan mij).

We dachten erover een spelletjesavond te organiseren, hoewel we heel goed beseften dat de meeste klanten te oud waren om net als wij terug te verlangen naar Cluedo en Levensweg met zijn plastic autootjes en roze en blauwe staafjes die mannen, vrouwen en kinderen moesten voorstellen. Ik kon me niet meer herinneren hoe je moest winnen. (Daar ga ik de rest van de dag over nadenken.)

Go tapte mijn pul opnieuw vol en nam er zelf ook nog een. Haar linkerooglid zakte een beetje omlaag. Het was precies twaalf uur 's middags en ik vroeg me af hoe lang ze al zat te drinken. Ze had wilde jaren achter de rug. Mijn beschouwende zus met haar scherpe verstand en haar onstuimige geest had haar studie niet afgemaakt. Eind jaren negentig verhuisde ze naar Manhattan. Ze was een van de eerste dotcomfenomenen. Ze verdiende twee jaar lang waanzinnig veel geld, totdat de internetluchtbel in 2000 uiteenspatte. Go bleef onverstoorbaar. Ze was nog geen vijfentwintig, alles was in orde. Vervolgens deed ze alsnog een universitaire opleiding en begaf zich in de grijzepakkenwereld van de investeringsbanken. Ze had een middenkaderpositie, niet spectaculair maar ook niets om je voor te schamen, maar tijdens de financiële crisis van 2008 verloor ze van de ene op de andere dag haar baan. Ik wist niet eens dat ze uit New York was vertrokken totdat ze me opbelde vanuit het huis van ma: *Ik geef het op*. Ik smeekte haar, probeerde haar over te halen terug te keren, maar aan de andere kant van de lijn hoorde ik niets anders dan een geërgerde stilte. Nadat ik had opgehangen ondernam ik een zenuwachtige pelgrimage naar haar appartement in de Bowery en zag Gary, haar geliefde ficus, geel en verdroogd op de brandtrap staan. Toen wist ik dat ze hier nooit meer zou terugkeren.

De Bar leek haar op te vrolijken. Ze deed de administratie, ze tapte bier. Ze pikte regelmatig geld uit de fooienpot maar ze deed dan ook meer werk dan ik. We spraken nooit over ons vroegere leven. We waren Dunnes en in zekere zin was het met ons gedaan en daar waren we op een eigenaardige manier tevreden mee.

'Nou, wat is er?' zei Go, haar gebruikelijke manier om een gesprek te beginnen.

'Eh.'

'Wat, eh? Slecht nieuws? Je ziet er beroerd uit.'

Ik haalde mijn schouders op en knikte instemmend; ze keek me onderzoekend aan.

'Amy?' vroeg ze. Het was een voor de hand liggende vraag. Ik haalde opnieuw mijn schouders op, dit keer als teken van bevestiging, een gebaar dat *wat doe je eraan* moest betekenen.

Go grijnsde, beide ellebogen op de bar, handen onder de kin, geheel bereid om me te trakteren op een messcherpe analyse van mijn huwelijk. Go, mijn persoonlijk adviseur. 'Wat is er met haar?'

'Slechte dag. Gewoon een slechte dag.'

'Maak je toch niet druk om haar.' Go stak een sigaret op. Ze rookte precies één sigaret per dag. 'Vrouwen zijn gek.' Go rekende zichzelf niet tot de algemene categorie van vrouwen, een woord dat ze spottend gebruikte.

Ik blies de rook van haar sigaret naar haar terug. 'Vandaag is onze trouwdag. Vijf jaar.'

'Wauw.' Mijn zus wierp haar hoofd achterover. Ze was ons bruidsmeisje geweest, helemaal in het violet – 'Die beeldschone, zwartharige, in purperen gewaden gehulde dame,' was de omschrijving die Amy's moeder voor haar had verzonnen – maar ze had geen geheugen voor gedenkdagen. 'Jeetje. Klote. Jongen, dat is snel gegaan.' Ze blies nog wat rook mijn kant op. 'Gaat ze weer een van die dingen doen, hoe heet het ook alweer, niet strooptocht...'

'Speurtocht,' zei ik.

Mijn vrouw is dol op spelletjes, vooral op denkspelletjes maar ook gewoon spelletjes voor de lol. Op onze trouwdag bedacht ze altijd een uitgebreide speurtocht waarbij elke aanwijzing je naar een verborgen plek met de volgende aanwijzing bracht. Aan het eind lag daar dan mijn cadeau. Dat had haar vader ook altijd voor haar moeder gedaan op hun trouwdag. En denk niet dat ik niet doorheb dat de rollen hier zijn omgedraaid en dat ik de hint niet snap. Maar ik ben niet opgegroeid in het gezin van Amy, ik ben opgegroeid in het mijne. Voor zover ik me kan herinneren was het laatste cadeau dat mijn vader aan mijn moeder gaf een strijkijzer. Het stond op het aanrecht, niet eens in cadeaupapier.

'Zullen we wedden hoe kwaad ze dit jaar op je wordt?' vroeg Go. Ze keek me glimlachend aan over de rand van haar bierpul.

Het probleem met die speurtochten van Amy: ik begreep de aanwijzingen niet. Op onze eerste trouwdag, in New York, was mijn score twee uit zeven. Dat was mijn beste jaar. De eerste aanwijzing:

De plek is eigenlijk meer een gat in de muur
Maar op een herfstige dinsdag kusten we daar vol vuur.

Ooit als kind op school een dictee gehad? Die wazige seconde nadat het woord is voorgelezen en je hardnekkig je hersenen pijnigt in een poging je te herinneren hoe je het ook alweer moest spellen? Zoiets was het: blinde paniek.

'Een Ierse bar op een niet zo Ierse plek,' knikte Amy.

Ik beet op mijn lip, haalde mijn schouders op, keek om me heen in de kamer alsof het antwoord daar ergens zou kunnen liggen. Ze liet me nog een volle minuut piekeren.

'We waren verdwaald en het regende,' zei ze met een stem die nog smekend klonk, maar waarin al een begin van irritatie hoorbaar was.

Ik gaf het op.

'McMann's, Nick. Je weet toch nog wel dat we waren verdwaald in Chinatown en dat het regende? We probeerden dat dimsumtentje te vinden dat vlak bij het standbeeld van Confucius moest zijn. Maar toen bleek dat er twee standbeelden van Confucius waren. Uiteindelijk belandden we doorweekt in een Ierse bar. We sloegen een paar whisky's achterover en je pakte me vast en kuste me en het was...'

'O ja! Je had Confucius in je aanwijzing moeten noemen, dan had ik het begrepen.'

'Het ging niet om dat standbeeld. Het ging om dat café. Het moment. Ik vond het heel bijzonder.' Die laatste woorden sprak ze uit met het kinderlijke, zangerige stemmetje waar ik ooit zo dol op was.

'Het wás ook bijzonder.' Ik trok haar naar me toe en kuste haar. 'Die zoen was speciaal ter herinnering aan onze trouwdag toen. Laten we het nog eens doen in McMann's.'

De barman van McMann's, een forse bierdrinker met een baard, herkende ons bij binnenkomst. Hij grijnsde, schonk ons een whisky in en schoof de volgende aanwijzing over de bar.

Als ik me erg verdrietig voelde en depressief
Was er één plek die me uit mijn treurigheid verhief.

Dat bleek het standbeeld van Alice in Wonderland te zijn in Central Park. Amy had me verteld – vele malen, zo verzekerde ze me – dat ze daar als kind altijd vrolijk van werd. Ik kan me die verhalen niet herinneren. Dat meen ik echt, ik weet er gewoon niets meer van. Ik heb een lichte vorm van ADD, en ik heb mijn vrouw altijd nogal oogverblindend gevonden, in de letterlijke zin van het woord: niet meer scherp kunnen zien vanwege te fel licht in je ogen. Het was genoeg om dicht bij haar in de buurt te zijn en haar te horen praten, het maakte niet altijd uit wat ze precies zei. Dat is misschien niet goed, maar zo was het nu eenmaal.

Aan het eind van de dag, toen het moment was aangebroken dat we elkaar cadeautjes zouden geven – de traditionele papieren geschenken die horen bij een eerste trouwdag – wilde Amy niet meer met me praten.

'Ik hou van je, Amy, ik weet zeker dat ik van je hou,' zei ik terwijl ik achter haar aan liep door drommen opeengepakte toeristen die midden op de stoep stilstonden, verdwaasd en met open mond. Amy baande zich een weg door de mensenmassa's in Central Park, manoeuvrerend langs joggers met de blik op oneindig en skaters met x-benen, bukkende ouders en peuters die als dronkenmannen vlak voor mijn voeten drentelden, met de lippen stijf op elkaar en zonder enige haast. Ik probeerde haar in te halen en bij de arm te pakken. Toen ze eindelijk bleef staan keek ze me onbewogen aan. Ik trachtte het uit te leggen en mijn ergernis te onderdrukken. 'Amy, ik snap niet waarom ik mijn liefde voor jou moet bewijzen door precies dezelfde dingen te onthouden als jij, op dezelfde manier als jij. Dat betekent niet dat ik niet hou van ons leven samen.'

Een clown vlakbij blies een ballon in de vorm van een dier op, een man kocht een roos, een kind likte aan een ijsje. Op dat moment werd een traditie geboren die ik nooit zou vergeten: Amy raakte altijd overstuur, en ik zou nooit maar dan ook nooit in staat zijn te voldoen aan haar verwachtingen. Fijne trouwdag, eikel.

'Vijf jaar, dan denk ik dat ze echt kwaad wordt,' ging Go verder. 'Ik hoop maar dat je echt iets moois voor haar hebt gekocht.'

'Staat op mijn lijstje.'

'Wat is het symbool voor vijf jaar? Papier?'

'Papier hoort bij de eerste trouwdag,' zei ik. Aan het eind van die onverwacht prangende speurtocht voor onze Eerste Trouwdag gaf Amy me een set luxe briefpapier met mijn initialen in reliëf bovenin. Het papier was zo romig dat ik dacht dat mijn vingers er nat van zouden worden. Op mijn beurt schonk ik mijn vrouw een felrode papieren vlieger uit een rommelwinkel, denkend aan het park, picknicks en warme zomers. Geen van ons was blij met het geschenk; beiden hadden we het cadeau van de ander liever zelf willen hebben. Het was als het einde in dat verhaal van O. Henry, maar dan andersom.

'Zilver?' probeerde Go. 'Brons? Ivoor? Denk eens mee.'

'Hout,' zei ik. 'Romantische cadeaus van hout bestaan niet.'

Aan het andere eind van de bar vouwde Sue netjes haar krant op en legde hem op de bar, naast haar lege bierpul en een biljet van vijf dollar. We glimlachten allemaal naar elkaar toen ze naar buiten liep.

'Ik weet het,' zei Go. 'Ga naar huis, neuk haar plat en knijp eens flink in haar tieten, en roep dan: bedoel je deze bos hout?'

We lachten. Daarna bloosden we allebei tegelijk. Het was zo'n typisch ranzige, niet-zusterlijke grap die Go me zo graag als een granaat in de schoot wierp. Dat was ook de reden waarom er op de middelbare school altijd over ons werd gefluisterd dat we het stiekem met elkaar deden. *Twincest.* Tweelingincest. Onze band was te hecht: onze vertrouwelijke grapjes, ons gefluister op feestjes dat de rest niet mocht horen. Ik weet vrij zeker dat ik dit niet hoef te vertellen, maar jij bent Go niet, je zou het verkeerd kunnen begrijpen, dus ik zeg het toch maar: mijn zus en ik hebben nooit geneukt, het is zelfs nooit bij ons opgekomen. We mogen elkaar gewoon erg graag.

Go deed nu voor hoe ik mijn vrouw in haar tieten kneep.

Nee, Amy en Go zouden nooit vriendinnen worden. Ze waren allebei veel te bezitterig. Go was eraan gewend dat ze het alfameisje in mijn leven was, Amy was eraan gewend het alfameisje in ieders leven te zijn. Ze hadden twee keer in dezelfde stad gewoond, eerst New York en nu hier, maar ze kenden elkaar nauwelijks. Ze fladderden mijn leven in en uit als acteurs die het toneel op komen en af gaan. De een vertrok terwijl de ander binnenkwam en de zeldzame keren dat ze beiden in dezelfde ruimte verkeerden, leken ze niet erg op hun gemak.

Voordat het serieus werd tussen Amy en mij en we ons verloofden en trouwden, bleek uit een los zinnetje hier en daar wat Go werkelijk van haar vond. *Heel gek, maar ik kan haar niet goed peilen, hoe ze echt is, bedoel ik.* En: *Het lijkt net of je bij haar niet helemaal jezelf bent.* En: *Er is een verschil tussen echt van iemand houden en houden van het idee van iemand.* En ten slotte: *Het belangrijkste is dat ze je echt gelukkig maakt.*

In de tijd dat Amy me nog echt gelukkig maakte.

Amy had zo haar eigen opvattingen over Go: *Ze is echt iemand uit... Missouri, vind je niet?* En: *Je moet in de stemming zijn voor haar.* En: *Ze leunt wel erg zwaar op je, maar ja, ze heeft ook niemand anders, hè?*

Ik had gehoopt dat het in Missouri beter zou klikken tussen hen, dat ze zouden inzien dat ze nou eenmaal erg van elkaar verschilden, kortom, vrijheid blijheid. Maar geen van beiden zag dat in. En Go was grappiger dan Amy, dus het was een ongelijke strijd. Amy was slim, bijtend, sarcastisch. Amy kon me op stang jagen, kon heel precies en scherp uit de hoek komen, maar Go wist me altijd aan het lachen te maken. Om je echtgenote lachen is gevaarlijk.

'Go, ik dacht dat we hadden afgesproken dat we ons niet meer zo expliciet over seks zouden uitlaten,' zei ik. 'Dat past niet bij onze broer-zusverhouding.'

De telefoon rinkelde. Go dronk nog een slok bier en nam toen op. Ze keek me veelbetekenend aan en glimlachte. 'Nou en of hij hier is, een moment, alsjeblieft!' Met haar lippen vormde ze geluidloos het woord 'Carl' tegen mij.

Carl Pelley woonde tegenover Amy en mij, aan de andere kant van de straat. Drie jaar geleden gepensioneerd. Twee jaar geleden gescheiden. Meteen daarna kwam hij in ons complex wonen. Hij was vertegenwoordiger in artikelen voor kinderfeestjes geweest en ik had het gevoel dat hij zich, na veertig jaar leven in motels, thuis niet helemaal meer thuis voelde. Hij dook elke dag op in de bar met een pikant ruikende tas van Hardee's en klaagde over zijn budget totdat hem een gratis eerste drankje werd aangeboden. (Dit was nog iets wat ik over Carl te weten was gekomen van zijn dagen in De Bar: hoewel hij nog goed functioneerde was hij zwaar aan de drank.) Hij was zo beleefd om alles te accepteren 'wat we kwijt wilden', en dat meende hij: een maand lang dronk Carl niets anders dan stoffige Zima's van rond 1992 die we in de kelder hadden ontdekt. Als hij thuiszat met een kater, vond Carl altijd wel een reden om te bellen: *Je brievenbus ziet er echt overvol uit, Nick, misschien is er een pakje bezorgd.* Of: *Het zou gaan regenen, misschien moet je de ramen sluiten.* Allemaal flauwekul. Carl had er gewoon behoefte aan om het gerinkel van glazen te horen, het klokken van een drankje dat werd ingeschonken.

Ik nam de telefoon over en schudde een emmer met ijsblokjes dicht bij de hoorn zodat Carl zich het bijbehorende glas gin kon voorstellen.

'Hé, Nicky,' klonk Carls futloze stem. 'Sorry dat ik je stoor. Ik vond dat je het moest weten... je deur staat wagenwijd open en die kat van je zit buiten. Dat is toch niet de bedoeling, dacht ik?'

Ik liet een niet-gemeend gekreun horen.

'Ik zou anders zelf wel even gaan kijken, maar ik voel me niet helemaal lekker,' zei Carl loom.

'Maak je niet druk,' zei ik. 'Ik wou toch al naar huis gaan.'

Het was een kwartier rijden, pal naar het noorden langs de rivier. Als ik onze buurt in rijd krijg ik af en toe de rillingen vanwege al die leegstaande, donkere huizen. Huizen waar nooit iemand in heeft gewoond of huizen die zijn onteigend. De eigenaren zijn uitgezet en de huizen blijven triomfantelijk achter, leeg en onbewoond.

Nadat Amy en ik hier kwamen wonen, kregen we bezoek van onze buren: een middelbare, alleenstaande moeder van drie kinderen die een stoofschotel kwam brengen; een jonge vader van een drieling met een sixpack bier (zijn vrouw had hem verlaten en de drieling meegenomen); een ouder, christelijk echtpaar dat een paar huizen verderop woonde; en uiteraard Carl van de overkant. We zaten buiten op onze steiger en keken naar de rivier. Iedereen praatte meesmuilend over hypotheken, over nul procent rente en over het feit dat ze geen geld hadden verloren. En toen opeens zeiden ze allemaal dat Amy en ik de enigen waren die een eigen steiger hadden, en de enigen zonder kinderen. 'Alleen jullie tweetjes? In dat grote huis?' vroeg de alleenstaande moeder terwijl ze een of ander hapje met ei ronddeelde.

'Alleen wij tweetjes,' bevestigde ik met een glimlach. Ik nam een hap van het papperige ei en knikte goedkeurend.

'Lijkt me zo eenzaam.'

Daar had ze gelijk in.

Vier maanden later kon diezelfde mevrouw haar hypotheek niet meer ophoesten en verdween ze met haar drie kinderen in het nachtelijk duister. Sindsdien staat haar huis leeg. Op het raam van de woonkamer hangt nog steeds een kindertekening van een vlinder, hoewel de felle kleuren van de stiften inmiddels zijn verbleekt door de zon. Op een avond, niet lang geleden, reed ik langs het huis. Ik zag een verfomfaaide man met een baard die achter het raam met de tekening naar buiten stond te staren. Het leek alsof hij in een droevig, donker aquarium dreef. Hij zag dat ik hem zag en dook weg in de krochten van het huis. De volgende dag legde ik een papieren zak met besmeerde boterhammen op de verandatrap aan de voorzijde. Het zakje bleef een week onaangeroerd in de zon liggen totdat ik de groen geworden boterhammen oppakte en weggooide.

Rustig. De nieuwbouwwijk was altijd verontrustend rustig. Toen ik ons huis naderde, me bewust van het geluid van de motor, zag ik dat de kat inderdaad op de trap zat. Nog steeds, twintig minuten nadat Carl had gebeld. Dat was vreemd. Amy was dol op de kat, hij was ontklauwd en hij mocht nooit naar buiten. Echt nooit, want Bleecker was wel lief maar ook oliedom. Ondanks de chip die ergens onder zijn vetrollen en vacht zat, wist Amy dat ze de kat nooit meer terug zou zien als hij ooit zou ontsnappen. De kat zou – pom-pie-dom – rechtstreeks de Mississippi in trippelen en helemaal naar de Golf van Mexico drijven, om daar in de muil van een hongerige stierhaai te belanden.

Maar nu bleek dat de kat nog niet eens slim genoeg was om de trap af te lopen. Bleecker zat als een stoere soldaat op de rand van de veranda, een mollige maar trotse schildwacht. Toen ik de auto op de oprit zette ging Carl op de traptreden staan. Ik voelde hoe de kat en de oude man me bekeken terwijl ik uitstapte en naar het huis liep. De rode pioenen in de border van de tuin zagen er dik en sappig uit, alsof ze erom vroegen te worden verslonden.

Ik ging net op mijn hurken zitten om de kat te pakken toen ik zag dat de voordeur openstond. Carl had dat al gezegd, maar ik had aangenomen dat dat kwam omdat het vuil net werd buitengezet. Niet langer dan een minuutje. Maar de deur stond onheilspellend en wagenwijd open.

Carl kuierde naderbij in afwachting van mijn reactie. Ik voelde me net een acteur in de rol van de Bezorgde Echtgenoot. Ik ging op de middelste trede staan, fronste mijn wenkbrauwen en stoof vervolgens met twee treden tegelijk naar boven. Ik riep de naam van mijn vrouw.

Stilte.

'Amy, ben je thuis?'

Ik rende meteen door naar boven. Amy was nergens te zien. De strijkplank was uitgeklapt, het strijkijzer stond er nog op. Een jurk lag klaar om gestreken te worden.

'Amy!'

Toen ik de trap weer af liep zag ik het silhouet van Carl in de deuropening. Hij stond met zijn handen in zijn zij te kijken. Ik rende de woonkamer in en bleef toen abrupt staan. Er lagen stukjes glinsterend glas op het tapijt en de salontafel lag in duigen. Bijzettafeltjes waren omvergegooid, boeken lagen als losse speelkaarten over de vloer verspreid. Zelfs de zware, antieke sofa lag op de kop, met zijn vier pootjes in de lucht, als een dood object. Te midden van al die rommel lag een schaar op de grond, een goede, scherpe schaar.

'Amy!'

Ik begon te rennen en schreeuwde haar naam. Via de keuken, waar een fluitketel stond aan te branden, naar de kelder, waar ik de lege logeerkamer zag, en toen via de achterdeur naar buiten. Ik stampte door onze tuin naar de smalle aanlegsteiger bij de rivier en tuurde over de rand of ze misschien in onze roeiboot zat. Daar had ik haar ooit aangetroffen, de boot vastgelegd aan een steigerpaal, schommelend in het water, haar gezicht naar de zon gekeerd, ogen gesloten. Toen ik naar de verblindende weerspiegelingen op het water staarde, sloeg ze plotseling haar blauwe ogen op. Ze zei niets, ik zei ook niets en ik was in mijn eentje terug naar huis gekeerd.

'Amy!'

Ze was niet op het water, ze was niet in huis. Amy was er niet.

Amy was verdwenen.

Amy Elliott

Dagboek

18 september 2005

Kijk eens aan. Drie keer raden wie ik weer ben tegengekomen? Nick Dunne, de schrijversfeestjongen, de poedersuikerzoener, de illusionist. Eerst laat hij acht maanden, twee weken en een paar dagen lang niets van zich horen en dan duikt hij ineens op alsof hij het zo gepland had. Wat blijkt? Hij had mijn telefoonnummer niet meer omdat de batterij van zijn mobieltje leeg was en hij het nummer op een kladje had geschreven. Het kladje had hij vervolgens in de zak van zijn spijkerbroek gedaan en die weer in de wasmachine, waarna het papiertje er in een cycloonvormige pulpprop uit was gekomen. Hij heeft nog geprobeerd het nummer te ontcijferen maar kon alleen de 3 en de 8 nog lezen. (Zegt hij.)

Daarna werd hij zo in beslag genomen door zijn werk dat het ineens maart was en had hij er geen werk meer van durven te maken omdat er te veel tijd overheen was gegaan. (Zegt hij.)

Ik was natuurlijk boos. Althans, op dat moment. Nu niet meer. Ik zal de situatie even schetsen. (Sprak ze.) Vandaag. Snijdende septemberwind. Ik loop over Seventh Avenue en vraag me af bij welke cafetaria ik iets zal bestellen voor de lunch – eindeloze rijen plastic bakjes met cantaloupe- en honingmeloen op lagen ijs, alsof ze die ochtend vers zijn gevangen – wanneer er een man heel dicht naast me komt lopen. Ik neem het opdringerige type vanuit mijn ooghoeken op en zie dan wie het is. Het is hém. De jongen van 'Ik heb een *jongen* leren kennen!'

Ik loop door, wend mc tot hem en zeg:

a) 'Ken ik jou ergens van?' (manipulatief, uitdagend)
b) 'O, wat gewéldig leuk je weer te zien!' (gretig, slaafs)
c) 'Rot toch op, jij!' (agressief, verbitterd)

d) 'Nou, Nick, jij laat er ook geen gras over groeien, hè?' (luchtig, speels, kalm)

Antwoord: D

En nu zijn we samen. Samen, samen. Zo eenvoudig ging dat.

En wat een timing. Heel bijzonder. Alsof het zo heeft moeten zijn. (Ja.) Toevallig was de avond ervoor de boekpresentatie van het boek van mijn ouders. *Amazing Amy en de Grote Dag*. Jazeker, Rand en Marybeth konden het niet laten en hebben de naamgenoot van hun dochter gegeven wat ze hun eigen dochter niet kunnen geven: een echtgenoot! In deel twintig gaat Amazing Amy trouwen. Joehoe! Alsof iemand dáárop zit te wachten. Niemand wilde dat Amazing Amy groot werd, en ik al helemaal niet. Trek haar kniekousen en strikjes aan maar laat míj opgroeien. Ik wil niet voor de voeten worden gelopen door mijn literaire alter ego, mijn ingebonden betere helft, de Amy die ik had moeten zijn.

Maar *Amy* zorgt al heel lang voor brood op de plank, dus eigenlijk mag ik haar de perfecte partner niet misgunnen. Ze trouwt, hoe kan het ook anders, met *Able Andy*, die goeierd. En ze leven nog lang en gelukkig, net als mijn ouders.

Niettemin was de kleine oplage waarvoor de uitgever had gekozen nogal verontrustend. Een eerste druk *Amazing Amy* telde in de jaren tachtig honderdduizend exemplaren. Nu tienduizend. De boekpresentatie was al even karig. De verkeerde toon ook. Hoe bouw je een feestje voor een fictief karakter dat het leven zag als een vroegwijs kind van zes maar nu een verloofde van dertig is die nog altijd praat als een kind? ('*Jeetje*,' *dacht Amy*, '*mijn lieve verloofde is wel een beetje een mopperkont als hij zijn zin niet krijgt...*') Zo staat het er dus echt. Toen ik het las had ik zin om Amy een trap in haar suffe, onschuldige kruis te geven. Het boek is een nostalgie-item, bedoeld voor vrouwen die met *Amazing Amy* zijn opgegroeid, maar ik heb geen idee wie het zou willen lezen. Ik heb het natuurlijk wél gelezen. Ik heb het boek meerdere keren mijn zegen moeten geven. Rand en Marybeth waren bang dat ik Amy's huwelijk zou opvatten als een stilzwijgend verwijt op mijn eeuwige single-status. ('Ik vind inderdaad dat vrouwen niet voor hun vijfendertigste moeten trouwen,' zei mijn moeder, die zelf op haar drieëntwintigste met mijn vader is getrouwd.)

Mijn ouders zijn altijd bang dat ik *Amy* te persoonlijk zal opvatten en beweren dat ik er niet te veel achter moet zoeken. Maar het valt me op dat als ik iets verknal, *Amy* het goed doet. Toen ik op mijn twaalfde met vioolles stopte, bleek *Amy* in het volgende boek een wonderkind. ('Jeetje, om viool te leren spelen moet je wel heel hard oefenen, maar ja, als je niet oefent, word je ook niet beter!') Toen ik op mijn zestiende een tennistoernooi liet schieten omdat ik liever een weekendje met vrienden naar het strand ging, ging *Amy* tennissen. ('Jeetje, ik weet ook wel dat het leuk is om lol te hebben met vrienden, maar ik zou iedereen en mezelf teleurstellen als ik verstek zou laten gaan op het toernooi.') Daar maakte ik me altijd kwaad over, totdat ik naar Harvard ging (*Amy* was zo verstandig te kiezen voor de universiteit van mijn ouders). Toen besloot ik dat het te gek voor woorden is om me er nog langer druk over te maken. Dat mijn ouders, nota bene beiden *kinder*psycholoog, voor deze publieke vorm van passieve agressiviteit jegens hun éígen kind kozen, is niet alleen gestoord en bizar maar ook dom en enigszins hilarisch. Het zij zo.

De boekpresentatie was al net zo schizofreen als het boek: in Bluenight, nabij Union Square, een van die schemerige salons met oorfauteuils en art-decospiegels, die je het gevoel moeten geven een Bright Young Thing te zijn, grijnslachende obers met wiebelende gin-martini's op dienbladen die op de vingertoppen van één hand balanceren en inhalige journalisten die zich met een zelfvoldane glimlach te goed doen aan de gratis drank voordat ze naar een leukere borrel gaan.

Mijn ouders lopen hand in hand rond. Hun eigen liefdesverhaal is onderdeel van het *Amazing Amy*-verhaal: echtgenoten die al dertig jaar lang creatief met elkaar samenwerken. Zielsverwanten. Zo noemen ze zich ook, wat misschien ook wel logisch is, omdat ze het ook echt zijn. En ik kan het weten. Ik, eenzaam enig kind, heb hen jarenlang van dichtbij meegemaakt. Hun liefde kent geen scherpe kantjes, geen heftige ruzies, ze bewegen zich door het leven als twee samenklevende kwallen: instinctief samentrekkend en uitzettend. Ze vullen elkaar vloeiend aan. Het lijkt zo eenvoudig, zo'n zielsverwantschap. Men zegt dat kinderen van gescheiden ouders het moeilijk hebben, maar kinderen uit een gelukkig huwelijk hebben zo hun eigen problemen.

Natuurlijk moet ik ergens in een stil hoekje van de kamer op een fluwelen bankje zitten zodat ik geïnterviewd kan worden door een handvol sneue jeugdige stagiaires die voor hun uitgevers op jacht zijn naar een leuk citaat.

Hoe voelt het dat Amy eindelijk gaat trouwen met Andy? U bent zelf toch niet getrouwd, of wel?

Vraag gesteld door:

a) een schaapachtige jongen met bolle ogen en een notebook op de schoudertas op zijn knieën
b) een al te opzichtig geklede, steilharige jonge meid op geile stiletto's
c) een enthousiast, getatoeëerd rockabillymeisje dat meer interesse heeft in Amy dan je van een getatoeëerd rockabillymeisje zou verwachten
d) al de bovengenoemden

Antwoord: D

Ik: *'O, ik ben heel blij voor Amy en Andy. Ik wens ze het allerbeste toe. Haha.'*

Mijn antwoorden op alle andere vragen, in willekeurige volgorde:

'Sommige belevenissen van Amy zijn op mij gebaseerd, andere zijn verzonnen.'

'Ik ben een happy single, er is geen Able Andy in mijn leven!'

'Nee, ik denk niet dat Amy zich de man-vrouwdynamiek te simpel voorstelt.'

'Ik zou niet willen beweren dat Amy gedateerd is. Ik denk dat de serie tot de klassiekers behoort.'

'Ja, ik ben single. Er is op het moment geen Able Andy in mijn leven.'

'Waarom Amy geweldig is en Andy een normale man? Tja, je weet toch dat veel geweldige, sterke vrouwen voor een normale man kiezen? Hun voorkeur gaat uit naar de Gewone Man. Nee, geintje, schrijf dat maar niet op.'

'Ja, ik ben single.'

'Ja, mijn ouders zijn echt soulmates.'

'Ja, ooit wil ik ook een soulmate.'

'Ja, single, klootzak.'

Dezelfde vragen almaar weer terwijl ik de indruk moet wekken alsof al hun vragen tot nadenken stemmen. Goddank is de bar open.

Dan wil niemand meer met me praten – zo snel al – en het pr-meisje doet alsof dat goed uitkomt: *Zo, nu kun je tenminste weer naar je eigen feestje!* Ik meng me opnieuw onder de (weinige) gasten voor wie mijn ouders de perfecte gastheer/-vrouw uithangen. Ze zien er opgelaten uit – Rand met zijn brede prehistorischemonstervisglimlach, Marybeth met haar kippige, vrolijke haardos, nog altijd hand in hand, lachend om elkaars grapjes, genietend, gelukkig met elkaar – en ik denk, *godverdomme, wat voel ik me eenzaam.*

Ik ga naar huis en laat mijn tranen de vrije loop. Ik ben bijna tweeëndertig. Dat is niet oud, zeker niet in New York, maar het punt is dat ik al jaren geen man heb ontmoet die ik écht leuk vond. Dus hoe groot is dan de kans dat ik iemand tegenkom van wie ik hou, en van wie ik ook nog eens zo veel hou dat ik met hem wil trouwen? Ik vind het een naar idee dat ik niet weet met wie ik mijn leven zal delen en of ik sowieso iemand zal vinden.

Ik heb veel vrienden die getrouwd zijn; niet veel vrienden die gelukkig getrouwd zijn, maar wel veel getrouwde vrienden. De paar die wel gelukkig getrouwd zijn, reageren net als mijn ouders: ze begrijpen niet dat ik nog single ben. Zo'n slimme, mooie, aardige meid als ik, iemand met zo veel *interesses* en *liefhebberijen*, een leuke baan, een fijne familie en, laten we er geen doekjes om winden, geld. Ze trekken een frons in hun voorhoofd en doen alsof ze mannen proberen te bedenken aan wie ze me kunnen koppelen, maar ze weten net zo goed als ik dat er geen mannen over zijn, althans, dat er geen léúke man over is. Ik weet dat ze bij zichzelf denken dat er iets mis met me is, dat ik een soort verborgen gebrek heb waardoor ik een man niet tevreden kan stellen en waardoor ik zelf ook niet tevreden te stellen ben.

De getrouwde vrienden die geen zielsverwanten zijn – die zich slechts hebben *gesetteld* – staan zelfs nog afwijzender tegenover het feit dat ik nog single ben; zo moeilijk is het toch niet om een huwelijkspartner te vinden, zeggen ze dan. Geen enkele relatie is perfect, vervolgen ze – zij die zich neerleggen bij plichtmatige seks en winderige bedrituelen, die samen televisiekijken een vorm van praten vinden, die denken dat mannelijke overgave – ja, schat, oké, schat – hetzelfde is als harmonie. *Hij doet wat jij van hem vraagt omdat hij geen zin heeft in ruzie,* denk ik dan. *Jouw kleinzielige eisen zorgen er alleen maar voor dat hij zich superieur voelt, of wrevelig, totdat hij op een dag naar bed gaat met zijn mooie jonge collega die niets van hem verlangt, en dat komt voor jou dan ook nog als een schok.* Geef mij maar een man die tegen me ingaat als het moet en me wijst op mijn gezeur. (Maar die diep in zijn hart toch ook wel om mijn gezeur kan lachen.) Maar ik wil ook geen relatie waarin de partners altijd op elkaar zitten te vitten en waarin beledigingen zogenaamd grapjes zijn en met de ogen wordt gerold terwijl er 'speels' wordt gekibbeld waar de vrienden bij zijn, in de hoop dat ze partij voor jou kiezen in een ruzie die hen niets interesseert. Van die vreselijke *als*-relaties: *Dit huwelijk zou geweldig zijn als...* en je voelt dat de *als*-lijst langer is dan ze beiden beseffen.

Ik weet dus dat het beter voor me is niet te gaan samenwonen, maar het is niet leuk als mijn vrienden een relatie krijgen en ik op vrijdagavond thuiszit met een fles wijn, uitgebreid voor mezelf heb gekookt en mezelf hoor zeggen: *God, wat heerlijk*, alsof ik een afspraakje met mezelf heb. Telkens loop ik weer hoopvol alle feestjes en kroegen af, fris en fruitig opgetut, en maak dan mijn ronde alsof ik een of ander twijfelachtig dessert ben. Ik spreek af met aardige, knappe, slimme mannen, de op-papier-perfecte mannen die me het gevoel geven dat ik in het buitenland ben omdat ik mezelf moet uitleggen en mijn best moet doen te laten zien wie ik ben. Dat is toch de bedoeling van een relatie: dat de ander je kent en begrijpt? Hij begríjpt me. Zij begríjpt me. Is dat niet het simpele magische zinnetje waar het om draait?

Dus je worstelt je door de nacht met de op-papier-perfecte man die je moeizame grapjes niet begrijpt of niet doorheeft dat je iets geestigs hebt gezegd. Of misschien begrijpt hij wel dat je iets geestigs hebt gezegd, maar weet hij niet wat hij ermee aan moet en houdt hij de geestige opmerking in zijn hand als een fluim die hij later stiekem zal afvegen. Je probeert nog een uur elkaar te vinden, elkaar te herkennen, je drinkt iets te veel en doet net iets te veel je best. Je gaat terug naar huis, naar je eigen koude bed, en denkt: dat was fijn. En je leven is één lange reeks van fijne momenten.

En dan loop je Nick Dunne tegen het lijf op Seventh Avenue terwijl je een portie cantaloupeblokjes koopt, en boem, hij kent je, hérkent je, en jij hem. Je vindt beiden dezelfde dingen het herinneren waard. (*En met één olijf bedoel ik ook één olijf.*) Je hebt hetzelfde ritme. Klik. Je kent elkaar. Ineens zie je het voor je: lezen in bed, wafels op zondag, lachen om niets, zijn mond op de jouwe. En het is zo veel meer dan fijn dat je weet dat je nooit meer terug kunt naar gewoon fijn. Zo snel al. Je denkt: o, hier is de rest van mijn leven. Eindelijk is het zover.

De dag van Nick Dunne

Aanvankelijk zat ik in de keuken op de politie te wachten, maar de scherpe lucht van de aangebrande fluitketel sloeg me op de keel en versterkte het gevoel dat ik moest kokhalzen. Dus zwalkte ik naar de veranda bij de voordeur, ging op de bovenste traptrede zitten en dwong mezelf kalm te blijven. Ik bleef Amy bellen op haar mobieltje, maar ik kreeg voortdurend haar voicemail. Die vlotte en melodieuze stem waarmee ze bezwoer dat ze zo snel mogelijk terug zou bellen. Amy belde altijd meteen terug. Het was nu al drie uur geleden en ik had vijf berichtjes achtergelaten, maar Amy had niet teruggebeld.

Dat had ik ook niet verwacht. Ik zou tegen de politie zeggen dat Amy nooit zou vertrekken zonder het gas uit te draaien. En ze zou nooit de deur open laten staan. Of strijkgoed laten liggen. Ze maakte altijd alles af, ze was niet iemand die een project halverwege in de steek liet (zoals haar klusserechtgenoot), zelfs niet als ze er een hekel aan had. Op het strand in Fiji had ze zich verbeten door de talloze pagina's van de *Opwindvogelkronieken* heen geworsteld, terwijl ze af en toe nijdig toekeek hoe ik de ene na de andere thriller verslond. Na onze verhuizing naar Missouri en het verlies van haar baan was ze voortdurend bezig (bij gebrek aan beter) met het voltooien van een eindeloze reeks nietige, onbeduidende projecten. Die jurk zou ze beslist gestreken hebben.

En dan was er nog de woonkamer met 'sporen die wezen op een worsteling'. Ik wist al dat Amy niet terug zou bellen. Wat mij betreft mocht het volgende hoofdstuk beginnen.

Het was het mooiste uur van de dag. De julihemel was wolkeloos, de langzaam ondergaande zon scheen als een felle lichtbol op het oosten en zette alles in een goudkleurig, weelderig licht, als op een Vlaams schilderij.

De politie arriveerde. Het voelde heel alledaags, ik die op de traptreden zat, een vogel in de boom die zong, twee agenten die op hun gemak uit de auto stapten alsof ze een kijkje kwamen nemen bij een buurtfeestje. Piepjonge agentjes, midden twintig, zelfverzekerd en verveeld, eraan gewend om bezorgde ouders van kinderen die te laat thuiskomen gerust te stellen. Een Latijns-Amerikaans meisje met een lange donkere vlecht en een zwarte vent met het voorkomen van een marinier. Carthage was ietsiepietsie minder blank geworden in de tijd dat ik weg was geweest, maar je zag er nog maar heel weinig mensen van een ander ras. De enige kleurlingen die ik tijdens mijn dagelijkse bezigheden had opgemerkt liepen beroepsmatig rond: bezorgers, artsen, postbestellers. Agenten. ('Dit stadje is zo ontzettend blank, het is gewoon gênant,' zei Amy, die thuis in de smeltkroes van Manhattan welgeteld één zwarte in haar vriendenkring had. Ik beschuldigde haar ervan dat ze de zaken etnisch gezien mooier wilde voorstellen dan ze waren, dat ze minderheden als decoratie gebruikte. Die opmerking viel niet goed.)

'Meneer Dunne? Ik ben agent Velásquez,' zei de vrouw, 'en dit is agent Riordan. U maakte zich zorgen om uw vrouw?'

Riordan zoog aan iets zoets en keek de weg af. Ik zag dat hij een vogel nakeek die boven de rivier opvloog. Toen richtte hij zijn blik weer op mij. Zijn gekrulde lippen vertelden me dat hij zag wat iedereen zag. Ik heb zo'n kop die agressie opwekt: een Ier uit de arbeidersklasse, gevangen in het lichaam van een enorme verwende hufter. Ter compensatie van mijn kop glimlach ik veel, maar dat werkt lang niet altijd. Tijdens mijn studie heb ik zelfs een tijdje een bril gedragen, een nepbril met gewoon glas. Ik dacht dat zo'n bril me een innemend, niet-bedreigend imago zou geven. 'Je beseft toch wel dat je er nu als een nog grotere hufter uitziet?' had Go opgemerkt. Ik smeet de bril weg en glimlachte nog breder.

Ik wenkte de agenten naar binnen. 'Komt u maar even kijken.'

De twee liepen het trapje naar de veranda op, vergezeld door het knerpende geluid van hun riemen en holsters. Ik ging midden in de woonkamer staan en wees op de ravage.

'O jee,' zei agent Riordan en liet zijn knokkels kraken. Hij zag er opeens minder verveeld uit.

Riordan en Velásquez zaten op het puntje van hun stoel rond de eettafel en vuurden allerlei vragen op me af: wie, waar, hoe lang. Ze waren een en al oor. Er was buiten mijn gehoorsafstand getelefoneerd en Riordan liet me weten dat er rechercheurs onderweg waren. Ik werd serieus genomen.

Riordan vroeg me voor de tweede keer of ik de laatste tijd nog vreemde snuiters in de buurt had gezien en herinnerde me er voor de derde keer aan dat Carthage veel dakloze dieven had toen de telefoon overging. Ik vloog door de kamer en nam op.

Een kribbige vrouwenstem: 'Meneer Dunne, dit is Comfort Hill Begeleid Wonen.' Dat was het tehuis waar Go en ik pa hadden ondergebracht die aan alzheimer leed.

'Het komt nu ongelegen, ik bel u terug,' snauwde ik, en ik hing op. Ik had een hekel aan het vrouwelijke personeel van Comfort Hill: onvriendelijk, onaangenaam. Onderbetaald, gruwelijk onderbetaald, wat waarschijnlijk de reden was dat er nooit een vriendelijk of bemoedigend woord van af kon. Ik wist dat mijn woede jegens hen onterecht was; ik was kwaad omdat mijn vader nog leefde terwijl mijn moeder al onder de zoden lag.

Het was Go's beurt om te betalen. Ik wist vrij zeker dat Go in juli aan de beurt was. En ik weet zeker dat zij dacht dat het mijn beurt was. We hadden dit eerder meegemaakt. Go zei dat we beiden onbewust vergaten die cheques te sturen omdat we in werkelijkheid onze pa wilden vergeten.

Ik vertelde Riordan over de vreemde man die ik in dat lege huis bij ons in de buurt had gezien, toen de bel ging. De bel ging. Het klonk heel gewoon, alsof ik een pizza had besteld.

De twee rechercheurs kwamen met vermoeide gezichten binnen alsof hun dienst er al op zat. De man was pezig en mager, met een spits gezicht en een wijkende kin. De vrouw was opvallend lelijk, schaamteloos, niet gewoon alledaags lelijk: kraaloogjes als te strak aangezette knoopjes, een lange neus, een huid vol bobbeltjes en lang sprietig haar dat de kleur had van een stofwolk. Ik heb een zwak voor lelijke vrouwen. Ik ben grootgebracht door een trio lelijke vrouwen – mijn grootmoeder, mijn moeder en haar zus – en die waren allemaal slim, aardig, grappig en robuust. Goede, goede vrouwen. Amy was mijn eerste knappe vriendin, mijn eerste échte vriendin.

De lelijke vrouw sprak als eerste, een echo van agent Velásquez. 'Meneer Dunne? Ik ben rechercheur Rhonda Boney. Dit is mijn collega Jim Gilpin. Er is kennelijk iets aan de hand met uw vrouw.'

Mijn maag knorde en iedereen kon het horen, maar we deden allemaal of we het niet merkten.

'Mogen we even rondkijken?' vroeg Gilpin. Hij had dikke wallen onder zijn ogen en onverzorgde witte haren in zijn snor. Zijn overhemd was niet gekreukt, maar hij droeg het alsof dat wel zo was; hij zag eruit alsof hij stonk naar sigaretten en oude koffie, hoewel dat niet zo was. Hij rook naar desinfecterende zeep.

Ik ging hun een paar passen voor naar de woonkamer en wees nogmaals op de ravage. De twee jonge agenten knielden omzichtig op de grond, alsof ze wilden laten zien dat ze iets nuttigs deden. Boney zette me op een stoel in de eetkamer, weg van de 'sporen van een worsteling', hoewel ik alles nog steeds kon zien.

Rhonda Boney liet me hetzelfde verhaal vertellen dat ik aan Velásquez en Riordan had verteld, met haar oplettende mussenogen op mij gericht. Gilpin ging op één knie zitten en keek om zich heen in de woonkamer.

'Hebt u vrienden of familie gebeld, mensen bij wie uw vrouw zou kunnen zijn?' vroeg Rhonda Boney.

'Ik... Nee. Nog niet. Het leek me beter op u te wachten.'

'Aha.' Ze glimlachte. 'Een gokje: u bent de jongste van het gezin.'

'Wat?'

'U was de benjamin?'

'Ik heb een tweelingzus.' Ik had het gevoel dat er over me werd geoordeeld. 'Hoezo?' Amy's lievelingsvaas lag op de grond, niet gebroken, tegen een muur aan gerold. Het was een huwelijksgeschenk, een Japans meesterwerk dat Amy elke week opborg als de werkster kwam omdat ze bang was dat ze hem zou breken.

'Dat dacht ik gewoon, als verklaring waarom u op ons hebt zitten wachten. U bent eraan gewend dat anderen de leiding nemen,' zei Boney. 'Mijn jongste broertje is ook zo. Heeft iets te maken met de plaats in het gezin.' Ze krabbelde iets op een notitieblokje.

'Oké.' Ik haalde geërgerd mijn schouders op. 'Wilt u ook nog mijn sterrenbeeld weten, of kunnen we nu beginnen?'

Boney keek me vriendelijk glimlachend aan en wachtte.

'Ik heb nog geen actie ondernomen omdat duidelijk is dat ze niet ergens bij een kennis zit,' zei ik, wijzend op de troep in de woonkamer.

'Hoe lang woont u hier al, meneer Dunne? Twee jaar?' vroeg ze.

'In september twee jaar.'

'Waar woonde u daarvoor?'

'New York.'

'De stad?'

'Ja.'

Ze wees naar boven, toestemming vragend zonder het te vragen, waarop ik knikte en achter haar aan liep. Gilpin liep mee.

'Ik werkte daar als schrijver,' flapte ik eruit. Zelfs nu ik hier al twee jaar woonde kon ik het niet hebben dat iemand dacht dat dit alles was in mijn leven.

Boney: 'Klinkt indrukwekkend.'

Gilpin: 'Wat schreef u?'

Ik gaf mijn antwoord in stukjes, op elke traptrede nieuwe informatie: ik schreef voor een tijdschrift (trede), ik schreef over popcultuur (trede), voor een mannenblad (trede). Boven aan de trap draaide ik me om en zag dat Gilpin omkeek naar de woonkamer. Hij keek alert.

'Popcultuur?' riep hij terwijl hij de trap op liep. 'Wat is dat precies?'

'Populaire cultuur,' zei ik. Boney stond op ons te wachten. 'Films, muziek, maar eh, geen grote kunst of zoiets, geen opgeblazen gedoe.' Ik trok een gezicht: *opgeblazen*? Wat neerbuigend. Ik moet mijn Ontwikkelde Oostkust-Engels zeker vertalen in dat taaltje dat jullie boerenpummels hier in het Midden-Westen uitkramen. *Ik schrijf stukkies die in me hoofd opkomen as ik naar de fillum ben geweest!*

'Zij is dol op film,' zei Gilpin. Hij wees naar Boney. Boney knikte instemmend.

'Nu ben ik eigenaar van De Bar, in het centrum,' vulde ik aan. Ik gaf ook college, maar ik wilde niet overdrijven. Ik zat hier niet om indruk te maken op een of andere griet.

Boney gluurde de badkamer in en hield Gilpin en mij staande op de overloop. 'De Bar?' zei ze. 'Ik ken die kroeg. Wil nog altijd een keer langskomen. Schitterende naam. Erg meta.'

'Lijkt me een goede switch,' zei Gilpin. Boney liep naar de slaapkamer en wij gingen achter haar aan. 'Een leven omringd door bier klinkt niet slecht.'

'Soms ligt het antwoord inderdaad op de bodem van een fles,' zei ik. Weer trok ik een gezicht; ik vond mijn eigen woorden ongepast.

We liepen de slaapkamer in.

Gilpin lachte. 'Dat gevoel ken ik maar al te goed.'

'Ziet u dat het strijkijzer nog aanstaat?' begon ik.

Boney knikte, opende de deur van onze ruime inloopkast, ging naar binnen en liet haar latexhandschoenen langs shirts en jurken glijden terwijl ze doorliep naar achteren. Ze slaakte een kreetje, boog zich voorover, draaide zich om. Ze hield een volmaakt vierkant doosje in haar hand, kunstig verpakt in zilverkleurig papier.

Ik werd misselijk van angst.
'Is er iemand jarig?' vroeg ze.
'Het is onze trouwdag.'
Boney en Gilpin schrokken behoorlijk, maar ze probeerden het niet te laten merken.

Toen we weer in de woonkamer kwamen waren de jonge agentjes verdwenen. Gilpin ging op zijn knieën zitten en keek naar de sofa die op z'n kop lag.
'Eh, ik ben nogal van slag, zoals u zult begrijpen,' legde ik uit.
'Dat neem ik je echt niet kwalijk, Nick,' zei Gilpin oprecht. Hij had lichtblauwe ogen die voortdurend heen en weer schoten, een irritante tic.
'Kunnen we iets doen om mijn vrouw te vinden? Ik bedoel, het is duidelijk dat ze hier niet is.'
Boney wees op de trouwfoto aan de muur: ik in mijn smoking, een verstarde grijns op mijn gezicht, mijn armen stijf rond Amy's middel; Amy met haar blonde haar strak opgebonden en in de lak, haar opwaaiende sluier aan het strand van Cape Cod, met haar ogen opengesperd omdat ze altijd net knipperde op het moment dat er foto's werden genomen. Nu probeerde ze uit alle macht niet te knipperen. De dag na 4 juli, Onafhankelijkheidsdag, de zwavelgeur van het vuurwerk die zich mengde met het oceaanzout. Zomer.
We hadden het fijn gehad op Cape Cod. Ik herinner me dat ik na een paar maanden had ontdekt dat mijn vriendin Amy ook nog behoorlijk rijk was, het geliefde enig kind van geniale en creatieve ouders. Een soort icoon, dankzij een naar haar genoemde boekenserie die ik me meende te herinneren uit mijn kindertijd. *Amazing Amy*. Amy vertelde me dit alles op kalme, geruststellende toon, alsof ik een patiënt was die net uit een coma was ontwaakt. Alsof ze dat al heel vaak had moeten doen en het slecht had uitgepakt: toegeven dat je rijk bent, en daarna een al te enthousiaste reactie. De onthulling van een geheime identiteit waar ze zelf niet verantwoordelijk voor was.
Amy vertelde me wie en wat ze was en toen gingen we naar het historische huis van de familie Elliott op Nantucket Sound. We gingen zeilen en ik dacht: ik ben een jongen uit Missouri, en ik scheer over de oceaan met mensen die veel meer hebben gezien dan ik. Zelfs als ik vanaf nu kosmopolitisch en luxe ging leven zou ik nooit met hen kunnen wedijveren. Het maakte me niet jaloers. Het gaf me een voldaan gevoel. Ik heb nooit naar rijkdom of roem gestreefd. Ik ben niet opgevoed door ambitieuze ouders die droom-

den van hun kind als toekomstige president. Ik ben grootgebracht door pragmatische ouders die verwachtten dat hun kind later op een of ander kantoor terecht zou komen. Gewoon een doorsneebaantje. Voor mij was het al fascinerend genoeg om in de nabijheid van de Elliotts te verkeren, om over de Atlantische Oceaan te glijden en thuis te komen in een weelderig gerestaureerd huis dat in 1822 was gebouwd door een kapitein op de walvisvaart. En daar bereidde en at ik biologisch verantwoorde, gezonde gerechten waarvan ik de naam soms niet kon uitspreken. Quinoa. Ik weet nog dat ik dacht dat quinoa een vissoort was.

We trouwden op het strand op een diepblauwe zomerdag, aten en dronken onder een witte tent die als een zeil opbolde in de wind. Na een paar uur voerde ik Amy stiekem mee naar de golven, want ik voelde me onwerkelijk, alsof ik aan het uitdoven was. De kille mist op mijn huid bracht me weer tot mezelf. Amy trok me met haar mee, terug naar de gouden gloed van de tent, waar de goden aan het feesten waren met ambrozijn. Onze hele verkeringstijd verliep op die manier.

Boney bekeek de foto van Amy van dichtbij. 'Je vrouw is erg knap.'

'Jazeker, ze is mooi,' zei ik en ik voelde mijn maag rommelen.

'Hoeveel jaar zijn jullie vandaag getrouwd?' vroeg ze.

'Vijf.'

Ik wipte zenuwachtig van de ene voet op de andere, ik kon niet stilzitten. Ik wilde niet dat ze stonden te praten over hoe mooi mijn vrouw was, ik wilde dat ze haar zouden vinden. Maar dat zei ik niet hardop. Ik zeg vaak dingen niet hardop, zelfs als ik dat wel zou moeten doen. Ik beheers me, ik stop alles in aparte vakjes, zozeer dat het bijna eng is. In mijn onderbuik zitten honderden flesjes met woede, wanhoop en angst, maar ik zorg er altijd voor dat je daar aan de buitenkant niets van ziet.

'Vijf jaar, groot feest. Ik wil wedden dat je bij Houston's hebt gereserveerd?' vroeg Gilpin. Het was het enige fatsoenlijke restaurant in de stad. '*Jullie moeten Houston's eens proberen*,' had mijn moeder na onze terugkeer voorgesteld. Ze dacht dat ze daarmee een uniek geheimpje van Carthage verklapte en dat ze mijn vrouw daar een plezier mee deed.

'Houston's, uiteraard.'

Dat was mijn vijfde leugen tegen de politie. Ik begon pas.

Amy Elliott Dunne

Dagboek

5 juli 2008

Ik ben dik van de liefde! Mollig van passie! Heb morbide obesitas van toewijding! Een bezig bijtje, vol van huwelijksgeluk. Ik zoem om hem heen, ik redder, ik regel. Ik ken mezelf niet terug. Ik ben een echtgenote. Ik probeer het schip van onze gesprekken te sturen – onhandig, onwennig – alleen om zijn naam hardop te kunnen zeggen. Ik ben een saaie muts geworden en ze hebben me verzocht mijn lidmaatschap van de Independent Young Feminist-beweging op te zeggen. Ik zit er niet mee. Ik houd zijn administratie bij, ik knip zijn haar. Ik ben zo retro geworden dat ik zelfs in staat ben het woord *huishoudboekje* te gaan gebruiken terwijl ik in mijn zwierige tweedjas en met rood gestifte lippen op weg ga naar de *schoonheidssalon*. Ik maak me nergens druk om. Ik heb het gevoel dat alles op zijn pootjes terecht zal komen en dat elk probleem kan worden omgebogen tot een vermakelijk verhaal dat onder het avondeten wordt verteld. *Dus ik heb die zwerver vermoord, schat… hahahaha! Ha, wat hebben we het toch fijn samen!*

Nick is als een goede, stevige borrel: door hem zie ik alles in het juiste perspectief. Niet in een ander perspectief, maar in het juiste perspectief. Met Nick maakt het niet uit dat de elektriciteitsrekening een paar dagen te laat is of dat mijn vragenlijst ietwat onnozel is uitgevallen. (Mijn laatste, en dit is geen grap, luidde: 'Welke boom zou je graag willen zijn?' Ikzelf ben een appelboom! Dit zegt niets!) Het maakt niet uit dat de nieuwe *Amazing Amy* een regelrechte flop is, de recensies vernietigend zijn en de verkoop na een moeizame start dramatisch is gekelderd. Het maakt niet uit in welke kleur ik onze kamer schilder, of ik in de file sta, of ons gescheiden afval ook echt wordt gerecycled. (Zeg eens eerlijk, New York, wat doen jullie ermee?) Het maakt niet uit omdat ik mijn wederhelft heb gevonden. Nick, relaxed en kalm, slim, grappig en ongecompliceerd. Onbezorgd, opgewekt. Aardig. Groot geschapen.

Al mijn eigenschappen waar ik niet van hou zitten weggestopt in een hoekje van mijn brein. Misschien vind ik dat wel het leukste aan hem: wat hij met me doet. Niet hoe hij me doet voelen, maar gewoon, wat hij met me doet. Ik maak plezier. Ik ben vrolijk. Ik ben enthousiast. Ik ben gewoon gelukkig en voel me helemaal voldaan. Ik ben een echtgenote! Het voelt raar om dat uit te spreken. (Maar over dat recyclen, New York – toe, één knipoog is genoeg.)

We doen gekke dingen. Vorige week zijn we bijvoorbeeld naar Delaware gereden omdat we geen van beiden ooit seks hebben gehad in Delaware. Ik zal de situatie even schetsen, dit is namelijk wél voor het nageslacht. We rijden de staatsgrens over – *Welkom in Delaware!* staat er op het bord. En: *Het Kleine Wonder; De Eerste Staat*, en: *Het Mekka van het Belastingvrij Winkelen.*

Delaware, een staat met vele gezichten.

Ik wijs Nick op het eerste zandpad dat ik zie en we hobbelen ongeveer vijf minuten door totdat we aan alle kanten omringd zijn door dennenbomen. We wisselen geen woord met elkaar. Hij duwt zijn stoel naar achteren, ik schuif mijn rok omhoog. Ik heb geen slipje aan. Ik zie dat zijn mond openzakt. Zijn gezicht verslapt en in zijn ogen verschijnt de verdoofde, vastberaden blik die hij krijgt als hij opgewonden is. Ik kruip op hem, met mijn rug naar hem toe en mijn gezicht naar de voorruit. Ik word tegen het stuur aan gedrukt en terwijl we samen bewegen, stoot de claxon tegelijk met mij korte blaatgeluidjes uit en maakt mijn hand waarmee ik tegen de voorruit steun een piepend geluid. Nick en ik kunnen overal klaarkomen; we hebben geen van beiden last van plankenkoorts, iets waar we eigenlijk wel trots op zijn. Dan rijden we meteen terug naar huis. Ik eet biltong en leg mijn blote voeten op het dashboard.

We zijn weg van ons huis. Het huis dat *Amazing Amy* heeft gebouwd. Een Brooklyn-herenhuis van bruinrode baksteen, op de Promenade met weids uitzicht op Manhattan, dat mijn ouders voor ons hebben gekocht. Heel extravagant, en daar schaam ik me ook wel voor, maar het is perfect. Ik probeer het verwende rijkeluiskind in me zo veel mogelijk te onderdrukken. Het is veel doe-het-zelven. In twee weekenden hebben we de muren zelf geschilderd: lentegroen, lichtgeel en diepblauw. Tenminste op papier. Geen van de kleuren pakte uit als de kleur die we in gedachten hadden, maar we doen alsof we het mooi vinden. We vullen ons huis met spullen van de rommelmarkt; we kopen langspeelplaten voor Nicks pick-up. Afgelopen nacht hebben we met een wijntje op het oude Perzische tapijt zitten luisteren naar de krassen in het vinyl terwijl de lucht donker kleurde en Manhattan oplichtte. Nick zei: 'Dit is hoe ik me het had voorgesteld. Dit is precies zoals ik me het had voorgesteld.'

In het weekend liggen we onder een dikke laag beddengoed met elkaar te kletsen, onze gezichten warm onder het zonverlichte, gele dekbed. Zelfs onze houten vloeren hebben iets vrolijks: twee van de oude, krakende planken reageren enthousiast als we de deur binnenkomen. Ik hou van het huis. Ik vind het heerlijk dat het van ons is, dat er een mooi verhaal achter de oude stalamp zit, of achter de misvormde keramieken mok die naast onze koffiepot staat en waar meestal niet meer in zit dan een paperclip. Ik breng mijn dagen door met het nadenken over hoe ik hem kan verwennen, zoals een mentholzeep meebrengen die als een warme steen in zijn handpalm zal liggen, of een dunne forelfilet voor hem kopen, als een ode aan zijn stoombootdagen. Ik weet dat het belachelijk is, maar ik vind het heerlijk. Ik heb nooit geweten dat ik zulke rare dingen zou gaan doen voor een man. Het is een opluchting. Ik kan zelfs vertederd worden door zijn sokken, die hij in een lief, warrig hoopje op de grond gooit, alsof een puppy ze uit een andere kamer daarheen heeft gesleept.

Het is onze eerste trouwdag en ik ben vol van liefde. En dat terwijl iedereen ons waarschuwde dat het eerste jaar heel zwaar is, alsof we naïeve kinderen waren die een oorlog in werden gestuurd. Het was niet zwaar. We waren voorbestemd om met elkaar te trouwen. Het is onze eerste trouwdag en Nick komt tegen lunchtijd van zijn werk, waar mijn speurtocht op hem wacht. De aanwijzingen gaan allemaal over ons en ons eerste jaar samen:

Als mijn lieve man verkouden wordt,
Krijgt hij dit graag in zijn bord.

Antwoord: de tom yum-soep van Thai Town in President Street. De bedrijfsleider zal daar vanmiddag klaarstaan met een proefkommetje en een nieuwe aanwijzing.

We gaan ook naar McMann's in Chinatown en het Alice in Wonderlandbeeld in Central Park. Een rondje New York dus. We eindigen op de vismarkt in Fulton Street, waar we een paar mooie kreeften zullen kopen. In de taxi zal ik met de doos met kreeften op schoot zitten terwijl Nick naast me op de achterbank zit te zenuwen. We haasten ons naar huis, waar ik ze met de handigheid van een meisje dat heel wat zomers op Cape Cod heeft doorgebracht in een nieuwe pan op ons oude fornuis laat zakken terwijl Nick zich lachend en zogenaamd bang achter de keukendeur verstopt.

Ik had geopperd dat we hamburgers zouden halen. Nick wilde dat we uit eten gingen – vijfsterrenrestaurant, chic – met veel gangen en dikdoenerige obers. Dus de kreeften zijn een perfecte middenweg en dat is waar het in het huwelijk volgens iedereen om gaat: compromissen sluiten!

We eten kreeft met boter en hebben seks op de vloer terwijl de zangeres op een van onze oude jazzplaten ons toezingt met haar aan-de-andere-kant-van-de-tunnelstem. We worden langzaam dronken van goede, Schotse whisky, Nicks favoriete drank. Ik geef hem het cadeau dat hij zo graag wilde: het monogrambriefpapier van Crane & Co met het strakke, schreefloze lettertype in jagersgroen op dik, roomkleurig papier dat de rijke inkt van zijn schrijfsels goed absorbeert. Briefpapier voor een schrijver van een schrijversvrouw die misschien hengelt naar een paar liefdesbrieven.

Daarna hebben we misschien weer seks. En later op de avond een hamburger. En meer whisky. Voilà: het gelukkigste stel uit de straat! En dan zeggen ze dat een huwelijk hard werken is.

De nacht van Nick Dunne

Boney en Gilpin namen me voor verder verhoor mee naar het politiebureau. Het zag eruit als een vervallen bankgebouw. Ze lieten me veertig minuten alleen in een klein kamertje. Ik dwong mezelf stil te blijven zitten. Doen alsof je kalm bent ís kalm zijn, in zekere zin. Ik hing over de tafel, legde mijn kin op mijn arm. Wachtte.

'Wil je Amy's ouders bellen?' had Boney gevraagd.

'Ik wil ze niet ongerust maken,' zei ik. 'Als we over een uur nog niets van Amy hebben gehoord, zal ik ze bellen.'

Dat gesprek hadden we drie keer herhaald.

Uiteindelijk kwamen de agenten binnen. Ze gingen tegenover me aan de tafel zitten. Ik moest de neiging om in lachen uit te barsten onderdrukken: dit hele tafereeltje deed ontzettend denken aan een tv-serie. Dit was precies zo'n kamertje als ik de afgelopen tien jaar had gezien in nachtelijke televisieseries, en de twee rechercheurs gedroegen zich als acteurs. Alert en intens. Voor-de-gek-houderij, als in een kinderfantasie van een politiebureau. Boney had zelfs een kartonnen koffiebekertje in haar hand en een bruingele map die oogde als een rekwisiet. Het decor van een politieserie. Ik voelde me draaierig, had even het gevoel dat we allemaal deden alsof: *Laten we het spel echtgenote vermist doen!*

'Alles oké, Nick?' vroeg Boney.

'Alles oké, hoezo?'

'Je zit zo raar te glimlachen.'

De draaierigheid gleed prompt van me af. 'Het spijt me, het is allemaal zo...'

'Dat snap ik,' zei Boney. Ze keek me aan met een blik die overkwam als een geruststellend klopje op mijn hand. 'Ik snap dat het heel onwezenlijk voor je moet zijn.' Ze schraapte haar keel. 'Om te beginnen gaan we ervoor zorgen dat jij je hier prettig voelt. Geef maar een gil als je iets nodig hebt. Hoe meer informatie je ons nu kunt geven, hoe beter. Maar je mag zelf weten wanneer je hier weggaat, dat is geen probleem.'

'Wat jullie het beste uitkomt.'

'Oké, geweldig, bedankt,' zei ze. 'Hmm, oké. Ik wil eerst het nare werk achter de rug hebben. Het vervelende gedoe. Als je vrouw inderdaad is ontvoerd – dat weten we niet, maar als het daarop uitdraait – willen we de dader te pakken krijgen. En als we die hebben, willen we ook keihard kunnen bewijzen dat hij het heeft gedaan. Zonder achterdeurtje. Geen uitvluchten.'

'Juist.'

'We moet dus snel en grondig vaststellen dat jij niet tot de verdachten behoort. Zodat de dader later niet kan beweren dat we jou buiten beschouwing hebben gelaten, snap je?'

Ik knikte werktuiglijk. Ik wist niet precies wat ze bedoelde, maar ik wilde zo behulpzaam mogelijk overkomen. 'Ik vind alles best.'

'We willen je geen angst aanjagen,' vulde Gilpin aan. 'Maar we moeten rekening houden met alle mogelijkheden.'

'Lijkt me prima.' Het is altijd de echtgenoot, dacht ik. Iedereen weet dat de echtgenoot altijd de dader is. Waarom zeggen ze het niet gewoon: we verdenken jou omdat jij de echtgenoot bent, en die heeft het altijd gedaan. In die opsporingsprogramma's op tv is dat ook altijd zo.

'Oké, tof Nick,' zei Boney. 'Laten we eerst even wat wangslijm van je afnemen, dan weten we welk DNA we in je huis kunnen negeren. Is dat goed?'

'Natuurlijk.'

'En ik zou je handen graag even onderzoeken op kruitsporen. Wederom, voor het geval...'

'Wacht, wacht, wacht. Hebben jullie een reden om te denken dat mijn vrouw...'

'Nee, nee, Nick,' onderbrak Gilpin. Hij trok een stoel bij en ging er achterstevoren op zitten. Ik vroeg me af of politiemensen dat écht deden. Of was een of andere gewiekste acteur daar ooit mee begonnen, en imiteerde de politie dat omdat het er stoer uitzag?

'Het is gewoon een standaardprocedure,' ging Gilpin verder. 'We proberen overal rekening mee te houden. We controleren je handen, nemen wangslijm af, en als we je auto ook zouden mogen onderzoeken...'

'Uiteraard. Zoals ik al zei, ik vind alles best.'

'Bedankt, Nick. Dat stel ik op prijs. Soms maken mensen het ons moeilijk, gewoon omdat ze die mogelijkheid hebben.'

Ik had het tegenovergestelde verwacht. Mijn vader had mijn kindertijd bezoedeld met onuitgesproken schuldgevoel. Hij was zo'n man die altijd op zoek was naar iets om zich over op te winden. Go was daar defensief van geworden, iemand die in geen geval onrechtvaardigheid accepteerde. Ik had me ontwikkeld tot een slijmbal, ik likte spontaan de hielen van iedere autoriteit. Ma, pa, leraren: als ik uw werk daarmee kan verlichten, meneer of mevrouw. Ik had voortdurend ieders goedkeuring nodig. 'Jij zou letterlijk bereid zijn te liegen, bedriegen en stelen, ja, zelfs te moorden, om mensen ervan te overtuigen dat je een aardige vent bent,' had Go ooit gezegd. We stonden in de rij voor kniesjes bij Yonah Schimmel, niet ver van Go's oude New Yorkse appartement, zo goed kan ik me dat moment nog herinneren. Ik had opeens geen trek meer omdat het volkomen waar was. Maar ik had het niet eerder beseft. Terwijl ze het zei dacht ik al: dit zal ik nooit vergeten, dit is een van die momenten die ik altijd zal onthouden.

We spraken over koetjes en kalfjes, over het vuurwerk ter gelegenheid van Onafhankelijkheidsdag en het weer. Ondertussen werden mijn handen geïnspecteerd op kruitsporen en werd met een katoenen wattenstaafje wangslijm afgenomen. Ik deed alsof het heel normaal was: een bezoekje aan de tandarts.

Toen het achter de rug was, zette Boney nog een kop koffie voor me neer en kneep in mijn schouder. 'Het spijt me. Dit is het vervelendste deel van mijn werk. Kun je nu een paar vragen beantwoorden, denk je? Het zou ons echt helpen.'

'Natuurlijk, vraag maar raak.'

Ze legde een kleine digitale recorder voor me neer op tafel. 'Vind je het goed? Op deze manier hoef je niet steeds dezelfde vragen te beantwoorden...' Ze wilde mijn verhaal opnemen om me vast te kunnen pinnen op mijn woorden. Ik moet een advocaat bellen, dacht ik, maar alleen schuldige mensen hebben een advocaat nodig, dus ik knikte: geen probleem.

'Dus: Amy,' zei Boney. 'Hoe lang wonen jullie hier?'

'Ongeveer twee jaar.'

'En je vrouw komt oorspronkelijk uit New York.'

'Ja.'

'Werkt ze, heeft ze een baan?' vroeg Gilpin.

'Nee. Vroeger schreef ze vragenlijsten voor persoonlijkheidstestjes.'

De rechercheurs wisselden een blik. 'Persoonlijkheidstestjes?'

'Voor jongerentijdschriften, vrouwenbladen,' zei ik. 'Je kent dat wel: "Bent u het jaloerse type? Beantwoord de vragen en u weet het! Vinden jongens je te dominant? Beantwoord de vragen en je weet het!"'

'O leuk, daar ben ik dol op,' zei Boney. 'Ik wist niet dat dat echt werk was. Om dat soort dingen te schrijven. Een echte betaalde baan, bedoel ik.'

'Dat is ook niet zo. Niet meer. Het internet staat vol met gratis testjes. Die van Amy waren slimmer – ze was afgestudeerd in de psychologie – *is* afgestudeerd in de psychologie.' Ik lachte lomp om mijn flater. 'Maar slim kan niet op tegen gratis.'

'En toen?'

Ik haalde mijn schouders op. 'Toen zijn we hier komen wonen. Ze hangt nu zo'n beetje thuis rond.'

'O! Dus jullie hebben kinderen?' kraaide Boney, alsof ze eindelijk goed nieuws had gehoord.

'Nee.'

'O. Wat doet ze dan de hele dag?'

Dat vroeg ik me ook af. Amy was ooit een vrouw die constant van alles wat deed. Toen we gingen samenwonen, had ze een grondige studie van de Franse eetcultuur gemaakt. Ze bleek een ware keukenprinses en wist een geïnspireerde boeuf bourguignon op tafel te zetten. Ter gelegenheid van haar vierendertigste verjaardag vlogen we naar Barcelona en ze verbaasde me met haar beheersing van het Spaans. Ze had een paar maanden stiekem lessen gevolgd. Mijn vrouw had een briljante, onstuimige geest, een gretige nieuwsgierigheid. Maar ze was buitengewoon eerzuchtig: ze had het nodig om mannen te verbluffen en vrouwen jaloers te maken. *Natuurlijk kan Amy Frans koken en vloeiend Spaans spreken en tuinieren en breien en marathons lopen en in aandelen handelen en een vliegtuig besturen en er ondertussen ook nog uitzien als een model op de catwalk.* Ze moest voortdurend *Amazing Amy* zijn. Hier in Missouri doen de vrouwen boodschappen bij Target, maken ze vlijtig toebereide, troostrijke maaltijden en lachen ze om hoe weinig ze nog weten van hun schoolspaans. Competitie interesseert hen niet. Amy's tomeloze ambitie wordt met verbazing en een zeker medelijden bekeken. Slechter had mijn prestatiegerichte vrouw het niet kunnen treffen: een stad vol tevreden grijze muizen.

'Ze heeft veel hobby's,' zei ik.

'Maakte je je zorgen om haar?' vroeg Boney. Ze keek bezorgd. 'Ben je misschien bang dat ze drugs gebruikte of te veel dronk? Niet dat ik je vrouw zwart wil maken of zo. Veel huisvrouwen, meer dan je zou denken, komen op die manier de dag door. De dagen duren lang in je eentje. En als ze van de drank overstappen op drugs – en dan heb ik het niet eens over heroïne, maar bedoel ik gewoon pijnstillers – dan lopen er hier genoeg ettertjes rond die dat spul verkopen.'

'De drugshandel is één grote ellende,' zei Gilpin. 'Er zijn ontslagronden bij de politie geweest. Een vijfde van het korps is weg, en we zaten al krap. Ik wil maar zeggen, het is echt érg, we kunnen het niet meer aan.'

'Een maand geleden had ik nog een vrouw bij wie een tand werd uitgeslagen vanwege een dosis Oxycontin,' viel Boney hem bij.

'Nee, Amy dronk wel eens een wijntje of zo, maar ze gebruikte geen drugs.' Boney nam me nauwlettend op; dit was kennelijk niet het antwoord dat ze had willen horen. 'Had ze hier goede vrienden? We zouden een paar mensen willen bellen, gewoon voor de zekerheid. Sorry hoor, maar soms weet de echtgenoot het als laatste als het om drugs gaat. Mensen schamen zich, vooral vrouwen.'

Vrienden. In New York wisselde Amy wekelijks van vrienden; ze waren net als haar projecten. Ze was er vaak razend enthousiast over: Paula die haar zanglessen gaf en die een waanzinnig mooie stem had. (Amy had op een kostschool in Massachusetts gezeten. Ik hield van de zeldzame keren dat ze liet merken als ze uit New England kwam met uitdrukkingen als *waanzinnig mooi*); Jessie van de cursus kledingontwerpen. Maar als ik dan een maand later naar Paula of Jessie vroeg, keek ze me aan alsof ik wartaal uitsloeg.

En dan had je nog die mannen die altijd hijgerig achter Amy aan liepen om de dingen te doen die haar echte man naliet. Een stoelpoot repareren, haar lievelingsthee uit Azië op de kop tikken. Mannen van wie ze bezwoer dat het haar vrienden waren, gewoon goede vrienden. Amy hield ze precies op een armlengte afstand; ver genoeg weg om mij niet te ergeren, maar voldoende dichtbij om ze met één vinger te lijmen.

In Missouri... allemachtig, ik wist het echt niet. Het drong pas later tot me door. Je bent echt een eikel, dacht ik. We waren al twee jaar hier, en na de eerste gesprekjes die je altijd wel hebt tijdens die eerste, idioot drukke maanden, was er niemand meer die Amy regelmatig zag. Ze had mijn moeder, die inmiddels was overleden, en mij – wij kibbelden voornamelijk. Toen we een jaar in Missouri woonden, had ik haar gemaakt beleefd gevraagd: 'En hoe bevalt North Carthage u, mevrouw Dunne?' 'Nieuw Carthage, bedoel je?' had ze geantwoord. Ik had geen zin om haar te vragen wat ze bedoelde omdat ik wist dat het een sneer was.

'Ze heeft een paar goede vrienden, maar die wonen voornamelijk in het oosten.'

'En haar ouders?'

'Die wonen in New York.'

'En je hebt nog steeds niemand van hen gebeld?' vroeg Boney, verward glimlachend.

'Ik heb al het andere dat jullie me hebben gevraagd te doen gedaan, ik heb daar nog geen tijd voor gehad.' Ik had allerlei formulieren ondertekend: toestemming om creditcardbetalingen en geldopnamen in te kijken en om Amy's mobiele telefoon te laten traceren, ik had het mobiele nummer van Go gegeven en de naam van Sue, die weduwe van De Bar, die waarschijnlijk kon bevestigen hoe laat ik was gearriveerd.

'De benjamin.' Ze schudde haar hoofd. 'Je doet me echt aan mijn jongste broertje denken.' Een stilte. 'Dat is een compliment, dat meen ik.'

'Ze is dol op hem,' zei Gilpin. Hij schreef iets in zijn boekje. 'Oké, dus je hebt het huis om ongeveer half acht 's ochtends verlaten en je bent tegen negenen in De Bar aangekomen. En in de tussentijd zat je aan de rivieroever.'

Ongeveer vijftien kilometer ten noorden van ons huis is een rivierstrandje, een niet al te gezellige verzameling zand, slib en scherven van bierflessen. Uitpuilende afvalbakken, volgepropt met kartonnen bekertjes en vieze luiers. Maar er staat een picknicktafel op een mooi zonnig plekje en als je recht voor je uit blijft kijken zie je alleen de rivier en niet al die rotzooi.

'Soms neem ik koffie en mijn krantje mee en ga ik daar gewoon zitten. Je moet zo veel mogelijk van de zomer genieten.'

Nee, ik had daar niemand gesproken. Nee, niemand had me gezien.

'Doordeweeks is het daar rustig,' gaf Gilpin toe.

Als de politie iemand had gesproken die me kende, waren ze er snel achter gekomen dat ik zelden naar het rivierstrandje ging en dat ik daar nooit met koffie en een krantje van de ochtend genoot. Ik heb een Iers-blanke huid en ik heb een hekel aan navelstaren, kortom: geen strandtype. Ik had dit verhaal tegen de politie verteld omdat het een idee van Amy was geweest. Het zou goed voor mij zijn om op een plekje te gaan zitten waar ik alleen kon zijn, naar de rivier kon kijken en over ons leven kon mijmeren. Dat had ze vanochtend gezegd, nadat we haar flensjes hadden gegeten. Ze boog zich over de tafel heen en zei: 'Ik weet dat we in een moeilijke fase zitten. Ik hou nog steeds zó veel van je, Nick, en ik weet dat ik aan heel veel punten moet werken. Ik wil een goede vrouw voor je zijn, en jij moet mijn echtgenoot blijven en ik wil dat je gelukkig bent. Maar jij moet zelf beslissen wat je wilt.'

Ze had dat toespraakje duidelijk geoefend en ze glimlachte er trots bij. En zelfs terwijl mijn vrouw me dit aardige aanbod deed, dacht ik: natuurlijk zet ze dit in scène. Ze wil een beeld van mij hebben aan de oever van een onstuimige rivier, mijn haar wapperend in de wind terwijl ik naar de horizon tuur en mijmer over ons leven samen. Bij Dunkin' Donuts zitten heeft toch minder cachet.

Je moet zelf beslissen wat je wilt. Helaas voor Amy had ik dat al besloten.

Boney keek vrolijk op van haar aantekeningen. 'Kun je me zeggen welke bloedgroep je vrouw heeft?' vroeg ze.

'Eh, nee, dat weet ik niet.'

'Je weet de bloedgroep van je vrouw niet?'

'O misschien?' gokte ik.

Boney stiet een langgerekte, yoga-achtige zucht uit. 'Oké, Nick, wij doen het volgende om Amy op te sporen.' Ze somde alles op: Amy's mobieltje werd getraceerd, er werd een foto van haar gecirculeerd, haar creditcardbetalingen werden gevolgd. Seksuele veelplegers in de regio werden verhoord. Onze dunbevolkte buurt werd grondig onderzocht. Onze huistelefoon werd afgetapt voor het geval er telefonisch om losgeld zou worden gevraagd.

Ik wist niet goed wat ik nu moest zeggen. Ik pijnigde mijn hersenen en zocht naar de juiste woorden. Wat zegt de echtgenoot op zo'n moment in een film? Dat hangt ervan af of hij schuldig of onschuldig is.

'Dat stelt me niet echt gerust. Is dit een ontvoering, een geval van vermissing of wat is er precies aan de hand?' Ik kende de cijfers, want die wist ik van dezelfde tv-series waarin ik nu zelf speelde: als het onderzoek de eerste achtenveertig uur niets opleverde, bleef de zaak meestal onopgelost. De eerste achtenveertig uur waren van cruciaal belang. 'Ik bedoel, mijn vrouw is verdwenen. Mijn vrouw is *verdwenen*!' Het drong tot me door dat ik dit voor het eerst uitsprak zoals het hoorde: paniekerig en boos. Mijn vader was een man met een eindeloze hoeveelheid bitterheid, woede en afkeer in zich. In mijn levenslange worsteling te voorkomen dat ik zou worden zoals hij, was ik helemaal verleerd negatieve emoties te uiten. Dat was nog zoiets waardoor ik overkwam als een oetlul: ik kon nog zo'n dikke knoop in mijn maag hebben, aan mijn gezicht zag je niets. En uit mijn woorden kon je nog minder opmaken. Dat was mijn eeuwige probleem: te veel controle of helemaal géén controle.

'Nick, we nemen deze zaak búítengewoon ernstig,' zei Boney. 'De jongens van het lab zijn op dit moment aan het werk in je huis, dus straks weten we meer. Nu is het van belang dat je ons zo veel mogelijk vertelt over je vrouw, hoe meer hoe beter. Wat is ze voor iemand?'

De gebruikelijke echtgenootzinnetjes schoten me te binnen: ze is lief, ze is geweldig, ze is aardig, ze is een grote steun.

'Hoe bedoel je precies?' vroeg ik.

'Geef me een idee van haar persoonlijkheid,' opperde Boney. 'Wat heb je haar bijvoorbeeld voor haar trouwdag gegeven? Een sieraad?'

'Ik had nog niks gekocht,' zei ik. 'Dat was ik vanmiddag van plan.' Ik wachtte tot ze zou lachen en weer 'de benjamin' ging zeggen, maar dat deed ze niet.

'Oké. Nou goed, vertel eens wat meer over haar. Is ze extravert? Is ze – ik weet niet goed hoe ik dit moet zeggen – is ze New York-achtig? Wat op sommige mensen als brutaal zou kunnen overkomen? Zou ze mensen kunnen irriteren met haar houding?'

'Dat weet ik niet. Ze is niet mensenschuw of zo, maar ze is niet... niet zo agressief dat mensen haar daarom... zouden kwetsen.'

Dat was mijn elfde leugen. De huidige Amy kon af en toe scherp uit de hoek komen en wel degelijk iemand kwetsen. Ik doel nu specifiek op de Amy van de laatste tijd, die in de verste verte niet meer leek op de Amy op wie ik verliefd ben geworden. Het leek wel een afschuwelijk negatief sprookje. In een paar jaar tijd had de oude Amy, de vrouw met de gulle lach en die prettig in de omgang was haar oude zelf afgeschud. Haar oude zelf bleef als afgestroopte huid op de vloer achter. En daaruit floepte de nieuwe, kribbige, bittere Amy tevoorschijn. Mijn vrouw was niet langer mijn vrouw maar een kluwen scheermesjes die ik moest zien te ontwarren, en daar was ik niet op berekend met mijn dikke, ongevoelige, nerveuze vingers. Plattelandsvingers. Vingers van iemand uit het Midden-Westen. Amy's scheermesjes uit elkaar pulken was voor mij te ingewikkeld en te gevaarlijk. Als ik haar mijn bebloede vingertoppen toonde, zuchtte ze en boog ze zich over haar geheime klembord waarin ze al mijn gebreken, teleurstellingen, zwakheden en tekortkomingen bijhield. De Amy van vroeger, ja, die was pas leuk. Die was grappig. Die maakte me aan het lachen. Dat was ik vergeten. Zelf kon ze ook lachen. Diep vanuit haar keelholte, wat de beste plek is om vanuit te lachen. Ze liet haar grieven los als een handvol vogelzaad: zo ligt het er nog, en even later is alles verdwenen.

Ze was iemand anders geworden, en wel datgene wat mij de grootste angst inboezemde: een boze vrouw. Ik kon niet goed omgaan met boze vrouwen. Ze brachten het slechtste in me naar boven.

'Is ze bazig?' vroeg Gilpin. 'Dominant?'

Ik dacht aan Amy's agenda, zo eentje voor drie jaar, en als je een heel jaar verder bladerde, zag je inderdaad al afspraken staan: dermatoloog, tandarts, dierenarts. 'Ze is iemand die graag alles plant... ze doet niets spontaan. Ze houdt van lijstjes die ze af kan vinken. Ze is doortastend. Daarom begrijp ik ook niks van deze hele toestand...'

'Daar kun je gek van worden,' zei Boney invoelend. 'Vooral als je zelf niet zo bent. Jij lijkt me veel relaxter.'

'Ik ben misschien iets laconieker,' zei ik. Toen kwam ik op de proppen met het cliché dat van me werd verwacht: 'We vullen elkaar aan.'

Ik keek op de klok aan de muur en Boney raakte mijn hand aan.

'Hé, waarom bel je Amy's ouders niet even? Ik weet zeker dat ze dat op prijs zullen stellen.'

Het was na middernacht. Amy's ouders gingen om negen uur 's avonds naar bed en daar waren ze op een eigenaardige manier heel trots op. Ze zouden nu slapen, dus het zou een alarmerend middernachtelijk telefoontje worden. Ze zetten hun mobiele telefoon altijd om 20.45 uur uit. Rand Elliott zou vanuit zijn bed helemaal naar het einde van de gang moeten lopen om de ouderwetse, zware telefoon op te nemen; hij zou hannesen met zijn bril, onhandig doen met de tafellamp. Hij zou talloze redenen bedenken waarom hij zich geen zorgen moest maken om zo'n laat telefoontje, talloze onschuldige redenen waarom de telefoon kon gaan.

Pas nadat ik het nummer twee keer had ingetoetst en weer had opgehangen, durfde ik het telefoontje daadwerkelijk te plegen. Marybeth nam op, niet Rand. Haar zware stem kraakte in mijn oren. Ik had nog niet gezegd 'Marybeth, met Nick hier' of ik had al niets meer in te brengen.

'Wat is er aan de hand, Nick?'

Ik ademde diep in.

'Is er iets met Amy? Vertel op.'

'Ik eh... ik had eerder moeten bellen...'

'Vertel op, verdomme!'

'We k-kunnen Amy nergens vinden,' stamelde ik.

'Je kunt Amy nergens vinden?'

'Ik weet niet...'

'Wordt Amy vermist?'

'Dat weten we niet zeker, we zijn nog...'

'Sinds wanneer?'

'Dat weten we niet zeker. Ik ben vanochtend iets na zevenen vertrokken...'

'En je belt nú pas?'

'Het spijt me, ik wilde niet...'

'Jezus christus. We hebben vanavond getennist. Getennist, terwijl we in plaats daarvan... Allemachtig. Is de politie er al bij gehaald? Heb je ze gewaarschuwd?'

'Ik ben nu op het politiebureau.'

'Geef me degene die de leiding heeft, Nick. Schiet op.'

Ik ging Gilpin halen, als een klein kind. *Mijn schoonmama wil je spreken.*

Het telefoontje naar de Elliotts maakte het officieel. De calamiteit – Amy vermist – werd nu bekend voor de buitenwereld.

Ik was op weg terug naar de verhoorkamer toen ik de stem van mijn vader hoorde. Soms, op bijzonder schaamtevolle momenten, hoorde ik zijn stem in mijn hoofd. Maar dit was zijn stem in werkelijkheid, hier en nu. Zijn woorden klonken als vochtige luchtbellen, als iets wat opsteeg uit een ranzig moeras. *Trut trut trut.* Mijn vader, helemaal gek, had de gewoonte aangenomen om dat woord te bezigen tegen iedere vrouw die hem ergerde: *trut trut trut.* Ik gluurde een vergaderkamer in, en daar zat hij, op een bankje tegen de muur. Hij was vroeger een knappe man geweest, intens, met een stoere gleuf in zijn kin.

Verbijsterend knap, zo had mijn tante hem beschreven. Nu zat hij tegen de vloer te mompelen. Zijn blonde haar zat verward, zijn broek was modderig en zijn armen zaten vol schrammen, alsof hij door stekelige struiken had gebanjerd. Een spuugdraad bengelde als een slakkenspoor onder zijn kin en hij spande voortdurend zijn armzalige armspieren. Naast hem zat een geagiteerde vrouwelijke agent. Ze had een boze trek om haar mond en probeerde hem te negeren: *Trut trut trut dat zei ik zei toch trut.*

'Wat is er aan de hand?' vroeg ik haar. 'Dat is mijn vader.'

'Hebt u ons telefoontje gekregen?'

'Welk telefoontje?'

'Om uw vader op te halen.' Ze articuleerde overdreven duidelijk, alsof ik een niet al te snuggere tienjarige was.

'Ik... Mijn vrouw wordt vermist. Ik ben zowat de hele nacht hier geweest.'

Ze staarde me niet-begrijpend aan. Ik zag dat ze in tweestrijd verkeerde: moest ze haar nijdige houding opgeven en haar excuses aanbieden en informeren naar de situatie? Maar toen begon mijn vader weer *trut trut trut* te zeggen en koos ze ervoor om nijdig te blijven.

'Meneer, Comfort Hill heeft de hele dag geprobeerd contact met u op te nemen. Uw vader is vanochtend vroeg ontsnapt via een nooduitgang. Hij heeft een paar krassen en schrammen opgelopen, zoals u ziet, maar verder niets. We hebben hem een paar uur geleden opgepikt. Hij liep verdwaasd rond op River Road. We hebben u geprobeerd te bellen.'

'Ik ben al die tijd hier geweest,' zei ik. 'Pal hiernaast, goddomme. Waarom wist niemand dat?'

Trut trut trut, zei mijn vader.

'Meneer, wilt u niet zo'n toon tegen mij aanslaan?'

Trut trut trut.

Boney liet mijn vader terug naar het tehuis brengen door een agent, een man, zodat ik de zaken hier kon afhandelen. We stonden op de trap voor het politiebureau en keken hoe hij, nog steeds mompelend, in de auto werd gezet.

'Jullie hebben geen hechte band?' vroeg ze.

'Wij zijn hét voorbeeld van geen hechte band.'

Rond twee uur 's nachts had de politie geen vragen meer en kon ik gaan. Ik kreeg het advies om goed te slapen en ik moest de volgende ochtend om elf uur terugkomen voor een persconferentie rond het middaguur.

Ik vroeg niet of ik naar huis mocht. Ik ging naar het huis van Go omdat ik wist dat zij voor me op zou blijven, iets met me zou drinken, een boterham voor me zou maken. Dat was, zielig genoeg, alles waar ik op dat moment behoefte aan had: een vrouw die een boterham voor me klaarmaakte en geen vragen stelde.

'Wil je haar niet zoeken?' bood Go aan terwijl ik at. 'We kunnen wat rondrijden.'

'Dat lijkt me zinloos,' zei ik mat. 'Waar moet ik zoeken?'

'Nick, dit is echt heel ernstig.'

'Dat weet ik, Go.'

'Gedraag je daar dan ook naar, oké, *Lance*? Niet mummelen.' Ze maakte er een binnensmonds geluid bij, het geluid dat ze altijd maakte ter illustratie van mijn besluiteloosheid, vergezeld door rollende ogen en het afstoffen van mijn officiële eerste naam. Iemand met zo'n gezicht als ik zou geen Lance mogen heten. Ze gaf me een glas whisky. 'En drink dit op, maar niet meer. Je kunt morgen geen kater gebruiken. Waar kan ze in godsnaam zijn? Mijn god, ik ben misselijk.' Ze schonk een glas voor zichzelf in en nam een flinke slok. Van de rest van de whisky probeerde ze al nippend te drinken terwijl ze rondjes door de keuken liep. 'Maak je je geen zorgen, Nick? Dat een of andere vent haar bijvoorbeeld op straat heeft gezien en haar heeft meegenomen? Eén klap op haar hoofd en...'

Ik schrok. 'Waarom zei je *klap op haar hoofd*, waarom doe je dat, verdomme?'

'Het spijt me, ik bedoelde het niet zo plastisch, ik wilde alleen... Ik weet het niet, ik zit maar te piekeren. Over een of andere gek.' Ze schonk nog wat whisky in haar glas.

'Over gekken gesproken,' zei ik. 'Pa is vandaag weer ontsnapt, ze hebben hem aangetroffen op River Road. Hij is nu weer terug in Comfort Hill.'

Ze haalde haar schouders op: *oké*. Het was de derde keer in een half jaar dat onze pa ervandoor was gegaan. Go stak een sigaret op, met haar gedachten nog bij Amy. 'Ik bedoel, is er niet iemand die we moeten spreken?' vroeg ze. 'Iets wat we kunnen doen?'

'Jezus, Go! Moet je me echt een nog machtelozer gevoel geven dan ik al heb?' snauwde ik. 'Ik heb geen idee wat ik zou moeten doen. Voor dit soort gevallen bestaan geen handleidingen. De politie zei dat ik kon gaan. Ik ben vertrokken. Ik doe alleen maar wat zij zeggen.'

'Dat weet ik ook wel,' mompelde Go. Ze had lang geprobeerd mij iets dwarser te maken. Dat zou niet lukken. Ik was zo'n jongen die op de middelbare school altijd op tijd kwam; zo'n schrijver die altijd zijn deadlines haalde, zelfs als dat niet echt hoefde. Ik hield me aan de regels, want zolang je je aan de regels houdt, loopt alles meestal op rolletjes.

'Verdomme, Go, ik moet over een paar uur weer op het politiebureau zijn, oké? Kun je alsjeblieft gewoon even aardig tegen me doen? Ik ben doodsbang.'

We deden vijf seconden wie de ander het langst kon aanstaren, daarna vulde Go mijn glas opnieuw. Een excuus. Ze kwam naast me zitten, legde een hand op mijn schouder.

'Arme Amy,' zei ze.

Amy Elliott Dunne

Dagboek

21 april 2009

Arme ik. Ik zal de situatie even schetsen: Campbell, Insley en ik zijn samen uit eten gegaan in de Tableau in Soho. Veel geitenkaasquiches, lamsgehaktballetjes en rucola. Ik snap niet precies waarom het zo moet, maar we hebben de volgorde omgedraaid: eerst uit eten en dan pas borrelen in het kleine zithoekje (een soort bezemkast) dat Campbell heeft gereserveerd in een gelegenheid waar je duur kunt lunchen maar die niet veel verschilt van, laten we zeggen, een woonkamer. Maar goed, het is leuk om zo nu en dan gekke, trendy dingen te doen. We zijn alle drie te opzichtig gekleed in onze flitsende jurken en stilettohakken, en krijgen kleine bordjes voorgeschoteld met hapjes die al even decoratief en mager zijn als wijzelf.

We hebben besloten dat onze mannen zich tijdens de borrel bij ons zullen aansluiten. Dus daar zitten we dan in onze piepkleine nis, het eten net achter de kiezen en voorzien van mojito's, martini's en een bourbon (ik) die ons zijn gebracht door een serveerster die zo auditie zou kunnen doen voor het rolletje van Frisse Meid Die Net Uit De Bus Is Gestapt.

We zijn zo goed als uitgepraat. Het is dinsdag en niemand heeft het gevoel dat dat níét zo is. De drankjes worden langzaam gedronken: Insley en Campbell hebben de ochtend daarop vage afspraken en ik moet werken, dus in plaats van onszelf op te peppen voor een stevig avondje uit zijn we aan het afbouwen. We worden melig en vervelen ons. Als we niet op de mannen moesten wachten, waren we naar huis gegaan. Campbell kijkt steeds op haar BlackBerry, Insley bekijkt haar strakgespannen kuiten van verschillende kanten. John arriveert als eerste – uitgebreide excuses voor Campbell, een brede grijns en kussen voor ons allemaal: deze man is dolblij dat hij aan de andere kant van de stad het staartje van een cocktailuurtje kan meepikken en nog even snel een glas achterover kan slaan voordat hij samen met zijn vrouw op weg naar huis gaat. George komt zo'n twintig minuten later binnen – schaapachtig, gespannen, een kort excuus over zijn werk, Insley die tegen hem snauwt: 'Je bent véértig minuten te laat.' George die terugbijt: 'Ja, sorry dat ik nog geld moest verdienen.' De twee wisselen nauwelijks een woord met elkaar en praten alleen met de anderen.

Nick komt niet opdagen, en belt ook niet. We wachten nog drie kwartier. Campbell is bezorgd ('Misschien moest hij op het laatste moment nog een deadline halen,' zegt ze, en ze glimlacht naar die goeie ouwe John die zich nog nooit door een onverwachte deadline heeft laten weerhouden om op tijd bij zijn vrouw te zijn); Insley wordt minder boos op haar man nu ze beseft dat hij slechts de op één na grootste sukkel van het gezelschap is. ('Weet je zeker dat hij niet heeft ge-sms't?)

En ik, ik glimlach alleen maar. 'Ach, wie weet waar hij uithangt. Ik zie hem thuis wel.' Nu zijn het de mannen die hun wenkbrauwen fronsen. *Je bedoelt dat dat een optie was? De avond laten passeren zonder veel gedoe? Geen verwijten, woede of gezeur?*

Tja, misschien niet voor jullie.

Nick en ik lachen ons soms dood om de verschrikkelijke dingen die vrouwen van hun mannen verlangen om hun liefde te bewijzen. Al die nutteloze taken, ontelbare opofferingen, eindeloze rij kleine capitulaties. We noemen ze de *dansende aapjes.*

Nick komt straks bezweet, brak en aangeschoten van het bier thuis na een dag op het honkbalveld en dan kruip ik op zijn schoot en vraag hem of zijn vriend Jack het naar zijn zin heeft gehad en dan zal hij antwoorden: 'O, we hadden de aapjes weer aan het dansen. Die arme Jennifer had zo'n "enorm stressvolle week" achter de rug dat ze hem écht thuis nodig had.'

Zo ook de vriend van zijn werk, die niet mee naar het café kan omdat zijn vriendin liever heeft dat hij naar de bistro komt waar zij met een vriendin van buiten de stad zit te eten. Dan kunnen ze elkaar eindelijk eens ontmoeten. En dan kan zij laten zien hoe gehoorzaam haar aapje is: *Hij komt als ik hem roep en kijk eens hoe keurig hij eruitziet!*

Draag dit, draag dat niet. Doe dit klusje nu en doe dat klusje zodra je er tijd voor hebt en daarmee bedoel ik 'nu meteen'. En geef vooral voor mij al die dingen op die je leuk vindt, zodat ik zeker weet dat je het meest van mij houdt. Het is de vrouwelijke variant van wie het verst kan pissen: als vrouwen interessant willen doen op onze boekenclubjes en cocktailuurtjes pochen ze het liefst met wat hun mannen allemaal voor ze over hebben. Een vraag-enantwoordspelletje, en het antwoord luidt: 'O, wat líéf!'

Ik ben niet blij dat ik tot die club behoor. Ik doe daar echter niet aan mee, ik kick niet op emotionele dwang en wil Nick niet in de rol van gelukkige echtgenoot dwingen – de schouderophalende, opgewekte, plichtsgetrouwe *Ik zet de vuilnisbak buiten, schat!*-rol. De droomman van elke vrouw, het tegenovergestelde van de fantasie van elke man, die een lieve, hete, ontspannen vrouw wil die van seks en een stevige borrel houdt.

Ik zie mezelf graag als iemand die zelfverzekerd en volwassen genoeg is om te weten dat Nick van me houdt zonder dat hij mij dat voortdurend hoeft te bewijzen. Ik wil geen zielige dansendeaapjescenario's hoeven schetsen voor mijn vriendinnen. Ik heb liever dat hij zichzelf kan zijn.

Ik heb geen idee waarom vrouwen dat zo moeilijk vinden.

Als ik die avond thuiskom, stopt mijn taxi net voor de deur als hij uit zijn eigen taxi stapt. Hij strekt zijn armen naar me uit, grijnst van oor tot oor – 'Lieverd!' – en ik ren naar hem toe en werp me in zijn armen.

'Wat heb je vanavond gedaan?' vraag ik terwijl hij zijn stoppelige wang tegen de mijne drukt.

'De jongens gingen na het werk pokeren, dus ik ben nog even blijven hangen. Dat vind je hopelijk toch niet erg, hè?'

'Natuurlijk niet,' zeg ik. 'Lijkt me gezelliger dan mijn avond.'

'Wie waren er allemaal?'

'O, Campbell en Insley en hun aapjes. Heel saai. Je bent de apendans ontsprongen.'

Hij drukt me tegen zich aan – die heerlijke, sterke armen – en draagt me de trap op. 'God, wat hou ik toch van je,' zegt hij.

Dan volgen seks, een stevige borrel en een heerlijke nacht in een uitgeputte verstrengeling in ons grote, zachte bed. Arme ik.

Nick Dunne

Een dag vermist

Ik had niet naar Go's goede raad geluisterd en had in mijn eentje op de bank een halve fles leeggezopen. Net toen ik dacht dat ik eindelijk in slaap zou vallen, begon mijn achttiende adrenalinekick op te spelen. Mijn oogleden werden zwaar, ik verschoof mijn hoofdkussen, ik had mijn ogen dicht en op dat moment zag ik mijn vrouw, met bloedplekken in haar blonde haar, huilend en verblind door pijn, kruipend op de keukenvloer. Ze riep mijn naam. *Nick, Nick, Nick!*

Ik nam regelmatig een slok uit de fles en probeerde in de stemming voor de slaap te komen, een zinloze bezigheid. Slaap is als een kat, hij komt pas naar je toe als je hem negeert. Ik dronk wat en ging door met mijn mantra. *Hou op met denken*, slok, *maak je hoofd leeg*, slok, *nu echt serieus, maak je hoofd leeg, vooruit, nu*, slok. Je moet morgen scherp zijn, je moet slapen! Slok. Pas tegen zonsopgang lukte het me een hazenslaapje te doen. Een uur later werd ik wakker met een kater. Geen allesverpletterende kater, maar toch een stevige. Ik voelde me broos en lusteloos. Duf. Misschien nog steeds een beetje dronken. Ik strompelde naar Go's Subaru. De beweging voelde vreemd, alsof mijn benen verkeerd om zaten. Ik had die auto tijdelijk tot mijn beschikking; de politie had mijn weinig gebruikte Jetta en mijn laptop dankbaar geaccepteerd voor onderzoek. Slechts een formaliteit, zo had men mij verzekerd. Ik reed naar huis om schone kleren te halen.

Er stonden drie patrouillewagens in mijn straat, en onze weinige buren drentelden eromheen. Carl was er niet, maar wel Jan Teverer, die christelijke dame, en Mike, de vader van de driejarige ivf-drieling: Taylor, Topher en Tallulah. ('Ik háát ze, alleen die namen al,' zei Amy, die een scherp oog had voor modieuze flauwekul. Toen ik opmerkte dat Amy ooit ook een modenaam was geweest, antwoordde mijn vrouw: 'Nick, je wéét hoe ik aan die naam kom.' Ik had geen idee wat ze daarmee bedoelde.)

Jan knikte vanaf een afstand zonder me aan te kijken, maar Mike kwam op me af toen ik uit de auto stapte. 'Het spijt me, kerel, laat het me weten als ik iets doen kan. Wat dan ook. Ik heb vanochtend het gras gemaaid, dus daar hoef je je geen zorgen meer om te maken.'

Mike en ik maaiden om de beurt de voortuintjes van de verlaten, onteigende huizen in onze buurt. Zware regenval in de lente had het groen veranderd in een jungle, wat een invasie van wasberen veroorzaakte. Ze zaten overal. Ze knaagden midden in de nacht aan ons vuilnis, ze kropen in onze kelders en lummelden als luie huisdieren op onze veranda's. Het maaien leek ze niet af te schrikken, maar we konden ze nu in ieder geval zien.

'Bedankt, kerel, reuze bedankt,' zei ik.

'Mijn vrouw is helemaal hysterisch sinds ze het heeft gehoord,' zei hij. 'Compleet hysterisch.'

'Dat vind ik echt heel erg,' zei ik. 'Ik moet...' Ik wees op mijn voordeur.

'Ze zit maar te huilen bij de foto's van Amy.'

Ongetwijfeld waren er in een mum van tijd duizenden internetfoto's opgedoken, alleen om te voldoen aan de pathetische behoeften van vrouwen als Mikes echtgenote. Ik had geen greintje sympathie voor theatrale aanstellers.

'Hé, ik wou nog vragen...' begon Mike.

Ik tikte hem op zijn arm en wees weer naar de deur, alsof ik dringende zaken te doen had. Voordat hij zijn vraag kon stellen wendde ik me van hem af en klopte op de deur van mijn eigen huis.

Agent Velásquez liep met me mee naar boven, naar mijn eigen slaapkamer, mijn eigen inloopkast in. Het zilverkleurige, volmaakt vierkante cadeaudoosje lag er nog. Ze liet me in mijn spullen rommelen. Het maakte me nerveus dat ik kleren moest uitzoeken onder de ogen van een jonge vrouw met een lange, bruine vlecht. Een vrouw die mij ongetwijfeld zou veroordelen, die een mening over mij had. Uiteindelijk graaide ik blindelings wat kleren bij elkaar. Het resultaat was *business-casual*, een spijkerbroek en een overhemd met korte mouwen, alsof ik naar een congres ging. Dat zou een interessant artikel zijn, dacht ik. Welke kleding trek je aan als je geliefde wordt vermist. Ach, je blijft toch schrijver: altijd op zoek naar een goede tekst.

Ik propte alles in een zak, kwam even terug en keek om me heen. Ik staarde naar het cadeaudoosje op de grond. 'Mag ik zien wat erin zit?' vroeg ik haar.

Ze aarzelde en koos toen de veiligste optie. 'Nee, het spijt me, meneer. Nu even niet.'

De rand van het pakpapier was heel voorzichtig opengesneden. 'Heeft iemand erin gekeken?'

Ze knikte. Enkele agenten hadden de eerste aanwijzing voor mijn speurtocht gelezen.

Ik liep om Velásquez heen naar het doosje. 'Als er toch al naar is gekeken, dan...'

Ze ging voor me staan. 'Meneer, dat kan ik niet toestaan.'

'Dit is belachelijk. Het is voor míj, van míjn vrouw.'

Ik stapte om haar heen, bukte me en pakte het doosje met één hand beet toen ze achter mij staand een arm dwars voor mijn borst stak. Ik voelde een vlaag van woede opkomen. Deze vrouw wilde me in mijn eigen huis vertellen wat ik moest doen. Hoe hard ik ook probeerde me te gedragen in de geest van mijn moeder, af en toe duikt ongenood de stem van mijn vader op in mijn hoofd om daar nare gedachten en akelige woorden achter te laten.

'Meneer, dit is een plaats delict, u...'

Stomme trut.

Plotseling schoot haar collega Riordan haar te hulp. Hij wierp zich op me. Ik probeerde hen van me af te schudden – al goed, al goed, verdomme – en ze sleurden me de trap af. Een vrouw op haar hurken bij de voordeur inspecteerde de vloerplanken. Op zoek naar bloedspetters, nam ik aan. Ze keek me onbewogen aan en richtte haar blik toen weer op de grond.

Ik dwong mezelf tot kalmte terwijl ik naar Go reed om me te verkleden. Dit was slechts één van een lange reeks irritante en onnozele dingen die de politie zou doen in de loop van dit onderzoek (ik hou van regels die zinvol zijn, niet van regels zonder logica), dus ik moest kalmeren: *Jaag de politie niet tegen je in het harnas*, zei ik voortdurend tegen mezelf. *Jaag de politie niet tegen je in het harnas.*

Ik kwam Boney tegen toen ik het politiebureau binnenkwam. Ze zei op bemoedigende toon, alsof ze me een warme muffin aanbood: 'Je schoonouders zijn er, Nick.'

Marybeth en Rand Elliott stonden met hun armen om elkaar heen midden in de hal van het politiebureau, alsof ze poseerden voor een foto. Zo zag ik hen altijd, elkaar klopjes gevend op de handen, en kin en wangen tegen elkaar aan vlijend. Telkens als ik het huis van de Elliotts bezocht, werd ik een obsessieve keelschraper – *ik kom eraan* – want je wist maar nooit of je de Elliotts weer knuffelend in een hoekje zou aantreffen. Bij elk afscheid kusten ze elkaar vol op de mond. Rand legde vaak even zijn handen op het achterwerk van zijn vrouw als hij haar passeerde. Dat soort gedrag was mij totaal vreemd. Mijn ouders scheidden toen ik twaalf was, en misschien ben ik ooit, toen ik nog heel jong was, getuige geweest van een kuise kus op de wang tussen hen toen dat onmogelijk te vermijden was. Kerstmis, verjaardagen. Droge lippen. Tijdens de beste dagen in hun huwelijk ging de conversatie tussen hen uitsluitend over praktische zaken: *De melk is weer op. (Ik zal vandaag nieuwe halen.) Dit moet fatsoenlijk gestreken worden. (Ik zal het vandaag doen.) Hoe moeilijk is het om melk te kopen? (Stilte.) Je bent vergeten de loodgieter te bellen. (Zucht.) Godverdomme, trek nu meteen je jas aan, ga naar buiten om die verdomde melk te halen. Nu.* Deze boodschappen en bevelen werden gegeven door mijn vader, manager op kaderniveau bij een telefoonbedrijf. Hij behandelde mijn moeder op zijn best als een incompetente werkneemster. Op zijn slechtst? Hij sloeg haar nooit, maar zijn pure, onuitgesproken razernij vulde het huis dagen en weken achter elkaar en verpestte de sfeer. Mijn vader sloop rond met vooruitgestoken kaak, zodat hij eruitzag als een getergde, wraakzuchtige bokser die zo luidruchtig zijn tanden knarste dat je het in de hele kamer kon horen. Hij smeet dingen in haar richting maar raakte haar nooit. Ik weet zeker dat hij trots op zichzelf was dat hij haar nooit had geslagen. Ik weet zeker dat hij zich strikt daarom nooit zal hebben beschouwd als een man die zijn vrouw mishandelde. Maar hij maakte van ons gezinsleven een eindeloze reis in de verkeerde richting met een van woede verkrampte chauffeur achter het stuur, een vakantie die maar nooit leuk wilde worden. *O wee als ik moet omkeren.* Toe, keer om, alsjeblieft.

Ik geloof niet dat mijn vader speciaal iets tegen mijn moeder had. Hij hield gewoon niet van vrouwen. Hij vond ze stom, chaotisch, irritant. *Stomme trut.* Dat was zijn favoriete uitdrukking voor iedere vrouw die hem ergerde: een vrouwelijke bestuurder op de weg, een serveerster, onze leraressen op de basisschool, die hij nooit werkelijk had ontmoet, want dat soort bijeenkomsten riekte te veel naar vrouw. Ik weet nog goed dat Geraldine Ferraro in 1984 werd genoemd als vicepresidentskandidaat. We zagen het op het journaal voor het eten. Mijn moeder, mijn kwetsbare, lieve ma, legde haar hand op Go's achterhoofd en zei: *Nou, dat vind ik geweldig.* En mijn vader zette de tv uit en zei: *Het is een grap. Het is goddomme een grap. Net alsof je naar een aap op een fiets kijkt.*

Het duurde nog vijf jaar voordat mijn moeder eindelijk besloot dat ze er genoeg van had. Op een dag kwam ik uit school en was mijn vader weg. 's Ochtends was hij er nog, aan het eind van de middag was hij verdwenen. Mijn moeder liet ons aan de eettafel plaatsnemen en kondigde aan: 'Jullie vader en ik hebben besloten dat het beter is voor iedereen als we apart gaan wonen.' Go barstte in tranen uit en zei: 'Ik haat jullie allebei!' Toen, in plaats van naar haar kamer te rennen zoals je volgens het script zou verwachten, liep ze naar mijn moeder en omhelsde haar.

Mijn vader vertrok en mijn magere, gekwelde moeder werd dik en gelukkig – tamelijk dik en buitengewoon gelukkig – alsof dat altijd al haar ware bestemming was geweest: een lege ballon die lucht opzoog. Binnen een jaar was ze veranderd in de drukke, warme, vrolijke dame die ze tot aan het eind van haar leven zou blijven. Haar zus zei dingen als: 'Godzijdank dat de oude Maureen weer terug is', alsof de vrouw die ons had opgevoed een bedriegster was geweest.

Wat mijn vader betreft: ik sprak hem jarenlang een keer per maand per telefoon. De gesprekken waren beleefd en gevuld met nieuwtjes, een opsomming van dingen die waren gebeurd. De enige vraag die mijn vader ooit over Amy stelde was: 'Hoe gaat het met Amy?' en daarop werd je geacht niets anders te antwoorden dan: 'Prima.' Hij bleef koppig afstandelijk, zelfs toen hij na zijn zestigste wegzakte in dementie. Als je altijd op tijd bent, ben je nooit te laat. De mantra van mijn vader, en daar hoorde het begin van alzheimer ook bij. De langzame achteruitgang veranderde in een snelle aftakeling en zodoende waren we gedwongen onze misogyne pa onder te brengen in een groot tehuis. Het stonk er naar kippenbouillon en pis en hij werd er omgeven door constant behulpzame vrouwen. Ha.

Mijn vader had beperkingen. Dat was wat onze goedhartige moeder ons altijd vertelde. Hij had zijn beperkingen, maar hij bedoelde het niet kwaad. Het was aardig van haar om dat te zeggen, maar hij richtte wel degelijk kwaad aan. Ik betwijfel of mijn zus ooit zal trouwen: als ze droevig, overstuur of boos is, moet ze alleen zijn. Ze is bang dat een man haar vrouwelijke tranen zal afdoen als aanstellerij. Ik ben al net zo erg. Mijn goede kwaliteiten heb ik van mijn moeder. Ik kan grapjes maken, ik kan lachen, ik kan plagen, ik kan steunen en prijzen – kortom, ik functioneer goed als alles meezit – maar ik weet me geen raad met boze of huilerige vrouwen. Dan voel ik de woede van mijn vader in zijn meest lelijke vorm in me opwellen. Amy zou je daar meer over kunnen vertellen. Dat zou ze zeker doen, als ze hier was.

Ik keek een tijdje naar Rand en Marybeth voor ze mij zagen. Ik vroeg me af hoe kwaad ze op me zouden zijn. Ik had iets onvergeeflijks gedaan door hen pas zo laat te bellen. Door mijn lafheid zouden mijn schoonouders altijd die tennisavond voor ogen houden: de warme avond, de gele ballen die traag over de baan stuiterden, het gepiep van tennisschoenen: een doorsneedonderdagavond en ondertussen was hun dochter verdwenen.

'Nick,' zei Rand Elliott toen hij me in de gaten kreeg. Hij kwam met drie grote stappen op me af. Ik rekende al min of meer op een kaakslag, maar hij omhelsde me wanhopig.

'Gaat het een beetje?' fluisterde hij in mijn nek. Hij begon me te wiegen. Ten slotte ontsnapte hem een hoog gekerm, een gesmoorde snik. Hij greep mijn armen vast. 'We zullen Amy vinden, Nick. Dat kan niet anders. Geloof dat, oké?' Rand Elliott hield mijn blik nog een paar tellen vast met zijn blauwe ogen en brak toen opnieuw – drie meisjesachtige, hortende snikken, alsof hij de hik had. Marybeth kwam erbij en begroef haar gezicht tegen de schouder van haar echtgenoot.

Toen we elkaar loslieten, keek ze naar me op met grote, verbijsterde ogen. 'Het is gewoon... verdomme, gewoon een nachtmerrie,' zei ze. 'Hoe gaat het met je, Nick?'

Als Marybeth vroeg hoe het ging was dat geen beleefdheidsfrase maar een welgemeende vraag. Ze bestudeerde mijn gezicht en bleef dat doen tot ze elke gedachte en actie had opgemerkt. De Elliotts geloofden dat elke karaktertrek moest worden beschouwd, beoordeeld en gecategoriseerd. Het betekent allemaal iets, het kan allemaal worden gebruikt. Ma, pa, Amy, het waren drie hoogopgeleide mensen, alle drie afgestudeerd in de psychologie. Voor negen uur 's ochtends hadden zij al meer nagedacht dan andere mensen in een hele maand. Ik weet nog dat ik ooit eens na een etentje de kersentaart afsloeg. Rand hield zijn hoofd schuin en zei: 'Ah! Een rebel. Hij kijkt neer op gemakkelijke, symbolische vaderlandslievendheid.' En toen ik het probeerde weg te lachen en zei dat ik ook niet hield van een kersencocktail, legde Marybeth een hand op Rands arm: 'Dat komt door de scheiding. Al dat troosteten, de desserts die een gezin gezamenlijk nuttigt, voor Nick zijn dat alleen maar slechte herinneringen.'

Het was raar maar erg lief dat die mensen zo ontzettend hun best deden om me te begrijpen. Van de andere kant: ik hou gewoon niet van kersen.

Tegen half twaalf was het in het politiebureau een grote commotie. Telefoons rinkelden, mensen schreeuwden naar elkaar. Een vrouw wier naam ik niet heb verstaan, die ik alleen heb geregistreerd als een tetterende, pluizige haarbol, dook plotseling naast me op. Ik had geen idee hoe lang ze al naast me stond. '... en het belangrijkste hiervan, Nick, is dat mensen naar Amy gaan uitkijken en dat ze weten dat ze familie heeft die van haar houdt en die haar terug wil. We hebben het allemaal in de hand. Nick, je moet wel... Nick?'

'Ja.'

'De mensen zullen een korte verklaring van de echtgenoot willen horen.'

Go schoot vanaf de andere kant van de kamer naar me toe. Ze had me bij het politiebureau afgezet, was naar De Bar gegaan om een half uurtje barzaken te regelen en nu was ze weer hier. Ze gedroeg zich alsof ze me een week in de steek had gelaten, liep zigzaggend tussen de bureaus door, negeerde de jonge agent die haar op bedeesde, waardige manier naar binnen had moeten brengen.

'Alles in orde met je?' zei Go. Ze sloeg één arm om me heen, zoals kerels onderling doen. De telgen van de familie Dunne zijn niet erg goed in omhelzingen. Go's duim landde op mijn rechtertepel. 'Ik wou dat ma hier was,' fluisterde ze. Dat had ik ook gedacht. 'Geen nieuws?' vroeg ze toen ze zich van me losmaakte.

'Niks, helemaal niks.'

'Zo te zien voel je je belabberd.'

'Ik voel me verdomd beroerd.' Ik wilde zeggen dat ik een idioot was dat ik niet naar haar advies over de drank had geluisterd.

'Ik zou die fles ook hebben leeggedronken.' Ze klopte me op mijn rug.

'Het is bijna tijd,' zei de pr-mevrouw. Weer dook ze op magische wijze op. 'Geen slechte opkomst voor het weekend van Onafhankelijkheidsdag.' Ze dreef ons naar een treurig vergaderzaaltje – aluminium jaloezieën, klapstoeltjes en een groepje verveelde verslaggevers. We moesten een podium op. Het voelde alsof ik de derde spreker was bij een middelmatig congres, ik in mijn nonchalante spijkerbroek, een geboeid publiek toesprekend van mensen met een jetlag die zaten te dagdromen over hun lunchgerecht. Maar ik zag dat de journalisten opveerden toen ze mij ontwaarden: een jonge, aardig uitziende vent. De pr-dame zette een kartonnen bord op een gereedstaande ezel. Het was een uitvergrote foto van Amy op haar allermooist, dat gezicht waarbij je je maar bleef afvragen: *Zó knap kan ze toch niet zijn, of toch wel?* Ja, zo knap was ze. Ik staarde naar de foto van mijn vrouw en ondertussen werden er foto's van me genomen. Ik dacht aan die dag in New York toen ik haar terugzag: het blonde haar, haar achterhoofd. Meer zag ik niet, maar ik wist dat zij het was en dat beschouwde ik als een teken. Ik had miljoenen hoofden tijdens mijn leven gezien, maar ik wist dat dit de mooie schedel van Amy was, daar voor me op Seventh Avenue. Ik wist dat zij het was en dat we voor elkaar bestemd waren.

De camera's flitsten. Ik wendde me verblind af. Het was onwerkelijk. Dat zeggen mensen altijd als ze momenten beschrijven die alleen maar ongewoon zijn. Ik dacht: je hebt geen idee wat onwerkelijk echt betekent. Mijn kater begon nu echt op te spelen, mijn linkeroog klopte als een hart.

De camera's klikten en de twee families gingen bij elkaar staan, wij allemaal met op elkaar geperste lippen. Go was de enige die nog een beetje op een echt mens leek. De rest van ons leek op imitaties van mensen, poppen die naar binnen waren gebracht en neergezet. Amy op haar ezel leek echter dan wij. We hadden dit soort persconferenties allemaal eerder gezien – toen andere vrouwen werden vermist. We werden gedwongen de scène op te voeren die de tv-kijkers verwachtten: de bezorgde maar hoopvolle familie. Duizelig door te veel cafeïne, met een slap gevoel in de armen.

Mijn naam werd genoemd, in het zaaltje klonk een collectieve verwachtingsvolle opwinding. *Showtime.*

Toen ik die uitzending later zag, herkende ik mijn stem niet. Ik herkende mijn eigen gezicht nauwelijks. De drank gleed als rioolbezinksel net onder het oppervlak van mijn huid. Ik zag eruit als een vlezige mislukkeling, eigenlijk gewoon een ploert. Ik was bang dat mijn stem zou trillen, daarom corrigeerde ik te veel en kwamen de woorden vlak uit mijn mond, alsof ik de beursnoteringen voorlas. 'We willen alleen maar dat Amy veilig thuiskomt...' Totaal niet overtuigend, onsamenhangend. Ik had net zo goed een reeks willekeurige cijfers kunnen oplezen.

Rand Elliott stond op en probeerde me te redden: 'Onze dochter Amy is een lieve, levendige meid. Ze is ons enig kind, en ze is slim, mooi en aardig. Ze is echt een *Amazing Amy*. En we willen haar terug. Nick wil haar terug.' Hij legde een hand op mijn schouder en droogde zijn tranen. Van de weeromstuit versteende ik, ongewild. Opnieuw mijn vader: *Mannen* huilen niet.

Rand bleef praten: 'We willen allemaal dat ze weer terugkomt waar ze thuishoort, bij haar familie. We hebben een centrale post opgezet in de Days Inn...'

In de nieuwsuitzendingen zag je Nick Dunne, echtgenoot van de vermiste vrouw, onbewogen naast zijn schoonvader staan, armen over elkaar, glazige ogen, bijna verveeld. Amy's ouders huilden, en het werd nog erger. Mijn langverwachte reactie. Ik moest de mensen er immers aan herinneren dat ik géén eikel was. Dat ik een aardige vent was, ondanks die gevoelloze blik en dat hooghartige, lullige gezicht.

En daar kwam hij, opeens, uit het niets, terwijl Rand smeekte om de terugkeer van zijn dochter: de glimlach van een moordenaar.

Amy Elliott Dunne

Dagboek

5 juli, 2010

Ik zal het Nick niet kwalijk nemen. Ik neem het Nick niet kwalijk. Ik vertik het in een boze, schreeuwerige, verbitterde echtgenote te veranderen. Ik heb mij twee dingen voorgenomen toen ik met Nick trouwde. Eén: ik maak geen dansaapje van hem. Twéé: ik zal nooit zeggen: *Tuurlijk, geen probleem (als jij laat thuis wilt komen, als jij een weekendje weg wilt met de jongens, als jij iets wilt doen wat je graag wilt doen)* om hem vervolgens te straffen voor iets waarvan ik heb gezegd dat het *geen probleem* was. Ik ben bang dat ik akelig dicht in de buurt kom van het moment waarop ik beide voornemens ga breken.

Maar toch. Het is onze derde trouwdag en ik ben alleen thuis in ons appartement. Mijn gezicht is strakgespannen van het huilen omdat ik vanmiddag een voicemail kreeg van Nick. Ik wist meteen dat het niet veel goeds voorspelde. Dat weet ik zodra zijn voicemail begint omdat ik kan horen dat hij met zijn mobiel belt en er mannenstemmen op de achtergrond klinken. Eerst blijft het lange tijd stil, alsof hij nog niet weet wat hij zal zeggen, en dan hoor ik zijn krakerige taxistem, traag en slissend van de drank, en ik weet dat ik boos zal worden – snelle ademhaling, samengeperste lippen, opgetrokken schouders, het *ik-wil-niet-boos-worden-maar-word-het-toch*-gevoel. Kennen mannen dat gevoel niet? Je wilt niet boos worden, maar je kunt bijna niet anders. Omdat een regel, een goede, leuke regel wordt overtreden. Of misschien is 'regel' niet het juiste woord. Protocol? Traditie? Maar van zo'n regel/protocol/traditie – onze trouwdag – wordt om een goede reden afgeweken. Dat begrijp ik. Echt waar. De geruchten waren waar: bij Nicks tijdschrift zijn zestien schrijvers ontslagen. Een derde van het personeel. Nick is de dans ontsprongen, voorlopig, maar natuurlijk voelt hij zich verplicht om met de anderen uit te gaan en dronken te worden. Het zijn mannen, samengeperst in een taxi, zich spoedend over Second Avenue, moed veinzend. Een paar zijn al naar huis, naar hun vrouwen, maar een verrassend groot aantal is van de partij. Nick zal deze mannen op de avond van onze trouwdag vrijhouden, met hen naar stripteasebars en ranzige cafés gaan, flirten met jonge meiden. (*Mijn vriend hier is zojuist ontslagen, hij kan wel een knuffel gebruiken.*) De werkloze mannen zullen Nick goedkeurend op de schouder slaan omdat hij hun drank betaalt met een creditcard van mijn bank. Nick zal een geweldige avond hebben op onze trouwdag, waar hij in het bericht niet eens over rept. In plaats daarvan zei hij: '*Ik weet dat we andere plannen hadden, maar...*'

Ik stel me aan. Ik dacht dat het traditie was. Ik heb door de hele stad kleine liefdesbriefjes achtergelaten, herinneringen aan onze tijd samen, mijn speurtocht. Ik zie de derde aanwijzing voor me, wapperend aan een stukje plakband in de kromming van de v van de liefdessculptuur van Robert Indiana, nabij Central Park. Morgen wordt het eraf getrokken door een twaalfjarige toerist die verveeld achter zijn ouders aan slentert. Hij leest het, haalt zijn schouders op en laat het wegwaaien in de wind als een kauwgompapiertje.

Het slot van mijn speurtocht was perfect, maar nu niet meer. Ik heb een prachtige vintage aktetas voor hem gekocht. Van leer. Derde trouwdag is leer. Maar misschien is een werkgerelateerd cadeau toch niet zo'n goed idee nu het op zijn werk niet zo goed gaat. In de keuken heb ik twee levende kreeften, zoals altijd. Of wat in elk geval 'zoals altijd' had moeten zijn. Ik moet mijn moeder bellen om te vragen of ik ze nog een dag langer versuft in hun krat kan laten rondscharrelen of dat ik naar de keuken moet strompelen om met mijn wazige wijnblik het gevecht met de kreeften aan te gaan en ze in mijn pan te koken. Ik dood twee kreeften die ik niet eens zal opeten.

Mijn vader belde om ons een fijne trouwdag te wensen. Ik nam op met het voornemen me groot te houden, maar toen ik begon te praten moest ik huilen. Ik sprak/huilde verdomme als een klein kind: mwaha-waah-gwwahh-en-waaa-wa. Toen moest ik hem dus wel vertellen wat er aan de hand was. Volgens hem kon ik maar beter een fles wijn opentrekken en me wentelen in mijn ellende. Mijn vader is altijd al een voorstander geweest van een stevig potje huilen. Maar Nick zal boos op me zijn omdat ik het Rand heb verteld, want Rand zal Nick later vaderlijk op de schouder slaan en grinnikend zeggen: 'Ik hoorde dat je het op je trouwdag op een drinken moest zetten met je vrienden, Nicky.' Dus dan weet Nick het en wordt hij boos op mij omdat hij voor mijn ouders de schijn wil ophouden dat hij de perfecte echtgenoot is. Hij straalt altijd als ik hun verhalen vertel over hun geweldige schoonzoon.

Behalve vandaag. Ik weet het, ik stel me aan.

Het is vijf uur in de ochtend. De zon komt op, bijna even fel als de straatlantaarns die net zijn uitgegaan. Ik hou van die overgang als ik wakker lig. Soms, als ik niet kan slapen, ga ik uit bed en loop ik door de vroege ochtend door de straten, en als de lichten dan allemaal tegelijk uitgaan, heb ik altijd het gevoel dat ik iets speciaals heb gezien. O, kijk, de straatlantaarns gaan uit! zou ik dan willen roepen. In New York is het om drie of vier uur in de ochtend nog niet rustig genoeg, omdat er dan nog te veel kroeggangers zijn die, schreeuwend naar elkaar, hun taxi's in rollen en in hun mobieltjes staan te tetteren terwijl ze nog gauw een laatste sigaret roken voordat ze plat gaan. Vijf uur in de ochtend, dat is de beste tijd, als het getik van je hakken op het trottoir ongeoorloofd klinkt. De mensen hebben zich weer in hun huizen teruggetrokken en jij hebt de hele straat voor jezelf.

Wat is er gebeurd? Nick kwam iets na vier uur thuis, in een walm van bier en sigaretten en gebakken ei, een muur van stank. Ik was nog wakker en lag op hem op te wachten. Ik had hoofdpijn van een marathon *Law and Order*. Hij ging op de sofa zitten, keek naar het cadeau op tafel en zei niets. Ik staarde hem aan. Het was duidelijk dat er geen excuus van af kon: *Hé, sorry dat het vandaag zo is gelopen.* Het enige wat ik wil is dat hij sorry zegt.

'Gelukkige trouwdag nog,' begin ik.

Hij zucht, een diepe, verongelijkte kreun. 'Amy, ik heb een klotedag achter de rug. Kom nu alsjeblieft niet ook nog met verwijten.'

Nick is opgegroeid met een vader die zich nooit, maar dan ook nooit verontschuldigde, dus als Nick voelt dat hij iets fout heeft gedaan, gaat hij in de aanval. Dat weet ik, en meestal laat ik het over me heen gaan. Meestal.

'Ik zei alleen gelukkige trouwdag.'

'Gelukkige trouwdag. Die klootzak van een echtgenoot heeft me op mijn grote dag laten zitten.'

Er valt een stilte. Ik krijg een knoop in mijn maag. Ik wil nu niet de boosdoener zijn. Dat heb ik niet verdiend. Nick staat op.

'Nou, hoe was het?' vraag ik mat.

'Hoe het was? Het was verschrikkelijk. Zestien van mijn vrienden staan op straat. Waardeloos. Ik word waarschijnlijk zelf ook ontslagen. Ik geef me nog een paar maanden.'

Vrienden. De helft van de jongens met wie hij op stap was mag hij niet eens. Maar ik zeg niets.

'Ik snap dat je je zorgen maakt, Nick. Maar...'

'Jij hoeft je geen zorgen te maken, Amy. Jij hoeft je nooit zorgen te maken. Maar de rest van ons? Dat is een ander verhaal.'

Altijd hetzelfde liedje. Het stoort Nick dat ik me nooit zorgen heb hoeven maken om geld en dat ik dat ook nooit zal hoeven. Hij denkt dat ik daardoor minder gehard ben dan de meeste mensen, en daar heeft hij ook wel gelijk in. Maar ik werk. Ik klok in en ook weer uit. Sommige vriendinnen van mij hebben zelfs nog nooit een baan gehad; ze praten op hetzelfde meewarige toontje over mensen die werken als over een moddervet meisje 'dat zo'n leuk gezichtje heeft'. Ze buigen zich voorover en mompelen: 'Dat is waar ook, Ellen moet werken', alsof ze in een toneelstuk van Noël Coward spelen. Mij rekenen ze niet tot de mensen met een baan, omdat ik ontslag kan nemen wanneer ik maar wil. Ik zou aan liefdadigheid en vrijwilligerswerk kunnen gaan doen, of me op mijn huis en tuin kunnen storten. Niet dat daar iets mis mee is. De meeste mooie, goede dingen worden gedaan door vrouwen op wie anderen neerkijken. Maar ik werk.

'Nick, ik ben er voor je. Wat er ook gebeurt, we redden ons wel. Mijn geld is jouw geld.'

'Niet volgens onze huwelijkse voorwaarden.'

Hij is dronken. Hij heeft het alleen over onze huwelijkse voorwaarden als hij gedronken heeft. Dan komt zijn verontwaardiging weer opzetten. Ik heb hem al letterlijk *honderd keer* gezegd: de huwelijkse voorwaarden zijn puur zakelijk. Niet omdat ik het wil, zelfs niet omdat mijn ouders het willen, maar omdat de juristen van mijn ouders het willen. Het zegt niets over ons, over jou en mij.

Hij staat op, gooit zijn portemonnee en een paar verkreukelde dollarbiljetten op de salontafel en verfrommelt een briefje dat hij samen met een paar creditcardbonnetjes in de prullenbak gooit.

'Dat is een rotopmerking, Nick.'

'Het is ook een rotgevoel, Amy.'

Hij loopt door naar onze bar – met de voorzichtige, wankele tred van een dronkaard – en schenkt zich nog een glas in.

'Je wordt ziek als je doordrinkt,' zeg ik.

Hij heft zijn glas in een proostgebaar. 'Je snapt het niet, Amy. Maar dat kun jij ook niet begrijpen. Ik werk al sinds mijn veertiende. Ik ging niet naar al die tennis- en schrijfkampen, zomercursussen en meer van dat soort onzin waar iedereen in New York naartoe schijnt te gaan. Nee, ik maakte tafels schoon in het winkelcentrum, maaide gazons, reed in een dom Huck Finnpakje naar Hannibal voor de toeristen en stond 's nachts funnel-cakepannen af te wassen.'

Ik heb de neiging te lachen, sterker nog, te schateren. Een vette lach vanuit mijn buik die Nick omver zou blazen en zo aanstekelijk zou zijn dat hier een einde aan komt. Aan deze litanie van rotbaantjes. Getrouwd zijn met Nick herinnert me er altijd aan dat mensen vreselijke dingen moeten doen voor hun geld. Sinds ik met Nick getrouwd ben, zwaai ik altijd naar mensen die verkleed zijn als etenswaar.

'Ik heb, veel meer dan mijn collega's, mijn best moeten doen om alleen al bij dat tijdschrift te kúnnen werken. In feite heb ik twintig jaar gewerkt om te komen waar ik nu ben en dat ga ik nu allemaal verliezen. Ik weet bij god niet wat ik anders moet doen, tenzij ik terugga naar huis en weer op de rivier ga werken.'

'Je bent waarschijnlijk te oud om Huck Finn te spelen,' zei ik.

'Trut.'

Dan loopt hij naar de slaapkamer. Dat heeft hij nog nooit tegen mij gezegd, maar het kwam er zo makkelijk uit dat ik vermoed – en daar heb ik nooit eerder bij stilgestaan – dat hij het wel al eerder heeft gedacht. Meer dan eens. Ik had nooit gedacht dat ik het soort vrouw zou worden dat door haar echtgenoot voor trut zou worden uitgemaakt. Bovendien hadden we ons heilig voorgenomen dat we nooit boos zouden gaan slapen. Praten, bijleggen, maar nooit boos gaan slapen. De laatste tijd lijkt het echter of ik de enige ben die een ruzie wil bijleggen. Onze gesprekken lossen nooit iets op; en Nick kan heel goed boos naar bed gaan. Hij kan zijn emoties uitschakelen alsof hij een knop omdraait. Hij snurkt al.

Hoewel het me niets aangaat en Nick woedend zou zijn als hij erachter kwam, kan ik het niet laten: ik loop naar de prullenbak en haal de bonnetjes eruit, zodat ik me een beeld kan vormen van de kroegen waar hij de hele avond is geweest. Twee bars, twee stripteaseclubs. Ik zie hem in beide voor me, pratend met zijn vrienden. Hij moet al over me gekletst hebben, anders waren die bekrompen, gemene opmerkingen er niet zo makkelijk uitgerold. Ik stel me hen voor in een duurdere stripteaseclub, het soort chiquere tenten dat mannen nog het gevoel geeft dat ze geboren zijn om te heersen en dat vrouwen hen horen te dienen; de opzettelijk slechte akoestiek en dreunende muziek zodat de gasten niet hoeven te praten; een vrouw in lingerie die een lapdance bij mijn echtgenoot doet (die zweert dat het allemaal voor de gein is), haar lange haren los op haar rug, haar lippen glanzend van de gloss. Maar nee, ik hoef me niet bedreigd te voelen, natuurlijk niet, het is allemaal flauwekul. Ik zou erom moeten lachen. Ik moet het *sportief* opvatten.

Ik strijk het verfrommelde papiertje glad en zie het handschrift van een vrouw – Hannah – en een telefoonnummer. Ik zou willen dat het, net als in films, een onnozele naam was, zoals CanDee of Bambie, een naam die je met je ogen doet rollen. Misti met twee hartjes in plaats van puntjes op de i. Maar het is Hannah, een echte vrouw, waarschijnlijk iemand zoals ikzelf. Nick heeft me nog nooit bedrogen, dat heeft hij gezworen, maar ik weet ook dat hij daar nauwelijks de kans voor krijgt. Ik zou hem naar Hannah kunnen vragen, en dan zou hij zeggen: *Geen idee waarom ze me haar nummer heeft gegeven, maar ik wilde niet bot zijn, dus ik heb het gewoon aangepakt.* Wat waar zou kunnen zijn. Of niet. Hij zou me kunnen bedriegen zonder het me te vertellen, en een steeds lagere dunk van me krijgen omdat ik het niet door zou hebben. Hij zou me over de ontbijttafel aankijken terwijl hij onschuldig zijn cornflakes naar binnen lepelt en weten dat ik een sukkel ben. Hoe kan iemand respect hebben voor een sukkel?

Ik huil weer, met Hannah in mijn hand.

Is het typisch iets voor vrouwen om een avond met de jongens uit te vergroten tot een vorm van ontrouw die hun huwelijk kan ontwrichten?

Ik weet niet wat ik nu moet doen. Ik voel me een viswijf, of een domme voetveeg – ik ben er nog niet uit welke van de twee. Ik wil niet boos zijn. Ik weet ook nog niet of ik wel boos zou móéten zijn. Ik overweeg een hotelkamer te boeken. Laat hij zich voor de afwisseling maar eens zorgen om míj maken.

Ik blijf nog even waar ik ben, haal diep adem en stap dan de dranklucht in onze slaapkamer binnen. Als ik in bed ga liggen, draait hij zich om, slaat zijn armen om me heen en drukt zijn gezicht in mijn nek. ‘Sorry,’ zeggen we allebei tegelijk.

Nick Dunne

Een dag vermist

Overal flitsten camera's. Ik hield op met glimlachen, maar niet snel genoeg. Ik kreeg het warm en benauwd en zweetdruppels parelden op mijn neus. Stom, Nick, stom. En net toen ik mezelf weer een beetje onder controle had was de persconferentie voorbij en was het te laat om nog een betere indruk te maken.

Ik liep samen met de Elliotts naar buiten, met mijn hoofd omlaag. Nog meer flitslicht. Ik was bijna bij de uitgang toen Gilpin van de andere kant van de ruimte naar me toe drentelde en me gebaarde te blijven staan. 'Heb je een minuutje voor me, Nick?'

Hij gaf me de laatste stand van zaken door terwijl we naar een afgelegen kantoortje liepen. 'We hebben dat huis in je buurt onderzocht waar was ingebroken. Kennelijk hebben mensen daar gebivakkeerd, dus er zijn wat onderzoekers van het lab naartoe gestuurd. En in een ander huis aan de rand van je wijk zaten krakers.'

'Dat zit me nou juist dwars,' zei ik. 'Ze zitten overal. In deze hele stad krioelt het van de gefrustreerde werklozen.'

Carthage was tot een jaar geleden een bedrijfsstadje. Het belangrijkste bedrijf was het florerende Riverway Mall, een kleine stad op zichzelf waar ooit vierduizend mensen werkten, een vijfde van alle inwoners. Het was gebouwd in 1985, een winkelcentrum dat was bedoeld om klanten uit het hele Midden-Westen aan te trekken. Ik herinner me de openingsdag nog: samen met Go, pa en ma keek ik naar de festiviteiten. We stonden helemaal achteraan in de menigte op de uitgestrekte geasfalteerde parkeerplaats, want pa wilde altijd snel kunnen vertrekken, waar hij ook was. Zelfs bij honkbalwedstrijden parkeerden we de auto bij de uitgang en vertrokken we al bij de achtste inning. Go en ik natuurlijk jengelend, zoals je kon verwachten, onder de mosterdvlekken, nukkig en verhit: *We zien nooit hoe het afloopt.* Maar deze keer was onze afgelegen positie een voordeel, omdat we het totaalplaatje van de opening konden meekrijgen: de ongeduldige menigte, collectief van de ene voet op de andere wippend; de burgemeester boven op een rood-wit-blauw podium; de bombastische woorden – trots, groei, welvaart, succes – die over ons werden uitgestort. Wij, soldaten op het slagveld der consumptie, gewapend met chequeboekjes en doorgestikte stoffen handtassen. De deuren gingen open. De airconditioned ruimte werd bestormd, de muzak weerklonk, er stonden glimlachende verkopers die we kenden omdat het onze buren waren. Mijn vader liet ons die dag naar binnen gaan, ging zelfs in de rij staan en kocht iets voor ons: plakkerige kartonnen bekertjes sinaasappelsap.

Een kwarteeuw lang was de Riverway Mall een begrip. Toen sloeg de recessie toe. Winkel voor winkel werd weggevaagd en uiteindelijk ging het hele centrum naar de knoppen. Het is nu 185.000 vierkante meter leegte. Er was geen bedrijf dat iets kwam opeisen, geen zakenman die een wederopstanding beloofde. Niemand wist wat ermee moest gebeuren of wat er moest worden van alle mensen die er hadden gewerkt, onder wie mijn moeder, die haar baan bij Shoe-Be-Doo-Be kwijtraakte. Twintig jaar van knielen en kneden, van het sorteren van dozen en het verkopen van sokken tegen zweetvoeten; zonder enige ceremonie verdwenen.

De ineenstorting van het winkelcentrum betekende zo ongeveer het bankroet van Carthage. Mensen verloren hun baan, verloren hun huis. Niemand zag op korte termijn enige verbetering. We zagen nooit hoe het afliep. Alleen zag het er deze keer naar uit dat Go en ik dat wel zouden zien. Wij allemaal.

Dat bankroet kwam perfect overeen met mijn psyche. Ik verveelde me al jaren. Niet die jengelende, rusteloze verveling van een kind (hoewel me dat ook niet onbekend was) maar een ondoordringbare, afstompende malaise. Ik had het idee dat ik nooit meer iets nieuws zou ontdekken. Onze maatschappij was totaal en op rampzalige wijze derivatief (hoewel het woord *derivatief* als kritisch begrip zelf ook derivatief is). Wij waren de eerste mensen die nooit iets voor het eerst zouden aanschouwen. Met doffe ogen staren we, totaal niet in vervoering gebracht, naar de wonderen van deze wereld. De Mona Lisa, de piramiden, het Empire State Building. Jagende jungledieren, oude ijsbergen die instorten, vulkanen die uitbarsten. Ik kan me geen enkel verbazingwekkend feit herinneren dat ik niet onmiddellijk in verband bracht met een film of een tv-programma. Of een stom tv-spotje. Het verschrikkelijke deuntje van iemand die blasé is: heb ik al gezíén, oud nieuws. Ik heb letterlijk alles gezien, en het ergste, wat maakt dat ik me wel voor mijn kop kan schieten, is: de ervaring uit de tweede hand is altijd beter. Het beeld is intenser, het uitzicht helderder. De camerahoek en de soundtrack bespelen mijn emoties op een wijze die de werkelijkheid niet meer voor elkaar krijgt. Ik weet niet of we nog wel echte mensen zijn. De meeste mensen zijn tegenwoordig opgegroeid met tv, film en internet. Als we worden verraden, weten we welke woorden we moeten gebruiken; als een geliefde sterft, weten we wat we moeten zeggen. We werken allemaal met hetzelfde beduimelde script.

Het is een heel moeilijke periode om een individu te zijn, gewoon een echt, werkelijk individu, in plaats van een verzameling losse persoonlijkheidstrekjes geselecteerd uit een eindeloze automatiek van karakters.

En als we allemaal acteren kan er niet zoiets als een zielsverwant bestaan, omdat we geen werkelijke ziel meer hebben.

We zijn aanbeland op het punt waarop niets er meer toe doet, want ik ben geen echt individu meer. En dat geldt ook voor andere mensen.

Ik zou er alles voor over hebben om me weer echt te voelen.

Gilpin opende de deur van dezelfde kamer waar ze me de vorige avond hadden ondervraagd. Midden op tafel stond de zilverkleurige cadeaudoos van Amy.

Ik staarde naar de doos op tafel. Het had iets dreigends in deze andere omgeving. Ik kreeg een angstig gevoel over me. Waarom had ik het niet eerder gevonden? Ik had het moeten vinden.

'Ga je gang,' zei Gilpin. 'We willen graag dat je erin kijkt.'

Ik opende de doos zo omzichtig alsof er een hoofd in zat, maar er zat alleen een zachtblauwe envelop in waarop EERSTE AANWIJZING stond geschreven.

Gilpin gnuifde. 'Stel je onze verwarring voor: een geval van vermissing, en hier treffen we een envelop aan met de tekst EERSTE AANWIJZING.'

'Het gaat om een speurtocht die mijn vrouw…'

'Juist. Voor jullie trouwdag. Je schoonvader had het daar al over.'

Ik opende de envelop en trok er een dik hemelsblauw vel papier uit – het briefpapier van Amy – dat één keer was dubbelgevouwen. Die speurtochten kwamen altijd op hetzelfde neer, namelijk de eenvoudige vraag: wie is Amy?

(Wat denkt mijn vrouw? Wat was het afgelopen jaar belangrijk voor haar? Op welke momenten was zij het gelukkigst? Amy, Amy, Amy, laten we aan Amy denken.)

Ik las de eerste aanwijzing met opeengeklemde kaken. Gezien de sfeer tussen ons in het afgelopen jaar zou ik er niet al te best van afkomen en daar zat ik nu bepaald niet op te wachten.

Ik zie mezelf als jouw student
Met een leraar zo knap als jij en ook zo wijs
bloeien mijn lichaam en geest voor je open (het paradijs!)
Als jouw leerling zou ik niet naar bloemen talen
maar kwam ik mijn pleziertjes onder werktijd halen
Dus haast je, en leer mij weer begeren
zodat ik jóú 't een en ander nog kan leren.

Het was een routebeschrijving naar een ander leven. Als de zaken waren gelopen zoals mijn vrouw had gehoopt, was ze naast me komen zitten terwijl ik dit gedicht las en had ze me verwachtingsvol en intens hopend aangekeken: *Toe, snap dit nou. Snap alsjeblieft wat ik bedoel.*

'O, maar dit snap ik! Ze moet mijn werkplek bedoelen. Op de universiteit. Ik werk daar als assistent-docent. Eh. Ik bedoel, dat moet het toch zijn?' Ik kneep mijn ogen samen en herlas de tekst. 'Ze heeft het me gemakkelijk gemaakt dit jaar.'

'Zal ik je ernaartoe rijden?' vroeg Gilpin.

'Neuh, ik heb de auto van Go.'

'Dan rij ik wel achter je aan.'

'Denk je dat het belangrijk is?'

'Nou, het laat zien wat ze deed op een dag of twee voordat ze verdween. Dus is het niet onbelangrijk.' Hij keek naar het briefpapier. 'Het is lief, hoor. Net iets uit een film: een speurtocht. Mijn vrouw en ik geven elkaar een kaart, soms gaan we uit eten. Zo te horen pakten jullie het goed aan. Jullie houden de romantiek erin.'

Gilpin werd verlegen en staarde naar zijn schoenpunten. Hij rammelde met zijn sleutels als teken van vertrek.

De universiteit had mij een kamertje nauwelijks groter dan een bezemkast gegeven, net ruim genoeg voor een bureau, twee stoelen en een paar boekenplanken. Gilpin en ik baanden ons een weg door de studenten van de zomerschool, een combinatie van onwaarschijnlijk jeugdige jongeren (verveeld maar toch druk, voortdurend aan het sms'en of iets aan het opzoeken op hun mp3-speler) en ernstige, oudere mensen die waarschijnlijk waren ontslagen bij het winkelcentrum en die een omscholingscursus deden voor een nieuwe carrière.

'Welk vak geef je?' vroeg Gilpin.

'Journalistiek. Tijdschriftjournalistiek.' Een meisje dat onder het lopen sms'te vergat om zich heen te kijken en botste bijna tegen me op. Ze stapte opzij zonder me een blik waardig te keuren. Het gaf me een chagrijnig gevoel, alsof ik een ouwe zak was. *Ga van mijn gazon af!*

'Ik dacht dat je geen journalistiek meer deed.'

'Je hebt het niet altijd voor het zeggen.' Ik glimlachte.

Ik maakte de deur van mijn kantoortje open en stapte de bedompte, stoffige ruimte in. Ik had de hele zomer vrij genomen en het was weken geleden dat ik hier was geweest. Op mijn bureau lag een andere envelop. TWEEDE AANWIJZING stond erop.

'Zit je sleutel altijd aan je bos?' vroeg Gilpin.

'Ja.'

'Kan Amy die hebben geleend om hier binnen te komen?'

Ik scheurde de flap van de envelop open.

'We hebben thuis een reservesleutel.' Amy maakte overal reservekopieën van. Ik raakte altijd sleutels, creditcards en mobiele telefoons kwijt maar dat wilde ik Gilpin niet vertellen. Ik had geen zin in nog zo'n opmerking over de benjamin van het gezin. 'Hoezo?'

'Ik wilde gewoon weten of ze langs een portier of zo moest om hier binnen te komen.'

'Er zijn hier geen Freddy Krueger-types, volgens mij.'

'Die horrorfilms heb ik nooit gezien,' antwoordde Gilpin.

In de envelop zaten twee briefjes. Op het ene briefje stond een hart, op het andere stond AANWIJZING.

Twee briefjes. Mijn maag kromp samen. God mocht weten wat Amy te vertellen had. Ik opende het briefje met het hart. Ik wilde dat ik Gilpin niet had meegenomen. Toen drongen de eerste woorden tot me door.

Mijn lieve echtgenoot,

Dit leek me de ideale plek – deze gewijde academische omgeving! – om je te laten weten dat ik je fantastisch vind. Ik zeg het niet vaak genoeg, maar ik sta versteld over je scherpe geest: al die vreemde cijfertjes en anekdotes, die bizarre feiten, het verontrustende talent om te kunnen citeren uit een willekeurige film, je snelle verstand, de prachtige manier waarop je dingen verwoordt. Na jaren van samenzijn weet ik hoe gemakkelijk een stel kan vergeten hoe geweldig ze elkaar vinden. Ik weet nog hoe onder de indruk ik was toen ik je voor het eerst ontmoette. Daarom wil ik even zeggen dat dat nog steeds zo is en dat ik dat een van je leukste trekjes vind: je bent BRILJANT.

Ik stond een beetje te kwijlen. Gilpin las over mijn schouder mee. Hij zuchtte zelfs. 'Een lieve dame,' zei hij. Toen schraapte hij zijn keel. 'Eh... is dit van jou?'

Met de achterkant van een potlood pikte hij een damesbroekje op (formeel gezien was het een slipje: minuscuul, zijdeachtig, rood, maar ik weet dat vrouwen dat woord verafschuwen – google maar eens op *haat het woord slipje*). Hij hing het aan de knop van de airco.

'O jee, wat gênant.'

Gilpin wachtte op een verklaring.

'Eh, Amy en ik hebben een keer... nou ja, je hebt haar briefje gelezen. We... je weet wel, soms moet je de zaken een beetje opleuken.'

Gilpin grijnsde. 'O, ik snap het al. De geile professor en de stoute studente. Ik snap het. Jullie pakten het echt goed aan.' Ik wilde het broekje pakken, maar Gilpin haalde al een bewijszakje tevoorschijn en stopte het daarin. 'Puur voor de vorm,' zei hij raadselachtig.

'Doe dat alsjeblieft niet,' zei ik. 'Amy zou nog liever dood...' Ik brak mijn zin af.

'Maak je geen zorgen, Nick, dat is alleen maar standaardprocedure. Je moest eens weten wat wij allemaal op ons bordje krijgen. Gewoon voor het geval dat, voor het geval dat. Belachelijk. Wat staat er in de aanwijzing?'

Ik liet hem weer over mijn schouder meelezen. Zijn frisse geur leidde me af.

'En wat mag dat betekenen?' vroeg hij.

'Ik heb geen idee,' loog ik.

Ik wist Gilpin eindelijk van me af te schudden en reed doelloos rond zodat ik kon bellen met mijn mobieltje. Er werd niet opgenomen. Ik liet geen bericht achter. Ik reed nog een tijdje stevig door, alsof ik ergens heen kon. Toen keerde ik om en reed de vijfenveertig minuten terug naar de stad om de Elliotts te ontmoeten in de Days Inn. Ik wandelde de lobby in die vol zat met leden van de Midwest Payroll Vendors Association. Overal stonden rolkoffertjes, de eigenaren ervan slurpten gratis aangeboden drankjes uit plastic bekertjes en waren aan het netwerken. Er werd overdreven gelachen en er werden visitekaartjes uitgewisseld. Ik stapte samen met vier andere mannen in de lift naar boven, allemaal kalend, gehuld in kakikleurige golfkleding. Sleutelkoorden deinden op dikke, getrouwde buiken.

Marybeth opende de deur terwijl ze mobiel telefoneerde; ze wees naar de tv en fluisterde me toe: 'We hebben een koude vleesschotel als je wilt, schat.' Daarna verdween ze in de badkamer, sloot de deur en mompelde verder.

Een paar minuten later dook ze weer op, net op tijd voor het plaatselijke nieuws van vijf uur uit St. Louis, dat begon met de vermissing van Amy. 'Prachtige foto,' mompelde Marybeth tegen het scherm waarop Amy ons aanstaarde. 'Bij het zien van die foto weten de mensen precies hoe Amy eruitziet.'

Ik vond de foto – een portret van Amy toen ze een tijdje de bevlieging had om actrice te worden – mooi maar verwarrend. Amy's foto's gaven je het gevoel dat ze je echt aankeek, als zo'n ouderwets portret in een spookhuis waarvan de ogen je blijven achtervolgen.

'We moeten ook een paar andere foto's geven,' zei ik. 'Een beetje gewone.'

De Elliotts knikten, maar ze zeiden niets en keken tv. Toen de uitzending voorbij was, verbrak Rand de stilte: 'Ik voel me niet goed.'

'Dat is heel begrijpelijk,' zei Marybeth.

'Hoe gaat het met jou, Nick?' vroeg Rand. Hij zat voorovergebogen, met zijn handen op beide knieën alsof hij overeind wilde komen van de bank maar het niet echt lukte om op te staan.

'Zwaar klote, eerlijk gezegd. Ik voel me zo nutteloos.'

'Weet je, ik moet dit vragen. Hoe zit het met je personeel, Nick?' Rand stond eindelijk op. Hij liep naar de minibar en schonk een gingerale voor zichzelf in. Daarna wendde hij zich tot Marybeth en mij. 'Iemand iets drinken?' Ik schudde mijn hoofd, Marybeth vroeg om spuitwater.

'Wil je er ook wat gin in, liefje?' vroeg Rand. Bij het laatste woord ging zijn intonatie omhoog.

'Zeker, doe maar. Lekker.' Marybeth sloot haar ogen, boog zich voorover en bracht haar hoofd tussen haar knieën. Daarna haalde ze diep adem en ging weer in precies dezelfde houding zitten, alsof ze een yogaoefening deed.

'Ik heb de politie de namen van het barpersoneel gegeven,' zei ik. 'Maar het is maar een kleine zaak, Rand. Ik geloof niet dat je het daar moet zoeken.'

Rand legde een hand over zijn mond en wreef omhoog. Het vlees van zijn wangen bolde op rondom zijn ogen. 'Uiteraard doen wij hetzelfde met ons bedrijf, Nick.'

Als Rand en Marybeth het over de *Amazing Amy*-serie hadden, noemden ze het in de regel hun bedrijf, wat ik altijd een beetje dwaas heb gevonden. Het gaat om een serie kinderboeken over een volmaakt klein meisje dat op elke kaft staat afgebeeld, een cartoonversie van mijn eigen Amy. Maar natuurlijk is (was) het inderdaad een bedrijf, een zeer lucratief bedrijf zelfs. Die boekenserie is bijna twintig jaar lang aan lagere scholen verkocht, vooral vanwege de vragenlijstjes aan het eind van elk hoofdstuk.

In groep drie bijvoorbeeld merkt Amazing Amy dat haar vriendje Brian de schildpad van de klas te veel eten geeft. Ze probeerde op hem in te praten, maar toen Brian bij zijn standpunt bleef dat al dat extra eten nodig was, kon Amy niet anders dan het haar juffrouw vertellen. 'Mevrouw Tibbles, ik wil niet klikken, maar ik weet niet goed wat ik moet doen. Ik heb geprobeerd zelf met Brian te praten, maar nu... heb ik misschien de hulp van een volwassene nodig...' Zo liep het af:

1) Brian zei tegen Amy dat ze een klikspaan was en sprak niet meer met haar.
2) Haar timide vriendinnetje Suzy zei dat Amy het niet had moeten zeggen; ze had het voer stiekem moeten weghalen zonder dat Brian er iets van merkte.
3) Amy's aartsrivale Joanna zei dat Amy jaloers was en dat ze zelf de schildpad wilde voeren.
4) Amy hield voet bij stuk; ze had het juiste gedaan.

Wie heeft er gelijk?

Nou, dat is niet zo moeilijk, want Amy heeft altijd gelijk, in elk verhaal. (Denk niet dat ik dit niet te berde heb gebracht in de ruzies met de echte Amy, want dat heb ik meer dan eens gedaan.)

De bedoeling van die vragenlijstjes – geschreven *door twee psychologen, die zelf ook ouder zijn, net als u!* – was om bepaalde karaktertrekken van een kind aan het licht te brengen. Is uw koter een nukkig ventje dat geen tegenspraak duldt, zoals Brian? Een ruggengraatloze slappeling, zoals Suzy? Een stoker zoals Joanna? Of volmaakt, *zoals Amy*? De reeks werd buitengewoon populair bij ouders in de snelgroeiende yuppenklasse. Pedagogisch gezien was het net zo'n succes als Pet Rock of de kubus van Rubik. De Elliotts werden rijk. Er werd geschat dat elke schoolbibliotheek in Amerika minstens één *Amazing Amy*-boek op de plank had staan.

'Denk je dat deze zaak iets te maken heeft met de *Amazing Amy*-reeks?' vroeg ik.

'We hebben wel een paar mensen in gedachten die we zouden willen nagaan,' begon Rand.

Ik lachte. 'Denk je dat Judith Viorst Amy heeft ontvoerd voor Alexander, zodat hij niet langer Vreselijke, Afschuwelijke, Waardeloze, Heel Erge Rotdagen heeft?'

Rand en Marybeth keken me beiden aan met een uitdrukking van verbazing en teleurstelling. Het was een grove, smakeloze opmerking. Dat deed ik wel vaker, op het verkeerde moment ongepaste gedachten ophoesten. Mentale scheten die ik niet kon inhouden. Zo begon ik in gedachten steeds de tekst van 'Bony Moronie' te zingen als ik mijn vriendin de agente zag. 'She's as skinny as a stick of macaroni', bebopte mijn hoofd terwijl rechercheur Rhonda Boney iets zei over dreggen naar Amy in de rivier. *Een verdedigingsmechanisme*, hield ik mezelf voor, *gewoon een bizar verdedigingsmechanisme*. Ik wilde dat het ophield.

Heel voorzichtig verschoof ik mijn been, en daarna koos ik ook mijn woorden heel voorzichtig, alsof het ging om een breekbare stapel kostbaar porselein. 'Sorry, ik weet niet waarom ik dat zei.'

'We zijn allemaal moe,' zei Rand vergoelijkend.

'We zullen Viorst laten oppakken door de politie,' probeerde Marybeth. 'En ook dat rotwijf Beverly Cleary.' Het was niet zozeer een grapje als wel een excuus.

'Voor ik het vergeet,' zei ik. 'Het is normaal in dit soort zaken dat de politie...'

'Zich eerst richt op de echtgenoot, dat weet ik,' onderbrak Rand. 'Ik heb al tegen ze gezegd dat ze hun tijd verknoeien. De vragen die ze ons hebben gesteld...'

'Die waren beledigend,' maakte Marybeth zijn zin af.

'Dus ze hebben met jullie gepraat? Over mij?' Ik liep naar de minibar en schonk achteloos een glas gin voor mezelf in. Ik nam achter elkaar drie slokken en voelde me meteen een stuk slechter. Mijn maaginhoud werkte zich in mijn slokdarm naar boven. 'Wat vroegen ze allemaal?'

'Of je Amy ooit hebt geslagen, of Amy ooit iets heeft gezegd over bedreigingen door jou.' Marybeth nam het stokje over. 'Ben je een rokkenjager, heeft Amy ooit laten blijken dat je haar bedroog? Want zo is Amy wel, hè? Ik heb ze verteld dat we geen doetje van haar hebben gemaakt.'

Rand legde een hand op mijn schouder. 'Nick, wat we als eerste hadden moeten zeggen is: we weten dat je Amy nooit maar dan ook nóóit iets zou aandoen. Ik heb ze zelfs dat verhaal verteld over hoe je die muis in het strandhuis hebt gered van de muizenval.' Hij keek naar Marybeth alsof zij het verhaal nog niet kende. Ze speelde het spel mee en was een en al opgetogen aandacht. 'Eerst was je een uur bezig om dat beest te vangen en daarna heb je dat stuk ongedierte letterlijk weggebracht, de stad uit. Klinkt dat als een vent die zijn vrouw iets zou aandoen?'

Ik voelde een golf van intens schuldgevoel, zelfhaat. Even dacht ik zelfs dat ik in huilen zou uitbarsten. Eindelijk.

'We houden van je, Nick,' zei Rand. Hij gaf me nog een kneepje.

'Nou en of, Nick,' onderschreef Marybeth. 'Je bent onze zoon. We vinden het onvoorstelbaar erg dat je, afgezien van de vermissing van Amy, ook nog te maken krijgt met... met al dat wantrouwige gedoe.'

De woorden *dat wantrouwige gedoe* bevielen me niet. Ik gaf veruit de voorkeur aan *routineonderzoek* of *slechts een formaliteit.*

'Ze vroegen zich wel af hoe het zat met die reservering in dat restaurant voor die avond,' zei Marybeth. Ze keek me overdreven luchtig aan.

'Mijn reservering?'

'Ze zeiden dat je hun had verteld dat je had gereserveerd in Houston's. Maar na controle bleek dat er geen reservering was. Dat leken ze heel interessant te vinden.'

Ik had niet gereserveerd en ik had geen cadeau. Want als ik had gepland om Amy die dag te vermoorden, had ik geen reservering nodig gehad. En ook geen cadeau dat ik haar toch nooit zou kunnen geven. De kenmerken van een uiterst pragmatisch moordenaar.

Ik ben overdreven pragmatisch. Dat konden mijn vrienden zeker tegen de politie zeggen.

'Eh, nee. Nee, ik heb niet gereserveerd. Ze moeten me verkeerd begrepen hebben. Ik zal het ze laten weten.'

Ik plofte neer op de bank tegenover Marybeth. Ik wilde niet dat Rand me nog een keer zou aanraken.

'O, oké. Goed,' zei Marybeth. 'Heeft ze, eh, heb je dit jaar een speurtocht gekregen?' Haar ogen werden weer rood. 'Voordat...'

'Ja, ze hebben me vandaag de eerste aanwijzing gegeven. Gilpin en ik hebben de tweede in mijn kamertje op de universiteit gevonden. Ik moet hem nog oplossen.'

'Mogen we hem lezen?' vroeg mijn schoonmoeder.

'Ik heb hem niet bij me,' loog ik.

'Ga je... ga je hem proberen op te lossen, Nick?' vroeg Marybeth.

'Ja, Marybeth. Ik zal het proberen.'

'Het is meer dat ik het niet kan hebben dat er overal allerlei dingen liggen die zij heeft aangeraakt...'

Mijn prepaidmobieltje rinkelde. Ik keek snel op het schermpje en zette hem uit. Ik moest dat ding weggooien, maar dat kon nog niet.

'Je moet elk telefoontje opnemen, Nick,' zei Marybeth.

'Ik zag wie het was. Het alumnusfonds van de universiteit, ze hebben geld nodig.'

Rand ging naast me op de bank zitten. De oude, versleten kussens zakten diep in onder ons gewicht, zodat we naar elkaar toe werden gedrukt. Onze armen raakten elkaar en Rand vond dat best. Hij was zo iemand die zei 'Ik ben een knuffelaar' terwijl hij op je toe liep, zonder te vragen of dat wederzijds was.

Marybeth kwam weer ter zake. 'We denken dat het mogelijk is dat een of andere *Amy*-gestoorde haar heeft ontvoerd.' Ze wendde zich tot mij alsof ze een pleidooi hield. 'Daar hebben we er in de loop der jaren heel wat van gehad.'

Amy was dol op het verzamelen van verhalen over mannen die geobsedeerd waren door haar. Er waren verschillende perioden in ons huwelijk waarop ze fluisterend, bij een glaasje wijn, over die stalkers had gepraat. Mannen die nog steeds vrij rondliepen, mannen die altijd aan haar dachten en haar begeerden. Ik vermoed dat die verhalen overdreven waren. De mannen die zij beschreef waren altijd tot op bepaalde hoogte gevaarlijk. Net genoeg dat ik me zorgen ging maken, maar niet genoeg om de politie erbij te halen. Kortom, een schijnwereld waarin ik de fiere held was die Amy's eer moest verdedigen. Amy was te onafhankelijk, te modern om de waarheid onder ogen te zien: ze wilde de belaagde jonkvrouw spelen.

'Onlangs nog?'

'Nee, dat niet,' zei Marybeth. Ze beet op haar lip. 'Maar op de middelbare school was er een heel gestoord meisje.'

'Hoezo gestoord?'

'Ze was geobsedeerd door Amy. Nou ja, door *Amazing Amy*. Ene Hilary Handy die Suzy probeerde na te doen, Amy's beste vriendin in de boeken. Eerst had het nog wel iets aardigs. Maar toen was dat opeens niet meer genoeg en wilde ze Amazing Amy zijn, niet Suzy de bijfiguur. Dus toen begon ze ónze Amy te imiteren. Ze kleedde zich als Amy, ze verfde haar haar blond, ze hing rond bij ons huis in New York. Op een dag liep ik over straat. Ze rende naar me toe, dat vreemde meisje, stak haar arm door de mijne en zei: "Vanaf nu ben ik uw dochter. Ik ga Amy vermoorden en daarna ben ik uw nieuwe Amy. Het maakt u toch niet echt veel uit? Zolang u maar *een Amy* hebt." Alsof onze dochter een verzinsel was dat ze kon herschrijven.'

'Uiteindelijk hebben we een straatverbod kunnen regelen omdat ze Amy op school van de trap af had geduwd,' zei Rand. 'Zwaar gestoord, die meid. Zo'n aandoening gaat niet over.'

'En dan had je Desi nog,' zei Marybeth.

'Ja, Desi ook nog,' zei Rand.

Zelfs ík wist van Desi. Amy had in Massachusetts op een kostschool gezeten, Wickshire Academy. Ik had er foto's van gezien. Amy in sporttenue van Lacrosse en met een hoofdband, altijd met herfstkleuren op de achtergrond, alsof de school in een streek lag waar het altijd herfst was. Altijd oktober. Desi Collings zat op de kostschool voor jongens die naast Wickshire lag. Volgens de verhalen van Amy was hij een bleke, romantische figuur. Hun vrijage was echt zo'n kostschoolaffaire: spelletjes football in de kou, oververhitte dansfeestjes, corsages van seringen en ritjes in een oude Jaguar. Allemaal een beetje passé.

Amy had een jaar lang verkering met Desi gehad. Maar ze begon hem eng te vinden: hij deed alsof ze al verloofd waren, en hij had het aantal kinderen en hun geslacht al bepaald: ze zouden vier kinderen krijgen, allemaal jongens. Dat leek verdacht veel op het gezin waar Desi zelf in was opgegroeid. Op een keer toen hij zijn moeder aan haar voorstelde, werd Amy onpasselijk vanwege de opvallende gelijkenis tussen haarzelf en Desi's moeder. De oudere dame had haar koeltjes op de wang gekust en kalm in haar oor gemompeld: 'Veel succes.' Amy wist niet of het bedoeld was als een waarschuwing of een bedreiging.

Nadat Amy het had uitgemaakt bleef Desi nog vaak rondhangen op de campus van Wickshire. Een spookachtige gedaante in een donkere blazer die tegen de winterse, kale eikenbomen stond geleund. Op een avond in februari kwam Amy terug van een dansfeest. Ze trof Desi naakt op haar bed aan, boven op de dekens, verdoofd door een marginale overdosis pillen. Niet lang daarna ging hij van school af.

Maar af en toe belde hij nog steeds op, zelfs nu nog, en verschillende keren per jaar stuurde hij haar dikke, gevoerde enveloppen die Amy eerst aan mij liet zien en dan ongeopend wegwierp. Ze hadden een poststempel van St. Louis. Veertig minuten rijden bij ons vandaan. 'Het is gewoon een afschuwelijk, ellendig toeval,' had ze tegen mij gezegd. Desi had in St. Louis familie van moederskant. Dat wist ze, maar meer wilde ze niet weten. Ik had in de vuilnisbak een oude brief opgediept en las hem, helemaal plakkerig van de alfredosaus. Het was een uiterst banale brief: geklets over tennis, reizen en andere studentikoze dingen. Kruiperig gevlei. Ik probeerde me hem voor te stellen: een slanke dandy, met een strikje en een bril met schildpadmontuur, hoe hij ons huis binnendrong en Amy vastgreep met zijn zachte, gemanicuurde vingers. Hoe hij haar in de kofferbak van zijn oude sportwagen stopte en haar meenam... op koopjesjacht naar antiek in Vermont. Was er werkelijk iemand die geloofde dat Desi de dader was?

'Desi woont trouwens niet zo ver weg,' zei ik. 'In St. Louis.'

'Nou, zie je wel?' zei Rand. 'Waarom heeft de politie zich daar niet op gestort?'

'Iemand moet erheen,' zei ik. 'Ik ga zelf wel. Na de zoektocht van morgen.'

'De politie lijkt er echt van overtuigd dat deze zaak... zich dicht bij huis afspeelt,' zei Marybeth. Ze keek me net iets te lang aan en huiverde, alsof ze een nare gedachte van zich af wilde zetten.

Amy Elliott Dunne

Dagboek

23 augustus 2010

Zomer. Vogeltjes. Zonneschijn. Ik heb vandaag rondgehangen in Prospect Park. Gevoelige huid, broze botten. Mijn gevecht tegen de ellende. Het is een verbetering vergeleken bij de afgelopen drie dagen die ik in mijn smoezelige pyjama in huis heb doorgebracht, wachtend op de vijf in de klok zodat ik mezelf eindelijk een borrel kon inschenken. Ik probeerde me het lijden in Darfur voor te stellen. Om de zaken in het juiste perspectief te zien. Wat eigenlijk gewoon de zoveelste exploitatie van de mensen in Darfur is.

Er is me de afgelopen week veel duidelijk geworden. Ik denk dat het probleem is, dat het allemaal tegelijk gebeurde en dat ik me, emotioneel gezien, in te veel bochten heb moeten wringen. Nick is een maand geleden ontslagen. De recessie zou op haar retour zijn, maar daar is kennelijk nog niemand van op de hoogte. En dus heeft Nick zijn baan verloren. Bij de tweede ontslagronde, precies zoals hij had voorspeld, slechts een paar weken na de eerste ronde. *Oeps, we hebben te weinig mensen ontslagen.* De sukkels.

Aanvankelijk dacht ik dat het wel goed zou komen met Nick. Hij had een lijstje gemaakt van dingen die hij altijd al had willen doen. Eerst het kleinere werk, zoals horlogebatterijtjes vervangen, klokken gelijkzetten, de afvoer van de gootsteen ontstoppen en de kamers overschilderen die we eerder hadden geschilderd maar niet mooi vinden. In feite doet hij heel veel dingen opnieuw. Het is mooi om dingen echt over te kunnen doen als je daar in je leven niet echt aan toe bent gekomen. Daarna begon hij grotere dingen aan te pakken: Hij leest *Oorlog en Vrede.* Hij overweegt Arabisch te gaan leren. Hij brengt veel tijd door met uitzoeken wat de arbeidsmarkt de komende decennia aan vakkundigheid zal vergen. Het breekt mijn hart, maar dat houd ik voor me omdat ik hem niet wil kwetsen.

Ik vraag hem regelmatig: 'Weet je zeker dat het goed met je gaat?'

Eerst informeerde ik er nog serieus naar, bij een kop koffie, mijn hand op de zijne, oogcontact. Daarna probeerde ik het luchtigjes, in het voorbijgaan. Vervolgens probeerde ik het met tederheid, in bed, terwijl ik zijn haar streelde.

Hij antwoordde altijd hetzelfde: 'Ja, hoor, prima. Maar ik wil het er liever niet over hebben.'

Ik schreef een vragenlijst die perfect in het tijdsbeeld past: 'Hoe ga je om met je ontslag?'

a) Ik zit de hele dag in mijn pyjama en eet veel ijs. Kniezen op de bank werkt!
b) Ik schrijf vervelende dingen over mijn baas op het internet. Niets lekkerder dan afreageren!
c) Totdat ik een nieuwe baan vind, probeer ik mijn tijd zo nuttig mogelijk te besteden, door bijvoorbeeld een nieuwe taal te leren of eindelijk *Oorlog en Vrede* te lezen.

Het was een compliment aan Nick – c was het juiste antwoord – maar hij glimlachte alleen maar zuur toen ik het hem liet lezen.

Na een paar weken kwam er een einde aan het gejaagde, nuttige bezig zijn, alsof hij op een ochtend wakker werd onder een gehavend, stoffig bord met de tekst: *Waar maak ik me in godsnaam druk om?* Hij kreeg een doffe blik in zijn ogen. Nu kijkt hij tv, surft op porno en kijkt porno op tv. Hij eet veel junkfood dat hij thuis laat bezorgen; naast de volle afvalemmer beginnen de piepschuimbakjes zich op te stapelen. Hij praat niet meer met me en gedraagt zich alsof praten hem fysiek pijn doet en het wreed van me is als ik dat van hem verlang.

Hij haalt amper zijn schouders op als ik hem vertel dat ik ben ontslagen. Vorige week.

'Wat vreselijk voor je,' zegt hij. 'Maar gelukkig heb jij geld om op terug te vallen.'

'Wíj hebben geld. Maar ik hou van mijn werk.'

Hij begint 'You Can't Always Get What You Want' te zingen. Vals, te hoog, met een waggelend dansje, en ik besef dat hij dronken is. Het is een mooie, strakblauwe dag, laat in de middag, en in ons huis hangt een bedompte lucht, vermengd met de zoete geur van beschimmeld Chinees eten. De gordijnen zijn nog dicht. Ik loop van kamer naar kamer om ze te luchten, trek gordijnen open, verjaag stofvlokken, en als ik de verduisterde studeerkamer in loop, struikel ik half over een tas op de grond, en dan over nog een, en nog een tas, als een tekenfilmkat in een kamer vol muizenvallen. Als ik het licht aandoe, zie ik tientallen tassen van winkels waar ontslagen mensen meestal niet komen. Het zijn de duurdere herenkledingzaken, de winkels waar maatpakken worden gemaakt en waar de verkopers hun mannelijke klant, lui weggezakt in een leren fauteuil, telkens maar één over hun arm gedrapeerde stropdas tonen. Ik bedoel, al die troep is *handgemaakt.*

'Wat is dit, Nick?'

'Voor sollicitaties. Voor als ze weer mensen zoeken.'

'Heb je dat dan allemaal nodig?'

'We hébben er het geld voor.' Hij glimlacht wreed naar me, zijn armen over elkaar geslagen.

'Zou je ze dan op zijn minst willen ophangen?' Een paar van de plastic hoezen zijn kapotgebeten door Bleecker. Naast een pak van drieduizend dollar ligt een hoopje kattenkots; een wit maatoverhemd zit onder het oranje haar op de plek waar de kat een dutje heeft gedaan.

'Niet echt, nee,' zegt hij. Hij grijnst naar me.

Ik ben nooit een zeurkous geweest. Daar ben ik best trots op. Dus het ergert me dat Nick me dwingt te zeuren. Ik ben bereid een zekere mate van slordigheid, luiheid en onverschilligheid voor lief te nemen. Ik weet dat ik meer een A-type ben dan Nick en probeer mijn poetsfobie niet aan hem op te dringen. Nick is niet het type man dat uit zichzelf zal stofzuigen of de koelkast zal schoonmaken. Hij ziét dat soort dingen gewoonweg niet. Geen probleem. Echt niet. Maar ik hecht aan een zekere levensstandaard en het lijkt me redelijk te verlangen dat de afvalbak niet – letterlijk – uitpuilt en de vuile borden met burritosaus geen week lang in de gootsteen staan. Dat mag je van iedere volwassen kamergenoot verwachten. Maar Nick doet niets meer, en dus móét ik wel zeuren, ook al vind ik dat vreselijk: *Jij verandert mij in iets wat ik nooit geweest ben en ook nooit wilde zijn, een zeurkous, omdat jij je niet aan onze basisafspraken houdt. Dat moet je niet doen, want dat hoort niet.*

Ik weet, ik wéét, dat het verliezen van een baan ongelooflijk veel stress oplevert, zeker voor een man, en dan vooral voor iemand als Nick, die zijn hele leven heeft gewerkt. Je zou het bijna kunnen vergelijken met een sterfgeval in de familie. Dus haal ik diep adem en rol mijn woede op tot een rode bal die ik vervolgens denkbeeldig wegschop. 'Vind je het goed dat ik de pakken ophang? Dan blijven ze tenminste netjes.'

'Je doet maar.'

Allebei werkloos, gezellig, hè? Ik weet dat we meer geluk hebben dan de meeste andere werklozen: als ik nerveus word, ga ik online en kijk hoe mijn trustfonds ervoor staat. Ik noem het pas mijn trustfonds sinds Nick het zo genoemd heeft. Niet dat er zo veel in zit: 758.404 dollar aan spaargeld, wat ik te danken heb aan mijn ouders. Geen bedrag dat je kunt stoppen met werken, zeker niet in New York. Mijn ouders wilden me met het fonds het vertrouwen geven dat ik mijn keuzen – opleiding, carrière – niet hoefde te laten afhangen van mijn financiële situatie, maar gaven me ook weer niet zo veel geld dat ik er de brui aan zou geven. Nick drijft er graag de spot mee, maar ik vind het heel bijzonder als ouders zoiets doen. (En terecht, als je bedenkt dat ze mijn jeugd hebben geplagieerd voor hun boeken.)

Ik voel me nog steeds ellendig over mijn ontslag, ónze ontslagen, als mijn vader me opbelt en vraagt of mijn moeder en hij even langs kunnen komen. Ze moeten met ons praten. Vanmiddag, of beter, nu meteen, als dat goed is. Natuurlijk is dat goed, zeg ik, maar ik denk: kanker.

Mijn ouders bellen aan. Ze wekken de indruk alsof ze extra veel moeite hebben gedaan er netjes uit te zien. Alles aan mijn vader oogt onberispelijk gestreken, geperst en glanzend, behalve de kringen onder zijn ogen. Mijn moeder draagt een van haar paarse jurken die ze altijd aanhad naar lezingen en officiële gelegenheden, in de tijd dat ze daar nog voor werd uitgenodigd. Ze zegt dat die kleur zelfvertrouwen van de drager vraagt.

Maar hoe fantastisch ze er ook uitzien, ze maken een gegeneerde indruk. Ik leid ze snel naar de bank en een ogenblik lang zitten we zwijgend bij elkaar.

'Kinderen, jullie moeder en ik blijken een...' zegt mijn vader eindelijk, maar begint dan te kuchen. Hij legt zijn handen op zijn knieën; zijn grote knokkels trekken wit weg. 'Oké, we blijken er financieel nogal een puinhoop van te hebben gemaakt.'

Ik weet niet hoe ik moet reageren: geschokt, bemoedigend, teleurgesteld? Mijn ouders hebben nooit met mij over hun problemen gepraat. Ik denk ook niet dat ze veel problemen hebben gekend.

'Het komt erop neer dat we ons nogal onverantwoordelijk hebben gedragen,' vervolgt Marybeth. 'We hebben de afgelopen tien jaar geleefd alsof er nog altijd zo veel binnenkwam als in de twintig jaar daarvoor, maar dat is dus niet zo. We hebben nog niet de helft verdiend. Helaas hebben we de kop in het zand gestoken. We waren... *optimistisch gestemd*, zacht uitgedrukt. We dachten telkens dat de volgende *Amy* alles goed zou maken. Maar dat is niet gebeurd. We hebben een aantal verkeerde beslissingen genomen. We hebben foute beleggingen gedaan en zijn dom met ons geld omgesprongen. En nu...'

'Nu zijn we praktisch blut,' zegt Rand. 'Ons huis, en ook dít huis, is minder waard dan de hypotheek die we ervoor betalen.'

Ik dacht – had verondersteld – dat ze dit huis gewoon voor ons hadden betaald. Ik had er geen idee van dat er een hypotheek op zat. Ik schaam me even dat ik echt zo beschermd ben opgegroeid als Nick beweert.

'Zoals ik al zei, hebben we de situatie helemaal verkeerd ingeschat,' zegt Marybeth. 'We zouden er een boek over moeten schrijven: *Amy en de Flexibele Hypotheek*. We zouden alle vragen fout beantwoorden. Een verhaal ter waarschuwing. Amy's vriendin, Wendy Wil het Nu.'

'Keith Kop in het Zand,' voegt Rand eraan toe.

'Oké, wat nu?' vraag ik.

'Dat is aan jou,' zegt mijn vader. Mijn moeder vist een zelf gefabriceerd A4'tje uit haar tas en legt het voor ons neer op de tafel: grafieken, staaf- en cirkeldiagrammen, zelfgemaakt op hun computer. In gedachten zie ik ze over de handleiding gebogen zitten om hun voorstel aan mij zo aantrekkelijk mogelijk te maken. Dat doet pijn.

Marybeth gooit als eerste een balletje op. 'We wilden je vragen of we wat geld uit jouw trustfonds zouden kunnen lenen, zodat we intussen kunnen nadenken over hoe we de rest van ons leven gaan inrichten.'

Mijn ouders zitten voor ons als twee gretige studenten die een stageplek hopen te kunnen bemachtigen. Mijn vaders knie wiebelt, totdat mijn moeder er teder een vinger op legt.

'Tja, het trustfonds is jullie geld, dus natuurlijk kunnen jullie ervan lenen,' zeg ik. Ik wil dat dit achter de rug is. Ik kan de hoopvolle blik op de gezichten van mijn ouders niet verdragen. 'Hoeveel denken jullie nodig te hebben om alles te kunnen afbetalen en het nog een tijdje te kunnen uitzingen?'

Mijn vader kijkt naar zijn schoenen. Mijn moeder haalt diep adem. 'Zeshonderdvijftigduizend dollar,' zegt ze.

'O,' is alles wat ik weet uit te brengen. Dat is bijna alles wat we hebben.

'Amy, misschien moeten jij en ik even met elkaar pra–' begint Nick.

'Nee, nee, het kan wel,' zeg ik. 'Ik pak mijn chequeboekje even.'

'Eerlijk gezegd,' zegt Marybeth, 'zou het handiger zijn als je het morgen rechtstreeks overmaakt naar onze rekening. Anders gaan er nog tien dagen overheen.'

Op dat moment weet ik dat ze diep in de problemen zitten.

Nick Dunne

Twee dagen vermist

Ik werd uitgeput wakker op de bedbank in de hotelsuite van de Elliotts. Mijn huis was nog niet vrijgegeven. Ze hadden erop aangedrongen dat ik zou blijven, met dezelfde hardnekkigheid waarmee ze de rekening van een etentje wilden betalen; gastvrijheid als een soort woeste oerkracht. *Je moet ons gunnen dat wij dit voor je doen.* En dat deed ik dan maar. Ik had de hele nacht naar het gesnurk achter hun slaapkamerdeuren liggen luisteren. De een klonk gestaag en diep – het gezaag van een forse houthakker – de ander snurkte met horten en stoten, als iemand die droomt van verdrinken.

Zelf val ik meestal als een blok in slaap, alsof ik een knop omdraai. *Ik ga slapen*, zeg ik altijd. Ik vouw mijn handen onder mijn wang en ben vertrokken. *Zzzzz*, de diepe slaap van een kind dat iets tegen de griep heeft ingenomen. Ondertussen ligt mijn slapeloze vrouw naast me te woelen. Maar de afgelopen nacht voelde ik me net als Amy. Ik lag voortdurend te piekeren en voelde de spanning in mijn lichaam. Doorgaans ben ik iemand die lekker in zijn vel zit. Als Amy en ik op de bank naar de tv kijken, verander ik in gesmolten was. Mijn vrouw daarentegen zit aldoor naast me te schuiven en te draaien. Ik heb haar wel eens gevraagd of ze soms last van onrustige benen heeft. Ik had een reclame over die aandoening gezien; de gezichten van de acteurs waren vertrokken van smart terwijl ze hun kuiten schudden en over hun dijen wreven. Het antwoord van Amy was: *Alles aan mij is onrustig.*

Ik keek hoe het plafond van de hotelkamer van grijs in roze en toen in geel veranderde. Toen ik eindelijk opstond zag ik de zon pal tegenover me aan de overkant van de rivier. Het deed me denken aan de felle lamp bij een derdegraadsverhoor. Toen schoten de namen me weer te binnen – baf! Hilary Handy. Wat een schattige naam voor iemand die van zulke erge dingen wordt beschuldigd. Desi Collings, een maniak van weleer die een uurtje rijden verderop woonde. Ik had beiden voor mezelf opgeëist. Je moet tegenwoordig alles zelf doen: gezondheidszorg, huizenmarkt, politieonderzoek. Ga online en zoek het lekker zelf uit, want iedereen is overwerkt en overal hebben ze te weinig personeel. Ik was journalist. Tien jaar lang heb ik de kost verdiend met het interviewen van mensen, mensen onthullingen te laten doen over zichzelf. Daar was ik goed in en dat vonden Marybeth en Rand ook. Ik was dankbaar dat ze me hadden laten weten dat ze me nog vertrouwden. Ik, de echtgenoot die in een ijl waas van verdenking was gehuld. Of houd ik mezelf voor de gek met dat woord *ijl*?

De Days Inn had een achterafzaaltje ter beschikking gesteld als hoofdkwartier voor operatie Vind Amy Dunne. Het zag er niet uit, overal bruine vlekken en vieze luchtjes. Maar Marybeth ging in alle vroegte aan de slag met stofzuiger en schoonmaakdoekjes. Ze zette prikborden neer, regelde telefoons en hing een grote poster van Amy aan de muur. Die poster waarop Amy je met een koele, zelfverzekerde blik aankijkt, met ogen die je lijken te volgen. Het deed denken aan een verkiezingscampagne voor een nieuwe president. Tegen de tijd dat Marybeth klaar was, gonsde het van de bedrijvigheid. Er hing een sfeer die overkwam als het koppige optimisme van een underdog, iemand met veel trouwe aanhangers die weigeren om het op te geven.

Iets na tienen arriveerde Boney. Ze sprak in haar mobieltje. Ze klopte me op de schouder en begon een printer te installeren. De vrijwilligers arriveerden in groepjes: Go en een stuk of zes vriendinnen van onze overleden moeder. Vrouwen van ergens in de veertig, allemaal gehuld in een strakke kniebroek alsof ze naar de repetitie van een dansshow gingen. Twee waren slank, blond en zongebruind. Twee wedijverden om de leiding, en de rest schikte zich vrolijk in hun rol als tweede viool. Er was een groep luidruchtige oude dames met grijswit haar. Ieder probeerde de ander te overstemmen. Sommigen zaten te sms'en. Het soort oudere mensen dat beschikt over een verbazingwekkende hoeveelheid energie en zo veel jeugdige vitaliteit dat je je afvraagt of ze je willen aftroeven of zo. Er was maar één man gekomen, een knappe, goedgeklede man van mijn leeftijd, die niet besefte dat zijn aanwezigheid een beetje vreemd was. Hij was alleen. Ik sloeg de Eenzame Man gade terwijl hij langs de hapjes liep. Af en toe wierp hij een blik op de poster van Amy.

Boney was klaar met de printer, pakte een melig uitziende muffin van een tafel en kwam bij mij staan.

'Houden jullie iedereen in de gaten die zich als vrijwilliger meldt?' vroeg ik. 'Ik bedoel, soms komt het voor...'

'Dat iemand verdacht veel interesse heeft? Zeker.' Ze beet de randen van de muffin en propte die in haar mond. Ze ging zachter praten. 'Maar om je de waarheid te zeggen, seriemoordenaars kijken naar dezelfde tv-programma's als wij. Ze weten dat *wij* weten dat ze zich graag...'

'Met het onderzoek bemoeien.'

'Inderdaad.' Ze knikte. 'Dus daar zijn ze tegenwoordig voorzichtiger in geworden. Maar ja, we houden alle rare snuiters in de peiling zodat we zeker weten dat het onschuldige rare snuiters zijn.'

Ik trok een wenkbrauw op.

'Een paar jaar geleden waren Gilpin en ik betrokken bij de zaak-Kayla Holman. Zegt die naam je iets?'

Ik schudde mijn hoofd.

'Hoe dan ook, je zult merken dat er engerds rondlopen die geilen op dit soort zaken. En kijk uit voor die twee...' Boney wees naar de twee knappe vrouwen van ergens in de veertig. 'Die lijken me namelijk het type dat net iets te gretig de bekommerde echtgenoot wil troosten.'

'Ach, toe nou...'

'Je zult nog raar opkijken. Zo'n knappe vent als jij. Het komt voor.'

Precies op dat moment keek de blondste en gebruindste van de twee vrouwen naar ons. Ze maakte oogcontact en glimlachte heel voorzichtig en verlegen, waarna ze haar hoofd introk, als een kat die wacht op een knuffel.

'Maar ze zal wel flink haar best doen en het Betrokken Vrouwtje spelen.'

'Hoe is die Kayla Holman-zaak afgelopen?' vroeg ik.

Ze schudde haar hoofd: *nee*.

Er kwamen nog vier vrouwen bij. Ze gaven een flesje zonnebrandolie aan elkaar door en smeerden het spul op hun blote armen, schouders en neus. De ruimte begon naar kokos te ruiken.

'Voor ik het vergeet, Nick,' zei Boney. 'Weet je nog dat ik vroeg of Amy vrienden in dit stadje had? Hoe zit het eigenlijk met Noelle Hawthorne? Je hebt haar naam niet genoemd. Ze heeft twee berichten bij ons achtergelaten.'

Ik staarde haar wezenloos aan.

'Noelle, die vrouw die in jouw appartementencomplex woont. Die moeder van een drieling.'

'Nee, Amy is niet met haar bevriend.'

'O, vreemd. Zij denkt namelijk beslist van wel.'

'Dat overkomt Amy vaak,' zei ik. 'Heeft ze één keer met iemand gesproken, klampen ze zich meteen aan haar vast. Het is gewoon griezelig.'

'Dat zeiden haar ouders ook al.'

Ik vroeg me af of ik Boney rechtstreeks naar Hilary Handy en Desi Collings kon vragen. Toen besloot ik dat niet te doen. Ik zou een betere indruk maken als ik zelf de touwtjes in handen hield. Ik wilde dat Rand en Marybeth me zouden zien als een actieheld. Ik kon de blik die Marybeth op mij had geworpen niet van me afzetten: *De politie lijkt er echt van overtuigd dat deze zaak... zich dicht bij huis afspeelt.*

'Mensen denken dat ze haar kennen omdat ze als kind die boeken hebben gelezen,' zei ik.

'Dat snap ik,' zei Boney. Ze knikte. 'Mensen willen graag geloven dat ze andere mensen kennen. Ouders willen geloven dat ze hun kinderen kennen. Vrouwen willen geloven dat ze hun echtgenoot kennen.'

Er was een uur verstreken. Het vrijwilligerscentrum kreeg iets weg van een familie die gaat picknicken. Een paar van mijn oude vriendinnen kwamen langs om gedag te zeggen en hun kinderen voor te stellen. Een van de beste vriendinnen van mijn moeder, Vicky, kwam langs met drie kleindochters, verlegen twintigers, geheel in roze gehuld.

Kleinkinderen. Mijn moeder had het vaak over kleinkinderen gehad, alsof dat iets onvermijdelijks was. Telkens wanneer ze een nieuw meubelstuk aanschafte, zei ze erbij dat ze die-en-die stijl had gekozen omdat 'dat handig is in verband met de kleinkinderen'. Ze wilde erg graag een paar kleinkinderen zien opgroeien. Al haar vrienden hadden kleinkinderen. Op een keer hadden Amy en ik mijn moeder en Go te eten omdat we die week een recordomzet hadden gedraaid in De Bar. Ik had aangekondigd dat we iets te vieren hadden. Ma was opgesprongen uit haar stoel, in tranen uitgebarsten en had Amy omhelsd, die ook begon te huilen, en half verstikt in de liefkozende omhelzing al mompelend wist uit te brengen: 'Hij heeft het over De Bar, hij heeft het alleen maar over De Bar.' En toen deed mijn moeder erg haar best om te veinzen dat zij dat heus óók had bedoeld. '*Nog tijd genoeg* voor baby's,' had ze gezegd met haar meest zoetsappige stem, wat Amy opnieuw aan het huilen maakte. En dat was vreemd, want Amy had besloten dat ze geen kinderen wilde. Dat had ze verschillende keren herhaald, maar die tranen gaven me een pervers sprankje hoop dat ze van gedachten was veranderd. Want zo veel tijd hadden we niet meer. Amy was zevenendertig toen we naar Carthage waren verhuisd. Ze zou in oktober negenendertig worden.

En toen dacht ik: we moeten een of ander nepverjaardagsfeestje organiseren, als dit zo doorgaat. We moeten iets doen, een of andere ceremonie, voor de vrijwilligers, de media, iets om de aandacht levend te houden. Ik moet de indruk wekken dat ik nog hoop heb.

'De verloren zoon is teruggekeerd,' zei een nasale stem. Ik draaide me om. Naast me stond een magere man in een uitgelubberd T-shirt. Hij krabde in zijn grote hangsnor. Mijn oude vriend Stucks Buckley, die me altijd de verloren zoon noemde hoewel hij niet wist waar dat op sloeg. Ik vermoed dat hij het als zelfverzonnen synoniem voor oetlul gebruikte. Stucks Buckley, het klonk als de naam van een honkbalspeler. Dat was wat Stucks had willen worden, maar hij had alleen maar de wens, niet het talent. In zijn jeugd hoorde hij tot de besten van de stad, maar dat was niet genoeg. Hij kreeg de schok van zijn leven toen hij op de universiteit uit het team werd gezet, en daarna ging alles bergafwaarts met hem. Nu had hij her en der wat losse baantjes en hij blowde voortdurend. Bovendien was hij nogal prikkelbaar. Hij was een paar keer bij De Bar langs geweest op zoek naar werk, maar elk klusje dat ik hem aanbood was hem te min. Hij kauwde op de binnenkant van zijn wang en zei dan geërgerd: *Kom op man, je hebt toch zeker wel iets beters?*

'Stucks,' zei ik bij wijze van groet. Ik wilde weten of hij in een goeie bui was.

'Ik heb gehoord dat de politie dit behoorlijk slap aanpakt,' zei hij. Hij stak zijn armen onder zijn oksels.

'Het is nog wat vroeg om dat te kunnen zeggen.'

'Kom op man, die lullige zoekacties? Ik heb ze meer moeite zien doen om de hond van de burgemeester op te sporen.' Stucks' gezicht was zongebrand. Ik voelde de warmte van hem afstralen toen hij dichterbij kwam. Ik rook mondwater en pruimtabak. 'Waarom hebben ze nog niemand opgepakt? Genoeg mensen in de stad om uit te kiezen. Ze hebben niemand gearresteerd? Helemaal niemand? Hoe zit het met die jongens van Blue Book? Dat heb ik aan die vrouwelijke rechercheur gevraagd: hoe zit het met de jongens van Blue Book? Ze gaf me niet eens antwoord.'

'Wie zijn de jongens van Blue Book? Een bende?'

'Al die kerels die vorige winter zijn ontslagen bij de Blue Book-fabriek.

Zonder sociaal plan of wat dan ook. Heb je die dakloze mannen gezien die in groepjes door de stad zwerven? Ze zien er zeer gefrustreerd uit. Dat zijn waarschijnlijk Blue Book-jongens.'

'Ik snap het nog steeds niet: de Blue Book-fabriek?'

'Je weet wel: River Valley Printworks. Aan de rand van de stad. Ze maken van die blauwe schoolschriften.'

'O, dat wist ik niet.'

'Op school gebruiken ze nu computers, en weet ik veel wat nog meer, dus toen was het gedaan met de Blue Book-jongens.'

'Wat erg. Deze hele stad gaat naar de knoppen,' mompelde ik.

'Die Blue Book-jongens drinken, gebruiken drugs, vallen mensen lastig. Dat deden ze vroeger ook, maar dan alleen in het weekend omdat ze maandag weer aan het werk moesten. Nu lopen ze losgeslagen rond.'

Stucks grijnsde zijn slechte gebit bloot. Hij had verfvlekken in zijn haar. Zijn vakantiebaantje, al sinds zijn middelbareschooltijd: huisschilder. *Ik ben gespecialiseerd in afwerken*, zei hij altijd, en dan wachtte hij of je de grap snapte. Als je niet lachte, ging hij het uitleggen.

'Heeft de politie al een kijkje genomen in het winkelcentrum?' vroeg Stucks. Ik haalde verward mijn schouders op.

'Shit, man, je was vroeger toch verslaggever?' Stucks leek altijd boos op mijn vroegere beroep, alsof het een leugen was die te lang had geduurd. 'De Blue Book-jongens hebben een eigen plek in het winkelcentrum. Krakers. Drugsdealers. Af en toe jaagt de politie ze weg, maar de volgende dag zijn ze er weer. Dat heb ik in ieder geval tegen die vrouwelijke rechercheur gezegd: veeg dat rottige winkelcentrum schoon. Want een maand geleden hebben een paar van die lieden nog een meisje te grazen genomen. Groepsverkrachting. Ik wil maar zeggen: zo'n stel van die kwaadwillige kerels moet je als vrouw alleen niet tegenkomen.'

Onderweg naar het terrein dat die middag zou worden afgezocht belde ik Boney. Ik stelde mijn vraag zodra ze had opgenomen.

'Waarom doorzoeken jullie het winkelcentrum niet?'

'Dat komt nog, Nick. We zijn al onderweg.'

'O. Oké. Maar een maat van me...'

'Stucks zeker. Ik ken hem.'

'Hij had het steeds over die...'

'De Blue Book-jongens, ik weet het. We zitten erbovenop, Nick, geloof mij nou maar. We willen Amy net zo graag terugvinden als jij.'

'Oké, eh, bedankt.'

Nu de reden voor mijn verontwaardiging me uit handen was geslagen, goot ik mijn reusachtige beker koffie naar binnen en reed naar het mij toegewezen gebied. Er werden die middag drie terreinen doorzocht: de Gully-aanlegsteiger (nu bekend als De Plek Waar Nick Die Bewuste Ochtend Heeft Doorgebracht En Door Niemand Is Gezien); het Miller Creek-bos (niet echt een bos, door de bomen kon je de fastfoodrestaurants zien liggen); en Wolky Park, een natuurgebiedje met wandel- en ruiterpaden. Ik moest me melden in Wolky Park.

Toen ik daar aankwam stond een plaatselijke agent te praten tegen een groep van een stuk of tien mensen. Allemaal dikke benen in korte broeken, zonnebrillen, hoeden en zinkzalf op de neus. Het zag eruit als de eerste dag van een vakantiekamp.

Er waren twee verschillende tv-ploegen om beelden vast te leggen voor regionale tv-zenders. Het was het weekend van Onafhankelijkheidsdag; het verhaal van Amy zou worden uitgezonden tussen reportages over de jaarlijkse kermis en barbecuewedstrijden. Een jonge verslaggever bleef als een irritante vlieg om me heen hangen en stelde constant zinloze vragen. Ik verstrakte onmiddellijk door al die aandacht, klapte dicht. De 'bezorgde' blik op mijn gezicht leek nep. Er hing een geur van paardenpoep in de lucht.

De verslaggevers gingen al snel achter de vrijwilligers aan die de paden op gingen. (Wat voor journalist stuit op de verdachte echtgenoot en *gaat dan weg*? Een slechte, onderbetaalde journalist die is blijven hangen nadat alle goede zijn ontslagen.) Een jonge agent zei dat ik op een plek moest gaan staan waar verschillende wandelpaden begonnen. Op een prikbord hing een rommeltje aan flyers en een A4'tje dat meldde dat Amy werd vermist. Wéér mijn vrouw op die foto. Ze volgde me overal vandaag.

'Wat moet ik doen?' vroeg ik aan de agent. 'Ik voel me hier zo nutteloos. Ik wil iets doen.' Ergens in de bossen hinnikte een treurig paard.

'We hebben je hier nodig, Nick. Gewoon vriendelijk en bemoedigend zijn.' Hij wees op de feloranje thermosfles naast me. 'Bied mensen koffie aan. Stuur iedereen maar gewoon mijn kant op.' Hij draaide zich om en liep naar de stallen. Ik kreeg het idee dat ze me met opzet probeerden weg te houden van elke mogelijke plaats delict. Ik wist niet precies wat ik daarvan moest denken.

Terwijl ik daar doelloos met de thermoskan stond te hannesen, reed een late SUV het terrein op, rood en glanzend als nagellak. De veertigplussers van het hoofdkwartier stapten uit. De knapste vrouw van het groepje, degene die Boney als groupie had bestempeld, hield haar paardenstaart omhoog zodat haar vriendin insectenspray in haar nek kon spuiten. De vrouw wapperde overdreven met haar handen vanwege de stuifnevel. Ze gluurde vanuit een ooghoek naar mij. Toen liep ze weg van haar vriendinnen, liet haar haar over haar schouders vallen en kwam mijn kant op. Ze had zo'n bedroefde, meelevende glimlach op haar gezicht, zo'n *ik-vind-het-zo-erg-voor-je*-glimlach. Reusachtig grote pony-ogen, een roze hemd dat net aansloot boven een frisse, witte korte broek. Sandalen met hoge hakken, krullen, gouden oorringen. Zo kleed je je niet als je op een zoektocht gaat, dacht ik.

Zeg alsjeblieft niks tegen me.

'Hoi Nick. Ik ben Shawna Kelly. *Ik vind het zo erg voor je.*' Ze had een onnodig harde stem. Ze klonk een beetje als een balkende, hitsige ezel. Ze stak haar hand uit. Ik kreeg een onbehaaglijk gevoel toen Shawna's vriendinnenkliek over het pad wegliep, omkeek en steelse blikken op ons wierp. Wij, het stelletje. Ik deed mijn best: ik bedankte haar, bood koffie aan, voelde me een sul. Shawna maakte totaal geen aanstalten om te vertrekken, hoewel ik naar het wandelpad bleef staren dat haar vriendinnen hadden genomen.

'Ik hoop dat je vrienden en familie hebt die je steunen in deze moeilijke periode, Nick,' zei ze. Ze sloeg een paardenvlieg weg. 'Mannen vergeten voor zichzelf te zorgen. Je hebt troosteten nodig.'

'Ik heb voornamelijk koude vleeswaren gegeten, je weet wel, snel en gemakkelijk.' Ik kon de salami nog proeven. De dampen stegen nog op uit mijn maag. Het drong opeens tot me door dat ik na vanochtend mijn tanden niet meer had gepoetst.

'Ach, arme ziel. Koud vlees, dat is niks.' Ze schudde haar hoofd. De gouden oorringen flikkerden in het zonlicht. 'Je moet denken om je gezondheid. Maar je hebt geluk, want een van mijn vele specialiteiten is een overheerlijke ovenschotel met kip. Weet je wat? Ik ga dat voor je maken, dan laat ik hem morgen achter bij het vrijwilligerscentrum. Je hoeft hem alleen maar even in de magnetron te zetten en dan heb je een lekkere warme maaltijd.'

'O, maar dat hoeft heus niet. Het gaat best. Echt waar.'

'Na een stevige maaltijd voel je je een stuk beter,' zei ze. Ze klopte me op de arm.

Stilte. Ze probeerde een andere invalshoek.

'Ik hoop dat het niks te maken heeft met… met dat daklozenprobleem van ons,' zei ze. 'Echt, ik heb klacht na klacht ingediend. Vorige maand nog heeft een van die lieden in mijn tuin ingebroken. Mijn bewegingssensor ging af. Ik tuurde naar buiten en ja hoor, daar zat hij, op de grond tussen mijn tomaten. Hij vrat ze achter elkaar op, alsof het appels waren. Zijn gezicht en overhemd zaten onder het sap en de zaadjes. Ik heb hem geprobeerd weg te jagen, maar voordat hij ging heeft hij er nog minstens twintig meegejat. Die kerels van Blue Book waren toch al van die randfiguren. Echte losers.'

Ik voelde een plotselinge affiniteit met de groep mannen van Blue Book. Ik stelde me voor dat ik hun verbitterde kampement binnenwandelde, zwaaiend met een witte vlag: *Ik ben solidair met jullie, mijn werk had óók met drukwerk te maken. Ook míjn baan is overbodig gemaakt door de computer.*

'Vertel me niet dat je te jong bent om je Blue Book te herinneren, Nick,' zei Shawna. Ze gaf me een por tussen mijn ribben, waar ik op reageerde met een overdreven schrikreactie.

'Ik ben zo oud, ik was dat hele Blue Book vergeten tot jij erover begon.'

Ze lachte. 'Hoe oud ben je dan helemaal, eenendertig, tweeëndertig?'

'Toch echt vierendertig, hoor.'

'Een broekie.'

Op dat moment kwam het trio energieke oude dames aan. Ze marcheerden onze kant op. Een van hen was druk in de weer met haar mobieltje. Allen droegen stevige canvas tuinkleding, Keds-schoenen en mouwloze golftopjes die het slappe vel van hun bovenarmen prijsgaven. Ze knikten respectvol naar mij, maar keken afkeurend naar Shawna. We zagen eruit als een stel dat een barbecue geeft in de achtertuin. Het was ongepast.

Donder alsjeblieft op, Shawna, dacht ik.

'Maar goed, die daklozen kunnen behoorlijk agressief zijn, echt wel bedreigend tegen vrouwen ook,' zei Shawna. 'Dat heb ik ook tegen rechercheur Boney gezegd, maar ik heb het gevoel dat ze me niet erg mag.'

'Waarom zou ze?' Ik wist al van tevoren wat ze ging zeggen, de mantra van alle aantrekkelijke vrouwen.

'Vrouwen mogen me niet zo.' Ze haalde haar schouders op. 'Je doet er niks aan. Had… heeft Amy veel vriendinnen in de stad?'

Meerdere vrouwen, vriendinnen van mijn moeder, vriendinnen van Go, hadden Amy uitgenodigd voor leesclubjes, productdemonstraties en stapavondjes. Zoals je kon verwachten had Amy bijna al die uitnodigingen afgeslagen, op enkele na, en na afloop bleek dat ze er een grondige hekel aan had gehad: 'We hebben heel veel minifrituurhapjes en cocktails gedronken die gemaakt waren met *roomijs*.'

Shawna keek me oplettend aan. Ze wilde alles over Amy weten, wilde opgenomen worden in het kringetje van mijn vrouw, die een grote hekel aan haar zou hebben.

'Ik denk dat ze hetzelfde probleem heeft als jij,' zei ik kortaf.

Ze glimlachte.

Flikker op, Shawna.

'Het valt niet mee, in een nieuwe stad komen wonen,' zei ze. 'Hoe ouder je wordt, hoe moeilijker je nieuwe vrienden maakt. Is ze van jouw leeftijd?'

'Achtendertig.'

Dat leek ze ook al leuk te vinden.

Sodemieter op.

'Slimme vent, valt op oudere vrouwen.'

Lachend viste ze een mobieltje uit haar reusachtige, groengele handtas. 'Kom hier,' zei ze en ze sloeg een arm om me heen. 'Kom op, een stralende glimlach voor bij de kipschotel.'

Ik kon haar wel een klap geven. Dat onachtzame, dat meisjesachtige van haar: ze wilde een egotrip maken bij de echtgenoot van een vermiste vrouw. Ik onderdrukte mijn woede, probeerde mezelf op te peppen, probeerde te overcompenseren en áárdig te doen. Dus glimlachte ik mechanisch terwijl zij haar gezicht tegen mijn wang perste en een foto nam met haar telefoon. Pas door de klik van de camera kwam ik weer een beetje tot mezelf.

Ze liet me het schermpje van haar telefoon zien. Ik zag twee tegen elkaar gevlijde, zongebruinde, vrolijk lachende gezichten. Alsof we een afspraakje hadden bij een honkbalwedstrijd. Ik keek naar mijn zalvende grijns, mijn halfdichte ogen en dacht: ik zou een pesthekel hebben aan die vent.

Amy Elliott Dunne

Dagboek

15 september 2010

Ik schrijf dit ergens in Pennsylvania. In de Zuid-Westhoek. Een motel langs de snelweg. Onze kamer kijkt uit op de parkeerplaats, en als ik door de stugge, beige gordijnen naar buiten kijk, zie ik mensen onder fluorescerende lampen staan. Het is het soort plek waar mensen rondhangen. Ik ben emotioneel weer compleet in de war. Er is te veel gebeurd, en dat in zo'n korte tijd. Voordat ik er erg in heb zit ik in Zuidwest-Pennsylvania en doet mijn man een opstandig dutje te midden van pakjes chips en snoep die hij in de hal uit de automaat heeft getrokken. Hij is boos op me omdat ik niet gezellig doe. Ik dacht dat ik me heel overtuigend opstelde – hoera, een nieuw avontuur! – maar daar denkt hij kennelijk anders over.

Nu ik erop terugkijk, denk ik dat we zaten te wachten totdat er iets zou gebeuren. Alsof Nick en ik onder een wind- en geluiddichte stolp zaten, de stolp ineens omrolde en... we eindelijk actie konden ondernemen.

Twee weken geleden stonden we nog in onze werklozenmodus: deels aangekleed, verveeld, klaar om ons zwijgend aan het ontbijt te zetten en de krant tot de laatste letter te spellen. We lezen tegenwoordig zelfs de autobijlage.

Nicks mobiele telefoon gaat om tien uur 's ochtends en ik hoor meteen aan zijn stem dat het Go is. Hij klinkt veerkrachtig, jongensachtig, zoals altijd wanneer hij met haar praat. Zoals hij vroeger ook tegen mij klonk.

Hij loopt naar de slaapkamer en trekt de deur achter zich dicht. Ik blijf achter met twee borden lillende Benedict-eieren. Ik zet zijn bord op de tafel en ga aan de andere kant zitten. Ik vraag me af of ik moet wachten tot hij klaar is. Als íк gebeld zou worden, denk ik bij mezelf, zou ik even zeggen dat hij alvast kon beginnen, of ik zou een vinger opsteken: *Eén minuutje*. Ik zou me bewust zijn van de ander, van mijn echtgenoot, die ik in de keuken achterliet met twee borden met eieren. Ik voel me schuldig dat ik dat denk, omdat ik even later bezorgd gemompel, geschrokken uitroepen en zacht gesus achter de deur hoor. Ik vraag me af of Go problemen heeft met een vriendje in Carthage. Go's relaties duren meestal niet lang, en zelfs als zij degene is die het uit heeft gemaakt, heeft ze altijd veel troostende woorden en kneepjes in haar hand van Nick nodig.

Zodra Nick uit de slaapkamer komt, zet ik mijn gebruikelijke *Arme Go*-gezicht op. Maar ik zie meteen aan hem dat er niet alleen problemen met Go zijn.

'Mijn moeder,' begint hij. Hij gaat aan tafel zitten, achter zijn hard geworden ei. 'Shit. Mijn moeder heeft kanker. Fase 4. Het is uitgezaaid naar de lever en de botten. Dat is niet goed, dat is...'

Hij legt zijn hoofd in zijn handen. Ik loop naar hem toe en sla mijn armen om hem heen. Als hij opkijkt zijn zijn ogen droog. Kalm. Ik heb mijn man nog nooit zien huilen.

'Go trekt het niet meer, met mijn vaders alzheimer erbij.'

'Alzheimer? Álzheimer? Sinds wanneer heeft je vader alzheimer?'

'O, al een hele tijd. Eerst dachten ze nog dat het een vroege vorm van dementie was. Maar het is erger, veel erger.'

Ik denk meteen dat er iets mis is met ons huwelijk, misschien wel onherstelbaar mis, als mijn man vergeet mij dit te vertellen. Soms heb ik het gevoel dat hij een spelletje speelt, dat hij stilzwijgend een soort wedstrijd is aangegaan met zichzelf hoe hij zo ondoorgrondelijk mogelijk kan overkomen. 'Waarom heb je me dat niet verteld?'

'Ik praat niet graag over mijn vader.'

'Maar dan nog...'

'Amy, alsjeblieft.' Hij heeft die blik weer, alsof ik onredelijk ben en dat er zo dik bovenop ligt dat ik me afvraag of ik ook echt onredelijk ben.

'Maar goed. Volgens Go krijgt mijn moeder een chemokuur... Ze zal er behoorlijk ziek van worden. Ze heeft hulp nodig.'

'Moeten we thuiszorg voor haar regelen? Een verpleegkundige?'

'Daar is ze niet voor verzekerd.'

Hij slaat zijn armen over elkaar en staart me aan. Ik weet dat hij me uit daagt te zeggen dat ik die kosten wel zal betalen, maar dat is onmogelijk omdat ik het geld aan mijn ouders heb gegeven.

'Oké, schat,' zeg ik. 'Wat wil je dan dat we doen?'

We staan tegenover elkaar, alsof we onze krachten meten in een gevecht waar ik niet van op de hoogte ben gesteld. Ik steek mijn hand naar hem uit om hem aan te raken, maar hij kijkt er alleen maar naar.

'We zullen naar Missouri moeten verhuizen.' Hij kijkt me boos aan, met opengesperde ogen, en slaat met zijn vingers alsof er iets aan zijn hand plakt wat hij wil kwijtraken. 'We gaan voor een jaar en doen wat we moeten doen. We hebben geen werk, geen geld. Er is niets wat ons hier houdt. Zelfs jij zult dat moeten toegeven.'

'Zelfs ík?' Hij doet alsof ik bezwaar heb gemaakt. Ik voel woede in me opkomen maar houd me in.

'We gaan het doen. We moeten wel. Nu gaan we míjn ouders eens helpen.'

Natuurlijk moeten we het doen, en natuurlijk had ik het zelf ook voorgesteld als hij het probleem niet aan me had voorgelegd alsof ik zijn vijand ben. Maar sinds het telefoontje doet hij alsof ik een blok aan zijn been ben. Ik ben de bittere stem die het zwijgen opgelegd moet worden.

Mijn echtgenoot is de meest loyale man op aarde totdat hij dat niet meer is. Ik heb zijn ogen letterlijk donkerder zien worden toen hij zich verraden voelde door een vriend die hem heel dierbaar was. De vriend werd daarna nooit meer genoemd.

Hij keek me aan alsof ik een voorwerp was waarvan hij zich, indien nodig, moest ontdoen. Beangstigend, die blik van hem.

Zo snel is die beslissing dus genomen, zonder verdere discussie: we vertrekken uit New York. We gaan naar Missouri. We gaan in Missouri in een huis aan de rivier wonen. Het is surrealistisch, terwijl ik niet iemand ben die het woord *surrealistisch* te pas en te onpas gebruikt.

Ik weet dat het allemaal goed komt. Het is alleen zo anders dan ik me had voorgesteld. Wat ik me van mijn leven had voorgesteld. Niet dat het zo slecht is, alleen... Als ik een miljoen keer had mogen raden waar het leven me zou brengen, had ik het nog niet geraden. Dat vind ik alarmerend.

Het inladen van het verhuisbusje loopt uit op een kleine tragedie: Nick, vastbesloten en schuldbewust, doet het werk met een grimmig gezicht en weigert me aan te kijken. Het busje houdt voor uren het verkeer in onze straat op, de waarschuwingslichten knipperen – gevaar, gevaar, gevaar – terwijl Nick de trap op en af gaat, een eenpersoonsdoorgeefrij, sjouwend met keukenspullen, stoelen, wandtafels, dozen vol boeken. We nemen onze tweedehands bank mee: onze brede, oude chesterfield die mijn vader ons huisdier noemt en waar we erg aan zijn gehecht. Het is het laatste meubelstuk dat we moeten inladen, een zweterige, ongemakkelijke tweepersoonsklus. Het massieve gevaarte de trappen af krijgen (*Wacht, ik moet even uitrusten. Naar rechts draaien. Rustig, je gaat te snel. Kijk uit, mijn vingers zitten er bijna tussen!*) is een broodnodige oefening in teambuilding. Na de bank gaan we bij de deli op de hoek bagelsandwiches halen voor onderweg. Koude frisdrank.

Ik mag de bank houden van Nick, maar onze andere grote meubelstukken blijven in New York. Een vriend van Nick neemt het bed over; de jongen zal later naar onze lege huis gaan – niets anders dan stofvlokken en kabeldraden – om het bed op te halen en zijn nieuwe New York-leven in ons New York-bed te leven terwijl hij 's nachts Chinees eet en langdurig veilig vrijt met dronken pr-meiden met koperkleurige lippenstift. (Het huis zelf is gekocht door een luidruchtig advocatenstel dat schaamteloos profiteert van dit buitenkansje op de kopersmarkt. Ik haat ze.)

Ik draag één doos op elke vier dozen die Nick naar beneden sleept. Ik beweeg me traag, schuifelend, alsof mijn botten pijn doen. Er komt een koortsachtige broosheid over me heen. Alles doet pijn. Nick vliegt langs me heen, naar boven of beneden, kijkt me zo nu en dan fronsend aan en snauwt: 'Gaat het?', maar nog voordat ik antwoord kan geven, is hij doorgelopen en kijk ik hem met open mond na, als een stripfiguur met een zwart gat in het gezicht. Het gaat helemaal niet goed met me. Straks zal ik me wel weer beter voelen, maar op dit moment voel ik me absoluut niet goed. Ik wil dat mijn man zijn armen om me heen slaat, me troost, me wiegt als een baby. Heel even maar.

Eenmaal in de laadruimte van het busje schuift hij met de dozen. Nick vindt van zichzelf dat hij goed kan inruimen: hij is (was) degene die de vaatwasser inruimde en de koffers pakte voor de vakantie. Maar na drie uur sjouwen blijkt dat we te veel van onze spullen hebben verkocht of weggegeven: de grote laadruimte van het busje is nog maar halfvol. Het geeft mij voor het eerst die dag een gevoel van voldoening, zo'n hete, gemene voldaanheid in je buik, als een bolletje kwik. Net goed, denk ik. *Net goed.*

'We kunnen het bed meenemen als je het echt liever wilt houden,' zegt Nick. Hij kijkt langs me heen de straat in. 'Ruimte genoeg.'

'Nee, je hebt het bed aan Wally beloofd, dus dan moeten we ons daar ook aan houden,' zeg ik stijfjes.

Ik heb me vergist. Zeg gewoon: *Ik heb me vergist, het spijt me, laten we het bed meenemen. Je zult je oude, vertrouwde bed nodig hebben in je nieuwe huis.* Glimlach en wees aardig voor me. Wees vandaag aardig voor me.

Nick slaakt een zucht. 'Oké, als je dat liever hebt. Wil je dat echt, Amy?' Hij leunt licht hijgend tegen een stapel dozen. Op de bovenste doos staat in zwarte viltstift: AMY KLEREN WINTER.

'Dit is het laatste wat ik over het bed wil horen, oké? Ik bied het je nu aan. Ik wil het bed graag voor je inladen.'

'Wat aardig van je,' zeg ik. Het is niet meer dan een zuchtje adem, zoals mijn meeste antwoorden: een pufje parfum uit een kleine verstuiver. Ik ben een lafaard. Ik ga niet graag de confrontatie aan. Ik til een doos op en loop naar het busje.

'Wat zei je?'

Ik schud alleen maar even met mijn hoofd. Ik wil niet dat hij me ziet huilen, omdat hij dan nog bozer wordt.

Tien minuten later hoor ik een enorm lawaai op de trap – boem! boem! boem! – terwijl Nick het bed in zijn eentje naar beneden sleept.

Ik kan niet achteromkijken als we New York uit rijden, omdat de bus geen achterruit heeft. In de zijspiegel volg ik de horizon (de *vervagende horizon* – heet dat niet altijd zo in victoriaanse romans wanneer de verdoemde heldin gedwongen wordt het voorouderlijk huis te verlaten?), maar geen van de indrukwekkende gebouwen – het Chrysler Building, Empire State, Flaterion – verschijnt in de kleine, glinsterende rechthoek.

Mijn ouders waren de avond ervoor langsgekomen en hadden ons de koekoeksklok cadeau gegeven waar ik als kind zo van hield. We hadden elkaar huilend omhelsd terwijl Nick met zijn handen in zijn zakken had staan toekijken en had beloofd dat hij goed voor me zou zorgen.

Hij beloofde goed voor me te zorgen en toch ben ik bang. Ik heb het gevoel dat er iets fout zal gaan, héél fout, en dat het alleen maar erger zal worden. Ik voel me niet meer Nicks vrouw. Sterker nog, ik voel me geen mens meer: ik ben een ding dat in- en uitgeladen kan worden, zoals een bank of een koekoeksklok. Ik ben iets wat, indien nodig, op een vuilnisbelt kan worden gedumpt, of in een rivier. Ik heb het gevoel dat ik niet meer besta. Ik heb het gevoel dat ik zomaar kan verdwijnen.

Nick Dunne

Drie dagen vermist

De politie zou Amy niet vinden tenzij iemand wílde dat ze werd gevonden. Dat was wel duidelijk. Alles wat groen en bruin was, was doorzocht: kilometers modderige Mississippi, alle paden en wegen, onze armzalige plukjes bos. Als ze nog leefde zou iemand haar moeten terugvinden. Als ze dood was, zou de natuur zelf haar moeten terugbrengen. Het was een onmiskenbare waarheid, als een zure smaak op het puntje van je tong. Ik kwam aan bij het vrijwilligerscentrum en besefte dat alle anderen dat ook zo voelden; er hing een sfeer van lusteloosheid, van mislukking. Ik liep doelloos naar de kantine en probeerde iets te eten. Iets Deens. Volgens mij was niets zo deprimerend als Deens eten. Een pasteitje dat er niet erg vers uitzag.

'Ik denk nog steeds dat het de rivier is,' zei een vrijwilliger tegen zijn maatje. Beiden rommelden met vuile vingers tussen de pasteitjes. 'Pal achter het huis van die vent, gemakkelijker kan toch niet?'

'In dat geval zou ze inmiddels wel gevonden zijn, in een kolk, een sluis of zoiets.'

'Niet als ze in stukken is gehakt. Benen eraf, armen... dan kan het lijk helemaal naar de Golf drijven. Minstens tot aan Tunica.'

Ik liep weg voordat ze in de gaten kregen wie ik was.

Een vroegere leraar van me, meneer Coleman, zat aan een kaarttafel, gebogen over de telefoon van de tiplijn. Hij schreef iets op. Toen ik zijn blik ving, maakte hij een gebaar naar me: hij draaide een vinger rond zijn oor en wees daarna naar de telefoon. Gisteren had hij me begroet met de woorden: 'Mijn kleindochter is doodgereden door een dronken chauffeur, dus...' We hadden wat gemompeld en elkaar onbeholpen op de rug geklopt.

Mijn prepaidmobieltje ging. Ik wist nooit waar ik dat ding moest laten, dus hield ik hem maar steeds in de hand. Ik had iemand gebeld, die persoon belde terug, maar ik kon nu niet opnemen. Ik schakelde de telefoon uit en keek om me heen of de Elliotts me niet hadden gezien. Marybeth zat op haar BlackBerry te klikken en hield hem op een armlengte van zich af om te lezen wat ze had ge-sms't. Toen ze mij zag kwam ze met kwieke, vlugge passen op me af. Ze hield de BlackBerry voor zich uit alsof het een talisman was.

'Hoe ver is het naar Memphis?' vroeg ze.

'Iets minder dan vijf uur, met de auto. Wat is er in Memphis te doen?'

'Hilary Handy woont in Memphis. Amy's stalker van de middelbare school. Is dat niet toevallig?'

Ik wist niet wat ik moest zeggen: nee, hoezo?

'Ja, Gilpin wimpelde me ook al af. *Die kosten kunnen we niet verantwoorden voor iets wat meer dan twintig jaar geleden is gebeurd.* Hufter. Die vent behandelt me steeds alsof ik op het randje van hysterisch ben. Hij negeert me volkomen, hij praat met Rand alsof ik er niet ben, alsof mijn man me maar alles uit moet leggen. Hufter.'

'De gemeente zit aan de grond,' zei ik. 'Ik weet zeker dat ze er geen geld meer voor hebben, Marybeth.'

'Maar wij wel. Ik meen het, Nick, dat meisje was niet goed snik. En ik weet dat ze al die jaren is blijven proberen in contact te komen met Amy. Dat heeft Amy me zelf verteld.'

'Daar weet ik niks van.'

'Wat kost het om daarnaartoe te rijden? Vijftig dollar? Prima. Ga jij? Jij hebt gezegd dat je zou gaan. Toe? Ik kan het pas van me afzetten als ik weet dat iemand met haar heeft gepraat.'

Dat was in ieder geval waar, wist ik. Haar dochter was ook zo'n onverbeterlijke piekeraar: Amy kon een hele avond zitten tobben of ze het fornuis had uitgezet, zelfs als we die dag niet hadden gekookt. En zat de deur op slot? Wist ik dat zeker? Ze verwachtte altijd en overal het ergste. Want het ging nooit alleen om die deur die niet op slot zat; de deur zat niet op slot, en er zaten mannen in het huis, en die mannen zouden haar verkrachten en vermoorden.

Ik voelde een zweetlaagje ontstaan op mijn huid. De angsten van mijn vrouw waren dus eindelijk werkelijkheid geworden. Wat een vreselijke manier om voldoening te krijgen: te weten dat al die jaren van getob niet voor niets waren geweest.

'Maar natúúrlijk doe ik dat. En onderweg stop ik ook nog even in St. Louis om met die Desi te praten. Dat is geregeld.'

Ik draaide me om en wilde aan mijn dramatische vertrek beginnen, maar ver kwam ik niet. Daar had je Stucks weer, nog steeds slap van de slaap.

'Ik heb gehoord dat de politie gisteren het winkelcentrum heeft uitgekamd,' zei hij. Hij krabde aan zijn kaak. In zijn andere hand had hij een geglazuurde donut waar nog geen hap van was genomen. In de voorzak van zijn werkbroek zat een bobbel in de vorm van een bagel. Ik moest me inhouden om daar geen grap over te maken: *Is dat iets van de bakkerij in je broek of ben je blij...*

'Ja. Niks.'

'Gísteren. Dat hebben ze pas gisteren gedaan, die eikels.' Hij maakte een wegduikende beweging en keek om zich heen alsof hij zich zorgen maakte dat iemand hem hoorde. Hij boog zich dichter naar me toe. 'Je moet 's nachts gaan, dan zijn ze er. Overdag zitten ze bij de rivier of zijn ze aan het bietsen.'

'Bietsen?'

'Je weet wel, dat ze met zo'n bordje bij de afrit van een snelweg staan, met daarop de tekst: HELP! IK BEN ONTSLAGEN, IK HEB GELD NODIG VOOR BIER, of zoiets,' zei hij. Hij keek om zich heen. 'Dat bedoel ik met bietsen, man.'

'Oké.'

'En 's nachts zitten ze in het winkelcentrum,' zei hij.

'Zullen we dan deze nacht gaan kijken?' zei ik. 'Jij en ik en wie dan ook.'

'Joe en Mikey Hillsam,' zei Stucks. 'Die zijn daar altijd wel voor te porren.' De Hillsams waren drie, vier jaar ouder dan ik, het tuig van de stad. Van die kerels die geen vrees of pijn kenden. Pummels die zich met hun korte, gespierde benen door de zomer bewogen. Ze deden aan honkbal, dronken bier, haalden gevaarlijke toeren uit: skateboarden door rioolbuizen, naakt watertorens beklimmen. Het soort jongens dat op een saaie zaterdagavond opeens met wilde ogen voor je opdook. Dan wist je dat er iets zou gaan gebeuren, misschien niet iets goeds, maar toch in ieder geval iets. Natuurlijk zouden de Hillsams er wel voor te porren zijn.

'Goed,' zei ik. 'Vanavond gaan we.'

Mijn prepaid rinkelde in mijn broekzak. Je kon dat ding niet goed uitzetten. Hij bleef maar overgaan.

'Neem je nog op?' vroeg Stucks.

'Nah.'

'Je moet elk telefoontje opnemen, man. Dat moet je echt doen.'

De rest van de dag viel er niets te doen. Geen zoektochten, geen flyers meer nodig, alle telefoons waren bemand. Marybeth begon vrijwilligers naar huis te sturen. Ze hingen maar wat rond, aten wat, verveelden zich. Ik vermoedde dat Stucks de helft van de etenswaren op de ontbijttafel in zijn zakken had gepropt.

'Heeft iemand nog iets van de rechercheurs gehoord?' vroeg Rand.

'Niets,' zeiden Marybeth en ik tegelijkertijd.

'Dat kan een goed teken zijn, hè?' zei Rand. Hij had een hoopvolle blik in zijn ogen, en Marybeth en ik deden met hem mee. Ja, hoor.

'Wanneer ga je naar Memphis?' vroeg ze me.

'Morgen. Vanavond ga ik met een paar vrienden in het winkelcentrum kijken. We hebben het idee dat dat gisteren niet goed is gedaan.'

'Uitstekend,' zei Marybeth. 'Dat soort actie hebben we nodig. We hebben het vermoeden dat het de eerste keer niet goed is gebeurd, we doen het zelf. Ik ben gewoon... ik ben gewoon niet zo onder de indruk van wat er tot nu toe is gedaan.'

Rand legde een hand op de schouder van zijn vrouw, een signaal dat dit refrein al vele keren had geklonken.

'Ik zou graag met je meegaan, Nick,' zei hij. 'Vanavond. Ik zou er graag bij zijn.' Rand droeg een golfshirt en een olijfkleurige broek. Zijn haar deed denken aan een glimmende helm. Ik probeerde me voor te stellen hoe hij om zou gaan met de Hillsam-broertjes, met zijn ietwat wanhopige joviale maniertjes – hé, ik hou ook best van een biertje, en hoe zit het met dat sportteam van jullie? – en voelde me al bij voorbaat ongemakkelijk.

'Natuurlijk, Rand. Natuurlijk.'

Ik had nog tien uur niets te doen. Mijn auto werd vrijgegeven – ik nam aan dat hij helemaal was onderzocht en gestofzuigd en nagekeken op vingerafdrukken. Daarom liftte ik met een oudere vrijwilligster naar het politiebureau. Ze was een van die bedrijvige, grootmoederlijke types die lichtelijk zenuwachtig werden als ze met mij alleen waren.

'Ik rij meneer Dunne naar het politiebureau, maar ik ben binnen een half uur terug,' zei ze tegen een van haar vriendinnen. 'Het duurt echt niet langer dan een half uur.'

Gilpin had Amy's tweede briefje niet als bewijsstuk gevorderd. Hij was te zeer in beslag genomen door dat slipje. Ik stapte in mijn auto, zwaaide het portier open en terwijl de hitte langzaam uit de auto stroomde, herlas ik de tweede aanwijzing van mijn vrouw:

Stel je dit voor: ik ga voor je door het lint
Mijn toekomst met jou is niet bepaald blind
Je hebt me hiernaartoe meegenomen zodat je kon praten
Over je avonturen: een pet met klep, jeans met gaten
De rest kan de pest krijgen, welbeschouwd
En nu een heimelijke zoen… alsof we net zijn getrouwd.

Het was Hannibal, Missouri, waar Mark Twain zijn jongensjaren had doorgebracht, waar ik in mijn jeugd vakantiewerk had gedaan, waar ik verkleed als Huck Finn door het stadje had gelopen, met een oude strohoed op en een broek die versleten moest lijken. Met een ondeugende glimlach probeerde ik mensen over te halen de Ice Cream Shoppe te bezoeken. Het was een van die verhalen waar je tijdens een etentje indruk mee kon maken, in ieder geval in New York, want niemand kon daartegenop. Niemand kon beweren: *o ja, dat heb ik ook gedaan.*

Die 'pet met klep' was een inside joke: toen ik Amy vertelde dat ik Huck speelde, zaten we in een restaurant. We hadden een tweede fles wijn besteld en ze was aanbiddelijk tipsy. Grote grijns en rode wangen, zoals altijd als ze iets te veel op had. Ze boog over tafel naar me toe alsof ik een magneet bij me had. Ze bleef me maar vragen of ik die pet nog had en of ik hem voor haar wilde opzetten. Toen ik haar vroeg waarom ze in godsnaam dacht dat Huck Finn een pet met klep zou dragen, slikte ze een keer en zei: 'O, ik bedoelde een strohoed!' Alsof dat twee volkomen inwisselbare termen waren. Later als we naar een tenniswedstrijd keken, complimenteerden we de spelers altijd met hun sportieve strohoeden.

Hannibal was echter een vreemde keus voor Amy. Ik kan me niet herinneren dat we daar een speciaal leuke of niet leuke tijd hebben doorgebracht, alleen dat we er geweest zijn. Ik weet nog dat we daar bijna een jaar geleden hebben rondgewandeld. We wezen elkaar dingen aan, lazen bordjes met opschriften en zeiden 'dat is interessant', terwijl de ander daarmee instemde. Sindsdien was ik daar geweest zonder Amy (ik ben nou eenmaal onverbeterlijk nostalgisch), en had een heerlijke dag gehad, een brede-grijns-alles-is-leuk-dag. Maar met Amy was het levenloos en mechanisch. Een beetje gênant. Ik weet nog dat ik aan een idioot verhaal begon over een reisje naar Hannibal in mijn jeugd. Ik zag dat ze een afwezige blik in haar ogen kreeg. Ik werd stiekem woedend, zat mezelf tien minuten op te fokken, want op dit punt in ons huwelijk was ik er zo aan gewend kwaad op haar te worden dat het bijna lekker voelde, als nagelbijten: je weet dat je beter kunt ophouden, dat het nergens goed voor is, maar je kunt er niet mee stoppen. Maar uiteraard merkte ze niets aan me. We liepen gewoon door, lazen de bordjes met opschriften en wezen elkaar dingen aan.

Het was allesbehalve leuk. Na onze verhuizing waren onze goede herinneringen zo schaars dat mijn vrouw zich gedwongen voelde Hannibal te kiezen voor haar speurtocht.

Na twintig minuten rijden was ik in Hannibal. Ik reed langs de magnifieke Gilded Age-rechtbank waar nu een snackbar in de kelder huisde en op weg naar de rivier kwam ik langs een stel gesloten zaken – failliete plaatselijke banken en ter ziele gegane bioscopen. Ik parkeerde de auto op een terrein pal aan de oever van de Mississippi, precies voor de rivierboot Mark Twain. Parkeren was gratis. (Ergens gratis kunnen parkeren maakte me altijd weer blij.) Spandoeken van Twain met zijn witte lokken hingen futloos aan lantaarnpalen, posters opgekruld door de warmte. Het was een doordeweekse dag, een verschroeiend hete dag, maar toch, zo te zien ging het met Hannibal niet beter dan met Carthage. Terwijl ik langs de paar straten met souvenirwinkels liep – quilts, antiek en zoetigheid – zag ik overal bordjes met TE KOOP. Het huis van Becky Thatcher was gesloten voor renovatie, maar het geld daarvoor moest nog ingezameld worden. Voor tien dollar kon je je naam laten graveren in het witgeverfde hek van Tom Sawyer, maar daar waren niet veel gegadigden voor.

Ik ging voor de deur van een leegstaand winkelpand zitten. Het drong tot me door dat ik Amy naar het eind van alles had meegenomen. We waren letterlijk getuige van het einde van een manier van leven, een omschrijving die ik alleen van toepassing had geacht op stammen uit Nieuw-Guinea en glasblazers uit de Appalachen. De recessie had een einde gemaakt aan het winkelcentrum. Computers hadden het einde van de Blue Book-fabriek ingeluid. Carthage was failliet; haar zusterstad Hannibal verloor het van vrolijker, luidere toeristenplaatsen die meer op een plaatje in een stripboek leken. Mijn geliefde Mississippi-rivier werd tegen de stroomrichting in leeggegeten door een invasie van Aziatische karpers die in de richting van Lake Michigan zwommen. *Amazing Amy* was verleden tijd. Het was het einde van mijn carrière, het einde van de hare, het einde van mijn vader, het einde van mijn moeder. Het einde van ons huwelijk. Het einde van Amy.

Het spookachtige gefluit van de scheepshoorn van de stoomboot klonk vanaf de rivier. De rug van mijn overhemd was nat van het zweet. Ik dwong mezelf op te staan. Ik dwong mezelf een kaartje te kopen. Ik liep de route die Amy en ik hadden genomen. In mijn hoofd was mijn vrouw nog bij me. Die dag was het ook zo warm geweest. *Je bent* BRILJANT*!* In mijn verbeelding wandelde ze naast me, en dit keer glimlachte ze. Ik kreeg een wee gevoel in mijn maag.

Ik stelde me voor dat ik met mijn vrouw langs de belangrijkste toeristische attracties liep. Een grijsharig stel bleef staan om bij het huis van Huckleberry Finn naar binnen te gluren, maar ze namen niet de moeite het te bezoeken. Aan het eind van de straat stapte een man verkleed als Twain – wit haar, wit pak – uit een Ford Focus, rekte zich uit, keek om zich heen in de eenzame straat en dook een pizzatent in. En toen stonden we opeens voor het gebouw van overnaadse planken dat de rechtbank van de vader van Samuel Clemens was geweest. Op het bordje aan de voorgevel stond: J.M. CLEMENS, KANTONRECHTER.

En nu een heimelijke zoen... alsof we net zijn getrouwd.

Je maakt het allemaal zo gemakkelijk, Amy. Alsof je echt wilt dat ik alle aanwijzingen oplos, dat ik een goed gevoel over mezelf krijg. Als dit zo doorgaat, verbeter ik mijn record.

Er was niemand binnen. Ik ging op mijn knieën op de stoffige planken zitten en keek onder de eerste bank. Als Amy een aanwijzing achterliet in een openbare ruimte, plakte ze hem altijd ergens onder, tussen propjes kauwgom en het stof, en ze kreeg altijd gelijk, want niemand kijkt graag naar de onderkant van dingen. Er zat niets onder de eerste bank, maar onder de volgende hing een stuk papier. Ik klom over de bank en trok de hemelsblauwe envelop los. Er kleefde een stukje plakband aan.

Hallo lieve echtgenoot,

Je hebt het gevonden! Briljante vent. Misschien helpt het dat ik heb besloten de speurtocht dit jaar geen martelgang door mijn geheimzinnige, persoonlijke herinneringen te maken.
Ik heb een zinnetje geleend van je geliefde Mark Twain:
'Wat moet er gebeuren met de man die het vieren van verjaardagen heeft uitgevonden? Alleen vermoorden zou een te lichte straf zijn.'
Eindelijk snap ik het, wat je jaar na jaar hebt gezegd. Deze speurtocht moet een gelegenheid zijn om te vieren dat we elkaar kennen, niet om te testen of je alles wat ik het afgelopen jaar heb gedacht of gezegd nog

weet. Je zou denken dat een volwassen vrouw wel zelf tot dat inzicht kon komen, maar... misschien heb je daar een echtgenoot voor nodig. Om je te wijzen op zaken die je zelf niet ziet, zelfs niet na vijf jaar. Daarom wilde ik een momentje hier vertoeven in de geliefde verblijfplaats van Mark Twain en je bedanken voor je GEESTIGHEID. Je bent echt de slimste, grappigste persoon die ik ken. Ik heb een heel goed zintuiglijk geheugen: al die keren dat je me in de afgelopen jaren iets in mijn oor hebt gefluisterd – ik kan je adem tegen mijn oorlelletje voelen, puur om me aan het lachen te maken. Wat is dat toch een edelmoedig iets, dat een echtgenoot zijn vrouw aan het lachen probeert te maken. En je wist altijd de geschikte momenten uit te kiezen. Weet je nog toen Insley en haar dansende aapje ons hadden uitgenodigd om hun baby te komen bewonderen en hoe wij kwamen opdraven in hun zonderling volmaakte huis met veel te veel bloemen en veel te veel muffins? We waren uitgenodigd voor een brunch en om de baby te zien. Ze deden heel zelfingenomen en kleinerend tegen ons omdat wij geen kinderen hadden. En ondertussen lag daar dat afstotelijke wurm, onder het kwijl, te midden van restanten van gekookte worteltjes en misschien ook nog wat babypoep – bloot, afgezien van een slabbetje met ruches en een paar gebreide schoentjes. En terwijl ik van mijn jus d'orange nipte boog jij je naar me toe en fluisterde: 'Dadelijk trek ik ook zoiets aan.' En ik proestte letterlijk van het lachen. Het was een van die momenten waarop je me hebt gered door me precies op het juiste moment aan het lachen te maken. En met één olijf bedoel ik ook één olijf. Dus laat ik het nogmaals zeggen: je bent GEESTIG. En nu een kus!

Mijn wereld stortte in. Amy gebruikte de speurtocht om ons weer bij elkaar te brengen. En daar was het te laat voor. Op het moment dat zij al die aanwijzingen schreef, had ze geen idee hoe ik er geestelijk aan toe was. *Waarom heb je dit niet eerder gedaan, Amy?*

Timing was nooit ons sterke punt.

Ik opende de volgende aanwijzing, las hem, stak hem in mijn zak en ging terug naar huis. Ik wist waar ik naartoe moest, maar ik was er nog niet klaar voor. Niet wéér een compliment, niet weer een aardig woord van mijn vrouw, weer een olijftak. Mijn gevoelens voor haar schoten alle kanten op, van bitter naar liefdevol.

Ik ging terug naar Go. Ik bracht een paar uur in mijn eentje door, dronk koffie en keek wat tv. Ik was gespannen en kwaad en moest de tijd zien te doden tot mijn afspraak om elf uur 's avonds. Ik zou meerijden naar het winkelcentrum.

Mijn tweelingzus kwam iets na zevenen afgemat en moe thuis omdat ze een bardienst in haar eentje had gedraaid. Uit de manier waarop ze naar de tv keek kon ik opmaken dat ik hem beter uit kon zetten.

'Wat heb je vandaag gedaan?' vroeg ze. Ze stak een sigaret op en plofte neer achter het oude kaarttafeltje van ma.

'Mensen geronseld in het vrijwilligerscentrum. En om elf uur vanavond gaan we het winkelcentrum uitkammen,' zei ik. Ik had geen zin om haar over die aanwijzing van Amy te vertellen. Ik voelde me al schuldig genoeg.

Go legde een spelletje patience uit. De kaarten vielen op tafel met een geluid dat klonk als een verwijt. Ik begon te ijsberen. Ze negeerde me.

'Ik keek alleen maar tv voor een beetje afleiding.'

'Dat weet ik heus wel.'

Ze draaide een boer om.

'Er moet toch iets zijn wat ik kan doen,' zei ik terwijl ik in haar woonkamer rondbanjerde.

'Nou, over een paar uur ga je in het winkelcentrum kijken,' zei Go. Meer bemoediging gaf ze me niet. Ze draaide drie kaarten om.

'Zo te horen vind je het tijdverspilling.'

'O nee. Hé, alles is de moeite van het nagaan waard. Ze hebben die Son of Sam toch ook te pakken gekregen door een parkeerboete?'

Go was al de derde die dit tegen me had gezegd. Het moest een soort mantra zijn voor onopgeloste zaken. Ik ging tegenover haar zitten.

'Ik ben niet bezorgd genoeg geweest om Amy,' zei ik. 'Dat weet ik.'

'Misschien niet.' Ze keek me eindelijk aan. 'Je doet raar.'

'In plaats van in paniek te raken, ben ik alleen maar kwaad op haar geworden. De laatste tijd ging het echt slecht tussen ons. Net alsof het verkeerd is om me al te veel zorgen om haar te maken omdat ik daar het recht niet toe heb. Zoiets.'

'Je doet raar, dat kan ik niet ontkennen,' zei Go. 'Maar het is ook een rare situatie.' Ze drukte haar peuk uit. 'Het kan me niet schelen hoe je tegen mij doet. Maar pas op met anderen, oké? Mensen oordelen snel.'

Ze boog zich weer over haar spelletje patiencekaarten, maar ik wilde haar aandacht. Ik bleef praten.

'Ik moet ook een keer even bij pa langs,' zei ik. 'Ik weet niet of ik hem over Amy ga vertellen.'

'Nee,' zei ze. 'Niet doen. Hij deed nog vreemder dan jij als het om Amy ging.'

'Ik heb altijd het idee gehad dat ze hem herinnerde aan een oude vriendin of zo, degene die hem heeft verlaten. Nadat hij' – ik maakte een afglijdend gebaar met mijn hand waarmee ik op zijn alzheimer doelde – 'was hij nogal grof en vervelend, maar...'

'Ja, maar tegelijkertijd wilde hij ook indruk op haar maken,' zei ze. 'Een lullig ventje van twaalf gevangen in het lijf van een achtenzestigjarige klootzak.'

'Vinden vrouwen niet dat álle mannen in wezen lullige ventjes van twaalf zijn?'

'Wie de schoen past...'

Om acht over elf 's avonds stond Rand op ons te wachten, net binnen de automatische schuifdeuren van het hotel. Hij tuurde in het duister om te zien of wij het waren. De Hillsams waren met hun pick-up gekomen. Stucks en ik reden mee in de laadbak. Rand kwam aan drentelen in een korte, kaki golfbroek en een fris Middlebury-shirt. Hij sprong achterin, nam met verbazend gemak plaats op de wielkast en had bij het kennismaken al het hoogste woord, alsof hij de gastheer van een rijdende talkshow was.

'Ik vind het echt heel erg van Amy, Rand,' zei Stucks op luide toon terwijl we onnodig hard van het parkeerterrein af reden in de richting van de grote weg. 'Het is zo'n lieve meid. Op een keer zag ze me een huis schilderen, terwijl het zweet op mijn ba... terwijl ik me de tering stond te zweten. Ze reed naar een 7-Eleven, kocht een grote fles frisdrank voor me en kwam die brengen. Ze klom zelfs de ladder op.'

Dat was een leugen. Amy was zo weinig in Stucks of zijn welzijn geïnteresseerd dat ze nog niet eens de moeite zou nemen over zijn schoenen te zeiken.

'Ja, dat is typisch Amy,' zei Rand. Ik voelde een vlaag van ergernis. Daar was ik niet blij mee en hoffelijk was het evenmin. Misschien was het de journalist in me: feiten waren nou eenmaal feiten. Amy kon nu niet opeens als ieders beste vriendin geclaimd worden omdat dat emotioneel gezien beter uitkwam.

'Middlebury, hè?' zei Stucks. Hij wees naar het T-shirt van Rand. 'Die hebben een steengoed rugbyteam.'

'Nou en of,' zei Rand. Hij toverde weer zijn grote glimlach tevoorschijn. Hij en Stucks begonnen over rugby te kletsen. Ze overstemden de geluiden van de auto, van de nacht, helemaal tot aan het winkelcentrum.

Joe Hillsam parkeerde zijn pick-up bij de reusachtige winkel van Mervyns op de hoek. We sprongen allemaal uit de auto, strekten onze benen, schudden onszelf wakker. Het was benauwd en er stond een maansikkel aan de hemel. Ik zag dat Stucks een T-shirt droeg met de tekst BESPAAR GAS, DOE JE SCHETEN IN EEN POTJE. Mogelijk ironisch bedoeld, misschien ook niet.

'Wat wij hier doen, op deze plek, is verdomd gevaarlijk,' begon Mikey Hillsam. Hij was in de loop der jaren nogal aangekomen, net als zijn broer. Ze waren niet langer stevig gebouwd, het waren kleerkasten. Zo naast elkaar toch algauw tweehonderddertig kilo schoon aan de haak.

'Mikey en ik zijn hier eens wezen kijken, zomaar, om te zien hoe het er hier nu bij lag. Het scheelde niet veel of we hadden flink op ons donder gekregen,' zei Joe. 'Dus vanavond nemen we geen enkel risico.' Hij pakte een langwerpige canvas tas uit de laadbak, ritste hem open en viste er een stuk of zes honkbalknuppels uit. Hij begon ze plechtig uit te delen. Toen hij bij Rand kwam, aarzelde hij. 'Eh, wil je er ook een?'

'Reken maar,' zei Rand. Iedereen knikte en glimlachte instemmend. *Goed zo, krasse knar*, dat was zo'n beetje de onuitgesproken kameraadschappelijke sfeer.

'Kom op,' zei Mikey, en hij loodste ons langs de buitenzijde. 'Er is hier ergens een deur waar het slot van kapot is, hier vlak bij Spencer's.'

Op dat moment liepen we langs de donkere ramen van Shoe-Be-Doo-Be, waar mijn moeder meer dan de helft van mijn leven had gewerkt. Ik weet nog hoe spannend het was dat ze ging solliciteren in dit magnifieke winkelcentrum. Ze vertrok op een zaterdagochtend naar de banenmarkt, gekleed in een perzikkleurig mantelpakje, een veertigjarige vrouw die voor het eerst in haar leven werk zocht. Ze kwam thuis met een blos en een grijns. We konden ons niet voorstellen hoe druk het in dat winkelcentrum was, hoeveel verschillende winkels waren er wel niet! En wie weet in welke winkel ze terecht zou komen? Ze had bij negen winkels gesolliciteerd! Kledingzaken, winkels met stereoapparatuur, zelfs een hippe zaak waar ze popcorn verkochten. Toen ze een week later verkondigde dat ze schoenenverkoopster was geworden, kwam dat voor haar kinderen als een teleurstelling.

'Al die stinkvoeten,' klaagde Go.

'Ik ontmoet allerlei interessante mensen,' corrigeerde ma.

Ik tuurde door de sombere etalageruit. De winkel was helemaal leeg, afgezien van een maatstok die doelloos op de grond lag.

'Mijn moeder heeft hier vroeger gewerkt,' zei ik tegen Rand. Dat dwong hem bij me te blijven.

'Wat was het voor iets?'

'Een fijne zaak, ze waren aardig voor haar.'

'Ik bedoel wat ze daar verkochten.'

'O, schoenen. Ze verkochten schoenen.'

'Echt waar! Schoenen. Mooi. Iets wat de mensen echt nodig hebben. En aan het eind van de dag weet je wat je hebt gedaan: je hebt aan vijf mensen schoenen verkocht. Iets heel anders dan schrijven, hè?'

'Dunne, schiet op!' Stucks leunde tegen de openstaande deur voor ons. De anderen waren al naar binnen gegaan.

Ik had me al ingesteld op de geur van het winkelcentrum toen we aankwamen: die klimaatbeheerste leegte. Maar in plaats daarvan rook ik oud gras en modder. De geur van buiten die binnen hing, waar hij niet thuishoorde. Het was bedompt warm in het gebouw, bijna donzig, als de binnenkant van een matras. Drie van ons hadden grote zaklampen bij zich. Het schijnsel ervan leverde enge, schokkerige beelden op: het ongure leven in de buitenwijken, zombieachtig, onmenselijk. Modderige sporen van winkelwagentjes kronkelden over de witte vloer. Een wasbeer kauwde op een hondenkoekje bij de ingang van het damestoilet. Zijn ogen glinsterden als muntstukken.

Het hele winkelcentrum was stil. Mikeys stem weergalmde, onze voetstappen weergalmden, Stucks' dronkenmansgiechel weergalmde. We konden niemand meer verrassen, als we dat al van plan waren.

Toen we aankwamen in de centrale hal, opende de ruimte zich als een ballon: vier verdiepingen hoog, met achterin een wirwar van roltrappen en liften. We verzamelden ons bij een droogstaande fontein en wachtten tot iemand de leiding zou nemen.

'Nou jongens,' zei Rand onzeker, 'wat is het plan? Jullie kennen deze plek, ik niet. We moeten uitzoeken hoe we systematisch...'

We hoorden een luid, metalig geratel achter ons. Er werd een rolluik omhoog geschoven.

'Hé, daar loopt er een!' schreeuwde Stucks. Hij richtte zijn zaklamp op een man in een opbollende regenjas. Hij schoot uit de ingang van Claire's en rende in volle vaart weg van ons.

'Hou hem tegen!' schreeuwde Joe, en hij begon achter hem aan te rennen.

Zijn logge tennisschoenen petsten op de keramische tegels. Mikey zat vlak achter hem aan, de straal van de zaklamp op de vreemdeling gericht. Ze riepen met barse stem naar de vluchtende man: *Blijf staan, hé daar, we willen alleen iets vragen.* De man keek niet op of om. *Ik zei blijf staan, teringlijer!* De onbekende gaf geen kik. Hij ging sneller lopen en verdween in een gang, uit het zicht van de zaklamp. Zijn regenjas flapperde achter hem aan als een cape. Toen ging hij acrobatische toeren uithalen: hij sprong over een vuilnisbak, balanceerde op de rand van een fontein, glipte onder een metalen rolluik door en verdween.

'Verdomme!' De Hillsam-broers hadden een kop als een boei en ook hun hals en vingers waren rood. Ze probeerden om beurten het rolluik op te hijsen.

Ik pakte ook de onderkant beet, maar er zat niet meer dan vijftien centimeter speling in. Ik ging op de grond liggen en probeerde eronder door te kruipen, maar bij mijn middel raakte ik klem.

'Nee, dat gaat niet.' Ik kreunde. 'Tering!' Ik kwam overeind en scheen met mijn zaklamp in de winkel. De toonzaal was leeg, afgezien van een stapel kledingrekken die iemand in het midden bij elkaar had gezet alsof hij een vreugdevuur voorbereidde. 'Alle winkels komen aan de achterkant uit op een gang waar het afval wordt afgevoerd en waar de leidingen lopen,' zei ik. 'Hij zal nu inmiddels wel aan de andere kant van het winkelcentrum zijn.'

'Nou, dan gaan wij daar ook heen,' zei Rand.

'Kom tevoorschijn, klerelijers!' schreeuwde Joe. Hij hield zijn hoofd schuin achterover, zijn ogen samengeknepen. Zijn stem schalde door het gebouw. We liepen daar als een stelletje tuig, knuppel in de hand. Alleen de Hillsams sloegen ermee tegen rolluiken en deuren alsof ze op een militaire patrouille waren in vijandig oorlogsgebied.

'Jullie kunnen beter naar ons toe komen dan wij naar jullie!' riep Mikey. 'O, hallo daar!' Bij de ingang van een dierenwinkel zaten een man en een vrouw ineengedoken op een paar legerdekens. Hun haar was nat van het zweet. Mikey torende boven hen uit. Hij ademde zwaar en wiste het zweet van zijn voorhoofd. Het was als een scène uit een oorlogsfilm: gefrustreerde soldaten stuiten op onschuldige dorpelingen, en daarna gaat het helemaal mis.

'Wat moeten jullie?' vroeg de man op de vloer. Hij was uitgemergeld. Zijn gezicht was zo mager en afgetobd dat het leek alsof hij smolt. Zijn verwarde haar hing op zijn schouders, zijn ogen hadden een droevige, smekende uitdrukking: een beroofde Jezus. De vrouw was er beter aan toe, met schone, plompe armen en benen. Haar sluike haar was vettig maar wel gekamd.

'Ben jij een van die jongens van Blue Book?' vroeg Stucks.

'Ik ben geen jongen,' mompelde de man. Hij sloeg zijn armen over elkaar.

'Een beetje respect graag,' snauwde de vrouw. Toen leek het alsof ze zou gaan huilen. Ze draaide zich van ons af, deed alsof ze naar iets in de verte keek. 'Ik báál ervan dat niemand ook maar een greintje respect toont.'

'We vroegen je iets, kerel,' zei Mikey. Hij ging dichter bij de man staan en schopte tegen zijn voetzool.

'Ik ben niet van Blue Book,' zei de man. 'Gewoon stomme pech gehad.'

'Lulkoek.'

'Er zitten hier allerlei mensen, niet alleen van Blue Book. Maar als je die zoekt...'

'Ga dan, ga dan, zoek ze dan,' zei de vrouw met neergetrokken mondhoeken. 'Ga die dan lastigvallen.'

'Ze dealen in de Hole,' zei de man. Toen hij merkte dat ons dat niets zei, wees hij. 'Mervyns, aan het eind, waar vroeger die draaimolen stond.'

'En krijg de klere,' mompelde de vrouw.

Een ronde slijtplek gaf aan waar de draaimolen had gestaan. Amy en ik hadden er een ritje in gemaakt net voordat het winkelcentrum werd gesloten. Twee volwassenen die naast elkaar op schommelende speelgoedkonijnen zaten omdat mijn vrouw het winkelcentrum wilde zien waar ik zo veel van mijn jeugd had doorgebracht. Ze wilde mijn verhalen horen. We hebben ook mooie tijden beleefd.

Het rolluik van Mervyns was vernield en de winkelruimte lag volledig open, alsof de klanten even welkom waren als bij de uitverkoop op Presidents' Day. Binnen was alles leeggehaald, afgezien van de balie-eilandjes waar de kassa's hadden gestaan. Nu zaten er een stuk of tien mensen in diverse stadia van een drugsroes, onder bordjes met teksten als SIERADEN en SCHOONHEIDSPRODUCTEN en BEDDENGOED. Het licht kwam van lampen op campinggas, flakkerend als tuinfakkels. Een enkeling keek even op terwijl we langsliepen, anderen waren knetterstoned. Ergens in een afgelegen hoekje dreunden twee kinderen, hun tienerjaren amper ontgroeid, op manische wijze de Gettysburg Address op. *Nu zijn we verwikkeld in een grote burgeroorlog*... Een man lag uitgestrekt op een deken, gekleed in een smetteloze korte spijkerbroek en witte tennisschoenen, alsof hij een afspraakje had met zijn kinderen op het sportveld. Rand staarde hem aan alsof hij hem kende.

Carthage had een groter drugsprobleem dan ik ooit had vermoed: de politie was hier gisteren nog geweest en de verslaafden waren nu alweer terug, als hardnekkige vliegen. Terwijl we ons een weg baanden door de ineengedoken mensen zoefde een zwaarlijvige vrouw op een scootmobiel naar ons toe. Ze had een bezweet gezicht vol puisten. Haar tanden deden aan die van een kat denken.

'Iets kopen en anders opdonderen. Het is hier geen poppenkast,' zei ze.

Stucks scheen met zijn zaklamp in haar gezicht.

'Haal dat rotding weg.' Dat deed hij.

'Ik ben op zoek naar mijn vrouw,' begon ik. 'Amy Dunne. Ze wordt sinds donderdag vermist.'

'Die komt wel weer opdagen. Als ze bijkomt sleept ze zich wel naar huis.'

'Het is geen kwestie van drugs,' zei ik. 'We maken ons meer zorgen over sommigen van die mannen hier. Er gaan geruchten.'

'Laat maar, Melanie,' riep een stem. Aan de rand van de kinderafdeling stond een magere man tegen een naakte etalagepop geleund. Hij keek ons aan met een scheve grijns op zijn gezicht.

Melanie haalde haar schouders op, verveeld, geïrriteerd, en reed weg.

De man hield zijn blik op ons gevestigd en riep iets naar de ruimte achter in de kinderafdeling. Uit de kleedkamers staken vier paar voeten naar buiten. Kennelijk had ieder zijn eigen hokje.

'Hé, Lonnie! Hé, jullie! Die klootzakken zijn er weer. Vijf stuks,' zei de man. Hij schopte een leeg bierblikje onze kant op. Achter hem krabbelden drie paar voeten overeind. Eén paar bleef roerloos liggen. Kennelijk iemand die sliep of buiten westen was.

'Ja, eikels, we zijn er weer,' zei Mikey Hillsam. Hij hield zijn honkbalknuppel vast als een biljartkeu en stootte de etalagepop tussen haar borsten. Ze viel naar de grond. De Blue Book-vent liet de pop met een zwierig gebaar los, alsof hij die beweging had gerepeteerd voor een optreden. 'We willen informatie over een vermist meisje.'

De drie mannen uit de kleedkamers voegden zich bij hun vrienden. Ze droegen allemaal T-shirts met studentikoze opschriften: PI PHI TIE-DYE en FIJI ISLAND. De plaatselijke kringloopwinkels werden na de zomer bedolven onder dat soort shirts: afgestudeerde studenten die hun oude spullen van de hand deden.

De mannen waren allemaal pezig en sterk, met gespierde armen met gezwollen aderen. Achter hen kwam iemand met een lange hangsnor en een paardenstaart – Lonnie – uit het grootste pashokje op de hoek. Hij sleepte een lang stuk pijpleiding met zich mee en droeg een T-shirt met GAMMA PHI erop. De bewakingsdienst van het winkelcentrum.

'Wat moeten jullie?' riep Lonnie.

Wij kunnen deze grond niet toewijden, wij kunnen haar niet zegenen, wij kunnen haar niet heiligen... De kinderen dreunden de tekst luidkeels op.

'We zijn op zoek naar Amy Dunne. Je hebt haar waarschijnlijk wel op het journaal gezien, ze wordt sinds donderdag vermist,' zei Joe Hillsam. 'Een aardige, knappe, lieve vrouw, verdwenen uit haar eigen huis.'

'Daar heb ik over gehoord. Nou en?' zei Lonnie.

'Ze is mijn vrouw,' zei ik.

'We weten wat jullie hier allemaal hebben uitgespookt,' ging Joe verder. Hij richtte zich uitsluitend tot Lonnie, die zijn paardenstaart schudde en zijn kaakspieren spande. Op zijn vingers zaten vervaagde, groene tatoeages. 'We weten van die groepsverkrachting.'

Ik keek opzij naar Rand of alles in orde was met hem. Hij staarde naar de blote etalagepop op de grond.

'Groepsverkrachting,' zei Lonnie. Hij trok zijn hoofd een stukje terug. 'Wat zeik je nou over groepsverkrachting?'

'Jullie,' zei Joe. 'Jullie Blue Book-jongens...'

'Blue Book-jongens, net alsof we een vaste groep zijn.' Lonnie snoof. 'We zijn geen beesten, eikel. Wij ontvoeren geen vrouwen. De mensen willen zich niet schuldig voelen over ons. *Zie je wel, ze verdienen niet anders, stelletje smerige verkrachters.* Nou, m'n reet. Ik zou hier meteen aftaaien als de fabriek mijn achterstallig loon zou betalen. Maar ik heb niks gekregen. Niemand van ons heeft ook maar een cent gezien. En daarom zitten we hier.'

'We zijn bereid je te betalen, en goed ook, als je ons iets over de verdwijning van Amy kunt vertellen,' zei ik. 'Jullie kennen veel mensen, misschien hebben jullie iets opgevangen.'

Ik haalde haar foto tevoorschijn. De Hillsams en Stucks keken verbaasd en opeens drong het tot me door – natuurlijk – dat dit voor hen niet meer was dan een machoverzetje. Ik hield de foto vlak voor Lonnies gezicht. Eigenlijk had ik niet verwacht dat hij er goed naar zou kijken. Maar hij boog zich nog dichter naar de foto toe.

'O, shit,' zei hij. 'Gaat het om háár?'

'Herken je haar?'

Hij leek daadwerkelijk van slag. 'Ze wilde een pistool kopen.'

Amy Elliott Dunne

Dagboek

16 oktober 2010

Gefeliciteerd, Amy! Je woont inmiddels een hele maand in Missouri en begint al een echte Midwesterling te worden. Yep, ik ben afgekickt van al mijn oostkustgewoonten en ben nu dertig dagen clean. Ik maak aantekeningen en hou de tradities in ere. Ik ben de Margaret Mead van de Mississippi.

Eens kijken, wat is er veranderd? Nick en ik zijn verstrikt geraakt in wat ik (voor mezelf) de koekoeksklokkwelling ben gaan noemen. Het gekoesterde erfstuk van mijn ouders detoneert in ons nieuwe huis. Maar dat geldt eigenlijk voor al onze New Yorkse spullen. Onze indrukwekkende, kolossale chesterfield en de kleinere sofa staan verbouwereerd in de woonkamer, alsof ze in hun vertrouwde omgeving zijn verdoofd en in dit vreemde nieuwe hok, met 'chique' vloerbedekking, kunststof schroten en schoon metselwerk, zijn bijgekomen. Ik mis ons oude huis – de oneffenheden, de scheve vloeren, de haarfijne scheurtjes die in de loop van de decennia zijn achtergebleven. (Pauze voor positieve peptalk.) Maar nieuw is ook mooi! Alleen anders. De klok zou het niet met me eens zijn, en ook de koekoek heeft moeite zich aan de nieuwe omgeving aan te passen. Het vogeltje waggelt als een dronkenman naar buiten om tien minuten over het hele uur; zeventien minuten voor; eenenveertig over. Hij heeft een wegkwijnende roep – koekrrww – die Bleecker telkens uit zijn schuilplaats lokt en loerend met opgezette staart naar de veren en het gepiep doet opkijken, klaar voor de aanval.

'Je ouders moeten een pesthekel aan me hebben,' zegt Nick telkens als we allebei binnen gehoorsafstand van het gepiep zijn, maar hij is zo verstandig om nog even te wachten met het voorstel het geval de deur uit te doen. Ikzelf zou de klok ook het liefst weggooien. Ik (de werkloze) ben degene die de hele dag thuis is en op zijn kreet zit te wachten, als een gespannen bioscoopganger die zich wapent tegen de zoveelste uitbarsting van de gek achter zich;

zowel opgelucht (ha, daar heb je 'm weer!) als boos (nee, hè, niet weer!) als hij zich weer meldt.

De klok zorgde voor veel ophef tijdens de housewarmingparty (*O, kijk nou toch, een antieke klok!*) waar Mama Maureen Dunne op had aangedrongen. Hoewel, aangedrongen; Mama Mo dringt niet aan. Ze zorgt ervoor dat iets realiteit wordt door te veronderstellen dat iets vaststaat. Meteen al de eerste ochtend na onze verhuizing stond ze bij ons op de stoep met een pan roerei en een grootverpakking toiletpapier (wat niet veel goeds voorspelde over het roerei) en had ze het over de housewarming alsof het een voldongen feit was. *Wanneer geven jullie je housewarmingparty? Hebben jullie er al over nagedacht wie ik voor de housewarming moet uitnodigen? Willen jullie een housewarming of iets leukers, zoals een cocktailfeest waarbij je de gasten de drank laat meenemen? Maar een traditionele housewarmingparty is natuurlijk altijd leuk.*

En toen was er ineens een datum, en die datum was vandaag. De familie Dunne en vrienden schudden de oktobermotregen van hun paraplu's en veegden zorgvuldig hun voeten op de deurmat die Maureen vanochtend voor ons heeft gekocht. Op de mat staat: *All Are Friends Who Enter Here.* Hij is van de Costco. In de maand dat ik hier aan de Mississippi woon weet ik alles van boodschappen in bulk doen. Republikeinen gaan naar Sam's Club, Democraten naar Costco. Maar iedereen slaat in bulk in omdat men hier, anders dan in Manhattan, ruimte genoeg heeft om vierentwintig potten augurken kwijt te kunnen. (Een samenzijn is niet compleet zonder een draaibaar presenteerblad vol augurken en Spaanse olijven rechtstreeks uit de pot. En zoutjes.)

Ik zal de sfeer even schetsen: het is zo'n typische geurdag waarop mensen de buitenlucht mee naar binnen nemen, zoals de geur van regen in hun jassen en hun haar. De oudere dames – Maureens vriendinnen – komen met allerhande eten in plastic, vaatwasbestendige bakjes aanzetten die ze achteraf terugvragen. En blijven terugvragen. Ik weet nu dat ik de bakjes had moeten afwassen en ze persoonlijk had moeten terugbrengen naar de diverse eigenaren – een Tupperware-carpool – maar toen ik hier net woonde kende ik het protocol nog niet. Ik recyclede keurig alle plastic bakjes en moest dus uiteindelijk voor iedereen een nieuw bakje kopen.

Maureens beste vriendin, Vicky, zag meteen dat haar bakje een gloednieuw exemplaar uit de winkel was. Toen ik haar mijn vergissing uitlegde, zette ze grote ogen op van verbazing: *Dus zo doen jullie dat in New York.*

Terug naar de housewarming: de oudere dames zijn goede vriendinnen van Maureen die ze nog kent van de ouderraad, de boekenclubjes, de schoenenzaak in het winkelcentrum waar ze veertig uur per week blokhakken verkocht aan vrouwen van een zekere leeftijd. (Ze ziet op het oog welke maat iemand heeft – maat 38,5, smalle voet! – wat het op feestjes altijd goed doet.) Mo's vriendinnen zijn dol op Nick en hebben allemaal zo hun verhalen over de aardige dingen die hij in de loop van de jaren voor hen heeft gedaan. De meesten van hen, óf hun mannen, zijn sinds de sluiting van het winkelcentrum werkloos, dus ze raden me allemaal recepten aan voor 'goedkope en makkelijke maaltijden', wat meestal neerkomt op een kasserol van soep uit blik, boter en chips.

De mannen zijn vriendelijk en rustig en zitten in groepjes bij elkaar. Ze praten over sport en glimlachen vriendelijk naar me.

Iedereen is aardig. Ze zijn de vriendelijkheid zelve. Maureen, de moedige vierdefasekankerpatiënt, stelt me aan haar vrienden voor op een manier zoals je een ietwat gevaarlijk nieuw huisdier zou laten zien: 'Dit is Nicks vrouw, Amy. Ze is *geboren en getogen* in New York City.' Haar vrienden, plomp en hartelijk, krijgen onmiddellijk een soort vreemde gilles-de-latouretteaanval: ze slaan hun handen in elkaar en herhalen de woorden – *New York City!* – en zeggen iets waarop ik niet hoef in te gaan: *Wat enig!* Of zingen met zwakke, hoge stemmetjes: 'New York, New York', terwijl ze met de handen in de lucht heen en weer deinen. Maureens vriendin van de schoenenwinkel, Barb, zegt lijzig: '*Noe* York *Ciety*! Geef me een touw.' Als ik haar niet-begrijpend aankijk, zegt ze: 'O, dat komt uit een oude salsasausreclame!' Als het kwartje dan nog niet valt, legt ze blozend een hand op mijn arm en zegt: 'Ik zou je niet écht ophangen, hoor.'

Uiteindelijk bekennen ze giechelend dat ze nog nooit in New York zijn geweest. Of dat ze er wel eens geweest zijn – één keer – maar dat ze er niets aan vonden. Dan zeg ik dingen als: *U zou het een fijne stad vinden* of *Niet iedereen houdt van het stadsleven* of *Mmm*, omdat ik niets anders weet te zeggen.

'Wees aardig, Amy,' zegt Nick in mijn oor als we in de keuken een nieuw drankje staan in te schenken (Midwesterlingen zijn dol op tweeliterflessen frisdrank (altijd tweeliterflessen) die ze (ook altijd) uit grote, rode plastic bekers drinken).

'Ik dóé aardig,' zeg ik op een klaagtoontje. Hij kwetst me omdat de mensen in de kamer allemaal ja zouden zeggen op de vraag of ik aardig tegen hen ben geweest.

Soms heb ik het gevoel dat Nick de voorkeur geeft aan een versie van mij die niet bestaat. Sinds we hier wonen ben ik uit geweest met vrouwen, heb ik gewandeld voor het goede doel en heb ik kasserollen gekookt voor zijn vader. Ik heb zelfs geholpen met de verkoop van loterijloten. Mijn laatste spaargeld heb ik opgenomen en aan Nick en Go gegeven, zodat zij het café konden kopen dat ze al zo lang wilden beginnen. Ik heb de cheque zelfs in een kaart met een bierpul erop gedaan – *Cheers to You!* – maar Nick mompelde slechts een bedankje. Ik weet niet wat ik moet doen. Ik doe mijn best.

We brengen de bekers met frisdrank naar de kamer. Ik glimlach en lach nog harder dan daarvoor, een en al elegantie en opgewektheid, en ik informeer om me heen of ik iemand nog ergens mee van dienst kan zijn. Ik complimenteer de vrouwen met hun fruit- en krabsalades en hun in zachte kaas en salami gewikkelde augurkenplakjes.

Nicks vader arriveert met Go. Ze staan zwijgend in de deuropening; Bill Dunne, pezig en nog altijd knap met een pleister op zijn voorhoofd, Go met een grimmig gezicht, haar haren vastgezet met haarspeldjes en haar blik afgewend van haar vader. Midwesterse gothic.

'Nick,' zegt Bill. Hij geeft hem een hand en loopt naar binnen. Hij neemt me fronsend op. Go volgt, grijpt Nick bij zijn arm en trekt hem achter de deur. 'Ik heb geen idee waar hij op dit moment met zijn hoofd zit,' fluistert ze. 'Hij heeft of een slechte dag, of hij is gewoon strontvervelend. Ik kom er niet achter.'

'Oké, oké, maak je niet druk. Ik hou wel een oogje in het zeil.'

Go haalt geërgerd haar schouders op.

'Ik meen het, Go. Neem een biertje en ga lekker zitten. Je hoeft het komende uur niet op pa te letten.'

Ik denk: als ik zo had gereageerd, had hij geklaagd dat ik overgevoelig ben.

De oudere dames blijven om me heen draaien. Ze vertellen dat Maureen Nick en mij zo'n geweldig stel vindt, en ook zij vinden dat we voor elkaar geschapen zijn.

Ik geef aan deze goedbedoelde clichés de voorkeur boven de opmerkingen die we kregen voordat we trouwden. *Het huwelijk is compromissen sluiten en hard werken, en dan nog harder werken en communiceren en compromissen sluiten.* Laat alle hoop varen, gij die hier binnentreedt.

Ons verlovingsfeest destijds in New York was het ergste van alles, met gasten die opgewonden waren van de wijn en rancune, alsof elk gehuwd stel ruzie had gekregen op weg naar de club. Of ze herinnerden zich een of andere ruzie uit het verleden. Binks bijvoorbeeld. Binks Moriarty, de achtentachtigjarige moeder van mijn moeders beste vriendin, nam me apart bij de bar en brulde met een alarmcentralestem: 'Amy! Ik móét met je praten!' Ze draaide haar kostbare ringen om haar knokige vingers – een draai naar rechts, een draai naar links, krak – streelde me over mijn arm (zo'n echte bejaardenaanraking: koude vingers die begerig over je mooie, zachte, warme, jonge huid strijken) en vertelde me hoe wijlen haar echtgenoot moeite had 'hem in zijn broek te houden'. Binks, met haar door grijze staar vertroebelde ogen, zei het met zo'n *Ik ben bijna dood, dus ik kan dit soort dingen wel zeggen*-grijns. 'Hij kon hem niet in zijn broek houden,' zei de oude vrouw dringend. Haar koude hand omklemde mijn arm in een doodsgreep. 'Maar toch hield hij van mij het meest. Dat weet ík, en dat weet jíj ook.' De moraal van dit verhaal: meneer Binks was een leugenachtige schuinsmarcheerder, maar ja, een goed huwelijk is compromissen sluiten.

Ik maakte me snel uit de voeten, mengde me weer tussen de gasten en glimlachte naar de vele rimpelige gezichten om me heen met de hangerige, vermoeide, teleurgestelde uitdrukking die mensen van middelbare leeftijd krijgen. En alle gezichten zagen er hetzelfde uit. De meeste gasten waren bovendien dronken en dansten de passen uit hun jeugd – heen en weer zwaaiend op countryclubfunk – wat het nog erger maakte. Ik was op weg naar de openslaande deuren voor een frisse neus toen ik iemand in mijn arm voelde knijpen. Nicks moeder, Mama Maureen, met haar zwarte laserogen en nieuwsgierige mopshondengezicht. Ze schoof een toastje met geitenkaas in haar mond en wist nog net enigszins verstaanbaar uit te brengen: 'Het is niet niks, jezelf voor altijd aan een ander binden. Daar heb ik wel bewondering voor. Ik ben blij dat jullie voor elkaar kiezen, maar lieve hemel, er zullen dagen komen dat je wenst dat je er nooit aan was begonnen. En dat zijn dan nog de goede perioden, waarin je slechts dagen spijt hebt in plaats van máánden.' Ik moet geschokt hebben gekeken – dat was ik ook – want ze liet er meteen op volgen: 'Maar daar staan de goede tijden tegenover. Die zullen jullie zeker ook hebben. Jullie wel. Heel veel goede tijden. Dus... vergeef me, kind. Vergeet maar wat ik heb gezegd. Ik ben gewoon een domme, oude gescheiden vrouw. O, verhip, ik denk dat ik iets te veel wijn heb gehad.' Ze brabbelde iets ten afscheid en verdween tussen de vele andere teleurgestelde stellen.

'Je hoort hier helemaal niet te zijn,' zegt Bill Dunne plotseling. Hij heeft het tegen mij. 'Waarom ben je hier? Jij mag hier helemaal niet komen.'

'Ik ben Amy,' zeg ik, en ik raak zijn arm aan, alsof ik hem zo wakker kan maken. Bill heeft me altijd gemogen, ook al weet hij nooit wat hij tegen me moet zeggen. Ik zie het aan de manier waarop hij naar me kijkt, alsof ik een zeldzame vogel ben. Nu kijkt hij me boos aan en zet een hoge borst op, als een karikatuur van een jonge matroos die op de vuist wil gaan. Een paar meter van me vandaan zet Go haar bord met eten neer en loopt stilletjes naar ons toe, alsof ze een vlieg wil proberen te vangen.

'Wat doe je in ons huis?' zegt Bill Dunne. Zijn gezicht vertrekt in een grimas. 'Jij durft wel, hè dame?'

'Nick?' roept Go over haar schouder. Niet hard maar dringend.

'Ik ben er,' zegt Nick, naar ons toe lopend. 'Hé pa, dit is mijn vrouw, Amy. Herinner je je Amy nog? We zijn hier komen wonen zodat we u vaker kunnen komen bezoeken. Dit is ons nieuwe huis.'

Nick werpt me een woedende blik toe. Ik had erop aangedrongen dat we zijn vader zouden uitnodigen.

'Ik wil alleen maar zeggen, Nick,' zegt Bill Dunne, en hij richt uitdagend een wijsvinger op mijn gezicht, 'dat zíj hier niet thuishoort.' Er valt een stilte en uit de andere kamer komen een paar mannen voorzichtig de kamer binnen, klaar om in te grijpen. 'Die stomme trut denkt dat ze kan doen wat ze wil.'

Dan duikt Mama Mo naast ons op en slaat haar arm om haar ex-man heen. Zoals altijd weet ze van aanpakken. 'Natuurlijk hoort ze hier thuis, Bill. Het is haar eigen huis. Ze is de vrouw van je zoon? Weet je nog?'

'Ik wil dat ze weggaat. Begrijp je, Maureen?' Hij schudt haar van zich af en komt weer naar me toe. 'Stomme trut. Stomme trut.'

Het is niet duidelijk of hij Maureen of mij bedoelt, maar dan kijkt hij me aan en perst zijn lippen op elkaar. 'Ze hoort hier níét thuis.'

'Ik ga wel weg,' zeg ik. Ik draai me om en loop naar buiten, de regen in. *Kinderen en gekken…* denk ik bij mezelf, in een poging het luchtig te houden. Ik loop de straat in en wacht totdat Nick achter me aan komt om me op te halen. De motregen daalt zacht op me neer en dringt in mijn kleren. Ik ben ervan overtuigd dat Nick zo zal komen. Ik draai me om naar het huis, maar het enige wat ik zie is een gesloten deur.

Nick Dunne

Vier dagen vermist

Om vijf uur 's ochtends zaten Rand en ik in het verlaten Amy Dunne-hoofdkwartier. We dronken koffie en wachtten tot de politie zou komen om gegevens over Lonnie na te trekken. Amy staarde ons aan vanaf haar poster aan de muur. Ze keek verdrietig, leek het.

'Ik begrijp niet waarom ze niks tegen jou heeft gezegd als ze bang was,' zei Rand. 'Waarom zou ze bang zijn?'

Amy was uitgerekend op Valentijnsdag naar het winkelcentrum gegaan om een pistool te kopen. Dat was wat Lonnie had gezegd. Ze had een beetje een beschroomde, zenuwachtige indruk gemaakt. *Misschien is het stom van me maar... volgens mij heb ik toch echt een pistool nodig.* Maar ze was vooral bang. Er was iemand die haar de stuipen op het lijf joeg, had ze tegen Lonnie gezegd. Verdere details had ze niet gegeven, maar toen hij vroeg wat voor soort pistool ze dan wilde hebben, zei ze: *Eentje waar je iemand snel mee kunt uitschakelen.* Hij zei dat ze over een paar dagen terug moest komen, en dat deed ze. Hij had geen pistool kunnen leveren ('dat is niet echt mijn ding'), maar nu speet hem dat zeer. Hij herinnerde zich haar nog goed. Af en toe had hij zich nog wel eens afgevraagd hoe het met haar zou gaan, die leuke blondine met het angstige gezicht die had geprobeerd op Valentijnsdag een pistool te bemachtigen.

'Voor wie zou ze bang zijn?' vroeg Rand.

'Vertel me nog eens over die Desi,' zei ik. 'Heb je hem ooit ontmoet?'

'Hij is een paar keer bij ons thuis geweest.' Rand dacht na en keek bedenkelijk. 'Het was een goed uitziende knul en hij aanbad Amy. Hij behandelde haar als een prinses. Maar ik heb hem nooit gemogen. Zelfs toen het nog dik aan was tussen die twee – ze waren jong en verliefd, het was Amy's eerste vriendje – zelfs toen al mocht ik hem niet. Hij deed heel onbeleefd tegen me, onbegrijpelijk. Heel bezitterig wat Amy betreft, had de hele tijd een arm om haar heen. Ik vond het vreemd, heel vreemd dat hij totaal geen moeite deed om aardig tegen ons te zijn. De meeste jongens willen graag een goede indruk maken op de ouders van hun meisje.'

'Ik wel.'

'En dat is je ook gelukt!' Hij glimlachte. 'Jij was precies zenuwachtig genoeg, heel aandoenlijk. Desi was alleen maar onbeschoft.'

'Desi woont op minder dan een uur rijden hiervandaan.'

'Dat is waar. En Hilary Handy?' vroeg Rand. Hij wreef in zijn ogen. 'Ik wil niet seksistisch zijn, maar zij was nog enger dan Desi. Die Lonnie van het winkelcentrum heeft immers niet gezegd dat Amy bang was voor een man.'

'Nee, hij zei alleen dat ze bang was,' zei ik. 'Dan heb je nog die Noelle Hawthorne. Die woont vlak bij ons. Ze heeft tegen de politie gezegd dat ze de boezemvriendin van Amy was terwijl ik zeker weet dat dat niet waar is. Ze waren niet eens bevríénd. Volgens haar man heeft ze hysterische buien en kijkt ze huilend naar foto's van Amy. Ik dacht toen nog dat het om internetfoto's ging, maar... stel dat het echte foto's waren die ze van Amy had? Stel dat ze Amy stalkte?'

'Ze probeerde me aan te spreken net toen ik het gisteren even druk had,' zei Rand. 'Ze citeerde wat zinnen uit *Amazing Amy* voor me. *Amazing Amy en de oorlog tussen de BFF's* was het. "Onze beste vrienden zijn de mensen die ons het beste kennen."'

'Klinkt precies als Hilary,' zei ik. 'Maar dan als volwassene.'

Iets na zeven uur in de ochtend hadden we een kritisch gesprek met Boney en Gilpin in een zalencentrum langs de grote weg. Het was belachelijk dat wíj hun werk deden. Het was idioot dat wíj degenen waren die aanknopingspunten moesten vinden. Als de gewone politie het niet aankon, werd het tijd om de FBI erbij te halen.

Een gezette serveerster met amberkleurige ogen nam onze bestelling op en schonk koffie in. Het was duidelijk dat ze me had herkend en ze bleef binnen gehoorsafstand totdat Gilpin gebaarde dat ze weg moest gaan. Toch kwam ze steeds terug, als een lastige vlieg. Tussen het bijvullen van onze kopjes, het brengen van het bestek en de magisch snelle komst van ons eten moesten we onze tirade afsteken, die steeds werd onderbroken. *Dit is onacceptabel... nee dank u, geen koffie meer... het is ongelooflijk dat... eh, zeker, roggebrood is prima...*

Voor we klaar waren, onderbrak Boney ons. 'Ik snap het, jongens. Natuurlijk zijn jullie zeer bij het onderzoek betrokken. Maar wat jullie hebben gedaan was gevaarlijk. Jullie moeten dat soort zaken aan ons overlaten.'

'Maar daar gaat het nou net om, jullie doen niks,' zei ik. 'Jullie zouden die informatie over dat pistool nooit hebben gekregen als wij daar gisteravond niet waren geweest. Wat heeft Lonnie tegen jullie gezegd?'

'Hetzelfde als tegen jou,' zei Gilpin. 'Amy wilde een wapen kopen, ze was bang.'

'Je lijkt niet erg onder de indruk van die informatie,' zei ik bits. 'Denk je soms dat hij loog?'

'Nee, dat denken we niet,' zei Boney. 'Er is geen enkele reden waarom hij onze aandacht op zich zou willen vestigen. Hij leek me erg onder de indruk van je vrouw. Erg... ik weet het niet, van streek dat dit haar is overkomen. Hij herinnerde zich nog specifieke details. Nick, hij zei dat ze op die dag een groene sjaal droeg. Je weet wel, geen wintersjaal maar zo'n modieus geval.' Ze maakte fladderende bewegingen met haar vingers om aan te geven dat ze alles wat met mode te maken had kinderachtig en niet interessant vond. 'Smaragdgroen. Zegt dat je iets?'

Ik knikte. 'Zo'n sjaal draagt ze vaak bij een spijkerbroek.'

'En een broche op haar jasje, een cursieve gouden A?'

'Ja.'

Boney haalde haar schouders op: *Nou, dan weten we genoeg.*

'Je denkt niet dat hij zo onder de indruk van haar was dat hij haar zou willen... ontvoeren?' vroeg ik.

'Hij heeft een alibi,' zei Boney. Ze keek me doordringend aan. 'Eerlijk gezegd zijn we op zoek naar... een ander soort motief.'

'Iets... persoonlijkers,' vulde Gilpin aan. Hij keek aarzelend naar zijn pannenkoeken met aardbeien en slagroom. Hij schraapte ze naar de zijkant van zijn bord.

'Iets persoonlijkers,' zei ik. 'Betekent dat dan ook dat jullie eindelijk gaan praten met Desi Collings en Hilary Handy? Of moet ik dat zelf doen?' Ik had Marybeth trouwens beloofd dat ik vandaag met ze zou praten.

'Dat doen we zeker,' zei Boney. Ze had de sussende toon van een meisje dat haar zeurende moeder belooft beter haar best te doen. 'We betwijfelen of het iets zal opleveren... maar we zullen met ze praten.'

'Nou, bedankt dat jullie je werk doen, of zo,' zei ik. 'En hoe zit het met Noelle Hawthorne? Als jullie iemand in de buurt zoeken: ze woont in ons appartementencomplex en ze is nogal geobsedeerd door Amy.'

'Dat weet ik, ze heeft ons gebeld en ze staat op ons lijstje,' knikte Gilpin. 'Voor vandaag.'

'Mooi zo. Wat doen jullie nog meer?'

'Nick, we zouden graag willen dat je wat tijd voor ons vrijmaakte. We willen nog wat meer informatie,' zei Boney. 'Echtgenoten weten vaak meer dan ze beseffen. We willen graag dat je nog eens wat dieper nadenkt over die ruzie. Die ruzie die je buurvrouw, mevrouw eh... Teverer jullie heeft horen maken op de avond vóór Amy's verdwijning.'

Rand draaide zijn hoofd met een ruk naar me toe.

Jan Teverer, die christelijke dame die eten was komen brengen en die me nu niet meer aankeek.

'Ik bedoel, kan het zijn dat ze... ik weet dat dit moeilijk voor je is, dat ze onder invloed was van iets?' vroeg Boney. Onschuldige blik. 'Ik bedoel, misschien heeft ze inderdaad wel contact gehad met ongure elementen in de stad. Er zijn genoeg drugsdealers. Misschien is ze ergens bij betrokken geraakt en wilde ze daarom een pistool. Er moet een reden zijn dat ze een pistool wilde terwijl ze daar tegen haar echtgenoot niet over sprak. En Nick, we willen graag dat je nog eens goed nadenkt: waar was je tussen... de tijd van die ruzie 's avonds om ongeveer elf uur, de laatste keer dat iemand Amy's stem heeft gehoord...'

'Behalve ik dan.'

'Behalve jij... en de volgende dag twaalf uur, toen je in de bar aankwam. Als je in de stad bent geweest, naar het rivierstrand bent gereden en bij de haven hebt rondgehangen, moet iemand je hebben gezien. Al was het maar iemand die zijn hond uitliet. Als je ons kunt helpen, zou dat echt...'

'Fijn zijn,' maakte Gilpin de zin af. Hij prikte in een aardbei.

Ze keken me beiden oplettend en gelijkgezind aan. 'Het zou echt super zijn, Nick,' herhaalde Gilpin iets vriendelijker. Het was de eerste keer dat ik over die ruzie hoorde – dat zij het wisten. En dat vertelden ze dan nota bene waar Rand bij zat, en dan ook nog met zo'n gezicht alsof ze alláng doorhadden dat ik schuldig was.

'Best,' zei ik.

'Kun je ons vertellen waar het over ging?' vroeg Boney. 'Die ruzie bedoel ik.'

'Wat zei mevrouw Teverer daarover?'

'Ik hoor liever jouw versie dan die van haar.' Ze deed wat melk in haar koffie.

'Het was echt zo'n ruzietje over niks,' begon ik. 'Daarom heb ik er ook niks over gezegd. Gewoon een beetje gekibbel, zoals dat soms gaat als je getrouwd bent.'

Rand keek me aan alsof hij me totaal niet begreep. *Gekibbel? Wat bedoel je precies met gekibbel?*

'Het ging over het menu,' loog ik. 'Wat we zouden eten op onze trouwdag. Amy is nogal traditioneel in die dingen...'

'Kreeft!' onderbrak Rand. Hij wendde zich tot de rechercheurs. 'Amy maakt elk jaar kreeft klaar voor Nick.'

'Juist. Maar je kunt hier nergens kreeft krijgen, althans geen levende, en daar baalde ze verschrikkelijk van. Ik had gereserveerd bij Houston's...'

'Je zei toch dat je níét had gereserveerd bij Houston's?' Rand fronste zijn wenkbrauwen.

'Nou, ja, sorry, ik vergis me. Ik was van plán te reserveren bij Houston's. Maar ik had beter een verse kreeft kunnen laten invliegen.'

De rechercheurs trokken hun wenkbrauwen op. *Doe maar duur.*

'Zo prijzig is dat heus niet. Maar goed, we waren erover aan het kissebissen. Het was zo'n ruzie die onnodig uit de hand liep.' Ik nam een hapje van mijn pannenkoek. Ik begon het benauwd te krijgen. 'Nog geen uur later konden we er alweer om lachen.'

'Hmm,' was alles wat Boney zei.

'En hoe staat het met die speurtocht?' vroeg Gilpin.

Ik stond op, legde wat geld neer, klaar om te vertrekken. Ik hoefde me toch zeker niet te verdedigen? 'Dat wil niet erg vlotten, nog niet... Het is moeilijk om helder na te denken nu er zo veel tegelijk gebeurt.'

'Oké,' zei Gilpin. 'Die speurtocht is van minder belang, nu we weten dat ze zich maanden geleden al bedreigd voelde. Maar ik wil toch graag weten hoe het verdergaat, goed?'

We sloften met zijn allen naar buiten, de warmte in. Toen Rand en ik in de auto stapten, riep Boney: 'Hé, Nick, heeft Amy nog steeds 34?'

Ik keek haar niet-begrijpend aan.

'Maat 34?' herhaalde ze.

'Ja, dat geloof ik wel,' zei ik. 'Ja, dat klopt.'

Boney trok een gezicht dat *hmmm* uitdrukte en stapte in haar auto.

'Waarom wilde ze dat weten?' vroeg Rand.

'Dat weet je nooit met die twee.'

Het grootste deel van de terugweg naar het hotel zwegen we. Rand staarde uit het raam naar de vele felverlichte fastfoodrestaurants waar we langsreden. Ik dacht aan mijn leugen – mijn leugens. We moesten een tijdje zoeken om een parkeerplek bij de Days Inn te vinden. Kennelijk werd die personeelsbijeenkomst nogal druk bezocht.

'Weet je, het is grappig hoe provinciaal ik ben, als echte New Yorker,' zei Rand, zijn hand op de kruk van het portier. 'Toen Amy zei dat ze samen met jou terugging naar die goeie ouwe Mississippi stelde ik me een groen landschap voor, akkers, appelbomen, en die prachtige oude, rode schuren. Maar ik moet zeggen, het is hier echt lelijk.' Hij lachte. 'Ik heb in dit stadje nog niks moois gezien. Afgezien van mijn dochter.'

Hij stapte uit en beende snel naar het hotel. Ik had geen zin om achter hem aan te gaan. Ik liep een paar minuten later het vrijwilligerscentrum in en ging ergens aan een tafeltje apart achter in de zaal zitten. Ik moest die speurtocht afmaken voordat de aanwijzingen zouden verdwijnen. Ik moest weten waar Amy me naartoe wilde loodsen. Dat zou vast wel lukken, maar eerst moest ik nog iemand bellen.

'Ja,' klonk een ongeduldige stem. Op de achtergrond huilde een baby. Ik hoorde dat de vrouw het haar uit haar gezicht blies.

'Hallo, spreek ik... spreek ik met Hilary Handy?'

Ze hing op. Ik belde nogmaals.

'Hallo?'

'Hoi. Ik geloof dat de verbinding werd verbroken.'

'Wilt u dit nummer niet meer bellen...'

'Hilary, ik wil je niks aansmeren. Ik bel over Amy Dunne... Amy Elliott.'

Stilte. De baby liet zich weer horen, gejengel dat elk moment van gelach kon overgaan in een driftbui.

'Wat dan?'

'Ik weet niet of je het op tv hebt gezien, maar ze wordt vermist. Sinds 5 juli. Er is mogelijk sprake van geweld.'

'O, wat erg.'

'Ik ben Nick Dunne, haar echtgenoot. Ik ben bezig oude vriendinnen van haar te bellen.'

'O ja?'

'Ik vroeg me af of jij onlangs nog contact met haar hebt gehad.'

Ze zuchtte drie keer diep. 'Heeft dit te maken met dat gedoe van de middelbare school?' Ergens ver op de achtergrond klonk gekrijs van een flemende stem. 'Ma-ma, je moet kómen.'

'Ik kom zo, Jack,' riep ze naar de lege ruimte achter zich. Toen sprak ze weer in de hoorn. Ze klonk verbolgen. 'Is dat zo? Bel je me daarom? Want dat is verdomme twintig jaar geleden. Meer nog.'

'Dat weet ik, dat weet ik. Maar ik moet het vragen. Het zou stom van me zijn als ik het niet vroeg.'

'Godallemachtig. Ik ben nu moeder van drie kinderen. Ik heb Amy sinds de middelbare school niet meer gesproken. Ik heb mijn lesje geleerd. Als ik haar zou tegenkomen op straat, zou ik de andere kant op rennen.' De baby krijste. 'Ik moet gaan.'

'Nog even snel, Hilary...'

Ze hing op en meteen daarna rinkelde mijn prepaid. Ik negeerde het. Ik moest een plek vinden waar ik dat stomme ding kon verstoppen.

Ik voelde dat er iemand bij me in de buurt stond. Een vrouw, maar ik keek niet op en hoopte dat ze weg zou gaan.

'Het is nog niet eens middag en je ziet er nu al uit alsof je een hele dag achter de rug hebt, arme ziel.'

Shawna Kelly. Ze had zich uitgedost als een puber, het haar hoog opgestoken in een paardenstaart. Haar met gloss ingesmeerde lippen vormden een van medeleven overlopend tuitmondje. 'Heb je trek in mijn kipschotel?' Ze had een ovenschotel bij zich, die ze vlak onder haar borsten hield. De doek waarin de pan was gewikkeld was nat van de damp. Haar woorden klonken alsof ze meespeelde in een of andere metal-rockvideo uit de jaren tachtig.

'Ik heb uitgebreid ontbeten. Maar evengoed bedankt. Heel aardig van je.'

In plaats van weg te gaan ging ze zitten. Ze droeg een turkooizen tennisrokje en haar benen waren zo dik ingesmeerd met lotion dat ze glommen. Ze tikte me aan met de punt van een smetteloze Tretorn-tennisschoen. 'Slaap je wel, lieverd?'

'Ik hou vol.'

'Je moet slapen, Nick. Als je uitgeput bent, heeft niemand iets aan je.'

'Ga ik zo doen, denk ik. Misschien kan ik nog een paar uurtjes inhalen.'

'Ik vind dat je dat moet doen. Echt waar.'

Ik voelde me plotseling heel dankbaar. Mijn moeder-zooncomplex dat opspeelde. Gevaarlijk. *Ophouden daarmee, Nick.*

Ik wachtte tot ze wegging. Ze moest nu echt gaan; andere mensen begonnen naar ons te kijken.

'Als je wilt kan ik je nu naar huis rijden,' zei ze. 'Een dutje zal je goed doen, denk ik.'

Ze stak haar hand uit en wilde mijn knie aanraken. Ik voelde een plotseling vlaag van razernij omdat ze maar niet scheen te begrijpen dat ze moest gaan. *Laat die kipschotel maar hier, slijmerige groupie-hoer en donder op*. Vader-zooncomplex dat de kop opsteekt, even erg.

'Waarom ga je niet even praten met Marybeth?' zei ik bruusk. Ik wees naar mijn schoonmoeder die bij het kopieerapparaat een eindeloze hoeveelheid kopieën van Amy's foto stond af te drukken.

'Oké.' Ze draalde dus ik besloot haar te negeren. 'Nou, dan ga ik maar. Ik hoop dat je de kip lekker vindt.'

Ik merkte dat ze beledigd was, want ze liep weg zonder verder oogcontact. Ze draaide zich om en slenterde weg. Ik voelde me schuldig, vroeg me af of ik mijn excuses moest aanbieden, het goed moest maken. *Laat die vrouw met rust*, prentte ik mezelf in.

'Nog nieuws?' Het was Noelle Hawthorne die de plek van Shawna innam. Ze was jonger dan Shawna maar leek ouder, een mollig lijf met ferme, ver uit elkaar staande borsten. Ze keek moeilijk.

'Nee.'

'Je lijkt het allemaal goed aan te kunnen.'

Ik bewoog mijn gezicht een beetje krampachtig en wist niet goed wat ik moest zeggen.

'Weet je wel wie ik ben?' vroeg ze.

'Natuurlijk wel, je bent Noelle Hawthorne.'

'Ik ben hier Amy's béste vriendin.'

Dat moest ik niet vergeten aan de politie te vertellen: er waren maar twee opties wat betreft Noelle. Ofwel ze was een leugenaarster en een publiciteitsgeile slet die graag het vriendinnetje wilde zijn van een vermiste vrouw, ofwel ze was gek. Een stalker die vastbesloten was vriendschap met Amy te sluiten. En als Amy haar ontweek…

'Weet je iets over Amy, Noelle?' vroeg ik.

'Natuurlijk, Nick. Ze was mijn beste vriendin.'

We staarden elkaar een paar tellen aan.

'En krijg ik dat nog te horen?' vroeg ik.

'De politie weet waar ze me kunnen vinden. Als ze daar ooit aan toekomen.'

'Dat helpt echt enorm, Noelle. Ik zal ervoor zorgen dat ze met je komen praten.'

Haar wangen werden rood. Twee expressionistische kleurvlekken.

Ze ging weg. Ik dacht iets onaardigs. Een van die gedachten die soms zomaar in me opkomen. Ik dacht: vrouwen zijn totaal geschift. Geen nuance. Niet sómmige vrouwen, niet véél vrouwen. Vrouwen zijn geschift.

Toen het helemaal donker was, reed ik naar het leegstaande huis van mijn vader. Amy's aanwijzing lag op de zitting naast me.

Voel je je rot omdat je me hiernaartoe hebt gehaald?
Ik geef meteen toe dat ik flink heb gebaald.
Maar we hadden niet echt heel veel keus
En we besloten: dit wordt van ons, ja heus.
Laten we het in dit bruine huisje dan maar doen
Geef me wat goodwill, jij sekskampioen!

Deze was raadselachtiger dan de vorige, maar ik wist zeker dat ik het wist. Amy gaf zich gewonnen aan Carthage en vergaf me eindelijk voor het feit dat ik haar hiernaartoe had gesleept. *Voel je je rot omdat je me hiernaartoe hebt gehaald... [maar] we besloten: dit wordt van ons, ja heus.* Het kleine bruine huis was het huis van mijn vader, dat in werkelijkheid blauw was, maar dat was een inside joke van Amy. Ik was altijd dol geweest op onze inside jokes. Die maakten dat ik me met Amy verbonden voelde, veel meer dan allerlei serieuze onthullingen, gepassioneerde vrijpartijen of gesprekken tot het ochtendgloren. Het 'bruine huisje'-verhaal ging over mijn vader, en Amy is de enige aan wie ik dat ooit had verteld. Na de scheiding zag ik hem zo zelden dat ik had besloten hem tot een figuur uit een verhalenboek te maken. Hij was niet mijn echte vader die van me zou houden en tijd met me zou doorbrengen – maar een welwillende en vagelijk belangrijke figuur die meneer Bruin heette, die het erg druk had met heel belangrijke dingen voor de Verenigde Staten en die mij (heel af en toe) als dekmantel gebruikte om zich in de stad te kunnen vertonen. Amy kreeg tranen in haar ogen toen ik dit vertelde, wat niet mijn bedoeling was geweest. Ik had het bedoeld als een leuk kinderverhaaltje. Ze drukte me op het hart dat zíj nu mijn familie was, en dat ze genoeg van me hield om tien waardeloze vaders te compenseren en dat wíj nu de familie Dunne waren. En toen fluisterde ze in mijn oor: 'Ik weet wel iets waar jij goed in bent...'

Wat die goedwillendheid betreft, dat was nog een teken van verzoening. Nadat mijn vader helemaal ten prooi was gevallen aan alzheimer, besloten we zijn huis te verkopen. Amy en ik gingen door het huis en pakten dozen in voor de kringloopwinkel Goodwill. Amy ging natuurlijk doortastend als een dansende derwisj aan de slag, terwijl ik de spullen van mijn vader tergend langzaam door mijn handen liet gaan. Voor mij had alles betekenis. Een koffiemok met dikkere aanslag dan de ander moest wel zijn lievelingsmok geweest zijn. Was dat een cadeau geweest? Van wie dan? Of had hij hem zelf gekocht? Ik had altijd in de veronderstelling geleefd dat mijn vader winkelen iets voor huisvrouwen vond. Toch trof ik vijf paar gloednieuwe schoenen in zijn kast aan. Ze zaten nog in de doos. Had hij die zelf gekocht? Was hij van plan een andere, socialere Bill Dunne te worden dan degene die hier langzaam wegkwijnde? Ging hij naar Shoe-Be-Doo-Be, moest mijn moeder hem helpen, moest ze voor de zoveelste keer vriendelijk en behulpzaam voor hem zijn? Al die overpeinzingen deelde ik uiteraard niet met Amy. Waarschijnlijk kwam ik op haar over als de lijntrekker die ik vaak ook was.

'Hier. Een doos. Voor Goodwill,' zei ze als ze me weer eens op de vloer aantrof, of leunend tegen een muur, of starend naar een schoen. 'Jij doet de schoenen in de doos, afgesproken?' Ik voelde me opgelaten, ik gaf haar een sneer, zij snauwde tegen mij en... het bekende werk.

Ik moet hieraan toevoegen, ter verdediging van Amy, dat ze me twee keer had gevraagd of ik wilde praten, of ik wel zeker wist dat ik dit wilde doen. Soms laat ik dergelijke details achterwege. Dat komt me beter uit. Maar eigenlijk zat het zo: ik had geen zin om mijn vrouwelijke kant te tonen en over mijn gevoelens te praten. Ze kon toch wel raden hoe ik me voelde? Soms was ik even schuldig aan het spelletje jij-moet-me-kunnen-aanvoelen als Amy zelf. Die informatie heb ik trouwens ook nog niet vermeld.

Ik ben dol op het weglaten van feiten.

Iets na tienen in de avond stopte ik voor het huis van mijn vader. Het was een keurig huisje, een prima plek voor starters (of bejaarden). Twee slaapkamers, badkamer en aparte wc, eetkamer, een verouderde maar redelijke keuken. In de voortuin stond een roestig 'Te koop'-bord. Het stond er al een jaar en er had nog niemand gereageerd.

Ik liep het bedompte huis in. De warmte viel over me heen. Het goedkope alarmsysteem dat we na de derde inbraak hadden geïnstalleerd begon te piepen, alsof er werd afgeteld tot het moment van explosie. Ik toetste de code in. Amy was daar woedend over geworden omdat ik alle regels over dat soort codes had gebroken. Het waren de cijfers van mijn geboortedatum: 15877.

Code geweigerd. Ik probeerde het opnieuw. Code geweigerd. Een zweetdruppel rolde over mijn rug. Amy had altijd gedreigd de code te veranderen. Ze zei dat het geen zin had een code te hebben die zó voor de hand lag, maar ik wist waarom ze echt kwaad was. Ze nam het me kwalijk dat ik mijn geboortedatum had gekozen en niet onze trouwdag. Ik had wederom voor mezelf gekozen in plaats van voor haar. Mijn half zoete, nostalgische gevoelens voor Amy verdwenen. Ik drukte mijn vinger weer op de cijfers en raakte steeds meer in paniek. Het gepiep van het alarmsysteem ging maar door totdat het begon te loeien.

Jiiiing-jiiiing-jiiiing!

Het was de bedoeling dat mijn mobiele telefoon zou gaan zodat ik kon zeggen: ik ben het maar, die sufkop. Maar hij ging niet. Ik wachtte een hele minuut. Het alarm deed me denken aan een film over een duikboot die is getorpedeerd. De bedompte warmte van een ongeventileerd huis in juli viel over me heen. Mijn overhemd was al doornat van het zweet. Godverdomme, Amy. Ik scande de tekst op de alarminstallatie, zocht naar het telefoonnummer van het bedrijf maar vond niets. Ik trok een stoel bij en begon aan het apparaat te rukken. Ik had hem van de muur, hij hing alleen nog aan een paar draadjes. Toen rinkelde eindelijk mijn telefoon. Een pinnige stem wilde weten wat de naam was van Amy's eerste huisdier.

Jiiiing-jiiiing-jiiiing!

Het was precies de verkeerde toon: zelfingenomen, humeurig, totaal onverschillig. En precies de verkeerde vraag, want ik wist het antwoord niet en dat maakte me razend. Hoeveel aanwijzingen ik ook oploste, er was altijd wel een of ander triviaal Amy-weetje dat me van de wijs bracht.

'Luister, u spreekt met Nick Dunne. Dit is het huis van mijn vader, ik heb dit alarm geregeld,' gromde ik. 'Dus het doet er goddomme niet toe hoe het eerste huisdier van mijn vrouw heette.'

Jiiiing-jiiiing-jiiiing!

'Wilt u niet zo'n toon tegen me aanslaan, meneer.'

'Ik moest hier iets uit het huis van mijn vader halen, en nu ga ik weer, oké?'

'Ik moet onmiddellijk de politie waarschuwen.'

'Kunt u dat verdomde alarm uitschakelen, dan kan ik nadenken.'

Jiiiing-jiiiing-jiiiing!

'Het alarm is uitgeschakeld.'

'Het alarm is níét uitgeschakeld.'

'Meneer, ik heb u gewaarschuwd, niet zo'n toon aanslaan.'

Kutwijf.

'Weet je wat? Val dood, val dood, val dóód.'

Ik hing op terwijl de naam van Amy's eerste kat me te binnen schoot: Stuart.

Ik belde terug, kreeg een andere medewerker aan de telefoon, een redelijk iemand die het alarm uitschakelde en de politie afbelde, godzijdank. Ik was echt niet in de stemming om die lui alles te moeten uitleggen.

Ik ging op het dunne, goedkope tapijt zitten en dwong mezelf rustig te ademen. Mijn hart ging tekeer. Na een minuut, toen de spanning uit mijn schouders en kaken was verdwenen, ik mijn vuisten niet meer had gebald en mijn hartslag weer normaal was, stond ik op. Even was ik van plan gewoon maar te vertrekken, alsof dat Amy een lesje zou leren. Maar toen ik overeind kwam zag ik een blauwe envelop op het aanrecht liggen. Net een afscheidsbrief.

Ik ademde diep in, blies uit – een nieuwe aanpak – en maakte de envelop open. Er zat een brief in met een hartje erop.

Hallo schat,

Dus we moeten beiden aan onze gebreken werken. Voor mij is dat mijn perfectionisme, mijn incidentele (hoop ik dan maar?) eigendunk. Voor jou? Ik weet dat je jezelf soms te afstandelijk vindt, te terughoudend, niet in staat tot tederheid of warmte. Nou, ik zal je hier in het huis van je vader vertellen dat dat niet waar is. Je bent niet zoals je vader. Je moet weten dat je een goede man bent, een lieve man, aardig. Ik heb je soms gestraft omdat je mijn gedachten niet kon lezen, omdat je niet precies op het juiste moment deed wat ik wilde. Ik heb je gestraft omdat je een echte man bent. Ik heb je gecommandeerd in plaats van erop te vertrouwen dat je je weg wel zou vinden. Ik heb je niet het voordeel van de twijfel gegund. Dat je, hoezeer jij en ik ook blunderen, altijd van me zult houden en dat je wilt dat ik gelukkig ben. Dat moet voldoende zijn voor een vrouw, nietwaar? Ik maak me zorgen dat ik dingen over jou heb gezegd die niet waar zijn, en dat jij die nu gelooft. Daarom ben ik hier om je te zeggen: je bent WARM. Je bent mijn zon.

Als Amy hier was geweest, zoals gepland, zou ze zich tegen me aan gevlijd hebben zoals vroeger, met haar gezicht in de holte van mijn hals. Ze zou me gekust hebben en geglimlacht en zeggen: je bent echt mijn zon. Met dichtgeknepen keel keek ik een laatste keer om me heen in het huis van mijn vader en vertrok. Ik trok de deur dicht en liet de hitte achter me. In de auto scheurde ik de envelop open waarop stond: VIERDE AANWIJZING. We moesten bijna bij het einde zijn.

Ik ben een meisje, echt buitengewoon stout
Ik verdien een pak slaag met een stevig eind hout
Op deze plek liggen je spullen, vijf jaar getrouwd
Of heb ik ons huwelijk op raadsels gebouwd?
Wat was het daar leuk, op die stralende dag
En daarna een cocktail en vrolijk gelach
Ren daar nu heen, slaak een aanminnige zucht
Open de deur en wees voor verrassing beducht

Ik voelde een knoop in mijn maag. Deze tekst begreep ik niet. Ik herlas hem, maar had geen idee. Amy maakte het me niet langer gemakkelijk. Ik zou de speurtocht dus toch niet kunnen afmaken.

Ik voelde een golf van angst. Wat een klotedag. Boney wilde me erbij lappen, Noelle was geschift, Shawna was kwaad, Hilary was gepikeerd, dat mens van het beveiligingsbedrijf was een kreng en mijn vrouw had me dan eindelijk voor een raadsel gesteld. Het werd tijd om een eind aan deze klotedag te maken. Er was maar één vrouw die ik nu kon verdragen.

Go hoefde me maar even aan te kijken – van streek, gespannen, uitgeput door de hitte in het huis van mijn vader – en ze wist genoeg. Ze zette me op de bank en kondigde aan dat ze voor me ging koken. Vijf minuten later kwam ze heel behoedzaam naar me toe. Ze had eten op een oud tv-blad gezet. Een bekende Dunne-klassieker: een tosti, chips met barbecuesmaak, een plastic beker met...

'Het is geen limonade,' zei Go. 'Het is bier. Limonade leek me iets te regressief.'

'Dat is heel lief en vreemd van je, Go.'

'Jij mag morgen koken.'

'Ik hoop dat je van soep in blik houdt.'

Ze ging naast me op de bank zitten, pikte een chip van mijn bord en vroeg, iets te luchtig: 'Enig idee waarom de politie míj zou vragen of Amy nog steeds maat 34 heeft?'

'Jezus, daar blijven ze maar over doorzeuren,' zei ik.

'Vind je dat niet eng? Hebben ze soms kleren van haar gevonden of zo?'

'Dan hadden ze wel gevraagd of ik ze herkende. Toch?'

Ze dacht daar even over na. Ze trok een denkrimpel. 'Dat klinkt logisch,' zei ze. Haar gezicht bleef een nadenkende uitdrukking houden totdat ze zag dat ik naar haar keek. Toen glimlachte ze. 'Ik heb de wedstrijd opgenomen, wil je kijken? Alles goed met je?'

'Best.' Ik voelde me afschuwelijk, mijn maag was van streek, psychisch was ik een wrak. Misschien kwam het doordat ik die aanwijzing niet snapte, maar ik kreeg opeens het gevoel dat ik iets over het hoofd had gezien. Ik had een of andere enorme fout gemaakt en die blunder zou desastreus uitpakken. Misschien was het mijn geweten dat opspeelde. Alsof het uit een onderaardse kerker de weg naar boven had gevonden.

Go zette de wedstrijd aan. De volgende tien minuten maakte ze alleen maar opmerkingen over het spel, tussen slokjes bier door. Go hield niet van gesmolten kaas; ze smeerde pindakaas uit een pot op crackers. Toen de wedstrijd werd onderbroken door reclame, hield ze even op en zei: 'Als ik een lul had zou ik die pindakaas neuken.' Ondertussen knoeide ze opzettelijk kruimels over me heen.

'Ik denk dat er allerlei slechte dingen zouden gebeuren als jij een lul had.'

Ze spoelde een saai stuk van de honkbalwedstrijd door. De St. Louis Cardinals stonden vijf punten achter. Toen het tijd was voor de volgende reclame zei Go: 'Vandaag heb ik gebeld om het abonnement van mijn mobieltje te wijzigen, en het wachtmuziekje was van Lionel Ritchie. Ken je zijn muziek? Ik vind "Penny Lover" leuk, maar ze draaiden "Penny Lover" niet en toen kwam er een vrouw aan de lijn die zei dat het hele verkoopteam in Baton Rouge zat, wat vreemd was omdat ze geen accent had, en toen zei ze dat ze was opgegroeid in New Orleans en het is niet erg bekend dat – hoe noem je trouwens iemand uit New Orleans, een New Orleander? – enfin, dat die dus niet een erg duidelijk accent hebben. Toen zei ze dat mijn abonnement, abonnement A...'

Go en ik hadden een spelletje, geïnspireerd door onze moeder. Die had namelijk de gewoonte om zodanig saaie, eindeloze verhalen op te hangen dat Go zeker wist dat ze ons stiekem zat te jennen. Al zo'n tien jaar lang, als het gesprek tussen Go en mij stilviel, begon een van ons een lulverhaal over een of andere reparatie of iets wat je kon krijgen met een waardebon. Maar Go was daar beter in dan ik. Haar verhalen waren oeverloos, zonder overgangen, eindeloos... ze duurden zo lang dat ze echt irritant werden en daardoor uiteindelijk weer hilarisch.

Go was bezig met een verhaal over haar koelkastlampje en was kennelijk nog niet van plan te stoppen. Vervuld van een plotselinge, hevige golf van dankbaarheid boog ik me naar haar toe en kuste haar op de wang.

'Waar is dat voor?'

'Zomaar.' Ik voelde de tranen in mijn ogen komen. Ik keek even opzij om ze weg te knipperen en Go zei: 'Dus ik had een AAA-batterijtje nodig, dat, zo bleek, niet hetzelfde is als het batterijtje voor een transistorradio, dus ik moest de kassabon vinden om de batterij van de transistorradio om te ruilen...'

We keken de band af. De Cardinals verloren. Toen de wedstrijd voorbij was, zette Go het geluid van de tv uit. 'Wil je praten of nog wat afleiding? Zeg het maar.'

'Ga maar naar bed, Go. Ik ga nog even wat zappen. En daarna ga ik slapen, denk ik. Ik heb slaap nodig.'

'Wil je een slaappil?' Mijn tweelingzus had de rotsvaste overtuiging dat gemak de mens dient. Voor haar geen bandjes met ontspannende teksten of walvisgeluiden; gewoon een pil slikken en wegzakken in een coma.

'Neuh.'

'Ze liggen in het medicijnkastje, als je je nog bedenkt. Als het ooit nodig was...' Ze bleef een paar tellen over me heen hangen. Toen, typisch Go, drentelde ze de gang op, duidelijk nog lang niet slaperig. Ze sloot de deur achter zich. Ze wist dat ze me op dit moment maar beter alleen kon laten.

Ze had een gave die veel mensen niet hebben: weten wanneer je moet gaan. De meeste mensen zijn dol op praten, maar zelf ben ik nooit een grote prater geweest. Ik houd innerlijke monologen, maar de woorden bereiken meestal niet mijn lippen. Ze ziet er leuk uit vandaag, denk ik bijvoorbeeld, maar op de een of andere manier komt het niet bij me op om zoiets hardop te zeggen. Mijn moeder was een prater, mijn zus idem dito. Ik was altijd degene die luisterde. Daarom voelde het decadent dat ik nu hier in mijn eentje op de bank zat. Ik bladerde door een van Go's tijdschriften, zapte langs de tv-zenders en bleef uiteindelijk hangen bij een oude zwart-witfilm; mannen met gleufhoed die iets in een notitieboekje schreven terwijl een knappe huisvrouw uitlegde dat haar echtgenoot in Fresno zat, waarna de twee politiemannen elkaar veelbetekenend aankeken en knikten. Ik dacht aan Gilpin en Boney, en voelde een steek in mijn maag.

Het prepaidmobieltje in mijn zak maakte het geluid van een mini-jackpot, wat betekende dat ik een sms'je had ontvangen.

ik sta voor de deur doe open

Amy Elliott Dunne

Dagboek

28 april 2011

De aanhouder wint, zegt Mama Mo altijd, en als zij het zegt – zelfverzekerd, elk woord benadrukkend, alsof het daadwerkelijk een werkbare levensstrategie is – verandert het cliché van een stel woorden in iets reëels. Iets positiefs. Ze heeft gelijk, de aanhouder wint, denk ik.

Dat vind ik het mooie aan het Midden-Westen: mensen doen nergens moeilijk over. Zelfs niet over de dood. Mama Mo houdt gewoon vol totdat de kanker haar opbreekt, en dan gaat ze dood.

Dus ik 'hou me gedeisd' en 'maak er het beste van'. Dat bedoel ik op de letterlijke Mama Mo-manier. Ik hou me gedeisd en zet mijn beste beentje voor: ik rij Mo naar haar doktersafspraken en chemobehandelingen. Ik vervang het bedorven vieze water in de bloemenvaas in de kamer van Nicks vader en neem koekjes mee voor het personeel in de hoop dat ze goed voor hem zullen zorgen.

Ik probeer het beste te maken van een situatie die allesbehalve rooskleurig is omdat mijn echtgenoot, die me uit mijn vertrouwde omgeving heeft gehaald om zijn zieke ouders te kunnen verzorgen, alle belangstelling voor mij en bovengenoemde zieke ouders lijkt te hebben verloren.

Nick heeft zijn vader volledig afgeschreven. Hij wenst de naam van de man zelfs niet meer uit te spreken. Ik weet dat Nick bij elk telefoontje van Comfort Hill hoopt dat ze hem zullen vertellen dat zijn vader dood is. En wat Mo aangaat: Nick is één keer meegegaan naar een chemobehandeling van zijn moeder, wat hij echter, zo beweerde hij later, ondraaglijk vond. Hij zei dat hij niet tegen ziekenhuizen en zieke mensen kon, en ook niet tegen de kruipende tijd en het traag als melasse druppend infuus. Hij kon het gewoon niet. Toen ik hem probeerde over te halen en zei dat hij zijn schouders eronder moest zetten, onder het motto *Wat moet, dat moet*, zei hij dat ik dat vooral moest doen. Dus dat heb ik gedaan. Mama Mo neemt uiteraard de schuld op zich voor Nicks gedrag. We zaten een keer bij het tergend traag druppende infuus met één oog naar een romantische komedie op mijn computer te kijken waarop de heldin net over een bank struikelde toen Mo zich tot me wendde en zei: 'Wees niet te streng voor Nick omdat hij dit soort dingen niet wil doen. Ik ben zo gek op dat kind dat ik hem altijd veel te veel heb verwend. Ik kón niet anders. Zo'n mooie jongen. Daarom kan hij zich nu moeilijk tot dit soort dingen zetten. Maar ik zit er niet mee, Amy. Echt niet.'

'U zou er wél mee moeten zitten,' zei ik.

'Nick hoeft zijn liefde voor mij niet te bewijzen,' zei ze. Ze gaf me een klopje op mijn hand. 'Ik weet dat hij van me houdt.'

Ik bewonder Mo om haar onvoorwaardelijke liefde. Dat meen ik. Daarom vertel ik haar ook niet wat ik op Nicks computer heb gevonden: een boekvoorstel over een schrijver uit Manhattan die terugkeert naar zijn geboortestad in Missouri om voor zijn zieke ouders te zorgen. Nick heeft allerlei bizarre dingen op zijn computer staan en soms kan ik me niet bedwingen er even in te neuzen om een idee te krijgen van er in mijn man omgaat. Uit zijn zoekgeschiedenis blijkt waarop hij heeft gesurft: film noir, de website van het tijdschrift waarvoor hij heeft gewerkt, een studie over de Mississippi en de mogelijkheid om met een bootje van hier tot aan de Golf van Mexico te drijven. Ik weet dat hij net als Huck Finn de Mississippi wil afvaren om daar een artikel over te schrijven. Nick is altijd op zoek naar ideeën.

Al rondneuzend stuitte ik op het boekvoorstel.

Dubbelleven: Uithuilen en Opnieuw Beginnen zal vooral aanslaan bij generatie x-mannen, de jongens onder de mannen die ervaren hoeveel stress en druk de zorg voor hun zieke ouders met zich meebrengt. In *Dubbelleven* ga ik nader in op:

- het doorgronden van mijn pessimistische, eens zo afstandelijke vader
- mijn pijnlijke, gedwongen transformatie van zorgeloze jongeman tot hoofd van de familie terwijl ik moet omgaan met de naderende dood van mijn zeer geliefde moeder
- de rancune van mijn vrouw – opgegroeid in Manhattan en altijd een onbezorgd leventje geleid – over deze omweg. Mijn vrouw, moet ik erbij zeggen, is Amy Elliott Dunne, de inspiratiebron voor de bestsellerserie *Amazing Amy.*

Het voorstel is niet afgemaakt. Ik vermoed omdat Nick besefte dat hij zijn afstandelijke vader nooit zou kunnen doorgronden; omdat Nick zich als 'hoofd van de familie' drukte en zijn verplichtingen niet nakwam; en omdat ik geen spoor van woede vertoonde over mijn nieuwe leven. Een lichte frustratie misschien, maar geen boekwaardige woede. Jarenlang heeft mijn echtgenoot de emotionele kracht van de Midwesterlingen geprezen: gelaten, nederig, onafhankelijk. Maar dit zijn geen mensen waar je memoires op bouwt. Ik zie de tekst op de achterflap al voor me: *De mensen gedroegen zich doorgaans netjes en gingen dan dood.*

Niettemin steekt me 'de rancune van mijn vrouw, opgegroeid in Manhattan'. Rancune? Ik ben misschien een beetje... recalcitrant. Als ik de altijd zo liefdevolle Maureen zie vraag ik me af of Nick en ik wel bij elkaar passen. Misschien was hij gelukkiger geworden met een vrouw die zich op het huishouden richtte en haar leven in dienst stelde van haar man. Niet dat ik daarop neerkijk, integendeel. Ik zou willen dat ik zo was. Ik zou willen dat ik het belangrijk vond dat Nick altijd zijn favoriete tandpasta had en dat ik de maat van zijn overhemd kon onthouden. Ik zou willen dat ik een onvoorwaardelijk liefhebbende vrouw was die niets liever deed dan haar man gelukkig maken.

Ik ben een tijdje zo geweest voor Nick. Maar ik hield het niet vol. Ik ben niet onbaatzuchtig genoeg. Een enig kind, zoals Nick maar al te vaak zegt.

Maar ik doe mijn best. Ik zet mijn beste beentje voor terwijl Nick door de stad rent alsof hij weer kind is. Hij is blij dat hij weer de populaire jongen van vroeger is, een status die hem toekomt, vindt hij; hij is een paar kilo afgevallen, heeft een spijkerbroek gekocht en zich een nieuw kapsel laten aanmeten. Hij ziet er hartstikke goed uit. Dat weet ik omdat ik zo nu en dan een glimp van hem opvang als hij thuiskomt of weggaat, altijd met de smoes dat hij het druk heeft. *Daar vind jij toch niks aan*, luidt zijn standaardantwoord als ik hem vraag of ik met hem mee zal gaan. Net zoals hij zijn ouders liet vallen toen zij te lastig werden, laat hij mij aan mijn lot over omdat ik niet in zijn nieuwe leven pas. Hij zou zijn best moeten doen om mij me hier thuis te laten voelen, maar daar heeft hij geen zin in. Hij wil zich amuseren.

Hou op, hou op. Ik moet het 'van de zonzijde zien'. Letterlijk. Ik moet mijn echtgenoot uit de donkere krochten van mijn gedachten halen en hem in een vrolijk, gouden licht zetten. Ik moet hem weer aanbidden zoals in het begin van onze relatie. Nick wordt graag bewonderd. Ik zou alleen willen dat ik me gelijkwaardiger aan hem voelde. Mijn hersens zijn zo vol met Nick-gedachten, dat het wel een zwerm in mijn hoofd lijkt. *Nicknicknicknick-nick!* En als ik me dan zijn brein voorstel, hoor ik mijn naam misschien één of twee per dag als een bescheiden, heldere ping opklinken en meteen daarna weer wegsterven. Ik zou willen dat hij net zo veel aan mij dacht als ik aan hem.

Is dat verkeerd? Ik weet het niet meer.

Nick Dunne

Vier dagen vermist

Ze stond in de oranje gloed van een straatlantaarn, in een dun zomerjurkje. Het was erg vochtig buiten en daardoor zat haar haar een beetje in de war. Andie. Ze rende naar binnen, klaar om me om de hals te vliegen. 'Wacht even, wacht even!' zei ik en ik kon de deur nog net sluiten voordat ze haar armen om me heen sloeg. Ze drukte haar wang tegen mijn borst. Ik legde mijn hand op haar blote rug en sloot mijn ogen. Ik voelde een rare mengeling van opluchting en ontzetting, zoals wanneer je geen jeuk meer voelt en je in de gaten krijgt dat dat komt doordat je je huid hebt opengekrabd.

Ik heb een minnares. Ik beken het: ik heb een maîtresse en ik besef dat de mensen me nu niet langer aardig zullen vinden. Voor zover daar überhaupt al sprake van was. Ik heb een mooie, jonge, heel jonge minnares en ze heet Andie.

Ik weet het. Het kan écht niet.

'Schatje toch, waarom heb je me niet gebeld?' zei ze, haar gezicht nog steeds tegen me aan gedrukt.

'Ja, ik weet het, liefje, ik weet het. Je moest eens weten. Het was net een nachtmerrie. Hoe heb je me gevonden?'

Ze bleef me vasthouden. 'Je huis was donker en toen ben ik maar naar Go gegaan.'

Andie kende mijn gewoonten, mijn woonplekken. We zijn al een tijdje samen. Ik heb een mooie, heel jonge minnares en we zijn al een tijdje samen.

'Ik maakte me zorgen om je, Nick. Ik werd gek. Ik zat in het huis van Madi, de tv stond aan, weet je, en toen opeens zag ik een vent op tv die op jou leek en hoorde ik hem praten over zijn vermiste vrouw. En opeens besefte ik: maar dat ben jij! Kun je je voorstellen dat ik helemaal hysterisch werd? En je hebt niet eens geprobeerd me te bereiken?'

'Ik heb je gebeld.'

'*Zeg niets, verroer je niet, zeg niets totdat we elkaar gesproken hebben.* Dat is een bevel; het is geen poging mij te bereiken.'

'Ik ben amper alleen geweest. Ik had voortdurend mensen om me heen. De ouders van Amy, Go, de politie.' Ik snoof de geur van haar haren op.

'Amy is gewoon verdwenen?' vroeg ze.

'Gewoon verdwenen?' Ik maakte me van haar los en plofte neer op de bank. Ze kwam naast me zitten, haar been tegen me aan gedrukt, haar arm tegen de mijne. 'Ze is ontvoerd.'

'Nick? Gaat het wel?'

Haar chocoladebruine haar viel in golven over haar kin, sleutelbenen, borsten. Ik zag hoe een plukje haar op en neer deinde op haar adem.

'Nee, niet echt.' Ik maakte een sst-gebaar en wees naar de gang. 'Mijn zus.'

We zaten zwijgend naast elkaar. Een oude politieserie op tv, de mannen met de gleufhoeden arresteerden iemand. Ik voelde dat ze mijn hand pakte. Ze kroop tegen me aan alsof we gezellig naar een film gingen kijken. Toen trok ze mijn gezicht naar zich toe en kuste me.

'Niet doen, Andie,' fluisterde ik.

'Jawel, ik heb je nodig.' Ze kuste me opnieuw en klom op mijn schoot. Ze ging met gespreide benen op me zitten, haar katoenen jurk kroop op tot haar knieën, een van haar slippers viel op de vloer. 'Nick, ik heb me zo'n zorgen om je gemaakt. Ik wil je handen op me voelen, dat is het enige waar ik aan kan denken. Ik ben bang.'

Andie was nogal fysiek ingesteld, en daarmee bedoel ik niet dat het haar alleen maar om de seks ging. Ze hield van liefkozen en knuffelen. Ze woelde graag door mijn haar of liet haar vingers over mijn rug omlaag glijden. Iemand aanraken bood haar geruststelling en troost. En ja, vooruit, ze hield ook van seks.

Met een snelle beweging trok ze het bovenstuk van haar zomerjurkje omlaag en legde mijn handen op haar borsten. Mijn dierlijke lust stak de kop op.

Ik wil je neuken, zei ik bijna hardop. *Je bent* WARM, zei mijn vrouw in mijn oor. Ik draaide me van haar weg. Ik was zo moe, de kamer draaide om me heen.

'Nick?' Haar onderlip was nat van mijn speeksel. 'Wat is er? Is het niet oké tussen ons? Komt het door Amy?'

Andie had altijd het gevoel gehad dat ze jong was – ze was drieëntwintig, natuurlijk voelde ze zich jong – maar op dat moment besefte ik hoe belachelijk jong ze was, hoe onverantwoordelijk, rampzalig jong. Verpletterend jong. Altijd als ik de naam van mijn vrouw op haar lippen hoorde, stak me dat. Ze deed dat vaak. Ze praatte graag over Amy, alsof Amy de heldin was in een nachtelijke soapserie. Andie maakte nooit een vijand van Amy: ze maakte haar tot een personage. Ze stelde aldoor vragen over ons leven samen, over Amy: *Wat deden jullie allemaal in New York, in de weekenden en zo?* Andies mond viel open toen ik haar vertelde dat we naar de opera gingen. *Gingen jullie naar de opera? Wat had ze aan? Een avondjurk? Was het een omslagdoek of een stola? En wat voor sieraden droeg ze? En hoe zat haar kapsel?* En ook: wat voor vrienden had Amy? Waar praatten we over? Hoe was Amy echt, maar dan ook écht? Was ze zoals dat meisje in die kinderboeken, was ze volmaakt? Het was Andies lievelingsverhaaltje voor het slapengaan: Amy.

'Mijn zus is hiernaast, schatje. Je hoort hier helemaal niet te zijn. Niet dat ik dat niet dolgraag wil, maar je had niet moeten komen, liefje. We moeten eerst meer weten.'

JE BENT BRILJANT JE BENT GEESTIG JE BENT WARM. *En nu een kus!*

Andie bleef boven op me zitten. Met haar borsten bloot, en door de airconditioning werden haar tepels hard.

'Liefje, ik wil nu alleen maar weten dat het goed zit tussen ons. Meer niet.' Ze drukte zich tegen me aan, warm en sensueel. 'Meer heb ik niet nodig. Toe, Nick, ik ben bang. Ik weet hoe je bent, ik weet dat je nu niet wilt praten en dat vind ik prima. Maar ik wil dat je... bij me bent.'

En toen wilde ik haar kussen, zoals ik haar die eerste keer had gekust: onze tanden tegen elkaar, haar gezicht schuin naar me opgeheven, haar haren kietelend op mijn armen, een natte tongzoen, ik die nergens anders aan kon denken dan aan die kus, want het zou gevaarlijk zijn aan iets anders te denken dan aan deze heerlijke kus. Het enige wat me ervan weerhield om haar mee te tronen naar de slaapkamer was niet omdat dat verkeerd was – dat wist ik al vanaf het begin – maar omdat ik het te gevaarlijk vond.

En vanwege Amy. Ja, uiteindelijk lag het toch aan Amy, die stem die al vijf jaar in mijn oor klonk, de stem van mijn vrouw, niet tierend maar lief. Eigenlijk haatte ik dat: een paar woordjes van mijn vrouw en ik werd meteen klef en sentimenteel.

Ik had absoluut geen recht om sentimenteel te zijn.

Andie schurkte zich tegen me aan en ik vroeg me af of de politie het huis van Go in de gaten hield. Moest ik luisteren of er op de deur werd geklopt? Ik heb een heel jonge, heel mooie minnares.

Mijn moeder zei altijd tegen ons: als je iets van plan bent, en je vraagt je af of het al dan niet een goed idee is, stel je dan voor dat het in de krant komt en dat de hele wereld het kan lezen.

Nick Dunne, voormalig tijdschriftjournalist, nog steeds verontwaardigd over zijn ontslag in 2010, heeft een tijdelijke aanstelling als docent journalistiek op New Carthage Junior College. Deze oudere, getrouwde man maakte prompt misbruik van zijn positie door een heftige seksuele relatie te beginnen met een van zijn ontvankelijke, jonge studentes.

Ik was de belichaming van de grootste angst van iedere schrijver: een cliché.

Sta mij toe dat ik nog wat clichés opdis, puur ter vermaak. Van het een kwam het ander. Het was nooit mijn bedoeling iemand te kwetsen. Ik raakte er dieper bij betrokken dan ik had verwacht. Maar het was meer dan een bevlieging. Het ging om meer dan alleen het opkrikken van mijn ego. Ik hou echt van Andie. Heus.

De lessen die ik gaf – 'Hoe begin ik een carrière in het tijdschriftwezen' – werden bezocht door veertien studenten van verschillend niveau. Allemaal meisjes. Ik had best *vrouwen* willen zeggen, maar volgens mij is 'meisjes' feitelijk correct. Ze wilden allemaal bij een tijdschrift werken. Het waren geen groezelige journalistentypes, het waren glossy types. Ze waren beïnvloed door films: ze zagen zichzelf al rondrazend in Manhattan, caffè latte in de ene hand, mobieltje in de andere, op schattige wijze een hak van hun designerschoen brekend terwijl ze een taxi probeerden aan te houden, waarna ze in de armen vielen van een charmante, ontwapenende zielsverwant met een gezellige haardos. Ze hadden geen idee hoe stom, hoe onnozel die studiekeus was. Ik was van plan ze dat te vertellen, met mijn eigen ontslag als waarschuwend voorbeeld. Hoewel ik me niet als tragisch type wilde neerzetten. Ik zou het luchtig brengen, met een grapje… een beetje terloops. Ondertussen kon ik dan meer tijd aan mijn roman besteden.

Tijdens de eerste les kreeg ik erg veel van ontzag vervulde vragen. Die beantwoordde ik zo ontzettend zelfingenomen, zo ontzaglijk als een geile gladjakker dat het me daarna niet meer lukte om het echte verhaal te vertellen: de oproep om tijdens de tweede ontslagronde te verschijnen in het kantoor van de hoofdredacteur, de lange gang langs al die werkplekken, alle ogen op mij gericht, alsof ik een ter dood veroordeelde was op weg naar zijn executie, ondertussen toch stiekem hopend dat ik goed nieuws te horen zou krijgen – dat het tijdschrift me 'nu meer dan ooit nodig had' – joepie! Het zou een peptalk worden, een alle-hens-aan-dektoespraak! Maar nee, mijn chef zei alleen maar: 'Tja, je snapt zeker wel waarom ik je hier heb laten komen, helaas.' Hij wreef achter zijn bril in zijn ogen om te laten zien hoe vermoeid en terneergeslagen hij was.

Ik wilde graag zelfverzekerd en geslaagd overkomen, dus ik vertelde mijn studenten niet over mijn ontslag. Ik zei dat ik hier was vanwege een ziektegeval in de familie, en dat was ook zo. Ja, zei ik tegen mezelf, dat klopte helemaal. Heel heroïsch. En mooie, besproete Andie zat vlak voor me, grote blauwe ogen onder golvend bruin haar, volle lippen die een klein beetje openhingen, belachelijk grote, echte borsten en lange slanke benen en armen – een stoeipoes uit een andere wereld, dat moet gezegd worden, volkomen anders dan mijn elegante, aristocratische vrouw. Andie straalde lichaamswarmte uit en de geur van lavendel. Ze maakte aantekeningen op haar laptop en stelde vragen met een omfloerste stem, zoals 'Hoe krijg je een bron zover dat hij je vertrouwt, dat hij zich voor je openstelt?' en op dat moment dacht ik bij mezelf: waar komt die meid vandaan? Is dit een grap? Je vraagt je af waarom. Ik was Amy altijd trouw geweest. Ik was altijd degene die de bar verliet als een vrouw al te flirterig tegen me deed, als haar aanraking te prettig voelde. Ik was geen bedrieger. Ik hou (hield?) niet van bedriegers: onoprecht, geen respect, verachtelijk, verwend. Ik was nooit voor de verleiding bezweken. Maar dat was in de tijd dat ik nog gelukkig was. Ik vind het vreselijk dat het antwoord zo gemakkelijk is, maar ik was mijn hele leven gelukkig geweest. Nu was dat niet langer zo en nu had ik Andie. Ze bleef na de les hangen, stelde me vragen over mezelf die Amy me nooit meer stelde. Ze gaf me het gevoel dat ik een waardevolle man was, niet die idioot die zijn baan had verloren, de sukkel die vergat de wc-bril omlaag te doen, de klungel die nooit iets helemaal goed kon doen, wat het ook was.

Op een dag kwam Andie me een appel brengen. Een red delicious (titel van de memoires van onze verhouding, als ik die ooit zou schrijven). Ze vroeg me of ik een verhaal van haar wilde lezen. Het was een beschrijving van een stripper in een club in St. Louis. Het las als een stuk in de *Penthouse*. Terwijl ik zat te lezen las Andie over mijn schouder mee en begon ze aan mijn appel. Haar onderlip was nogal vochtig van het sap en ik dacht: allemachtig, die meid probeert me te versieren. Ik was vreemd geschokt, als een oudere versie van Benjamin Braddock uit *The Graduate*.

Het werkte. Ik begon Andie te beschouwen als een ontsnapping, een gelegenheid. Een optie. Als ik thuiskwam lag Amy strak opgerold op de bank, starend naar de muur, zwijgend. Ze zei nooit als eerste iets tegen me, ze was altijd afwachtend. Het was een permanent spel van wie als eerste het ijs brak, een eeuwige mentale uitdaging: hoe moet ik Amy vandaag gelukkig maken? En dan dacht ik: Andie zou dat niet doen. Alsof ik Andie kende. Andie zou lachen om die grap, Andie zou dat een leuk verhaal vinden. Andie was een leuke knappe, Ierse meid met een flinke voorgevel. Ze kwam uit mijn geboortestad en ze was bescheiden en lollig. Andie zat op de eerste rij in mijn klas en ze was geïnteresseerd.

Als ik aan Andie dacht, deed mijn maag geen pijn zoals dat wel het geval was bij mijn vrouw. De voortdurende vrees om terug te keren naar mijn eigen huis, waar ik niet welkom was.

Ik begon me voor te stellen hoe het zou zijn. Ik begon te verlangen naar haar aanraking – ja, zo was het nou eenmaal, net een liedtekst van een slecht singletje uit de jaren tachtig – ik verlangde naar haar aanraking. Ik verlangde in het algemeen naar aanraking omdat mijn vrouw fysiek contact uit de weg ging. Thuis gleed ze als een vis langs me heen, ze bleef altijd net buiten mijn bereik in de keuken of op de trap. We keken in stilte tv op onze gescheiden plekken op de kussens van de bank, zo gescheiden alsof we ieder apart op een vlot zaten. In bed draaide ze zich van me weg, duwde lakens en dekens tussen ons in. Op een keer werd ik 's nachts wakker. Ik wist dat ze sliep, trok haar hemdje een beetje opzij en drukte mijn wang en handpalm tegen haar blote schouder. Ik kon die nacht niet meer slapen, zo walgde ik van mezelf. Ik stond op en masturbeerde in de douche terwijl ik fantaseerde over Amy, de wellustige manier waarop ze vroeger altijd naar me keek, die slaapkamerogen die me opnamen, die me het gevoel gaven dat ik werd gezien. Daarna ging ik in de badkuip zitten en staarde door de stralen van de douche naar de afvoer. Mijn jongeheer lag zielig tegen mijn linkerdij, als een aangespoeld diertje. Ik voelde me vernederd, zat in de badkuip en probeerde niet te huilen.

En zo gebeurde het. Tijdens een onwerkelijke, plotselinge sneeuwstorm in april. Niet april dit jaar, april vórig jaar. Ik werkte alleen in De Bar omdat Go die avond bij ma zou zijn. We namen om de beurt vrij om bij haar te blijven en samen met haar naar slechte tv-programma's te kijken. Ma ging snel achteruit, ze zou het einde van het jaar niet meer halen, bij lange na niet.

Ik voelde me eigenlijk wel goed op dat moment. Ma en Go keken thuis gezellig naar een strandfilm met Annette Funicello en De Bar beleefde een drukke, levendige avond, een van die avonden waarop iedereen een goede dag achter de rug leek te hebben. Knappe meiden deden aardig tegen lelijke kerels. Mensen gaven zomaar een rondje. Er hing een vrolijke sfeer. En toen was het voorbij, sluitingstijd, iedereen weg. Ik stond op het punt af te sluiten toen Andie de deur openzwaaide en naar binnen stapte. Ze botste bijna tegen me op. Haar adem rook zoet naar licht bier en haar haar geurde naar houtrook. Het was even een schok om haar in deze nieuwe omgeving te zien, in een heel andere context. Andie in De Bar. Oké. Ze lachte schalks en duwde me naar binnen.

'Ik heb een jammerlijk mislukt afspraakje achter de rug en jij moet iets met me drinken.' Sneeuwvlokken kleefden in haar donkere, golvende haar. Haar snoezige sproetjes leken te gloeien, haar wangen waren felroze, alsof iemand haar had geslagen. Ze heeft een heel mooie stem, zo'n schattig piepkuikenstemmetje. Als ze iets zegt klinkt het eerst ongelooflijk hartveroverend en op het laatst ontzettend sexy. 'Toe Nick, ik moet die smaak van dat foute afspraakje wegspoelen.'

We lachten samen en ik weet nog hoe fijn het was, het gezelschap van een vrouw, haar te horen lachen. Ze droeg een spijkerbroek en een kasjmieren v-halstrui. Ze is zo'n meisje dat er beter uitziet in een spijkerbroek dan in een jurk. Haar gezicht, haar lichaam, alles aan haar is nonchalant en gemakkelijk, in de meest positieve zin van het woord. Ik nam weer plaats achter de bar, zij gleed op een barkruk. Ze keek naar de flessen achter me.

'Wat wilt u drinken, mevrouw?'

'Verras me,' zei ze.

'Boe,' zei ik, met mijn lippen getuit als voor een zoen.

'En verras me nu met een drankje.' Ze boog voorover, haar decolleté op de bar, haar borsten werden omhoog gedrukt. Ze droeg een hanger aan een dun gouden kettinkje. De hanger gleed tussen haar borsten onder haar trui. Zo'n vent wil je toch niet zijn, dacht ik. Zo'n vent die zich hunkerend afvraagt waar die hanger zich nu bevindt.

'Wat voor smaak wil je?' vroeg ik.

'Alles wat ik van jou krijg vind ik heerlijk.'

Dat was het zinnetje dat me raakte. Die eenvoud. Het idee dat ik iets kon doen wat een vrouw gelukkig zou maken, zonder moeite. Alles wat ik van jou krijg vind ik heerlijk. Ik voelde een overweldigende golf van opluchting.

En op dat moment wist ik dat ik niet langer van Amy hield.

Ik hou niet meer van mijn vrouw, dacht ik. Ik draaide me om en pakte twee glazen. Zelfs niet meer een beetje. Ik heb het helemaal gehad met die liefde, er is niks meer van over. Ik maakte mijn favoriete drankje: Christmas Morning, hete koffie met een borrel met pepermuntsmaak. Ik dronk een glas met haar mee, en toen ze huiverde en lachte – die schallende lach – schonk ik ons nog eens in. We dronken door tot minstens een uur na sluitingstijd, en ik heb drie keer het woord 'echtgenote' laten vallen omdat ik me Andie voorstelde terwijl ze haar kleren uittrok. Het minste wat ik kon doen was haar waarschuwen: ik ben al bezet. Zie maar wat je daarmee doet.

Ze zat voor me, kin in haar handen. Ze keek me glimlachend aan.

'Breng je me naar huis?' zei ze. Ze had eerder verteld hoe dicht ze bij het centrum woonde, hoe ze beslist een keer naar De Bar wilde komen om hallo te zeggen. En had ze trouwens al verteld hoe dicht ze bij De Bar woonde? Ik was geestelijk voorbereid: in mijn hoofd had ik vele malen de paar huizenblokken gelopen naar het eentonige bakstenen appartementencomplex waar ze woonde. Dus toen ik opeens buiten stond om haar naar huis te brengen was dat helemaal niet zo ongewoon. Er ging geen alarmbel af die waarschuwde: dit is niet normaal, dit kun je niet maken.

Ik liep met haar mee naar huis, tegen de wind in. De sneeuw dwarrelde om ons heen en ik hielp haar met haar roodgebreide sjaal. Een keer, twee keer omslaan, en bij de derde keer stopte ik haar heel goed in. Onze gezichten waren dicht bij elkaar, haar vrolijke wangen roze, alsof ze op vakantie was. Het was iets wat in nog geen honderd andere avonden had kunnen gebeuren, maar die avond was het mogelijk. Het gesprek, de drank, de sneeuwstorm, de sjaal.

We pakten elkaar op hetzelfde moment vast. Ik zocht steun en duwde haar tegen een boom. Vanaf de stakerige takken viel sneeuw op ons, een verbazingwekkend, komisch moment dat de noodzaak om haar aan te raken alleen maar dringender maakte. Mijn handen waren overal, in haar trui, tussen haar benen. En ze liet me begaan.

Ze maakte zich van me los. Ze klappertandde. 'Kom mee naar boven.'

Ik zweeg.

'Kom mee naar boven,' zei ze nogmaals. 'Ik wil je voelen.'

De seks was niet echt geweldig. Het was tenslotte de eerste keer. We waren twee lichamen die aan een ander ritme waren gewend, we begrepen elkaar nog niet goed, en bovendien was het heel lang geleden dat ik met een vrouw naar bed was geweest. Ik kwam als eerste klaar, snel, maar ik bleef bewegen, die dertig cruciale seconden terwijl ik al begon te verslappen, maar net lang genoeg om haar te bedienen voordat ik helemaal slap werd.

Het was dus leuk maar teleurstellend, een anticlimax. Op zo'n manier zoals de meeste meisjes zich zullen voelen als ze hun maagdelijkheid verliezen: *Maakten ze daar nu zo veel drukte om?* Maar de manier waarop ze zich tegen me aan vlijde vond ik prettig, en ik vond het prettig dat ze precies zo zacht was als ik me had voorgesteld. Nieuwe huid. Jong, dacht ik schaamteloos. Ondertussen zag ik Amy voor me die in de weer was met haar lotions, boos zittend in bed terwijl ze zich insmeerde.

Ik liep naar Andies wc, urineerde, keek naar mezelf in de spiegel en dwong mezelf het te zeggen: je bent een bedrieger. Je bent gezakt voor de meest elementaire test. Je bent geen goede man. En toen dat me niet leek te deren, dacht ik: je bent écht geen goede man.

Het afschuwelijke ervan was dit: als de seks extatisch goed was geweest, was het misschien bij deze ene misstap gebleven. Maar het was niet meer dan redelijk, en nu was ik een bedrieger. Ik wilde mijn record van trouwe echtgenoot niet breken met iets middelmatigs. Er moest dus een volgende keer komen. Ik zei niet tegen mezelf dat het nooit meer mocht gebeuren. En die volgende keer was erg, erg goed. En die keer daarna was fantastisch. Algauw was Andie het fysieke tegendeel van alles waar Amy voor stond. Ze lachte met me en maakte mij aan het lachen, ze sprak me niet meteen tegen of gaf achteraf kritiek. Ze keek me nooit chagrijnig aan. Ze was gemakkelijk in de omgang. Het ging allemaal zo verdomde gemakkelijk. En ik dacht: liefde maakt dat je boven jezelf uit wilt stijgen – ja, dat zal best. Maar misschien geeft liefde, echte liefde, je ook toestemming om gewoon de man te zijn die je bent.

Ik was van plan het tegen Amy te vertellen. Ik wist dat dat moest gebeuren. Maar ik vertelde het niet, maandenlang niet. En de maanden daarna ook niet. Het was vooral lafheid. Ik kon het idee van zo'n gesprek niet verdragen, het idee dat ik me zou moeten *verantwoorden*. Ik kon me niet voorstellen dat ik de scheiding zou moeten bespreken met Rand en Marybeth, want die zouden zich ongetwijfeld met de zaak gaan bemoeien. Maar deels was het ook, en dat meen ik, mijn sterke neiging tot pragmatisme. Het was bijna bizar hoe praktisch (of moet ik zeggen: geneigd tot eigenbelang) ik kon zijn. Ik had Amy deels niet om een scheiding gevraagd omdat De Bar was gefinancierd met Amy's geld. Ze was er in wezen de eigenaar van en ze zou alles opeisen. En dat mijn tweelingzus zich zou proberen groot te houden in het besef dat ze weer een paar jaar van haar leven had weggegooid, dat kon ik niet aan. Daarom liet ik die ellendige situatie maar voortduren. Ik nam aan dat Amy op zeker moment het initiatief zou nemen. Amy zou een scheiding eisen, en daarna zou ik me van mijn goede kant tonen.

Die wens om zonder schuld aan de situatie te ontsnappen, was verachtelijk. Hoe verachtelijker ik werd, hoe meer ik naar Andie smachtte. Zij wist tenminste dat ik niet zo slecht was als het leek, gesteld dat vreemdelingen mijn verhaal in de krant zouden lezen. Amy zal van je scheiden, bleef ik maar denken. Ze zal dit niet veel langer trekken. Maar toen de lente voorbijging en het zomer werd, en toen herfst, toen winter, en ik een bedrieger werd die het alle seizoenen had volgehouden – bedrog met een aangenaam ongeduldige minnares – werd het duidelijk dat er iets moest gebeuren.

'Maar ik hou van je, Nick,' zei Andie, hier, onwezenlijk, op de bank van mijn zus. 'Wat er ook gebeurt. Ik weet niet goed wat ik nog meer moet zeggen, ik voel me behoorlijk...' Ze gooide haar handen vertwijfeld omhoog. 'Stom.'

'Dat moet je niet zeggen,' zei ik. 'Ik weet ook niet wat ik moet zeggen. Er valt niks te zeggen.'

'Je kunt zeggen dat je van me houdt, wat er ook gebeurt.'

Ik dacht: dat kan ik niet meer hardop zeggen. Ik had het een of twee keer gezegd, mummelend en een beetje kwijlend met mijn mond tegen haar hals, uit een gevoel van nostalgie. Maar het was gezegd en gedaan, en dat niet alleen. Ik dacht aan het spoor dat we hadden nagelaten, onze drukke, half verborgen liefdesverhouding waar ik te achteloos mee was omgesprongen. Als er een beveiligingscamera in haar gebouw zat, stond ik erop. Ik had een prepaidmobieltje gekocht, speciaal voor telefoontjes van haar, maar mijn voicemails en sms'jes gingen rechtstreeks naar haar gewone mobiele telefoon. Ik had haar een obscene valentijnskaart gestuurd die ik al groot in beeld gebracht voor me zag in het nieuws. Op die kaart had ik 'gelukkige roes' laten rijmen op 'kletsnatte poes'. En bovendien: Andie was drieëntwintig. Ik nam aan dat mijn woorden, mijn stem, zelfs foto's van mij op diverse elektronische media waren vastgelegd. Op een avond had ik door de foto's in haar telefoon gebladerd, jaloers, bezitterig, nieuwsgierig. Ik had heel wat foto's gezien van een paar ex-vriendjes die met een trotse grijns in haar bed zaten. Ik nam aan dat ik ook ooit bij die club van exen zou horen

– eigenlijk wílde ik dat zelfs. Maar om de een of andere reden had ik me daar geen zorgen om gemaakt, hoewel je die foto's in een fractie van een wraakzuchtige seconde kon downloaden of naar een miljoen mensen kon versturen.

'We hebben te maken met een heel bizarre situatie, Andie. Je moet geduld hebben.'

Ze maakte zich van me los. 'Kun je niet zeggen dat je van me houdt, wat er ook gebeurt?'

'Ik hou van je, Andie. Echt.' Ik hield haar blik vast. Zeggen dat ik van haar hield was gevaarlijk, maar het níét zeggen was dat eveneens.

'Neuk me dan, Nick,' fluisterde ze. Ze begon aan mijn broekriem te frunniken.

'We moeten nu heel voorzichtig zijn. Ik... ik kom zwaar in de problemen als de politie het te weten komt over ons. Dan is de ellende niet meer te overzien.'

'Is dat je grootste zorg?'

'Mijn vrouw wordt vermist en ik heb een geheime... vriendin. Ja, het ziet er slecht voor me uit. Het maakt een misdadige indruk.'

'Als je het zo zegt klinkt het allemaal zo goedkoop.' Haar borsten waren nog steeds bloot.

'De mensen kennen ons niet, Andie. Natúúrlijk vinden ze het goedkoop.'

'Jezus, het lijkt wel een slechte film noir.'

Ik glimlachte. Ik had Andie kennis laten maken met film noir – met Bogart en *The Big Sleep, Double Indemnity*, alle klassieken. Het leukste van onze relatie vond ik dat ik haar dingen kon laten zien.

'Waarom vertellen we het niet gewoon aan de politie?' zei ze. 'Zou dat niet beter zijn...'

'Nee, Andie. Geen denken aan. Nee.'

'Vandaag of morgen komen ze er toch...'

'Waarom? Waarom zouden ze? Heb je iemand over ons verteld, liefje?'

Ze keek me zenuwachtig aan. Ik voelde me schuldig: zo had ze zich deze avond niet voorgesteld. Ze had zich erop verheugd me te zien, ze had gehoopt op erotiek, op fysieke geruststelling, en ik was alleen maar bezig me in te dekken.

'Liefje, het spijt me, maar ik moet het weten,' zei ik.

'Ik heb je naam niet genoemd.'

'Hoezo, mijn naam niet genoemd?'

'Ik bedoel,' zei ze, eindelijk haar jurk ophijsend, 'mijn vrienden, mijn ma, ze weten dat ik iemand heb, maar niet hoe je heet.'

'En je hebt ook geen beschrijving van me gegeven, hoop ik?' Het kwam er dwingender uit dan ik bedoelde. Ik had het gevoel dat de grond onder mijn voeten wegzakte. 'Twee mensen weten hiervan, Andie. Jij en ik. Als jij me helpt, als jij van me houdt, blijft het daarbij, en dan komt de politie er nooit achter.'

Ze streek met een vinger langs mijn kaak. 'En als ze... als ze Amy nooit vinden?'

'Andie, jij en ik blijven samen, wat er ook gebeurt. Maar alleen als we heel voorzichtig zijn. Als we niet voorzichtig zijn, is het mogelijk... het is niet ondenkbaar dat ik in de gevangenis beland.'

'Misschien is ze er met iemand vandoor gegaan,' zei ze. Ze vlijde haar wang tegen mijn schouder. 'Misschien...'

Ik voelde hoe haar meisjeshersens druk in de weer waren. Ze probeerde een wuft, scandaleus geromantiseerd verhaal van de verdwijning van Amy te maken en verloor de realiteit uit het oog.

'Ze is er niet met een ander vandoor. Het is veel ernstiger dan dat.' Ik legde een vinger onder haar kin zodat ze me aankeek. 'Andie? Ik wil dat je dit heel serieus neemt, oké?'

'Natuurlijk neem ik het serieus. Maar ik moet vaker met je kunnen praten. Je vaker zien. Anders word ik gek, Nick.'

'We moeten ons gewoon even gedeisd houden.' Ik greep haar beide schouders beet en dwong haar me aan te kijken. 'Mijn vrouw wordt vermist, Andie.'

'Maar je...'

Ik wist wat ze had willen zeggen: je houdt niet eens van haar. Maar ze was snugger genoeg om die zin niet af te maken.

Ze sloeg haar armen om me heen. 'Luister, ik wil geen ruzie. Ik weet dat je om Amy geeft, en ik weet dat je echt heel bezorgd bent. Ik ook. Ik weet dat je vreselijk onder... De druk moet onvoorstelbaar zijn. Dus ik vind het best om me nog meer dan eerst op de achtergrond te houden, als dat al mogelijk is. Maar vergeet niet dat ík hier ook onder lijd. Ik moet met je praten. Eén keer per dag. Bel me als je even tijd hebt, al is het maar een paar seconden. Dan kan ik tenminste je stem even horen. Eén keer per dag, Nick. Elke dag. Anders word ik stapelgek. Echt waar.'

Ze glimlachte naar me en fluisterde: 'En nu een kus.'

Ik kuste haar heel zachtjes.

'Ik hou van je,' zei ze. Ik kuste haar in haar nek en mummelde mijn antwoord. We bleven even zwijgend zitten. De tv flikkerde.

Ik sloot mijn ogen. *En nu een kus*, waar had ik dat eerder gehoord?

Iets na vijven schrok ik wakker. Go was al op, ik hoorde haar lopen op de gang. In de badkamer stond de kraan open. Ik schudde Andie door elkaar. *Het is vijf uur in de ochtend, Andie, het is vijf uur in de ochtend.* Met veel lieve woordjes en de belofte vaak te bellen werkte ik haar de deur uit, alsof het ging om een beschamend eenmalig avontuurtje.

'Niet vergeten, bel me elke dag,' fluisterde ze.

Ik hoorde dat de badkamerdeur openging.

'Elke dag,' zei ik. Ik drukte me plat achter de open deur en Andie vertrok.

Toen ik me omdraaide stond Go in de woonkamer. Haar mond hing open in totale ontzetting. Verder straalde haar lichaamshouding eerder hevige woede uit: handen in de zij, wenkbrauwen in een frons.

'Nick, jij stómme idioot.'

Amy Elliott Dunne

Dagboek

21 juli 2011

Ik ben echt gek. Soms kijk ik naar mezelf en dan denk ik: geen wonder dat Nick me vergeleken bij zijn moeder belachelijk, frivool en verwend vindt. Maureen is stervende. Ze verbergt haar ziekte onder een stralende glimlach en wijde, geborduurde sweaters, en beantwoordt elke vraag naar haar gezondheid met: 'O, het gaat wel, hoor, maar hoe gaat het nu met jóú, kind?' Ze gaat dood, maar dat zal ze niet toegeven – nog niet. Gisteren belde ze me om te vragen of ik zin had in een uitje met haar en twee vriendinnen. Ze heeft een goede dag en wil die graag zo veel mogelijk buitenshuis doorbrengen. Ik stem meteen toe, hoewel ik weet dat ik er weinig aan zal vinden: kaarten (pinochle, bridge), een of andere kerkactiviteit, wat meestal neerkomt op spullen uitzoeken.

'We zijn er over een kwartier,' zegt ze. 'Doe iets met korte mouwen aan.'

Poetsen. Het moet wel iets met poetsen te maken hebben. Iets waar je tot je ellebogen vuil van wordt. Ik trek een T-shirt met korte mouwen aan en precies een kwartier later doe ik open voor een giechelende Maureen en twee van haar vriendinnen. Haar kale hoofd is bedekt met een gebreide muts en ze dragen alle drie T-shirts met applicaties van klokjes en strikken en een airbrush tekst – *De PlasMama's* – op hun borst.

Het eerste wat ik denk is dat ze een zanggroepje hebben opgericht. Maar dan stappen we gevieren in Rose' oude Chrysler – *oud*-oud, zo'n echte omawagen die ruikt naar damessigaretten en die een bank voorin heeft in plaats van stoelen – en gaan we vrolijk op weg naar het *plasmacentrum.*

'Wij zijn de Maandagen en de Donderdagen,' legt Rose uit. Ze kijkt naar me via de achteruitkijkspiegel.

'O,' zeg ik. Wat moet je anders zeggen? *O, wat een geweldige plasmadagen!*

'Je mag maar twee keer per week plasma geven,' zegt Maureen. De klokjes op haar sweater tingelen. 'De eerste keer krijg je twintig dollar, de tweede keer dertig. Daarom is iedereen zo vrolijk vandaag.'

'Je vindt het vast leuk,' zegt Vicky. 'Je kunt ondertussen gezellig met iedereen kletsen, alsof je in een schoonheidssalon zit.'

Maureen knijpt in mijn arm en zegt kalm: 'Ik mag niet meer doneren, maar ik bedacht dat jij mooi in mijn plaats kunt gaan. Het is een makkelijke manier om aan contant geld te komen. Als vrouw moet je een beetje geld voor jezelf hebben.'

Ik slik een opkomende golf woede in: ik had ooit meer dan een beetje geld voor mezelf, maar dat heb ik aan je zoon gegeven.

Een broodmagere man in een te klein spijkerjasje hangt als een zwerfhond rond op de parkeerplaats. Maar binnen is het gelukkig schoon. Goed verlicht, een vage dennengeur, christelijke posters aan de muur met veel duiven en wolkjes. Maar ik weet dat ik het niet zal kunnen. Naalden. Bloed. Ik kan tegen geen van beide. Ik heb geen andere fobieën, maar deze angsten heb ik wel degelijk: ik ben iemand die al flauwvalt bij een papiersnee. Altijd als ze Maureen voor de chemobehandeling een naald in haar arm steken, kijk ik weg.

'Hoi, Cayleese!' roept Maureen als we het centrum binnengaan. Een dikke, zwarte vrouw in een onduidelijk medisch uniform roept terug: 'Hé, hallo, Maureen! Hoe is het?'

'O, goed, hoor. Maar hoe is het met jou?'

'Hoe lang doet u dit al?' vraag ik.

'Een hele poos,' zegt Maureen. 'Cayleese is hier favoriet omdat ze de naald er heel soepel in krijgt. Dat was bij mij ook wel nodig want ik heb spataderen.' Ze laat me haar onderarm met de blauwe, kabelachtige aderen zien. Toen ik Mo de eerste keer ontmoette was ze dik, maar nu niet meer. Vreemd genoeg zag ze er dik beter uit. 'Zie je wel? Druk er maar eens met je vinger op.'

Ik kijk om me heen en hoop dat Cayleese ons naar binnen roept.

'Toe, probeer maar.'

Ik leg een vingertopje op de ader en voel hem onder mijn huid rollen. Het zweet breekt me uit.

'Dus dit is de nieuwe donor?' vraagt Cayleese, die plots naast me opduikt. 'Maureen zit altijd over je op te scheppen. Maar je moet wel eerst een paar formulieren invullen...'

'Sorry, maar ik kan het niet. Ik kan niet tegen naalden, en ook niet tegen bloed. Ik ben fobisch. Ik kan het écht niet.'

Ik besef dat ik die ochtend niets heb gegeten en word een beetje duizelig. Mijn nek voelt slap.

'Het gaat er hier heel hygiënisch aan toe. Je bent in goede handen,' zegt Cayleese.

'Dat is het niet. Echt niet. Ik heb nog nooit bloed laten afnemen. Mijn huisarts is boos op me omdat ik niet eens een jaarlijkse bloedtest voor cholesterol kan laten doen.'

In plaats van plasma te geven, wachten we. Het neemt twee uur in beslag. Vicky en Rose zijn verbonden aan een ronddraaiende machine, alsof ze geoogst worden. Ze zijn zelfs gebrandmerkt op hun vingers, zodat ze niet vaker dan twee keer per week plasma kunnen afstaan; het merkteken is zichtbaar onder paars licht.

'Dat is de James Bond-kant van het avontuur,' zegt Vicky, en ze lachen allemaal. Maureen neuriet het Bond-muziekje (denk ik), en Rose vormt een denkbeeldig pistool met haar vingers. 'Zeg ouwe beppen, kan het niet wat zachter?' roept een witharige vrouw vier stoelen van ons vandaan. Ze richt zich even op uit haar stoel, kijkt over drie achteroverliggende, ingeoliede mannen – blauwgroene tatoeages op hun armen, stoppelbaarden, het soort mensen dat ik me voorstel als ik aan plasmadonatie denk – en wiebelt met een paar vingers van haar vrije arm.

'Mary! Ik dacht dat je morgen pas zou komen!'

'Dat zou ik ook, maar mijn uitkering komt pas volgende week en ik heb alleen nog maar een doos cornflakes en een blikje roommaïs.'

Iedereen lacht, alsof het grappig is dat je bijna omkomt van de honger. Soms wordt deze stad me te veel. De mensen zijn wanhopig maar weten dat goed te verbergen. Ik word misselijk; het geluid van ronddraaiend bloed, de lange plastic slangen vol bloed tussen de lichamen en de machines, alsof de mensen, hoe zal ik het zeggen, *gemolken* worden. Overal waar ik kijk zie ik bloed – buiten het menselijk lichaam, waar bloed niet thuishoort. Diep en donker, tegen het paars aan.

Ik sta op om naar het toilet te gaan en een plens water in mijn gezicht te gooien. Als ik twee stappen heb gezet zitten mijn oren dicht en wordt mijn blik troebel. Ik voel mijn hartslag, mijn bloed, en als ik val, hoor ik mezelf 'o, sorry' zeggen.

Ik herinner me nauwelijks iets van de rit naar huis. Maureen stopt me in en zet een glas appelsap en een kop soep op mijn nachtkastje. We proberen Nick te bereiken. Go zegt dat hij niet in De Bar is, en hij neemt zijn mobiel niet op.

De man verdwijnt gewoon.

'Zo was hij als kind al. Hij zwerft graag,' zegt Maureen. 'Het ergste wat je kon doen was hem huisarrest geven.' Ze legt een koel washandje op mijn voorhoofd; haar adem ruikt een beetje zuur, naar aspirine. 'Jij gaat nu rusten, oké? Ik blijf bellen totdat die jongen naar huis komt.'

Als Nick thuiskomt, lig ik te slapen. Ik word wakker van de douche en kijk op de wekker: 01:04. Hij moet toch naar De Bar zijn gegaan; hij doucht altijd als hij dienst heeft gehad, om het bier en de zoute popcorngeur van zich af te wassen. (Zegt hij.)

Hij stapt voorzichtig in bed. Als ik me omdraai en hem aankijk, schrikt hij. Hij had niet gedacht dat ik nog wakker was.

'We hebben urenlang geprobeerd je te bereiken,' zeg ik.

'Mijn telefoon was leeg. Ben je flauwgevallen?'

'Ik dacht dat je telefoon leeg was.'

Hij valt even stil, en ik weet dat hij op het punt staat te liegen. Een vreselijk gevoel: dat je je moet voorbereiden op een leugen. Nick is een man van de oude stempel, hij heeft zijn vrijheid nodig, hij wil niet hoeven uitleggen waar hij heeft gezeten. Voorbeeld: hij weet al een week dat hij iets met zijn vrienden gaat doen, maar zegt pas een uur voordat hij gaat pokeren langs zijn neus weg: hé, ik dacht maar eens een avondje te gaan pokeren met de jongens, als jij het goedvindt.' En dan ben ik de kwaaie peer als ik andere plannen heb. Natuurlijk wil je niet zo'n vrouw zijn die haar man verbiedt te gaan pokeren met zijn vrienden. Wie wil er nu de heks met de haarkrullers en de deegroller zijn? Nee, je verbijt je teleurstelling en zegt dat het goed is. Ik geloof niet dat het kwade opzet van hem is, hij is gewoon zo opgevoed. Zijn vader ging ook altijd zijn eigen gang en zijn moeder nam het voor lief. Totdat ze van hem wilde scheiden.

Hij begint aan zijn leugen. Ik luister al niet meer.

Nick Dunne

Vijf dagen vermist

Ik stond tegen de deur geleund en staarde naar mijn zus. Ik rook Andie nog en wilde dat moment even voor mezelf. Nu ze was vertrokken kon ik weer genieten van het idee van haar. Ze smaakte naar butterscotch en rook naar lavendel. Lavendelshampoo, lavendellotion. Ze had ooit tegen me gezegd dat lavendel geluk brengt. Ik kon wel wat geluk gebruiken.

'Hoe oud is ze?' wilde Go weten, handen in de zij.

'Gaan we zó beginnen?'

'Hoe óúd is ze, Nick?'

'Drieëntwintig.'

'Drieëntwintig. Fantastisch.'

'Go, niet...'

'Nick. Besef je niet wat een klootzak je bent?' zei Go. 'En ook nog een stómme klootzak.' Ze zei het alsof ze tegen een kind van tien sprak.

'Het is geen ideale situatie,' zei ik rustig.

'Ideale situatie! Je bent... je bent een bedrieger, Nick. Ik bedoel, wat is er met je gebeurd? Je was altijd een toffe gozer. Of ben ik al die tijd achterlijk geweest?'

'Nee.' Ik staarde naar een plek op de vloer zoals ik als kind deed wanneer mijn moeder me op de bank zette en me vertelde dat ik zojuist iets had misdaan wat helemaal niet bij me paste.

'Nee? Je bedriegt je vrouw, dat kun je nooit meer ongedaan maken,' zei Go. 'Allemachtig, zelfs pa bedroog ma niet. Je bent zo – ik bedoel, je vrouw wordt vermist, Joost mag weten waar Amy is en jij doet het met een of andere...'

'Go, je praat nu opeens heel anders over Amy dan vroeger. Ik bedoel, je hebt Amy nooit gemogen, zelfs niet in het begin. Sinds dit allemaal is gebeurd is het net...'

'Alsof ik me bekommer om jouw vermiste vrouw. Ja, Nick. Ik ben bezorgd. Dat is zo, ja. Weet je nog dat ik zei dat je raar deed? Ik bedoel, je gedraagt je als een krankzinnige.'

Ze ijsbeerde door de kamer en beet op een duimnagel. 'Als de politie hierachter komt, weet ik het niet meer,' zei ze. 'Ik ben verdomme echt báng, Nick. Dit is voor het eerst dat ik écht bang ben voor je hachje. Ik snap niet dat ze het nog niet weten. Ze moeten je telefoongesprekken afgeluisterd hebben.'

'Ik heb zo'n prepaidding gebruikt.'

Ze was even stil. 'Dat maakt het nog erger. Dat klinkt als... voorbedachten rade.'

'Vreemdgaan met voorbedachten rade, Go. Ja, daar ben ik schuldig aan.'

Ze had het even gehad. Ze liet zich op de bank vallen om de nieuwe feiten tot zich door te laten dringen. Toch was ik blij dat Go het nu wist.

'Hoe lang?' vroeg ze.

'Iets meer dan een jaar.' Ik dwong mezelf mijn ogen op te slaan en haar recht aan te kijken.

'Meer dan een jáár? En je hebt me nooit iets verteld.'

'Ik was bang dat je zou zeggen dat ik ermee moest kappen. Dat je slecht over me zou denken en dat ik ermee moest kappen. En dat wilde ik niet. Met Amy ging het...'

'Meer dan een jaar,' zei Go. 'En ik heb zelfs nooit iets vermoed. Achtduizend dronken gesprekken en je hebt me nooit genoeg vertrouwd om het me te vertellen. Ik wist niet dat je zoiets kon, dat je iets totaal verborgen voor me kon houden.'

'Dit is dan ook het enige.'

Go haalde haar schouders op. *Hoe kan ik je nu ooit nog geloven?* 'Hou je van haar?' Ze bewoog zich ietwat snaaks, alsof ze wilde zeggen dat zoiets wel heel onwaarschijnlijk was.

'Ja. Dat denk ik echt wel. Dacht ik. Denk ik.'

'Besef je dat als je een echte relatie met haar had, als je haar regelmatig zag, echt met haar samenwoonde, dat ze dan kritiek op je zou krijgen? Dat sommige trekjes van jou haar gek zouden maken? Dat ze eisen aan je zou stellen die je niet prettig zou vinden? Dat ze kwaad op je zou worden?'

'Ik ben geen tien meer, Go. Ik weet hoe het gaat in relaties.'

Ze haalde weer haar schouders op: *Is dat zo?* 'We moeten een advocaat hebben,' zei ze. 'Een goede advocaat die een beetje vlot met de pers kan omgaan, want de tv-zenders en programmamakers ruiken bloed. We moeten ervoor zorgen dat de media je niet gaat afschilderen als de ontaarde, rokkenjagende echtgenoot. Als dat gebeurt kun je het wel schudden.'

'Go, dat klinkt wel erg drastisch.' In feite was ik het met haar eens, maar ik kon het niet verdragen dat Go het hardop zei. Ik moest haar woorden in twijfel trekken.

'Nick, dit ís ook drastisch. Ik ga een paar mensen bellen.'

'Je doet maar, als dat je geruststelt.'

Go priemde met twee vingers tegen mijn borstbeen. 'Niet zo'n toon aanslaan tegen mij, *Lance*. "O, wat zijn die vrouwtjes toch gauw overstuur." Dat is kul. Je zit flink in de nesten, vriend. Hou jezelf niet langer voor de gek en help me dit op te lossen.'

Go draaide zich om en ging, goddank, terug naar haar kamer. Ik voelde een zeer plekje onder mijn overhemd waar ze me had aangeraakt. Ik ging als verdoofd op de bank zitten. Toen ging ik even liggen. Ik zou later wel opstaan.

Ik droomde van Amy. Ze kroop op handen en voeten over onze keukenvloer en probeerde de achterdeur te bereiken, maar ze kon niets zien vanwege het bloed. Ze bewoog traag, te traag. Haar mooie hoofd was vreemd misvormd, aan de rechterzijde zat een wond. Van een lange haarlok sijpelde bloed en ze kreunde mijn naam.

Ik werd wakker en wist dat het tijd was om naar huis te gaan. Ik moest naar de plaats delict, ik moest zien waar het was gebeurd. Ik moest de feiten onder ogen zien.

Door de warmte was er niemand op straat. Onze buurt was zo verlaten en eenzaam als op de dag dat Amy verdween. Ik liep mijn huis in en dwong mezelf regelmatig en rustig adem te halen. Vreemd dat een nieuw huis zo spookachtig kon aanvoelen. En dan niet op de romantisch-victoriaanse-roman-manier, maar echt gruwelijk en vreselijk. Een huis met een geschiedenis, en dat terwijl het pas drie jaar oud was. De forensisch onderzoekers hadden overal hun sporen achtergelaten; alles was besmeurd, alles plakte, overal lag nog poeder. Ik ging op de sofa zitten. Hij rook naar iemand, naar een echt mens, iemand met een vreemd luchtje, een sterke aftershave. Ondanks de hitte buiten opende ik de ramen. Er moest hier gelucht worden. Bleecker trippelde de trap af. Ik pakte hem op en knuffelde hem. Hij begon te spinnen. Iemand, een of andere politieman, had zijn voerbak tot de rand gevuld. Een aardig gebaar om mij ter wille te zijn, nadat ze eerst mijn hele huis overhoop hadden gehaald. Ik zette de kat voorzichtig op de onderste trede en liep de trap op naar de slaapkamer terwijl ik de knoopjes van mijn overhemd losmaakte. Ik ging op bed liggen en drukte mijn gezicht in het kussen. Het had dezelfde marineblauwe kussensloop die ik had gezien op de ochtend van onze trouwdag. De Ochtend Van.

Mijn telefoon ging. Go. Ik nam op.

'Ellen Abbott heeft vanmiddag een speciale uitzending. Het gaat over Amy. En over jou. Ik, eh... Het ziet er niet goed uit. Zal ik naar je toe komen?'

'Nee, ik kijk wel in mijn eentje, bedankt.'

We bleven beiden aan de lijn. Dralend. Wachtend tot de ander zich zou verontschuldigen.

'Oké, we spreken elkaar nog,' zei Go.

Ellen Abbott Live was een tv-programma dat was gespecialiseerd in vermiste en vermoorde vrouwen, met de eeuwig furieuze Ellen Abbott, voormalig officier van justitie en voorvechtster van vrouwenrechten. De show begon met Ellen. Geföhnd haar en lipgloss. Ze keek dreigend in de camera.

'Vandaag hebben we een schokkend verhaal: een mooie, jonge vrouw die de inspiratiebron was voor de boekenserie *Amazing Amy. Vermist.* Huis *overhoopgehaald*. Haar man is Lance Nicholas Dunne, een *werkloze schrijver* die nu een *bar* heeft die hij heeft *gekocht* met het *geld* van zijn vrouw. Wilt u weten hoe bezorgd hij is? Dit zijn foto's die zijn genomen sinds het moment dat zijn vrouw, Amy Elliott Dunne, werd vermist op 5 juli, hun *vijfjarige trouwdag*.'

Beeldovergang naar de foto van mij tijdens de persconferentie, met die stomme grijns. En een andere foto waarop ik sta te zwaaien en te lachen als een schoonheidskoningin op een praalwagen, net op het moment dat ik uit mijn auto stapte (ik zwaaide naar Marybeth, en ik lachte omdat ik dat altijd doe als ik naar iemand zwaai).

Daarna kwam de foto die Shawna Kelly, de vrouw van die kipschotel, met haar mobieltje had genomen. Wij tweeën wang tegen wang, stralende wittetandenlach. Toen kwam de echte Shawna in beeld. Ze was gebruind, geplamuurd en ze keek heel ernstig. Ellen stelde haar voor aan Amerika. Het klamme zweet brak me uit.

ELLEN: Zeg, die Lance Nicholas Dunne, kun je beschrijven hoe hij zich gedroeg, Shawna? Je hebt hem ontmoet terwijl iedereen op zoek was naar zijn vermiste vrouw. Die Lance Nicholas Dunne... hoe kwam hij op je over?

SHAWNA: Hij was erg kalm, erg vriendelijk.

ELLEN: Neem me niet *kwalijk*, *zeg*, neem me niet *kwalijk*. Hij was *vriendelijk* en *kalm*? Zijn vrouw wordt *vermist*, Shawna. Welke man is op zo'n moment *vriendelijk* en *kalm*?

Weer werd de groteske foto van mij op het scherm vertoond. Op de een of andere manier leken we nu nog vrolijker.

SHAWNA: Hij deed eigenlijk een beetje flirterig...

Je had aardiger tegen haar moeten doen, Nick. Je had die smerige kipschotel moeten opeten.

ELLEN: Flirterig? Terwijl zijn vrouw spoorloos verdwenen is? En Lance Dunne... nou, het spijt me, Shawna, maar deze foto is gewoon... ik kan niet anders zeggen... walgelijk. Iemand die *onschuldig* is ziet er niet zo uit...

De rest van het fragment was Ellen Abbott, professioneel haatzaaier, druk in de weer met mijn ontbrekende alibi. 'Waarom heeft Lance Nicholas Dunne tot twaalf uur 's middags geen alibi? Waar was hij die ochtend?' Ze sprak met een lijzig accent, als een sheriff uit Texas. Het gastenpanel was het met haar eens dat het er niet goed uitzag.

Ik belde Go en ze zei: 'Nou ja, je hebt het nog bijna een week weten te rekken voordat ze zich op je hebben gestort,' en we zaten een tijdje te vloeken. *Verrotte Shawna idioot wijf vuile teringhoer.*

'Ga vandaag iets doen wat echt, echt heel nuttig is, iets actiefs,' adviseerde Go. 'De mensen letten op je.'

'Ik kan toch niet stilzitten.'

Ik reed woedend naar St. Louis. Ik speelde het tv-fragment voortdurend af in mijn hoofd en beantwoordde al Ellens vragen, legde haar het zwijgen op. *Vandaag, Ellen Abbott, ellendig rotwijf, heb ik een van Amy's stalkers opge-*

zocht. Desi Collings. Ik heb hem opgespoord omdat ik wil weten hoe het echt zit. Ik, de held-echtgenoot. Als ik dramatische achtergrondmuziek bij me had gehad, had ik die afgespeeld. Ik, de aardige jongen uit een arbeidersmilieu die het opnam tegen een verwend rijkeluiszoontje. Daar konden de media zich op stukbijten: obsessieve stalkers zijn intrigerender dan doorsneevrouwenmoordenaars. De Elliotts zouden het in ieder geval waarderen. Ik belde Marybeth, maar ik kreeg slechts haar voicemail. Ik reed maar weer verder.

Terwijl ik de buurt waar hij woonde doorkruiste, moest ik mijn beeld van Desi bijstellen: hij was niet gewoon rijk, hij was steenrijk, abnormaal rijk. Die vent woonde in een herenhuis in Ladue dat waarschijnlijk minstens vijf miljoen dollar waard was. Witgepleisterd baksteen, zwartgelakte luiken, gaslampen en klimop. Ik had me speciaal voor dit bezoekje gekleed, een net pak en een das, maar toen ik aanbelde besefte ik dat ik in deze buurt in een pak van vierhonderd dollar nog meer voor schut liep dan in een spijkerbroek. Ik hoorde hoe iemand op leren schoenen ergens vanaf de achterkant van het huis kwam aanlopen. De voordeur ging open met een zuigend geluid, als een koelkast. Een koude luchtstroom waaide me tegemoet.

Desi zag eruit zoals ik er zelf altijd had willen uitzien: als een erg knappe, heel fatsoenlijke vent. Het zat 'm in zijn ogen of in zijn kaak. Hij had diepliggende, amandelvormige ogen, de ogen van een teddybeer, en kuiltjes in zijn wangen. Als je ons samen zag, zou je automatisch aannemen dat híj de goede was.

'O,' zei Desi. Hij bestudeerde mijn gezicht. 'Jij bent Nick. Nick Dunne. Godallemachtig, wat erg van Amy. Kom binnen, kom binnen.'

Hij ging voor me naar een strak ingerichte woonkamer: zo zag een stoere inrichting er kennelijk uit in de ogen van een binnenhuisarchitect. Veel donker, oncomfortabel leer. Hij wees naar een fauteuil met een buitengewoon stijve rugleuning. Ik probeerde het me gemakkelijk te maken, zoals me was verzocht, maar ik merkte dat je in die stoel maar op één manier kon zitten: als een leerling die een uitbrander krijgt. *Opletten en rechtzitten.*

Desi vroeg me niet wat ik in zijn woonkamer deed. Hij legde ook niet uit waarom hij me meteen had herkend. Hoewel ik steeds vaker meemaakte dat mensen me nakeken of iets achter hun hand fluisterden.

'Wil je iets drinken?' vroeg hij. Hij drukte zijn handen tegen elkaar: zaken gaan voor.

'Nee, dank je.'

Hij ging tegenover me zitten. Hij was gekleed in smetteloos marineblauw en roomwit. Zijn schoenveters leken gestreken. Maar het stond hem goed. Hij was niet de verachtelijke fat die ik had gehoopt. Desi was op-en-top een gentleman: iemand die een beroemd dichter kon citeren, een zeldzaam merk whisky kon bestellen, iemand die precies wist welk kostbaar sieraad hij een vrouw moest schenken. Ja, hij leek me zo'n man die uit zichzelf wist wat vrouwen willen. Tegenover hem zittend voelde ik hoe mijn pak steeds slechter ging zitten, hoe ik me stuntelig ging gedragen. Ik had opeens ontzettend zin om over football te beginnen en een scheet te laten. Dit soort kerels werkte op mijn zenuwen.

'Amy. Zijn er al aanwijzingen?' vroeg Desi.

Hij deed me aan iemand denken, een acteur of zo.

'Geen bruikbare.'

'Ze is ontvoerd... vanuit huis. Klopt dat?'

'Ja, vanuit ons huis.'

Toen wist ik wie hij was: hij was die vent die alleen was komen opduiken op de eerste dag van de vermissing, die vent die steeds naar de foto van Amy stond te kijken.

'Je bent in het vrijwilligerscentrum geweest, hè? Op de eerste dag.'

'Inderdaad,' zei Desi, op redelijke toon. 'Dat wilde ik net zeggen. Ik wou dat ik je die dag had kunnen ontmoeten, dat ik je mijn medeleven had kunnen betuigen.'

'Een heel eind rijden.'

'Dat kan ik van jou ook zeggen.' Hij glimlachte. 'Luister, ik ben echt dol op Amy. Toen ik hoorde wat er was gebeurd, tja, ik moest iets doen. Ik... Het is vreselijk om dit te moeten zeggen, Nick, maar toen ik het op het nieuws zag dacht ik: natuurlijk.'

'Natuurlijk?'

'Natuurlijk dat iemand... haar wil,' zei hij. Hij had een zware stem, een stem voor bij de open haard. 'Weet je, zo is ze altijd geweest. Ze zorgde ervoor dat mensen haar wilden. Altijd. Je kent dat oude cliché toch wel: mannen willen haar, en vrouwen willen zíjn zoals zij. Amy was zo iemand.'

Desi legde zijn grote handen op elkaar op zijn pantalon. Geen broek, een pantalon. Ik wist niet zeker of hij de draak met me stak. Ik hield mezelf voor dat ik het kalm moest aanpakken. Dat is de regel die geldt voor alle stekelige interviews. Ga pas in de aanval als het echt moet, wacht eerst af of ze zich misschien zelf opknopen.

'Je hebt een zeer intense relatie gehad met Amy, nietwaar?' vroeg ik.

'Het was niet alleen vanwege haar uiterlijk,' zei Desi. Hij steunde met een arm op zijn knie, zijn ogen wazig. 'Ik heb hier natuurlijk veel over nagedacht. Eerste liefde. Ik heb er zeker over nagedacht. De navelstaarder in me. Te veel filosofie.' Hij lachte op een manier alsof hij zichzelf wilde wegcijferen. De kuiltjes in zijn wangen bewogen. 'Kijk, als Amy iemand mag, als ze in iemand is geïnteresseerd, is haar aandacht heel warm, geruststellend, allesomvattend. Als een warm bad.'

Ik trok mijn wenkbrauwen op.

'Begrijp me goed,' zei hij. 'Je voelt je goed over jezelf. Helemaal goed, misschien voor het eerst. En dan krijgt ze oog voor je zwakke punten, ze beseft dat je een gewoon mens bent. Je bent een soort Able Andy en in het echte leven zou Able Andy het nooit redden met Amazing Amy. En dus verflauwt haar interesse, je voelt je niet langer goed, je voelt weer die kou van vroeger, alsof je naakt op de badkamervloer ligt. En alles wat je wilt is terugzakken in dat warme bad.'

Ik kende dat gevoel. Ik had ongeveer drie jaar op die badkamervloer gelegen. Dat ik die emotie deelde met een andere man veroorzaakte een golf van walging.

'Je weet ongetwijfeld wat ik bedoel,' zei Desi. Hij lachte schalks naar me.

Wat een rare vent, dacht ik. Wie vergelijkt de vrouw van een andere man met een bad waarin hij wil wegzinken? En dan nog wel de vermiste vrouw van een andere man?

Achter Desi stond een lange, glanzende bijzettafel met verschillende foto's in zilveren lijstjes. In het midden stond een grote foto van Desi en Amy in hun middelbareschooltijd. Ze droegen witte tennistenues, zo overdreven elegant, zo buitensporig bekakt-rijk dat het een beeld uit een film van Hitchcock had kunnen zijn. Ik stelde me Desi als tiener voor, Desi die Amy's slaapkamer binnenglipte, zijn kleren op de grond liet vallen, zich neervlijde op de koude lakens, pillen slikte. Wachtend tot hij ontdekt zou worden. Het was een vorm van straf, van woede, maar niet van het soort dat in mijn huis had plaatsgevonden. Ik snapte waarom de politie niet zo geïnteresseerd was. Desi zag mijn blik.

'Ach ja, dat kun je me niet kwalijk nemen.' Hij glimlachte. 'Ik bedoel, zou jíj zo'n prachtige foto weggooien?'

'Van een meisje dat ik twintig jaar niet had gezien?' flapte ik eruit. Ik besefte dat ik agressiever klonk dan verstandig was.

'Ik ken Amy,' zei Desi scherp. Hij ademde diep in. 'Ik heb haar gekend. Heel goed gekend. Zijn er geen aanwijzingen? Trouwens, wat ik nog wou vragen... is haar vader... is hij er ook?'

'Ja, natuurlijk.'

'Was hij misschien... Is het zeker dat hij in New York was toen het gebeurde?'

'Hij was in New York, ja. Hoezo?'

Desi haalde zijn schouders op. *Gewoon, nieuwsgierig.* We zwegen een halve minuut, probeerden elkaar zo lang mogelijk aan te staren. We knipperden geen van beiden.

'De reden dat ik hier ben, Desi, is dat ik me afvroeg of je me iets meer kunt vertellen.'

Ik probeerde me opnieuw voor te stellen dat Desi Amy had ontvoerd. Had hij hier in de buurt een huis aan het meer? Al die types hadden zo'n huis. Zou het kunnen dat zo'n gedistingeerde, mondaine man Amy verborgen hield in een of andere speelkelder? Amy die over het tapijt ijsbeerde, die sliep op een stoffige bank in een felle jarenzestigkleur, citroengeel of knalrood. Ik wilde dat Boney en Gilpin hier waren, dat ze die bezitterige klank in Desi's stem hadden gehoord: *Ik ken Amy.*

'Ik?' Desi lachte. Hij lachte uitbundig. Zo klonk het inderdaad, uitbundig. 'Ik kan je niks vertellen. Zoals je zelf al zei, ik ken haar niet.'

'Maar net zei je nog van wel.'

'Ik ken haar in ieder geval niet zoals jij haar kent.'

'Op de middelbare school heb je haar gestalkt.'

'Haar gestálkt? Nick toch. Ze was mijn vriendin.'

'Totdat het uit ging,' zei ik. 'Maar jij bleef haar achtervolgen.'

'O, ik heb ongetwijfeld naar haar gesmacht. Allemaal heel gewoon, hoor.'

'Noem je een poging tot zelfmoord in haar slaapkamer gewoon?'

Hij schrok, kneep zijn ogen tot spleetjes. Hij opende zijn mond om iets te zeggen maar bleef toen naar zijn handen staren. 'Ik weet niet precies wat je bedoelt, Nick,' zei hij uiteindelijk.

'Het feit dat je mijn vrouw hebt gestalkt. Op de middelbare school. En nu.'

'Is dát waar het om gaat?' Hij lachte opnieuw. 'Godallemachtig, ik dacht dat je om geld kwam vragen voor een beloning of zoiets. Waar ik trouwens graag aan meebetaal. Zoals ik al zei, ik heb altijd het beste voor Amy gewild, en nog steeds. Hou ik van haar? Nee. Ik ken haar niet meer, niet echt. Af en toe sturen we elkaar een brief. Maar het is interessant dat jij hier bent gekomen. Je haalt de dingen door elkaar. Want ik moet je één ding zeggen, Nick: op tv kom je niet bepaald over als de verdrietige, bezorgde echtgenoot. Je lijkt eerder… zelfingenomen. De politie heeft trouwens al met me gesproken, dankzij jou, naar ik aanneem. Of dankzij Amy's ouders. Vreemd dat je dat niet wist… je zou denken dat ze de echtgenoot alles vertelden als hij niet werd verdacht.'

Mijn maag kneep samen. 'Ik ben hier omdat ik je gezicht wilde zien als ik het over Amy had,' zei ik. 'En dat baart me zorgen, dat kan ik je vertellen. Je wordt er een beetje… dromerig van.'

'Een van ons moet dat toch zijn?' zei Desi, opnieuw de redelijkheid zelve.

'Schat?' Van de achterkant van het huis klonk een stem en weer hoorde ik het gekraak van dure schoenen die de woonkamer naderden. 'Hoe heette dat boek ook alweer…'

De vrouw was een wazig evenbeeld van Amy. Amy in een beslagen spiegel. Zelfde huidskleur, extreem gelijke trekken, maar dan een kwarteeuw ouder. Het vlees, de gelaatstrekken, alles een beetje uitgezakt, als fijn weefsel. Ze was nog steeds betoverend om te zien, een vrouw die bevallig oud wist te worden. Ze had de vorm van een of ander origamikunstwerk: extreem puntige ellebogen, sleutelbeenderen als een kleerhanger. Ze droeg een porseleinblauwe, nauwsluitende jurk en ze had hetzelfde charisma als Amy: als zij in je buurt was, bleef je naar haar kijken. De glimlach waarmee ze me begroette had iets roofdierachtigs.

'Hallo, ik ben Jacqueline Collings.'

'Moeder, dit is Amy's echtgenoot, Nick,' zei Desi.

'Amy.' De vrouw glimlachte nogmaals. Ze had een bodem-van-de-putstem, diep en vreemd galmend. 'We hebben dat nieuws hier met veel belangstelling gevolgd. Heel veel belangstelling.' Ze wendde zich koeltjes tot haar zoon. 'We denken aldoor aan die voortreffelijke Amy Elliott, nietwaar?'

'Ze heet nu Amy Dunne,' zei ik.

'Ach ja,' zei Jacqueline instemmend. 'Ik leef echt met je mee, Nick, het zal niet gemakkelijk voor je zijn.' Ze staarde me even aan. 'Het spijt me, ik moet… Ik had me Amy niet voorgesteld met zo'n… Amerikáánse vriend.' Het leek of ze noch tegen Desi noch tegen mij sprak. 'Godallemachtig, hij heeft zelfs een kuiltje in zijn kin.'

'Ik kwam om te kijken of uw zoon informatie voor me had,' zei ik. 'Ik weet dat hij mijn vrouw veel brieven heeft geschreven in de loop der jaren.'

'O, die brieven!' Jacqueline lachte boosaardig. 'Zó interessant, vind je ook niet?'

'Heeft Amy ze je laten lezen?' vroeg Desi. 'Dat verbaast me.'

'Nee,' zei ik, me weer tot hem wendend. 'Ze gooide ze ongeopend weg. Altijd.'

'Allemaal? Altijd? Weet je dat zeker?' zei Desi, nog steeds glimlachend.

'Eén keer heb ik een brief uit de vuilnisbak gevist om 'm te lezen.' Ik keerde me weer naar Jacqueline. 'Alleen maar om te weten wat er precies aan de hand was.'

'Goed gedaan,' zei Jacqueline, poeslief. 'Ik zou van mijn echtgenoot niet anders verwachten.'

'Amy en ik schreven elkaar altijd brieven,' zei Desi. Hij had de manier van praten van zijn moeder, alsof alles wat hij zei iets was wat je beslist moest horen. 'Het was iets tussen ons. Ik vind e-mail zo... goedkoop. Niemand bewaart die berichten. Niemand bewaart e-mails, omdat ze allemaal zo onpersoonlijk van aard zijn. Ik maak me zorgen over het nageslacht in het algemeen. Al die grote liefdesbrieven, van Simone de Beauvoir aan Sartre, van Samuel Clemens aan zijn vrouw Olivia... ik weet het niet, ik denk altijd aan wat er verloren gaat...'

'Heb je al mijn brieven bewaard?' vroeg Jacqueline. Ze stond bij de open haard, keek op ons neer. Een lange, pezige arm rustte op de schoorsteenmantel.

'Vanzelfsprekend.'

Ze draaide zich met een elegant ophalen van de schouders naar mij om. 'Wou ik gewoon even weten.'

Ik huiverde, en wilde dichter naar de open haard schuiven om warm te worden, maar toen drong het opeens tot me door dat het juli was. 'Het lijkt me nogal vreemd om dat al die jaren te blijven doen,' zei ik. 'Ik bedoel, ze schreef je immers niet terug.'

Desi kreeg een sprankeling in zijn ogen. 'O,' was alles wat hij zei, het geluid van iemand die verrast werd door vuurwerk.

'Ik vind het vreemd, Nick, dat jij hier komt en Desi vraagt naar zijn relatie – of het gebrek aan een relatie – met je echtgenote,' zei Jacqueline Collings. 'Heb je geen hechte band met je vrouw? Ik kan je verzekeren dat Desi al tientallen jaren geen werkelijk contact heeft gehad met Amy. Tientallen jaren niet.'

'Ik wou het gewoon even weten, Jacqueline. Sommige dingen wil je met eigen ogen zien.'

Jacqueline liep naar de deur. Halverwege draaide ze zich om en maakte een wenkend hoofdgebaar: het werd tijd dat ik opstapte.

'Wat onverschrókken van je, Nick. Heel doe-het-zelf-achtig. Leg je zelf ook parketvloeren?' Ze lachte om haar eigen woorden en hield de deur voor me open. Ik staarde naar het kuiltje in haar hals en vroeg me af waarom ze geen parelsnoer droeg. Dit soort vrouwen draagt altijd dikke strengen parels die tegen elkaar tikken en klikken. Maar ik kon haar wel ruiken. Een heel vrouwelijke geur, vaginaal, vreemd wellustig.

'Het was interessant om je te ontmoeten, Nick,' zei ze. 'Laten we hopen dat Amy weer veilig thuiskomt. Maar als je nog eens met Desi wilt praten...' Ze drukte me een dik, crèmekleurig visitekaartje in de hand. 'Bel dan alsjeblieft eerst onze advocaat.'

Amy Elliott Dunne

Dagboek

17 augustus 2011

Dit lijkt misschien eerder iets voor dromerige tieners, maar ik hou Nicks stemmingen bij. Hoe hij is als hij bij mij is. Gewoon om er zeker van te zijn dat ik niet gek ben. Ik heb een kalender; op de dagen dat Nick weer van me lijkt te houden teken ik een hartje en op de dagen dat dat niet zo is een zwart vierkantje. Het afgelopen jaar staan er bijna alleen maar zwarte vierkantjes.

Maar nu? Negen dagen op een rij met hartjes. Misschien hoefde hij alleen maar te weten hoeveel ik van hem hou en hoe ongelukkig ik was geworden. Misschien is er iets in hem veranderd. Ik zou niets liever willen dan dat.

Vraag: na een paar jaar afstand te hebben gehouden, lijkt je man ineens weer van je te houden. Je:

a) blijft doorzeuren over hoe erg hij je gekwetst heeft zodat hij nog vaker zijn excuses kan aanbieden.
b) negeert hem nog wat langer – hij zal zijn lesje leren!
c) dwingt hem niet over zijn veranderde houding te praten. Je weet dat hij je in vertrouwen zal nemen zodra hij eraan toe is. Je overlaadt hem met liefde zodat hij zich veilig en geliefd voelt. Zo gaat dat in een huwelijk.
d) eist uitleg over wat er is misgegaan en laat hem er zo veel mogelijk over praten om je eigen neuroses de baas te worden.

Antwoord: c

Het is augustus en zulk heerlijk weer dat ik geen zwarte vierkantjes meer zou kunnen verdragen. Maar het zijn gelukkig alleen maar hartjes en Nick gedraagt zich weer als mijn echtgenoot. Hij is vriendelijk, liefdevol en grappig. Hij trakteert me op bonbons, die hij bestelt bij mijn favoriete chocolaterie in New York en schrijft er een gek gedicht bij. Een limerick zelfs:

Er was eens een meisje uit New York Stad
Dat een bed met satijnen lakens bezat
Maar haar man gleed uit
Knalde boven op zijn bruid
Dus nu doen ze het liever in bad.

Het zou leuker zijn als ons seksleven zo zorgeloos was als het rijmpje doet vermoeden. Maar afgelopen week hebben we inderdaad... *geneukt? Zijn we met elkaar naar bed geweest?* Het was romantischer dan *seks met elkaar hebben* maar minder klef dan *de liefde bedrijven.* Hij kwam thuis van zijn werk, kuste me vol op de mond en streelde me alsof ik echt bestond. Ik kon wel janken, zo eenzaam had ik me gevoeld. En om dan door je man op je mond te worden gezoend is wel héél decadent.

Wat nog meer? We zijn wezen zwemmen in de vijver waar hij al sinds zijn jeugd komt. Ik zie de kleine Nick wild spartelend voor me, zijn gezicht en schouders roodverbrand omdat hij het vertikt zich (net als nu) in te smeren; en Mama Mo maar met een fles zonnebrandcrème achter hem aan rennen om hem zo goed mogelijk te beschermen tegen de zon.

We zijn samen alle plekken afgegaan waar hij als jongen vaak kwam. Dat had ik hem al zo vaak gevraagd. Hij wandelt met me naar de rand van de rivier en kust me terwijl de wind door mijn haren speelt ('Twee dingen waar ik het liefst naar kijk,' fluistert hij in mijn oor). Hij kust me in een grappig, klein speeltuinfort dat hij ooit zijn clubhuis noemde ('Hier wilde ik vroeger al met een meisje naartoe, een volmaakt meisje, en moet je me nu zien,' fluistert hij in mijn oor). Twee dagen voordat het winkelcentrum voorgoed sluit, draaien we naast elkaar rondjes op carrouselhazen; onze lach echoot door de kilometerslange leegte.

Hij trakteert me op een ijscoupe in zijn favoriete ijssalon. We hebben de zaak voor ons alleen die ochtend; de lucht is plakkerig van alle zoetigheid. Hij kust me en vertelt me dat hij in deze salon heel wat heeft afgestotterd tijdens afspraakjes en dat hij zou willen dat hij tegen de schooljongen van toen had kunnen zeggen dat hij hier ooit zou terugkeren met het meisje van zijn dromen. We eten ijs totdat we naar huis moeten rollen en kruipen onder de dekens. We vallen in slaap met zijn hand op mijn buik. Een spontaan dutje.

De neuroot in mij vraagt zich natuurlijk af: zit er misschien een addertje onder het gras? Nicks metamorfose komt zo plotseling en is zo opvallend dat ik het gevoel heb... dat ik het gevoel heb dat hij iets van me wil. Of dat hij iets heeft uitgespookt en preventief lief is voor het geval ik erachter kom. Ik maak me ongerust. Ik betrapte hem er vorige week op dat hij zat te snuffelen in mijn dikke ordner waar ik in gelukkiger dagen in mijn mooiste handschrift DE DUNNES! op had geschreven en waarin ik die hele papierwinkel bewaar waaruit een huwelijk, een samengevoegd leven, bestaat. Nu ben ik bang dat hij me om een tweede hypotheek voor De Bar zal vragen. Of dat hij een deel van onze levensverzekering wil opnemen of iets van ons voor-dertig-jaar-vastgezette aandelenpakket wil verkopen. Hij zei dat hij zeker wilde weten dat alles in orde was, maar het kwam er nogal zenuwachtig uit. Mijn hart zou breken, echt waar, als hij halverwege een ijsje zou zeggen: *Weet je wat zo handig van een tweede hypotheek is...*

Ik móét dit opschrijven, het moet eruit. Maar nu ik het teruglees, begrijp ik dat het belachelijk is. Neurotisch, achterdochtig. Ik ben onzeker.

Ik laat mijn huwelijk niet door mijn angsten ruïneren. Mijn man houdt van mij. Hij houdt van me en is teruggekomen, en daarom is hij zo lief voor me. Dat is de enige reden.

Zo eenvoudig is het: *Dit is mijn leven. Ik heb het eindelijk terug.*

Nick Dunne

Vijf dagen vermist

Met de raampjes omlaag zat ik in mijn snikhete auto voor Desi's huis en controleerde mijn telefoon. Een bericht van Gilpin: 'Hoi, Nick. We moeten je spreken vandaag. Bijpraten over een paar dingetjes, een paar vragen doornemen. We spreken af om vier uur bij jou thuis, oké? Eh... bedankt.'

Het was de eerste keer dat ze me een bevel gaven. Niet: komt het uit, we zouden graag, als je het niet erg vindt... Maar: we moeten. We spreken af...

Over drie dagen was er een vliegshow; een parade van straaljagers en propellervliegtuigjes die loopings uitvoerden boven de Mississippi. De toeristen op de rivierboten keken er graag naar. Tegen de tijd dat Gilpin en Rhonda aankwamen werden er al heel wat oefenvluchten gehouden. Voor het eerst sinds De Dag Van zaten we weer bijeen in mijn woonkamer.

Mijn huis lag pal onder een vliegroute. Het geluid hield het midden tussen de herrie van een pneumatische boor en een lawine. Mijn politiekameraden en ik probeerden in de pauzes tussen het gebulder een gesprek te voeren. Rhonda zag er nog vogelachtiger uit dan anders: eerst wipte ze op het ene been, dan weer op het andere en haar hoofd schoot alle kanten op. Haar blik bleef hangen aan verschillende objecten in de kamer en ze koos steeds nieuwe gezichtspunten. Als een ekster die spullen zocht voor haar nest. Gilpin fladderde naast haar mee. Hij beet op zijn lip en tapte met zijn voet. Zelfs in de kamer hing een ongedurige sfeer: in de namiddagzon lichtten talloze anatomisch kleine stofdeeltjes op. Een straaljager schoot over het huis. Het klonk verscheurend, alsof de hemel aan flarden werd gereten.

'Oké, een paar dingetjes,' zei Rhonda toen de stilte was teruggekeerd. Zij en Gilpin gingen zitten alsof ze opeens hadden besloten een tijdje te blijven. 'We moeten een paar zaken helder krijgen, en we moeten jou het een en ander vertellen. Allemaal routinezaken. En overigens geldt nog steeds: mocht je een advocaat willen...'

Maar ik wist van de tv en de film dat alleen schuldige mensen een advocaat willen. Echt verdrietige, bezorgde, onschuldige echtgenoten willen dat niet.

'Nee, bedankt,' zei ik. 'Maar ik heb wel wat informatie voor jullie. Over Amy's voormalige stalker, die vent met wie ze verkering heeft gehad op de middelbare school.'

'Desi... eh, Collins,' begon Gilpin.

'Collings. Ik weet dat jullie met hem hebben gesproken en dat jullie om de een of andere reden niet erg in hem zijn geïnteresseerd. Daarom heb ik hem vandaag zelf opgezocht. Om zeker te weten dat hij... deugde. En ik geloof niet dat dat zo is. Ik denk dat hij zeker meer aandacht van jullie verdient. Serieus. Ik bedoel, hij verhuist naar St. Louis...'

'Hij woonde al drie jaar in St. Louis voordat jullie hier terugkwamen,' zei Gilpin.

'Best, maar hij woont in St. Louis. Een autoritje van niks. Amy wilde een pistool kopen omdat ze bang was...'

'Desi is oké, Nick. Aardige vent,' zei Rhonda. 'Vind je ook niet? Hij doet me trouwens aan jou denken. Succesvolle jongen, de benjamin van het gezin.'

'Ik ben één van een tweeling. Niet de benjamin. In feite ben ik drie minuten ouder.'

Het was duidelijk dat Rhonda me probeerde te ergeren om een reactie uit te lokken. Maar ook al besefte ik dat, toch voelde ik steeds weer een vlaag van woede als ze zei dat ik de benjamin was.

'Hoe dan ook,' onderbrak Gilpin ons. 'Zowel hij als zijn moeder ontkent dat hij Amy ooit heeft gestalkt, of zelfs dat hij veel contact met haar heeft gehad de afgelopen jaren, afgezien van een briefje zo nu en dan.'

'Mijn vrouw zou een ander verhaal vertellen. Hij heeft Amy jarenlang geschreven... jarenlang. En toen dook hij hier op tijdens die zoekactie, Rhonda. Wist je dat? Die eerste dag, toen was hij hier. Jij zei dat we moesten uitkijken naar mannen die zich bemoeiden met het onderzoek...'

'Desi Collings is geen verdachte.' Ze stak haar hand op en onderbrak me.

'Maar...'

'Desi Collings is geen verdachte,' herhaalde ze.

Dat stak me. Ik wilde haar ervan beschuldigen dat ze zich liet beïnvloeden door Ellen Abbott, maar het was waarschijnlijk beter om Ellen Abbott erbuiten te laten.

'Oké, en hoe zit het met al die... die kerels die onze tiplijn hebben gebeld?' Ik stond op en pakte een vel papier dat ik achteloos op de eettafel had gesmeten. Het stond vol namen en telefoonnummers. Ik begon hardop voor te lezen. 'Kerels die zich met het onderzoek hebben bemoeid: David Samson, Murphy Clark – dat zijn ex-vriendjes – Tommy O'Hara, Tommy O'Hara, Tommy O'Hara, die heeft drie keer gebeld, Tito Puente... dat was een stomme grap.'

'Heb je iemand teruggebeld?' vroeg Boney.

'Nee. Dat is toch jullie taak? Ik kan niet bepalen wie ik moet terugbellen en wie gestoord is. Ik heb geen tijd om een of andere idioot die doet alsof hij Tito Puente is terug te bellen.'

'Ik zou niet te veel waarde hechten aan die tiplijn, Nick,' zei Rhonda. 'Het is nogal lastig. Ik bedoel, we hebben ook heel wat telefoontjes gehad van oude vriendinnen van jou. Even hallo zeggen. Even horen hoe het met je gaat. Mensen doen rare dingen.'

'Misschien moeten we beginnen met onze vragen,' gaf Gilpin een hint.

'Juist. Ik denk dat we moeten beginnen met de vraag waar je was op de ochtend toen je vrouw verdween,' zei Boney. Ze klonk plotseling verontschuldigend, respectvol. Ze speelde de aardige agent en we wisten allebei dat ze dat deed. Tenzij ze echt aan mijn kant stond. Het was mogelijk dat iemand van de politie echt helemaal partij voor jou koos. Toch?

'Ik zat aan het rivierstrandje.'

'En je kunt je nog steeds niemand herinneren die je heeft gezien?' vroeg Boney. 'Het zou zo ontzéttend veel helpen als we dit punt op onze lijst konden doorstrepen.' Ze liet een meelevende stilte vallen. Rhonda wist wanneer ze haar mond moest houden, en bovendien kon ze naar eigen goeddunken de stemming in een kamer bepalen, als een octopus die inkt verspreidt.

'Geloof me, dat zou ik dolgraag willen. Maar ik kan me niemand herinneren.'

Boney glimlachte verontrust. 'Het is vreemd, we hebben terloops tegen een paar mensen gezegd dat je aan het strand was, en iedereen zei... iedereen was verbaasd, laat ik het zo zeggen. Iedereen vond dat dat niks voor jou was. Jij bent geen strandtype.'

Ik haalde mijn schouders op. 'Nee, ik ga inderdaad niet een hele dag aan het strand liggen bakken. Maar er 's ochtends een kopje koffie drinken? Nou en of.'

'Hé, misschien helpt dit,' zei Boney opgewekt. 'Waar heb je die koffie die ochtend gekocht?' Ze wendde zich naar Gilpin alsof ze zijn instemming zocht. 'Dat zou in ieder geval het tijdsbestek verkleinen, nietwaar?'

'Die koffie had ik van thuis meegenomen,' zei ik.

'O.' Ze keek bedenkelijk. 'Dat is raar, want je hebt hier geen koffie. In het hele huis niet. Ik weet nog dat ik dat vreemd vond. Een cafeïneverslaafde valt zoiets op.'

Ja ja, het viel je gewoon op, dacht ik. Ik ken een smeris, die heet Bony Moronie... haar vragen zijn puur ceremonie...

'Ik had nog een kopje in de koelkast staan.' Ik haalde opnieuw mijn schouders op*: Niks bijzonders.*

'Hmm. Dat moet dan wel héle oude koffie zijn geweest. Ik heb gezien dat er geen koffiedrab in de vuilnisbak zat.'

'Was een paar dagen oud. Smaakte nog best.'

We glimlachten naar elkaar: ik weet het en jij weet het. *Het spel kan beginnen.* Die idiote woorden dacht ik echt: het spel kan beginnen. Toch was ik in zekere zin blij: we konden doorgaan met het volgende hoofdstuk.

Boney keerde zich naar Gilpin. Ze zat met haar handen op haar knieën en gaf hem een knikje. Gilpin beet nog even wat op zijn lip en wees toen naar de sofa, het bijzettafeltje en de woonkamer die nu weer opgeruimd was. 'Kijk, dit is ons probleem, Nick,' begon hij. 'We hebben talloze malen te maken gehad met inbraken...'

'Keer op keer op keer,' onderbrak Boney.

'Veel inbraken. Dit, dit hele stuk hier in de woonkamer, weet je nog? Die omgegooide sofa, het omgevallen tafeltje, de vaas op de vloer...' Opeens schoof hij een foto van dat tafereel onder mijn neus. 'Dit deel van de kamer moest de indruk wekken dat er een worsteling had plaatsgevonden, of niet?'

Mijn hoofd leek op te zwellen en weer in te krimpen. *Blijf kalm.* 'Indruk wekken?'

'Het klopte niet,' ging Gilpin verder. 'Vanaf het begin al niet. Eerlijk gezegd was het een schijnvertoning. Waarom was het alleen in deze kamer een troep? Heel eigenaardig.' Hij reikte me nog een foto aan, een close-up. 'En dit dan, die stapel boeken. Die zouden voor het bijzettafeltje moeten liggen, want eerst lagen ze er toch bovenop?'

Ik knikte.

'Dus toen dat tafeltje omver werd gegooid, hadden ze ervoor op de grond moeten vallen, in dezelfde richting als de omgevallen tafel. In plaats daarvan lagen ze erachter, alsof iemand eerst die boeken had weggeveegd voordat het tafeltje zelf werd omgegooid.'

Ik staarde stompzinnig naar de foto.

'En kijk hier eens naar. Dit vind ik heel vreemd,' ging Gilpin verder. Hij wees op drie oude fotolijstjes op de schoorsteenmantel en stampte toen stevig op de grond; de lijstjes vielen onmiddellijk om. 'Maar tijdens die zogenaamde worsteling zijn ze gewoon blijven staan.'

Hij liet een foto zien met de rechtopstaande lijstjes. Ik had gehoopt – zelfs nadat ze me hadden betrapt op die leugen over Houston's – dat ze heel domme dienders waren, als in een film: plaatselijke boerenkinkels die het je graag naar de zin wilden maken, die je beschouwden als een streekgenoot: *Als jij het zegt, makker*. Maar deze dienders waren niet dom.

'Ik weet niet wat jullie willen horen,' mompelde ik. 'Het is volkomen... Ik weet gewoon niet wat ik ervan moet denken. Ik wil alleen mijn vrouw terug.'

'Dat willen wij ook, Nick, dat willen wij ook,' zei Rhonda. 'Maar dan nog iets anders. Die sofa, weet je nog dat die op de kop lag?' Ze klopte op de lage sofa, wees op de vier pootjes, elk nauwelijks tweeënhalve centimeter hoog. 'Kijk, vanwege die korte pootjes heeft dat ding een laag zwaartepunt. Het kussen raakt bijna de vloer. Probeer het maar eens om te duwen.' Ik aarzelde. 'Toe, probeer maar,' drong Boney aan.

Ik gaf er een duw tegenaan, maar hij schoof over het tapijt en viel niet om. Ik knikte. Ik was het met ze eens. Dat ding had een laag zwaartepunt.

'Echt, ga op de grond zitten als het moet en probeer dat ding omver te duwen,' beval Boney.

Ik ging op mijn knieën zitten, duwde steeds vanuit een lagere hoek en ten slotte stak ik mijn hand onder de sofa en kantelde hem. Zelfs toen viel hij terug op zijn plek. Uiteindelijk moest ik hem optillen en handmatig omdraaien.

'Vreemd, hè?' zei Boney, maar ze klonk helemaal niet zo verbaasd.

'Nick, heb je nog schoongemaakt op de dag dat je vrouw verdween?' vroeg Gilpin.

'Nee.'

'Oké, want de technische jongens hebben een test met Luminol gedaan. En het spijt me dat ik het zeggen moet, maar de keukenvloer lichtte op. Er heeft daar een flinke plas bloed gelegen.'

'Amy's bloedgroep, B-positief,' onderbrak Boney. 'En we hebben het hier niet over een klein sneetje maar over een flinke plas bloed.'

'Godallemachtig.' Ik voelde een steek in mijn borst. 'Maar...'

'Ja, je vrouw heeft deze kamer kunnen verlaten,' zei Gilpin. 'Op de een of andere manier, dat is de theorie, heeft ze de keuken weten te bereiken, zonder een van die snuisterijen op de tafel net naast de keuken omver te stoten. En daarna is ze in de keuken in elkaar gezakt en heeft ze veel bloed verloren.'

'Dat daarna door iemand zorgvuldig is opgedweild,' zei Rhonda. Ze keek me aan.

'Wacht, wacht. Waarom zou iemand proberen bloedsporen uit te wissen, maar daarna wel alles in de woonkamer overhoopgooien...'

'Dat komt nog, maak je niet druk, Nick,' zei Rhonda kalm.

'Ik snap het niet, ik snap het gewoon niet...'

'Kom, ga even zitten,' zei Boney. Ze gebaarde naar een eetkamerstoel. 'Wil je niet iets eten? Een boterham of zo?'

Ik schudde mijn hoofd. Boney wisselde voortdurend van houding: eerst speelde ze de stoere smeris, dan weer de toegewijde verzorgster. Ze zocht kennelijk naar de meest effectieve rol.

'Hoe is je huwelijk, Nick?' vroeg Rhonda. 'Ik bedoel, vijf jaar, dan begint de sleur toch al een beetje toe te slaan.'

'Ons huwelijk was prima,' herhaalde ik. 'Het is prima. Niet volmaakt, maar goed, goed.'

Ze trok haar neus op: *Je liegt.*

'Denk je dat ze gewoon is weggelopen?' vroeg ik, iets te hoopvol. 'Dat ze de indruk wilde wekken dat het een misdaad betrof en ervandoor is gegaan? Vrouw die 'm smeert, zoiets?'

Boney begon de redenen op te sommen waarom dat niet klopte: 'Ze heeft haar mobieltje niet gebruikt, noch haar creditcards, en ook haar pinpas niet. In de week voor haar verdwijning heeft ze geen grote sommen geld opgenomen.'

'En dan dat bloed nog,' vulde Gilpin aan. 'Nogmaals, ik wil niet bot zijn, maar zó veel bloed... Dat moet toch erg... Ik bedoel, ik zou mezelf niet zó ernstig kunnen verwonden. Ik heb het hier over behoorlijk diepe wonden. Heeft je vrouw stalen zenuwen?'

'Inderdaad, ja.' Ze had ook een grote fobie voor bloed, maar ik liet het aan onze briljante rechercheurs over om dat zelf uit te vissen.

'Het is buitengewoon onwaarschijnlijk,' zei Gilpin. 'Als ze zichzelf dermate ernstig verwondde, waarom zou ze het bloed dan opdweilen?'

'Laten we eerlijk zijn, Nick,' zei Boney. Ze boog zich diep voorover om oogcontact met me te maken, want ik hield mijn blik op de vloer gericht. 'Hoe was je huwelijk? We staan aan jouw kant, maar we moeten wel de waarheid weten. Als je dingen voor ons verzwijgt, maak je jezelf verdacht.'

'We hebben wat aanvaringen gehad.' Ik zag Amy weer voor me, die laatste avond. Ze had rode vlekken in haar gezicht. Dat had ze altijd als ze boos was. De woorden spoten uit haar mond – gemeen, ongeremd – en ik luisterde. Ik probeerde haar woorden te accepteren omdat ik wist dat ze gelijk had. Alles wat ze zei was feitelijk juist.

'Beschrijf die aanvaringen eens,' zei Boney.

'Niets bijzonders, gewoon meningsverschillen. Kijk, Amy is een driftkop. Ze spaart een paar kleine ergernissen op en dan – beng! Maar daarna is het dan ook voorbij. We zijn nooit boos gaan slapen.'

'Die woensdagavond ook niet?' vroeg Boney.

'Nooit,' loog ik.

'Gaan jullie ruzies meestal over geld?'

'Ik weet niet eens meer waarover we ruziemaakten. Gewone dingen.'

'Wat voor dingen waren dat op de avond voordat ze verdween?' Gilpin vroeg het met een scheve grijns, alsof hij me op een sluwe manier klem had gezet.

'Zoals ik al zei, dat gedoe over die kreeft.'

'Wat nog meer? Ik neem aan dat jullie niet een uur lang ruzieden om een kreeft.'

Op dat moment trippelde Bleecker een stuk van de trap af en gluurde door de spijlen.

'Ook andere huishoudelijke zaken. Het gedoe van getrouwde stellen. De kattenbak,' zei ik. 'Wie de kattenbak moest schoonmaken.'

'Jullie hadden laaiende ruzie over de kattenbak,' zei Boney.

'Het ging om het principe. Ik draai veel uren, en Amy niet. Ik geloof dat het goed voor haar zou zijn als ze wat dagelijkse klusjes in huis deed. Gewoon basisdingen.'

Gilpin veerde op als een invalide die uit een middagdutje wakker schiet. 'Jij bent nogal ouderwets, hè? Ik ook. Ik zeg altijd tegen mijn vrouw: "Ik kan niet strijken, ik kan niet afwassen. Ik kan niet koken. Dus, schattebout, ik zal de boeven vangen, want dat kan ik wel, als jij af en toe wat kleren in de wasmachine gooit." Rhonda, jij bent toch getrouwd geweest? Deed jij thuis het huishouden?'

Boney leek werkelijk geïrriteerd. 'Ik vang ook boeven, idioot.'

Gilpin keek me veelbetekenend aan. Ik verwachtte bijna dat hij een foute grap zou maken: *Zo te horen is hier iemand ongesteld.* Hij legde het er wel erg dik bovenop.

Gilpin wreef over zijn spitse kaak. 'Dus je wilde gewoon een huisvrouw,' zei hij. Hij probeerde het te laten klinken als iets redelijks.

'Ik wilde... ik wilde wat Amy wilde. Het kon me niet werkelijk iets schelen.' Ik deed nu een beroep op Boney, rechercheur Rhonda Boney met die sympathieke manier van doen die in ieder geval gedeeltelijk authentiek leek. (Maar dat ís niet zo, hield ik mezelf voor.) 'Amy wist niet goed wat ze hier moest doen. Ze kon geen werk vinden en ze was niet geïnteresseerd in De Bar. En dat is prima, als je thuis wilt blijven, prima, zei ik. Maar thuis was ze óók ongelukkig. En ze wachtte tot ik dat voor haar zou oplossen. Alsof ik verantwoordelijk was voor haar geluk.'

Boney zei niets. Haar gezicht was uitdrukkingsloos als water.

'Ik bedoel, het is leuk om een tijdje de held uit te hangen, de ridder op het witte paard, maar erg lang hou je dat niet vol. Ik kon haar niet dwingen gelukkig te zijn. Ze wilde niet gelukkig zijn. Dus daarom dacht ik: als ze nou eens een paar praktische zaken aanpakt...'

'Zoals de kattenbak,' zei Boney.

'Ja, de kattenbak schoonmaken, boodschappen doen, een loodgieter bellen voor die lekkende kraan waar ze gek van werd.'

'Wauw, dat klinkt echt als een geluksplan. Veel rottige klusjes.'

'Ik wil maar zeggen dat ze iets moest doen. Wat dan ook, doe iets. Maak er het beste van. Blijf niet wachten tot ik alles voor je oplos.' Ik sprak met stemverheffing, merkte ik. Ik klonk bijna boos, in ieder geval met gerechtvaardigde verontwaardiging. Het voelde dan ook als een grote opluchting. Ik was begonnen met een leugen – over die kattenbak – maar gaandeweg was ik uitgekomen bij een uitbarsting van oprechtheid. Ik snapte opeens waarom misdadigers zo veel praatten: het voelt goed om je verhaal kwijt te kunnen tegen een vreemde, iemand die niet alles onzin vindt, iemand die jouw kant van het verhaal moet aanhoren. (Iemand die doet alsóf hij naar jouw kant van het verhaal luistert, corrigeerde ik mezelf.)

'En die verhuizing naar Missouri?' vroeg Boney. 'Dat was toch tegen de zin van Amy?'

'Tegen haar zin? Nee. We hadden geen keus. Ik had geen werk, Amy had geen werk, mijn moeder was ziek. Ik zou voor Amy hetzelfde doen.'

'Dat is heel tof,' mompelde Boney. En plotseling deed ze me hevig aan Amy denken: die vervloekte, gefluisterde antwoorden, precies met het juiste volume uitgesproken zodat ik vrij zeker wist dat ik haar had verstaan, hoewel ik het niet helemaal zeker wist. En als ik vroeg wat er van me werd verwacht – Wat zei je? – zei ze altijd: Niets. Ik keek Boney woedend aan, met strakke mond en dacht: misschien hoort dit bij het plan, kijken hoe je reageert op boze, ontevreden vrouwen. Ik probeerde me te forceren tot een glimlach, maar dat leek haar afkeer slechts te versterken.

'En kon je je dat veroorloven? Amy geen baan, konden jullie dat financieel redden?' vroeg Gilpin.

'We hebben de laatste tijd wat geldproblemen gehad,' zei ik. 'Toen we trouwden was Amy rijk, extreem rijk zelfs.'

'Juist,' zei Boney. 'Vanwege die *Amazing Amy*-boeken.'

'Ja, daar hebben haar ouders in de jaren tachtig en negentig veel geld mee verdiend. Maar de uitgever zag er geen brood meer in. Zei dat *Amy* voorbij was. Toen ging alles bergafwaarts. Amy's ouders moesten geld lenen van ons om het hoofd boven water te houden.'

'Van je vrouw, bedoel je?'

'Inderdaad. En toen hebben we het grootste deel van wat er nog over was van Amy's spaargeld gebruikt om in die bar te steken. Vanaf dat moment verdien ik de kost.'

'Dus Amy was behoorlijk rijk toen je met haar trouwde.' Ik knikte. Ik dacht aan het heldenverhaal: de echtgenoot die een steunpilaar blijft voor zijn vrouw terwijl haar familie gruwelijk slechte tijden doormaakt.

'Dus jullie hadden een heel prettige levensstijl.'

'Ja, het was geweldig, het was fantastisch.'

'En nu is ze bijna blut en moeten jullie wennen aan een heel andere levensstijl dan in het begin van jullie huwelijk. Waar je op had gerekend.'

Ik besefte dat mijn verhaal helemaal de verkeerde kant op ging.

'Want we hebben je financiën eens bekeken, Nick. En poeh, dat ziet er echt niet goed uit,' begon Gilpin. Het klonk net alsof hij dat niet beschuldigend bedoelde maar eerder bezorgd en ongerust.

'De Bar gaat redelijk,' zei ik. 'Een nieuwe zaak moet algauw drie tot vier jaar draaien voordat je uit de rode cijfers bent.'

'Die creditcards vielen me op,' zei Boney. 'Tweehonderdtwaalfduizend dollar creditcardschuld. Daar sloeg ik van achterover.' Ze wapperde met een stapeltje aanmaningen.

Mijn ouders waren heel fanatiek over het gebruik van creditcards. Ze werden alleen voor speciale aankopen gebruikt, en elke maand werd alles afbetaald. *Wat we niet kunnen betalen kopen we niet.* Dat was het motto van de familie Dunne.

'We hebben geen... ik in ieder geval niet, maar Amy volgens mij ook niet... Mag ik eens kijken?' stamelde ik. Juist op dat moment trilden de ramen in hun sponningen vanwege een laag overkomende bommenwerper. Een plant op de schoorsteenmantel liet prompt vijf mooie, purperen bladeren vallen. Tijdens een gedwongen stilte die minstens tien seconden duurde keken we allemaal naar die op de grond dwarrelende blaadjes.

'En wij moeten zeker geloven dat er hier een grote vechtpartij is geweest. Alleen lag er toen niet één blaadje op de grond,' mompelde Gilpin vol weerzin.

Ik pakte de papieren van Boney aan en zag mijn naam. Alleen míjn naam, in verschillende versies. Nick Dunne, Lance Dunne, Lance N. Dunne, Lance Nicholas Dunne, op ruim tien verschillende creditcards, met saldi van 62,78 tot 45.602, 33 dollar, allemaal in diverse stadia van betalingsachterstand. Erboven, beknopt en dreigend, in onheilspellende letters: BETALEN PER OMMEGAANDE.

'Krijg nou wat! Dit moet identiteitsdiefstal zijn of zoiets!' zei ik. 'Die zijn niet van mij. Ik bedoel, moet je kijken: ik golf niet eens.' Iemand had zevenduizend dollar betaald voor een set golfclubs. 'Iedereen kan jullie vertellen dat ik écht niet golf.' Ik probeerde te klinken als iemand die zichzelf wegcijferde – *nog iets waar ik niet goed in ben* – maar de rechercheurs gaven geen sjoege.

'Ken je Noelle Hawthorne?' vroeg Boney. 'Die vriendin van Amy die we van je moesten natrekken?'

'Wacht even, ik wil over die rekeningen praten, want die zijn niet van mij,' zei ik. 'Ik bedoel, dit moeten we echt grondig uitzoeken.'

'Geen probleem, dat komt wel,' zei Boney effen. 'Noelle Hawthorne?'

'Oké. Ik heb tegen jullie gezegd dat je haar moest natrekken omdat ze in de hele stad over Amy liep te jammeren.'

Boney trok een wenkbrauw op. 'Daar lijk je boos om.'

'Nee, zoals ik al zei, ze lijkt me een beetje al te somber. Op een nepmanier. Opzichtig. Aanstellerig. Een beetje geobsedeerd.'

'We hebben Noelle gesproken,' zei Boney. 'Ze zegt dat je vrouw grote problemen had met jullie huwelijk, dat ze overstuur was vanwege geldzaken, dat ze zich zorgen maakte of je soms om het geld met haar was getrouwd. En ze zegt dat je vrouw bang was voor je driftbuien.'

'Ik weet niet waarom Noelle zoiets zou zeggen. Ik geloof niet dat Amy en zij ooit meer dan vijf woorden met elkaar hebben gewisseld.'

'Dat is grappig, want de woonkamer van de Hawthornes staat vol met foto's van Noelle en je vrouw.' Boney fronste haar wenkbrauwen. Ik deed hetzelfde: echte foto's van haar en Amy?

Boney ging door: 'Van afgelopen oktober in de dierentuin in St. Louis, tijdens een picknick met de drieling, een boottochtje in het weekend, afgelopen juni. Dat was dus vórige maand.'

'Amy heeft al die tijd dat we hier wonen nog nooit de naam Noelle laten vallen. Echt.' Ik probeerde me de afgelopen junimaand voor de geest te halen en herinnerde me een weekend dat ik met Andie had doorgebracht. Tegen Amy had ik gezegd dat ik met vrienden naar St. Louis ging. Toen ik thuiskwam trof ik haar boos en verhit aan. Ze zei dat ze het hele weekend slechte tv-programma's had gezien en verveeld met een boek aan het water had gezeten. Hoezo boottochtje? Nee. Amy had een enorme hekel aan zo'n boottochtje zoals ze dat hier in het Midden-Westen deden: koelboxen met bier bevestigd aan de kano's, harde muziek, dronken corpsballen, ondergekotste kampeerterreinen. 'Weet je zeker dat het mijn vrouw was op die foto's?'

Ze keken elkaar aan met een meent-hij-dat-nou-blik.

'Nick,' zei Boney. 'We hebben geen reden om aan te nemen dat de vrouw op de foto's die er precies zo uitziet als jouw vrouw, niet jouw vrouw is. Bovendien: Noelle Hawthorne, moeder van drie kinderen en haar beste vriendin hier in de stad, zegt dat ook.'

'Volgens Noelle, moet ik erbij zeggen, ben je met je vrouw getrouwd voor het geld,' voegde Gilpin eraan toe.

'Ik meen het,' zei ik. 'Iedereen kan tegenwoordig rommelen met foto's op een computer.'

'Oké, een minuut geleden zei je nog dat Desi Collings er iets mee te maken had, en nu ben je overgeschakeld op Noelle Hawthorne,' zei Gilpin. 'Het lijkt wel of je een zondebok zoekt.'

'Afgezien van mezelf? Ja, dat is zo. Luister, ik ben niet met Amy getrouwd om haar geld. Jullie zouden echt vaker met Amy's ouders moeten praten. Ze kennen me, ze weten hoe ik ben.' Ze weten niet alles, dacht ik. Mijn maag kromp samen. Boney sloeg me gade. Het leek alsof ze medelijden met me had. Gilpin leek niet eens te luisteren.

'Je hebt de levensverzekering van je vrouw verhoogd naar 1,2 miljoen,' zei Gilpin met gespeelde vermoeidheid. Hij streek zelfs met zijn hand over zijn lange, smalle gezicht.

'Dat heeft Amy zelf gedaan!' zei ik snel. De rechercheurs keken me aan en wachtten. 'Ik bedoel, ik heb de formulieren ingevuld, maar het was Amy's idee. Ze stond erop. Echt, mij kon het niet schelen, maar Amy zei... ze zei dat ze zich er zekerder door voelde of zoiets, gezien de wijziging in haar inkomsten. Of het was slim uit zakelijk oogpunt. Verdomme, ik weet het niet, ik weet niet waarom ze dat wilde. Het was in ieder geval niet mijn idee.'

'Twee maanden geleden heeft iemand een zoekbewerking gedaan op jouw laptop,' ging Boney verder. '*Drijvend lijk in de Mississippi*. Heb je daar een verklaring voor?'

Ik ademde twee keer diep in. Negen seconden om mijn kalmte te herwinnen.

'Mijn god, dat was gewoon een stom idee voor een boek,' zei ik. 'Ik was van plan een boek te schrijven.'

'Hmm,' zei Boney.

'Luister, volgens mij is er dit aan de hand,' begon ik. 'Ik denk dat veel mensen naar tv-programma's kijken waarin de echtgenoot altijd de slechterik is die zijn vrouw vermoordt. Ze bekijken me door die lens. Sommige heel onschuldige, normale zaken worden verdraaid. Dit begint een heksenjacht te worden.'

'Is dat je verklaring voor die creditcardrekeningen?' vroeg Gilpin.

'Ik zei al dat ik die stomme rekeningen niet kan verklaren omdat ik daar niks mee te maken heb. Het is goddomme jullie taak om uit te zoeken waar ze vandaan komen!'

Ze zaten zwijgend naast elkaar en wachtten.

'Wat wordt er op dit moment gedaan om mijn vrouw te vinden?' vroeg ik. 'Welke aanwijzingen volgen jullie, behalve mij?'

Het huis begon te schudden, de hemel werd opengescheurd en door het achterraam zagen we een straaljager voorbijschieten, pal over de rivier.

'F-10,' zei Rhonda.

'Nee, te klein,' zei Gilpin. 'Dat moet een...'

'Het is een F-10.'

Boney boog zich naar me toe, haar handen in elkaar gevouwen. 'Het is onze taak om zeker te stellen dat je honderd procent onschuldig bent, Nick,' zei ze. 'Ik weet dat jij dat ook wilt. Als je ons kunt helpen met die paar kleine problemen... Want dat zijn het wel, we lopen er steeds weer tegenaan.'

'Misschien wordt het tijd dat ik een advocaat neem.'

Opnieuw keken de rechercheurs elkaar veelbetekenend aan, alsof ze een weddenschap hadden gewonnen.

Amy Elliott Dunne

Dagboek

21 oktober 2011

Nicks moeder is dood. Ik heb een poos niet kunnen schrijven omdat Nicks moeder dood is en haar zoon volledig is losgeslagen. Die lieve, sterke Maureen. Ze was tot een paar dagen voor haar dood nog druk in de weer en legde alle adviezen om het rustiger aan te doen naast zich neer. 'Ik wil gewoon leven tot ik erbij neerval,' zei ze. Ze had zich toegelegd op het breien van mutsen voor andere chemopatiënten (zijzelf was er na één kuur 'klaar mee' en wenste haar leven niet langer te verlengen als ze daarvoor aan 'nog meer slangen' moest liggen) zodat ze in mijn herinnering voor altijd zal worden omringd door kleurige bollen wol: rood, geel en groen. Ik zie haar bewegende vingers en hoor het getik van de breinaalden terwijl ze praat met haar tevreden-katstem, een diep, slaperig gespin.

Totdat ze op een ochtend in september ontwaakte maar niet meer echt wakker werd: ze werd niet meer Maureen. Ze was van de ene op de andere dag in een zielig vogeltje veranderd, een en al rimpel en botten, haar ogen rusteloos dwalend door de kamer, niet meer in staat de wereld, zichzelf incluis, te plaatsen. De hospice volgde snel, een zacht verlichte, huiselijke plek met schilderijen van vrouwen met ouderwetse mutsjes en groen glooiende heuvels, snackautomaten en kleine kopjes koffie. In de hospice werd ze niet meer opgelapt of behandeld, maar zodanig verzorgd dat ze comfortabel kon sterven. Dat deed ze amper drie dagen later. Zonder poespas, precies zoals Maureen het zou hebben gewild (hoewel ik zeker weet dat ze met haar ogen zou hebben gerold bij de woorden: *precies zoals Maureen het zou hebben gewild*).

De wake was bescheiden maar mooi, met honderden mensen. Haar dubbelgangerzus uit Omaha was haar plaatsvervangende duizendpoot, schonk koffie en Baileys, serveerde koekjes en vertelde grappige anekdotes over Mo.

We begroeven haar op een winderige, warme ochtend. Go en Nick zochten steun bij elkaar terwijl ik eenzaam naast hen stond. Ik voelde me een indringer. Die nacht in bed lag Nick met zijn rug naar me toe en toen ik mijn armen om hem heen sloeg stond hij na een paar minuten op en mompelde: 'Ik ga even een frisse neus halen,' en verliet het huis.

Zijn moeder had hem altijd *bemoederd.* Ze stond erop één keer in de week bij ons langs te komen om te strijken, en als ze daarmee klaar was, zei ze: 'Ik help nog wel even met opruimen.' Als ze dan weer weg was vond ik in de koelkast een Tupperware-bakje met partjes grapefruit voor Nick, en als ik de broodzak opende, merkte ik dat ze de korsten van het brood had gesneden en dat elke snee weer ontkorst terug in de zak was gedaan. Ik ben getrouwd met een vierendertigjarige man die nog altijd geen broodkorsten lust.

De eerste weken na de dood van zijn moeder probeerde ik de dingen te doen die zij altijd voor hem deed. Ik sneed de broodkorsten af, streek zijn T-shirts en bakte een bosbessentaart naar het recept van zijn moeder. 'Ik hoef niet gepamperd te worden, Amy,' zei hij met het ontkorste brood in zijn hand. 'Ik vond het niet erg dat mijn moeder het deed, omdat ze zich daar gelukkig bij voelde, maar ik weet dat jij niet van dat soort fratsen houdt.'

Kortom, we zijn weer terug bij de zwarte vierkantjes. De aardige, bewonderende, liefhebbende Nick heeft plaatsgemaakt voor de norse, chagrijnige, boze Nick. Je wordt geacht je partner in moeilijke tijden te steunen, maar Nick lijkt nog afstandelijker dan voorheen. Hij is een moederskindje zonder moeder. Hij wil niets met me te maken hebben.

Hij gebruikt me voor seks als hij daar behoefte aan heeft. Hij duwt me tegen een tafel of over de rand van het bed en neemt me geluidloos, totdat hij op het allerlaatste moment gejaagd wat gromt en me loslaat; zijn hand op mijn onderrug is zijn enige gebaar van intimiteit. Daarna zegt hij iets om het op een spelletje te doen lijken: 'Je bent zo sexy dat ik mezelf soms niet meer in de hand heb.' Maar hij zegt het met een levenloze stem.

Vraag: je echtgenoot, met wie je ooit een geweldig seksleven had, is koud en afstandelijk geworden. Hij wil alleen seks op zijn manier en wanneer hij zin heeft. Je:

a) weigert voortaan seks met hem te hebben. Hij zal dit spelletje niet winnen!

b) huilt en zeurt om antwoorden die hij je nog niet kan geven, waardoor je hem nog verder van je vervreemdt.
c) hebt er vertrouwen in dat dit slechts een hobbel in een lang huwelijk is die je moet nemen. Hij zit in zijn eigen wereldje, dus stel je je begrijpend op en wacht tot het voorbij is.

Antwoord: c. Toch?

Het zit me dwars dat mijn huwelijk uiteenvalt en dat ik niet weet hoe ik dat kan voorkomen. Je zou denken dat mijn ouders, beiden psycholoog, de meest voor de hand liggende raadgevers zijn, maar daar ben ik te trots voor. Ik denk ook niet dat zij geschikt zijn om huwelijksadviezen te geven: ze zijn soulmates, ze kennen alleen pieken, geen dalen, hun huwelijk is één grote, echtelijke roes. Ik kan hun niet vertellen dat ik het enige wat ik nog heb – mijn huwelijk – verpest. Bovendien loop ik het gevaar dat ze een nieuw boek over me schrijven, als een fictieve terechtwijzing, waarin Amazing Amy een fantastisch, bevredigend, rimpelloos vijfjarig huwelijk viert... *omdat ze alles op alles zette voor een gelukkig huwelijk.*

Maar ik maak me dus zorgen. Voortdurend. Ik weet dat ik in de ogen van mijn man eigenlijk al te oud ben. Zes jaar geleden was ik de ideale vrouw voor hem en hoorde ik zijn genadeloze commentaar op vrouwen die tegen de veertig liepen aan: hoe zielig hij hen vond, overdressed, de cafés afstruinend, zich niet bewust van hun gebrek aan aantrekkingskracht. Als hij thuiskwam na aan avondje uit en ik vroeg hem hoe het was in de bar dan zei hij meestal: 'Bomvol Hopeloze Gevallen', zijn codetaal voor vrouwen van mijn leeftijd. Destijds, ik was begin dertig, lachte ik zelfvoldaan met hem mee, alsof mij dat nooit zou overkomen. Nu ben ik zíjn Hopeloze Geval en zit hij aan me vast. Misschien dat hij daarom zo boos is.

Vandaar dat ik me al een tijdje overgeef aan peutertherapie. Ik loop elke dag even naar Noelle om met haar drieling te spelen en hun kleine, mollige handjes in mijn haar te voelen en hun warme adem in mijn nek. Begrijpelijk dat vrouwen altijd dreigen kinderen op te eten: *Is ze niet om op te eten! Wat een snoepje, hè?* Al doet het me soms pijn om te zien hoe haar drie kinderen ogenwrijvend en verfomfaaid van hun middagslaapje naar mama toe waggelen en een handje op haar knie leggen alsof ze een thuishonk is en zich veilig weten.

Gisteren moest ik nodig even naar Noelle voor troost. Misschien is dat de reden dat ik iets doms deed.

Nick kwam thuis en trof me fris van de douche aan in de slaapkamer en voor ik het wist duwde hij me tegen de muur en drong bij me binnen. Toen hij klaar was en me losliet, zag ik de natte kus van mijn mond op de blauwe verf. 'Sorry, maar ik had je nodig,' zei hij terwijl hij nog nahijgend op het bed ging zitten.

Hij keek me niet aan.

Ik ging naar hem toe en sloeg mijn armen om hem heen, alsof de vrijpartij een normaal, echtelijk ritueel was. Toen zei ik: 'Weet je wat ik net dacht?'

'Nou?'

'Dat het nu misschien het juiste moment is. Om een gezin te stichten, bedoel ik. Dat ik ga proberen zwanger te worden.' Terwijl ik het zei, wist ik dat het een dwaas idee was, maar ik kon het niet helpen – ik ben een vrouw geworden die zwanger wil worden omdat ze denkt dat het haar huwelijk zal redden.

Het is vernederend iets te moeten doen waar je altijd de draak mee hebt gestoken.

Hij wendde zich abrupt van me af. 'Nu? Dit is wel zo ongeveer de slechtste tijd om een gezin te stichten, Amy. Je bent werkloos...'

'Dat is waar, maar ik wil de eerste maanden toch thuisblijven met de baby...'

'Mijn moeder is net overleden, Amy.'

'Dan is dit een nieuw leven, een nieuwe start.'

Hij greep me bij mijn armen en keek me voor het eerst die week recht aan. 'Amy, jij denkt zeker dat we vrolijk terug kunnen verhuizen naar New York nu mijn moeder dood is, dat we een paar kinderen kunnen nemen en je je oude leventje weer kunt oppakken. Maar we hebben niet genoeg géld. We hebben amper genoeg om zelf van rond te komen. Je hebt geen idee hoezeer ik onder druk sta, dag in dag uit, om ons hier uit deze ellende te halen. Om goddomme in ons éigen onderhoud te kunnen voorzien. Ik kan er geen kinderen bij hebben. Jij zult ze alles willen geven wat jij in je jeugd hebt gehad, en dat kan ík niet. Geen privéscholen voor de kleine Dunnes, geen tennis- en vioolles, geen vakantiehuizen. Je zou het verschrikkelijk vinden om zo arm te zijn. Verschrikkelijk.'

'Zo oppervlakkig ben ik niet, Nick...'

'Vind je nu echt dat we het samen zo geweldig hebben dat we aan kinderen kunnen denken?'

Zo nadrukkelijk hadden we het nog nooit over ons huwelijk gehad, en ik zag aan hem dat hij spijt had dat hij erover was begonnen.

'We hebben onze spanningen, lieverd,' zei ik. 'We hebben het soms best moeilijk, maar ik weet dat het voor een groot deel aan mij ligt. Ik heb hier gewoon te weinig omhanden...'

'En daarom moeten we zo'n stel worden dat een kind neemt om hun huwelijk te redden? Want dat werkt altijd zo goed.'

'Nee, we willen een kind omdat...'

Hij kreeg een donkere, wolfachtige blik in zijn ogen en greep me weer bij mijn armen.

'Hou... Nee, Amy. Niet nu. Ik kan niet nog meer stress aan. Ik kan er niets meer bij hebben. Straks bezwijk ik onder de druk. En dan sta ik niet voor mezelf in.'

Deze keer weet ik dat het waar is wat hij zegt.

Nick Dunne

Zes dagen vermist

De eerste achtenveertig uur in een onderzoek zijn cruciaal. Amy werd nu bijna een week vermist. Deze avond zou een herdenkingsbijeenkomst met kaarsjes worden gehouden in het Tom Sawyer Park, dat volgens de pers 'een favoriete plek was van Amy Elliott Dunne'. (Bij mijn weten had Amy nooit een voet in dat park gezet. Ondanks de naam is het totaal niet schilderachtig. Kleurloos, zonder bomen, met een zandbak die altijd vol ligt met dierenpoep; het heeft echt niets met Twain te maken.) In de afgelopen vierentwintig uur was Amy landelijk nieuws geworden. Opeens was ze overal.

Godzijdank waren de trouwe Elliotts er nog. Marybeth had me gisteravond opgebeld terwijl ik nog aan het bijkomen was van die onaangename ondervraging door de politie. Mijn schoonmoeder had de *Ellen Abbott*-show gezien en had dat mens een 'opportunistische kijkcijferhoer' genoemd. Desalniettemin hadden we het grootste deel van vandaag besteed aan onze strategie in verband met de media.

De media (mijn oude club, mijn mensen!) hadden zich op ons verhaal gestort en ze waren dol op Amazing Amy en de lang getrouwde Elliotts. Geen geraffineerd commentaar over het stopzetten van de serie of de geldproblemen van de auteurs – nee, alleen maar hartjes en bloemen voor de Elliotts. De media hielden van hen.

Van mij minder. De media kwamen al aanzetten met *zorgelijke kwesties*. Niet alleen de informatie die was gelekt – het feit dat ik geen alibi had en dat er mogelijk was 'gesjoemeld' met de plaats delict, maar ook mijn karaktertrekken. Ze rapporteerden dat ik op de middelbare school nooit langer dan een paar maanden verkering met een meisje had gehad en dat ik dus ongetwijfeld een rokkenjager moest zijn. Ze hadden ontdekt dat we mijn vader in Comfort Hill hadden ondergebracht en dat ik daar zelden op bezoek ging. Dat maakte mij tot de ondankbare zoon. 'Het is een probleem, ze mogen je niet,' zei Go na elke nieuwsuitzending. 'Dat is echt een groot probleem, Lance.' De media bedienden zich bij voorkeur van mijn tweede voornaam, waar ik al vanaf de basisschool een hekel aan had gehad. Aan het begin van elk schooljaar riep ik vertwijfeld tegen de leraar die de lijst met namen oplas: 'Ik heet Nick, ik heet Nick!' Altijd was er wel een of ander rotventje dat in de pauze aanstellerig rondliep en met overdreven stem zei: 'Hallo, ik ben Laaaance.' Daarna werd die naam weer vergeten, tot het volgende jaar.

Maar nu niet. Nu was die naam groot in het nieuws, de gevreesde reeks van drie namen die was gereserveerd voor seriemoordenaars en terroristen: Lance Nicholas Dunne. En daar kon ik niets tegen doen.

Rand en Marybeth Elliott, Go en ik carpoolden naar de bijeenkomst. Het was onduidelijk hoeveel informatie de Elliotts ontvingen, hoeveel beschuldigende nieuwe informatie over hun schoonzoon. Ik wist dat ze hadden gehoord over 'gesjoemel' met de plaats delict: 'Ik ga er zelf wat mensen op af sturen en die zullen ons het tegendeel vertellen: dat er daar duidelijk wél een worsteling heeft plaatsgevonden,' zei Rand vol vertrouwen. 'De waarheid is niet eenduidig, je moet gewoon de juiste expert weten te vinden.'

Rand wist niets over die andere kwesties, de creditcards, de levensverzekering, het bloed en Noelle, de verbitterde beste vriendin van mijn vrouw met die vreselijke beschuldigingen: mishandeling, hebzucht, angst. Ze zou vanavond te gast zijn in het programma van Ellen Abbott, na de bijeenkomst. Noelle en Ellen konden hun afkeer van mij aan het kijkerspubliek tonen.

Niet iedereen walgde van mij. In de afgelopen week was het topdrukte in De Bar. Honderden klanten kwamen een biertje drinken en een handje popcorn eten in de bar die eigendom was van Lance Nicholas Dunne, de vermeende moordenaar. Go moest vier extra hulpen aannemen om De Bar draaiende te houden. Ze was een keer komen kijken en zei dat ze er niet meer tegen kon: ze kon het niet uitstaan dat het zo druk was, al die verdomde gluurders, engerds die onze drank opzopen terwijl ze over mij zaten te kletsen. Het was weerzinwekkend. Maar ja, redeneerde Go, het geld was welkom als...

Als. Amy werd nu zes dagen vermist, en we dachten allemaal *als*.

We naderden het park. In de auto was het stil, afgezien van Marybeth die voortdurend met haar nagels tegen het raam zat te tikken.

'Het voelt bijna als een dubbel afspraakje,' lachte Rand. Zijn lach klonk bijna hysterisch: hoog en schril. Rand Elliott, geniaal psycholoog, auteur van bestsellers, vriend van iedereen, begon door te draaien. Marybeth was begonnen aan zelfmedicatie; kleine glaasjes sterke drank, toegediend met absolute precisie, genoeg om de scherpe kantjes niet meer te voelen en toch alert te blijven. Maar Rand begon bijna letterlijk zijn hoofd te verliezen. Ik verwachtte half en half dat het van zijn schouders af zou springen als een duveltje uit een doosje – kiekeboe! Rands neiging om Jan en alleman aan te klampen was nu manisch geworden. Hij gedroeg zich wanhopig aanhalig met iedereen die hij ontmoette, hij sloot agenten in zijn armen, verslaggevers, vrijwilligers. Hij was vooral erg hecht met onze 'contactpersoon' bij de Days Inn, een klungelige, verlegen jongen die Donnie heette. Rand hield ervan om hem te stangen en dat vervolgens ook expliciet te vermelden. 'Ach, ik zit je alleen maar wat te stangen, Donnie,' zei hij steeds, en dan verscheen er een grote grijns op Donnies gezicht.

'Kan dat ventje niet ergens anders bevestiging zoeken?' gromde ik laatst tegen Go. Ze zei dat ik jaloers was dat mijn vaderfiguur iemand anders leuker vond dan mij. Dat was ook zo.

We liepen naar het park en Marybeth klopte Rand op zijn rug. Opeens wilde ik ook dat iemand dat bij mij deed, gewoon even een aanraking. Plotseling ontsnapte me een hevige snik, een huilerige kreun. Ik had iemand nodig, maar ik wist niet of het Andie of Amy was.

'Nick?' zei Go. Ze wilde haar hand op mijn schouder leggen, maar ik weerde haar af.

'Sorry. Jee, sorry daarvoor,' zei ik. 'Vreemde uitbarsting, helemaal niet des Dunnes.'

'Geen punt. Daar hebben we allebei last van,' zei Go. Ze keek weg. Sinds ze mijn situatie had ontdekt – zo waren we mijn ontrouw gaan noemen – was ze een tikje afstandelijk geworden, haar ogen afwezig, haar gezicht in een constante piekerstand. Ik deed heel hard mijn best om daar niet gepikeerd over te zijn.

We liepen het park in en zagen overal camera's, niet alleen van de regionale zenders, maar ook van de landelijke. De Dunnes en de Elliotts liepen langs de menigte. Rand glimlachte en knikte alsof hij een bezoekende hotemetoot was. Boney en Gilpin doken bijna onmiddellijk op en volgden ons op de voet, als trouwe jachthonden. Ze gingen een beetje bij de familie horen, bij het meubilair zogezegd, wat duidelijk ook de bedoeling was. Boney droeg de kleren die ze bij iedere openbare bijeenkomst aanhad: een saaie zwarte rok, een grijs gestreepte blouse en haarspeldjes aan beide kanten van haar futloze haar. *Ik heb een vriendin die heet Bony Moronie...* Het was een plakkerig warme avond. Boney had een kring van transpiratievocht onder beide oksels. Ze glimlachte naar me alsof ze die beschuldigingen van gisteren – want dat waren het immers? – alweer helemaal vergeten was.

De Elliotts en ik liepen de traptreden op van het gammele, geïmproviseerde podium. Ik keek om naar mijn tweelingzus. Ze knikte en deed een pantomime van een diepe ademhaling. Dat moest ik ook doen. Honderden gezichten keken naar ons, samen met de klikkende en flitsende camera's. *Niet glimlachen*, zei ik tegen mezelf. *Niet glimlachen.*

Mijn vrouw keek me onderzoekend aan vanaf tientallen *Zoek Amy*-T-shirts.

Go had gezegd dat ik een toespraak moest houden. ('Je moet snel zorgen dat je wat menselijker overkomt.') En dus liep ik naar de microfoon. Hij hing te laag, halverwege mijn buik. Ik hanneste er een paar seconden mee, maar ik kon hem niet meer dan een paar centimeter omhoog schroeven. Normaal gesproken zou zoiets me razend maken, maar ik kon me niet langer veroorloven in het openbaar razend te worden. Ik haalde diep adem, bukte iets voorover en las de woorden op die mijn zus voor me had opgeschreven: 'Mijn vrouw Amy Dunne wordt nu bijna een week vermist. Ik kan niet zeggen hoezeer ik en de familie in angst leven, en hoe diep het gat is dat Amy sinds haar verdwijning heeft achtergelaten. Amy is de liefde van mijn leven, het hart van haar familie. Voor degenen die haar nog niet kennen: ze is grappig, charmant en aardig. Ze is wijs en warm. Ze is in elk opzicht mijn maatje en mijn partner.'

Ik keek op naar de menigte. Alsof het magie was zag ik Andie. Op haar gezicht tekende zich weerzin af. Ik keek snel weer naar mijn aantekeningen.

'Amy is de vrouw met wie ik oud wil worden, en ik weet zeker dat dat ook zal gebeuren.'

PAUZE. ADEMHALEN. NIET GLIMLACHEN. Die woorden had Go daadwerkelijk op mijn kaartje geschreven. *Gebeuren, gebeuren, gebeuren.* Mijn stem echode door de geluidsboxen en rolde naar de rivier.

'We vragen u contact op te nemen als u informatie hebt. Vanavond steken we kaarsen aan in de hoop dat ze snel en veilig thuiskomt. Ik hou van je, Amy.'

Ik keek naar alles en iedereen, behalve naar Andie. Overal in het park flakkerden kaarsjes. Het was de bedoeling een moment stilte in acht te nemen, maar er waren huilende baby's en een stommelende dakloze man bleef op luide toon vragen: 'Hé, waar gaat dit over? Waar is dit voor?' Iemand fluisterde Amy's naam en daarna vroeg hij nog harder: 'Wat? Waarvoor?'

Vanuit het midden van de mensenmassa begon Noelle Hawthorne naar voren te dringen. Ze had haar drieling bij zich, één kind zat op haar heup, de andere twee hingen aan haar rok. Ze leken allemaal ontzettend klein voor iemand als ik die niet gewend was met kinderen om te gaan. Noelle dwong de mensen voor haar en de kinderen opzij. Ze liep door tot pal voor het podium en keek naar me op. Ik keek haar woedend aan – dat mens had me belasterd – en toen zag ik voor het eerst dat ze een dikke buik had. Nu pas drong het tot me door dat ze weer zwanger was. Even viel mijn mond open: vier kinderen onder de vier jaar, jezus! Later zou die uitdrukking worden geanalyseerd en besproken. De meeste mensen geloofden dat er een combinatie van woede en angst op mijn gezicht stond te lezen.

'Hoi, Nick.' Haar stem bulderde via de half omhoog geschroefde microfoon naar het publiek.

Ik begon aan de microfoon te frunniken, maar ik kon het uit-knopje niet vinden.

'Ik wilde alleen even je gezicht zien,' zei ze en ze barstte in tranen uit. Haar natte snik galmde het publiek in en zorgde voor de nodige beroering. 'Waar is ze? Wat heb je met Amy gedaan? Wat heb je gedaan met je vrouw?'

Vrouw, vrouw klonk de echo van haar stem. Twee van haar kinderen schrokken en zetten het op een krijsen.

Noelle kon geen woord uitbrengen, zo hard huilde ze. Ze was door het dolle heen, woedend, greep de microfoonstandaard en duwde hem in tot hij op haar lengte stond. Ik dacht erover om hem terug te pakken maar ik wist dat ik machteloos stond tegenover deze vrouw in haar positiejurk met die drie peuters. Ik keek rond of ik Mike Hawthorne zag – *hou je vrouw in bedwang* – maar hij was nergens te bekennen. Noelle richtte zich tot de menigte.

'Ik ben Amy's beste vriendin!' *Vriendin, vriendin, vriendin.* De woorden dreunden door het park, vergezeld van het gekrijs van haar kinderen. 'Hoewel ik mijn uiterste best heb gedaan, neemt de politie me kennelijk niet serieus. Daarom richt ik me tot deze stad, deze stad waar Amy van hield en die van haar hield! Deze man, Nick Dunne, moet een paar vragen beantwoorden. Hij moet ons vertellen wat hij met zijn vrouw heeft gedaan!'

Boney kwam van de zijkant aanzetten en wilde haar vastpakken. Noelle draaide zich om en de twee keken elkaar aan. Boney maakte een wild hakkend gebaar bij haar keel: *Kop dicht!*

'Zijn zwángere vrouw!'

Niemand zag de kaarsen meer, want het flitslicht was nu overal. Naast me maakte Rand een geluid als een piepende ballon. Onder me zette Boney haar vingers tussen haar wenkbrauwen alsof ze haar hoofdpijn probeerde weg te masseren. Iedereen was gehuld in uitzinnig knipperend licht dat leek mee te deinen op mijn hartslag.

Ik keek zoekend naar Andie. Ik zag dat ze me aanstaarde. Haar gezicht rood en verwrongen, haar wangen vochtig. Toen onze ogen elkaar ontmoetten vormde ze met haar lippen het woord 'lul!' waarna ze zich door de menigte wrong en vertrok.

'We moeten gaan.' Opeens dook mijn zus naast me op. Ze fluisterde iets in mijn oor en trok me aan mijn arm. De camera's flitsten en ondertussen stond ik daar maar als een soort monster van Frankenstein, angstig en geagiteerd door de toortsen van het volk. *Flits, flits.* We gingen ervandoor en splitsten ons in twee groepjes. Mijn zus en ik zetten het op een lopen naar Go's auto, de Elliotts bleven met opengezakte mond op het podium achter. Ze moesten zichzelf maar zien te redden. De verslaggevers herhaalden steeds dezelfde vraag: *Nick, was je geschokt omdat Amy zwanger was?* Ik rende het park uit, in elkaar gedoken alsof ik door een hagelbui snelde. *Zwanger, zwanger, zwanger*. Het woord weergalmde op het ritme van de cicaden in de zomernacht.

Amy Elliott Dunne

Dagboek

15 februari 2012

Wat een vreemde tijd maak ik toch door. Ik moet wel zo denken, omdat ik moet proberen de situatie van een afstandje te bezien: haha, wat een vreemde tijd zal dit zijn als ik er later op terugkijk. Zal ik hier niet smakelijk om kunnen lachen als ik tachtig ben? Ik, een wijze dame gehuld in zacht lavendelpaars en genietend van haar martini's, die zo'n verhaal heeft?

Er is namelijk iets ernstig mis met mijn man, dat kan niet anders. Oké, hij rouwt om zijn moeder, maar er is meer aan de hand. Ik heb het gevoel dat het op mij gericht is, geen verdriet maar… Soms merk ik dat hij naar me staat te kijken, en als ik dan opkijk zie ik een en al afkeer op zijn gezicht, alsof ik iets verschrikkelijks aan het doen ben in plaats van dat ik cornflakes als ontbijt eet of mijn haren sta te kammen voor de nacht. Hij is boos en onvoorspelbaar. Soms vraag ik me af of zijn stemmingen misschien een fysieke oorzaak hebben. Misschien heeft hij zo'n graanallergie waar je gek van kunt worden of zijn zijn hersens aangetast door schimmelsporen.

Toen ik laatst op een avond de eetkamer binnenkwam, zat hij met zijn hoofd in zijn handen te staren naar een stapel creditcardrekeningen op tafel. Toen ik hem daar helemaal alleen zag zitten in het licht van een kroonluchter wilde ik het liefst naast hem gaan zitten om te proberen er samen als partners uit te komen. Maar ik deed het niet omdat ik wist dat hij dan geërgerd zou reageren. Soms vraag ik me af of dat misschien de reden is dat hij een hekel aan me heeft: hij heeft me zijn zwakheden getoond en haat me omdat ik ervan af weet.

Hij heeft me geduwd. Twee dagen geleden heeft hij me zo'n flinke zet gegeven dat ik met mijn hoofd tegen het keukeneiland viel en secondelang niets kon zien. Ik weet niet zo goed wat ik ervan moet zeggen. Ik schrok eerder dan dat het echt pijn deed. Ik had hem verteld dat ik een baan kon krijgen, op freelancebasis en dat we dus een gezin zouden kunnen stichten en weer een normaal leven konden leiden...

'Hoe zou je dit dan willen noemen?' zei hij.

De hel, dacht ik, maar ik zei niets.

'Hoe noem je dit dan, Amy? Nou? Hoe noem je dit dan? Vindt Miss Amazing dit dan geen normaal leven?'

'Het is in elk geval niet míjn idee van een normaal leven,' zei ik. Hij was in drie passen bij me en ik dacht: *Het lijkt wel of hij me...* En toen gaf hij me een harde duw en viel ik.

We keken elkaar verbijsterd aan. Hij balde zijn vuisten en leek elk moment in huilen te kunnen uitbarsten. Hij was de spijt voorbij – hij was geschokt. Voor alle duidelijkheid: ik wist wat ik deed. Ik wist dat ik hem uitprobeerde. Ik zag zijn frustratie met de dag groeien en wilde dat hij eindelijk eens iets zéí, iets dééd. Ook al doe je iets wat niet door de beugel kan, Nick, maar in godsnaam, dóé iets. Laat me hier niet wegkwijnen.

Ik had alleen niet verwacht dat hij dít zou doen.

Ik heb er nooit over nagedacht wat ik zou doen als mijn man me zou mishandelen omdat ik me nooit heb beziggehouden met vrouwenmishandeling. (Natuurlijk, ik ken de waargebeurde films, ik weet dat geweld de sociaaleconomische grenzen overschrijdt. Maar toch: Nick?) Heel onnozel van me, dat weet ik ook wel. Maar het is ook allemaal zo onwerkelijk en idioot: ik ben een mishandelde vrouw. *Amazing Amy en de Man met de Losse Handjes.*

Hij heeft zich omstandig verontschuldigd. (Doe je eigenlijk nog andere dingen *omstandig* behalve je verontschuldigen? Je laten informeren misschien.) Hij overweegt in therapie te gaan, wat ik nooit van hem had verwacht. Dat zou goed zijn. Diep in zijn hart is hij een goed mens. Ik ben bereid het door de vingers te zien omdat ik denk dat het eenmalig was. Per slot van rekening staan we beiden onder grote druk. Soms vergeet ik dat ik niet de enige ben die zo gespannen is. Nick heeft daar net zo veel last van als ik. Híj wilde hiernaartoe, hij voelt de druk om het zijn chagrijnige vrouw naar de zin te maken. Bij een man als Nick – die vindt dat je zelf verantwoordelijk bent voor je geluk – roept dat woede op.

Het was dus niet de duw zelf waarvan ik schrok, want dat gebeurde in een flits. Ik schrok van de blik in zijn ogen waarmee hij me aankeek toen ik helemaal dizzy en met een bonzend hoofd op de grond lag. Van de blik in zijn ogen toen hij zich moest inhouden me niet nog een duw te geven. Om nog maar te zwijgen van de manier waarop hij me sinds dat voorval aankijkt: beschaamd, en met weerzin over zijn beschaamdheid.

Maar nu het ergste van alles. Ik ben gisteren naar het winkelcentrum gereden, waar zo ongeveer de helft van de stad drugs koopt. Dat gaat heel makkelijk, alsof je bij de apotheek een recept komt ophalen. Ik weet dat van Noelle omdat haar man daar zo nu en dan wiet koopt. Ik ging niet voor de wiet, maar voor een pistool. Voor het geval dat. Voor het geval het met Nick uit de hand loopt. Pas toen ik er bijna was besefte ik dat het Valentijnsdag was. Het was Valentijnsdag en ik ging een pistool kopen om daarna het avondeten klaar te maken voor mijn man. Ik dacht bij mezelf: *Nicks vader heeft gelijk. Je bent echt een stomme trut. Als je bang bent dat je man je iets zal aandoen, dan ga je toch bij hem* weg? *Maar je laat je man niet in de steek omdat hij treurt om zijn dode moeder. Dat kan niet. Je zou een bijbelse slechte vrouw zijn als je zoiets zou doen,* tenzij *er iets écht mis was. Je zou ervan overtuigd moeten zijn dat je man je iets zou kunnen aandoen.*

Maar ik geloof niet dat Nick me iets zal aandoen.

Ik zou me alleen veiliger voelen met een wapen.

Nick Dunne

Zes dagen vermist

Go duwde me de auto in en reed snel het park uit. We passeerden Noelle, die samen met Boney en Gilpin naar de politieauto liep, met in haar kielzog de keurig geklede drieling, als de linten van een vlieger. We stoven langs de mensenmassa. Honderden gezichten, vlezige stipjes die mij woedend aankeken. In wezen was dit een vlucht. Formeel gezien.

'Wat een vuile streek,' mompelde Go.

'Vuile streek?' herhaalde ik als verdoofd.

'Dat was toch zeker geen toeval, Nick? Die zeug had al eerder een verklaring afgelegd bij de politie. Toen heeft ze niks gezegd over die zwangerschap.'

'Misschien willen ze hun sensationele onthullingen zo veel mogelijk spreiden.'

Boney en Gilpin hadden al gehoord dat mijn vrouw zwanger was en hadden besloten dat in hun strategie in te passen. Ze geloofden echt dat ik haar had vermoord.

'Noelle zal komende week op elke tv-zender te zien zijn. Ze zal zeggen dat jij een moordenaar bent en dat ze als Amy's beste vriendin gerechtigheid eist. Publiciteitsgeile hoer.'

Ik drukte mijn gezicht tegen het zijraam en zakte onderuit in mijn stoel. We werden gevolgd door verschillende busjes van nieuwszenders. We reden in stilte verder. Go's ademhaling werd langzaam rustiger. Ik keek naar de rivier. Een boomtak dobberde zuidwaarts.

'Nick?' zei ze uiteindelijk. 'Is het… eh… wist je…'

'Nee, Go. Amy heeft niets tegen me gezegd. Als ze zwanger was, waarom zou ze dat dan wel tegen Noelle zeggen en niet tegen mij?'

'Waarom zou ze proberen aan een pistool te komen zonder daar iets over tegen jou te zeggen?' zei Go. 'Het is allemaal heel vreemd.'

We trokken ons terug in het huis van Go, want mijn huis zou ongetwijfeld worden belegerd door cameraploegen. Zodra ik naar binnen liep ging mijn mobieltje, de gewone. Het waren de Elliotts. Ik zoog wat lucht naar binnen, dook mijn oude slaapkamer in en nam op.

'Ik moet je dit vragen, Nick.' Het was Rand. Op de achtergrond hoorde ik tv-geluiden. 'Ik wil het weten. Wist je dat Amy zwanger was?'

Ik zweeg even. Ik moest de juiste woorden zien te vinden om uit te leggen hoe onwaarschijnlijk die zwangerschap was.

'Geef antwoord, verdomme!'

De luide toon van Rand maakte mij rustiger. Mijn stem was zacht en verzoenend, bedaard. 'Amy en ik probeerden niet zwanger te worden, Rand. Ik weet niet of ze dat ooit zou worden. We waren niet... Zo vaak deden we het niet. Het zou me... heel erg verbazen als ze zwanger was.'

'Noelle zei dat Amy naar de dokter is geweest om haar zwangerschap te laten bevestigen. De politie heeft de medische gegevens al opgeëist. Vanavond weten we het.'

Ik trof Go in de woonkamer. Ze zat met een koude kop koffie aan de kaarttafel van mijn moeder. Ze draaide zich net genoeg mijn kant op om te tonen dat ze had gemerkt dat ik er was, maar ze hield haar gezicht van me afgewend.

'Waarom lieg je de hele tijd, Nick?' vroeg ze. 'De Elliotts zijn je vijand niet. Had je ze op z'n minst niet moeten vertellen dat *jíj* degene was die geen kinderen wilde? Waarom zou je Amy in een kwaad daglicht stellen?'

Ik slikte mijn woede weer in. Het gaf me een verhit gevoel in mijn maag. 'Ik ben kapot, Go. Verdomme. Moet dit nu?'

'Moeten we wachten op een beter moment?'

'Ik wilde wel kinderen. We hebben het een tijdje geprobeerd, zonder succes. We hebben zelfs vruchtbaarheidsonderzoeken laten doen. Maar toen besloot Amy dat ze geen kinderen wilde.'

'Je hebt mij verteld dat *jíj* ze niet wilde.'

'Ik wilde me groot houden.'

'Fijn hoor, nog een leugen,' zei Go. 'Ik wist niet dat je zo'n... Wat je zegt is onzin, Nick. Ik was erbij tijdens dat etentje om de koop van De Bar te vieren en dat ma het verkeerd begreep. Ze dacht dat jullie wilden vertellen dat Amy zwanger was. Het maakte Amy aan het huilen.'

'Ik kan niet alles wat Amy ooit heeft gedaan verklaren, Go. Ik weet verdomme niet waarom ze een jaar geleden moest huilen. Oké?'

Go bleef stilletjes zitten. Het licht van een straatlantaarn omlijstte haar profiel, als bij een popster. 'Dit wordt een test, Nick,' mompelde ze. Ze keek me niet aan. 'Je hebt altijd problemen met de waarheid gehad. Je deinst nooit terug voor een leugentje als je daarmee een ruzie kunt voorkomen. Je hebt altijd de gemakkelijkste weg gekozen. Je zei tegen ma dat je naar honkbaltraining was terwijl je in werkelijkheid het team had verlaten; je zei tegen ma dat je naar de kerk ging terwijl je in de bioscoop zat. Het heeft iets dwangmatigs.'

'Dit is heel iets anders dan honkbal, Go.'

'Dat kun je wel zeggen. Maar je blijft maar smoesjes verkopen. Je lijkt wel een kind. Je wilt nog steeds dat iedereen denkt dat je volmaakt bent. Je wilt nooit je mindere kanten toegeven. Dus zeg je tegen Amy's ouders dat ze geen kinderen wilde. Je vertelt mij niet dat je je vrouw bedriegt. Je zweert bij hoog en bij laag dat die creditcards op jouw naam niet van jou zijn, je blijft volhouden dat je op het rivierstrand was terwijl je een bloedhekel aan het strand hebt, je zweert dat jullie huwelijk gelukkig was. Ik weet gewoon niet meer wat ik moet geloven.'

'Dat meen je toch niet, hoop ik?'

'Sinds Amy is verdwenen doe je niets anders dan liegen. Ik maak me zorgen. Wat is er aan de hand?'

Even bleef het helemaal stil.

'Go, zeg je wat ik denk dat je zegt? Want als dat zo is, betekent dat wel dat er definitief iets stuk is tussen ons.'

'Weet je nog dat spelletje dat je altijd met ma speelde toen we klein waren? *Zou je nog van me houden als? Zou je nog van me houden als* ik Go een klap gaf? *Zou je nog van me houden als* ik een bank beroofde? *Zou je nog van me houden als* ik iemand vermoordde?'

Ik zei niets. Ik had last van kortademigheid.

'Ik zou nog steeds van je houden,' zei Go.

'Go, wil je echt dat ik het zeg?'

Ze zei niets.

'Ik heb Amy niet vermoord.'

Ze zei niets.

'Geloof je me?' vroeg ik.

'Ik hou van je.'

Ze legde even een hand op mijn schouder en liep toen naar haar slaapkamer. Ze deed de deur achter zich dicht. Ik wachtte tot het licht aan zou gaan, maar het bleef donker.

Twee tellen later ging mijn telefoon. Dit keer was het dat prepaidding waar ik vanaf wilde. Maar dat kon niet omdat ik moest opnemen als Andie belde. Altijd, maar dan ook altijd. *Eén keer per dag, Nick. Ik moet met je praten.*

Ik merkte dat ik zat te knarsetanden.

Ik ademde in.

Aan de rand van de stad lagen de restanten van een oud fort uit de tijd van het Wilde Westen. Het was nu in vervallen staat, het zoveelste park waar niemand naartoe ging. Alles wat ervan over was, was de twee verdiepingen hoge houten uitkijktoren, omgeven door verroeste schommels en wippen. Andie en ik hadden daar een keer eerder afgesproken en elkaar in het duister van de wachttoren betast.

Ik reed drie keer een rondje om er zeker van te zijn dat ik niet werd gevolgd. Het was idioot om te gaan – het was nog geen tien uur – maar ik had niets meer in te brengen over onze afspraakjes. *Ik moet je zien, Nick, vanavond, meteen, of anders draai ik door, dat zweer ik je.* Toen ik bij het fort aankwam viel me op hoe afgelegen het lag en wat dat betekende: Andie was nog steeds bereid me te ontmoeten op een verlaten, onverlichte plek. En dat terwijl ik ervan werd verdacht dat ik mijn zwangere vrouw had vermoord. Toen ik door het dikke, stekelige gras naar het fort liep, kon ik nog net haar contouren onderscheiden achter het raampje van de houten wachttoren.

Ze wordt je ondergang, Nick. Op het laatste stuk versnelde ik mijn pas.

Een uur later zat ik te wachten in mijn door paparazzi omgeven huis. Rand had gezegd dat ze voor middernacht zouden horen of mijn vrouw zwanger was. Toen de telefoon ging nam ik onmiddellijk op. Helaas, het was Comfort Hill. Mijn vader was weer verdwenen. De politie was gewaarschuwd. Zoals altijd klonk het alsof het mijn schuld was. *Als dit nog een keer gebeurt, zal dat het einde betekenen van uw vaders verblijf bij ons.* Ik had een huiveringwekkend visioen: mijn vader die weer bij mij zou intrekken, twee zielige, driftige klootzakken. Dat zou echt de slechtste tv-komedie ter wereld opleveren. Het zou eindigen in moord en zelfmoord. *Beng-boem!* Start de band met het ingeblikte gelach.

Ik had net de telefoon neergelegd en staarde door het achterraam naar de rivier. Kalm blijven, Nick. Opeens zag ik een in elkaar gedoken gestalte bij het botenhuis. Eerst dacht ik dat het een verdwaalde verslaggever was, maar toen herkende ik iets in de gebalde vuisten en de verkrampte schouders.

Comfort Hill was ongeveer een half uur lopen hiervandaan via River Road. Mij herinnerde hij zich niet meer, maar wel het adres van ons huis.

Ik liep naar buiten en zag hem in het duister op de steiger zitten met een voet die boven het water bengelde. Hij staarde naar de rivier. Minder verfomfaaid dan anders, hoewel hij wel scherp naar zweet rook.

'Pa? Wat doe jij hier? Iedereen maakt zich zorgen.'

Hij keek me aan met zijn donkere, bruine ogen, scherpe ogen, niet die wazig-troebele blik die sommige bejaarden hebben. Als hij een troebele blik had gehad, zou het minder verontrustend zijn geweest.

'Ze zei dat ik moest komen,' snauwde hij. 'Ze zei dat ik moest komen. Dit is mijn huis, ik kom wanneer ik wil.'

'Ben je helemaal komen lopen?'

'Ik kan hier komen wanneer ik wil. Jij hebt misschien een hekel aan me, maar zij houdt van me.'

Ik schoot bijna in de lach. Zelfs mijn vader verzon een verhouding met Amy.

Een paar fotografen in mijn voortuin begonnen te flitsen. Ik moest mijn vader terug naar het tehuis zien te krijgen. Ik zag het artikel dat ze bij deze exclusieve foto's zouden publiceren al voor me. Wat voor vader was Bill Dunne, wat voor kind heeft hij grootgebracht? Godallemachtig, als mijn vader weer zou uitbarsten in een van zijn tirades tegen *de trutten…* Ik belde Comfort Hill en na flink aandringen stuurden ze een verzorger om hem op te komen halen. Ik deed mijn best om hem zo vriendelijk mogelijk naar de auto te begeleiden en mompelde geruststellende woordjes. Ondertussen legden de fotografen alles vast.

Mijn vader. Ik glimlachte toen hij werd weggereden. Ik probeerde eruit te zien als een trotse zoon. De verslaggevers vroegen me of ik mijn vrouw had vermoord. Ik wilde net weer naar binnen gaan toen er een politieauto voor mijn huis stopte.

Het was Boney. Ondanks de paparazzi was ze naar mijn huis gekomen om me het nieuws te vertellen. Ze zei het heel vriendelijk, met een welwillende, zachtzinnige stem.

Amy was zwanger.

Mijn vrouw was verdwenen met een baby in haar buik. Boney sloeg me gade, wachtte op mijn reactie. Die zou ze ongetwijfeld opnemen in haar politierapport, dus ik zei tegen mezelf: *Blijf netjes, verknoei het niet, gedraag je zoals een man zich gedraagt als hij dergelijk nieuws hoort*. Ik verborg mijn hoofd in mijn handen en jammerde *O god, o god.* Ondertussen zag ik mijn vrouw voor me op de vloer van onze keuken, met ingeslagen hoofd en haar handen om haar buik gevouwen.

Amy Elliott Dunne

Dagboek

26 juni 2012

Ik heb me nog nooit zo vitaal gevoeld. Het is een heldere, stralend blauwe dag, de vogels zijn kierewiet van de warmte, de rivier stroomt woest langs ons huis, en ik ben een en al levenslust. Angstig, opgelaten, maar *levenslustig*.

Toen ik vanochtend wakker werd, was Nick weg. Ik luisterde in bed naar de sialia's net buiten mijn raam en staarde naar het plafond waarop de zon een steeds bredere gouden baan achterliet. Ik had het gevoel dat ik moest overgeven. Mijn keel trok samen en zette uit als een hart. Ik probeerde niet over te geven, maar voor ik het wist rende ik naar de badkamer om over te geven: gal, warm water en een klein, dobberend erwtje. Terwijl mijn maag samentrok en ik met tranen in mijn ogen naar adem hapte, maakte ik de rekensom die vrouwen nu eenmaal maken als ze boven een wc-pot hangen. Geen nood. Ik slik de pil, ook al was ik die een of twee keer vergeten. Ik ben achtendertig en al bijna twee decennia aan de pil. Ik word niet per ongeluk zwanger.

Ik stond voor de afgesloten vitrine met de zwangerschapstesten en moest een chagrijnige verkoopster met snor opsporen om te vragen of ze de vitrine voor me wilde openen. Terwijl ze ongeduldig naast me wachtte, wees ik de test aan die ik wilde hebben. Met een koele blik reikte ze me het doosje aan en zei: 'Succes.'

Ik wist niet wat ik onder succes moest verstaan: een positieve of een negatieve uitslag. Ik reed naar huis, las de bijsluiter drie keer door, hield de test gedurende de aangegeven tijd schuin en zette hem toen op de rand van de wastafel. Daarna maakte ik me uit de voeten alsof het geen zwangerschapstest maar een handgranaat was. Drie minuten wachten. Ik zette de radio aan en hoorde, hoe kon het ook anders, een nummer van Tom Petty – is het wel eens voorgekomen dat je de radio aanzette en dat je géén nummer van Tom Petty hoorde? – en zong elk woord van 'American Girl' mee. Vervolgens sloop ik met wild bonzend hart terug naar de badkamer alsof ik de test moest overvallen. Ik was zwanger.

Voordat ik wist wat ik deed, holde ik over het gazon de straat in naar Noelle en bonsde op haar voordeur. Toen ze opendeed, barstte ik in tranen uit. 'Ik ben zwanger!' riep ik uit, en ik liet haar de test zien.

En toen wist iemand anders dan ik dat ik zwanger was en werd ik bang.

Weer thuis dacht ik twee dingen.

Eén: onze trouwdag is volgende week. Ik zal de aanwijzingen gebruiken als liefdesbriefjes, met aan het slot een prachtige, antieke houten wieg als cadeau. Ik zal hem ervan overtuigen dat we bij elkaar horen. Als gezin.

Twéé: ik wilde dat ik aan dat pistool had kunnen komen.

Nu ben ik soms bang als mijn man thuiskomt. Een paar weken geleden vroeg Nick of ik zin had om samen met hem te gaan varen op een vlot – lekker meedrijven op de stroming onder een strakblauwe hemel. Ik moest me vastgrijpen aan onze trapleuning voor steun. Ik stelde me voor hoe hij het vlot aan het wiebelen brengt – eerst plagend en lachend om mijn paniek, daarna met een strakke, vastberaden uitdrukking op zijn gezicht – en ik in het bruine, modderige water val, vol met takken en schurend zand, waarna hij boven op me springt en me met zijn sterke arm onder water duwt totdat ik me niet meer verzet.

Ik kan het niet helpen. Toen Nick met me trouwde was ik een jonge, rijke, mooie vrouw; nu ben ik arm, werkloos en bijna veertig in plaats van dertig. Ik ben niet mooi meer, ik ben *mooi voor mijn leeftijd*. Het is de harde waarheid: mijn waarde is gedaald. Ik zie het aan de manier waarop Nick naar me kijkt. Het is niet de blik van een man die de gok heeft gewaagd en heeft verloren. Het is de blik van een man die zich bedrogen voelt. Nog even en het is de blik van een man die zich gevangen voelt. Als ik niet zwanger was, zou hij van me kunnen scheiden. Maar dat zal hij nu nooit willen. Niet die goeie ouwe Nick. Hij zou er niet tegen kunnen dat de mensen in dit stadje, dat het gezin hoog in het vaandel heeft staan, denken dat hij zo'n man is die zijn vrouw en kind in de steek laat. Dan blijft hij liever bij mij en verbijt zijn woede en wrok. Nick lijdt in stilte.

Ik wil geen abortus. De baby zit vandaag zes weken in mijn buik en is zo groot als een erwtje. Hij heeft al ogen en longen en oren. Een paar uur geleden heb ik in de keuken de Tupperware met gedroogde peulvruchten gepakt die Maureen me had gegeven voor Nicks lievelingssoep. Ik heb er één erwtje uit gehaald en op het aanrecht gelegd. Hij was kleiner dan mijn pinknagel. Omdat ik het niet over mijn hart kon verkrijgen het erwtje op het aanrecht te laten liggen, heb ik het in mijn handpalm gelegd en een paar keer zachtjes gestreeld met het topje van mijn wijsvinger. Nu draag ik het dicht bij me in het borstzakje van mijn T-shirt.

Ik wil dus geen abortus en ik wil ook niet scheiden van Nick – nog niet. Ik herinner me nog hoe hij op een zomerdag naar de bodem van de oceaan dook, op zijn handen ging staan, zijn benen zwaaiend in de lucht, en even later bovenkwam met de mooiste schelp die hij had kunnen vinden. Ik liet mijn ogen verblinden door de zon en toen ik ze dichtdeed, zag ik de kleuren van het licht als regendruppels tegen de binnenkant van mijn oogleden. Nick kuste me met zoute lippen. Ik weet nog dat ik dacht: *ik ben zo gelukkig, dit is mijn echtgenoot, deze man zal de vader van mijn kinderen zijn. We zullen allemaal heel gelukkig worden.*

Maar misschien vergis ik me, misschien vergis ik me heel erg. De manier waarop hij soms naar me kijkt. Die lieve jongen van het strand, man van mijn dromen, vader van mijn kind? Soms, als ik hem erop betrap, zie ik hem met die waakzame ogen naar me kijken, de ogen van een insect, een en al berekening, en dan denk ik: *deze man zou me kunnen doden.*

Dus als je dit vindt en ik ben dood, dan...

Sorry, dat is niet grappig.

Nick Dunne

Zeven dagen vermist

Het werd tijd. Precies om acht uur in de ochtend, negen uur in New York, pakte ik de telefoon. Mijn vrouw was beslist zwanger. Ik was beslist de hoofdverdachte. De enige verdachte. Ik zou nog vandaag een advocaat regelen, en dat zou precies de advocaat worden die ik niet wilde. Maar ik had hem nu eenmaal nodig.

Tanner Bolt. Ik heb helaas geen andere keus. Als je langs de zenders met juridische programma's zapt, kom je altijd het bruin-uit-een-flesje-gezicht van Tanner Bolt tegen, verontwaardigd namens een of andere idiote cliënt die hij vertegenwoordigt. Hij was op vierendertigjarige leeftijd beroemd geworden als advocaat van Cody Olsen, een restauranthouder uit Chicago die ervan werd beschuldigd dat hij zijn hoogzwangere vrouw had gewurgd en haar lijk had gedumpt op een vuilnisbelt. Speurhonden hadden de geur van een lijk opgepikt in de kofferbak van Cody's Mercedes. Uit zijn laptop bleek dat iemand op de ochtend dat zijn vrouw verdween een kaart had afgedrukt met de dichtstbijzijnde vuilnisbelt. Kortom, die zaak leek een makkie. Toen Tanner Bolt die zaak had afgehandeld, waren er bezwarende verklaringen tegen iedereen: tegen de politie, tegen twee bendeleden uit de West Side van Chicago en tegen een gemelijke uitsmijter van een club, maar niet tegen Cody Olsen. Hij liep de rechtszaal uit en trakteerde iedereen op cocktails.

In de tien jaar die volgden was Tanner Bolt bekend geworden als De Slechtvalk. Hij dook als een roofvogel op spectaculaire zaken en verdedigde overwegend mannen die werden beschuldigd van moord op hun vrouw. Hij won meer dan de helft van zijn zaken. Dat was zeker niet slecht, als je in aanmerking nam dat het meestal om heel ernstige zaken ging, met verdachten die erg weerzinwekkend waren – bedriegers, narcisten, psychopaten. De andere bijnaam van Tanner Bolt was de Aso-advocaat.

Om twee uur die middag had ik een afspraak.

'U spreekt met Marybeth Elliott. Als u een boodschap achterlaat, bel ik u zo spoedig mogelijk terug...' zei ze met een stem die precies op die van Amy leek. Amy die niets van zich liet horen.

Ik reed snel naar het vliegveld om naar New York te vliegen voor een afspraak met Tanner Bolt. Toen ik Boney toestemming had gevraagd om de stad te verlaten, moest ze een beetje lachen: *Daar gaan politiemensen helemaal niet over. Dat is alleen maar zo op tv.*

'Hallo, Marybeth, hier weer met Nick. Ik wil graag met je praten. Ik wilde jullie vertellen... eh, ik wist echt niets over die zwangerschap, ik ben net zo geschokt als jullie... eh... en ik neem trouwens een advocaat, dan weten jullie dat. Ik geloof dat Rand zelf al zoiets voorstelde. Maar goed... jullie weten dat ik heel slecht ben in het inspreken van voicemail. Ik hoop dat jullie me terugbellen.'

Het kantoor van Tanner Bolt lag in *midtown* New York, niet ver van de plek waar ik vroeger werkte. De lift bracht me vijfentwintig verdiepingen omhoog, maar zo geruisloos dat ik alleen aan mijn oren voelde dat we opstegen. Op de zesentwintigste verdieping stapte een blondine met een nuffig mondje en een elegant mantelpakje in. Ze tikte ongeduldig met haar voet, wachtte tot de deuren dichtgingen en snauwde me toe: 'Waarom drukt u niet op de sluitknop?' Ik schonk haar een glimlach die ik altijd gebruik bij humeurige vrouwen, de montere glimlach die Amy als 'de grijns van Nick' betitelde. Toen zag ik dat de vrouw me herkende. 'O,' zei ze. Ze keek alsof ze iets vies rook. Ze was duidelijk niet verbaasd dat ik uitstapte op de verdieping waar Tanner kantoor hield.

Die man was nou eenmaal de beste, en ik had de beste nodig. Toch vond ik het vervelend om met hem in verband te worden gebracht, op welke wijze dan ook. Die gladjakker, die showpik, die advocaat van de duivel. Ik had bij voorbaat al zo'n hekel aan Tanner Bolt dat ik verwachtte dat zijn kantoor eruit zou zien als het decor van *Miami Vice*. Maar Bolt & Bolt was het tegenovergestelde: waardig, deftig. Achter smetteloze glazen deuren liepen mensen in heel dure pakken druk heen en weer tussen de verschillende werkkamers.

Een jonge, knappe man met een stropdas die de kleur had van tropisch fruit begroette me en installeerde me in de ontvangstruimte, met veel glimmende spiegels en glas. Hij bood me een glas water aan (afgeslagen). Toen liep hij terug naar zijn glanzende bureau en pakte een glanzende telefoon op. Ik zat op de bank, keek naar de skyline en zag hijskranen die als mechanische vogels op en neer gingen. Daarna pakte ik het papiertje met Amy's laatste aanwijzing uit mijn broekzak. Vijf jaar is hout. Zou dat het cadeau van de speurtocht worden? Iets voor de baby: een wieg van bewerkt eikenhout, een houten rammelaar? Iets voor onze baby en voor ons. Een nieuw begin, een herkansing voor de Dunnes.

Go belde terwijl ik nog naar de aanwijzing zat te staren.

'Alles weer goed tussen ons?' vroeg ze meteen.

Mijn zus hield rekening met de mogelijkheid dat ik mijn vrouw had vermoord.

'Zo goed als mogelijk is, alles in aanmerking genomen.'

'Nick, het spijt me. Ik bel om me te verontschuldigen,' zei Go. 'Toen ik wakker werd voelde ik me belachelijk. En vreselijk. Ik was mezelf niet. Het was een moment van waanzin. Ik bied je mijn oprechte excuses aan, echt, ik meen het.'

Ik zei niets.

'Je moet bedenken, Nick, ik was uitgeput, al die stress… Het spijt me… echt.'

'Oké,' loog ik.

'Maar het was ook goed. Alle misverstanden zijn nu opgelost…'

'Ze was wel degelijk zwanger.'

Mijn maag draaide zich om. Weer had ik het gevoel dat ik iets cruciaals was vergeten. Ik had iets over het hoofd gezien, en dat zou me duur komen te staan.

'Het spijt me,' zei Go. Ze wachtte een paar tellen. 'Het is een feit…'

'Ik kan er niet over praten. Dat gaat niet.'

'Oké.'

'Ik ben nu in New York,' zei ik. 'Ik heb een afspraak met Tanner Bolt.'

Ze slaakte een zucht van opluchting.

'Godzijdank. Kon je zó snel bij hem terecht?'

'Zo beroerd is mijn zaak.' Ik was meteen doorverbonden met Tanner. Ik had mijn naam genoemd en had niet langer dan drie seconden hoeven wachten. Nadat ik hem had verteld over het verhoor in mijn woonkamer en over de zwangerschap, adviseerde hij me meteen het vliegtuig te pakken.

'Ik ben een beetje aan het doordraaien,' zei ik.

'Je hebt een verstandig besluit genomen. Echt waar.'

Weer een stilte.

'Tanner Bolt zal toch niet zijn echte naam zijn?' zei ik, in een poging het gesprek iets luchtigs te geven.

'Ik heb gehoord dat het een anagram is van Natner Tolb.'

'Echt waar?'

'Nee.'

Ik lachte. Het was misschien ongepast, maar het voelde goed. Toen kwam het anagram vanaf de andere kant van de kamer naar me toe gelopen. Zwart pak met krijtstreep, limoengroene das, haaiachtige grijns. Hij hield zijn hand onder het lopen al uitgestoken. Helemaal klaar voor de strijd.

'Nick Dunne? Tanner Bolt. Loop maar mee, dan gaan we aan de slag.'

Het kantoor van Tanner Bolt moest kennelijk lijken op de clubroom van een exclusieve golfvereniging met uitsluitend mannelijke leden: comfortabele leren stoelen, planken vol wetboeken, een gashaard met vlammen die dansten op de stroom van de airconditioning. Ga zitten, steek een sigaar op, lucht je hart over je vrouw, vertel wat foute grappen, *kerels onder elkaar*.

Bolt ging expres niet achter zijn bureau zitten. Hij loodste me naar een tweepersoonstafeltje, alsof we gingen schaken. *Dit is een gesprek tussen partners*, wilde Bolt hiermee zeggen. *Dit tafeltje is ons commandocentrum en van hieruit gaan we het regelen.*

'Mijn honorarium, meneer Dunne, is honderdduizend dollar. Dat is uiteraard een boel geld. Ik wil dus graag duidelijk zijn over hetgeen ik heb te bieden en wat ik van u verwacht, oké?'

Hij keek me aan zonder met zijn ogen te knipperen en met een sympathieke glimlach. Hij wachtte tot ik zou knikken. Alleen Tanner Bolt speelde het klaar om míj, een cliënt, naar hem te laten vliegen om me te vertellen hoe ik me moest opstellen zodat ik hém kon betalen.

'Ik win, meneer Dunne. Ik win zaken die niet te winnen zijn, en de zaak die u weldra te wachten kan staan is – ik wil u niet ongerust maken – een moeilijke. Geldproblemen, probleemhuwelijk, zwangere vrouw. De media hebben zich tegen u gekeerd, het publiek heeft zich tegen u gekeerd.'

Hij draaide aan de zegelring aan zijn rechterhand en wachtte tot ik liet blijken dat ik luisterde. Ik had altijd horen zeggen: op veertigjarige leeftijd heeft een man het gezicht dat hem toekomt. Bolt was rond de veertig en zijn gezicht was goed verzorgd, bijna rimpelvrij, zelfingenomen, maar niet op een onprettige manier. Een zelfverzekerde man, de beste op zijn vakgebied, een man die hield van zijn leven.

'Geen politieverhoren meer zonder dat ik erbij aanwezig ben,' zei Bolt. 'Ik betreur het ten zeerste dat u dat hebt gedaan. Maar voordat we de juridische details gaan bespreken, moeten we het hebben over de publieke opinie. Zoals het nu gaat, kunnen we ervan uitgaan dat alles wordt gelekt: uw creditcards, de levensverzekering, de plaats delict waar blijkbaar mee gesjoemeld is, het opgedweilde bloed. De politie denkt dat u het hebt gedaan, en dat laten ze weten aan het publiek. Het publiek is woedend, ze eisen uw arrestatie. Ten eerste: we moeten een alternatieve verdachte vinden. Ten tweede: we moeten de steun van Amy's ouders behouden. Het belang daarvan kan ik niet genoeg benadrukken. En ten derde: we moeten zorgen dat u een beter imago krijgt, want als het tot een proces komt, zal uw imago de jury beïnvloeden. Verwijzing naar een andere rechtbank betekent tegenwoordig niets meer – vierentwintig uur per dag tv, internet, de hele wereld is de rechtbank. Dus ik kan niet genoeg benadrukken hoe belangrijk het is dat we een ander beeld van u gaan creëren.'

'Dat wil ik zelf ook, echt waar.'

'Hoe staat het met Amy's ouders? Kunnen we een steunverklaring van ze krijgen?'

'Ik heb ze niet meer gesproken sinds werd bevestigd dat Amy zwanger was.'

'Zwanger is.' Tanner keek me aan met gefronste wenkbrauwen. 'Is. Ze ís zwanger. Nooit, maar dan ook nooit in de verleden tijd over uw vrouw praten.'

'Verdomme.' Ik legde mijn gezicht even in mijn hand. Ik had niet eens gemerkt wat ik zei.

'Tegenover mij is het niet erg,' zei Bolt. Hij maakte een grootmoedig, wegwuivend gebaar. 'Maar op alle andere plekken moet u nadenken over wat u zegt. Goed nadenken. Van nu af aan wil ik dat u pas iets zegt als u eerst goed over uw woorden hebt nagedacht. U hebt dus niet met Amy's ouders gesproken. Dat bevalt me niet. U hebt wel geprobeerd met ze in contact te komen, neem ik aan?'

'Ik heb een paar berichten ingesproken.'

Bolt krabbelde iets op een geel schrijfblok. 'Oké, dit moeten we als slecht nieuws beschouwen. Maar u moet ze te pakken zien te krijgen. Niet ergens in het openbaar, waar een of andere oetlul met een camera u kan filmen.

We zitten niet te wachten op nog zo'n Shawna Kelly-moment. Of stuur uw zus op verkenning uit, misschien kan zij meer te weten komen. Ja, doe dat maar, dat is beter.'

'Oké.'

'Je moet een lijst voor me maken, Nick. Van alle aardige dingen die je de afgelopen jaren voor Amy hebt gedaan. Romantische dingen, vooral in het afgelopen jaar. Je hebt kippensoep voor haar gemaakt toen ze ziek was, of je hebt haar liefdesbrieven gestuurd toen je op zakenreis was. Het hoeft niet heel opzienbarend te zijn. Sieraden vind ik niet interessant, behalve als jullie die tijdens een vakantie hebben gekocht of zoiets. Het moeten echt persoonlijke dingen zijn, zoals in een romantische film.'

'En als ik niet het romantische type uit de film ben?'

Tanner kneep zijn lippen op elkaar. Na een paar tellen trok hij weer zijn gewone gezicht. 'Kom ergens mee, oké Nick? Je lijkt me een aardige vent. Ik weet zeker dat je het afgelopen jaar iets attents hebt gedaan.'

Van de afgelopen twee jaar kon ik niets aardigs bedenken. In New York, tijdens die eerste huwelijksjaren, deed ik niets liever dan mijn vrouw verwennen, die onbezorgde dagen toen ze over de parkeerplaats van een winkel op me af kwam rennen en in mijn armen sprong, spontaan blij omdat ze zojuist haarspray had gekocht. Haar gezicht voortdurend tegen het mijne gedrukt, haar helderblauwe ogen wijd open en haar blonde wimpers tegen de mijne, de warmte van haar adem onder mijn neus, de zotheid van dat alles. Ik heb nog twee jaar keihard mijn best gedaan toen mijn vrouw van me afdreef. Ik heb heel hard mijn best gedaan. Geen woede, geen ruzie, maar wel ben ik constant voor haar door het stof gegaan. De capitulatie, de pantoffelheld uit een tv-komedie: *Ja, schat. Natuurlijk, liefje.* De energie lekte uit mijn lichaam terwijl ik wanhopig probeerde uit te vissen hoe ik haar gelukkig kon maken. Elke actie, elke poging werd ontvangen door een ontevreden blik of een droevig zuchtje. Zo'n zucht die betekende: *Je snapt me gewoon niet.*

Tegen de tijd dat we naar Missouri verhuisden was ik alleen nog maar kwaad. Ik schaamde me voor mezelf – de zich aan alles onttrekkende, gemene kwal die ik was geworden. Ik was dus niet romantisch. Ik was zelfs niet eens aardig.

'Ik wil ook een lijst van alle mensen die Amy iets aangedaan kunnen hebben, mensen die haar mogelijk kwaadgezind waren.'

'Ik moet je nog vertellen dat Amy eerder dit jaar heeft geprobeerd een pistool te kopen.'

'Weet de politie daarvan?'

'Ja.'

'Wist jij het?'

'Pas nadat ik het had gehoord van de vent bij wie ze er een probeerde te kopen.'

Hij dacht precies twee tellen na. 'Dan neem ik aan dat hun theorie is dat ze dat pistool wilde om zich te beschermen tegen jou,' zei hij. 'Ze was alleen, ze was bang. Ze wilde in je geloven, maar ze voelde dat er iets heel erg mis was. Dus wilde ze een pistool voor het geval haar ergste angst werkelijkheid zou worden.'

'Wauw, je bent goed.'

'Mijn vader was politieman,' zei hij. 'Maar dat pistoolidee bevalt me. We moeten alleen iemand anders vinden door wie ze zich bedreigd kon voelen. Een buurman die steen en been klaagde over een blaffende hond, een opdringerige kerel die ze van zich af moest houden... Wat het ook is, ik moet het weten. Dat is ongeveer het idee. Wat weet je van Tommy O'Hara?'

'O ja! Ik weet dat hij een paar keer de tiplijn heeft gebeld.'

'Hij is ervan beschuldigd dat hij Amy in 2005 heeft verkracht toen hij een afspraakje met haar had.'

Ik voelde dat mijn mond openzakte maar ik zei niets.

'Ze had een oppervlakkig afspraakje met hem. Er was een etentje bij hem thuis, het liep uit de hand en volgens mijn bronnen heeft hij haar verkracht.'

'Wanneer in 2005?'

'Mei.'

Dat was gedurende de periode van acht maanden dat ik Amy uit het oog was verloren – de tijd tussen onze eerste ontmoeting in New York en die keer dat ik haar terugzag op Seventh Avenue.

Tanner trok zijn das recht, draaide aan zijn met diamant versierde trouwring en sloeg me gade. 'Ze heeft het je nooit verteld?'

'Ik heb hier nog nooit van gehoord,' zei ik. 'Van niemand. En zeker niet van Amy.'

'Je zou verbaasd staan hoeveel vrouwen dat nog steeds een stigma vinden. Schaamte.'

'Ik kan niet geloven dat ik...'

'Ik probeer bij mijn cliënten altijd met nieuwe informatie te komen,' zei hij. 'Ik wil je laten zien hoe serieus ik je zaak aanpak. En hoezeer je mij nodig hebt.'

'Zou die man een verdachte kunnen zijn?'

'Natuurlijk, waarom niet,' zei Tanner, al te luchtig. 'Hij heeft een geschiedenis van gewelddadigheid jegens je vrouw.'

'Is hij veroordeeld?'

'Ze heeft de aanklacht ingetrokken. Wilde niet getuigen, neem ik aan. Als jij en ik besluiten samen te werken, zal ik hem natrekken. Ondertussen moet je proberen je iedereen te herinneren die ooit interesse in je vrouw heeft getoond. Het liefst iemand die in Carthage woont. Dat is geloofwaardiger. Nou...' Tanner sloeg zijn benen over elkaar, ontblootte zijn onderste rij tanden, onprettig onregelmatig en vlekkerig in vergelijking met zijn volmaakte regelmatige boventanden. Hij hield zijn slechte tanden een tijdje tegen zijn bovenlip. 'Nu komt het moeilijker gedeelte, Nick,' zei hij. 'Ik wil dat je volkomen eerlijk tegen me bent, anders werkt het niet. Want als ik het ergste weet, dan kan ik me daarop voorbereiden. Maar als ik door iets word verrast, zijn we de lul. En als wij de lul zijn, ben jíj de lul. Want ik vlieg gewoon weg in mijn privéjet.'

Ik ademde in. Keek hem in de ogen. 'Ik bedrieg Amy. Ik heb Amy bedrogen.'

'Oké. Met verschillende vrouwen of maar een?'

'Nee, met eentje maar. Ik heb haar nooit eerder bedrogen.'

'Met één vrouw dus?' vroeg Bolt. Hij wendde zijn blik af. Zijn ogen bleven rusten op een aquarel van een zeilboot. Ondertussen draaide hij zijn trouwring rond. Ik zag hem voor me terwijl hij later zijn vrouw belde: *Met eentje maar, met eentje maar, ik wil iemand die geen kloothommel is.*

'Ja, met één meisje, ze is heel...'

'Niet méísje zeggen, nooit méísje zeggen,' zei Bolt. 'Vrouw. Eén vrouw die heel bijzonder voor je is. Wilde je dat zeggen?'

Uiteraard.

'Je weet toch, Nick, dat bijzonder in feite erger is dan... oké. Hoe lang al?'

'Iets meer dan een jaar.'

'Heb je haar nog gesproken sinds Amy wordt vermist?'

'Ja, maar via een prepaidmobieltje. En een keer in levenden lijve. Twee keer. Maar...'

'In lévenden lijve.'

'Niemand heeft ons gezien. Dat weet ik zeker. Alleen mijn zus.'

Hij zuchtte, keek weer naar de zeilboot. 'En wat is de... Hoe heet ze?'

'Andie.'

'Hoe kijkt zij hiertegenaan?'

'Ze was fantastisch... tot de zwangerschap... bekend werd. Nu denk ik wel dat ze een beetje... gespannen is. Erg gespannen. Erg, eh... behoeftig is niet het goede woord.'

'Zeg wat je wilt zeggen, Nick. Als ze behoeftig is, dan...'

'Ze is behoeftig. Aanhankelijk. Zoekt voortdurend naar bevestiging. Ze is echt heel lief, maar ze is jong, en nou ja, het was allemaal nogal moeilijk, dat is duidelijk.'

Tanner Bolt liep naar zijn minibar en pakte een Clamato. De koelkast was gevuld met flesjes Clamato. Hij opende het flesje tomatensap en dronk het in drie teugen leeg. Daarna depte hij zijn lippen met een servet. 'Je moet het contact met Andie volledig en voorgoed verbreken,' zei hij. Ik wilde iets zeggen maar hij bracht me met een handgebaar tot zwijgen. 'Onmiddellijk.'

'Ik kan niet zomaar met haar breken. Van de ene op de andere dag.'

'Hier is geen discussie over mogelijk, Nick. Ik bedoel, kom op, man. Moet ik dit echt zeggen? Je kunt niet rondneuken terwijl je zwangere vrouw wordt vermist. Dan beland je in de gevangenis. Nee, het gaat erom dat je met haar breekt zonder dat ze zich tegen ons keert. Zonder dat ze met wraakzuchtige gevoelens achterblijft. Ze moet alleen maar mooie herinneringen overhouden. Je moet haar laten geloven dat dit het enige fatsoenlijke was. Ze moet beseffen dat het nu om jou draait. Hoe verbreek jij je relaties?'

Ik opende mijn mond maar hij wachtte mijn antwoord niet af.

'Ik ga je helemaal voorbereiden op dat gesprek. Dat pakken we aan alsof het om een kruisverhoor gaat, oké? Goed, als je me wilt als advocaat vlieg ik meteen naar Missouri. Ik sla daar mijn tenten op en dan duik ik er echt helemaal in. Ik kan morgen al bij je zijn. Wil je dat?'

'Ja.'

Ik was voor etenstijd terug in Carthage. Het was vreemd, maar nu Andie op instigatie van Tanner uit beeld moest verdwijnen – het was duidelijk dat ze echt niet kon blijven – accepteerde ik dat heel snel en treurde ik nauwelijks. Tijdens die twee uur durende vlucht maakte ik de overgang van verliefd op Andie naar niet verliefd op Andie. Alsof ik door een deuropening ging. Onze relatie kreeg meteen een sepiakleurig, nostalgisch tintje: verleden tijd. Bizar eigenlijk dat ik mijn huwelijk op het spel had gezet voor een meisje met wie ik niet meer gemeen had dan dat we beiden van lachen hielden en van een koud biertje na het vrijen.

Natuurlijk vind je het niet erg dat er een einde aan komt, zou Go zeggen. *Het begon een lastige relatie te worden.*

Maar er was een betere reden: Amy bloeide weer helemaal op in mijn geest. Ze was verdwenen en toch was ze sterker aanwezig dan wie dan ook. Ik was verliefd geworden op Amy omdat ik bij haar de ultieme Nick was. De liefde voor haar maakte me tot een supermens, ik voelde dat ik leefde. Zelfs in haar gemakkelijkste momenten was ze moeilijk, want haar hersens ratelden en ratelden maar door. Ik moest op mijn tenen lopen om haar bij te kunnen houden. Ik deed er soms een uur over om een gewoon e-mailtje aan haar te schrijven, ik begon allerlei onderwerpen te bestuderen om haar interesse vast te houden: de romantische dichters, de duelleercode, de Franse Revolutie. Haar geest was breed en diep en bij haar werd ik slimmer. En voorkomender, actiever en levendiger, bijna elektrisch geladen, want voor Amy was liefde iets als drugs, drank of porno: het kende geen maat. Elke beleving moest intenser zijn dan de voorgaande om dezelfde kick te krijgen.

Amy gaf me het gevoel dat ik uitzonderlijk was, dat ik kon meespelen op haar niveau. Dat was wat ons groot had gemaakt en ook wat ons ten val had gebracht. Want ik kon niet voldoen aan die hoge eisen. Ik begon te verlangen naar gemak, naar een doorsneeleven, en ik haatte mezelf erom. Uiteindelijk had ik haar ervoor gestraft, dat besefte ik nu. Ik had haar veranderd in een kribbig, prikkelbaar wezen. Ik had me voorgedaan als een bepaald soort man maar ik bleek een heel ander type te zijn. Erger nog, ik maakte mezelf wijs dat onze tragedie helemaal haar verantwoordelijkheid was. Na al die jaren was ik veranderd in een arrogante, wrokkige kankeraar. Precies zoals Amy het had verwoord.

Tijdens de vlucht naar huis had ik zo lang naar de vierde aanwijzing gestaard dat ik de tekst vanbuiten kende. Ik wilde mezelf kwellen. Geen wonder dat haar tekst dit keer zo anders was. Mijn vrouw was zwanger, ze wilde een nieuw begin, terugkeren naar onze gelukzalige, sprankelende periode. Ik zag voor me hoe ze door de stad rende om al die lieve briefjes te verstoppen, als een ijverig schoolmeisje dat niets liever wilde dan dat ik de oplossing zou vinden: dat ze zwanger was van mijn kind. Hout. Het was vast een antiek wiegje. Ik kende mijn vrouw: het moest een antiek wiegje zijn. Hoewel de aanwijzing niet echt de toon had van een moeder in blijde verwachting.

Ik ben een meisje, echt buitengewoon stout
Ik verdien een pak slaag met een stevig eind hout
Op deze plek liggen je spullen, vijf jaar getrouwd
Of heb ik ons huwelijk op raadsels gebouwd?
Wat was het daar leuk, op die stralende dag
En daarna een cocktail en vrolijk gelach
Ren daar nu heen, slaak een aanminnige zucht
Open de deur en wees voor verrassing beducht

Ik was bijna thuis toen ik het snapte. Waar je spullen liggen, vijf jaar getrouwd: die spullen moesten iets zijn dat van hout was gemaakt. Een pak slaag met een eind hout kon een verwijzing zijn naar het houten schuurtje. Dat was het houten schuurtje achter het huis van mijn zus, een plek waar grasmaaieronderdelen en roestig gereedschap waren opgeslagen. Het was een vervallen schuurtje, iets uit een bloederige horrorfilm waarin onschuldige kampeerders langzaam worden afgemaakt. Go kwam er nooit. Ze had vaak voor de grap gezegd dat we het net zo goed in de fik konden steken. In plaats daarvan had ze het schuurtje verwaarloosd, zodat het nu was overwoekerd en vol spinnenwebben zat. Schertsend hadden we wel eens gezegd dat het een goede plek was om een lijk te begraven.

Dat kon niet waar zijn.

Ik reed door de stad. Mijn gezicht was gevoelloos, mijn handen waren koud. De auto van Go stond op de oprit, maar ik glipte langs het verlichte raam van de woonkamer en liep de steile helling af. Algauw was ik uit haar zicht, uit het zicht van iedereen. Helemaal op mezelf.

Helemaal achter in de tuin, bij de laatste rij bomen, lag het schuurtje.

Ik trok de deur open.

O mijn god.

DEEL 2

JONGEN ONTMOET MEISJE

De dag van Amy Elliott Dunne

Ik voel me zo veel beter nu ik dood ben.

Formeel gezien: vermist word. Spoedig verondersteld dood te zijn. Maar laten we voor het gemak zeggen dat ik dood ben. Het is nog maar een paar uur geleden gebeurd, maar ik voel me nu al beter: losse ledematen, soepele spieren. Vanochtend merkte ik ineens dat mijn gezicht anders aanvoelde. Ik keek in de achteruitkijkspiegel – het vreselijke Carthage zeventig kilometer achter me, mijn zelfvoldane echtgenoot rondlummelend in zijn morsige bar, niet vermoedend hoe groot de ellende is die aan dun pianodraad boven zijn kop hangt – en besefte dat ik glimlachte. Ha! Dat was nieuw voor me.

Mijn controlelijst voor vandaag – een van de vele controlelijsten die ik het afgelopen jaar heb gemaakt – ligt naast me op de passagiersstoel. Naast punt 22 (mezelf snijden) zit een spat bloed. *Maar Amy is bang voor bloed*, zal de dagboeklezer denken. (Het dagboek, ja! We komen nog terug op dat briljante dagboek van mij.) Maar goed, ik ben dus niet bang voor bloed, integendeel, hoewel ik dat afgelopen jaar wel vaak heb beweerd. Ik heb zeker een keer of vijf tegen Nick gezegd dat ik bang ben voor bloed. Toen hij reageerde met: 'Ik herinner me helemaal niet dat je bang bent voor bloed', zei ik: 'Maar dat heb ik je al zo vaak verteld!' Nick heeft een geheugen als een zeef als het om problemen van anderen gaat en hij nam dus gewoon aan dat het waar was. Het was een slimme zet van me dat ik ben flauwgevallen in het plasmacentrum. (Maak je geen zorgen, het wordt allemaal nog duidelijk: wat waar is en wat niet waar is, en wat misschíén waar is.)

Punt 22, mezelf snijden, heeft lang op de lijst gestaan. Nu is het gebeurd en doet mijn arm pijn. Erg veel pijn. Het vergt een bijzonder soort discipline om jezelf een snee toe te brengen die dieper gaat dan een papiersnee. Een snee tot op de spier. Je wilt zo veel mogelijk bloed, maar niet zo veel dat je flauwvalt en uren later wordt gevonden in een plas bloed ter grootte van een kinderbadje. Dan heb je wat uit te leggen. Ik wilde het eerst proberen met een stanleymes, maar toen ik al die wirwar van aders in mijn pols zag, voelde ik me net een explosievenexpert in een actiefilm: knip de verkeerde draad door en je bent er geweest. Uiteindelijk maakte ik een snee aan de binnenkant van mijn bovenarm terwijl ik op een lap beet om het niet uit te schreeuwen van de pijn. Eén lange, diepe snee. Ik bleef tien minuten lang in kleermakerszit op de keukenvloer zitten en liet het bloed uit de wond druppelen totdat zich een behoorlijke plas had gevormd. Vervolgens maakte ik de vloer op een klungelige manier schoon, precies zoals Nick zou hebben gedaan als hij mij de schedel zou hebben ingeslagen. Ik wil dat het huis een verhaal vertelt van een conflict tussen waar en niet waar. *De puinhoop in de woonkamer lijkt in scène gezet, maar het bloed is opgedweild. Het kan Amy niet zijn geweest!*

Dus de zelfmutilatie was het waard. Niettemin brandt de wond uren later nog onder de tourniquet onder mijn mouw. (Punt 30: Verbind de wond minutieus zodat er geen bloed drupt waar geen bloed mag worden aangetroffen. Wikkel een doek om het stanleymes en doe het mes in je zak om het later weg te gooien.)

Punt 18: Haal de woonkamer overhoop. Gooi de sofa omver. Check.

Punt 12: Verstop de eerste aanwijzing in de doos die erbij hoort en zet hem net uit het zicht zodat de politie hem vindt voordat je ontdane echtgenoot eraan denkt ernaar te zoeken. De aanwijzing moet in het politiedossier terechtkomen. Ik wil dat hij gedwongen wordt de speurtocht te beginnen (zijn trots zal ervoor zorgen dat hij hem afmaakt). Check.

Punt 32: Trek merkloze kleding aan, stop je haar in een hoed, loop naar de oever van de rivier en ren vlak langs de waterkant tot aan het einde van het huizenblok. Doe dit, ook al weet je dat de Teverers, de enige buren met uitzicht op de rivier, naar de kerk zijn. Je weet immers maar nooit. Je gaat altijd net een stap verder dan anderen, want zo ben je.

Punt 29: Neem afscheid van Bleecker. Ruik voor de laatste keer zijn vieze kattenadem. Vul zijn voerbakje voor het geval mensen vergeten hem te voeren zodra alles begint.

Punt 33: Maak dat je wegkomt.

Check, check en dubbelcheck.

Ik kan je meer vertellen over hoe ik alles heb gedaan, maar ik heb liever dat je me eerst leert kennen. Niet de dagboek-Amy, want dat is een fictief persoon (en Nick maar beweren dat ik geen echte schrijver ben. Waarom heb ik ooit naar hem geluisterd?), maar míj, de Echte Amy. Wat voor een vrouw zou zoiets doen? Ik zal je een verhaal vertellen, een wáár verhaal, dan zul je het beter begrijpen.

Om te beginnen: ik had nooit geboren moeten worden. Mijn moeder heeft voor mijn geboorte vijf miskramen en twee doodgeboren kinderen gehad. Eens per jaar, in de herfst, alsof het een seizoensgebonden plicht was, een soort wisselbouw. Het waren allemaal meisjes en ze heetten allemaal Hope. Ik weet zeker dat het een idee van mijn vader was, met zijn optimistische ingevingen en zijn blijmoedig enthousiasme: *We mogen de hoop niet opgeven, Marybeth.* Maar de hoop opgeven was precies wat ze deden, telkens weer.

De artsen adviseerden mijn ouders met klem dat ze het niet nog een keer moesten proberen; ze sloegen hun raad in de wind. Mijn ouders zijn geen mensen die opgeven. Ze probeerden het telkens weer, en uiteindelijk kwam ik. Mijn moeder rekende er niet op dat ik in leven zou blijven en kon me niet als een echte baby zien, een levend kind, een meisje dat ze mee naar huis zou nemen. Ik zou Hope 8 zijn geweest, als ze weer een miskraam had gekregen. Maar ik kwam schreeuwend ter wereld – een knalroze baby. Mijn ouders waren zo verbaasd dat ze pas te laat beseften dat ze niet eens een naam hadden bedacht, althans geen echte naam voor een echt kind. De eerste twee dagen in het ziekenhuis was ik dan ook naamloos. Elke ochtend hoorde mijn moeder de deur van haar kamer opengaan en merkte ze dat de verpleegster in de deuropening bleef staan (ik stel me altijd een oude verpleegster voor, met zwierige witte rokken en een gevouwen kapje op haar hoofd, als een kartonnen doosje van de afhaalchinees). De verpleegster bleef dus staan en dan vroeg mijn moeder zonder op te kijken: 'Leeft ze nog?'

Toen ik in leven bleef, noemden ze me Amy, omdat het een gewone meisjesnaam was, een naam die jaarlijks aan duizenden andere baby's werd gegeven, in de hoop dat de goden deze kleine baby niet tussen de andere baby's zouden uitpikken. Marybeth zei dat ze me Lydia zou noemen als ze het kon overdoen.

Terwijl ik opgroeide voelde ik me speciaal, trots. Ik was het meisje dat de strijd was aangegaan met de vergetelheid en had gewonnen. De kans was één op honderd geweest, maar het was me gelukt. In mijn drang naar leven heb ik mijn moeders baarmoeder volledig verwoest – mijn eigen, prenatale tactiek van de verschroeide aarde. Marybeth zou nooit meer kinderen kunnen krijgen. Als kind koesterde ik me in die wetenschap: ik ben de enige, de enige, alleen ik.

Mijn moeder dronk altijd hete thee op de geboorte-sterfdagen van de Hopes. Dan ging ze in de schommelstoel zitten met een deken over haar benen omdat ze 'even wat tijd voor zichzelf nodig had'. Niets dramatisch – mijn moeder is te verstandig om een klaagzang aan te heffen – maar ze verzonk in gepeins en trok zich in zichzelf terug. Ik moest daar niets van hebben, aandachttrekker als ik was. Ik klom op mijn moeders schoot, hield een krijtjestekening voor haar neus, of herinnerde me toevallig net een toestemmingsformulier voor een schoolreisje dat acute aandacht vereiste. Mijn vader probeerde me altijd af te leiden met snoep of een bezoekje aan de bioscoop. Maar wat hij ook probeerde, ik trapte er niet in. Ik gunde mijn moeder die paar minuten niet.

Ik ben altijd beter geweest dan de Hopes, ik ben degene die het heeft gehaald. Maar ik ben ook altijd jaloers op de Hopes geweest – zeven dode, dansende prinsesjes. Ze zijn perfect zonder zich te hebben hoeven inspannen, zonder ook maar één moment te hebben hoeven bestaan, terwijl ik hier op aarde vastzit en elke dag weer mijn best moet doen om perfect te blijven. Omdat ik de kans loop minder te worden dan perfect.

Zo te moeten leven is bijzonder vermoeiend en toch heb ik tot mijn eenendertigste op die manier geleefd.

En toen was alles ongeveer twee jaar lang oké. Vanwege Nick.

Nick híéld van mij. En hoe. Maar hij hield niet van míj. Nick hield van een meisje dat niet bestond. Ik deed alsof, zoals ik zo vaak deed, ik veinsde een persoonlijkheid te hebben. Ik kan er niets aan doen, ik heb nooit anders gedaan: zoals sommige vrouwen regelmatig van kledingstijl veranderen, zo verander ik van persoonlijkheid. Welke persona voelt goed, wat is begerenswaardig, wat is *au courant*? Ik denk dat veel mensen dat doen, ze geven het alleen niet toe of kiezen voor één persona omdat ze te lui of te dom zijn om de knop om te zetten.

Die avond op het feest in Brooklyn speelde ik de vrouw met stijl, de vrouw die een man als Nick wil: de Coole Meid. Dat vinden mannen toch altijd het ultieme compliment? *Wat een coole meid.* Dat ik een Coole Meid ben houdt in dat ik een sexy, briljante, grappige vrouw ben die dol is op football, poker, schuine grappen, die boert, videospelletjes speelt, goedkoop bier drinkt, van triootjes en anale seks houdt en hotdogs en hamburgers in haar mond propt alsof ze gastvrouw is op de grootste culinaire orgie ter wereld en toch slank weet te blijven. Want Coole Meiden zijn vooral sexy. Sexy en begripvol. Coole Meiden worden nooit kwaad; ze glimlachen op een liefdevolle, teleurgestelde manier als iets hen niet bevalt en laten hun mannen doen waar ze zin in hebben. *Ga je gang, zeik me maar af, het doet me niks, ik ben een Coole Meid.*

Mannen denken werkelijk dat zulke vrouwen bestaan. Misschien laten ze zich dat wijsmaken, omdat heel veel vrouwen bereid zijn te doen alsof ze ook echt zo zijn. Ik heb me lange tijd geërgerd aan de Coole Meid. Als ik mannen – vrienden, collega's, vreemden – opgewonden om deze schijnheilige vrouwen heen zag draaien, had ik de neiging hen apart te nemen en te zeggen: *Je gaat niet om met een vrouw, je gaat om met een vrouw die te veel films heeft gezien van sociaal angstige mannen die willen geloven dat dit soort vrouwen bestaat en erdoor willen worden gekust.* Ik zou die arme kerel bij zijn revers of schoudertas willen vastgrijpen en zeggen: *Die trut is helemaal niet zo gek op chili dogs als ze doet voorkomen – niemand is zo gek op chili dogs!* De Coole Meiden zelf zijn nog zieliger: ze veinzen niet eens de vrouw te zijn die ze zouden willen zijn maar veinzen de vrouw te zijn die mannen willen dat ze zijn. O ja, en als je géén Coole Meid bent, denk dan maar niet dat jouw man niet naar een Coole Meid verlangt. Misschien begeert hij een iets andere versie – misschien is hij vegetariër en houdt zijn Coole Meid van seitan en honden; of misschien is hij een hippe kunstenaar en dan is de Coole Meid een getatoeëerde, bebrilde nerd die graag stripboeken leest. Er zijn variaties op het misleidende uiterlijk, maar geloof me, hij wil een Coole Meid, kortom een vrouw die in wezen alles leuk vindt wat hij leuk vindt en nooit klaagt. (Hoe weet je dat je géén Coole Meid bent? Omdat hij dingen zegt als: 'Ik hou van sterke vrouwen.' Als hij dat tegen je zegt, zal hij op een gegeven moment met een ander de koffer in duiken. Omdat 'Ik hou van sterke vrouwen' codetaal is voor: 'Ik heb een hekel aan sterke vrouwen.')

Ik heb jarenlang geduldig gewacht totdat de slinger de andere kant op zou gaan, dat mannen Jane Austen zouden gaan lezen, zouden leren breien, zouden doen alsof ze de *Cosmopolitan* een fijn blad vinden, scrapbookparty's zouden organiseren of met elkaar zouden gaan vrijen terwijl wij verlekkerd zouden toekijken. En dat wij dan zouden zeggen: *Kijk, dat is nog eens een Coole Vent.*

Maar dat is nooit gebeurd. Een landelijke samenzwering van vrouwen heeft onze degradatie in de hand gewerkt. Binnen de kortste keren werd de Coole Meid de standaardvrouw. Mannen geloofden dat ze bestond; ze was geen droomvrouw van wie er misschien één op de miljoen rondliep, nee, iedere vrouw kon een Coole Meid zijn, en als je dat niet was, dan was er iets mis met jóú.

Helaas is het heel verleidelijk om een Coole Meid te zijn. Voor iemand zoals ik, die van winnen houdt, is het verleidelijk om een vrouw te zijn waar elke man naar verlangt. Toen ik Nick ontmoette, wist ik meteen dat hij een Coole Meid zocht en ik denk dat ik dat voor hem probeerde te zijn. Ik neem een deel van de schuld op me. Het punt is dat ik in het begin gek op hem was. Ik vond hem op een eigenzinnige manier exotisch, een echte, ouderwetse jongen uit Missouri. Hij was verrekte leuk gezelschap. Hij daagde me uit en haalde dingen in me naar boven die ik niet van mezelf kende: een zekere luchtigheid, geestigheid, ongedwongenheid. Alsof hij me uitholde en opvulde met veren. Hij hielp me een Coole Meid te zijn, wat ik bij niemand anders had kunnen zijn. Dat zou ik niet eens gewild hebben. Ik kan niet ontkennen dat ik van sommige dingen echt heb genoten: ik at ChocoPrincekoeken, liep op blote voeten, maakte me nergens druk om. Ik keek naar domme films en maakte me niet druk om kleurstoffen. Ik dacht niet vooruit bij wat ik deed en daar ging het om. Ik dronk cola en stond niet stil bij recyclebare blikjes of de zure plas in mijn maag die zo agressief was dat het een stuiver blinkend schoon kon bijten. We gingen naar domme films en ik ergerde me niet aan het kwetsende seksisme of aan het gebrek aan minderheden in belangrijke rollen. Ik vond het zelfs niet erg dat de film nergens over ging. Ik maakte me niet druk over de dag van morgen. Niets had gevolgen, ik leefde in het nu en voelde mezelf oppervlakkiger en dommer worden. Maar ook gelukkiger.

Totdat ik Nick leerde kennen had ik me nooit mens gevoeld, omdat ik altijd een product was. Amazing Amy moet briljant zijn, creatief, vriendelijk, bedachtzaam, grappig en gelukkig. *We willen alleen maar dat je gelukkig bent.* Rand en Marybeth zeiden het voortdurend, maar ze legden nooit uit hoe ik gelukkig moest worden. Zo veel lessen, zo veel kansen en zo veel voorrechten, maar ze leerden me nooit hoe ik gelukkig moest zijn. Ik herinner me dat ik me altijd verbaasde over andere kinderen. Dan was ik op een verjaarsfeestje en zag ik de anderen giechelen en gezichten trekken en probeerde ik dat ook, maar ik begreep nooit wáárom. Ik zat daar met blauwe tanden van het glazuur van de taart en het strakke elastiekje van de feestmuts onder mijn kin en probeerde te ontdekken wat er leuk aan was.

Met Nick begreep ik het eindelijk. Omdat hij zo grappig was. Alsof ik verkering had met een zeeotter. Hij was de eerste spontaan gelukkige persoon die ik leerde kennen die mijn gelijke was. Hij was slim en aantrekkelijk en grappig en charmant en bevoorrecht. Mensen mochten hem. Vrouwen waren dol op hem. Ik dacht dat we de perfecte relatie hadden: het gelukkigste stel van allemaal. Niet dat liefde een wedstrijd is, maar ik zie niet in waarom je samen zou zijn als je niet het gelukkigst van iedereen bent.

Ik was in die paar jaren dat ik deed alsof ik iemand anders was waarschijnlijk gelukkiger dan ik ooit ervoor of erna ben geweest. Ik ben er nog steeds niet uit wat dat betekent.

Maar er moest een einde aan komen, omdat ik mezelf niet was. Ik was mezélf niet, Nick! Ik dacht dat je dat wist. Ik dacht dat het een spel was dat we speelden. Ik dacht dat we een knipoog-knipoogrelatie hadden waarin we elkaars geheimen stilzwijgend accepteerden. Ik heb enorm mijn best gedaan ongedwongen te leven. Maar dat was niet vol te houden. En hij bleek de schijn ook niet te kunnen ophouden: de grappen en grollen, de slimme spelletjes, de romantiek, de relatie. Het kaartenhuis stortte in. Ik was boos op Nick omdat hij verbaasd reageerde toen ik mezelf werd. Ik was boos op hem omdat hij niet begreep dat er een einde aan moest komen, dat hij echt geloofde dat hij getrouwd was met dit wezen, deze fantasie van miljoenen masturberende mannen, zaadbevlekt en zelfvoldaan. Hij leek oprecht verbaasd toen ik hem vroeg eens écht naar mij te luisteren. Hij kon maar niet geloven dat ik het vreselijk vond om mijn vagina te moeten waxen en hem op afroep te moeten pijpen. Dat ik het wél erg vond dat hij niet kwam opdagen als ik met mijn vrienden uit was. Dat belachelijke dagboekfragment? *Ik wil geen zielige dansendeaapjesscenario's hoeven schetsen voor mijn vriendinnen. Ik heb liever dat hij zichzelf kan zijn.* Dat was pure Coole Meid-onzin. Wat een lul. Nogmaals, wat ik niet snap: als je het goedkeurt dat een man afspraken niet nakomt of weigert dingen voor jou te doen, dan verlíés je. Dan krijg je niet wat je wilt. Dat lijkt me duidelijk. Oké, hij is misschien gelukkig en zal zeggen dat je *de coolste meid bent die hij kent*, maar dat zegt hij alleen omdat *hij zijn zin heeft gekregen.* Hij noemt jou een Coole Meid om je zand in de ogen te strooien! Dat is wat mannen doen: ze laten je denken dat je een Coole Meid bent zodat je tegemoetkomt aan hun wensen. Zoals een autoverkoper zegt: *Hoeveel wilt u betalen voor dit juweeltje?* terwijl je nog niet eens hebt besloten de auto te kopen. Die vreselijke klets van mannen: 'Ik bedoel, ik weet dat jíj het niet erg vindt als ik…' *Jawel, ik vind het wél erg.* Zeg het gewoon. Verlies niet, stomme trut.

Dus er moest wel een eind aan komen. Toegewijd zijn aan Nick, me veilig voelen bij Nick, gelukkig zijn met Nick: het deed me inzien dat er een Echte Amy in me verborgen zat, een Amy die zo veel beter, interessanter, gecompliceerder en uitdagender was dan de Coole Amy. Maar Nick wilde zijn Coole Amy. Kun je je voorstellen hoe het is om eindelijk je ware zelf aan je echtgenoot en maatje te laten zien en dat hij je dan níét meer leuk vindt? Dus zo begon ik hem te haten. Ik heb hier veel over nagedacht, en ik denk dat het daarmee is begonnen.

Nick Dunne

Zeven dagen vermist

Na een paar passen in het schuurtje moest ik steun zoeken tegen een zijwand en even op adem komen.

Ik wist dat het erg zou worden. Ik wist het toen ik de aanwijzing snapte: houtschuur. Leuk op een stralende dag. Cocktails. Dat was namelijk geen beschrijving van Amy en mij. Het sloeg op Andie en mij. Het schuurtje was een van de vele vreemde plekken waar ik seks had gehad met Andie. We waren nogal beperkt in de plekken waar we konden afspreken. Haar drukke appartement was meestal geen optie. Motels zijn te traceren op de afschriften van creditcards en mijn vrouw was achterdochtig en niet gek. (Andie had een MasterCard maar de rekeningen gingen naar haar moeder. Het doet me pijn om dit te moeten zeggen.) Dus het schuurtje, ver achter het huis van mijn zus, was een heel veilige plek als Go naar De Bar was. Net als het verlaten huis van mijn vader (*Voel je je rot omdat je me hiernaartoe hebt gehaald? / Ik geef meteen toe dat ik flink heb gebaald./ Maar we hadden niet echt heel veel keus / En we besloten: dit wordt van ons, ja heus*), en soms in mijn kantoor op de universiteit (*Ik zie mezelf als jouw student / Met een leraar zo knap als jij en ook zo wijs / bloeien mijn lichaam en geest voor je open / het paradijs!*) en ook een keer in Andies auto, ergens op een landweggetje in Hannibal toen ik haar een dagje had meegenomen. Een veel prettiger bezoek dan dat banale tochtje met Amy (*Je hebt me hiernaartoe meegenomen zodat je kon praten / Over je avonturen: een pet met klep, jeans met gaten*).

Elke aanwijzing was verstopt op een plek waar ik Amy had bedrogen. Ze gebruikte de speurtocht als een rondgang langs alle plekken van mijn ontrouw. Ik voelde een lichte misselijkheid opkomen terwijl ik me voorstelde hoe Amy mij in haar auto volgde, naar mijn vader, naar het huis van Go, naar dat verdomde Hannibal, toekijkend hoe ik dat lieve jonge meisje neukte en mijn vrouw haar mond vertrok van afkeer en triomf.

Want ze zou me flink te grazen nemen. Nu we het eind van de speurtocht hadden bereikt, wilde Amy me laten weten hoe slim ze was. Want het schuurtje lag volgestouwd met spullen en gadgets die ik níét had gekocht, met creditcards waar ik echt niets van af wist, zoals ik Boney en Gilpin had verzekerd. Die waanzinnig dure golfstokken lagen er, die horloges, die spelcomputers, die designkleding, het lag er allemaal, ongebruikt, op het terrein van mijn zus. Het leek alsof ik alles daar had opgeborgen om na de dood van mijn vrouw een beetje lol te gaan maken.

Ik klopte op Go's voordeur. Met een sigaret in haar hand deed ze open. Ik zei dat ik haar iets wilde laten zien, draaide me om en liep zwijgend naar het schuurtje.

'Kijk,' zei ik en ik wees naar de openstaande deur.

'Is dat... zijn dat al die spullen... van de creditcards?' Go's stem sloeg over. Ze sloeg een hand voor haar mond en deed een stap van me weg. Ik besefte dat ze, al was het maar heel even, dacht dat dit een soort bekentenis van mij aan haar was.

Dat moment zouden we nooit meer ongedaan kunnen maken. Alleen daarom al haatte ik mijn vrouw.

'Amy probeert me erin te luizen, Go,' zei ik. 'Go, Amy heeft al die spullen gekocht. Ze lokt me in de val.'

Ze was een en al aandacht. Haar oogleden knipperden één, twee keer en ze schudde lichtjes met haar hoofd alsof ze zichzelf wilde bevrijden van een beeld: Nick als de moordenaar van zijn echtgenote.

'Amy probeert me te laten opdraaien voor haar moord. Snap je? Haar laatste aanwijzing leidde me rechtstreeks naar hier, en nee, ik wist niets van al die spullen. Het is haar manier om me te laten weten: *Kijk en huiver: Nick gaat naar de gevangenis!*' Achter in mijn keel vormde zich een grote luchtbel – ik ging óf snikken óf lachen. Ik lachte. 'Ik bedoel maar. Goed klote, wat jij?'

Dus haast je, en leer mij weer begeren / zodat ik jóú 't een en ander nog kan leren. De laatste woorden van Amy's eerste aanwijzing. Hoe kon ik het gemist hebben?

'Als ze je een loer wil draaien, waarom laat ze je dit dan ontdekken?' Go staarde nog steeds als verdoofd naar de spullen in het schuurtje.

'Omdat ze het allemaal zo perfect heeft uitgestippeld. Ze had altijd bevestiging nodig, lovende woorden, voortdurend. Ze wil dat ik wéét dat ik genaaid word. Ze kan het niet laten. Anders zou ze er geen lol aan beleven.'

'Nee,' zei Go, op een nagel kauwend. 'Er is nog iets. Meer dan dit. Heb je iets aangeraakt van die spullen?'

'Nee.'

'Mooi zo. Dan wordt de vraag...'

'Wat zou zij denken dat ik doe als ik dit heb gevonden? Belastend bewijsmateriaal op het terrein van mijn zus,' zei ik. 'Dat is de vraag. Ik moet het tegenovergestelde doen van hetgeen zij denkt dat ik zal doen, wat zij wíl dat ik doe. Als ik doordraai en al die spullen probeer te dumpen, heeft ze allang een manier bedacht om mij erbij te lappen, dat kan ik je garanderen.'

'Nou, je kunt het hier niet laten liggen,' zei Go. 'Dan ben je zeker de lul. Weet je zeker dat dit de laatste aanwijzing was? Waar is je cadeau dan?'

'O, shit. Nee. Het moet ergens daarbinnen liggen.'

'Niet die schuur in gaan,' zei Go.

'Ik moet wel. Wie weet wat ze nog meer voor me in petto heeft.'

Ik stapte behoedzaam het schuurtje in. Ik hield mijn handen strak langs mijn lichaam en scharrelde voorzichtig op mijn tenen rond om geen voetafdrukken achter te laten. Vlak bij een flatscreen-tv lag de blauwe envelop van Amy boven op een gigantische cadeaudoos, ingepakt in het mooie, zilverkleurige papier. Ik nam de envelop en de doos mee de warme buitenlucht in. Het object in de doos was zwaar, een kleine vijftien kilo. Kennelijk bestond het uit verschillende delen want ik hoorde een vreemd geratel toen ik de doos voor onze voeten op de grond zette. Go deed onwillekeurig een stap achteruit. Ik scheurde de envelop open.

Lieve echtgenoot,

Nu neem ik de tijd om je te laten weten dat ik je beter ken dan je je ooit had kunnen voorstellen. Ik weet dat je soms denkt dat je alleen door deze wereld reist, ongezien, onopgemerkt. Vergeet het maar. Ik heb je bestudeerd. Ik weet wat je gaat doen voor je het zelf weet. Ik weet waar je bent geweest en ik weet waar je naartoe zult gaan. Voor deze trouwdag heb ik een reisje geregeld: volg je geliefde rivier en reis naar een prachtig rijkshotel! En je hoeft geen moeite te doen om je cadeau te zoeken. Deze keer zal het cadeau naar jou toe komen! Dus maak het je gemakkelijk en ontspan je, want je bent er KLAAR mee.

'Wat bedoelt ze met rijkshotel?' vroeg Go. Ik kreunde.

'Ze stuurt me naar de gevangenis.'

'Ze kan m'n rug op. Maak die doos open.'

Ik ging op mijn knieën zitten en peuterde met mijn vingertoppen voorzichtig het deksel los, alsof ik een explosie verwachtte. Stilte. Ik tuurde in de doos. Op de bodem lagen twee houten poppen, naast elkaar. Zo te zien een man en vrouw. De man droeg een narrenpak en had een woeste grijns. Hij hield een soort stok vast. Ik trok de mannelijke pop uit de doos. Zijn ledematen dansten wild op en neer, als een danser die zijn spieren losmaakt. De echtgenote was knapper, verfijnder en stijver. Haar gezicht zag er geschokt uit, alsof ze iets verschrikkelijks had gezien. Onder haar lag een kleine baby die met een lint aan haar vastgemaakt kon worden. Het waren ouderwetse poppen, zwaar en groot, bijna het formaat van een buikspreekpop. Ik tilde de mannenpop op, en pakte de dikke steel beet waarmee je hem kon bewegen. Zijn armen en benen dansten manisch op en neer.

'Eng,' zei Go. 'Hou op.'

Onder de poppen lag een stuk dubbelgevouwen luxe blauw papier. De hanenpoten van Amy, een en al driehoeken en punten. Er stond:

> Het begin van een prachtig nieuw verhaal, Nick! '*That's the way to do it!*'
> Geniet ervan.

Op de keukentafel van ma spreidden we al Amy's aanwijzingen voor de speurtocht uit en ook de doos met de poppen. We staarden naar de voorwerpen alsof we een legpuzzel moesten maken.

'Waarom de moeite van een speurtocht nemen als ze... met haar plan bezig was,' zei Go.

Haar plan was: *net doen alsof ze is verdwenen en de schuld van haar moord op jou schuiven*. Het klonk minder krankzinnig.

'Om me af te leiden. Om mij te laten geloven dat ze nog steeds van me hield. Ik ren als een gek achter haar aanwijzingen aan, geloof dat mijn vrouw het goed wil maken, dat ze ons huwelijk nieuw leven wil inblazen...'

Ik werd misselijk van de dromerige, zoetsappige manier waarop ik op haar briefjes had gereageerd. Gêne tot in het merg van mijn botten, zo erg dat het deel van je DNA wordt, een ander mens. Na al die jaren wist Amy me nog steeds naar haar hand te zetten. Ze hoefde maar een paar briefjes te schrijven en ze had me weer helemaal terug. Ik was haar marionet.

Ik zal je vinden, Amy. Liefdevolle woorden, hatelijke ondertoon.

'Misschien zodat ik niet denk: *Hé, het lijkt er verdomd veel op dat ik mijn vrouw heb vermoord, hoe zou dat toch komen?*'

'En de politie zou het vreemd vinden – en jijzelf ook – als ze die speurtocht niet had georganiseerd, omdat het een traditie was,' redeneerde Go. 'Dan zou het lijken alsof ze wist dat ze ging verdwijnen.'

'Maar dit baart me toch zorgen,' zei ik. Ik wees naar de poppen. 'Ze zijn zo ongewoon, dat moet iets betekenen. Als ze me gewoon een tijdje bezig wilde houden, had het laatste cadeau van alles kunnen zijn, als het maar van hout was.'

Go ging met haar vinger over het narrenpak van de mannenpop. 'Ze zijn duidelijk heel oud. Antiek.' Ze keerde hun kleding om zodat de steel van de mannenpop zichtbaar werd. De vrouwelijke pop had alleen een vierkant gat achter haar hoofd. 'Moet dit iets seksueels voorstellen? Die mannenpop heeft die enorme houten steel, net een lul. En die vrouw niet. Zij heeft alleen een gat.'

'Moet het voorstellen dat mannen een penis hebben en vrouwen een vagina?'

Go stopte een vinger in het gat van de pop en controleerde of er niet iets in was verborgen. 'Wat wil Amy hiermee zeggen?'

'Toen ik ze net voor het eerst zag dacht ik: *Ze heeft kinderspeelgoed gekocht.* Mama, papa, baby. Omdat ze zwanger was.'

'Was ze wel écht zwanger?'

Ik werd overvallen door een gevoel van wanhoop. Of beter gezegd: het tegendeel. Niet een golf die me overspoelde, maar de zee bij eb, de zee die zich terugtrok; het gevoel dat iets zich van me losmaakte. Ik kon niet langer hopen dat mijn vrouw zwanger was, maar ik durfde ook niet te hopen dat ze niet zwanger was.

Go pakte de mannelijke pop, kneep in haar neus en kwam opeens met een idee. 'Je bent een marionet.'

Ik lachte. 'Ik dacht letterlijk hetzelfde. Maar waarom een man en een vrouw? Amy is overduidelijk geen marionet, zij is de poppenkastspeler.'

'En waar slaat *That's the way to do it* op? Wát doen?'

'Mij voor de rest van mijn leven verneuken?'

'Is het niet een zinnetje dat Amy af en toe gebruikte? Of een citaat uit de Amy-boeken, of...' Ze rende naar haar computer en zocht naar *That's the way to do it.* Ze vond de tekst van het liedje 'That's the Way to Do It' van Madness. 'O, die groep ken ik nog,' zei Go. 'Geweldige ska-band.'

'Ska,' zei ik. Ik stond op het punt in hysterisch gelach uit te barsten. 'Fantastisch.'

De songtekst ging over een klusjesman die allerlei dingen in huis kon opknappen, waaronder elektriciteit en loodgieterswerk, en die de voorkeur gaf aan contante betaling.

'God, wat heb ik toch een hekel aan de jaren tachtig,' zei ik. 'Die teksten sloegen nergens op.'

'"The reflex is a lonely child,"' knikte Go.

'"He's waiting by the park,"' mompelde ik automatisch als antwoord.

'Maar als dit het is, wat betekent het dan?' zei Go. Ze draaide zich naar mij en zocht mijn blik. 'Het gaat dus over een klusjesman. Iemand die toegang zou kunnen hebben tot je huis, om dingen te repareren. Of om dingen stuk te maken. Die contant betaald zou worden zodat er geen gegevens van vastliggen.'

'Iemand die videocamera's installeert?' vroeg ik. 'Amy is een paar keer de stad uit geweest tijdens mijn... affaire. Misschien was ze van plan beelden van ons op te nemen.'

Go keek me vragend aan.

'Nee, nooit, nooit in ons huis.'

'Zou het kunnen slaan op een geheime deur?' opperde Go. 'Een of ander paneel waar Amy iets achter kon verbergen, iets wat jou... hoe moet ik het zeggen... zuivert van blaam.'

'Ik denk dat het zoiets is. Ja, Amy gebruikt een liedje van Madness om me een aanwijzing te geven voor mijn eigen vrijheid, als het me tenminste lukt om die slimme, door ska beïnvloede codes te kraken.'

Go lachte nu ook. 'Jezus, misschien zijn wij zelf wel hartstikke gek. Of niet? Dit is toch totale waanzin?'

'Het is geen waanzin. Ze heeft me in de val gelokt. Er is geen andere verklaring voor die lading spullen in jouw achtertuin. En het is typisch iets voor Amy om jou erbij te betrekken, om jou een beetje te besmeuren met mijn drek. Nee, dat is echt Amy. Het cadeau, die frivole briefjes die ik moet begrijpen. En nu zitten we met die poppen. Zoek eens op die tekstregel met het woord *marionetten*.'

Ik liet me op de bank vallen. Ik voelde me als verdoofd. Go speelde voor secretaresse. 'O mijn god! Het zijn die poppen van Jan Klaassen en Katrijn.

Nick! We zijn een stelletje idioten. Die tekstregel, dat slaat op een typische uitspraak van Jan Klaassen. *That's the way to do it! Zo doe je dat!*'

'Oké. Die oude poppenkastshow... het ging er nogal gewelddadig aan toe, hè?'

'Het wordt steeds gekker.'

'Go, het was toch gewelddadig, of niet?'

'Ja, gewelddadig. Mijn god, ze is krankjorum.'

'Hij slaat haar toch?'

'Ik ben aan het lezen... oké. Jan Klaassen maakt hun baby dood.' Ze keek naar me op. En als Katrijn verhaal komt halen, slaat hij haar. Dood.'

Ik moest even slikken.

'En elke keer als hij iets vreselijks heeft gedaan en ermee wegkomt, zegt hij: "Zo doe je dat!"' Ze pakte Jan Klaassen en zette hem op haar schoot. Ze greep de houten handjes alsof ze een kind vastpakte. 'Hij is en blijft een gladjakker, zelfs terwijl hij zijn vrouw en kind vermoordt.'

Ik keek naar de poppen. 'Dus ze geeft me het verhaal van mijn eigen valstrik.'

'Ik begrijp niet hoe iemand zoiets kan doen. Wat een gestoord mens.'

'Go?'

'Ja, inderdaad. Je wilde niet dat ze zwanger zou worden, je werd kwaad en vermoordde haar en de ongeboren baby.'

'Voelt op de een of andere manier als een anticlimax,' zei ik.

'De climax volgt als jij de les leert die Jan Klaassen niet wilde leren, als jij wordt opgepakt en beschuldigd van moord.'

'En Missouri kent de doodstraf,' zei ik. 'Leuk spelletje.'

De dag van Amy Elliott Dunne

Weet je hoe ik erachter gekomen ben? Ik heb ze gezíén. Zo dom is mijn echtgenoot. Op een nacht dat het sneeuwde in april voelde ik me eenzaam. Ik dronk amaretto met Bleecker en lag op de grond te lezen en luisterde naar oude krasplaten, zoals Nick en ik altijd deden (die dagboeknotitie was dus waar) terwijl de sneeuw neerdwarrelde. Ik was in een romantische bui en besloot hem te verrassen in De Bar. We zouden wat drinken en met onze gehandschoende handen in elkaar door de verlaten straten naar huis lopen. In het stille centrum zou hij me dan tegen een muur drukken en me kussen in de sneeuw die deed denken aan poedersuikerwolken. Klopt, ik wilde hem zo graag terug dat ik dat moment opnieuw met hem wilde beleven. Ik herinner me dat ik dacht: we komen er wel uit. Heb vertrouwen! Ik ben hem helemaal naar Missouri gevolgd omdat ik nog altijd geloof dat hij weer zo intens en hevig van me kan gaan houden als toen. Dat maakte alles goed. Heb vertrouwen!

Ik arriveerde net op tijd om hem met haar te zien vertrekken. Ik stond gewoon op de parkeerplaats, ongeveer zeven meter achter hem, en hij zag me niet eens. Ik was een geestverschijning. Hij raakte haar niet aan, nóg niet, maar ik wist het. Ik kon het aan hem zien omdat hij zich zo *bewust* van haar was. Ik volgde ze totdat hij haar ineens tegen een boom drukte – midden in de stad – en haar kuste. *Nick bedriegt me*, dacht ik geschokt, en voordat ik mezelf ertoe kon brengen iets te zeggen, liepen ze naar haar appartement. Ik wachtte een uur, zittend op het stoepje, maar kreeg het ijskoud – blauwe vingernagels, klappertanden – en ging naar huis. Hij heeft nooit geweten dat ik ze heb gezien.

Ik had een nieuwe persona, maar helaas niet een die ik zelf zou hebben gekozen. Ik was een Doorsnee Domme Vrouw Getrouwd met een Doorsnee Klootzak van een Man. Hij had Amazing Amy in zijn eentje onttoverd.

Ik ken vrouwen wier hele persona opgebouwd is uit vriendelijke middelmatigheid. Hun leven is een reeks van tekortkomingen: een ondankbare vriend, vijf kilo overgewicht, een neerbuigende baas, een konkelende zus, een afstandelijke echtgenoot. Ik heb altijd boven dat soort verhalen gestaan. Ik knikte meelevend maar dacht bij mezelf: hoe kunnen jullie zo stom zijn dat je dit soort dingen laat gebeuren. Hoe ongedisciplineerd. En nu was ik een van hen! Een van die vrouwen met hun eindeloze verhalen die anderen alleen maar meelevend doen knikken en denken: *Arme, domme trut.*

Ik wist al precies welk verhaal mensen graag zouden vertellen: hoe Amazing Amy, het meisje dat nooit iets verkeerd deed, zich berooid liet meeslepen naar het midden van het land, waar haar echtgenoot haar inruilde voor een jonger exemplaar. Hoe voorspelbaar, hoe ongelooflijk doorsnee, hoe amusant. En haar man? Die was nog nooit zo gelukkig geweest. Nee. Dat kon ik niet laten gebeuren. Nee. Nooit. Nooit. Mij dit aandoen en er dan ook nog mee wegkomen? Nee.

Ik heb mijn náám veranderd voor die sukkel. Historische documenten zijn veranderd – Amy Elliott werd Amy Dunne – alsof het niks is. Nee, hij komt hier níét mee weg.

Vandaar dat ik een ander verhaal verzon, een beter verhaal dat Nick kapot zou maken als straf voor wat hij mij heeft aangedaan. Een verhaal dat mijn perfectie in ere zou herstellen en dat míj de held van het verhaal zou maken, volmaakt en bevoorrecht.

Omdat iedereen van het Dode Meisje houdt.

Het is behoorlijk extreem om je man voor de moord op jou te laten opdraaien. Dat vind ik ook. Al die tuttutters die zullen zeggen: *Ze had haar laatste restje waardigheid bij elkaar moeten schrapen en moeten vertrekken. Probeer er het beste van te maken! Je mag kwaad nooit met kwaad vergelden!* Het soort dingen dat karakterloze vrouwen zeggen, maar ze verwarren zwakte met moraliteit.

Ik wil niet van hem scheiden omdat ik hem daar een plezier mee zou doen. En ik wil hem ook niet vergeven omdat ik geen zin heb 'hem de andere wang toe te keren'. Kan ik het nog duidelijker zeggen? Ik zou het simpelweg geen bevredigende afsluiting vinden. De kwade genius laten winnen? Hij kan de pot op.

Al een jaar lang ruik ik haar sappen aan zijn vingertoppen als hij naast me in bed komt liggen. Ik heb hem voor zijn afspraakjes in de spiegel naar zichzelf zien lonken terwijl hij zich stond te fatsoeneren als een geile baviaan. Ik heb geluisterd naar zijn leugens, leugens, leugens – van de kinderachtige smoesjes tot de meest onnodig gecompliceerde constructies. Ik heb toffees geproefd op zijn drogekuslippen, een weeïge geur die ik nooit eerder bij hem had geroken. Ik voelde de stoppels op zijn wang terwijl hij weet dat ik daar niet van hou maar zij blijkbaar wel. Ik heb met alle vijf mijn zintuigen onder zijn overspel geleden. Ruim een jaar.

Dus misschien ben ik een beetje doorgeslagen. Ik begrijp heel goed dat het voor de gemiddelde vrouw onaanvaardbaar is om de echtgenoot te laten opdraaien voor de moord op zijn vrouw.

Maar het is niet anders. Nick moet een lesje geleerd worden. Niemand heeft hem ooit een strobreed in de weg gelegd. Hij is de oogappel van zijn ouders en charmeert zich een weg door het leven met zijn Nicky-grijns, zijn leugentjes en zijn gebrek aan plichtsgevoel, zijn tekortkomingen en egoïsme, maar er is niemand die hem ook maar érgens op aanspreekt. Ik denk dat deze ervaring hem tot een beter mens zal maken. Of in elk geval tot een berouwvoller mens. De idioot.

Ik heb altijd gedacht dat ik de perfecte moord zou kunnen plegen. Mensen die gepakt worden, worden gepakt omdat ze niet geduldig zijn; ze weigeren te plannen. Ik glimlach weer terwijl ik mijn waardeloze vluchtauto naar de vijfde versnelling schakel (Carthage ligt nu honderdvijfentwintig kilometer achter me) en zet me schrap voor een trekker met oplegger die me met hoge snelheid nadert; ik word telkens bijna van de weg geblazen als er een trekker passeert. Maar toch kan ik erom lachen, omdat deze auto toont hoe slim ik ben: ik heb hem voor twaalfhonderd dollar contant gekocht via een mini-advertentie in de krant. Vijf maanden eerder, zodat de herinnering niet meer vers in ieders geheugen zou liggen. Een Ford Festiva uit 1992, de minst opvallende doorsneeauto ter wereld. Ik had 's nachts met de verkopers afgesproken op een parkeerplaats van een Walmart in Jonesboro, Arkansas. Ik nam de trein met een stapel papiergeld in mijn tasje, acht uur heen, acht uur terug toen Nick een weekendje weg was met de jongens (lees: met zijn slet in bed lag). Ik at in de restauratiewagen van de trein een paar blaadjes sla en twee kerstomaatjes, wat in het menu stond omschreven als een salade. Ik zat tegenover een melancholische boer die terugkeerde naar huis na een bezoekje aan zijn pasgeboren kleindochter.

Het stel dat de Ford verkocht was al even gesteld op discretie als ik.

De vrouw, met een op een speen zuigende peuter op schoot, bleef in de auto zitten en keek toe hoe ik en haar man het geld en de sleutels ruilden. (Dat is de juiste woordvolgorde: ik en haar man.) Daarna stapte zij uit de auto en stapte ik in. Zo snel gebeurde het allemaal. In de achteruitkijkspiegel zag ik hen de Walmart in slenteren met hun geld. Vervolgens heb ik de auto neergezet op een parkeerplaats in St. Louis waar lang geparkeerd kan worden. Ik ging er tweemaal per maand heen om de auto opnieuw te parkeren. Ik betaalde contant. Mét honkbalpetje op. Heel simpel.

Dat is maar één voorbeeld van geduld, planning en vindingrijkheid. Ik ben tevreden over mezelf; ik heb nog drie uur voordat ik de Missouri Ozarks bereik, een kleine archipel van hutten in de bossen waar je contant kunt betalen voor de wekelijkse huur en waar kabeltelevisie een vereiste is. Ik wil me daar een week of twee schuilhouden. Ik wil niet onderweg zijn als het nieuws bekend wordt, en een hut is wel de laatste plek waar Nick me zou zoeken zodra hij beseft dat ik me ergens schuilhoud.

Dit deel van de route is buitengewoon lelijk. Midden-Amerikaanse onooglijkheid. Na nog eens dertig kilometer zie ik een eindje verderop bij de afslag een bouwvallig, leegstaand maar niet dichtgetimmerd tankstation. Als ik naast het damestoilet parkeer, zie ik dat de deur wagenwijd openstaat. Ik loop naar binnen – geen elektriciteit, maar er is een scheef hangende spiegel en er komt nog water uit de kraan. In de bloedhete namiddagzon haal ik een ijzeren schaar uit mijn tasje, en konijnbruine haarverf. Ik knip een flink stuk van mijn haar af en doe de blonde lokken in een plastic zak. Ik voel de lucht in mijn nek. Mijn hoofd voelt licht, als een ballon, en ik schud een paar keer met mijn hoofd om ervan te kunnen genieten. Ik breng de verf op, kijk op mijn horloge en ga in de deuropening staan vanwaar ik uitkijk over kilometers vlak land dat wordt ontsierd door fastfoodrestaurants en motelketens. Ik denk aan de indianen die hier ooit zijn verdreven en voel een golf van weerzin over onze cultuur. In gedachten zie ik Nick zijn hoofd schudden om mijn arrogantie. Ik moet hem uit mijn hoofd zien te krijgen. Ik ben honderdvijftig kilometer van hem vandaan en nog is hij me te dichtbij. Ik was mijn haar in de wastafel en loop bezweet met een plastic zak vol afval en haar naar de auto. Ik zet een ouderwetse bril met een metalen montuur op en glimlach weer. Nick zou nooit met me getrouwd zijn als ik er zo had uitgezien toen we elkaar voor de eerste keer ontmoetten. Als ik niet zo mooi was geweest, had dit dus allemaal voorkomen kunnen worden.

Punt 34: Verander van uiterlijk. Check.

Ik weet niet precies hoe ik Dode Amy moet zijn. Ik probeer te ontdekken wat dit voor mij betekent en hoe ik de komende maanden zal zijn. Om het even wie, behalve mensen die ik al ben geweest: Amazing Amy. Bekakt Tutje. Sportieve Gezondheidsfreak. Onschuldig Meisje en Vrouw van de Wereld. Ironische Bolleboos, Bohemian Babe (de laatste versie van de gezondheidsfreak). Coole Meid, Geliefde Echtgenote, Ongeliefde Echtgenote, Vernederde en Wraakzuchtige Echtgenote. Dagboek Amy.

Ik hoop dat je Dagboek Amy mocht. Het is de bedoeling dat ze sympathiek overkomt. Dat iemand zoals jij haar aardig vindt. Iedereen *mag* haar. Ik heb nooit begrepen waarom dat als een compliment moet worden opgevat: dat je door iedereen aardig gevonden wordt. Het maakt niet uit. Ik vind mijn dagboek geslaagd. Dat was allesbehalve eenvoudig. Ik moest een vriendelijke, ietwat naïeve vrouw neerzetten, een vrouw die van haar man hield en een paar van zijn zwakheden zag (anders zou ze te onnozel overkomen) en toch aan hem gehecht was terwijl ik intussen de lezer (in dit geval de politie; ik hoop zó dat ze het dagboek vinden!) naar de conclusie moest leiden dat Nick mij wilde vermoorden. Ik moest zo veel aanwijzingen geven en verrassingen in het vooruitzicht stellen.

Nick dreef altijd de spot met mijn eindeloze lijstjes. ('Het lijkt wel alsof je wilt voorkomen dat je ooit tevreden bent,' zei hij. 'In plaats van gewoon van het moment te genieten blijft er altijd wel iets te perfectioneren over.') Maar wie trekt hier aan het langste eind? Ik, omdat mijn lijst, de hoofdlijst genaamd *Exit Nick Dunne*, een hele klus was; het is de meest complete, nauwkeurige lijst die ooit is gemaakt. Op mijn lijstje stond: *Hou dagboek bij van 2005 tot 2012*. Zeven jaar dagboeknotities, niet elke dag, maar minimaal tweemaandelijks. Weet je wel hoeveel discipline dat vergt? Zou Coole Meid Amy dat gekund hebben? Om elke week de laatste ontwikkelingen door te nemen en af te stemmen op eerdere beschrijvingen zodat je zeker weet dat je niets belangrijks bent vergeten? Om vervolgens weer te moeten reconstrueren hoe Dagboek Amy op elke afzonderlijke gebeurtenis zou hebben gereageerd. Meestal vond ik het leuk om te doen. Ik wachtte totdat Nick naar De Bar vertrok, of naar zijn minnares, de immer sms'ende, kauwgom kauwende, onbeduidende minnares met haar acryl nagels en trainingsbroek met logo's op haar kont (zo is ze niet, maar het zou kunnen), en schonk mezelf dan een kop koffie in of opende een fles wijn, pakte een van mijn tweeëndertig pennen en herschreef mijn leven een tikje.

Ik moet bekennen dat ik Nick soms minder haatte als ik aan mijn dagboek werkte. Dat had natuurlijk te maken met het spannende Coole Meiden-perspectief. Soms kwam Nick thuis, stinkend naar bier of de handzeep waarmee hij zijn post-minnares-coïtus-lijf had gewassen (de geur was nooit helemaal weg – ze moet behoorlijk ranzig zijn, die trut), en dan glimlachte hij schuldbewust naar me en was lief en meegaand, zodat ik bijna dacht: ik kan hier niet mee doorgaan. Maar dan zag ik hem in gedachten met haar terwijl ze in haar stripper-string de Coole Meid speelde en zich liet vernederen door te veinzen dat ze dol is op pijpen en football en bezopen worden. En dan dacht ik, ik ben getrouwd met een imbeciel. Ik ben getrouwd met een man die altijd voor zo'n vrouw zal kiezen en die, wanneer hij die stomme trut beu is, een andere zogenaamde Coole Meid zal zoeken, zodat hij nooit iets moeilijks hoeft mee te maken in zijn leven.

Mijn voornemen werd erdoor versterkt.

Honderdvijftig dagboekdagen in totaal. Volgens mij heb ik me perfect in haar ingeleefd. Ik schreef Dagboek Amy heel zorgvuldig. Ze is bedacht om de politie in te palmen, en het publiek, mochten er delen van het dagboek openbaar gemaakt worden. Dit dagboek moet lezen als een gotische tragedie. Een geweldige, sympathieke vrouw – ze had nog een heel leven voor zich en had alles mee, of wat ze ook zeggen van vermoorde vrouwen – kiest de verkeerde partner en moet dat 'met de dood bekopen'. Ze moeten haar aardig vinden. Haar.

Mijn ouders maken zich natuurlijk zorgen. Maar waarom zou ik met ze te doen hebben? Ze hebben me zo gemaakt en vervolgens in de steek gelaten. Ze hebben nooit waardering getoond voor het feit dat ze aan mijn ervaringen verdienden. Ik had royalty's moeten krijgen. Maar wat deden mijn 'feministische' ouders? Ze namen me mijn geld af en lieten me door Nick meeslepen naar Missouri alsof ik zijn bezit was, een postorderbruid, een eigendomsruil. Ik kreeg verdomme een koekoeksklok als herinnering. *Bedankt voor zesendertig jaar trouwe dienst!* Ze verdienen het te denken dat ik dood ben, omdat dat de staat is waartoe ze me veroordeelden: geen geld, geen thuis, geen vrienden. Ze verdienen het dat ze net als ik moeten lijden. Als je niet voor me kunt zorgen als ik leef, heb je me in feite al vermoord. Net als Nick, die mijn ware zelf beetje bij beetje vernietigde en afwees: je bent te serieus, Amy, je bent te gespannen, Amy, je bent een piekeraar, Amy, je analyseert te veel, je bent niet gezellig meer, je geeft me het gevoel dat ik een nietsnut ben, Amy, dat ik niet deug. Blasé sloeg hij hele stukken uit me: mijn onafhankelijkheid, mijn trots, mijn zelfrespect. Ik gaf, hij nam en nam en nam. Hij bleef eisen stellen totdat ik me volledig had weggecijferd.

Die hoer, hij verkoos die hoer boven mij. Hij heeft mijn ziel vermoord, wat een misdaad zou moeten zijn. Sterker nog, het ís een misdaad. Althans, in mijn ogen.

Nick Dunne

Zeven dagen vermist

Ik moest Tanner bellen, mijn kersverse advocaat, hoewel ik hem pas een paar uur geleden had ingehuurd. Wat ik ging zeggen zou hem doen betreuren dat hij mij als cliënt had genomen: *Ik geloof dat mijn vrouw me in de val probeert te lokken.* Ik kon zijn gezicht niet zien, maar ik kon het me voorstellen: rollende ogen, verwrongen gezicht, de vermoeidheid van een man die voor zijn beroep altijd allerlei leugens moet aanhoren.

'Nou,' zei hij ten slotte, na een lange stilte. 'Ik ben morgenvroeg bij je, en dan zullen we het regelen. Dan komt alles op tafel. En ondertussen hou jij je koest, oké? Ga slapen en hou je koest.'

Go volgde zijn advies op. Ze nam twee slaappillen en liet me al voor elf uur alleen. Ik hield me letterlijk koest en zat als een opgerolde bal van woede op haar bank. Af en toe liep ik naar buiten en keek woedend naar het schuurtje, handen in de zij, alsof het een roofdier was dat ik weg kon jagen. Ik weet niet meer precies wat ik dacht, maar ik kon mezelf niet tegenhouden. Ik kon maximaal vijf minuten stil blijven zitten voordat ik weer naar buiten moest om naar het schuurtje te staren.

Ik was net weer binnen toen er op de achterdeur werd gebonsd. Potverdorie. Vlak voor middernacht. Politiemensen zouden bij de voordeur aanbellen – toch? – en verslaggevers hadden het huis van Go nog niet gespot (dat zou over een paar dagen of uren wel het geval zijn). Ik stond nerveus en besluiteloos in de woonkamer. Toen werd er opnieuw op de deur gebonsd, luider. Ik vloekte zachtjes en probeerde mijn angst te onderdrukken door mezelf kwaad te maken. *Doe iets, Dunne.*

Ik zwaaide de deur open. Het was Andie. Verdorie, het was Andie, een plaatje, helemaal opgedoft. Ze snapte kennelijk nog steeds niet dat haar gedrag mij de kop kon kosten.

'Slimme actie, Andie.' Ik sleurde haar naar binnen. Ze staarde naar mijn hand op haar arm. 'Door jou krijg ik een strop om mijn nek.'

'Ik ben achterom gekomen,' zei ze. Toen ik haar bleef aanstaren verontschuldigde ze zich niet, ze bleef onvermurwbaar. Ik zag haar trekken zich letterlijk verharden. 'Ik moest je zien, Nick. Ik heb het toch gezegd. Ik moet je elke dag zien of met je kunnen praten, en vandaag was je opeens weg. Ik kreeg de hele tijd alleen maar je voicemail, je voicemail en je voicemail.'

'Als je niks van me hoort, komt dat omdat ik niet kan praten, Andie. Jezus, ik was in New York. Ik heb een advocaat geregeld. Hij is morgenvroeg hier.'

'Je hebt een advocaat geregeld. Had je het daar dan zo druk mee dat je me nog geen tien seconden kon bellen?'

Ik kon haar wel een klap geven. Ik ademde in. Ik moest breken met Andie. Ik dacht niet alleen aan Tanners waarschuwing. Mijn vrouw kende me: ze wist dat ik er bijna alles voor over had om een confrontatie te vermijden. Amy rekende erop dat ik me dom zou gedragen, dat ik deze relatie zou laten voortsudderen – en uiteindelijk in de val zou lopen. Ik moest er een einde aan maken. Maar dan wel op de goede manier. *Ik moet haar laten geloven dat dit de enige fatsoenlijke oplossing is.*

'Hij heeft me trouwens een heel belangrijk advies gegeven,' begon ik. 'Advies dat ik niet kan negeren.'

Gisteravond tijdens onze ontmoeting in ons fort was ik nog zo aardig en liefhebbend geweest. Ik had veel beloften gedaan in een poging haar te kalmeren. Ze had dit niet verwacht. Ze zou er niet goed op reageren.

'Advies? Mooi zo. Moest je ophouden zo vervelend tegen mij te doen?'

Ik voelde dat ik razend werd; dit begon erg op een middelbareschoolruzie te lijken. Een vierendertigjarige man tijdens de ergste nacht van zijn leven zat hier een onbenullig kibbelgesprek te voeren met een woedend meisje. Ik rammelde haar een keer stevig door elkaar. Een druppeltje spuug landde op haar onderlip.

'Ik... Je snapt het niet, Andie. Dit is geen grap, het gaat om mijn leven.'

'Ik heb... ik heb je nodig,' zei ze. Ze keek omlaag naar haar handen. 'Ik weet dat ik dat steeds zeg, maar het is zo. Ik kan het niet, Nick. Ik kan zo niet doorgaan. Ik stort in. Ik ben constant bang.'

Zíj was bang. Ik stelde me voor dat de politie aan de deur kwam. Zat ik hier met een meid die ik had geneukt op de ochtend dat mijn vrouw verdween. Ik had haar die dag opgezocht – na die eerste keer was ik nooit meer bij haar thuis geweest. Maar die ochtend ging ik daar wel heen omdat ik urenlang met kloppend hart had geprobeerd tegen Amy te zeggen: *Ik wil scheiden. Ik hou van iemand anders. We moeten uit elkaar gaan. Ik kan niet doen alsof ik van je hou, ik doe niet mee met het trouwjaarspelletje: dat zou nog erger zijn dan bedrog.* (Ik weet het: zeer discutabel.) Maar terwijl ik nog moed verzamelde was Amy me voor geweest met haar uitlatingen dat ze nog steeds van me hield (vuile leugenaarster!) en daarna durfde ik niet meer. Ik voelde me als de ultieme bedrieger en lafaard en – de catch-22 – ik smachtte naar Andie. Zij kon me oppeppen.

Maar Andie was niet langer een tegengif voor mijn zenuwen. Integendeel.

Zelfs nu probeerde ze zich aan me op te dringen, hinderlijk als onkruid.

'Luister, Andie,' zei ik. Ik zuchtte diep. Ik nodigde haar niet uit om te gaan zitten, liet haar bij de deur staan. 'Je bent echt heel bijzonder voor me. Je hebt je zo goed door dit alles heen geslagen...' *Zorg dat ze zich om jouw veiligheid gaat bekommeren.*

'Ik bedoel...' Haar stem trilde. 'Ik vind het zo erg voor Amy. En dat is natuurlijk idioot. Ik heb niet eens het recht om het erg voor haar te vinden of om bezorgd om haar te zijn. En behalve dat ik bedroefd ben voel ik me ook nog eens schuldig.' Ze legde haar hoofd tegen mijn borst. Ik deed een stap achteruit en hield haar op een armlengte afstand zodat ze me moest aankijken.

'Nou, daar kunnen we iets aan doen. En dat moeten we ook doen,' zei ik. Hoe had Tanner het ook alweer gezegd? *Volgens mij kunnen we het oplossen. Ik denk dat we het moeten oplossen.*

'We moeten naar de politie,' zei ze. 'Ik ben je alibi voor die ochtend, we vertellen het gewoon.'

'Dat alibi geldt maar voor één uur op die ochtend,' zei ik. 'Niemand heeft Amy meer gezien na elf uur de avond ervoor. De politie kan beweren dat ik haar al had vermoord vóór die ontmoeting met jou.'

'Dat is walgelijk.'

Ik haalde mijn schouders op. Heel even speelde ik met de gedachte haar over Amy in te lichten – *mijn vrouw lokt me in de val* – maar dat ging niet, dat besefte ik meteen. Andie kon het spel niet op Amy's niveau spelen. Ze zou mijn teamgenote willen zijn, ze zou me verzwakken. Ze zou een blok aan mijn been worden. Ik legde mijn handen weer op haar armen. Ik probeerde het opnieuw.

'Luister, Andie, we staan allebei onder buitengewoon veel stress en druk. Een groot deel daarvan wordt veroorzaakt door onze schuldgevoelens. Andie, wij zijn namelijk goede mensen. We voelden ons tot elkaar aangetrokken, denk ik, omdat we bepaalde waarden delen. Mensen rechtvaardig behandelen, het juiste doen. En we weten dat onze verhouding verkeerd is.'

Haar broze, hoopvolle uitdrukking veranderde. De vochtige ogen, de tederheid, het verdween allemaal: een vreemde flits, alsof een rolgordijn omlaag gleed. Haar gezicht kreeg duistere trekjes.

'We moeten onze verhouding beëindigen, Andie. Volgens mij beseffen we dat allebei. Het is heel zwaar, maar het is het enige fatsoenlijke wat we kunnen doen. Als we helder konden denken zouden we onszelf dat advies geven, denk ik. Hoeveel ik ook van je hou, ik ben nog steeds getrouwd met Amy. Ik moet doen wat juist is.'

'En als ze wordt gevonden?' Ze zei niet *dood of levend*.

'Dat zien we dan wel weer.'

'Dan! En tot die tijd, wat dan?'

Ik haalde hopeloos mijn schouders op. *Tot die tijd, niets.*

'Wat bedoel je, Nick? Tot die tijd kan ik opzouten?'

'Zo klinkt het wel heel onaardig.'

'Maar dat bedoel je wel.' Een zelfgenoegzaam lachje.

'Het spijt me, Andie. Ik geloof niet dat ik er goed aan doe nu bij jou te zijn. Het is gevaarlijk voor jou en gevaarlijk voor mij. Het druist tegen mijn geweten in. Zo voel ik dat nou eenmaal.'

'O ja? Weet je hoe ik me voel?' Tranen rolden over haar wangen. 'Ik voel me een stom studentje dat jij zo nodig moest neuken omdat je eigen vrouw je verveelde. En ik heb het je wel heel gemakkelijk gemaakt. Je kon teruggaan naar Amy, samen met haar eten, een beetje rotzooien in dat barretje dat je met haar geld bent begonnen. En daarna kon je met mij afspreken in het huis van je vader en klaarkomen op mijn tieten omdat, arme ziel, je dat bij die gemene vrouw van je nooit mocht.'

'Andie, je weet dat het niet...'

'Wat ben je toch een lul. Wat ben jíj voor een man?'

'Andie, toe.' *Zorg dat dit niet uit de hand loopt, Nick.* 'Je hebt hier niet over kunnen praten, daarom denk ik dat alles nu een beetje buiten proportie lijkt, een beetje...'

'Krijg de tering. Denk je dat ik een stom kind ben, een of ander zielig studentje dat je in je mácht hebt? Ik ben je al die tijd blijven steunen, na al die verhalen over jou als mogelijke moordenaar. Maar kijk wat er gebeurt als je het zelf een beetje moeilijk krijgt... Nee, nee. Je hoeft tegen mij niet te beginnen over geweten, fatsoen, schuld en het gevoel dat je het juiste moet doen. Begrijp je me? Want je bent een ontrouwe, laffe, egoïstische lúl.'

Ze draaide zich van me weg, grienend en naar adem snakkend met snikkende horten en stoten. Ik probeerde haar te kalmeren en pakte haar bij een arm. 'Andie, zo wil ik niet...'

'Blijf van me af! Blijf van me af!'

Ze liep naar de achterdeur. Ik wist wat er zou gebeuren. De haat en de gêne dampten als hete stoom van haar af. Ik wist dat ze een fles wijn zou opentrekken, of twee flessen, en daarna zou ze alles tegen een vriendin vertellen, of tegen haar moeder. Het hele verhaal zou zich als een lopend vuurtje verspreiden.

Ik ging voor haar staan om de doorgang naar de deur te versperren – *toe, Andie.* Ze hief haar hand om me een klap te geven en ik greep haar arm, puur uit zelfverdediging. Onze samengeklonken armen gingen op en neer als bij twee dolgedraaide danspartners.

'Laat me los, Nick, anders...'

'Blijf nog even. Luister naar me.'

'Laat me los, jij!'

Ze bewoog haar gezicht naar me toe alsof ze me wilde kussen. Ze beet me. Ik deinsde achteruit en zij schoot de deur uit.

Amy Elliott Dunne

Vijf dagen vermist

Je mag me Ozark Amy noemen. Ik heb me teruggetrokken in een beschut gelegen hut (een ideale schuilplaats) en zit rustig binnen te kijken naar de sloten en grendels die ik hier heb aangebracht.

Ik heb mezelf van Nick ontdaan en toch heb ik nog nooit zo vaak aan hem gedacht. Gisteravond om 22.04 uur ging mijn prepaidmobieltje. (Ja, Nick, jij bent niet de enige die deze 'geheimemobieltruc' kent.) Het was het alarmbedrijf. Ik nam natuurlijk niet op, maar ik weet nu dat Nick in zijn vaders huis is. Aanwijzing drie. Twee weken voor mijn vertrek heb ik de code laten veranderen en mijn geheime telefoon geregistreerd als het nummer dat als eerste gebeld moet worden. Ik zie Nick voor me terwijl hij met mijn aanwijzing in zijn hand het stoffige, bedompte huis van zijn vader binnengaat en met de alarmcode hannest… totdat de tijd voorbij is. *Piep piep piiieeeep!* Zijn telefoon is geregistreerd als tweede nummer, voor het geval ik niet bereikbaar ben (en dat ben ik natuurlijk niet).

En dus gaat het alarm af en krijgt hij iemand van het beveiligingsbedrijf aan de telefoon. Nu staat dus vast dat hij na mijn verdwijning in zijn vaders huis is geweest. Wat goed is voor mijn plan. Het is niet waterdicht, maar dat hoeft ook niet. Ik heb genoeg achtergelaten voor de politie om een zaak tegen Nick te hebben: de overhoopgehaalde kamer, het opgedweilde bloed, de creditcardrekeningen. Het zal allemaal gevonden worden, zelfs door de meest sullige politieagenten. Noelle zal het nieuws over mijn zwangerschap spoedig rondbazuinen (als ze dat al niet heeft gedaan). Het zal voldoende zijn, zeker zodra de politie erachter komt dat hij met Able Andie (pijpt behendig op bevel) scharrelt. Deze bonussen zie ik meer als extra opgestoken middelvingers. Vermakelijke landmijnen. Ik vind het leuk dat ik een vrouw met landmijnen ben.

Ellen Abbott maakt ook deel uit van mijn plan. De grootste misdaadshow van het land op kabel-tv. Ik ben dol op Ellen Abbott, vooral op haar beschermende, moederlijke houding tegenover de vermiste vrouwen in haar programma, en dat ze zo heerlijk hondsdolvals kan worden als ze verdenkingen tegen iemand koestert, gewoonlijk de echtgenoot. Ze komt nationaal op voor gerechtigheid voor vrouwen. Daarom wil ik dat zij mijn verhaal oppakt. Het publiek moet zich tegen Nick keren. Het idee dat hij alom gehaat wordt is voor onze Nicky, die een groot deel van zijn tijd bezig is met de vraag of mensen hem aardig vinden, een even grote straf als opsluiting. En ik heb Ellen nodig om me op de hoogte te houden van het onderzoek. Heeft de politie mijn dagboek al gevonden? Weten ze het van Andie? Hebben ze de opgehoogde levensverzekering al ontdekt? Dat is het moeilijkste van alles: wachten totdat domme mensen iets doorzien.

Om het uur zet ik de televisie in mijn kleine kamer aan om te zien of Ellen mijn verhaal heeft opgepikt. Ze moet wel, ik zie niet in waarom ze mijn vermissing niet zou oppakken. Ik ben mooi, Nick is mooi, en ik heb de *Amazing Amy*-wortel. Net voor de middag komt ze in beeld en ze zegt dat het een speciale uitzending belooft te worden. Ik blijf gebiologeerd naar de televisie staren en denk: schiet op, Ellen. Of eigenlijk: schiet op, *Ellen.* Dat hebben we gemeen: we zijn beiden niet alleen mens maar ook een personage. Amy en *Amy*, Ellen en *Ellen.*

Tamponreclame, wasmiddelreclame, maandverbandreclame, Glassex-reclame. Je zou bijna denken dat vrouwen alleen maar poetsen en ongesteld zijn.

Eindelijk! Daar ben ik! Mijn debuut!

Zodra Ellen met haar dreigende Elvis-blik in beeld komt, weet ik dat dit een geweldige uitzending zal worden. Ik zie een paar prachtige foto's van mij en een beeld van Nick met zijn idiote *Hou van mij!*-grijns van tijdens de eerste persconferentie. Nieuws: er is een vergeefse zoekactie gehouden waarbij een groot gebied is uitgekamd om de 'beeldschone jonge vrouw die alles mee heeft' te vinden. Nieuws: Nick heeft zichzelf al in de vingers gesneden. Hij staat op een kiekje met een dorpsgenoot dat tijdens de zoekactie naar mij is gemaakt. Dit is duidelijk de reden dat de zaak Ellen aan het hart gaat, want ze is lááiend. Daar heb je hem, Nick met zijn kijk-mij-eens-aardig-zijn-gezicht, zijn ik-ben-de-droom-van-alle-vrouwen-gezicht, dat hij tegen de wang van de onbekende vrouw drukt, alsof ze stapmaatjes zijn.

Wat een sukkel. Ik geniet.

Ellen Abbott besteedt veel aandacht aan het feit dat onze achtertuin aan de Mississippi-rivier grenst. Ik vraag me af of het al is uitgelekt: de zoekgeschiedenis op Nicks computer, waarop ik voor de zekerheid heb gegoogeld naar een studie over sluizen en dammen in de Mississippi en de woorden *drijvend lijk in de Mississippi.* Ik zeg het maar even. Het is mogelijk – zij het onwaarschijnlijk, het is maar één keer voorgekomen – dat de rivier mijn lijk meesleurt tot in de oceaan. Ik heb zelfs medelijden met mezelf gehad. Ik stelde me voor hoe mijn slanke, naakte, bleke lijf vlak onder de stroming afdreef, een kolonie slakken aan mijn ene ontblote been, mijn haar als zeewier achter me aan golvend, totdat ik de oceaan bereik en langzaam naar de bodem zink, mijn met water verzadigde vlees dat in zachte repen loslaat terwijl ik langzaam verdwijn in de stroming als een aquarel, totdat er alleen nog maar botten over zijn.

Maar ik ben een romanticus. Als Nick me echt zou hebben vermoord, zou hij mijn lijk waarschijnlijk in een vuilniszak stoppen en me in een straal van honderd kilometer op een vuilstort dumpen. Als oud vuil. Uit praktische overwegingen zou hij zelfs nog wat spullen hebben meegenomen, zoals de kapotte broodrooster die niet meer gerepareerd kan worden of een stapel oude VHS-videobanden die hij al langer weg had willen gooien.

Ik leer zelf ook efficiënt met mijn geld om te gaan. Een dode vrouw moet op de kleintjes letten. Ik heb tijd genoeg gehad om te plannen en een voorraad contant geld aan te leggen. Nadat ik had besloten dat ik zou verdwijnen, heb ik mezelf ruim een jaar gegeven om de daad bij het woord te voegen. Dat is de reden dat de meeste moordenaars opgepakt worden: ze beschikken niet over de discipline om het uit te stellen. Ik heb 10.200 dollar aan contant geld. Als ik 10.200 dollar per maand van mijn rekening zou hebben gehaald, zou dat opgevallen zijn. Ik kon sparen door geld op te nemen met creditcards die op Nicks naam staan – de creditcards die de schijn wekken dat hij een inhalige bedrieger is – en heb in de loop der maanden nog eens 4400 dollar van onze bankrekening opgenomen, in bedragen van twee- of driehonderd dollar per keer zodat het niet zou opvallen. Ik stal geld uit Nicks broekzakken, twintig dollar hier, tien dollar daar, en scharrelde zo langzaam een buffertje bij elkaar. Je kunt het vergelijken met een manier van sparen waarbij je het geld dat je elke ochtend aan een Starbucks-koffie zou hebben uitgegeven in een pot doet, en dan blijk je aan het eind van het jaar 1500 dollar te hebben gespaard. Ik jatte ook altijd wat uit de fooienpot als ik in De Bar was. Ik weet dat Nick Go ervan verdenkt en dat Go denkt dat

Nick het is, maar dat geen van beiden er iets van zegt omdat ze dat vervelend voor de ander vinden.

Maar wat ik wil zeggen, is dat ik zuinig ben met mijn geld. Ik heb genoeg om van te leven tot het moment dat ik mezelf van het leven zal beroven. Ik houd me net zo lang schuil totdat ik zeker weet dat Lance Nicholas Dunne de paria van de wereld is en ik met eigen ogen heb gezien dat hij wordt gearresteerd, berecht en verbijsterd in de handboeien wordt geslagen en in een oranje overall wordt afgevoerd naar de gevangenis. Ik wil Nick zich zwetend in allerlei bochten zien wringen, wil hem zien zweren dat hij onschuldig is, maar dat hij ondanks alles toch vast blijft zitten. Daarna zal ik langs de rivier naar het zuiden reizen, waar ik me zal voegen bij mijn lijk, mijn zogenaamde Andere Amy-Lichaam, in de Golf van Mexico. Ik boek een *booze cruise* – een manier om naar het diepere gedeelte van de oceaan te komen zonder dat ik me hoef te identificeren. Eenmaal op zee drink ik een enorm glas gin met ijs en slaappillen, om in een onbewaakt ogenblik stilletjes overboord te springen, mijn zakken vol met Virginia Woolf-stenen. Het vereist discipline om jezelf te verdrinken, maar daar ontbreekt het mij niet aan. Misschien wordt mijn lichaam nooit gevonden of komt het na een paar weken of maanden bovendrijven – in behoorlijke staat van ontbinding, zodat het tijdstip van overlijden niet kan worden vastgesteld – en lever ik het laatste stukje bewijs dat Nick naar de slachtbank leidt: de executietafel waar hij gif toegediend krijgt en sterft.

Ik zou graag wachten totdat ik ook echt heb gezien dat hij dood is, maar binnen ons rechtsstelsel gaat dat jaren duren en ik heb het geld noch het uithoudingsvermogen om het zo lang uit te zingen. Ik ben er klaar voor om me bij de Hopes te voegen.

Ik heb eigenlijk al iets te veel van mijn budget uitgegeven. Ik heb vijfhonderd dollar besteed aan spullen om mijn hut wat comfortabeler te maken, zoals goed beddengoed, een fatsoenlijke lamp en handdoeken die niet rechtop blijven staan van het jarenlange bleken. Maar ik probeer zo veel mogelijk aan te nemen van wat me wordt aangeboden. Een paar hutten verderop woont een man, een zwijgzame hippie-drop-out, type zelfvoorzienende vegetariër: volle baard, turkooizen ringen en een gitaar waar hij 's avonds op zijn achterveranda wel eens op speelt. Hij heet, beweert hij, Jeff, net zoals ik beweer dat ik Lydia heet. We glimlachen slechts in het voorbijgaan, maar hij brengt me vis. Al een paar keer heeft hij me nu een verse, stinkende vis gegeven in een enorme diepvriestas, die gelukkig wel onthoofd en schoongemaakt was. 'Verse vis!' roept hij dan, bonzend op mijn deur. Als ik niet onmiddellijk opendoe, zet hij de tas naast de deur en verdwijnt weer. Ik bak de vis in een goede koekenpan die ik bij weer een andere Walmart heb gekocht. Best lekker en nog gratis ook.

'Waar haal je die vis vandaan?' vraag ik aan hem.

'Daar waar je al die vis kunt halen,' zegt hij.

Dorothy, van de receptie, die me al mag, geeft me tomaten uit haar tuin. Ik eet de tomaten die naar aarde smaken en de vis die naar het meer ruikt. Ik bedenk dat Nick volgend jaar rond deze tijd opgesloten zit in een gebouw dat alleen naar binnen ruikt. Gefabriceerde geuren: deodorant, oude schoenen, zetmeelproducten, muffe matrassen. Zijn grootste angst, zijn eigen persoonlijke nachtmerrie: dat hij wakker wordt in de gevangenis, beseft dat hij niets verkeerd heeft gedaan maar dat hij dat niet kan bewijzen. Nicks nachtmerries gaan er altijd over dat hem iets is aangedaan, dat hij gevangenzit en slachtoffer is van krachten waar hij geen invloed op heeft.

Na zo'n droom staat hij altijd op, ijsbeert door het huis, kleedt zich aan en gaat naar buiten, zwervend door de straten in de buurt, naar een park – een park in Missouri, een park in New York – of waar hij maar zin in heeft. Hij is een buitenman maar houdt niet van buitenactiviteiten. Hij houdt niet van wandelen of kamperen, hij weet niet hoe hij een vuur moet aanleggen. Hij zou niet eens weten hoe hij een vis moet vangen en hoe hij die mij zou moeten aanbieden. Maar hij houdt van het idee, van de mogelijkheid. Hij wil het gevoel hebben dat hij naar buiten kan, ook al blijft hij in plaats daarvan op de bank hangen om drie uur lang naar kooigevechten te kijken.

Ik verwonder me over dat sletje. Andie. Ik had gedacht dat ze precies drie dagen zou standhouden en dat ze zich daarna niet langer kon bedwingen en zou willen *delen.* Ik weet dat ze graag deelt omdat ik een van haar vrienden ben op Facebook. Mijn profielnaam heb ik verzonnen (Madeleine Elster, haha!), mijn foto heb ik gepikt van een pop-upadvertentie voor hypotheken (blond, glimlach, profiterend van een historisch lage hypotheekrente). Vier maanden eerder verzocht Madeleine op goed geluk of ze Andies vriend mocht worden en Andie hapte, als een ongelukkige puppy, dus ik ken de kleine meid redelijk goed, evenals haar koetjes-en-kalfjesvrienden die vaak een middagdutje doen, van Griekse yoghurt en pinot grigio houden en dat graag met elkaar delen. Andie is een brave meid, waarmee ik bedoel dat ze geen foto's op haar profiel zet waarop ze staat te 'feesten' of berichten met een seksuele inhoud plaatst. Helaas. Als bekend wordt dat ze Nicks vriendin is, zou het mooi zijn als de media foto's vinden waarop ze met vriendinnen zoent of haar string omlaag trekt; dan zou het eenvoudiger zijn haar ervan te beschuldigen dat ze mijn huwelijk kapot heeft gemaakt.

Mijn huwelijk was een zootje maar nog niet kapot toen ze de eerste keer met mijn echtgenoot vrijde, haar hand in zijn broek stak, met hem het bed in dook; zijn pik helemaal in haar mond nam zodat hij zich extra groot voelde toen ze kokhalsde; zich van achteren liet nemen; zich op haar tieten en gezicht liet spuiten en het vervolgens aflikte, jammie. Ze pikt letterlijk álles. Zo'n type is ze. Ze zijn al langer dan een jaar samen. Elke vakantie. Ik ben zijn creditcardafschriften (de echte) nagegaan om te zien wat hij haar met kerst heeft gegeven, maar hij is o zo voorzichtig. Ik vraag me af hoe het moet voelen om een vrouw te zijn wier kerstcadeau contant moet worden betaald. Bevrijdend. Een op papier niet-bestaande vrouw zijn betekent dat je de loodgieter niet hoeft te bellen, zijn gezeur over zijn werk niet hoeft aan te horen en hem er niet steeds aan hoeft te herinneren dat hij kattenvoer moet kopen.

Ik moet zorgen dat ze breekt. Het is belangrijk dat 1) Noelle iemand over mijn zwangerschap vertelt; 2) de politie mijn dagboek vindt; 3) Andie iemand in vertrouwen neemt over haar affaire. Ik heb haar verkeerd ingeschat. Ik had verwacht dat een meisje dat op Facebook vijf keer per dag over haar leven bericht en iedereen overal van laat meegenieten, niet meer wist wat een geheim was. Ze heeft het zo nu en dan alleen zijdelings over mijn man op internet.

Heb mijn hunk vandaag gezien.

(O, vertel!)

(Wanneer mogen we dat lekkere ding eens zien?)

(Bridget vindt dit leuk!)

Een kus van een heerlijke jongen maakt alles mooier.

(Echt wel!)

(Wanneer zien we die hunk van je eindelijk?)

(Bridget vindt dit leuk!)

Maar ze is verrassend discreet voor een meisje van haar generatie. Ze is een brave meid (voor een del). Ik zie haar voor me, haar hartvormige gezicht een tikje schuin, de wenkbrauwen licht gefronst. *Ik wil alleen dat je weet dat ik aan jouw kant sta, Nick. Ik ben er voor je.* Waarschijnlijk heeft ze koekjes voor hem gebakken.

De *Ellen Abbott*-camera's zoomen nu in op het vrijwilligerscentrum dat er ietwat haveloos uitziet. Een correspondent heeft 'dit stadje doen opschrikken' en achter haar zie ik een tafel met stoofschotels en taarten die voor die arme Nicky zijn bezorgd. Zelfs nu nog heeft die klootzak vrouwen die voor hem zorgen. Wanhopige vrouwen die in het gat springen. Een knappe, kwetsbare man – oké, hij heeft misschien zijn vrouw vermoord, maar dat weten we natuurlijk niet zeker. Voor nu is het een opluchting om voor een man te kunnen koken, wat voor veertigers het equivalent is van fietsen langs het huis van die leuke jongen van school.

Ze laten Nicks grijnzende mobielfoto weer zien. Ik zie de dorpsslet voor me in haar eenzame, glanzende keuken – een trofeekeuken, gekocht van de alimentatie – mixend en bakkend terwijl ze een denkbeeldig gesprek met Nick voert: *Nee, ik ben pas drieënveertig. Nee, echt waar! Nee, de mannen zwermen niet om me heen, echt niet, de mannen hier zijn niet zo interessant, tenminste de meeste niet...*

Ik voel een golf van jaloezie jegens die vrouw met haar wang tegen de wang van mijn man. Ze is mooier dan ik nu ben. Ik eet chocoladerepen en lig urenlang in het zwembad onder een hete zon; het chloor maakt mijn huid rubberachtig als de huid van een zeehond. Ik ben bruin, wat ik nooit eerder ben geweest, in elk geval niet de mooie diepbruine kleur die ik nu heb. Een gebruinde huid is een beschadigde huid, en niemand houdt van een rimpelige vrouw, vandaar dat ik mijn leven glanzend van de zonnebrandolie heb doorgebracht. Ik was al wat aangebruind voordat ik vertrok, en nu, na vijf dagen in de zon, ben ik op weg naar het echte bruin. 'Bruin als een koffieboon!' zegt oude Dorothy, de manager. 'Je bent zo bruin als een koffieboon, meid!' zegt ze jolig als ik de huur voor de komende week kom betalen.

Ik ben zongebruind, heb een muiskleurig playmobilkapsel en een bolleboosbrilletje. In de maanden voor mijn verdwijning was ik al ruim vijf kilo aangekomen – ik droeg ruime zomerjurken, niet dat mijn onoplettende echtgenoot het zou zijn opgevallen – en sindsdien nog een kilo. Ik heb erop gelet dat er in de maanden voor mijn verdwijning geen foto's van me zijn gemaakt zodat het publiek alleen de bleke, magere Amy te zien krijgt. Zo zie ik er nu zeker niet meer uit. Als ik loop voel ik mijn achterwerk soms spontaan heen en weer schudden. Schuddende billen. Die heb ik nooit eerder gehad. Mijn lichaam was een mooie, perfecte economie, elk deel op elkaar afgestemd, alles in balans. Ik mis het niet. Ik mis het niet dat mannen niet meer naar me kijken. Het is zelfs een opluchting een kruidenierswinkel binnen te kunnen gaan en er gewoon weer uit te kunnen lopen zonder dat een of andere kerel in een mouwloos geruit hemd je verlekkerd opneemt en iets vrouwonvriendelijks uitbraakt wat meer weg heeft van een nacho-cheeseboer dan van een compliment. Niemand is grof tegen me, maar ook niemand is aardig. Niemand spant zich meer voor me in, althans niet echt, niet op de manier zoals ik gewend was.

Ik ben het tegenovergestelde van Amy.

Nick Dunne

Acht dagen vermist

De volgende ochtend hield ik een ijsblokje tegen mijn wang. Het was uren later en de bijtwond deed nog steeds pijn: twee wondjes in de vorm van een nietje. Achter Andie aan gaan zou een nog groter risico zijn dan haar woede, dus ik besloot haar te bellen.

Voicemail.

Zorg dat dit niet uit de hand loopt, Nick.

'Andie, het spijt me heel erg. Ik weet niet wat ik moet doen, ik snap er niks meer van. Vergeef me alsjeblieft. Toe.'

Ik had haar voicemail niet moeten inspreken, maar toen dacht ik: misschien heeft ze wel honderden berichten van mij bewaard. Godallemachtig, ze zou een hitlijst kunnen maken van de vulgairste, smerigste, smoorverliefdste... iedere willekeurige vrouw in elke willekeurige jury zou me alleen daarom al veroordelen. Het is één ding om te weten dat ik vreemdga, maar nog heel iets anders om mijn zware docentenstem tegen mijn jonge meisjesstudent te horen praten over mijn enorme, harde...

Ik bloosde in het ochtendlicht. Het ijsblokje smolt.

Ik ging op het verandatrapje zitten aan de voorkant van Go's huis. Om de tien minuten belde ik Andie, zonder resultaat. Ik had slaaptekort en mijn zenuwen waren tot het uiterste gespannen toen Boney om 06.12 uur de oprit op reed. Ze liep naar me toe met twee piepschuimen bekertjes in haar hand. Ik zweeg.

'Hé, Nick, ik heb koffie voor je meegebracht. Wou even weten hoe het met je ging.'

'Dat zal wel.'

'Ik weet dat je het zwaar hebt. Vanwege dat nieuws over die zwangerschap.' Ze deed met veel omhaal twee keer melk in mijn koffie, zoals ik dat graag heb, en gaf me het bekertje. 'Wat is dat?' vroeg ze. Ze wees naar mijn wang.

'Hoezo?'

'Op je gezicht bedoel ik, Nick. Er zit een grote roze...' Ze boog zich naar me toe, pakte mijn kin. 'Het lijkt wel een bijtwond.'

'Het moet uitslag zijn. Ik krijg altijd uitslag van stress.'

'Hmm.' Ze roerde in haar koffie. 'Je weet toch dat ik aan jouw kant sta, hè Nick?'

'Zeker.'

'Echt. Ik meen het. Ik wou dat je me vertrouwde. Maar... als het zo doorgaat kan ik je niet meer helpen. Je moet me vertrouwen. Ik weet dat dit klinkt als typische politiepraat, maar het is de waarheid.'

We nipten van onze koffie. Er hing een vreemde, half kameraadschappelijke stilte tussen ons in.

'Hé, ik wil je nog iets laten weten. Voordat je het ergens anders hoort,' zei ze opgewekt. 'We hebben Amy's tasje gevonden.'

'Wat?'

'Ja, er zat geen geld meer in, maar wel haar identiteitskaart, haar mobieltje. In Hannibal nog wel. Op de rivieroever, ten zuiden van de steiger waar de stoomboot afmeert. We denken dat het de indruk moest wekken dat die tas in de rivier was gesmeten toen de dader de stad uit ging, op weg naar de brug die naar Illinois voert.'

'De indruk moest wekken?'

'Die tas had niet echt in het water gelegen. Er zitten nog vingerafdrukken aan de bovenkant op, bij de rits. Soms blijven vingerafdrukken zitten in water, maar... ik zal je de technische details besparen, maar we denken dat die tas daar opzettelijk is neergelegd. Iemand wilde dat hij daar werd gevonden.'

'Zo te horen vertel je me dit niet zomaar,' zei ik.

'Die vingerafdrukken waren van jou, Nick. Dat is niet zo gek, hoor. Mannen raken voortdurend de tas van hun vrouw aan. Maar toch...' Ze lachte alsof haar een geweldig idee te binnen schoot. 'Ik moet het vragen. Ben je onlangs nog in Hannibal geweest?'

Ze zei het met zo'n nonchalant vertrouwen dat ik in een flits een scène voor me zag: een gps ergens onder mijn auto verborgen, aangebracht op de ochtend dat ik naar Hannibal ging.

'Waarom zou ik naar Hannibal gaan om de tas van mijn vrouw weg te gooien?'

'Stel dat je je vrouw hebt vermoord en de plaats delict in je huis in scène hebt gezet, zodat wij zouden denken dat ze door een buitenstaander was belaagd. Tot je besefte dat we jou begonnen te verdenken. Je wilde iets doen waardoor wij weer aan een ander zouden gaan denken. Dat is de theorie. Maar op dit moment zijn sommige collega's van me er zó van overtuigd dat jij het hebt gedaan dat ze altijd wel een bijpassende theorie vinden. Dus laat me je helpen: ben je onlangs nog in Hannibal geweest?'

Ze gaf me een laatste kans. Ze kon nog steeds net doen alsof ze niets wist van Tanner.

Ik schudde mijn hoofd. 'Je moet met mijn advocaat praten. Tanner Bolt.'

'Tanner Bolt? Weet je zeker dat je die kant op wilt gaan, Nick? Ik geloof dat we je tot dusverre vrij netjes behandeld hebben, vrij open. Bolt, dat is iemand... een laatste strohalm. Hij wordt ingehuurd door mensen die schuldig zijn.'

'Hmm. Nou, het is duidelijk dat ik jullie hoofdverdachte ben, Rhonda. Ik moet voor mezelf zorgen.'

'Laten we samen afspreken als hij hier is, oké? Dan kunnen we het doorspreken.'

'Zeker, dat zijn we van plan.'

'Een man met een plan,' zei Boney. 'Ik kijk ernaar uit.' Ze stond op. Toen ze wegliep draaide ze zich nog even om. 'Toverhazelaar is goed tegen uitslag.'

Een uur later ging de bel. Tanner Bolt stond voor de deur in een babyblauw pak. Iets zei me dat hij dat soort kleding speciaal droeg als hij naar het Zuiden ging. Hij inspecteerde de buurt, keek naar de auto's op de opritten, beoordeelde de huizen. Hij deed me op een bepaalde manier denken aan de Elliotts: altijd alles onderzoeken en analyseren. Een brein zonder uit-knop.

'Laat maar zien,' zei Tanner voordat ik hem kon begroeten. 'Wijs me die schuur. Je mag niet mee, en je mag er niet meer in de buurt komen. Daarna ga je me alles vertellen.'

We gingen aan de keukentafel zitten: Tanner, ik en Go, die net wakker was en over haar eerste kop koffie zat gebogen. Ik spreidde al Amy's aanwijzingen op tafel uit als zo'n vreselijke tarotkaartlezer.

Tanner boog zich naar me toe. De spieren in zijn hals stonden strak. 'Oké Nick, zeg het maar,' zei hij. 'Je vrouw heeft dit hele zaakje zorgvuldig voorbereid. Laat zien!' Hij prikte met zijn wijsvinger op tafel. 'Want ik ga niet in de aanval met mijn pik in de ene hand en een raar verhaal over een valstrik in de andere. Tenzij je me weet te overtuigen. Tenzij het werkt.'

Ik haalde diep adem en ordende mijn gedachten. Ik was altijd beter geweest in schrijven dan in praten. 'Voordat we beginnen,' zei ik, 'moet je één ding goed begrijpen over Amy: ze is verdomd briljant. Haar brein is altijd bezig, en nooit alleen maar op één niveau. Je zou haar kunnen vergelijken met zo'n eindeloos durende archeologische opgraving. Je denkt net dat je de onderste laag hebt bereikt, je slaat nog een laatste keer je pikhouweel in de grond en je ontdekt een heel nieuwe mijnschacht. Met een netwerk van tunnels en peilloze diepten.'

'Mooi,' zei Tanner. 'Dus...'

'Het tweede dat je over Amy moet weten is dat ze eigengereid is. Ze is een van die mensen die zich nooit vergissen. Ze leert andere mensen graag een lesje en ze houdt ervan anderen te bestraffen.'

'Goed, mooi, dus...'

'Ik zal je een verhaal vertellen, even snel. Ongeveer drie jaar geleden reden we naar Massachusetts. Een vreselijke rit, het verkeer was waanzinnig druk. Er was een vrachtwagenchauffeur die zijn middelvinger naar Amy opstak. Ze wilde hem er niet tussen laten. Toen kwam hij vlak naast haar rijden en sneed haar. Niet echt gevaarlijk, maar het was toch even schrikken. Ken je die bordjes op de achterkant van vrachtwagens: Hoe rij ik? Ze liet me bellen en gaf zijn kentekenplaat door. Ik dacht dat de zaak daarmee klaar was. Twee maanden later, twee máánden later, liep ik onze slaapkamer in. Amy zat aan de telefoon en herhaalde de letters en cijfers van die kentekenplaat. Ze had een heel verhaal. Ze was onderweg met haar kind van twee, en die chauffeur had haar bijna van de weg gereden. Ze zei dat ze al vier keer had gebeld. Ze zei dat ze zelfs had onderzocht welke routes dat bedrijf reed. Ze had overal aan gedacht. Ze was echt heel trots. Ze zou ervoor zorgen dat die chauffeur werd ontslagen.'

'Jezus, Nick,' mompelde Go.

'Dat is een heel... verhelderend verhaal, Nick,' zei Tanner.

'Het is maar een voorbeeld.'

'Goed, nou, help me dit samen te vatten,' zei hij. 'Amy ontdekt dat jij haar bedriegt. Ze doet alsof ze dood is. Ze regelt het zo dat de plaats delict voor enige opgetrokken wenkbrauwen zorgt. Ze naait je met die creditcards en de levensverzekering en dat stiekeme schuurtje van je achter in de tuin...'

'Ze zoekt ruzie met me de avond voordat ze verdwijnt. Ze gaat met opzet bij een open raam staan zodat de buurvrouw alles kan horen.'

'Waar ging die ruzie over?'

'Ze vond me een egoïstische klootzak. In wezen de ruzie die we altijd hebben. Wat onze buurvrouw niet heeft gehoord is hoe Amy later haar verontschuldigingen aanbood, want Amy wilde niet dat zij dat hoorde. Ik bedoel, ik weet nog dat ik verbaasd was. Zo snel had ze het nog nooit eerder goedgemaakt. De volgende ochtend stond ze flensjes voor me te bakken, godallemachtig.'

Ik zag haar weer bij het fornuis staan terwijl ze poedersuiker van haar duim likte. Ze neuriede in zichzelf en ik stelde me voor dat ik op haar toe liep en haar door elkaar rammelde tot...

'Oké, en die speurtocht?' zei Tanner. 'Wat is de theorie daarachter?'

Elke aanwijzing lag op tafel. Tanner pakte er een paar op en liet ze toen weer vallen.

'Dat zijn gewoon extra opgestoken middelvingers,' zei ik. 'Ik ken mijn vrouw, geloof me. Ze wist dat ze een speurtocht moest uitzetten, anders zou het opvallen. Dus dat doet ze dan, en uiteraard zitten er talloze dubbelzinnigheden in. Kijk maar naar die eerste aanwijzing.'

Ik zie mezelf als jouw student
Met een leraar zo knap als jij en ook zo wijs
bloeien mijn lichaam en geest voor je open (het paradijs!)
Als jouw leerling zou ik niet naar bloemen talen
maar kwam ik mijn pleziertjes onder werktijd halen
Dus haast je, en leer mij weer begeren
zodat ik jóú 't een en ander nog kan leren.

'Typisch Amy. Toen ik dit las, dacht ik: hé, mijn vrouw flirt met me. Maar nee. In feite verwijst ze naar mijn... ontrouw met Andie. Dat is opgestoken middelvinger nummer één. Dus ik ga erheen, naar mijn kamer op de universiteit, samen met Gilpin. En wat tref ik daar aan? Een damesonderbroekje. In de verste verte niet de maat van Amy. De politie bleef iedereen maar vragen welke maat Amy had. Ik snapte niet waarom.'

'Maar Amy kon niet weten dat jij Gilpin bij je zou hebben.' Tanner fronste zijn wenkbrauwen.

'Daar kon ze wel van uitgaan,' kwam Go tussenbeide. 'Aanwijzing één was onderdeel van de plaats delict, zodat de politie er weet van zou hebben, en ze heeft het woord *werktijd* erin gezet. Het is logisch dat ze naar de universiteit zouden gaan, met of zonder Nick.'

'En van wie was dat slipje dan?' vroeg Tanner. Go trok haar neus op bij het woord *slipje*.

'Wie zal het zeggen?' zei ik. 'Ik nam aan dat het een slipje van Andie was, maar… waarschijnlijk heeft Amy het zelf gekocht. Hoofdzaak is dat het niet Amy's maat was. Iedereen zou nu denken dat er iets onbetamelijks in mijn kantoor was gebeurd met iemand die niet mijn vrouw is. Opgestoken middelvinger nummer twee.'

'En als de politie er niet bij was geweest toen je naar je kantoor ging?' vroeg Tanner. 'Of als niemand dat slipje had opgemerkt?'

'Dat kan haar niks schélen, Tanner! Die speurtocht is toch voornamelijk voor haar eigen lol. Ze is er niet van afhankelijk. Ze heeft het er allemaal dik bovenop gelegd. Op die manier zijn er overal kleine aanwijzingen te vinden. Nogmaals, je moet mijn vrouw kennen: ze is niet zo van de slipjes, meer iemand van jarretelgordels.'

'Oké. Aanwijzing twee,' zei Tanner.

Stel je dit voor: ik ga voor je door het lint
Mijn toekomst met jou is niet bepaald blind
Je hebt me hiernaartoe meegenomen zodat je kon praten
Over je avonturen: een pet met klep, jeans met gaten
De rest kan de pest krijgen, welbeschouwd
En nu een heimelijke zoen… alsof we net zijn getrouwd.

'Dit is Hannibal,' zei ik. 'Amy en ik zijn daar een keer geweest, dus ik begreep het op die manier. Maar in die stad heb ik ook een keer… iets met Andie gedaan.'

'En er ging geen belletje bij je rinkelen?' zei Tanner.

'Nee, nog niet. Ik zwijmelde juist vanwege de teksten die Amy had geschreven. God, die meid kent me door en door. Ze weet precies wat ik graag wil horen. Je bent briljánt. Je bent gééstig. En wat leuk voor haar om te weten dat ze me nog stééds het hoofd op hol kon brengen. Zelfs op afstand. Ik bedoel, ik was… Jezus, ik werd bijna weer verliefd op haar.'

Ik had even een brok in mijn keel. Dat idiote verhaal over haar vriendin Insley met die half blote, afschuwelijke baby. Amy wist dat ik dat het fijnste van onze relatie vond: niet de grootse momenten, niet de Romantische momenten met een hoofdletter R, maar onze inside jokes. En nu gebruikte ze die allemaal tegen me.

'En dan nog iets,' zei ik. 'Ze hebben net Amy's tas gevonden in Hannibal. Ik weet verdomd zeker dat iemand weet dat ik daar ben geweest. Ik heb dat kaartje betaald met mijn creditcard. Dus dat is weer een bewijsstuk, en Amy heeft ervoor gezorgd dat het in verband met mij kan worden gebracht.'

'En als niemand die tas had gevonden?' vroeg Tanner.

'Doet er niet toe,' zei Go. 'Ze laat Nick in cirkels ronddraven, ze doet het voor de lol. Het was voor haar al voldoende om te weten hoe schuldig Nick zich zou voelen bij het lezen van al die lieve briefjes. Het besef dat híj een bedrieger is en dat zíj wordt vermist.'

Het woord *bedrieger* sprak ze vol walging uit. Ik probeerde mijn gezicht in de plooi te houden.

'En stel dat Gilpin nog bij Nick was geweest toen hij naar Hannibal ging?' hield Tanner vol. 'Als Gilpin voortdurend bij Nick was gebleven, zodat hij wist dat Nick die tas daar niet had neer kunnen leggen?'

'Amy kent me goed genoeg om te weten dat ik Gilpin zou dumpen. Ze weet dat ik niet zou willen dat een vreemde mijn reacties zou kunnen peilen als ik die briefjes las.'

'Echt waar? Hoe weet je dat?'

'Dat weet ik gewoon.' Ik haalde mijn schouders op. Ik wist het, ik wist het gewoon.

'Aanwijzing drie,' zei ik. Ik schoof het briefje naar Tanner.

Voel je je rot omdat je me hiernaartoe hebt gehaald?
Ik geef meteen toe dat ik flink heb gebaald.
Maar we hadden niet echt heel veel keus
En we besloten: dit wordt van ons, ja heus.
Laten we het in dit bruine huisje dan maar doen
Geef me wat goodwill, jij sekskampioen!

'Kijk, ik heb dit verkeerd geïnterpreteerd. Bij *hiernaartoe* dacht ik dat ze Carthage bedoelde, maar het is een verwijzing naar het huis van mijn vader, en…'

'Ook op die plek heb je met die Andie geneukt,' zei Tanner. Hij keek mijn zus aan. 'Excuus voor mijn taalgebruik.'

Go wapperde met haar hand: geen probleem.

Tanner vervolgde: 'Oké, Nick. Er ligt een bezwarend slipje in je kantoor, waar je met Andie hebt geneukt, Amy's tasje ligt in Hannibal, waar je met Andie hebt geneukt, en er ligt een fortuin aan geheime creditcardaankopen in het schuurtje, waar je met Andie hebt geneukt.'

'Eh, ja. Ja, dat klopt.'

'En wat is er in het huis van je vader gebeurd?'

Amy Elliott Dunne

Zeven dagen vermist

Ik ben zwanger! Bedankt, Noelle Hawthorne, de wereld weet het nu, jij onnozele hals. Sinds ze die stunt uithaalde tijdens mijn herdenkingsbijeenkomst (hoewel ik liever niet had gezien dat ze alle aandacht naar zich toe had getrokken – lelijkerds proberen altijd in de picture te komen), is de haat jegens Nick snel toegenomen.

Ik wist dat zwangerschap de sleutel naar non-stop media-aandacht van de furieuze, op bloed beluste Ellen Abbott was. Amazing Amy is een verleidelijk onderwerp. Een mishandelde en vermiste Amazing Amy is onweerstaanbaar. Amerikanen houden van eenvoud, en het is eenvoudig om van zwangere vrouwen te houden – het zijn net jonge eendjes of konijntjes of honden. Toch blijft het me verbazen dat die eigengereide, navelstaarderige waggeltantes een dergelijke voorkeursbehandeling krijgen. Alsof het zo moeilijk is om je benen te spreiden en je door een man te laten bevruchten.

Weet je wát moeilijk is? Zwangerschap veinzen. Let op, want dit is niet niks. Het begon met mijn onnozele vriendin Noelle. In het Midden-Westen stikt het van dit soort vrouwen: de best-aardigen. Best aardig maar met een ziel van plastic die eenvoudig te kneden en eenvoudig uit te wissen is. De hele muziekcollectie van deze vrouw bestaat uit Reader's Digest-verzamelcd's. Haar boekenkast staat vol koffietafelpulp: *The Irish in America. Mizzou Football: A History in Pictures. We remember 9/11. Something Dumb With Kittens.* Ik wist dat ik een toegankelijke vriendin moest hebben voor mijn plan, iemand aan wie ik alle vreselijke verhalen over Nick kwijt kon, iemand die zich snel aan mij zou hechten, iemand die makkelijk te manipuleren was en niet te diep zou nadenken over wat ik zei omdat ze zich bevoorrecht zou voelen het te mogen aanhoren. Noelle was de meest voor de hand liggende keuze, en toen ze me vertelde dat ze weer zwanger was – kennelijk was een drieling niet genoeg – besefte ik dat ik ook zwanger zou kunnen zijn.

Zoeken op internet: hoe laat je je toilet leeglopen voor een reparatie.

Noelle op bezoek gevraagd. Heel veel frisdrank geschonken.

Noelle plast in mijn toilet met de lege spoelbak, wat we allebei erg gênant vinden.

Ik, een glazen potje, de plas in mijn toilet gaat in het glazen potje.

Ik, een goed vastgelegde geschiedenis van een naalden-/bloedfobie.

Ik, het glazen potje met plas in mijn handtas, een afspraak met mijn huisarts. (O, ik kan geen bloedtest doen, ik ben fobisch voor naalden... een urinetest? Oké, geen probleem, dank u.)

Ik, een zwangerschap in mijn medisch dossier.

Ik, op een drafje naar Noelle met het blijde nieuws.

Perfect. Nick krijgt er nog een motief bij terwijl ik die lieve, vermiste zwangere mevrouw word. Mijn ouders krijgen het nog zwaarder te verduren, *Ellen Abbott* kan de verleiding niet weerstaan. Ik moet eerlijk bekennen dat het een kick geeft om uit de honderden zaken officieel te worden gekozen voor *Ellen*. Het is een soort talentenjacht: je doet je uiterste best, maar uiteindelijk ligt de keuze bij de jury.

O, en wat haat ze Nick en wat is ze dol op mij. Minder leuk is dat mijn ouders zo'n speciale behandeling krijgen. Ik zie ze in het journaal. Mijn moeder broodmager, de spieren in haar hals als spichtige takken, altijd gespannen. Mijn vader blozend van angst, de ogen een tikje te wijd open, de glimlach te breed. Hij is een knappe man maar begint langzamerhand op een karikatuur te lijken, een bezeten clownspop. Ik weet dat ik medelijden met ze zou moeten hebben, maar dat heb ik niet. Ik ben voor hen nooit meer geweest dan een symbool, het levende ideaal. De Amazing Amy van vlees en bloed. Verpest het niet, je bent Amazing Amy. Ons enig kind. Het zijn van enig kind brengt een onredelijke verantwoordelijkheid met zich mee. Je groeit op met het idee dat je niet mag teleurstellen, je mag zelfs niet doodgaan. Er hobbelt geen andere dreumes rond die jou kan vervangen; jij bent de enige. Je probeert wanhopig om perfect te zijn, maar wordt ook dronken van macht. Zo worden despoten gemaakt.

Deze ochtend kuier ik naar Dorothy's kantoortje voor een flesje frisdrank. Het is een kleine, met hout betimmerde ruimte. Het bureau lijkt geen andere functie te hebben dan een platform voor Dorothy's verzameling sneeuwbollen uit plaatsen die niet eens het onthouden waard zijn: Gulf Shores, Alabama. Hilo, Arkansas. Als ik de bollen zie, zie ik geen paradijs voor me maar oververhitte, zonverbrande provincialen met huilende, onhandige kinderen die met de ene hand een klap krijgen terwijl de andere hand een enorme, niet-afbreekbare piepschuimen beker vol warme, fructoserijke drank omklemt.

Dorothy heeft een katjes-in-een-boom-poster uit de jaren zeventig – *Hang in there!* – aan de muur. Ze heeft hem in alle ernst opgehangen. Ik zie hier al zo'n zelfvoldane trut uit Williamsburg – Bettie Page-kapsel en vlinderbril, voor wie dezelfde poster pure ironie is – binnenstappen om de poster van haar af te troggelen. Ironische mensen smelten altijd als ze worden geconfronteerd met ernst, het is hun achilleshiel. Dorothy heeft naast de frisdrankautomaat nog een ander juweeltje van een poster hangen van een peuter die op de wc-pot in slaap is gevallen – *Too Tired to Tinkle.* Ik heb overwogen deze poster te pikken. Even een vingernagel onder het oude, vergeelde plakband terwijl ik Dorothy afleid met koetjes en kalfjes en klaar is Kees. Ik wed dat ik er een leuk bedragje voor kan krijgen op eBay – het zou mooi zijn als er wat geld binnen bleef komen – maar ik heb ervan afgezien omdat ik dan een 'elektronisch spoor' zou achterlaten. En ik heb genoeg waargebeurde misdaadverhalen gelezen om te weten dat een elektronisch spoor gevaarlijk is: gebruik geen mobiele telefoon die op jouw naam staat omdat telefoonmasten je locatie kunnen peilen; gebruik nooit je pincode of je creditcard; gebruik alleen veelgebruikte openbare computers; wees je bewust van camera's op straat, vooral in de buurt van banken, drukke kruispunten of bodega's. Niet dat er hier bodega's zijn. Er zijn ook geen camera's op ons terrein. Dat weet ik omdat ik het aan Dorothy heb gevraagd. Ik wilde zogenaamd weten hoe het met de veiligheid zat.

'Onze gasten zijn niet bepaald Big Brother-types,' zei ze. 'Niet dat het criminelen zijn, maar ze zijn niet graag op de radar te traceren.'

Nee, de gasten hier wekken niet de indruk dat ze camera's zouden waarderen. Neem mijn vriend Jeff, die op de meest vreemde tijden vertrekt en terugkeert met verdachte hoeveelheden illegale vis die hij opslaat in grote koelboxen. Daar zit letterlijk een luchtje aan. En in de verst gelegen hut zit een stel dat getekend is door de meth. Ze zijn waarschijnlijk in de veertig maar zien eruit als zestig. Ze zitten het grootste deel van de tijd binnen, behalve om zo nu en dan met verwilderde blik de gang naar het washok te maken. Dan zie ik ze nerveus met vuilniszakken vol kleren over het grind van de parkeerplaats schieten alsof ze met de grote schoonmaak bezig zijn. Hallo hallo, groeten ze, altijd twee keer en met twee korte hoofdknikjes, waarna ze hun weg vervolgen. De man heeft soms een boa constrictor om zijn nek, hoewel de slang nooit ter sprake wordt gebracht, door mij noch door hem. Behalve deze vaste gasten loopt er ook nog een aantal alleenstaande vrouwen rond, doorgaans met blauwe plekken. Sommigen van hen maken een beschaamde indruk, anderen ogen vreselijk triest.

Vandaag is er een nieuwe gast bij gekomen. Ze zit in de hut naast die van mij. Het is een heel jong, blond meisje met bruine ogen en een gespleten lip. Ze zat op haar veranda een sigaret te roken en toen onze blikken elkaar ontmoetten, ging ze trots rechtop zitten en stak haar kin in de lucht. Ze voelde zich niet geroepen zich te verontschuldigen. Ik dacht: ik moet net zo worden als zij. Ik zal haar goed in de gaten houden. Ik kan een tijdje haar zijn, het mishandelde, sterke meisje dat zich schuilhoudt totdat de storm is gaan liggen.

Na een paar uur ochtend-tv – zappend naar nieuws over de Amy Elliott Dunne-zaak – schiet ik in mijn klamme bikini. Ik ga naar het zwembad om wat rond te drijven op mijn luchtbed. Even weg van mijn zeurende brein. Het nieuws over de zwangerschap was meer dan welkom, maar er is nog zo veel wat ik níét weet. Je kunt zoals ik alles tot in de puntjes plannen, maar dit zijn dingen waarover je geen controle hebt. Ik weet nu niet hoe de zaak zich ontwikkelt. Andie doet niet wat ze moet doen. Ik moet ze misschien helpen het dagboek te vinden. De politie maakt nog steeds geen aanstalten Nick te arresteren. Ik weet niet wat ze weten, en dat zint me niet. Ik heb de neiging naar een tiplijn te bellen om het onderzoek een zetje in de goede richting te geven. Ik zal nog een paar dagen wachten. In mijn hut hangt een kalender waarop ik op de derde dag vanaf vandaag een kruisje zet met de woorden VANDAAG BELLEN zodat ik weet hoe lang ik nog wil wachten. Als ze het dagboek vinden zal alles in een stroomversnelling raken.

Buiten is het opnieuw tropisch heet, de cicades rukken op. Mijn luchtbed is roze met een dessin van zeemeerminnen. Het is eigenlijk te klein voor mij – mijn kuiten bengelen in het water – maar ik kan er zeker een uur lang probleemloos op ronddrijven. Dat is op dit moment een van de dingen die 'ik' leuk heb leren vinden.

Ik zie een blond hoofd verschijnen ter hoogte van de parkeerplaats en dan komt het meisje met de gespleten lip door het gaashekpoortje. Ze heeft een handdoek uit de hut bij zich, niet groter dan een theedoek, een pakje Merit, een boek en zonnebrandcrème SPF 120. Longkanker oké, maar liever geen huidkanker. Als ze zich geïnstalleerd heeft, brengt ze de crème zorgvuldig op, in tegenstelling tot de andere mishandelde vrouwen hier die zich overdadig insmeren met babyolie en vieze vlekken op de ligstoelen achterlaten.

Het meisje knikt naar me, het soort knikje dat mannen elkaar geven als ze in een café aan de bar gaan zitten. Ze leest *De Kronieken van Mars*, van Ray Bradbury. Een sciencefictionmeisje. Mishandelde vrouwen ontvluchten natuurlijk graag de werkelijkheid.

'Goed boek,' werp ik een onschuldige, conversationele strandbal op.

'Iemand heeft het achtergelaten in mijn hut. Het was dit of *Black Beauty*.' Ze zet een grote, goedkope zonnebril op.

'Ook niet verkeerd. Hoewel ik *De Zwarte Hengst* beter vond.'

Ze kijkt me aan zonder de zonnebril af te zetten. Twee zwarte bijenoogschijven. 'Hmm.'

Ze richt haar aandacht weer op het boek, de nadrukkelijke *Ik ben aan het lezen*-hint die je gewoonlijk in vliegtuigen ziet. En ik ben de irritante bemoeial naast haar die de armleuning heeft ingepikt en dingen zegt als: 'Zaken of plezier?'

'Ik ben Nancy,' zeg ik. Een nieuwe naam – niet Lydia – wat niet slim is in dit kleine park, maar het is eruit voordat ik er erg in heb. Mijn gedachten gaan soms ook voor mezelf te snel. Ik dacht aan de gespleten lip van het meisje en haar tweedehandsuitstraling, en vervolgens aan mishandeling en prostitutie, en toen kwam ik op *Oliver!*, mijn favoriete musical als kind, met de gedoemde prostituee Nancy, en ik vroeg me af waarom mijn feministische moeder en ik überhaupt naar *Oliver!* keken, omdat 'As Long As He Needs Me' in wezen een melodieus loflied op huiselijk geweld is, en toen dacht ik dat Dagboek Amy ook was vermoord door haar man en dat ze dus in veel opzichten leek op…

'Ik ben Nancy,' zeg ik.

'Greta.'

Klinkt verzonnen.

'Leuk kennis te maken, Greta.'

Ik drijf weg. Achter me hoor ik het geluid van Greta's aansteker, en dan trekken er slierten rook over me heen, als verwaaide nevel.

Veertig minuten later gaat Greta op de rand van het zwembad zitten, met haar benen in het water. 'Het is warm,' zegt ze. 'Het water.' Ze heeft een hese, harde stem. Sigaretten en prairiezand.

'Net badwater.'

'Weinig verfrissend.'

'Het meer is niet veel kouder.'

'Nou ja, ik kan toch niet zwemmen,' zegt ze.

Ik heb nog nooit iemand ontmoet die niet kan zwemmen. 'Ik ook amper,' lieg ik. 'Ik zwem op z'n hondjes.'

Ze trappelt met haar benen, mijn luchtbed deint zachtjes op de golven. 'Hoe is het hier in het park?' vraagt ze.

'Fijn. Rustig.'

'Mooi, net wat ik nodig heb.'

Ik draai me naar haar om. Ze heeft twee gouden halskettingen, een volmaakt ronde blauwe plek ter grootte van een pruim boven haar linkerborst en een klavertje-4-tatoeage net boven haar bikinilijn. Haar bikini is gloednieuw, kersenrood, goedkoop. Van de strandwinkel waar ik mijn luchtbed heb gekocht.

'Ben je hier alleen?'

'Reken maar.'

Ik weet niet precies wat ik nu moet vragen. Bestaat er een code tussen mishandelde vrouwen, een taal die ik niet ken?

'Problemen met een man?'

Ze kijkt me met een opgetrokken wenkbrauw aan, waarmee ze ja lijkt te bedoelen.

'Ik ook,' zeg ik.

'Niet dat we niet gewaarschuwd waren,' zegt ze. Ze schept met haar hand wat water op en laat het over haar borst lopen. 'Op mijn eerste schooldag zei mijn moeder tegen me: "Blijf uit de buurt van jongens. Of ze gooien stenen naar je, of ze gluren onder je rok."'

'Dat zou ik op een T-shirt laten zetten.'

Ze lacht. 'Maar het is wel zo. Altijd. Mijn moeder woont in een lesbodorp in Texas. Ik overweeg me bij haar aan te sluiten. Iedereen lijkt daar gelukkig.'

'Een lesbodorp?'

'Ja, hoe noem je dat. In zo'n commune. Een stel lesbiennes hebben een stuk grond gekocht en zijn daar een eigen gemeenschap begonnen. Verboden voor mannen. Klinkt verrekte goed, een wereld zonder mannen.' Ze schept weer een handvol water op, schuift haar zonnebril omhoog en maakt haar gezicht nat. 'Helaas heb ik niks met vagina's.'

Ze lacht een boze blaflach, als een oude vrouw. 'En zijn er hier nog leuke klootzakken voor een date?' vraagt ze. 'Dat is mijn patroon, zeg maar. Ik vlucht voor de een en loop de volgende tegen het lijf.'

'Het park is het grootste deel van de tijd maar half bezet. Maar Jeff, de man met de baard, is wel heel aardig,' zeg ik. 'Hij zit hier al langer dan ik.'

'Hoe lang ben jij van plan te blijven?' vraagt ze.

Ik antwoord niet meteen. Vreemd genoeg weet ik niet precies hoe lang ik hier nog zal zijn. Het was mijn bedoeling te blijven tot Nicks arrestatie, maar ik heb geen idee of dat snel zal gebeuren.

'Totdat hij niet meer naar je op zoek is, huh?' vult Greta in.

'Zoiets, ja.'

Ze neemt me aandachtig op en fronst dan. Ik krijg een knoop in mijn maag. Ik wacht totdat ze zal zeggen: 'Je komt me bekend voor.'

'Ga nooit terug naar een man zolang je blauwe plekken nog te zien zijn. Dat moet je hem niet gunnen,' zegt Greta ernstig. Ze staat op, verzamelt haar spullen en droogt haar benen met het kleine handdoekje.

'Weer een dag gedood,' zegt ze.

Om de een of andere reden steek ik mijn duim naar haar op, iets wat ik nooit eerder in mijn leven heb gedaan.

'Kom maar naar mijn hut als je er even uit wilt,' zegt ze. 'Dan kunnen we samen tv-kijken.'

Ik neem een verse tomaat van Dorothy mee, die ik als een glanzend housewarmingscadeautje in mijn handpalm houd. Greta doet open en keurt me nauwelijks een blik waardig, alsof ik al jaren kom aanwippen. Ze pakt de tomaat uit mijn hand.

'Perfect. Ik ben net sandwiches aan het maken,' zegt ze. 'Ga zitten.' Ze wijst naar het bed – onze hutten hebben geen zithoek – en ze loopt naar de kookhoek met dezelfde plastic snijplank en hetzelfde botte mes als in mijn hut. Ze snijdt de tomaat in plakjes. Op het aanrecht liggen twee plastic pakjes vlees waarvan de nare zoete geur de hele kamer vult. Ze legt twee oude boterhammen en een handje kaascrackers op papieren bordjes en loopt ermee naar de hoek waar het bed staat. Ze heeft de afstandsbediening al in haar hand en zapt van geluid naar geluid. We zitten naast elkaar op het bed en kijken televisie.

'Zeg maar stop als je iets wilt zien,' zegt Greta.

Ik neem een hap van mijn sandwich. Mijn tomaat glijdt er aan de zijkant uit en valt op mijn dij.

The Beverly Hillbillies, Suddenly Susan, Armageddon.

Ellen Abbott Live. Een foto van mij vult het scherm. Ik ben het hoofdnieuws. Weer. Ik zie er geweldig uit.

'Heb je dit gevolgd?' vraagt Greta zonder me aan te kijken. Ze zegt het alsof mijn verdwijning een leuke soap is. 'Deze vrouw is verdwenen op de dag dat ze haar vijfjarige huwelijk zou vieren. De echtgenoot reageert van het begin af aan heel vreemd, hij staat erbij te glimlachen en meer van dat idiote gedrag. Hij blijkt haar levensverzekering te hebben verhoogd. En ze hebben net ontdekt dat die vrouw zwanger was en dat die vent het kind niet wilde.'

Op het scherm verschijnt een andere foto van mij, naast een omslag van *Amazing Amy.*

Greta kijkt me aan. 'Ken je die boeken?'

'Natuurlijk!'

'Maar vind je ze ook léúk?'

'Iedereen vindt ze leuk. Ze zijn erg grappig,' zeg ik.

Greta snuift. 'Ze zijn ontzettend nep.'

Close-up van mij op tv.

Ik wacht tot ze zal zeggen hoe mooi ik ben.

'Ze ziet er niet slecht uit, hè, voor haar leeftijd,' zegt ze. 'Ik hoop dat ik er op mijn veertigste ook nog zo goed uitzie.'

Ellen licht de kijkers in over mijn verhaal. Mijn foto blijft te zien op het scherm.

'Volgens mij is het een verwend nest,' zegt Greta. 'Een aandachttrekster. Chagrijnig.'

Dat is niet eerlijk. Ik heb geen bewijs achtergelaten dat die conclusie rechtvaardigt. Sinds ik naar Missouri ben verhuisd – of beter, sinds ik mijn plan bedacht – heb ik me bewust heel bescheiden opgesteld. Ik was makkelijk in de omgang en opgewekt. Kortom, precies zoals mensen willen dat vrouwen zijn. Ik zwaaide naar de buren, deed boodschappen voor Mo's vriendinnen, ik heb zelfs een keer cola naar die smoezelige Stucks Buckley gebracht. Ik ging op bezoek bij Nicks vader zodat de verpleegsters later zouden kunnen getuigen hoe aardig ik was. En om steeds in Bill Dunnes spinnenwebbrein te fluisteren: *Ik hou van u, kom bij ons wonen, ik hou van u, kom bij ons wonen.* Gewoon om te zien of het bleef hangen. Nicks vader is wat het personeel van Comfort Hill een zwerver noemt: hij loopt altijd weg. Ik vind het een geweldig idee dat Bill Dunne, de levende totem van alles wat Nick niét hoopt te worden, het object van Nicks diepste wanhoop, telkens weer bij ons voor de deur staat.

'Hoezo, chagrijnig?' zeg ik.

Ze haalt haar schouders op. Op tv is een reclamespot voor luchtverfrisser te zien. Een vrouw spuit wolken frisse lucht in het rond om haar gezin gelukkig te maken. Dan volgt er een reclame voor dunne inlegkruisjes zodat een vrouw een jurk kan dragen en kan dansen met de man voor wie ze later frisse lucht zal rondspuiten.

Poetsen en bloeden. Bloeden en poetsen.

'Dat zie je zo,' zegt Greta. 'Ze komt gewoon over als een rijk, verveeld kreng. Zoals dat soort rijke trutten dat met het geld van hun man een cupcakebedrijfje begint of een kaartenwinkel. Een boetiekje. Dat soort flauwekul.'

In New York had ik vriendinnen met dit soort zaakjes. Ze vonden het fijn te kunnen zeggen dat ze werkten, hoewel ze alleen de dingen deden die ze leuk vonden: namen voor de cupcakes verzinnen, briefpapier bestellen, de snoezige jurk dragen die uit *hun eigen winkel* kwam.

'Zo eentje is zij ook,' zegt Greta. 'Een rijke trut die zich heel wat verbeeldt.'

Als Greta naar de wc gaat, loop ik op mijn tenen naar haar keuken, trek de koelkast open, spuug in haar melk, in haar sinaasappelsap en in een bakje met aardappelsalade en loop dan weer zachtjes terug naar het bed.

De wc wordt doorgetrokken. Greta komt terug. 'Ik bedoel, dat wil niet zeggen dat het goed is dat hij haar heeft vermoord. Ze is gewoon de zoveelste vrouw die de verkeerde man heeft uitgekozen.'

Ze kijkt me recht aan, en ik wacht totdat ze zal zeggen: 'Hé, wacht eens even...'

Maar ze richt haar aandacht weer op de tv en gaat als een kind op haar buik op de grond liggen, met haar kin in haar handen en haar ogen op het scherm. Nog steeds is mijn foto te zien.

'O, shit, nu zul je het hebben,' zegt Greta. 'De kijkers háten die vent.'

De show begint en ik voel me alweer iets beter. Het is de apotheose van Amy.

Campbell MacIntosh, jeugdvriendin: 'Amy is een verzorgend, moederlijk type. Ze vond het heerlijk om een vrouw te zijn. En ik weet zeker dat ze een geweldige moeder zou zijn geweest. Maar Nick... op de een of andere manier wist ik dat Nick niet deugde. Koud en afstandelijk en nogal berekenend. Je had het gevoel dat hij maar al te goed wist dat Amy bulkte van het geld.'

(Campbell liegt: ze begon altijd te zwijmelen als ze Nick zag en ze aanbad hem. Maar ik wed dat ze liever denkt dat hij met me getrouwd is om mijn geld.)

Shawna Kelly, inwoonster van North Carthage: 'Ik vond het heel, heel raar dat hij totaal ontspannen was tijdens de zoekactie naar zijn vrouw. Hij zat gewoon een beetje met me te kletsen om de tijd te doden. Hij flirtte met me terwijl hij me helemaal niet kent! Ik probeerde het gesprek op Amy te brengen, maar hij… hij toonde geen enkele interesse.'

(Ik weet zeker dat die wanhopige ouwe slet het gesprek niet op mij probeerde te brengen.)

Steven 'Stucks' Buckley, al van oudsher bevriend met Nick Dunne: 'Het is een lieve meid. Echt heel lief. En Nick? Hij leek zich niet echt druk te maken dat Amy weg was. Zo is hij altijd geweest: egocentrisch. Ietwat zelfingenomen. Alsof hij het helemaal gemaakt had in New York en wij allemaal naar hem moesten opkijken.'

(Ik veracht Stucks Buckley; die naam alleen al!)

Noelle Hawthorne die, zo leek het, net nieuwe highlights had: 'Ik denk dat hij haar heeft vermoord. Niemand durft het hardop te zeggen, maar ik wel. Hij mishandelde haar, hij tiranniseerde haar, en uiteindelijk heeft hij haar vermoord.'

(Brave hond.)

Greta kijkt me van opzij aan. Haar wangen bollen op onder haar handen, de gloed van de tv flikkert op haar gezicht.

'Dat is hopelijk niet waar,' zegt ze. 'Dat hij haar heeft vermoord, bedoel ik. Het zou mooi zijn als ze 'm gewoon is gesmeerd. Dat ze is weggelopen en ergens veilig onderdak heeft gevonden.'

Ze zwaait haar benen heen en weer als een luie zwemmer. Ik kom er niet achter of ze me voor de gek zit te houden.

Nick Dunne

Acht dagen vermist

We doorzochten alle hoeken en gaten van mijn vaders huis. Dat duurde niet lang, want het was volkomen leeg. De kasten, de bergruimten. Ik trok aan de hoek van tapijten om te zien of ze er lagen. Ik gluurde in zijn wasmachine en wasdroger, stak mijn hand omhoog in de schoorsteen. Ik keek zelfs achter het reservoir van de toiletpot.

'Je bent net de *Godfather*,' zei Go.

'Als ik de *Godfather* was, had ik gevonden wat we zoeken en was ik schietend naar buiten gekomen.'

Tanner stond midden in de woonkamer van mijn vader en trok aan het puntje van zijn limoenkleurige das. Go en ik zaten onder het stof en het gruis, maar op de een of andere manier glom Tanners witte overhemd alsof hij iets van de glamour van New York had weten te behouden. Hij staarde naar de hoek van een kast, beet op zijn lip, trok aan zijn das, dacht na. Hij had er waarschijnlijk jaren over gedaan om die houding te perfectioneren: die *mond-dicht-cliënt-ik-denk-na*-houding.

'Dit bevalt me niet,' zei hij ten slotte. 'We hebben hier veel losse eindjes, en ik ga pas naar de politie als we daar een oplossing voor hebben gevonden. Mijn eerste intuïtie is de vlucht naar voren te kiezen: melding maken van die spullen in het schuurtje voordat we erop worden betrapt. Maar als we niet weten wat Amy ons hier wilde laten vinden, en we weten niet hoe Andie zich voelt... Nick, weet jij misschien hoe het nu met Andie gaat?'

Ik haalde mijn schouders op. 'Ze is kwaad.'

'Dat maakt me heel, heel zenuwachtig. We zitten in een bijzonder moeilijke situatie. We moeten de politie inlichten over het schuurtje. Daar moeten we niet omheen draaien. Maar ik zal je even uitleggen wat er dan gaat gebeuren. Namelijk het volgende: ze zullen achter Go aan gaan. Ze hebben twee opties. Eén: Go is je medeplichtige, ze heeft je geholpen die spullen te verbergen op haar terrein. Dan is het heel waarschijnlijk dat ze weet dat jij Amy hebt vermoord.'

'Schei uit, dat kun je niet menen,' zei ik.

'Nick, dat is nog de minst erge versie,' zei Tanner. 'Ze kunnen dit interpreteren zoals ze willen. Wat dacht je hiervan: Go is degene die jouw identiteit heeft gestolen. Zij heeft die creditcards gebruikt en al die troep aangeschaft. Amy heeft dat ontdekt, het kwam tot een confrontatie, Go heeft Amy vermoord.'

'Dan moeten we dat ver voor zien te blijven,' zei ik. 'We vertellen ze over het schuurtje en dat Amy me in de val probeert te lokken.'

'Dat lijkt me sowieso al een slecht plan, en als we Andie niet aan onze kant hebben, een bijzónder slecht plan. Want dan zullen we hun over Andie moeten vertellen.'

'Waarom?'

'Als we naar de politie gaan met jouw verhaal over Amy die jou in de val wil lokken…'

'Waarom zeg je steeds *mijn verhaal*? Ik heb het toch niet verzonnen?'

'Ha. Goede opmerking. Als we de politie uitleggen hoe Amy jou in de val lokt, moeten we uitleggen waaróm ze dat doet. Waarom? Omdat ze heeft ontdekt dat jij er een mooie, heel jonge vriendin op na houdt.'

'Moeten we dat echt opbiechten?' vroeg ik.

'Probeert Amy je soms in de val te lokken omdat ze… wat zal ik zeggen… zich verveelde?'

Ik perste mijn lippen op elkaar.

'We moeten Amy's motief duidelijk maken, anders werkt het niet. Maar het probleem is dat als we de politie Andie cadeau doen en ze geen geloof hechten aan die valstriktheorie, we hun jouw mogelijke motieven voor moord in handen geven. Geldproblemen. Ja. Zwangere vrouw. Ja. Vriendin. Ja. Dat zijn drie motieven voor moord. Dat overleef je niet. De vrouwen zullen in de rij staan om je met hun klauwtjes te verscheuren.' Hij begon te ijsberen. 'Maar als we niets doen en Andie op eigen houtje naar de politie gaat…'

'Wat moeten we dan?' vroeg ik.

'Ik denk dat de politie ons uitlacht als we nu zeggen dat Amy je in de val heeft gelokt. Het bewijs daarvoor is te mager. Ik geloof je, maar het is te mager.'

‘Maar die aanwijzingen voor de speurtocht…’ begon ik.

‘Nick, zelfs ik begrijp die aanwijzingen niet,’ zei Go. ‘Het is allemaal privégedoe tussen jou en Amy. We hebben alleen jouw woord dat die briefjes jou naar… verdachte situaties leiden. Ik bedoel, waar hebben we het over: een pet met klep, jeans met gaten. En dat moet op Hannibal slaan?’

‘En het bruine huisje zou het huis van je vader moeten zijn, dat in werkelijkheid bláúw is,’ vulde Tanner aan.

Ik voelde Tanners twijfel. Ik moest hem Amy’s werkelijke aard duidelijk maken. Haar leugens, haar wraakzucht, haar neiging om je alles betaald te zetten. Ik had de steun van andere mensen nodig. Ze moesten snappen dat dit niet Amazing Amy was maar *Avenging* Amy: wraakzuchtige Amy.

‘Laten we proberen om Andie vandaag te bereiken,’ zei Tanner ten slotte.

‘Is het geen risico om te wachten?’ vroeg Go.

Tanner knikte. ‘Het is een risico. We moeten snel handelen. Als er nog een stukje bewijs opduikt, als de politie een huiszoekingsbevel krijgt voor het schuurtje, als Andie naar de politie gaat…’

‘Dat doet ze niet,’ zei ik.

‘Ze heeft je gebeten, Nick.’

‘Ze gaat niet naar de politie. Ze is nu kwaad, maar ze is… Ik kan niet geloven dat ze me dat zou aandoen. Ze weet dat ik onschuldig ben.’

‘Nick, je zei toch dat je op de ochtend van Amy’s verdwijning ruim een uur met Andie hebt doorgebracht?’

‘Ja. Van ongeveer half elf tot iets voor twaalf.’

‘En waar was je dan tussen half acht en tien?’ vroeg Tanner. ‘Je hebt immers gezegd dat je om half acht het huis verliet? Waar ging je heen?’

Ik kauwde op mijn wang.

‘Waar ben je naartoe gegaan, Nick? Ik moet het weten.’

‘Het is niet van belang.’

‘Nick!’ snauwde Go.

‘Ik heb gewoon gedaan wat ik ’s ochtends altijd doe. Ik deed alsof ik vertrok, reed naar het meest verlaten deel van onze woonbuurt en… een van de huizen daar heeft een garage met een deur die niet op slot zit.’

‘En?’ vroeg Tanner.

‘Ik las tijdschriften.’

‘Pardon?’

‘Ik las oude exemplaren van mijn vroegere tijdschrift.’

Ik miste mijn tijdschrift nog steeds. Ik verborg de exemplaren alsof het porno was en las ze stiekem omdat ik niet wilde dat iemand medelijden met me zou hebben.

Ik keek op. Zowel Tanner als Go keek me zeer, zeer medelijdend aan.

Iets na het middaguur reed ik terug naar mijn huis. Ik werd verwelkomd door een straat vol nieuwsbusjes en kamperende verslaggevers op mijn gazon. Mijn oprit was geblokkeerd en ik moest mijn auto voor het huis zetten. Ik haalde diep adem en schoot de auto uit. Ze doken op me als uitgehongerde vogels, pikkend en fladderend, hun formatie brekend en zich dan weer groeperend. *Nick, wist je dat Amy zwanger was? Nick, wat is je alibi? Nick, heb je Amy vermoord?*

Ik wist mijn huis te bereiken en sloot mezelf op. Aan elke kant van de deur zaten twee ramen. Ik waagde het erop en trok snel de rolgordijnen omlaag. Al die tijd klikten de camera's en werden er vragen geroepen. *Nick, heb je Amy vermoord?* Toen de rolgordijnen omlaag waren, was het alsof ik een doek over een kanariekooi had gegooid. Het lawaai aan de voorkant hield op.

Ik liep naar boven en nam eindelijk die lang gewenste douche. Ik sloot mijn ogen en liet het water het vuil uit mijn vaders huis wegspoelen. Toen ik ze weer opendeed was het eerste wat ik zag Amy's roze scheermesje in het zeepbakje. Het voelde onheilspellend, boosaardig. Mijn vrouw was gek. Ik was getrouwd met een gekkin. De mantra van iedere lul: *ik ben getrouwd met een gestoord wijf.* Maar ik kon bogen op een zekere voldoening: ik was écht getrouwd met een totaal gestoord wijf. *Nick, dit is je vrouw: de meest gestoorde vrouw ter wereld.* Ik was niet zo'n lul als ik had gedacht. Ik was wel een lul, maar het viel mee. Het bedrog was iets waar ik recht op had, een onbewuste reactie op vijf jaar vastgeketend te zijn geweest aan een krankzinnige vrouw. Natuurlijk voelde ik mij aangetrokken tot een ongecompliceerd, zachtaardig plattelandsmeisje. Net zoals iemand met een ijzertekort naar vlees hunkert.

Ik stond me af te drogen toen de bel ging. Ik deed de badkamerdeur open en hoorde weer de geagiteerde stemmen van de verslaggevers: *Geloof je je schoonzoon, Marybeth? Hoe voelt het om grootvader te worden, Rand? Denk je dat Nick je dochter heeft vermoord, Marybeth?*

Ze stonden naast elkaar voor mijn deur, met grimmige gezichten en kaarsrechte ruggen. Ze werden omringd door een stuk of twaalf journalisten, paparazzi, maar ze maakten zo veel herrie dat het leek alsof het er twee keer zo veel waren. *Geloof je je schoonzoon, Marybeth? Hoe voelt het om grootvader te worden, Rand?* De Elliotts kwamen met neergeslagen ogen binnen en begroetten me mompelend. Ik sloeg de deur pal voor de neus van de fotografen dicht. Rand legde een hand op mijn arm, maar toen hij de blik van Marybeth zag trok hij hem meteen weer weg.

'Sorry, ik stond te douchen.' Druppels uit mijn nog natte haar vielen op de schouders van mijn T-shirt. Het haar van Marybeth was vet, haar kleding slobberig. Ze keek me aan alsof ik krankzinnig was.

'Tanner Bolt? Echt waar?' vroeg ze.

'Wat bedoel je?'

'Wat ik bedoel, Nick? Is het echt waar dat je Tanner Bolt hebt ingeschakeld? Hij vertegenwoordigt uitsluitend mensen die schuldig zijn.' Ze kwam dichter bij me staan en pakte me bij mijn kin. 'Wat heb je op je wang?'

'Uitslag. Stress.' Ik wendde me van haar af. 'Dat is niet waar wat je zegt over Tanner, Marybeth. Echt niet. Hij is de beste advocaat die er is. Ik heb hem nu nodig. De politie... ze hebben hun pijlen alleen nog maar op mij gericht.'

'Dat lijkt er inderdaad op,' zei ze. 'Het ziet eruit als een bijtwond.'

'Het is uitslag.'

Marybeth slaakte een diepe zucht en liep naar de woonkamer. 'Is het hier gebeurd?' vroeg ze. Haar gezicht was vervallen tot een reeks vlezige plooien: wallen onder de ogen, uitgezakte wangen, een sombere trek om haar mond.

'We denken... dat er ook in de keuken een soort schermutseling heeft plaatsgevonden.'

'Vanwege het bloed.' Marybeth raakte de sofa aan, probeerde hoe hij aanvoelde, tilde hem een paar centimeter op en liet hem weer vallen. 'Ik wou dat je niet alles had schoongemaakt. Zo lijkt het net of er niets is gebeurd.'

'Marybeth, hij moet hier toch kunnen leven,' zei Rand.

'Ik begrijp nog steeds niet hoe... Ik bedoel, stel dat de politie niet alles heeft gevonden? Stel dat... ik weet het niet. Het is net alsof ze het hebben opgegeven. Alsof dit huis niet meer van belang is voor het onderzoek. Het staat voor iedereen open.'

'Ongetwijfeld omdat ze alles al weten,' zei Rand. Hij gaf een kneepje in haar hand. 'Waarom vragen we niet of we Amy's spullen mogen bekijken, dan kun jij iets bijzonders uitkiezen, goed?' Hij keek me aan. 'Is dat goed, Nick? Het zou echt een troost zijn als ze iets van haar kon meenemen.' Hij wendde zich weer tot zijn vrouw. 'Die blauwe trui die Nana voor haar heeft gebreid.'

'Ik hoef die stomme blauwe trui niet, Rand!'

Ze sloeg boos zijn hand weg, begon te ijsberen, pakte hier en daar een voorwerp op. Ze duwde met een teen tegen de sofa. 'Dit is toch dic sofa, Nick?' vroeg ze. 'Waarvan ze zeiden dat hij ondersteboven lag terwijl dat eigenlijk niet kon?'

'Ja, dat is die sofa.'

Ze bleef staan, schopte nogmaals tegen de sofa en zag dat hij rechtop bleef staan.

'Marybeth, Nick is vast doodop...' Rand keek me met een veelbetekenende glimlach aan, '... net als wij allemaal. Ik vind dat we nu moeten doen waar we voor kwamen en...'

'Hier ben ik voor gekomen, Rand. Niet voor een of andere stomme trui van Amy. Ik ben geen kind van drie dat een knuffellap nodig heeft. Ik wil mijn dochter terug. Ik hoef haar spullen niet. Haar spullen betekenen niets voor me. Ik wil dat Nick ons vertelt wat er gaande is, want dit hele zaakje begint te stinken. Ik heb me nog nooit, nog nooit... in mijn leven zo stom gevoeld.' Ze begon te huilen. Ze veegde haar tranen weg, duidelijk woedend op zichzelf omdat ze huilde. 'We hebben onze dochter aan je toevertrouwd. We hebben je vertrouwd, Nick. Nu willen we de waarheid horen!' Ze stak een trillende wijsvinger onder mijn neus. 'Is het waar? Wilde jij die baby niet? Hield je niet meer van Amy? Heb je haar iets aangedaan?'

Ik kon haar wel slaan. Marybeth en Rand hadden Amy grootgebracht. Ze was letterlijk hun werkproduct. Ze hadden haar gecreëerd. *Jullie dochter is een monster*, wilde ik zeggen, maar ik kon het niet – niet vóórdat we het tegen de politie hadden gezegd – en dus bleef ik als verstomd staan. Ik probeerde te bedenken wat ik kon zeggen. Maar het leek of ik niet wilde meewerken. 'Marybeth, ik zou nooit...'

'*Ik zou nooit, ik zou nooit*, dat is alles wat we uit jouw mond te horen krijgen. Weet je, ik kan je niet meer zíén. Echt niet. Er is iets mis met jou. Je mist iets vanbinnen. Je gedrag is echt niet normaal. Zelfs als later blijkt dat je totaal niets te verwijten valt, zal ik je nooit vergeven hoe nonchalant je dit alles hebt opgenomen. Alsof je verdomme een paraplu kwijt bent! En dat na alles wat Amy voor jou heeft opgegeven, na alles wat ze voor je heeft gedaan. En dit krijgt ze ervoor terug. Het... je... ik geloof je niet, Nick. Dat wilde ik tegen je zeggen. Ik geloof niet meer in je. Niet meer.'

Ze begon te snikken, draaide zich van me af en stormde de voordeur uit. Een opgetogen cameraman filmde het. Toen ze in de auto stapte, drukten twee verslaggevers zich tegen het raampje, bonsden erop en probeerden haar tot uitspraken te verleiden. In de woonkamer konden we horen hoe ze haar naam maar bleven herhalen. Marybeth... Marybeth...

Rand bleef. Hij had zijn handen in zijn zakken gestoken en probeerde te bedenken welke rol hij nu moest spelen. De woorden van Tanner – we moeten ervoor zorgen dat we de Elliotts aan onze kant houden – dreunden als een Grieks koor in mijn oor.

Rand opende zijn mond, maar ik was hem voor. 'Rand, vertel me wat ik kan doen.'

'Zeg het gewoon, Nick.'

'Wát moet ik zeggen?'

'Ik wil het niet vragen en jij wilt geen antwoord geven. Dat snap ik. Maar ik wil het uit jouw mond horen. Ik wil je horen zeggen dat je onze dochter niet hebt vermoord.'

Hij lachte en huilde op hetzelfde moment. 'Jezus christus, ik kan niet meer helder denken,' zei Rand. Hij liep rood aan, alsof hij te lang in de zon had gelegen. 'Ik snap niet meer wat er gebeurt. Ik snap het niet meer!' Hij glimlachte nog steeds. Een traan drupte op zijn kin en viel op de boord van zijn overhemd. 'Zeg het, Nick.'

'Rand, ik heb Amy niet vermoord en ik heb haar op geen enkele wijze gekwetst.' Hij bleef me aankijken. 'Geloof je me, dat ik haar niet fysíék heb gekwetst?'

Rand lachte weer. 'Weet je wat ik wilde zeggen? Ik wilde zeggen dat ik niet meer weet wat ik moet geloven. En toen dacht ik, dat is de tekst van iemand anders. Dat is een citaat uit een film, niet iets wat ik nu zou moeten zeggen. En ik vroeg me even af of ik soms in een film meespeelde. Kan ik die film stopzetten? Niet dus. Maar heel even denk je: ik ga iets anders zeggen, dan wordt het allemaal anders. Maar zo werkt het niet, hè?'

Hij schudde even snel met zijn hoofd, draaide zich om en ging naar zijn vrouw in de auto.

In plaats van verdrietig was ik verontrust. Nog voor de Elliotts van de oprit af waren, dacht ik: we moeten naar de politie, en snel ook. Vóór de Elliotts hun wantrouwen aan de grote klok hangen. Ik moest bewijzen dat mijn vrouw niet degene was die ze voorgaf te zijn. Dat ze niet *Amazing Amy* maar *Avenging Amy* was. Ik dacht opeens aan Tommy O'Hara, de man die drie keer de tiplijn had gebeld. Amy had hem ervan beschuldigd dat hij haar had verkracht. Tanner had wat achtergrondinformatie over hem gevonden. Hij was niet de Ierse macho die ik me bij die naam had voorgesteld, hij was geen brandweerman of politieagent. Hij schreef voor een leuke, humoristische website in Brooklyn. Zijn medewerkersfoto toonde een schriel ventje met een bril met donker montuur en een enorme bos dik zwart haar. Hij had een spottend lachje en droeg een T-shirt van een band die The Bingos heette.

Hij nam zijn telefoon al na één keer overgaan op. 'Ja?'

'Met Nick Dunne. Je hebt drie keer gebeld over mijn vrouw, Amy Dunne. Amy Elliott. Ik moet je spreken.'

Het bleef even stil. Ik verwachtte dat hij zou ophangen, net als Hilary Handy.

'Bel me over tien minuten terug.'

Dat deed ik. Ik hoorde bargeluiden op de achtergrond. Ik kende dat geluid maar al te goed: het geroezemoes van klanten, het tinkelen van ijsblokjes, de schallende stemmen van mensen die een nieuw drankje bestelden of vrienden begroetten. Ik had plotseling heimwee naar mijn eigen bar.

'Oké, bedankt,' zei hij. 'Ik moest even een bar in duiken. Lijkt me een gesprek waar whisky bij nodig is.' Zijn stem klonk steeds intiemer, dikker: ik zag voor me hoe hij over een drankje gebogen zat, met zijn mond tegen de telefoon.

'Nou,' zei ik. 'Ik heb je berichten gekregen.'

'Juist. Amy wordt toch nog steeds vermist?'

'Ja.'

'Mag ik vragen wat er volgens jou is gebeurd?' zei hij. 'Met Amy?'

Verdomme, ik had ook trek in drank. Ik liep naar de keuken – de op een na beste plek, na mijn bar – en schonk een glas voor mezelf in. Ik had geprobeerd minder te drinken, maar het voelde zo goed: de scherpe smaak van whisky, een donkere kamer met de verblindende zon buiten.

'Mag ik vragen waarom je hebt gebeld?' antwoordde ik.

'Ik heb de tv-beelden gezien,' zei hij. 'Je zit in de penarie.'

'Dat is zo. Ik wilde met je praten omdat ik het… het interessant vond dat je contact zocht. Alles in aanmerking genomen. Die beschuldiging van verkrachting.'

'Aha, daar weet je dus van,' zei hij.

'Ik weet dat er sprake was van een aanklacht wegens verkrachting, maar dat wil niet zeggen dat ik ook denk dat je een verkrachter bent. Ik wil jouw kant van het verhaal horen.'

'Ja.' Ik hoorde hoe hij een slok van zijn whisky nam, het doorslikte, hoe hij de ijsblokjes in zijn glas liet rondgaan. 'Ik heb het op een avond op het journaal gezien. Jouw verhaal. Amy's verhaal. Ik lag op bed een Thaise maaltijd te eten. Lekker in mijn eentje. Ik raakte er helemaal van overstuur. Zíj weer, na al die jaren.' Hij bestelde nog een whisky bij de barman. 'Mijn advocaat heeft gezegd dat ik in geen geval met je moet praten, maar ja... wat moet ik zeggen? Ik ben nou eenmaal te aardig. Ik kan je niet in onzekerheid laten. God, ik wou dat je in bars nog mocht roken. Bij dit soort gesprekken heb je whisky én sigaretten nodig.'

'Vertel op,' zei ik. 'Hoe zat het met die aanklacht wegens verkrachting?'

'Wat ik al zei, man, ik heb de tv-beelden gezien. De media walsen over je heen. Ik bedoel, ze moeten jou wel hebben. Eigenlijk zou ik me nergens mee moeten bemoeien. Ik zit er echt niet op te wachten dat die meid weer in mijn leven komt. Zelfs niet zijdelings. Maar ja. Het is nou eenmaal niet anders.'

'Doe mij dan een lol,' zei ik.

'Om te beginnen heeft ze de aanklacht ingetrokken, dat weet je toch, hè?'

'Ja. Heb je het gedaan?'

'Flikker op, man. Natuurlijk niet. Heb jíj het gedaan?'

'Nee.'

'Nou, goed.'

Tommy bestelde nog een whisky. 'Mag ik vragen of je een goed huwelijk had? Was Amy gelukkig?'

Ik zweeg.

'Je hoeft niet te antwoorden, maar ik denk van niet. Amy was niet gelukkig. Om welke reden dan ook. Daar ga ik verder niks over vragen. Ik heb mijn vermoedens, maar ik zal er verder niet op ingaan. Maar één ding moet je weten: Amy speelt graag voor God als ze niet gelukkig is. De oudtestamentische God welteverstaan.'

'Wat bedoel je daarmee?'

'Ze deelt straffen uit,' zei Tommy. 'Harde straffen.' Hij lachte in de telefoon. 'Ik wil maar zeggen, je zou mij eens moeten zien,' zei hij. 'Ik zie er allesbehalve uit als een of ander verkrachtend alfamannetje. Ik zie eruit als een sul. Ik ben een sul. Mijn favoriete karaokeliedje is "Sister Christian", godallemachtig. Ik heb gehuild bij *Godfather II*. Elke keer opnieuw.' Hij nam een slok en hoestte. Het leek me het juiste moment om hem spraakzamer te maken.

'Die scène met Fredo?' vroeg ik.

'Fredo, ja. Die arme Fredo.'

'"Ik werd genegeerd."'

Onder mannen geldt sport als de lingua franca. Dit was het filmequivalent van kletsen over een of ander sporthoogtepunt. We kenden allebei de scène met die tekstregel, en het feit dat we dat van elkaar wisten maakte veel tijdrovend gekeuvel overbodig.

Hij nam nog een drankje. 'Het was zo allejezus absurd.'

'Ik luister.'

'Je neemt dit gesprek toch niet op, hè? Luistert er iemand mee? Want daar heb ik geen zin in.'

'We zijn onder ons. Ik sta aan jouw kant.'

'Ik heb Amy ontmoet op een feestje. Ongeveer zeven jaar geleden nu, schat ik. Ze was zo verrekte cool. Hilarisch, raar en... cool. Het klikte gewoon tussen ons, weet je. En dat heb ik niet vaak, dat het klikt met meiden, zeker niet als ze er zo goed uitzien als Amy. Dus ik dacht... nou ja, eerst dacht ik dat ik in de maling werd genomen. Ik vertrouwde het niet. Maar we kregen een relatie, drie, vier maanden, en toen ontdekte ik wat erachter zat: ze was anders dan ik in het begin dacht. Ze kan grappige dingen citéren, maar ze houdt eigenlijk helemaal niet van grappige dingen. Ze lacht liever niet. En eigenlijk wilde ze dat ik ook niet lachte, of grappig deed, wat vreemd is want het is mijn werk om grappig te zijn. Maar voor haar was dat allemaal tijdverspilling. Ik begrijp dan ook niet waarom ze überhaupt iets met mij is begonnen. Het lijkt me zelfs dat ze me niet eens mocht. Dat is toch vreemd?'

Ik knikte, nam een slok whisky. 'Dat is het zeker.'

'Dus ik begin smoesjes te verzinnen om haar niet meer zo vaak te hoeven zien. Ik maak het niet uit, want ik ben een sukkel en zij is adembenemend. Ik hoop nog steeds dat het weer goed komt. Maar ik kom wel voortdurend met uitvluchten; ik heb het druk op mijn werk, ik heb een deadline, er komt een vriend op bezoek, mijn aap is ziek, om het even wat. En ik begin iets met een ander meisje, gewoon wat afspraakjes, heel oppervlakkig, niks bijzonders. Dat dénk ik tenminste. Maar Amy komt erachter. Hoe, dat weet ik nog steeds niet. Volgens mij heeft ze mijn huis in de gaten gehouden. Maar... shít...'

'Drink nog wat.'

We namen beiden een slok.

'Op een avond komt Amy naar mijn huis – ik kende dat andere meisje ongeveer een maand – ze komt en gedraagt zich weer helemaal als de Amy van vroeger. Ze heeft een illegale kopie van een dvd met een komiek op wie ik dol ben, een undergroundvoorstelling in Durham. Ze heeft hamburgers meegebracht. We kijken naar de dvd, ze heeft haar benen over me heen geslagen, ze nestelt zich dichter tegen me aan en… sorry. Ze is tenslotte jouw vrouw. Wat ik bedoel is: ze wist hoe ze vat op me kon krijgen. En het eindigt ermee dat we…'

'Seks hadden.'

'Seks met wederzijdse instemming, ja. Ze vertrekt en alles is weer koek en ei tussen ons. We kussen elkaar bij het afscheid, alles.'

'En toen?'

'Voor ik het weet staan er twee agenten bij me voor de deur. Ze hebben Amy onderzocht in verband met verkrachting en ze heeft "wonden die stroken met gewelddadige verkrachting". En ze heeft striemen op haar polsen. Als ze mijn appartement doorzoeken zitten er twee dassen aan het hoofdeinde van mijn bed, stropdassen bedoel ik, onder het matras gepropt. En die dassen zijn, ik citeer, "consistent met de striemen op haar polsen".'

'Had je haar vastgebonden?'

'Nee, de seks was niet eens zo… zo geweldig, snap je? Ik was totaal verrast. Ze moet die stropdassen daar hebben verstopt toen ik even ging pissen of zo. Ik bedoel, ik kwam behoorlijk in de problemen. Het zag er slecht voor me uit. Maar opeens trok ze de aanklacht in. Een paar weken later kreeg ik een getypt anoniem briefje: *Misschien denk je de volgende keer twee keer na.*'

'En je hebt nooit meer iets van haar gehoord?'

'Nee, nooit.'

'En je hebt niet geprobeerd een aanklacht tegen haar in te dienen of zoiets?'

'Eh, nee. Echt niet. Ik was blij dat ik van haar af was. Maar vorige week zat ik dus in bed mijn Thaise maaltijd te eten terwijl ik naar het nieuws keek. Het ging over Amy. Over jou. De volmaakte echtgenote, trouwdag, geen lijk, echt een hoop gelazer. Het zweet brak me uit, dat kan ik je wel vertellen. Dat is Amy, dacht ik, ze gaat nu al zover dat ze een moord in scène zet. Allemachtig. Ik meen het, man. Wat ze ook heeft bekokstoofd, ik weet zeker dat ze je aan alle kanten klem heeft. Als ik jou was zou ik behoorlijk in de rats zitten.'

Amy Elliott Dunne

Acht dagen vermist

Ik ben nat van de botsboten. We hebben voor meer dan vijf dollar aan tijd gekregen omdat de twee zonverbrande tienermeisjes liever roddelbladen doorkeken en rookten dan een poging deden om ons naar de kant te krijgen. Vandaar dat we zeker een half uur botsten en rondscheurden met onze grasmaaiermotor-aangedreven boten totdat we verveeld raakten en er uit onszelf mee stopten.

Greta, Jeff en ik, een vreemd groepje op een vreemde plek. Greta en Jeff zijn in één dag goede vrienden geworden. Zo doen mensen dat hier omdat ze niets anders omhanden hebben. Volgens mij denkt Greta er zelfs over of ze met Jeff de volgende rampzalige relatie zal aangaan. Jeff wil wel. Hij geeft de voorkeur aan haar. Ze is veel mooier dan ik nu, in dit park. Ordinair mooi. Ze draagt een bikinitopje en een jeansshort, met in haar achterzak een hemdje voor het geval ze een winkel (T-shirts, houtsnijwerk, decoratieve stenen) of een restaurant (hamburgers, barbecue, toffees) in wil. Ze stelt voor dat we Wild West-foto's van ons laten maken, maar daar wil ik niets van weten, en niet alleen omdat ik geen luizen wil van al die aso's die hier rondlopen.

Uiteindelijk besluiten we nog een paar rondjes op een vervallen midgetgolfbaan te spelen. Het kunstgras laat hier en daar in repen los, de alligators en windmolens die ooit mechanisch bewogen, liggen stil. Jeff neemt hun taak over; hij geeft de windmolen een draai en klapt de kaken van de alligator open en dicht. Sommige banen zijn onbespeelbaar: het gras ligt er als een opgerold vloerkleed bij, de boerderij met het muizenholpoortje is onder zijn eigen gewicht in elkaar gezakt. En dus lopen we lukraak tussen de banen door. Niemand van ons houdt de score bij.

De oude Amy zou zich doodgeërgerd hebben aan zo veel zinloosheid en gebrek aan structuur. Maar ik probeer me eraan over te geven en dat lukt me al vrij aardig. Ik doe mijn best zo doelloos mogelijk in het leven te staan, ik ben een A-type, een perfectionist in flierefluiten, de leider van een bende gekwetste, losgeslagen jongeren op een verlaten amusementsterrein die gebukt gaan onder het verraad van hun geliefden. Ik zie Jeff (bedrogen echtgenoot, gescheiden, ingewikkelde voogdijregeling) fronsen als we op een liefdesmeter stuiten: klem je hand om de metalen greep en zie de temperatuur stijgen van 'avontuurtje' tot 'maatje'. De merkwaardige vergelijking – een ijzeren greep duidt op ware liefde – doet me denken aan die arme in elkaar geslagen Greta, die telkens haar duim op de blauwe plek op haar borst legt, alsof het een knop is die moet worden ingedrukt.

'Jouw beurt,' zegt Greta tegen mij. Ze droogt haar bal af aan haar short; ze heeft hem al twee keer in de zinkput met vuil water geslagen.

Ik ga in de houding staan, schud een paar keer met mijn achterwerk en sla mijn felrode bal dan keurig in het gat van het vogelhuisje. Hij verdwijnt en komt even later aan de andere kant van de koker weer tevoorschijn en rolt vervolgens in het putje. Verdwijnen en weer tevoorschijn komen. Even slaat de angst me om het hart – alles komt op een gegeven moment weer tevoorschijn, zelfs ik. Ik maak me zorgen omdat ik mijn plan moet bijstellen.

Tot nu toe heb ik mijn plan pas twee keer aangepast. De eerste keer was met dat wapen. Ik wilde een pistool aanschaffen waarmee ik me op de ochtend van mijn verdwijning zou verwonden. Niet ernstig natuurlijk: in mijn kuit of onderarm. Ik wilde een kogel achterlaten met mijn DNA. Er heeft een worsteling plaatsgevonden! Amy is neergeschoten! Totdat ik besefte dat dit zelfs voor mij te macho was. De wond zou wekenlang pijn doen en ik hou niet van pijn (de snee in mijn arm voelt beter nu, dank je). Niettemin sprak het idee van een wapen me wel aan. Het zou een mooie MacGuffin zijn. Niet *Amy was neergeschoten* maar *Amy was bang.* Dus ik dirkte me op en ging op Valentijnsdag naar het winkelcentrum, zodat ze me zich later zouden herinneren. Bij nader inzien bleek ik geen pistool te kunnen kopen, maar dat was geen probleem, ik had mijn plan toch al gewijzigd.

De tweede aanpassing gaat veel verder. Ik heb besloten dat ik mezelf niet laat doodgaan.

Ik heb de discipline om mezelf te doden, maar de onrechtvaardigheid ervan stuit me tegen de borst. Het is niet eerlijk dat ik moet sterven. Echt moet sterven. Ik wil niet dood. *Ik* ben niet degene die iets fout heeft gedaan.

Maar nu is geld dus het probleem. Eigenlijk is het te gek voor woorden dat uitgerekend ik geldzorgen heb. Maar het bedrag dat ik heb is beperkt: 9132 dollar. Ik zal meer nodig hebben. Vanochtend ben ik een babbeltje gaan maken met Dorothy. Zoals altijd had ik een zakdoek in mijn hand om geen vingerafdrukken achter te laten (ik heb haar verteld dat de zakdoek van mijn grootmoeder is, om haar vaag de indruk van vergane zuidelijke rijkdom te geven, à la Blanche DuBois). Ik leunde tegen haar bureau terwijl ze me, tot in de kleinste bureaucratische details, vertelde over een bloedverdunner die ze zich niet kon veroorloven – de vrouw is een wandelende encyclopedie van geweigerde medicijnen – en ik zei, om de situatie uit te proberen: 'Ik begrijp wat je bedoelt. Ik weet ook niet waar ik over een week of twee de huur voor mijn hut vandaan moet halen.'

Ze keek me verrast aan en richtte haar aandacht toen weer op de tv waar een show op was waarin veel werd geschreeuwd en gehuild. Ze had een grootmoederlijke belangstelling voor me en ik wist zeker dat ze me nooit uit mijn hut zou zetten. Per slot van rekening was het park maar half bezet.

'Dan zou ik maar gauw werk zoeken, als ik jou was,' zei Dorothy zonder haar blik van de tv af te wenden. Een deelnemer nam een verkeerde beslissing waardoor de prijs aan haar neus voorbijging; een *woe-waaaahh*-geluidseffect verwoordde haar verdriet.

'Wat voor werk? Wat zou ik hier in de buurt kunnen doen?'

'Schoonmaken, babysitten.'

Het kwam erop neer dat ik huisvrouw zou moeten spelen voor geld. Genoeg ironie voor een miljoen *Hang in There*-posters.

Zelfs in onze bescheiden Missouri-tijd had ik niet echt op de centen hoeven letten. Niet dat ik zomaar een garage kon binnenstappen om een nieuwe auto te kopen, maar ik hoefde nooit stil te staan bij de dagelijkse uitgaven, hoefde geen kortingsbonnen uit te knippen of huismerken te kopen, en hoefde ook niet uit mijn hoofd te weten hoeveel een fles melk kost. Mijn ouders namen nooit de moeite om me dergelijke dingen te leren en hebben me dus onvoorbereid de grote wereld in gestuurd. Toen Greta bijvoorbeeld klaagde dat het supermarktje aan het meer 1,32 dollar rekende voor een liter melk, schrok ik omdat de jongen achter de kassa mij altijd 2,60 liet betalen. Dat vond ik al veel, maar het was niet bij me opgekomen dat de puisterige tiener gewoon maar wat zei om te zien of ik het zou betalen.

Ik ben aan het rekenen geslagen maar mijn financiële situatie – volgens internet moet ik van het bedrag zes tot negen maanden kunnen leven – is weinig hoopgevend. En hoop is nou net wat ik nodig heb.

Na het midgetgolfen – ik weet dat ik (uiteraard) heb gewonnen omdat ik de score in mijn hoofd heb bijgehouden – gaan we naar een nabijgelegen hotdogkraam om te lunchen. Als ik even snel de hoek om loop om wat geld uit de geldriem onder mijn blouse te pakken, zie ik dat Greta me is gevolgd. Ze betrapt me voordat ik het ding kan wegmoffelen.

'Wel eens van een portemonnee gehoord, Miss Moneypenny?' zegt ze met haar hese stem.

Dit is een blijvend probleem omdat je veel contant geld nodig hebt als je op de vlucht bent maar om die reden ook geen plek hebt om dat geld op te bergen. Gelukkig dringt Greta niet aan; ze begrijpt dat we beiden slachtoffer zijn. We zitten in de zon aan een ijzeren picknicktafel en eten hotdogs: witte broodjes met fosfaathoudende worst en een saus zo groen dat hij giftig lijkt, en toch is het een van de lekkerste dingen die ik ooit heb gegeten omdat ik nu Dode Amy ben en het me dus niets uitmaakt.

'Raad eens wat Jeff voor mij in zijn hut vond?' zegt Greta. 'Nog een boek van de schrijver van *De Kronieken van Mars*.'

'Ray Bradburrow,' zegt Jeff. Brad*bury*, denk ik bij mezelf.

'Die ja. *Aan het Prikken van mijn Duimen*,' zegt Greta. 'Het is een goed boek,' kirt ze, alsof dat alles is wat je over een boek kunt zeggen: het is goed of het is slecht. Ik vond het mooi of ik vond het niet mooi. Geen discussies over de stijl, de inhoud, de nuances, de structuur. Gewoon goed of slecht. Net als een hotdog.

'Ik heb het gelezen toen ik hier introk,' zegt Jeff. 'Het is een goed boek. Griezelig.' Als hij ziet dat ik naar hem kijk, trekt hij een gezicht met gekke ogen en een uitgestoken tong. Hij is niet mijn type – de vacht op zijn gezicht is stoppelig en hij doet verdachte dingen met vis – maar hij ziet er leuk uit. Aantrekkelijk. Zijn ogen zijn warm, niet zoals de ijsblauwe ogen van Nick. Ik vraag me af of 'ik' met hem naar bed zou willen – een lekkere, uitgebreide vrijpartij met zijn lichaam dicht tegen het mijne, zijn adem in mijn oor, de harde baard tegen mijn wangen. Heel anders dan de eenzame manier waarop Nick neukt, waarbij onze lichamen nauwelijks contact maken: rechte hoek van achter, L-vorm van voren, en na het klaarkomen bijna meteen uit bed de badkamer in duiken en mij in zijn kwakkie laten liggen.

'Ben je je tong verloren?' zegt Jeff. Hij noemt me nooit bij mijn naam, alsof hij impliciet wil zeggen dat we beiden weten dat die verzonnen is. Hij zegt 'deze dame hier' of 'mooie vrouw' of 'jij'. Ik vraag me af hoe hij me in bed zou noemen. Schatje, denk ik.

'Ik was even elders met mijn gedachten.'

'Eh... o,' zegt hij, en hij glimlacht weer.

'Je dacht vast aan een man. Wedden?' zegt Greta.

'Wie weet.'

'Ik dacht dat we die klootzakken voorlopig zouden mijden,' zegt ze. 'Dat we kippen gingen voeren.' De avond ervoor was ik na *Ellen Abbott* te opgewonden geweest om naar huis te gaan en hadden we een sixpack bier gedeeld. We stelden ons een leven voor als de obligate hetero's in de lesbische commune van Greta's moeder en zagen onszelf kippen voeren en de was ophangen in de zon. Oudere vrouwen met knoestige handen en een toegeeflijke glimlach zouden ons vriendelijk maar platonisch het hof maken. Spijker- en ribkleding, clogs, geen gedoe met make-up, haar, nagels, borst- of heupmaten, niet het begrijpende vrouwtje hoeven spelen of de vriendin die alles geweldig vindt wat haar partner uitspookt en hem overal in moet steunen.

'Niet alle mannen zijn klootzakken,' zegt Jeff. Greta bromt vaag.

We lopen met pap in onze benen terug naar de hutten. Ik voel me als een waterballon die te lang in de zon heeft gelegen. Het enige wat ik wil is onder mijn reutelende raamairco televisiekijken en de koude lucht op mijn huid voelen. Ik heb een zender ontdekt die doorlopend oude shows uit de jaren zeventig en tachtig herhaalt, zoals *Quincy* en *Love Boat* en *Eight is Enough*. Maar eerst *Ellen Abbott*, mijn nieuwe favoriet!

Geen nieuws onder de zon. Gelukkig heeft Ellen niets tegen speculeren, integendeel. Er komt een aantal vage bekenden van vroeger in beeld die zweren met mij bevriend te zijn geweest en zich positief over me uitlaten, zelfs degenen die me nooit echt mochten. Over de doden niets dan goeds.

Een klop op de deur. Ik weet dat het Greta en Jeff zijn. Ik zet de tv uit en voor ik het weet staan ze in mijn deuropening.

'Wat ben je aan het doen?' vraagt Jeff.

'Aan het lezen,' lieg ik.

Hij zet een sixpack bier op mijn aanrecht. Greta doet ook een stap naar voren. 'O, ik dacht dat we de tv hoorden.'

Three is a crowd, denk ik, vooral in deze kleine hut. Ik schrik als ze voor de deur blijven staan – waarom versperren ze de enige uitgang? – maar dan lopen ze verder en posteren ze zich naast mijn nachtkastje. In het nachtkastje ligt mijn geldriem met achtduizend dollar cash. Briefjes van honderd, vijftig en twintig dollar. Ik kan onmogelijk al mijn geld op me dragen – ik laat een deel ervan verspreid achter in de hut – maar meestal probeer ik het grootste deel mee te nemen, ook al ben ik me daar voortdurend van bewust, als een meisje op het strand met maandverband in haar badpak. Mijn perverse kant geniet ervan geld uit te geven – telkens als ik een briefje van twintig opmaak, hoef ik minder geld te verstoppen en kan er dus ook minder gestolen worden.

Jeff zet de tv aan en meteen verschijnt Ellen Abbott – en Amy – op het scherm. Hij knikt en glimlacht in zichzelf.

'Zie je… Amy?' zegt Greta.

Ik weet niet of ze het met of zonder komma bedoelt: *Zie je, Amy?* Of *Zie je Amy?*

'Kan mij die Amy schelen. Jeff, waarom haal jij je gitaar niet? Dan gaan we op de veranda zitten.'

Jeff en Greta wisselen een blik.

'Hè… Maar je zat hier toch naar te kijken?' zegt Greta. Ze wijst naar het scherm waarop een foto te zien is van Nick en mij op een liefdadigheidsbijeenkomst. Ik heb mijn haar opgestoken waardoor ik meer op de Amy van nu lijk dan met mijn korte haar.

'Nee hoor, doodsaai,' zeg ik.

'Helemaal niet,' zegt Greta. Ze ploft neer op mijn bed.

Ik besef dat het dom van me was deze twee mensen binnen te laten. Ik had gedacht dat ik ze in de hand zou kunnen houden, maar Greta en Jeff zijn ontembaar – mensen die altijd de juiste invalshoek weten te vinden en zwakheden uitbuiten, behoeftig als ze zijn, terwijl deze rol voor mij nieuw is. Behoeftige mensen. Mensen die poema's in hun achtertuin houden en chimpansees in hun woonkamer – zo moeten ze zich voelen als hun schattige huisdier hen openrijt.

'Zeg, als jullie het niet erg vinden… ik voel me eigenlijk niet zo lekker. Te veel zon, denk ik.'

Ze kijken verbaasd en een tikje beledigd. Ik vraag me af of ik me heb vergist. Misschien zijn ze ongevaarlijk en ben ik gewoon paranoïde. Ik wilde dat ik het kon geloven.

'Oké, oké, natuurlijk,' zegt Jeff. Ze schuifelen mijn hut uit. Jeff grist in het voorbijgaan het sixpack mee. Even later hoor ik Ellen Abbotts verwijtende stem uit Greta's hut komen. De beschuldigende vragen. *Waarom heb je… Waarom heb je niet… Hoe verklaar je dat…*

Waarom heb ik me ooit met deze mensen ingelaten? Waarom heb ik me niet afzijdig gehouden? Hoe kan ik mijn gedrag verklaren als ze me hier vinden?

Ik mag niet gevonden worden. Als ik gevonden word, ben ik de meest gehate vrouw ter wereld. Dan verander ik van het mooie, vriendelijke, gedoemde, zwangere slachtoffer van een egoïstische, overspelige schoft in het verbitterde kreng dat de goedhartigheid van de Amerikaanse burger heeft uitgebuit. Ellen Abbott zou uitzending na uitzending aan mij wijden en boze bellers hun haat laten ventileren: 'Dit is het zoveelste voorbeeld van een rijkeluiskind dat haar zin doordrijft zonder rekening te houden met de gevoelens van anderen, Ellen. Ik denk dat ze voorgoed moet verdwijnen, maar dan in de gevangenis!' Zo zou het gaan. Ik had op internet tegenstrijdige informatie gelezen over de straffen op het veinzen van je eigen dood of je echtgenoot laten opdraaien voor die bewuste dood, maar ik weet dat de publieke opinie genadeloos zal zijn. Wat ik daarna ook zal doen – wezen voeden, leprozen knuffelen – ik zal voor eeuwig worden herinnerd als Die Vrouw Die Haar Eigen Dood Veinsde en Haar Echtgenoot Ervoor Liet Opdraaien.

Dat kan ik niet laten gebeuren.

Uren later lig ik nog steeds wakker in het donker als mijn deur rammelt, gevolgd door zacht gebons. Jeff. Ik aarzel, maar doe uiteindelijk toch open, klaar om me te verontschuldigen voor mijn asociale gedrag. Hij trekt aan zijn baard, staart naar mijn deurmat en kijkt me dan met zijn amberkleurige ogen aan.

'Dorothy vertelde me dat je werk zoekt,' zegt hij.

'Ja. Eigenlijk wel.'

'Ik heb vanavond iets. Levert je vijftig dollar op.'

Amy Elliott Dunne zou haar hut nooit verlaten voor vijftig dollar, maar Lydia of Nancy heeft werk nodig. Ik moet wel ja zeggen.

'Een paar uur, vijftig dollar.' Hij haalt zijn schouders op. 'Voor mij maakt het geen verschil, maar ik dacht, kom, ik stel het gewoon voor.'

'Wat moet ik doen?'

'Vissen.'

Ik was ervan overtuigd dat Jeff in een pick-up zou rijden, maar hij loopt naar een glimmende Ford hatchback toe; een jaloersmakende auto, de auto van een student met grootse plannen maar een bescheiden budget, niet de auto waar een volwassen man in hoort te rijden. Ik draag mijn badpak onder mijn zomerjurk, zoals opgedragen. ('Geen bikini, maar dat hele geval, waarin je echt kunt zwemmen,' had Jeff gebromd. Hij wist dus precies welke zwemkleding ik droeg terwijl ik hem nooit in de buurt van het zwembad heb gezien. Dat vond ik vleiend maar ook wel alarmerend.)

We rijden met open raampjes door de beboste heuvels. Het grindstof bedekt mijn korte haar. Het doet me denken aan een conservatieve countrymuziekclip waarin het meisje in haar zomerjurkje uit het raampje hangt om de avondbries te kunnen opvangen. Ik zie sterren. Jeff neuriet zo nu en dan even.

Hij parkeert in de buurt van een restaurant dat op palen boven het water hangt, een barbecueplek die bekendstaat om zijn reusachtige souvernirbekers met cocktails en Bassmouth Blitz. Dat weet ik omdat de afgedankte bekers aanspoelen op de oevers van het meer, gehavend en neonkleurig met het logo van het restaurant: Catfish Carl's. Catfish Carl's heeft een terras dat boven het water hangt; de gasten kunnen een handvol kattenbrokjes uit een automaat kopen die ze in de gapende bekken van de honderden reusachtige meervallen mogen gooien die onder aan het terras op voedsel wachten.

'Wat is precies de bedoeling, Jeff?'

'Jij vangt de vissen met een net, ik dood ze.' Hij stapt uit de auto en ik loop met hem mee naar de achterklep. De auto staat vol koelboxen. 'Ze gaan hierin, op ijs, en worden dan doorverkocht.'

'Doorverkocht. Wie koopt er nu gestolen vis?'

Jeff glimlacht zijn luiekatglimlach. 'Ik heb zo mijn klanten.'

En dan besef ik dat hij helemaal geen gitaar spelende, vredelievende vegetariër is. Hij is gewoon een ordinaire dief, die anderen wil laten geloven dat hij meer is dan dat.

Hij haalt een net, een doos kattenbrokjes en een bevlekte plastic emmer uit de kofferbak.

Het is absoluut niet mijn bedoeling betrokken te raken bij deze illegale vishandel, maar 'ik' ben best geïnteresseerd. Hoeveel vrouwen kunnen zeggen dat ze deel uitmaakten van een netwerk van visstropers? 'Ik' heb die moed. Sinds mijn dood ben ik weer een moedige vrouw. Al de beperkingen die ik had, al de dingen waar ik niet van hield of waar ik bang voor was zijn van me afgegleden. 'Ik' kan bijna alles. Een vrijgevochten geest.

We dalen de heuvel af en lopen dan onder het overhangende terras van Catfish Carl's door naar de steiger, die slurpend meedeint op de golven van een passerende motorboot. Jimmy Buffett galmt over het water.

Jeff reikt me een net aan. 'Het moet snel. Jij springt in het water, vangt de vis en houdt het net schuin. Wees erop voorbereid dat het net heel zwaar zal worden en dat de vissen als gekken spartelen. En denk erom, niet gillen of zo.'

'Ik zal geen kik geven. Maar ik ga niet het water in. Ik doe het vanaf de steiger.'

'Ik zou die jurk wel uitdoen, want die hou je niet schoon.'

'Ik red me wel.'

Hij kijkt even geërgerd. Hij is de baas, ik het hulpje, maar ik gehoorzaam niet. Maar dan draait hij zich bescheiden om, trekt zijn overhemd uit en reikt me met neergeslagen blik de doos kattenvoer aan, alsof hij verlegen is. Ik houd de doos met de kleine opening boven het water en onmiddellijk rollen er honderden glanzende, gekromde ruggen naar me toe, een zwerm slangen, met wild zwiepende staarten, en voor ik er erg in heb vechten de vissen om de brokjes en heffen ze hun gapende bekken naar me op voor meer, als goed afgerichte huisdieren. Ik haal mijn net door de school vissen en ga op de steiger zitten zodat ik meer kracht kan zetten om de vangst op te halen. Als ik een laatste ruk geef, blijken er een stuk of zes glibberige, besnorde meervallen in het net te zitten die proberen te ontsnappen. De gapende bekken gaan open en dicht tussen de nylon vierkanten, het net zwiept op en neer door het wilde gespartel.

'Til op, til op!'

Ik schuif een knie onder de stok van het net zodat Jeff erbij kan. Hij heeft badstoffen wanten aangetrokken voor meer grip en grijpt met twee handen een vis uit het net. Dan laat hij beide handen naar de staart glijden, heft de vis als een bijl boven zijn hoofd en slaat hem met zijn kop tegen de zijkant van de steiger. Het bloed spat in het rond. Er schampt een scherp stuk vis langs mijn been en ik krijg een vieze brok vlees in mijn haar. Jeff gooit de vis in de mand en grijpt de volgende beet met de routine van een lopendebandwerker.

Grommend en hijgend werken we in een half uur vier volle netten af totdat mijn armen slap zijn en de koelboxen vol. Jeff vult de lege emmer met water uit het meer en gooit hem uit over de bloederige ingewanden en de kweeknetten. De meervallen schrokken de resten van hun gevallen broeders op. De steiger blijft schoon achter. Tot slot gooit hij nog een emmer water over onze bloederige voeten.

'Waarom sla je ze dood?' vraag ik.

‘Ik kan niet tegen lijden,’ zegt hij. ‘Wat dacht je van een snelle duik?’

‘Nee, het is goed zo.’

‘Jij gaat zo niet in mijn auto zitten. Kom op, even een snelle duik. Je bent smeriger dan je denkt.’

We rennen vanaf de steiger naar het nabijgelegen rotsige strand. Terwijl ik enkeldiep door het water waad, rent Jeff met veel gespetter weg, spreidt zijn armen en duikt het water in. Zodra hij ver genoeg van me vandaan is, maak ik mijn geldriem los, wikkel mijn jurk eromheen en leg het hoopje aan de waterkant met mijn bril erop. Ik laat me tot aan mijn dijen, buik, nek in het warme water zakken en ga dan met ingehouden adem kopje-onder.

Ik zwem snel een eind het meer op en blijf langer onder water dan nodig is om te ervaren hoe het zou voelen om te verdrinken. Ik weet dat ik het kan als het zou moeten. Als ik even later met één beheerste hap lucht bovenkom, zie ik Jeff in borstcrawl naar de oever zwemmen. Als een dolfijn zo snel zwem ik terug naar mijn geldriem en kruip net iets eerder dan hij op de rotsen.

Nick Dunne

Acht dagen vermist

Na het gesprek met Tommy belde ik Hilary Handy. Als mijn 'moord' op Amy een leugen was, en Tommy O'Hara's 'verkrachting' van Amy was een leugen, waarom zou het 'stalken' van Amy door Hilary Handy dan geen leugen zijn? Een psychopaat moet ergens beginnen, waarom dan niet in de strenge marmeren gangen van Wickshire Academy.

Toen ze opnam barstte ik uit: 'Je spreekt met Nick Dunne, echtgenoot van Amy Elliott. Ik zou heel graag met je praten.'

'Hoezo?'

'Ik heb meer informatie nodig. Over je...'

'Zeg niet vriendschap.' Ik hoorde een boze ondertoon in haar stem.

'Nee. Dat zeg ik niet. Ik wil jouw kant van het verhaal horen. Ik bel niet omdat ik denk dat je ook maar iets te maken hebt met mijn vrouw, met de huidige situatie. Maar ik zou heel graag van je horen wat er is gebeurd. De waarheid. Want ik denk dat je mogelijk licht kunt werpen op... een gedragspatroon van Amy.'

'Wat voor patroon?'

'Mensen die haar dwarsbomen iets heel ergs laten overkomen.'

Ze ademde zwaar in de hoorn. 'Twee dagen geleden zou ik niet met je hebben willen praten,' zei ze. 'Maar toen dronk ik iets met vrienden, de tv stond aan, jij kwam in beeld. Het ging erover dat Amy zwanger was. Iedereen in mijn gezelschap was razend op jou. Ze háátten je. En ik dacht: ik weet hoe dat voelt. Want ze is niet dood, hè? Ze wordt nog steeds vermist, maar er is geen lijk gevonden, neem ik aan?'

'Dat klopt.'

'Goed, ik zal je over Amy vertellen. En over onze tijd op de middelbare school. Wat er allemaal is gebeurd. Wacht even.' Aan de andere kant van de lijn hoorde ik de geluiden van een tekenfilm: piepstemmetjes en draaimolenmuziek. Opeens was het stil. *Ga beneden kijken. Vooruit, naar beneden.*

'Nou, mijn eerste jaar op die school. Ik kom uit Memphis. Alle anderen kwamen van de oostkust. Het voelde heel gek, anders. Het leek wel of alle meisjes op Wickshire gezamenlijk waren opgevoed, de taal, de kleren, hun haar. Het was niet zo dat ik een paria was, ik voelde me gewoon... onzeker. Amy was al helemaal Het Meisje. Al op de eerste dag kende iedereen haar en werd er over haar gesproken. Ze was Amazing Amy. We hadden die boeken als kind gelezen en bovendien was ze ook nog ontzettend leuk, ze was...'

'Ja, dat weet ik.'

'Nou goed. Al vrij snel toonde ze interesse in mij. Ze nam me onder haar hoede, zou je kunnen zeggen. Zij was Amazing Amy en ik was dan zogenaamd haar rechterhand Suzy. Ze begon me Suzy te noemen en al vrij snel namen de anderen dat over. Ik vond het best. Ik was een soort ondergeschikt maatje; ik moest drinken halen als Amy dorst had, de was doen als ze schoon ondergoed nodig had. Wacht even.'

Weer hoorde ik haar haren langs de hoorn strijken. Marybeth had alle fotoalbums van de Elliotts meegenomen voor het geval er meer foto's nodig zouden zijn. Ze had me een foto van Amy en Hilary laten zien, grijnzend, wang tegen wang. Dus ik kon me Hilary voorstellen, hetzelfde geelblonde haar als mijn vrouw, een wat saaier gezicht, met troebele, lichtbruine ogen.

Jason, ik zit aan de telefoon... geef ze dan een paar ijslolly's, zo moeilijk is dat toch niet?

'Sorry. De kinderen zijn uit school en mijn man bemoeit zich nooit met ze, dus hij weet niet goed wat hij moet doen in die paar minuten dat ik jou aan de lijn heb. Sorry. Maar goed, ik was dus kleine Suzy. Het was een soort spel en een paar maanden lang – augustus, september, oktober – was het geweldig leuk. Dikke vriendinnen, we waren altijd samen. En toen gebeurden er een paar rare dingen waarvan ik meteen wist dat Amy het daar moeilijk mee had.'

'Zoals?'

'Een jongen van de school naast ons had ons beiden ontmoet op het herfstbal. Een dag later belt hij míj op in plaats van Amy. Ongetwijfeld omdat hij Amy te intimiderend vond, maar goed... En een paar dagen later kregen we onze rapporten want het was halverwege het trimester. Mijn punten waren een fractie beter. Niet lang daarna nodigde een van onze vriendinnen me uit om Thanksgiving bij haar familie te vieren. Mij, niet

Amy. Nogmaals, ik weet zeker dat dat kwam omdat Amy mensen intimideerde. Ze was niet makkelijk in de omgang en je had voortdurend het gevoel dat je indruk moest maken. Maar ik voelde dat er iets veranderde. Ze was echt geïrriteerd, hoewel ze dat niet toe wilde geven.

In plaats daarvan vroeg ze me dingen te doen. Ik besefte het op dat moment niet, maar ze begon me in de val te lokken. Ze vroeg of ik mijn haar in dezelfde kleur wilde verven als het hare, want mijn haar had zo'n saaie kleur. Een lichtere kleur was zo leuk. En ze begon te klagen over haar ouders. Dat deed ze altijd al, maar nu ging ze echt los. Hoe ze van haar hielden als een idee, niet echt om de persoon die ze was. Ze zei dat ze haar ouders een poets wilde bakken. Ik moest van haar voor de grap met haar ouders bellen en zeggen dat ik de nieuwe Amazing Amy was. Sommige weekends namen we de trein naar New York en dan moest ik van haar buiten bij hun huis gaan staan. En op een keer moest ik naar haar moeder rennen en zeggen dat ik Amy uit de weg zou ruimen en dat ik haar nieuwe Amy zou zijn. Dat soort onzin.'

'En dat deed je allemaal?'

'Het was gewoon een stom geintje. Meisjes doen dat. Voordat er mobiele telefoons bestonden en vóór het pesten via internet. Een manier om de tijd te doden. We haalden altijd dat soort grappen uit, gewoon ongein. We probeerden elkaar steeds te overtroeven en het werd steeds gedurfder en bizarder.'

'En toen?'

'Toen begon ze afstand te nemen. Ze deed koel. En ik dacht dat ze me niet meer mocht. Meisjes op school begonnen me raar aan te kijken. Ik werd buitengesloten door de populaire meiden. Best. Maar op een dag moest ik bij de rector komen. Amy had een vreselijk ongeluk gehad – verstuikte enkel, gebroken arm, gebroken ribben. Amy was van een hoge trap gevallen en ze beweerde dat ík haar had geduwd. Wacht even.'

Ga naar beneden, nu! Ga. Naar. Beneden. Naar benéden.

'Sorry, ik ben er weer. Begin nooit aan kinderen.'

'Dus Amy zei dat jij haar had geduwd?' vroeg ik.

'Ja, omdat ik gek was. Ik was door haar geobsedeerd en ik wilde Suzy zijn en toen was Suzy zijn niet meer goed genoeg en moest ik Amy zijn. En ze had het bewijsmateriaal dat ze me de laatste maanden zelf had laten leveren. Haar ouders hadden me uiteraard bij hun huis zien rondhangen. In theorie had ik haar moeder lastiggevallen. Mijn haar was geblondeerd en ik had kleren gekocht die leken op die van Amy. Ik had die kleren gekocht tijdens het winkelen met háár, maar dat kon ik niet bewijzen. Al haar vriendinnen verklaarden dat Amy de afgelopen maand ontzettend bang voor me was geweest. Dat soort onzin. Het leek alsof ik volkomen gestoord was. Totaal gestoord. Haar ouders regelden een straatverbod voor mij. En ik bleef bij hoog en bij laag volhouden dat ik er niets mee te maken had, maar tegen die tijd voelde ik me al zo ellendig dat ik van school af wilde. Dus ik heb me er niet tegen verzet dat ik werd weggestuurd. Ik wilde onderhand wel van haar af. Ik bedoel maar: je eigen ribben breken! Ik was bang: een meisje van vijftien dat zoiets voor elkaar krijgt. Vriendinnen, ouders, leraren, ze had iedereen voor de gek gehouden.'

'En dat allemaal vanwege een jongen, rapportcijfers en een uitnodiging voor Thanksgiving?'

'Ongeveer een maand nadat ik naar Memphis was teruggekeerd, kreeg ik een brief. Hij was niet ondertekend, getypt, maar overduidelijk afkomstig van Amy. Het was een lijst met alle manieren waarop ik ten opzichte van haar tekort was geschoten. Rare dingen: *Vergeten op me te wachten na Engelse les, twee keer. Vergeten dat ik allergisch ben voor aardbeien, twee keer.*'

'Jezus.'

'Maar volgens mij stond de echte reden er niet eens bij.'

'En wat was de echte reden?'

'Amy wilde dat iedereen haar volmaakt vond. En toen we bevriend raakten, leerde ik haar kennen. En ze was niet volmaakt. Snap je? Ze was briljant, charmant en zo, maar ze was ook controlerend, dwangneurotisch, aanstellerig en een beetje een leugenaarster. En dat vond ik prima. Maar zijzelf vond dat niet. Ze heeft me laten vallen omdat ik wist dat ze niet volmaakt was. Ik vraag me af hoe dat bij jou zit.'

'Bij mij? Hoezo?'

'Vrienden kennen veel zwakheden van elkaar. Echtgenoten zien elk vreselijk detail. Als ze een vriendin van een paar maanden strafte door zich van de trap te gooien, wat zou ze dan niet doen met een man die zo stom was om met haar te trouwen?'

Ik hing op toen een van Hilary's kinderen de tweede telefoon oppakte en een kinderliedje begon te zingen. Ik belde Tanner meteen en deed verslag van mijn gesprekken met Hilary en Tommy.

'Mooi, dus we hebben een paar verhalen,' zei Tanner, 'echt geweldig, hoor!' Maar hij zei het op zo'n manier dat ik wist dat het niet echt zo geweldig was. 'Heb je nog iets van Andie gehoord?'

Dat was niet zo.

'Ik laat een van mijn mensen bij haar huis posten,' zei hij. 'Discreet.'

'Ik wist niet dat je personeel had.'

'Het is echt noodzakelijk dat we Amy vinden,' zei hij, me negerend. 'Zo'n vrouw kan zich nooit al te lang verstoppen. Heb je enig idee?'

Ik bleef haar steeds voor me zien op een balkon van een luxehotel aan de oceaan. In een dikke witte badjas gehuld, nippend van een zeer goede Montrachet terwijl ze mijn ondergang op internet volgde, op tv, in de roddelkranten. En ondertussen genoot ze van de eindeloze hoeveelheid aandacht en lof die Amy Elliott Dunne kreeg. Alsof ze aanwezig was op haar eigen begrafenis. Ik vroeg me af of ze genoeg zelfkennis had om te beseffen dat ze Mark Twain naar de kroon stak.

'Ik zie haar voor me aan de oceaankust,' zei ik. Toen hield ik mijn mond, want ik begon me een loslopende gek te voelen. 'Nee, geen idee. Ze kan letterlijk overal zijn. Ik denk dat we haar pas weer zien als ze zelf besluit terug te komen.'

'Dat lijkt me onwaarschijnlijk,' zei hij geïrriteerd. 'Goed, laten we proberen Andie te vinden. Eens kijken hoe het met haar is. We hebben weinig manoeuvreerruimte meer over.'

Toen was het etenstijd, de zon ging onder. Ik zat weer alleen in mijn spookhuis. Ik dacht aan al Amy's leugens en of die zwangerschap daar ook bij hoorde. Ik had zitten rekenen. Amy en ik hadden weliswaar slechts sporadisch seks gehad, maar het was mogelijk. Maar zij wist dat ik die rekensom zou maken.

Waarheid of leugen? Als het een leugen was, was het de bedoeling om mij naar de slachtbank te leiden.

Ik had altijd aangenomen dat Amy en ik kinderen zouden krijgen. Het was een van de redenen waarom ik wist dat ik met Amy zou trouwen. Ik weet nog wanneer ik me dat voor het eerst voorstelde. Nog geen twee maanden nadat we een relatie hadden: ik liep van mijn appartement in Kips Bay naar een parkje langs de East River, een pad dat me langs de gigantische blokkendoos van het hoofdkwartier van de Verenigde Naties voerde. De talloze landsvlaggen wapperden in de wind. Een kind zou dat leuk vinden, dacht ik. Al die verschillende kleuren en dan proberen de vlag van elk land te onthouden. *Dat is Finland en daar is Nieuw-Zeeland.* De eenogige glimlach van Mauritanië. En toen drong het tot me door dat ik niet dacht aan zomaar een kind, maar aan óns kind, het kind van Amy en mij. Ons kind, op de vloer liggend met een oude encyclopedie, net zoals ik vroeger had gedaan. Maar ons kind zou niet alleen zijn, ik zou naast hem op de vloer liggen. Ik zou hem helpen met zijn vexillogie. Een woord dat minder doet denken aan vlaggenkunde dan aan de studie van ergernis, wat zou passen bij de houding die mijn vader ten opzichte van mij had. Maar ik zou het anders aanpakken. Ik stelde me voor dat Amy zich bij ons voegde, plat op haar buik, haar voeten omhoog in de lucht. Hoe ze Palau aanwees, dat gele stipje net links van het midden op die helderblauwe achtergrond, want ik wist zeker dat dat haar favoriete vlag zou zijn.

Vanaf dat moment was die jongen echt voor me (soms ook een meisje, maar meestal een jongen). Hij was niet meer te vermijden. Ik had regelmatig en aanhoudend vaderlijke verlangens. Maanden na de bruiloft had ik een vreemd moment voor het medicijnkastje, met de floss nog tussen mijn tanden. Ik dacht opeens: ze wil toch wel kinderen? Ik moet het vragen. Natuurlijk moet ik het vragen. Toen ik mijn vraag stelde – terloops, vaag – zei ze: natuurlijk, natuurlijk, ooit. Maar elke ochtend aan het aanrecht zag ik haar nog steeds de pil nemen. Dat ging drie jaar lang elke ochtend zo door. Ik dacht voortdurend aan het onderwerp, maar het lukte me niet om het te zeggen: *ik wil een kind.*

Nadat we onze baan hadden verloren, leek het ervan te komen. Plotseling was er een groot gat in ons leven, en op een dag, bij het ontbijt, keek Amy op van haar toast en zei: *Ik ben gestopt met de pil.* Zomaar. Ze was al drie maanden gestopt met de pil, maar er gebeurde niets. Niet lang nadat we naar Missouri waren verhuisd maakte ze voor ons een afspraak bij de dokter. Als Amy eenmaal aan een project was begonnen, hield ze niet van getreuzel. 'We zullen zeggen dat we het al een jaar proberen,' zei ze. Ik was zo dom om daarmee in te stemmen. We raakten elkaar nauwelijks nog aan, en toch dachten we dat het logisch was een kind te nemen. Jawel.

'Jij moet ook meewerken,' zei ze op weg naar St. Louis. 'Je moet je zaad laten onderzoeken.'

'Dat weet ik. Waarom zeg je dat zo?'

'Ik dacht dat je misschien te trots zou zijn. Te verlegen en te trots.'

Ik was inderdaad een vervelende mengeling van die beide karaktertrekken, maar in het vruchtbaarheidscentrum ging ik trouw het vreemde kamertje in waar de masturbatie moest plaatsvinden. Een plek waar honderden mannen waren binnengekomen met geen ander doel dan om te doe-het-zelven, de puddingbuks door te laden, te stoksnokken, te geilpompen, te handkarren, te vuistvogelen, de yoghurtfles leeg te schudden en het plafond te witten.

(Soms gebruik ik humor uit zelfbescherming.)

In de kamer stonden een met vinyl overtrokken leunstoel, een tv, en een tafel met een grabbeltas met porno plus een doos tissues. De porno stamde uit het begin van de jaren negentig, te oordelen naar het haar van de vrouwen (inderdaad: boven én onder), iets tussen harde en zachte porno in. (Idee voor een leuk artikel: wie selecteert de porno voor vruchtbaarheidscentra? Wie bepaalt wat geil genoeg is om mannen te laten klaarkomen, terwijl het ook weer niet al te vrouwonvriendelijk mag zijn voor de vrouwen buiten het kamertje, de verpleegsters, doktoren en al die hoopvolle vrouwen die last hebben van hun hormonen?)

Ik bezocht die kamer drie keer – ze hebben graag een reservevoorraadje. Ondertussen deed Amy niets. Ze zou pillen moeten slikken, maar dat deed ze niet. En ze bleef het niet doen. Zij was degene die zwanger zou worden, die haar lichaam zou uitleveren aan de baby, dus ik besloot haar een paar maanden de tijd te geven. Ik hield het potje met pillen in de gaten om te zien of het leeg raakte. Ten slotte, na een paar biertjes op een winteravond, liep ik krakend het verandatrapje van ons huis op, schudde de sneeuw van mijn jas en krulde me tegen haar aan in bed. Ik lag met mijn gezicht tegen haar schouder, ademde haar geur in, warmde het puntje van mijn neus tegen haar huid. Ik fluisterde de woorden – *laten we het doen, Amy, laten we een baby maken* – en toen zei ze nee. Ik verwachtte zenuwachtigheid, behoedzaamheid, bezorgdheid – *Nick, zou ik wel een goede moeder zijn?* – maar ik kreeg slechts een kortaf, koud *nee* te horen. Een definitief nee. Niets dramatisch, geen gedoe. Het interesseerde haar gewoon niet meer. 'Ik besefte opeens dat al het vervelende werk op mij zou neerkomen,' redeneerde ze. 'De luiers, de afspraken bij de dokter, de discipline. En jij zou alleen maar af en toe de Lollige Papa uithangen. Ik zou al het werk moeten doen om goede mensen van die kinderen te maken en jij zou alles weer tenietdoen. En dan zouden ze van jou houden en mij haten.'

Ik zei tegen Amy dat dat niet waar was, maar ze geloofde me niet. Ik zei dat ik niet alleen maar een kind wílde, maar dat ik een kind nódig had. Ik moest weten dat ik onvoorwaardelijk van iemand kon houden, dat ik een wezentje het gevoel kon geven dat hij altijd welkom en gewenst was, wat er ook gebeurde. Dat ik een ander soort vader kon zijn dan mijn eigen vader was geweest. Dat ik een jongen kon grootbrengen die niet op mij leek.

Ik smeekte haar. Amy bleef onbewogen.

Een jaar later kreeg ik een e-mailtje. De kliniek zou mijn zaad vernietigen tenzij ze iets van ons zouden vernemen. Ik liet de uitdraai op de eetkamertafel liggen, een openlijk verwijt. Drie dagen later zag ik de brief in de vuilnisbak liggen. Dat was het definitieve einde van onze communicatie over dit onderwerp.

Tegen die tijd had ik stiekem al maandenlang contact met Andie, dus ik had geen recht om me kwaad te maken. Maar dat maakte geen einde aan de pijn en ik hield niet op met dagdromen over onze jongen, van Amy en mij. Ik was aan hem gehecht geraakt. Het was een feit: Amy en ik zouden een fantastisch kind maken.

De poppen keken me met verschrikte zwarte ogen aan. Ik tuurde uit mijn raam, zag dat de nieuwsbusjes waren vertrokken en liep naar buiten, de warme avond in. Tijd voor een ommetje. Misschien zat een eenzame schrijver van een pulpkrantje me op de hielen; dat kon me dan niet schelen. Ik liep door onze woonbuurt, daarna drie kwartier langs River Road en dan over de hoofdweg die dwars door het midden van Carthage liep. Dertig minuten van lawaai en uitlaatgassen, langs autodealers met pick-ups die te koop stonden, uitgestald alsof het aantrekkelijke toetjes waren, langs fastfoodketens, drankwinkels, minimarktjes en tankstations. Eindelijk bereikte ik de afslag naar het centrum. Ik was niet één andere voetganger tegengekomen onderweg, alleen langsrazende auto's met anonieme bestuurders.

Het was bijna middernacht. Ik passeerde De Bar. Ik kwam even in de verleiding om naar binnen te gaan, maar ik had geen zin in al die mensen daar. Er zaten vast een of twee verslaggevers. Het lag voor de hand dat ik daar zou opduiken. Maar ik had zin om in een bar te zitten. Ik wilde omringd worden door andere mensen, lol maken, stoom afblazen. Ik liep nog een kwartier door naar de andere kant van het centrum en kwam bij een goedkopere, ruigere bar voor jongeren, waar de wc's zaterdagsavonds altijd vol gekotst werden. Het was zo'n bar waar de vrienden van Andie naartoe zouden gaan en wie weet namen ze Andie wel mee. Het zou een leuk toeval zijn als ik haar daar tegen zou komen. Of tenminste van een afstandje kon zien hoe haar stemming was. En als ze er niet was kon ik er in ieder geval iets drinken.

Ik liep zo diep de bar in als ik kon – geen Andie, geen Andie. Mijn gezicht was gedeeltelijk aan het oog onttrokken door een honkbalpetje. Desondanks voelde ik toch een paar priemende blikken terwijl ik langs de groepjes drinkers liep. Hoofden die plotseling mijn kant op draaiden, mensen die me herkenden en grote ogen opzetten: *Die vent daar! Dat is 'm toch?*

Half juli. Ik vroeg me af of ik in oktober zo berucht zou zijn dat een of andere corpsbal zich tijdens Halloween als mij zou verkleden: een pruik met blond haar, een Amazing Amy-boek onder zijn arm geklemd. Go zei dat ze een stuk of vijf telefoontjes had gekregen met de vraag of De Bar een officieel T-shirt te koop had. (Nee, gelukkig niet.)

Ik ging zitten en bestelde een whisky bij de barman, een vent van mijn leeftijd die me een fractie te lang aanstaarde en die twijfelde of hij me zou schenken. Uiteindelijk zette hij met tegenzin en van woede opengesperde neusgaten een borrelglaasje voor me neer. Toen ik mijn portemonnee pakte stak hij abrupt zijn hand op. 'Ik moet jouw geld niet, man. Geen stuiver.'

Toch liet ik geld achter. Eikel.

Toen ik hem wenkte voor nog een glas keek hij even mijn kant op, schudde zijn hoofd en boog zich weer naar de vrouw toe met wie hij stond te kletsen. Een paar tellen later probeerde ze discreet en onopvallend mijn kant op te kijken. Ze trok haar mondhoeken omlaag en knikte. *Dat is 'm. Nick Dunne.* De barman kwam niet meer terug.

Je kunt niet gaan protesteren, je kunt niet grof te werk gaan: *Hé, eikel, krijg ik nog wat te drinken of hoe zit dat?* Je kunt je niet gedragen als de klootzak die je in hun ogen al bent. Je moet het gewoon over je heen laten komen. Maar ik ging niet weg. Ik zat met mijn lege glas voor me en deed alsof ik met mijn gedachten elders was. Ik controleerde mijn prepaidmobieltje voor het geval Andie had gebeld. Niets. Toen pakte ik mijn andere mobieltje en deed een spelletje patience, veinzend dat ik er helemaal in opging. Mijn vrouw had me dit aangedaan, me tot een vent gemaakt die geen drankje meer kon krijgen in zijn eigen stad. God, wat haatte ik haar.

'Was het whisky?'

Een meisje van ongeveer Andies leeftijd stond voor me. Aziatisch, zwart haar tot op de schouders, vlot en kordaat.

'Pardon?'

'Wat dronk je? Whisky?'

'Ja. Het lukt me niet om...'

Weg was ze, naar het andere eind van de bar. Ze werkte zich in het gezichtsveld van de barman met een brede help-mij-glimlach. Een meisje dat gewend was haar aanwezigheid kenbaar te maken. Even later was ze terug met een normaal whiskyglas.

'Hier,' knikte ze. Ik pakte het glas aan. 'Proost.' Ze hield haar eigen, bruisende drankje omhoog. We proostten. 'Mag ik even naast je komen zitten?'

'Ik blijf niet zo lang meer...' Ik keek om me heen. Ik wilde zeker weten dat we niet werden gefilmd met een telefooncamera.

'Nou, oké,' zei ze met een schouderophalende glimlach. 'Ik kan niet doen alsof ik niet weet dat je Nick Dunne bent, maar ik zal je niet beledigen. Je hebt trouwens mijn morele steun. Ze proberen je zwart te maken.'

'Dank je. Het eh... het is een rare tijd.'

'Ik meen het. Je weet toch dat ze in rechtbanken spreken over het *CSI*-effect? Dat iedereen van de jury zo veel naar *CSI* heeft gekeken dat ze geloven dat de wetenschap alles kan bewijzen?'

'Ja.'

'Nou, ik geloof dat er zoiets bestaat als het Boosaardige Echtgenoot-effect. Iedereen heeft zo veel truecrimeprogramma's gezien waarin de echtgenoot altijd, maar dan ook áltijd de moordenaar is, dat mensen automatisch aannemen dat de echtgenoot het heeft gedaan.'

'Precies,' zei ik. 'Dank je. Dat is precies hoe het zit. En Ellen Abbott...'

'Ellen Abbott kan doodvallen,' zei mijn nieuwe vriendin. 'Ze is een wandelende, sprekende, mannenhatende perversie van het rechtssysteem.' Ze proostte opnieuw naar me.

'Hoe heet je?' vroeg ik.

'Nog eentje?'

'Dat is een leuke naam.'

Ze bleek Rebecca te heten. Ze had een creditcard bij de hand en ze kon aardig wat drank verstouwen (*Nog eentje? Nog eentje? Nog eentje?*), ze kwam uit Muscatine, Iowa (ook een stadje dat aan de Mississippi lag) en na haar bachelor was ze naar New York verhuisd om daar te werken als schrijver (net als ik). Ze was redactieassistente geweest bij drie verschillende tijdschriften – een trouwglossy, een magazine voor werkende moeders en een tienerblad. Al die bladen waren de afgelopen jaren opgeheven, en nu werkte ze voor een misdaadblog dat Whodunnit heette. Ze was (giechel) in de stad om een interview met mij te krijgen. Verdorie, ik had echt bewondering voor haar jeugdige, onbezonnen bravoure: *Ik vlieg gewoon naar Carthage. De grote zenders hebben hem niet, maar ik krijg 'm wel te pakken!*

'Ik heb samen met de rest van de wereld buiten je huis staan posten, en daarna bij het politiebureau. Toen besloot ik dat ik iets moest drinken. En kijk aan, jij loopt hier zomaar binnen. Bijna perfect. En erg vreemd ook, niet dan?' zei ze. Ze had kleine gouden oorhangers waar ze steeds mee speelde, haar lange haar was achter haar oren gestoken.

'Ik moet gaan,' zei ik. De woorden kwamen een beetje sloom uit mijn mond, ik begon onduidelijk te praten.

'Maar je hebt me nog niet verteld waarom je hier bent,' zei Rebecca. 'Ik moet zeggen, er is veel moed voor nodig om zonder vriend of ruggensteun je kop buiten de deur te steken. Ik wed dat je heel wat vuile blikken hebt gehad.'

Ik haalde mijn schouders op. *Wat zou het.*

'De mensen oordelen over je zonder dat ze je kennen. Zoals met die foto die met een mobieltje van jou in het park is genomen. Ik bedoel: je bent waarschijnlijk net als ik opgevoed met het idee dat je beleefd moet zijn. Maar niemand wil het echte verhaal horen. Ze willen je erbij lappen. Snap je?'

'Ik ben het zat dat mensen me veroordelen omdat dat past in hun clichébeeld.'

Ze trok haar wenkbrauwen op. Haar oorringen rinkelden.

Ik dacht aan Amy, ergens in haar mysterieuze commandocentrum, waar dat ook mocht zijn. Hoe ze mij vanuit elke gezichtspunt veroordeelde, al van verre had besloten dat ik niet voldeed. Kon iets haar ertoe brengen deze krankzinnige onderneming te staken?

'Men denkt dat we een slecht huwelijk hadden, maar vlak voordat ze verdween heeft ze nog een speurtocht voor me uitgezet,' ging ik door.

Amy wilde een van deze twee dingen: ik moest mijn lesje leren en peentjes zweten omdat ik een stoute jongen was geweest; of ik moest mijn lesje leren en van haar houden zoals ze verdiende, als een braaf, gehoorzaam, gekastijd, slap ventje.

'Die fantastische speurtocht.' Ik glimlachte. Rebecca schudde haar hoofd met v-vormig gefronste wenkbrauwen. 'Mijn vrouw organiseert altijd een speurtocht ter gelegenheid van onze trouwdag. Een aanwijzing leidt naar een bepaalde plek waar dan weer de volgende aanwijzing klaarligt, enzovoort. Amy...' Ik probeerde tranen te produceren, stond al klaar om mijn ogen te deppen. Op de klok boven de deur zag ik dat het 00.37 uur was. 'Vóór ze verdween heeft ze al die aanwijzingen verstopt. Voor onze trouwdag op 5 juli.'

'Voordat ze vermist raakte.'

'En juist door die aanwijzingen heb ik het volgehouden. Het gaf me het gevoel dat ze dicht bij me was.'

Rebecca haalde een camcorder tevoorschijn. 'Laat me je interviewen. Met de camera erbij.'

'Geen goed idee.'

'Ik geef het context,' zei ze. 'Dat is precies wat je nodig hebt, Nick. Context. Dat heb je echt dringend nodig. Kom op, een paar woordjes maar.'

Ik schudde mijn hoofd. 'Te gevaarlijk.'

'Zeg wat je zojuist tegen mij hebt gezegd. Ik meen het, Nick. Ik ben het tegenovergestelde van Ellen Abbott. De anti-Ellen Abbott. Je hebt me nodig.' Ze hield de camera op. Het rode lichtje brandde.

'Ik meen het, zet dat ding uit.'

'Help me nou. Als ik met een interview met Nick Dunne thuiskom, is mijn carrière gemaakt. Dan heb jij je goeie daad van dit jaar weer gedaan. Alsjeblieft? Wat kan het nou voor kwaad, Nick? Eén minuutje maar, één minuutje. Ik beloof dat ik je heel gunstig zal afschilderen.'

Ze wees naar een nis waar we zonder dat we aangegaapt zouden worden konden zitten. Ik knikte en we verhuisden naar het aparte zitgedeelte. Ondertussen was dat rode lampje voortdurend op me gericht.

'Wat wil je weten?' vroeg ik.

'Vertel over die speurtocht. Het klinkt romantisch. Echt zo grillig, vreemd ontzettend romantisch.'

Hou het verhaal onder controle, Nick. Zowel voor het Publiek als voor je Echtgenote. Ik dacht: ik ben nu een man die van zijn vrouw houdt en haar zal vinden. Ik ben een man die van zijn vrouw houdt en ik deug. Ik ben degene die steun verdient. Ik ben een man die niet perfect is, maar mijn vrouw is dat wel, en vanaf nu zal ik heel gehoorzaam zijn.

Dit ging me gemakkelijker af dan het veinzen van verdriet. Zoals ik al eerder heb gezegd, functioneer ik goed in het zonlicht. Toch voelde ik een brok in mijn keel toen ik me opmaakte om het te zeggen.

'Mijn vrouw is de coolste meid die ik ooit heb ontmoet. Hoeveel kerels kunnen dat zeggen? Ik ben getrouwd met de coolste meid die ik ooit heb ontmoet.'

Jijstommetrutjijstommetrutjijstommetrut. Kom naar huis dan vermoord ik je.

Amy Elliott Dunne

Negen dagen vermist

Ik word wakker met een knoop in mijn maag. Ik moet hier weg. Ik mag niet gevonden worden, denk ik de hele tijd, een explosie van woorden als flitsen in mijn brein. Het politieonderzoek gaat niet snel genoeg, mijn geldsituatie verslechtert met de dag en de antennes van Jeff en Greta staan op scherp. Bovendien ruik ik naar vis.

Ik denk aan de crawl van Jeff naar de oever van het meer waar mijn geldriem en jurk lagen. Aan de manier waarop Greta telkens weer over *Ellen Abbott* begint. Het werkt me op mijn zenuwen. Of ben ik paranoïde? Ik klink als Dagboek Amy: *Wil mijn man mij vermoorden of beeld ik me dat in?!* Voor het eerst heb ik echt met haar te doen.

Ik bel twee keer naar de Amy Dunne-tiplijn en laat bij twee verschillende mensen twee verschillende tips achter. Ik heb geen idee hoe snel de tips de politie zullen bereiken; de vrijwilligers maken een volstrekt ongeïnteresseerde indruk. Somber gestemd rij ik naar de bibliotheek. Ik moet mijn tas pakken en vertrekken. Mijn hut schoonmaken met bleek, mijn vingerafdrukken afvegen van alles wat ik heb aangeraakt, stofzuigen – er mag geen haar achterblijven. Ik moet Amy uitwissen (en Lydia en Nancy) en maken dat ik wegkom. Als ik wegga, ben ik veilig. Ook al zouden Greta en Jeff vermoeden wie ik ben, zolang ik niet op heterdaad word betrapt, is er niets aan de hand. Amy Elliott Dunne is een soort yeti – gezocht, folkloristisch – terwijl Greta en Jeff twee zwendelaars zijn wier ondoorzichtige verhaal meteen zal worden ontmaskerd. Ik vertrek vandaag. Dat besluit neem ik als ik met gebogen hoofd de bijna lege bibliotheek in loop en zie dat alle drie de computers beschikbaar zijn. Ik ga online om nieuwe informatie over Nick in te winnen.

Sinds de herdenkingsbijeenkomst wordt het nieuws over Nick almaar herhaald en worden dezelfde feiten met steeds meer tamtam gebracht zonder dat er nieuwe informatie bij komt. Maar vandaag is het anders. Als ik Nicks naam intik in de zoekbalk verschijnt de ene na de andere schreeuwerige blog op het scherm. Nick blijkt dronken te zijn geweest en in een café een krankzinnig interview te hebben gegeven aan een willekeurige vrouw met een camcorder. God, de idioot leert het ook nooit.

NICK DUNNES VIDEOBEKENTENIS!!!

BESCHONKEN NICK DUNNE LEGT EEN VERKLARING AF!!!

Mijn hart schiet in mijn keel, mijn huig begint te kloppen. Mijn man heeft zich weer eens flink in de nesten gewerkt.

Ik download het filmpje en daar heb je Nick. Hij heeft de slaperige blik en zware oogleden die hij krijgt als hij dronken is en praat met zijn scheve lachje over mij. Hij lijkt wel een mens en ziet er gelukkig uit. 'Mijn vrouw is de coolste meid die ik ooit heb ontmoet,' zegt hij. 'Hoeveel kerels kunnen dat zeggen? *Ik ben getrouwd met de coolste meid die ik ooit heb ontmoet.*'

Ik voel een lichte kriebeling in mijn buik. Dit had ik niet verwacht. Ik glimlach bijna.

'Wat vind je zo cool aan haar?' vraagt de vrouw buiten beeld. Haar stem klinkt hoog, studentikoos vrolijk.

Nick begint over de speurtocht, dat het onze traditie was, dat ik altijd onze grappige inside jokes onthield en dat de speurtocht het enige is wat hij nog van me heeft en dat hij de speurtocht daarom wilde afmaken. Dat was zijn missie.

'Ik ben vanochtend bij de laatste aanwijzing aanbeland,' zegt hij. Zijn stem klinkt schor. Hij heeft te vaak zijn stem moeten verheffen om zich verstaanbaar te maken. Zodra hij thuis is zal hij gorgelen met warm, zout water, zoals zijn moeder hem altijd liet doen. Als ik nog thuis zou zijn, zou hij mij vragen het voor hem klaar te maken omdat hij zelf nooit de juiste hoeveelheid zout erin doet. 'En dat heeft me… aan het denken gezet,' vervolgt hij. 'Zij is de enige vrouw ter wereld die het vermogen heeft me te verrassen. Bij anderen weet ik altijd meteen wat ze zullen zeggen, omdat iedereen altijd hetzelfde zegt. We kijken naar dezelfde programma's, lezen dezelfde kranten. Alles wordt herkauwd. Maar Amy is volstrekt zichzelf. Dat is haar kracht en daarom ben ik nog altijd in haar ban.'

'Waar denk je dat ze nu is, Nick?'

Mijn echtgenoot kijkt naar zijn trouwring en draait hem een paar keer rond zijn vinger.

'Gaat het, Nick?'

'Wil je dat echt weten? Nee. Ik heb mijn vrouw diep teleurgesteld. Ik ben fout geweest. Ik kan alleen maar hopen dat het niet te laat is. Voor mij. Voor ons.'

'Je bent aan het eind van je Latijn. Emotioneel gezien.'

Nick kijkt recht in de camera. 'Ik wil mijn vrouw terug. Ik wil haar naast me hebben.' Hij haalt diep adem. 'Ik weet dat ik niet goed ben in het tonen van mijn emoties. Maar ik hou van haar. Ik wil zeker weten dat ze niets mankeert. Haar még niets mankeren. Ik heb zo veel goed te maken.'

'Zoals?'

Hij lacht het verdrietige lachje dat ik zelfs nu nog aantrekkelijk vind. In betere tijden noemde ik het zijn talkshowlach: het snelle neerslaan van de ogen, het nonchalante mondhoektrekje, het binnensmondse gegrinnik van een charmante filmster voordat hij een anekdote vertelt.

'Dat gaat je niks aan.' Hij glimlacht. 'Ik heb gewoon een hoop goed te maken. Ik was niet de echtgenoot die ik had moeten zijn. We hebben een paar moeilijke jaren achter de rug en ik... ik had mezelf niet meer in de hand. Ik werkte er niet meer aan. Ik bedoel, dat wordt toch altijd beweerd? Dat je aan je huwelijk moet werken? Als je niet meer je best doet betekent dat einde huwelijk. Dat weet iedereen. Maar dat deed ik dus niet meer. Het lag aan mij. Ik was niet de man die ik had moeten zijn.' Nicks oogleden zijn zwaar en hij praat langzaam en ietwat nasaal. Hij zit tussen aangeschoten en dronken in. Kwestie van nog één glas. Zijn wangen zijn roze van de alcohol. Mijn vingertoppen gloeien bij de gedachte aan zijn warme huid als hij een paar cocktails op had.

'Hoe had je het willen goedmaken met haar?' De camera zwenkt even als de vrouw haar drankje pakt.

'Hoe zál ik het goedmaken met haar. Ik ga haar vinden en neem haar mee naar huis. Reken maar. En daarna? Daarna zal ik haar alles geven wat ze nodig heeft. Vanaf nu. Ik heb het einde van de speurtocht gehaald. Ze heeft me op de knieën gekregen. Onderworpen. Mijn vrouw is nooit duidelijker geweest dan nu. Ik ben nog nooit zo zeker geweest van wat ik moet doen.'

'Als je nu met Amy zou kunnen praten, wat zou je dan tegen haar zeggen?'

'Ik hou van je. Ik zal je vinden. Ik zál...'

Ik weet dat hij op het punt staat een citaat van Daniel Day-Lewis uit *De laatste der Mohikanen* op te lepelen: 'Blijf leven... ik zál je vinden.' Hij kan het niet laten een ernstige uitspraak af te zwakken met een oneliner uit een filmdialoog. Ik zie hem aarzelen, maar hij houdt zich in.

'Ik hou van je, Amy.'

Hoe oprecht. Hoe anders dan de ware Nick.

Drie moddervette aso's met opgevoerde scooters staan tussen mij en mijn ochtendkoffie in. Ik zag hun billen over het zadel lubberen en toch moeten ze zo nodig een Big Mac hebben. Er staan letterlijk drie mensen voor me in de rij *geparkeerd* en dat *in* de McDonald's.

Ik zit er niet mee. Merkwaardig genoeg ben ik ondanks de wijziging van de plannen in een opgewekte stemming. Het filmpje is een hit op internet en de reacties zijn verrassend positief. Voorzichtig optimistisch zelfs: *Misschien heeft die echtgenoot zijn vrouw toch niet vermoord.* Dat is woord voor woord de meest gehoorde reactie. Want zodra Nick niet op zijn hoede is, laat hij zijn emoties zien en is het er allemaal. Iemand die naar het filmpje kijkt zal nooit denken dat hij een act opvoert. Wat je zag was geen overacting amateur. Mijn echtgenoot houdt van mij. Althans, die avond hield hij van mij. Hij hield van mij terwijl ik zijn einde plande in een sjofele hut die naar natte handdoeken rook.

Het is niet genoeg. Dat weet ik natuurlijk ook wel. Ik kan niet afwijken van mijn plan. Maar het geeft me een adempauze. Mijn man heeft de speurtocht beëindigd, is verliefd en op van de zenuwen. Hij lijkt er zelfs uitslag van op zijn wang te krijgen.

Als ik in mijn auto bij mijn hut aankom, zie ik Dorothy op mijn deur kloppen. Haar haar is vochtig van de hitte en ze heeft het strak achterovergekamd, waardoor ze me aan een gladde beursbitch doet denken. Als ze zich naar me omdraait, heeft ze haar vinger als een zoete maïskolf in haar mond; ze heeft de gewoonte het zweet op haar bovenlip met een vinger af te vegen en op te likken.

'Kijk eens wie we daar hebben,' zegt ze. 'Onze wanbetaler.'

Ik ben te laat met het betalen van de huur. Twee dagen. Ik schiet bijna in de lach. Amy met een huurachterstand.

'Het spijt me, Dorothy. Ik ben over tien minuten bij je.'

'Ik wacht wel even, als je het niet erg vindt.'

'Ik weet nog niet of ik blijf. Ik moet misschien verder.'

'Dan krijg ik nog twee dagen huur van je. Tachtig dollar, alsjeblieft.'

Ik duik de hut in en doe mijn platte geldriem af. Ik heb vanochtend mijn geld geteld door het keurig in stapeltjes op mijn bed uit te spreiden, als een verleidelijke economische striptease, en de grote openbaring was dat ik *op de een of andere manier* nog maar 8849 dollar overheb. Het leven is duur.

Als ik de deur van mijn hut weer open en Dorothy het geld overhandig (nog 8769 over), zie ik Greta en Jeff vanaf Greta's veranda toekijken. Jeff speelt niet op zijn gitaar, Greta rookt geen sigaret. Ze wekken de indruk alles goed in de gaten te houden. Als ze allebei naar me zwaaien – hoi, schat! – zwaai ik zwakjes terug. Ik sluit de deur en begin mijn spullen te pakken.

Het is vreemd hoe weinig ik bezit in deze wereld. Dat was vroeger wel anders. Ik heb geen mixer of soepkom. Ik heb lakens en handdoeken, maar geen fatsoenlijke deken. Ik heb een schaar zodat ik mijn haar kort kan houden. Ik glimlach omdat Nick geen schaar bezat toen we gingen samenwonen. Geen schaar. Geen strijkijzer, geen nietmachine. Ik herinner me dat ik aan hem vroeg hoe hij zich zonder schaar een beschaafd mens kon voelen en dat hij antwoordde dat hij niet beschaafd was. Daarna had hij me in zijn armen opgetild, op het bed gegooid en zich boven op me geworpen, en ik had gelachen omdat ik toen nog een Coole Meid was. Ik lachte in plaats van dat ik nadacht over wat dat over hem zei.

Trouw nooit met een man die geen schaar in huis heeft. Dat zou mijn advies zijn. Er komt weinig goeds van.

Ik vouw mijn kleren op en doe ze in mijn kleine rugzak: dezelfde drie outfits die ik een maand geleden heb gekocht en in mijn vluchtauto legde zodat ik geen kleren van thuis hoefde mee te nemen. Ik pak mijn reistandenborstel, kam en lotion in; de slaappillen die ik heb gekocht toen ik mezelf nog wilde verdoven en verdrinken; mijn goedkope zwemkleding. Het inpakken neemt nauwelijks tijd in beslag, zo weinig heb ik.

Ik trek mijn latexhandschoenen aan en veeg alles brandschoon. Ik verwijder alle haren uit de afvoerputjes. Ik denk niet dat Greta en Jeff weten wie ik ben, maar als ze het wel weten, wil ik geen bewijs achterlaten. Onder het poetsen zeg ik voortdurend tegen mezelf: dat komt ervan als je wilt ontspannen, dat komt ervan als je niet constant je kop erbij houdt. Iemand die zich zo dom gedraagt als jij verdient het gewoon om opgepakt te worden. En stel dat er nog haren van je in Dorothy's kantoortje liggen, wat dan, of vingerafdrukken in Jeffs auto of Greta's keuken? Wat bezielde je te denken dat je iemand kon zijn die zich zorgeloos kon gedragen? In gedachten zie ik voor me hoe de politie de hutten uitkamt, niets vindt, en dat ik dan net als in een film word gepakt vanwege één enkele haar die op de betonnen bodem van het zwembad drijft om mij te kunnen veroordelen.

Maar dan schieten mijn gedachten weer de andere kant op: natuurlijk komt niemand me hier zoeken. De politie onderneemt geen actie op basis van één enkele verklaring van een paar criminelen die beweren dat ze de echte Amy Elliott Dunne hebben gezien in een goedkoop, verwaarloosd park in een of andere uithoek van de Ozarks. Nietsnutten die zich belangrijk willen voelen, zullen ze denken.

Dan klinkt er een assertieve klop op de deur. Zoals een ouder klopt voordat hij ongevraagd de deur van zijn kind opendoet: dit huis is mijn eigendom. Ik sta midden in mijn kamer en overweeg om niet open te doen. Beng beng beng. Ik begrijp nu waarom er in horrorfilms zo vaak gebruik wordt gemaakt van de mysterieuze klop op de deur: omdat het een nachtmerrieachtig effect heeft; je weet niet wie er aan de andere kant van de deur staat en toch weet je dat je open zult doen. Je zult denken wat ik denk: iemand die kwaad in de zin heeft klopt niet.

Hé, schat, doe open. We weten dat je thuis bent.

Ik trek mijn latexhandschoenen uit, doe open en zie Greta en Jeff op mijn veranda staan. De zon staat in hun rug en hun gezichten zijn donker.

'Dag, mooie vrouw, mogen we binnenkomen?' vraagt Jeff.

'Eigenlijk… Ik wou net naar jullie toe komen,' zeg ik gejaagd hoewel ik luchtig wil overkomen. 'Ik vertrek vanavond… Morgen of vanavond. Ik kreeg een telefoontje. Ik moet terug naar huis.'

'Terug naar Louisiana of naar Savannah?' zegt Greta. Jeff en zij hebben het over mij gehad.

'Louisi…'

'Doet er niet toe,' zegt Jeff. 'Laat ons maar even binnen. We komen afscheid nemen.'

Hij doet een stap in mijn richting. Ik ben geneigd het op een schreeuwen te zetten of de deur dicht te gooien, maar betwijfel of dat verstandig is. Ik kan beter doen alsof er niets aan de hand is en er het beste van hopen.

Greta sluit de deur en leunt ertegen terwijl Jeff al pratend over het weer naar het bed loopt en dan naar de keuken. Hij opent deuren en kasten.

'Je moet alles leeg opleveren, anders houdt Dorothy het in op je borg,' zegt hij. 'Dat is me een tante.' Hij opent de koelkast, kijkt in de groentela, het vriesvak. 'Je mag niet eens een fles ketchup achterlaten. Dat vind ik zo'n onzin. Ketchup kan toch niet bederven?'

Hij opent de kast, haalt het beddengoed eruit dat ik netjes heb opgevouwen en schudt de lakens uit. 'Ik schud altijd even de lakens uit,' zegt hij. 'Gewoon om er zeker van te zijn dat er niets tussen is blijven liggen. Een sok of ondergoed, of wat dan ook.'

Hij opent het laatje van mijn nachtkastje, knielt neer en kijkt tot achter in de la. 'Zo te zien ben je niks vergeten,' zegt hij. Hij staat op, glimlacht en veegt zijn handen af aan zijn spijkerbroek. 'Je hebt alles ingepakt.'

Hij neemt me van top tot teen op. 'Waar is het, schat?'

'Waar is wat?'

'Je geld.' Hij haalt zijn schouders op. 'Maak het me niet moeilijk. Greta en ik hebben het keihard nodig.'

Greta staat zwijgend achter me.

'Ik heb nog maar twintig dollar.'

'Je liegt,' zegt Jeff. 'Je betaalt alles met contant geld. Zelfs de huur. Greta heeft je met een dik pak geld gezien. Dus geef het nu maar gewoon aan ons, dan laten we je gaan en hoeven we elkaar nooit meer te zien.'

'Ik bel de politie.'

'Oké, ga je gang.' Jeff slaat zijn armen over elkaar en steekt zijn duimen onder zijn oksels.

'Die bril van je is nep,' zegt Greta. 'Er zit gewoon glas in.'

Ik staar haar zwijgend aan, in de hoop dat ze zal terugkrabbelen. De twee zijn net zenuwachtig genoeg om nog van gedachten te kunnen veranderen. Voor hetzelfde geld doen ze opeens alsof het een geintje is en lachen we er alle drie om, en doen we net alsof er niets is gebeurd, ook al weten we beter.

'En ik zie aan de uitgroei dat je blond bent. Veel mooier dan die hamsterkleur waarin je het hebt geverfd. Trouwens, dat kapsel staat je vreselijk,' zegt Greta. 'Je verbergt je, om wat voor reden dan ook. Ik weet niet of het voor een man is, maar ik weet wel dat je niet naar de politie zult stappen. Dus geef ons nu maar gewoon je geld.'

'Heeft Jeff je overgehaald mijn geld te jatten?'

'Nee, ik heb Jeff overgehaald.'

Ik loop naar de deur die Greta blokkeert. 'Laat me erdoor.'

'Geef ons het geld.'

Als ik bij de deur ben, grijpt Greta me vast, duwt me tegen de wand en terwijl ze haar ene hand in mijn gezicht drukt, rukt ze met de andere mijn jurk omhoog en mijn geldriem af.

'Greta, waag het! Ik meen het! Geef terug!'

Haar warme, zoute hand is over mijn hele gezicht; mijn neus zit dicht en ik voel een vingernagel in mijn oog haken. Dan duwt ze me van zich af en val ik met mijn hoofd tegen de wand; het puntje van mijn tong komt tussen mijn tanden. De hele schermutseling gebeurt bijna geluidloos.

'Jezus,' zegt ze. 'Dit is wel' – ze telt – 'meer dan twee-, drieduizend dollar. Niet te geloven. Heb je soms een bank beroofd?'

'Wie weet,' zegt Jeff. 'Vast ergens achterovergedrukt.'

In een film, althans de films die Nick kijkt, zou ik Greta een dreun in haar gezicht geven en haar bloedend en bewusteloos op de grond werpen, om meteen daarna Jeff een kaakslag toe te dienen. Maar ik moet bekennen dat ik helemaal niet weet hoe dat moet. Bovendien zijn zij met z'n tweeën en schat ik mijn kansen niet al te hoog in. Als ik ze te lijf zou gaan, zouden ze me bij mijn polsen vastgrijpen en zou ik niet veel meer kunnen dan als een klein kind in het rond schoppen. Of ze zouden écht kwaad moeten worden en me alle hoeken van de kamer laten zien. Ik ben nog nooit geslagen en ben bang door anderen pijn te worden gedaan.

'Bel je de politie niet? Ik wacht,' zegt Jeff weer.

'Rot toch op,' zeg ik zacht.

'Sorry dat we dit moeten doen,' zegt Greta. 'Volgende keer wel wat voorzichtiger zijn, oké? Je kunt beter niet de indruk wekken dat je alleen reist en niet gevonden wilt worden.'

'Jij redt je wel,' zegt Jeff.

Als ze naar buiten lopen, geeft hij me in het voorbijgaan een klopje op mijn arm.

Op het nachtkastje liggen nog een kwartje en een dubbeltje. Het is mijn laatste geld.

Nick Dunne

Negen dagen vermist

Ik zat in bed met mijn laptop en genoot van de online reacties op mijn geïmproviseerde interview. Mijn linkeroogbal klopte een beetje, een lichte kater van de goedkope whisky, maar verder was ik in mijn nopjes. Gisteravond had ik het eerste lijntje uitgeworpen om mijn vrouw te verlokken terug te komen. *Het spijt me, ik zal het goedmaken, ik zal vanaf nu alles doen wat je wilt, ik zal de wereld laten weten hoe bijzonder je bent.*

Want als Amy niet opdook was ik de klos. Tanners detective (een pezige, nette vent, niet de drankzuchtige, morsige stille uit een film noir op wie ik had gehoopt) had tot nu toe nog niets ontdekt. Mijn vrouw had zich goed weten te verstoppen. Ik moest Amy ervan overtuigen dat ze bij me terug moest komen, ik moest mijn hoofd buigen en haar proberen terug te lokken met stroopsmeren.

Als de reacties een indicatie gaven, had ik juist gehandeld, want ze waren positief. Erg positief zelfs:

De IJsman Smelt!

Ik WIST *dat hij deugde.*

In vino veritas!

Misschien heeft hij haar toch niet vermoord.

Misschien heeft hij haar toch niet vermoord.

Misschien heeft hij haar toch niet vermoord.

Misschien heeft hij haar toch niet vermoord.

En ik werd niet langer Lance genoemd.

De cameramannen en journalisten die buiten mijn huis bivakkeerden waren rusteloos. Ze wilden een verklaring van de man die Haar Misschien Toch Niet Had Vermoord. Ze riepen tegen de gesloten rolgordijnen: *Hé Nick, kom naar buiten, vertel ons over Amy. Hé Nick, vertel eens iets over die speurtocht.* Het ging ze uiteraard alleen maar om de kijkcijfers en de hoge oplagen, maar ik hoorde het heel wat liever dan *Nick, heb je je vrouw vermoord?*

En toen begonnen ze plotseling de naam van Go te scanderen. Ze waren dol op Go: zij had tenminste geen pokerface, je wist wanneer Go verdrietig, boos of bezorgd was. Een onderschrift erbij en je had een verhaal. *Margo, is je broer onschuldig? Margo, vertel ons over... Tanner, is je cliënt onschuldig? Tanner...*

De bel ging. Ik opende de deur en verschool me erachter want ik was nog niet toonbaar; mijn haar stond alle kanten op en ik had een sjofele boxershort aan. Gisteravond, op camera, was ik leuk en losjes, een beetje aangeschoten, in vino veritastisch. Nu zag ik eruit als de gemiddelde alcoholist. Ik sloot de deur en wachtte op de volgende twee positieve reacties.

'Dat doe je nóóit, maar dan ook nóóit meer,' begon Tanner uit te varen. 'Wat is er in godsnaam met jou aan de hand, Nick? Het lijkt wel of ik je aan een leiband moet houden, als een klein kind. Hoe dom kun je zijn?'

'Heb je al die online commentaren gelezen? De mensen vonden het geweldig. De publieke opinie slaat helemaal om naar mijn kant. Precies wat jij zei dat ik moest doen.'

'Zoiets moet je niet doen in een ongecontroleerde omgeving,' zei hij. 'Ze had wel voor Ellen Abbott kunnen werken! Stel dat ze je vragen had gesteld die moeilijker waren dan *Wat wil je tegen je vrouw zeggen, honnepon?*' Die laatste woorden sprak hij uit op zangerige, meisjesachtige toon. Zijn gezicht onder de oranjekleurige zonnebrandspray was rood, wat hem een radioactief tintje gaf.

'Ik vertrouwde op mijn intuïtie. Ik ben journalist, Tanner. Je moet er maar op vertrouwen dat ik het aan mijn water voel als er iets niet klopt. Ze was echt heel aardig.'

Hij ging zitten en legde zijn voeten op de sofa die nooit vanzelf zou zijn omgevallen. 'Ja, nou, dat gold ooit ook voor je vrouw,' zei hij. 'En voor Andie. Hoe gaat het met je wang?'

Het deed nog steeds pijn. Nu hij erover begon, merkte ik dat de wond leek te kloppen. Ik draaide me naar Go om steun te zoeken.

'Het was niet slim, Nick,' zei ze. Ze ging tegenover Tanner zitten. 'Je hebt echt heel, heel veel geluk gehad. Het heeft goed uitgepakt, maar het had rampzalig kunnen aflopen.'

'Jullie overdrijven. Kunnen we misschien even genieten van een beetje goed nieuws? Dertig seconden goed nieuws in de afgelopen negen dagen? Of is dat te veel gevraagd?'

Tanner keek op zijn horloge. 'Oké, ga je gang.'

Toen ik begon te praten stak hij zijn wijsvinger op en maakte het tuttutgeluid waarmee ouders hun kinderen tot zwijgen brengen. Hij liet zijn wijsvinger langzaam op de wijzerplaat van zijn horloge neerdalen.

'Oké, dat waren dertig seconden. Heb je ervan genoten?' Hij zweeg even en wachtte of ik iets zou zeggen. De doordringende stilte die valt nadat een leraar een dwarse leerling heeft gevraagd: *Ben je nu uitgesproken?* 'We moeten overleggen. Goede timing is nu van cruciaal belang.'

'Mee eens.'

'Goh, bedankt.' Hij trok een wenkbrauw op. 'Ik wil heel, heel snel naar de politie in verband met de spullen in die schuur. De falderappes...' Het moet *het* falderappes zijn, dacht ik, niet *de*. Dat had ik van Amy geleerd. '... heeft je inmiddels weer in de armen gesloten. Of, pardon, niet wéér. Eindelijk. De verslaggevers hebben Go's huis gevonden. Het lijkt me niet veilig om nu nog lang over de inhoud van het schuurtje te zwijgen. Hoe staat het met de Elliotts...?'

'Op de steun van de Elliotts kunnen we nu niet meer rekenen,' zei ik. 'Totaal niet.'

Weer een stilte. Tanner besloot me niet belerend toe te spreken. Hij vroeg zelfs niet wat er was gebeurd.

'Dus we moeten zelf in de aanval gaan,' zei ik. Ik voelde me ongenaakbaar, kwaad, klaar voor actie.

'Nick, voel je niet onoverwinnelijk na één zo'n meevaller,' zei Go. Ze viste een paar pijnstillers uit haar tas en drukte die in mijn hand. 'Zorg dat je die kater kwijtraakt. Je moet vandaag scherp zijn.'

'Ik red het wel,' zei ik. Ik slikte de pillen en wendde me tot Tanner. 'Wat gaan we doen? We moeten een plan maken.'

'Goed, we gaan het zo doen,' zei Tanner. 'Het is nogal buitenissig, maar zo ben ik nou eenmaal. Morgen gaan we een interview doen met Sharon Schieber.'

'Wauw, is dat... zeker?' Sharon Schieber was het beste wat me kon overkomen: de best bekeken (leeftijdscategorie 30-55) zender (groter bereik dan de kabel) en de populairste tv-journaliste (handig om te bewijzen dat ik respectvol wist om te gaan met mensen met een vagina). Ze stond erom bekend dat ze af en toe in het troebele water van de truecrimejournalistiek viste, maar als ze dat deed werd ze ook buitengewoon fel. Twee jaar geleden had ze zich ontfermd over een jonge moeder die in de gevangenis zat omdat ze haar kind had doodgeschud. Sharon Schieber presenteerde een reeks programma's om haar te verdedigen, goed juridisch onderbouwd en zeer emotioneel. Die vrouw is nu weer thuis in Nebraska, hertrouwd en in verwachting.

'Nou en of. Ze heeft contact opgenomen nadat dat interview online was gezet.'

'Dus dat filmpje heeft toch geholpen.' Ik kon het niet nalaten.

'Het heeft gezorgd voor een interessante wending. Vóór dat filmpje dacht iedereen dat jij het had gedaan. Nu is er een kleine kans dat je het niet gedaan hebt. Ik weet niet waardoor je nu eindelijk authentiek overkwam…'

'Omdat het gisteravond echt een doel had: Amy terughalen,' zei Go. 'Het was een offensieve zet. En daarvoor zou het alleen maar slappe, onverdiende, onoprechte emotie zijn geweest.'

Ik bedankte haar met een glimlach.

'Onthou goed dat dit een doel moet dienen,' zei Tanner. 'Nick, ik meen het: dit is heel buitenissig. De meeste advocaten zouden je de mond snoeren. Maar het is iets wat ik al langer wilde proberen. De media hebben het juridische landschap overgenomen. Sinds internet, Facebook, YouTube bestaat er niet meer zoiets als een onbevooroordeelde jury. Niemand is meer blanco. Tachtig, negentig procent van een zaak wordt beslist voordat je de rechtszaal binnengaat. Dus waarom zouden we daar dan geen gebruik van maken? We moeten het verhaal in eigen hand houden. Maar het is wel een risico. Ik wil dat elk woord, elk gebaar, elk brokje informatie wordt voorgekookt. Maar tegelijkertijd moet je natuurlijk en aardig overkomen, anders werkt het contraproductief.'

'O, dat klinkt eenvoudig,' zei ik. 'Honderd procent voorgekookt, maar toch volkomen authentiek.'

'Je moet extreem goed op je woorden passen. We zullen Sharon laten weten dat je bepaalde vragen niet kunt beantwoorden. Ze zal die vragen toch stellen, maar we gaan oefenen hoe je moet zeggen: *Om acties van de politie te voorkomen, kan ik daar op dit moment helaas geen antwoord op geven, hoe graag ik dat ook had gewild…* en je moet het wel overtuigend brengen.'

'Als een buikspreekpop.'

'Natuurlijk, als een buikspreekpop die niet de gevangenis in wil. We laten je op sleeptouw nemen door Sharon Schieber, Nick. Dan winnen we de hoofdprijs. Het is allemaal ontzettend buitenissig, maar zo ben ik nou eenmaal,' herhaalde Tanner. Hij hield van dat zinnetje; het was zijn themamuziek. Hij zweeg even en trok rimpels in zijn voorhoofd. Het gebaar waarmee hij deed alsof hij diep nadacht. Hij ging iets zeggen wat me niet zou bevallen.

'Zeg het maar,' zei ik.

'Je moet Sharon Schieber over Andie vertellen... want die affaire komt toch uit. Dat kan niet anders.'

'Net nu de mensen me beginnen te mogen. Wil je dat ik dat ongedaan maak?'

'Ik verzéker je, Nick... Hoeveel zaken heb ik gedaan? Het komt altijd uit, op wat voor manier dan ook. Als we het op mijn manier doen, houden we de controle. Je vertelt haar over Andie en je betuigt spijt. Letterlijk alsof je leven ervan afhangt. Je hebt een affaire gehad, je bent een man, een zwakke, domme man. Máár... je houdt van je vrouw, en je gaat het goedmaken met haar. Jij doet dat interview, een dag later wordt het uitgezonden. Het hele programma staat onder embargo dus de tv-zender kan de kijkers niet lekker maken met voorpubliciteit. Ze kunnen alleen het woord *sensationeel* gebruiken.'

'O, dus je hebt ze al over Andie verteld?'

'Godallemachtig, nee,' zei hij. 'Ik heb gezegd: *we hebben sensationeel nieuws voor jullie.* Jij doet dat interview en daarna hebben we nog vierentwintig uur. Net voordat het op tv komt vertellen we alles over Andie aan Boney en Gilpin. En ook over die spullen in het schuurtje. *Jeetje, we hebben het nu helemaal uitgedokterd: Amy leeft nog en ze probeert Nick in de val te lokken! Ze is gestoord, jaloers, en ze luist Nick erin. O, wat erg!*'

'Waarom vertellen we dan niet tegen Sharon Schieber dat Amy me erin probeert te luizen?'

'Reden één. Je biecht alles op over Andie, je betuigt spijt, het hele land staat op het punt je te vergeven, ze zullen medelijden met je hebben. Amerikanen zijn dol op zondaars die zich verontschuldigen. Maar je mag niets zeggen wat je vrouw belastert; niemand wil horen hoe een bedrieger-echtgenoot zijn vrouw beschuldigt. Dat mag iemand anders doen, een dag later: *Welingelichte bronnen bij de politie* onthullen dat Nicks vrouw... van wie hij zo vreselijk veel hield... hem erin probeert te luizen! Dat levert schitterende tv-beelden op.'

'Wat is de tweede reden?'

'Het is te ingewikkeld om precies uit te leggen hoe Amy jou erbij lapt. Dat gaat niet in een soundbite. Slechte tv.'

'Ik word misselijk,' zei ik.

'Nick, het is...' begon Go.

'Ik weet het, ik weet het, het moet gedaan worden. Maar kun je je het voorstellen, je grootste geheim onthullen aan de hele wereld? Ik weet dat ik het moet doen. En het zal uiteindelijk gunstig voor ons uitpakken, denk ik. Het is de enige manier om Amy terug te krijgen,' zei ik. 'Ze wil me publiekelijk vernederen...'

'Een lesje leren,' onderbrak Tanner. 'Vernederen klinkt alsof je medelijden met jezelf hebt.'

'... en ik moet publiekelijk door het stof,' ging ik verder. 'Maar het wordt heel vreselijk.'

'Voor we verdergaan wil ik open kaart spelen,' zei Tanner. 'Het hele verhaal – Amy die Nick erbij lapt – aan de politie vertellen is een risico. De meeste politiemensen blijven liever bij de verdachte die ze al hadden. Ze staan niet open voor andere mogelijkheden. Het risico is dus dat ze ons aanhoren, uitlachen en jou arresteren. Theoretisch hebben we hun in dat geval alleen maar een voorproefje van onze verdedigingstactiek gegeven. Zij kunnen dan precies plannen hoe ze die tactiek bij het proces moeten ondermijnen.'

'Oké, wacht. Dat klinkt heel, heel erg, Tanner,' zei Go. 'Alsof je het niemand zou aanraden.'

'Ik ben nog niet uitgesproken,' zei Tanner. 'Om te beginnen denk ik dat je gelijk hebt, Nick. Boney gelooft niet dat jij een moordenaar bent. Ik geloof dat zij wel oren heeft naar een alternatieve theorie. Ze heeft een goede reputatie en ze is eerlijk. Een politievrouw met een goede intuïtie. Ik heb met haar gesproken en ik kreeg er een goed gevoel bij. Ik geloof dat het bewijsmateriaal haar jouw richting op stuurt, maar diep in haar hart gelooft ze het niet. Belangrijker is dat ik, als het tot een proces komt, die Amy-valstrik toch al niet ter verdediging van jou zou gebruiken.'

'Waarom niet?'

'Zoals ik al zei, te ingewikkeld. Een jury zou het niet kunnen volgen. Als het geen goede tv is, geloof me, dan is het ook niet geschikt voor een jury. Wij moeten een meer O.J.-achtige aanpak kiezen. Een eenvoudige verhaallijn: de politie is incompetent en lijdt aan tunnelvisie ten opzichte van jou, er is alleen maar indirect bewijs, als de handschoen niet past, blablabla.'

‘Blablabla, dat belooft wat,’ zei ik.

Tanner glimlachte. ‘Jury’s houden van me, Nick. Ik ben een van hen.’

‘Je bent het tegenovergestelde van een van hen, Tanner.’

‘Je moet het omdraaien: zij zouden graag willen zijn zoals ik.’

Alles wat we nu ondernamen deden we terwijl we werden belaagd door paparazzi. Go, Tanner en ik verlieten het huis onder flitslicht en geroep. (‘Niet omlaag kijken,’ adviseerde Tanner, ‘niet glimlachen, maar ook niet beschaamd kijken. Je mag ook geen haast hebben, laat ze hun foto’s maar nemen. En bij thuiskomst: sluit de deur achter je voordat je begint te schelden. Daarna kun je ze zo grof uitschelden als je wilt.’) We gingen naar St. Louis, waar het interview zou plaatsvinden. Ik zou me voorbereiden met Tanners echtgenote Betsy, een voormalige presentatrice van het tv-journaal die later advocaat was geworden. Ze was de andere Bolt in Bolt & Bolt.

Het was een eng gezelschap: Tanner en ik, gevolgd door Go, gevolgd door een stuk of zes nieuwsbusjes. Maar tegen de tijd dat ik de St. Louis Gateway Arch aan de horizon ontwaarde, dacht ik niet langer aan de paparazzi.

Toen we aankwamen in Tanners penthouse-suite in het hotel was ik er klaar voor om het interview te oefenen. Weer verlangde ik naar mijn eigen achtergrondmuziek: de held die zich opmaakt voor het grote gevecht. Wat is het mentale equivalent van een boksbal?

Een bloedmooie, zwarte vrouw van een meter tachtig deed open.

‘Hoi Nick, ik ben Betsy Bolt.’

Ik had me Betsy Bolt voorgesteld als een petieterig blond, blank vrouwtje van het Southern-belle-type.

‘Geen zorgen, iedereen is altijd verbaasd als ze me voor het eerst ontmoeten.’ Betsy had mijn verbazing gezien en lachte. Ze gaf me een hand. ‘Tanner en Betsy, we klinken alsof we niet zouden misstaan op de kaft van *The Official Preppy Guide*, nietwaar?’

‘*Preppy Handbook*,’ corrigeerde Tanner. Hij kuste haar op de wang.

‘Zie je wel? Hij weet het echt,’ zei ze.

Ze loodste ons naar een indrukwekkende penthouse-suite: een zonverlichte zitkamer met ramen over de gehele breedte, met aan twee kanten slaapkamers. Tanner had gezegd dat hij niet in de Days Inn in Carthage kon logeren uit respect voor Amy’s ouders, maar Go en ik vermoedden dat hij niet in Carthage wilde verblijven omdat het dichtstbijzijnde vijfsterrenhotel in St. Louis lag.

Na wat inleidend gekeuvel over Betsy's familie, de universiteit, haar carrière (allemaal van topklasse, fantastisch) en drankjes voor iedereen (limonade en Clamato. Go en ik dachten dat dat een eigenaardigheid van Tanner was, een gril waarvan hij dacht dat het hem karakter verleende, net zoals ik had gedacht met die nepbril met gewoon glas op de universiteit) ploften Go en ik neer op de leren bank, Betsy nam tegenover me plaats. Ze zat met haar benen strak tegen elkaar en schuin naar één kant. Professioneel. Tanner ijsbeerde achter ons en luisterde mee.

'Oké, Nick,' zei Betsy. 'Mag ik open kaart spelen?'

'Ja.'

'Jij en tv. Afgezien van dat blogfilmpje in die bar dat gisteravond op Whodunnit.com is gezet, ben je vréselijk.'

'Ik ben niet voor niets bij de gedrukte media gaan werken,' zei ik. 'Zodra ik een camera zie, verstar ik.'

'Precies,' zei Betsy. 'Je komt over als een harkerige begrafenisondernemer. Maar daar heb ik een trucje voor.'

'Drank?' vroeg ik. 'Met drank op ging het goed wat ik voor die blog deed.'

'Dat gaat hier niet,' zei Betsy. Ze installeerde een videocamera. 'Het leek me het beste om eerst droog te oefenen. Ik doe alsof ik Sharon ben. Ik stel de vragen die zij waarschijnlijk zal stellen, en jij geeft antwoord zoals je normaal ook zou doen. Dan weten we hoe ver je ernaast zit.' Ze lachte opnieuw. 'Wacht even.' Ze droeg een blauwe, nauwsluitende jurk. Uit een grote leren tas viste ze een parelsnoer. Het uniform van Sharon Schieber. 'Tanner?'

Haar echtgenoot hing haar het parelsnoer om en toen alles goed zat, grijnsde Betsy. 'Ik mik op absolute authenticiteit. Afgezien van mijn accent uit Georgia. En het feit dat ik zwart ben.'

'Ik zie alleen maar Sharon Schieber voor me,' zei ik.

Ze zette de camera aan, ging tegenover me zitten, zuchtte, keek eerst omlaag en toen naar mij. 'Nick, er zijn veel tegenstrijdigheden in deze zaak,' zei ze met de bekakte tv-stem van Sharon. 'Kun je om te beginnen eens vertellen hoe de dag verliep waarop je vrouw verdween?'

'Hier moet je alleen vertellen over het ontbijt op jullie trouwdag, Nick,' onderbrak Tanner. 'Want dat weten ze toch al. Maar je noemt geen tijden, je zegt niets over vóór en na het ontbijt. Je legt alleen de nadruk op dat fantastische laatste ontbijt waar jullie samen van genoten. Oké, verder.'

'Ja.' Ik schraapte mijn keel. Op de camera knipperde een rood lampje. Betsy trok haar aandachtige journalistengezicht. 'Eh, zoals je weet was het onze vijfjarige trouwdag. Amy was vroeg opgestaan en bakte flensjes...'

Betsy's arm schoot uit en ik voelde iets tegen mijn wang slaan.

'Wat krijgen we nou?' zei ik. Ik snapte niet wat er was gebeurd. Op mijn schoot lag een kersenrood snoepje. Ik liet het zien.

'Elke keer als je verstart, elke keer dat je knappe gezicht verandert in het masker van een begrafenisondernemer, gooi ik een snoepje naar je toe,' legde Betsy uit, alsof het om iets heel redelijks ging.

'En daar moet ik dan minder gespannen van worden?'

'Het werkt,' zei Tanner. 'Zo heeft ze het mij ook geleerd. Hoewel ze toen stenen gebruikte, volgens mij.' Ze keken elkaar aan met zo'n getrouwdstellerig *jij ook altijd!*-lachje. Ik had het al door: dit was zo'n duo dat aldoor een eigen ontbijtshow opvoerde.

'Begin maar opnieuw, en vertel meer over die flensjes,' zei Betsy. 'Waren het jouw lievelingsflensjes? Of die van haar? En wat deed je die ochtend voor je vrouw terwijl zij met die flensjes in de weer was?'

'Ik sliep.'

'Wat voor cadeautje had je voor je vrouw gekocht?'

'Ik had nog niks.'

'Jeetje.' Ze keek haar echtgenoot veelbetekenend aan. 'Wees dan heel, heel, héél complimenteus over die flensjes, oké? En wat je van plán was voor haar te kopen die dag. Want ik weet dat je niet zonder cadeau had willen thuiskomen.'

We begonnen opnieuw. Ik vertelde over onze flensjestraditie (die niet echt bestond), en ik beschreef hoe fantastisch Amy altijd was met het uitzoeken van cadeautjes (hier kreeg ik een snoepje op mijn neus. Ik ontspande onmiddellijk mijn gezicht) en hoe ik, sufkont, ('ja, benadruk dat vooral, dat je een sullige goedzak bent,' adviseerde Betsy) nog steeds iets origineels probeerde te verzinnen.

'Niet dat ze van dure of luxe cadeaus hield,' begon ik. Tanner gooide een propje papier naar me toe.

'Wat nou weer?'

'Verleden tijd. Hou goddomme op de verleden tijd te gebruiken als je over je vrouw praat.'

'Ik heb begrepen dat je vrouw en jij geen gemakkelijke tijd achter de rug hebben,' zei Betsy.

'We hebben een paar zware jaren achter de rug. We zijn allebei ontslagen.'

'Ja, goed!' riep Tanner. 'Jullie *allebei*!'

'We zijn hiernaartoe verhuisd om voor mijn vader te zorgen. Hij heeft alzheimer. En voor mijn moeder, maar die is inmiddels overleden aan kanker. Bovendien heb ik het heel druk met mijn nieuwe werk.'

'Goed, Nick. Goed,' zei Tanner.

'Leg vooral de nadruk op hoe sterk de band was met je moeder,' zei Betsy, hoewel ik nooit met haar over ma had gesproken. 'Er kan toch niemand opduiken die dat ontkent, hoop ik? Geen vervelende verhalen op dat gebied?'

'Nee, mijn ma en ik waren erg close.'

'Mooi,' zei Betsy. 'Noem haar dan vaak. En dat je een eigen bar hebt, samen met je zus. Praat altijd over je zus als het over die bar gaat. Als je in je eentje een bar hebt, ben je een gluiperd. Als je samen met je geliefde zus een bar hebt, ben je...'

'Iers.'

'Ga door.'

'En de spanning liep op en het dreigde tot...'

'Nee,' zei Tanner. 'Dat klinkt mij te explosief.'

'We waren een beetje zoekende, maar ik beschouwde onze vijfde trouwdag als een kans om ons huwelijk nieuw leven in te blazen...'

'*Me weer helemaal in te zetten* voor ons huwelijk,' riep Tanner. '*Nieuw leven inblazen* impliceert dat er iets dood was.'

'Me weer helemaal in te zetten voor ons huwelijk...'

'En hoe past een drieëntwintigjarig sletje in dit aandoenlijke plaatje?' vroeg Betsy.

Tanner gooide een snoepje haar kant op. 'Dat gaat wat ver, Bets.'

'Het spijt me, jongens, maar ik ben een vrouw. Dit klinkt niet overtuigend, dat merk ik meteen. Me weer helemaal inzetten voor ons huwelijk, hou toch op. Die meid speelde nog een rol toen Amy verdween. Vrouwen zullen je haten, Nick, tenzij je diep door het stof gaat. Wees recht voor zijn raap, niet om de hete brij heen draaien. Je mag het best wat aandikken: *We waren ontslagen, we verhuisden, mijn ouders waren stervende. Toen raakte ik het spoor bijster. En niet zo'n beetje ook. Ik verloor uit het oog wie ik was, en helaas drong dat pas goed tot me door nadat ik Amy was kwijtgeraakt*. Je moet toegeven dat je een zak bent en dat alles jouw schuld was.'

'Dus wat mannen in het algemeen altijd al doen,' zei ik.

Betsy sloeg haar ogen wanhopig op naar het plafond. 'Met die houding moet je heel erg oppassen, Nick.'

Amy Elliott Dunne

Negen dagen vermist

Ik ben berooid en voortvluchtig. Eén grote ellende. Ik zit in mijn Festiva aan de rand van een parkeerplaats bij een enorm fastfoodcomplex aan de oever van de Mississippi. De warme bries voert de geur van zout en bio-industrievlees aan. Het is avond. Ik heb uren verspild maar kan mezelf niet aanzetten tot actie. Ik weet niet waar ik heen moet. De auto wordt met het uur kleiner; ik moet me oprollen als een foetus omdat mijn benen anders gaan slapen. Ik weet nu al dat ik vannacht geen oog dicht zal doen. Het portier zit op slot, maar ik verwacht elk moment een klop op het raampje van een lelijke, zoetsappig pratende seriemoordenaar (zou het niet de ironie ten top zijn als ik écht word vermoord?) of een strenge agent die mijn identiteitsbewijs wil zien (zou het niet nóg erger zijn als ik op een parkeerplaats word opgepakt als een zwerver?). De felle neonverlichting gaat hier nooit uit; de parkeerplaats is verlicht als een voetbalveld. Ik denk weer aan zelfmoord en aan een gevangene die vierentwintig uur per dag onder zelfmoordtoezicht staat in een verlichte cel. Vreselijk lijkt me dat. Maar wat nog erger is: mijn benzine is bijna op. Ik schat dat ik nog voor een uur brandstof heb, welke kant ik ook op rij. Ik zal dus goed moeten nadenken over de richting die ik kies. Zuidwaarts ligt Arkansas, noordwaarts Iowa, westwaarts is terug naar de Ozarks. Maar ik kan ook oostwaarts de rivier over gaan, naar Illinois. Welke kant ik ook kies, de Mississippi is overal. Ik volg de rivier of de rivier volgt mij.

Ineens weet ik wat me te doen staat.

Nick Dunne

Tien dagen vermist

De dag van het interview brachten we op een kluitje door in de gastenkamer van Tanners suite. We oefenden mijn antwoorden en mijn blik, die niet mocht afdwalen. Betsy besliste wat ik aan moest, en terwijl Go het haar boven mijn oren bijknipte met een nagelschaartje probeerde ze me over te halen poeder op mijn gezicht te doen tegen het glimmen. We praatten gedempt omdat Sharons personeel zich al buiten onze kamer had verzameld. Het interview zou gehouden worden in de zitkamer van de suite met de St. Louis Arch op de achtergrond. St. Louis Arch: de poort naar het westen. Ik ken het idee achter het gebouw niet, behalve dat het een vaag symbool is voor het midden van het land: *Je Bent Hier.*

'Je kunt wel wat poeder gebruiken, Nick,' besloot Betsy. Ze komt met de poederdoos naar me toe. 'Je zweet op je neus als je nerveus bent. Nixon heeft een verkiezing verloren door neuszweet.' Tanner keek toe en hield als een dirigent het overzicht. 'Niet te veel aan die kant eraf, Go,' zei hij, of: 'Bets, voorzichtig met dat poeder, beter te weinig dan te veel.'

'We hadden hem moeten botoxen,' zei ze. Kennelijk helpt botox niet alleen tegen rimpels maar ook tegen zweet. Sommige cliënten van hen hadden voor hun rechtszaak injecties in de oksels gekregen en die mogelijkheid opperden ze nu ook voor mij. Een voorzichtig, subtiel voorstel, móčht ik gedagvaard worden.

'Ja, goed voor mijn imago als de pers ontdekt dat ik me heb laten botoxen terwijl mijn vrouw werd vermist,' zei ik. 'Wordt vermist.' Ik wist dat Amy niet dood was, maar ik wist ook dat ze zo ongrijpbaar was dat het op hetzelfde neerkwam. Ze was een vrouw in de verleden tijd.

'Goede reactie,' zei Tanner. 'Corrigeer jezelf de volgende keer voordat het je mond uit komt.'

's Middags om vijf uur ging Tanners telefoon. 'Boney,' zei hij, van het display opkijkend. Hij liet het telefoontje overgaan naar zijn voicemail. 'Ik bel haar na de opnamen wel terug.' Hij wilde niet dat nieuwe informatie uit een verhoor of roddel ons zou dwingen onze strategie bij te stellen. Ik ging akkoord. Ik wilde op dit moment niet aan Boney hoeven denken.

'Wil je echt niet weten waarom ze belt?' zei Go.

'Ze zal wel weer wat te zeiken hebben,' zei ik. 'We bellen haar over een paar uur terug. Het kan wel wachten.'

We herpakten ons, in een poging elkaar over en weer gerust te stellen dat we ons niet druk hoefden te maken over het telefoontje. Het bleef een halve minuut stil in de kamer.

'Ik vind het eerlijk gezegd best spannend om Sharon Schieber te ontmoeten,' zei Go uiteindelijk. 'Zo'n stijlvolle dame. Heel andere koek dan Connie Chung.'

Ik lachte, zoals haar bedoeling was. Onze moeder was altijd een groot fan van Sharon Schieber geweest en had een hekel aan Connie Chung. Ze had het Chung nooit vergeven dat ze de moeder van Newt Gingrich op televisie voor schut had gezet omdat Newt Hillary Clinton een k-r-e-n-g had genoemd. Het interview zelf herinnerde ik me niet meer, maar wel dat mijn moeder er woedend om was geworden.

Om zes uur gingen we de kamer binnen. Bij het raam waren twee stoelen tegenover elkaar gezet zodat de Arch goed zichtbaar was op de achtergrond. Het gesprek was zo getimed dat de Arch zou gloeien in het zonlicht maar de ramen niet werden verblind. Een van de belangrijkste momenten in mijn leven, besefte ik, werd gedicteerd door de hoek van de zon. Een producer van wie ik de naam niet zou onthouden kwam op gevaarlijk hoge hakken tiktakkend op ons af en legde me uit wat ik kon verwachten. Vragen konden meerdere keren worden gesteld om het interview soepel te laten lopen en diverse shots van Sharons reactie te kunnen maken. Ik mocht niet overleggen met mijn advocaat voordat ik antwoord gaf. Ik mocht een antwoord wel anders formuleren, maar niet inhoudelijk veranderen. Hier, een glas water, dan doen wij je intussen een microfoontje om.

Toen we naar mijn stoel liepen, gaf Betsy me zachtjes een por. Toen ik omlaag keek, liet ze me een zak vol met snoepjes zien. 'Denk erom...' zei ze, en ze stak waarschuwend een vinger op.

Op dat moment zwaaide de suitedeur open en trad Sharon Schieber binnen. Ze bewoog zich alsof ze werd gedragen door een team van zwanen. Ze was een beeldschone vrouw die er waarschijnlijk nooit meisjesachtig had uitgezien. Een vrouw die waarschijnlijk nooit het zweet op haar neus had staan. Ze had dik haar en enorme bruine ogen die je onschuldig maar ook meedogenloos konden aankijken.

'Daar heb je Sharon!' zei Go zacht en met een opgewonden trilling in haar stem om mijn moeder te imiteren.

Sharon wendde zich tot Go, knikte verheven en kwam ons toen begroeten. 'Ik ben Sharon,' zei ze met warme, diepe stem terwijl ze Go's beide handen vastpakte.

'Onze moeder was een groot fan van u,' zei Go.

'Wat fijn om te horen,' zei Sharon. Het lukte haar warm te klinken. Ze draaide zich naar me om en wilde net iets zeggen toen haar producer op haar hoge hakken naderde en iets in haar oor fluisterde. Ze wachtte op Sharons reactie en fluisterde toen nog iets.

'O. O mijn god,' zei Sharon. Toen ze zich weer naar me omdraaide, was haar glimlach verdwenen.

Amy Elliott Dunne

Tien dagen vermist

Ik heb een telefoontje gepleegd om met iemand af te spreken. De ontmoeting kan pas vanavond plaatsvinden – er zijn voor de hand liggende complicaties – en daarom dood ik de tijd met me voorbereiden en het bijwerken van mijn vermomming.

Ik fris me op in het toilet van een McDonald's met natte papieren handdoekjes en groene gelzeep en kleed me om in een goedkope, papierachtige jurk. Ik denk na over wat ik zal zeggen. Ik ben verrassend opgewekt. Het leven in het armetierige huttenpark deprimeerde me: de gemeenschappelijke wasmachine waarin boven in de trommel regelmatig opgedroogd ondergoed achterbleef dat ik er met een vies gezicht uitplukte; de onverklaarbaar vochtige hoek van de vloerbedekking in mijn hut die maar niet wilde opdrogen; de druppende kraan in de badkamer.

Om vijf uur vertrek ik naar het noorden waar ik heb afgesproken in een casino aan de rivier, genaamd Horseshoe Alley. Het gebouw doemt op uit het niets, een glanzend neonblok midden in een doorzichtig bos. Ik rij in de slipstream van een vrachtauto (de zoveelste nieuwe ervaring!) de parkeerplaats op en neem de omgeving in me op. Ik zie migrerende bejaarden, schuifelend met looprekken en wandelstokken als ontwrichte insecten en zuurstofflessen meeslepend naar de wereld van het amusement. Tussen de groepjes tachtigjarigen door haasten zich opzichtig geklede jongens die te veel Las Vegas-films hebben gezien. Ze proberen mannen als Frank Sinatra te imiteren en moesten eens weten hoe triest ze er hier in de bossen van Missouri uitzien in hun goedkope pakken.

Ik loop onder een felverlicht reclamebord door waarop een reünie van een doo-wopgroep – slechts twee avonden! – uit de jaren vijftig wordt aangekondigd. Binnen in het casino is het koud en bedompt. De fruitautomaten rinkelen en kletteren; het vrolijke, elektronische gepiep vormt een groot contrast met de verveelde, uitgezakte gezichten van de spelers voor de automaten, sigaretten rokend boven hun bungelende zuurstofmaskers. Munt erin, munt erin, munt erin, ding-ding-ding! Munt erin, munt erin. Het geld dat ze verspelen gaat naar de ondergesubsidieerde openbare scholen waarop hun verveelde en dronken facebookende kleinkinderen zitten. Munt erin, munt erin. Een groepje aangeschoten dikkerds met Hamill-kapsels strompelt voorbij, hun lippen nat van de drank van het vrijgezellenfeest. Ze zien me niet eens. Ze hebben het over meisjes – *zorg eens voor een paar meiden* – maar behalve ik zijn alle vrouwen in het casino bejaard. De jongens zullen hun teleurstelling wegdrinken en hun best doen niemand dood te rijden op weg naar huis.

Zoals afgesproken wacht ik in een kleine bar uiterst links van de casino-ingang, waar ik naar een boyband op leeftijd kijk die optreedt voor een groot, sneeuwwitharig publiek dat al klappend meezingt en met knoestige vingers in bakjes met gratis nootjes graait. De benige zangers, verwelkt onder oogverblindende smokings, draaien traag en voorzichtig rond op hun kunstheupen, de dans der stervenden.

Aanvankelijk leek het casino me een goed idee: dicht bij de snelweg, bejaarden en dronken bezoekers, twee categorieën die niet bekendstaan om een goed gezichtsvermogen. Maar ik voel me ongemakkelijk en nerveus in de drukte en ben me bewust van de vele camera's en deuren die elk moment op slot kunnen gaan.

Ik sta op het punt te vertrekken als hij aan komt kuieren.

'Amy.'

Ik heb de hulp van mijn trouwe Desi ingeroepen. Desi, met wie ik het contact nooit helemaal heb verloren en met wie ik – anders dan ik Nick en mijn ouders heb verteld – geen problemen heb. Desi, een andere man aan de Mississippi. Ik heb altijd geweten dat hij nog eens goed van pas zou komen. Het is altijd handig een man achter de hand te hebben die je overal voor kunt gebruiken. Desi is de redder in nood. Hij houdt van vrouwen met problemen. Na Wickshire vroeg ik hem altijd naar zijn laatste vriendin als ik hem tegenkwam. Met wie hij ook verkering had, hij zei altijd: 'Niet zo goed, helaas.' Maar ik weet dat Desi eetstoornissen, medicijnenverslavingen, verlammende depressies allesbehalve helaas vindt. Hij is het gelukkigst als hij bij iemand aan het bed kan zitten. Niet in het bed, maar ernaast, met bouillon en jus d'orange en een vriendelijk maar ernstig gezicht. *Arme schat.*

Nu is hij hier, onverschrokken in een wit zomerpak (Desi verandert maandelijks van garderobe: wat mooi staat in juni, past niet bij juli. Ik heb de discipline en precisie waarmee hij zich kleedt altijd bewonderd). Hij ziet er goed uit. Ik niet. Ik ben me maar al te bewust van mijn beslagen brillenglazen en de extra vetrol om mijn taille.

'Amy.' Hij raakt even mijn wang aan en trekt me dan tegen zich aan voor een omarming. Geen omhelzing. Desi omhelst niet, het is eerder alsof je omhuld wordt door iets wat speciaal voor jou op maat is gemaakt. 'Lieverd. Je moest eens weten. Dat telefoontje van je. Ik dacht dat ik gek werd. Ik dacht dat ik het me verbeeldde! Ik had erover gedagdroomd dat je op de een of andere manier toch nog leefde, en toen kwam dat telefoontje. Is het echt goed met je?'

'Nu wel,' zeg ik. 'Nu voel ik me veilig. Het was verschrikkelijk.' Dan barst ik in tranen uit – echte tranen die ik niet had gepland. Ik voel me enorm opgelucht en een huilbui komt me op dit moment zo goed uit dat ik me helemaal laat gaan. De spanning valt van me af: de zenuwen voor de uitvoering van mijn plan, de angst opgepakt te worden, het verlies van mijn geld, het verraad, de schermutseling, het avontuurlijke van het er voor het eerst van mijn leven helemaal alleen voor staan.

Doorgaans zie ik er na een huilbui van zo'n twee minuten best goed uit. Daarna niet meer, dan begint mijn neus te lopen en zwellen mijn ogen op, maar tot twee minuten worden mijn lippen voller, mijn ogen groter en mijn wangen rozig. Terwijl ik tegen Desi's schouder uithuil tel ik de seconden – *één Mississippi, twéé Mississippi...* daar heb je de rivier weer – en houd mijn tranen na één minuut en achtenveertig seconden in.

'Het spijt me dat ik niet eerder hier kon zijn, lieverd,' zegt Desi.

'Ik weet hoe druk je het hebt met Jacqueline,' zeg ik bescheiden. Het onderwerp Desi's moeder ligt gevoelig tussen ons.

Hij neemt me aandachtig op. 'Je ziet er héél... anders uit,' zegt hij. 'Vol in het gezicht vooral. En dat arme haar van je is...' Hij houdt zich plots in. 'Amy. Ik had nooit gedacht dat ik nog eens zó dankbaar om iets kon zijn. Wat is er precies gebeurd?'

Ik dis een griezelverhaal op over claimgedrag en woede, over Midwesterse wreedheid, onderdrukking, beestachtige dominantie. Over verkrachting en pillen en drank en vuisten. Spitse cowboylaarzen in mijn ribben, angst en verraad, ouderlijke apathie, isolement en Nicks gedenkwaardige woorden:

'Je kunt niet bij me weg. Ik zal je vermoorden. Ik zal je altijd vinden. Je bent van mij.'

Ik vertel dat ik moest verdwijnen voor mijn eigen veiligheid en de veiligheid van mijn ongeboren kind, en hoezeer ik Desi's hulp nodig heb. Mijn redder. Ik wist dat mijn verhaal Desi's behoefte aan gebroken vrouwen zou bevredigen; ik was nu de meest beschadigde vrouw van allemaal. Lang geleden, op kostschool, had ik hem verteld over mijn vaders nachtelijke bezoekjes aan mijn slaapkamer. Ik, in een roze nachthemd met ruches, starend naar het plafond totdat hij aan zijn gerief was gekomen. Desi heeft sinds die leugen altijd van me gehouden. Ik weet dat hij in gedachten met me vrijt en dat hij heel zachtaardig en geruststellend zal zijn als hij in me zou komen. Hij stelt zich voor hoe hij mijn haren zal strelen terwijl ik me zachtjes huilend aan hem geef.

'Ik kan nooit meer terug naar mijn oude leven, Desi. Nick vermoordt me. Ik zal me nooit meer veilig voelen. Maar ik zou het niet kunnen verdragen als hij de gevangenis in moet. Ik wilde alleen maar verdwijnen. Ik had nooit verwacht dat de politie hém als dader zou zien.'

Ik zet mijn mooiste gezicht op en kijk naar de band op het podium, waar een broodmagere zeventigjarige de liefde bezingt. Niet ver van ons tafeltje gooit een chagrijnige man met een strak snorretje zijn beker in de richting van een vuilnisbak en begint te kankeren (een term die ik van Nick heb geleerd). Ik wenste dat ik een wat pittoresker plek had uitgezocht. Nu richt de man zijn aandacht op mij; hij houdt zijn hoofd scheef en kijkt me overdreven verbaasd aan. Als hij een tekenfilmfiguur was, zou hij zich met een rubberachtig *skwiek-skwiek*-geluid op zijn kruin krabben. Ik weet niet waarom, maar ik vind hem eruitzien als een politieagent. Ik keer hem de rug toe.

'Nick is wel de laatste om je druk over te maken,' zegt Desi. 'Geef je zorgen maar aan mij, dan handel ik het wel af.' Hij steekt zijn hand uit, net als vroeger. Hij is mijn zorgenbewaarder, een ritueel spelletje dat we deden toen we nog tieners waren. Ik doe alsof ik iets in zijn hand leg en als hij zijn hand sluit, voel ik me zowaar beter.

'Nee, ik handel niks af,' corrigeert hij zichzelf. 'Ik hoop dat Nick sterft voor wat hij jou heeft aangedaan,' zegt hij. 'In een gezonde samenleving zou híj degene zijn die moest verdwijnen.'

'Maar we leven in een zieke maatschappij, dus ik zal me verborgen moeten houden,' zeg ik. 'Vind je me erg slecht?' Ik weet het antwoord al.

'Lieverd, natuurlijk niet. Je doet dit omdat je ertoe gedwongen wordt. Het zou waanzin zijn om het níét te doen.'

Hij vraagt niet naar de zwangerschap. Dat wist ik.

'Jij bent de enige die het weet,' zeg ik.

'Ik neem je wel onder mijn hoede. Wat kan ik voor je doen?'

Ik doe alsof ik nadenk, kauw op mijn lip, kijk even van hem weg en dan weer terug. 'Ik heb wat geld nodig om een tijdje van te kunnen leven. Ik heb overwogen een baantje te zoeken, maar...'

'Dat zou ik niet doen. Je bent overal, Amy. In het nieuws, in de bladen. Je zou herkend kunnen worden. Zelfs met dit' – hij raakt mijn haar aan – 'sportieve kapsel. Je bent een mooie vrouw, en voor mooie vrouwen is het lastig om te verdwijnen.'

'Ik ben bang dat je gelijk hebt,' zeg ik. 'Maar ik wil niet dat je denkt dat ik misbruik van je maak. Ik wist gewoon echt niet waar ik anders terechtkon...'

De serveerster, een doorsneebrunette die zich heeft vermomd als een mooie brunette, komt aanlopen en zet onze drankjes op de tafel. Ik wend mijn gezicht af en zie dat de nieuwsgierige man met de snor dichterbij is komen staan en met een flauwe glimlach naar me kijkt. En ik ben uit vorm. De oude Amy zou hier nooit naartoe zijn gegaan. Mijn geest is in de war van alle cola light en mijn eigen lichaamsgeur.

'Ik heb een gin-tonic voor je besteld,' zeg ik.

Desi trekt een lelijk gezicht.

'Wat is er?' vraag ik, maar ik weet het al.

'Dat drink ik alleen in de lente. Ik drink nu Jack & Gingers.'

'Dan bestel ik dat voor je en neem ik de gin-tonic.'

'Ach nee, het is goed zo. Geen probleem.'

De gluurder verschijnt opnieuw in mijn blikveld. 'Die man daar, met die snor – niet meteen omkijken – staat die nog naar mij te kijken?'

Desi werpt een heimelijke blik opzij en schudt dan zijn hoofd. 'Hij kijkt naar de... zangers.' Hij spreekt het laatste woord twijfelachtig uit. 'Maar je wilt toch niet alleen maar geld om van te leven? Je zult doodmoe worden van de leugens en verdwijntrucjes. Je kunt andere mensen niet meer aankijken. Je veroordeelt jezelf tot een leven tussen' – hij spreidt zijn armen om het hele casino erbij te betrekken – 'mensen met wie je weinig gemeen hebt. Tot een leven onder het niveau dat je gewend bent.'

'Dat zal de komende tien jaar nog wel het geval zijn. Totdat ik er veel ouder uitzie en het verhaal in de vergetelheid is geraakt. Pas dan zal ik me weer op mijn gemak voelen.'

'Haha. Denk je echt dat je dit tíén jaar volhoudt, Amy?'

'Sst, zeg die naam niet.'

'Cathy of Jenny of Megan, of wat dan ook, doe niet zo raar.'

De serveerster keert terug. Desi geeft haar een twintigje en zegt: 'Laat maar zitten.' Ze loopt grijnzend weg en houdt het briefje omhoog alsof het een trofee is. Ik neem een slok van mijn gin-tonic. De baby vindt het niet erg.

'Nick zal je vast niet aanklagen als je terug naar huis gaat,' zegt Desi.

'Hè?'

'Hij is bij me aan de deur geweest. Ik denk dat hij beseft dat het zijn schuld is…'

'Hij is bij jou aan deur geweest? Wanneer?'

'Vorige week. Voordat ik jou aan de telefoon had, godzijdank.'

Nick heeft in de afgelopen tien dagen meer belangstelling voor me getoond dan in al die jaren. Ik heb altijd een man gewild die voor mij op de vuist zou gaan en voor mij een bruut, bloederig gevecht over zou hebben. Nick die Desi aan een verhoor onderwerpt, dat is een mooi begin.

'Wat zei hij?' vraag ik. 'Hoe kwam hij over?'

'Als een enorme klootzak. Hij wilde míj jouw vermissing in de schoenen schuiven. Hij vertelde me een of ander idioot verhaal over hoe ik…'

Ik was altijd erg tevreden geweest met mijn leugen dat Desi na onze breuk zelfmoord had willen plegen. Hij was er kapot van en had zich heel vervelend gedragen. Hij hing voortdurend rond op de campus in de hoop dat ik hem terug zou willen. Voor hetzelfde geld had hij zelfmoord gepleegd.

'Wat zei Nick over mij?'

'Ik denk dat hij beseft dat hij je niets meer kan aandoen omdat iedereen van de zaak af weet en zich zorgen maakt om jou. Hij moet je wel gewoon laten terugkeren. Daarna kun jij van hem scheiden en met de ware jakob trouwen.' Hij nam een slok van zijn drankje. 'Eindelijk.'

'Ik kan niet teruggaan, Desi. Zelfs al zouden de mensen geloven dat Nick me heeft mishandeld. Ze zouden mij haten in plaats van hem omdat ik iedereen heb misleid. Ik zou de paria van de wereld worden.'

'Je zou mijn paria zijn, en ik zou van je houden, wat er ook gebeurt. Ik zou je van alles en iedereen afschermen,' zei Desi. 'Jij zult nergens meer last van hebben.'

'We zouden nooit meer met anderen kunnen omgaan.'

'We zouden hier weg kunnen gaan en in Spanje kunnen gaan wonen, of Italië, waar je maar wilt. Dan brengen we de rest van ons leven door met mango's eten in de zon. Laat naar bed gaan, beetje scrabbelen, zo nu en dan een boek doorbladeren, zwemmen in zee.'

'En als ik overlijd, ben ik een of andere bizarre voetnoot. Een gek. Nee. Ik heb mijn trots, Desi.'

'Ik laat je niet teruggaan naar een leven tussen die losers. Echt niet. Ga met mij mee, dan kun je in het vakantiehuis aan het meer logeren. Dat ligt heel afgezonderd. Ik kan boodschappen voor je doen en je alles brengen wat je nodig hebt, wanneer je maar wilt. Trek je daar terug totdat we hebben besloten wat we gaan doen.'

Desi's 'vakantiehuis' aan het meer is een villa-achtig landhuis, en met 'boodschappen voor je doen' bedoelt hij 'mijn minnaar worden'. Zijn verlangen straalt als een hete gloed van hem af en hij beweegt ongemakkelijk in zijn pak, zo graag wil hij dat het doorgaat. Desi is een verzamelaar: hij had vier auto's, drie huizen, inloopkasten vol met pakken en schoenen. Hij zou me graag onder een glazen stolp stoppen. De ultieme redder-in-noodfantasie: hij redt de mishandelde prinses uit haar miserabele omstandigheden en neemt haar onder zijn gouden vleugels mee naar zijn kasteel, dat alleen voor hem toegankelijk is.

'Dat kan ik niet maken. Stel dat de politie erachter komt en me daar vindt?'

'Amy, de politie denkt dat je dood bent.'

'Nee, ik moet me voorlopig in mijn eentje zien te redden. Kan ik niet gewoon wat contant geld van je lenen?'

'En stel dat ik nee zeg?'

'Dan weet ik dat je aanbod om me te helpen niet oprecht is. Dat je net zo bent als Nick en alleen maar macht over me wilt uitoefenen, op welke manier dan ook.'

Desi zegt niets en neemt gespannen een slok van zijn drankje. 'Dat is nogal cru gezegd.'

'Ik vind het ook nogal cru zoals je tegen me doet.'

'Dat is niet waar,' zegt hij. 'Ik maak me zorgen om je. Probeer het vakantiehuis. Als je je er ongemakkelijk voelt en het huis je benauwt, kun je altijd weer weggaan. Het ergste wat je kan gebeuren is dat je een paar dagen rust en afleiding krijgt.'

De man met de snor staat plots bij onze tafel.

'Mevrouw,' zegt hij met een stralende glimlach, 'bent u misschien familie van de Enloes?'

'Nee,' zeg ik, en ik wend me af.

'Sorry, maar u lijkt op...'

'We komen uit Canada, dus als u ons nu wilt excuseren?' zegt Desi bits.

De man rolt met zijn ogen, mompelt 'Jezus' en slentert terug naar de bar. Hij blijft echter naar me kijken.

'Ik denk dat we beter kunnen gaan,' zegt Desi. 'Kom mee naar mijn vakantiehuis, dan breng ik je er nu meteen heen.' Hij staat op.

In Desi's vakantiehuis zou ik een schitterende keuken tot mijn beschikking hebben en kamers om in te verdwalen en heel *Sound-of-Music*-achtig in rond te dansen. Het huis zou een wifiverbinding hebben en kabel (om aan al mijn commandocentrumeisen te kunnen voldoen), een reusachtig bad, weelderige badjassen en een bed dat niet elk moment dreigt in te zakken.

Ik zou Desi erbij krijgen, maar Desi kon ik wel aan.

Vanaf de bar staat de man nog steeds naar me te kijken, alleen wat minder vriendelijk nu.

Ik buig me naar Desi toe en kus hem zacht op zijn mond. Het moet lijken alsof het mijn eigen besluit is. 'Je bent een geweldige man. Het spijt me dat ik je in deze positie breng.'

'Ik wil dit zelf, Amy.'

Op weg naar de uitgang komen we langs een bijzonder deprimerende bar met in elke hoek een schetterende televisie. Dan zie ik De Slet.

De Slet houdt een persconferentie.

Andie oogt klein en onschuldig. Ze ziet eruit als een babysitter, niet als een ordinaire, sexy babysitter maar als het buurmeisje dat ook echt met de kinderen speelt. Ik weet dat dit niet de ware Andie is, omdat ik haar in het echte leven heb gevolgd. In het echte leven draagt ze skinny jeans en strakke topjes die haar borsten benadrukken en heeft ze lang, golvend haar. In het echte leven ziet ze eruit als een hitsige meid.

Nu draagt ze een blousejurkje met ruches en heeft ze haar haren achter haar oren gekamd. Het lijkt alsof ze net heeft gehuild, te oordelen naar de roze zakjes onder haar ogen. Ze oogt ook moe, en nerveus, maar heel mooi. Mooier dan ik dacht dat ze was. Ik heb haar nog nooit van zo dichtbij gezien. Ze heeft sproeten.

'O, shit,' zegt een vrouw tegen haar vriendin, wier haarkleur aan goedkope cabernet doet denken.

'O nee, hè! Ik begon net medelijden te krijgen met die vent,' zegt de vriendin.

'De kaas in mijn koelkast is ouder dan die meid. Wat een smeerlap.'

Andie staat achter de microfoon en kijkt met donkere, neergeslagen wimpers neer op de geschreven verklaring die ze in haar trillende hand houdt. Haar bovenlip is vochtig; de druppeltjes glinsteren onder de cameralampen. Ze veegt het zweet af met een wijsvinger. 'Eh. Ik verklaar het volgende: ik heb een affaire gehad met Nick Dunne, van april 2011 tot juli van dit jaar toen zijn vrouw verdween. Nick was mijn docent op North Carthage Junior College. We raakten bevriend, en later werd dat meer.'

Andie stopt om haar keel te schrapen. Een donkerharige vrouw achter haar, niet veel ouder dan ik, reikt haar een glas water aan dat ze snel met bevende hand leegdrinkt.

'Ik schaam me diep dat ik iets met een getrouwde man heb gehad. Het druist tegen al mijn principes in. Ik dacht echt dat ik van hem hield' – ze begint te huilen en haar stem breekt – 'en dat Nick Dunne van mij hield. Hij zei tegen me dat het huwelijk met zijn vrouw niets meer voorstelde en dat ze spoedig zouden scheiden. Ik wist niet dat Amy Dunne zwanger was. Ik help de politie met hun onderzoek naar de verdwijning van Amy Dunne en zal er alles aan doen om ze te helpen haar te vinden.'

Haar stem is zwak en klinkt kinderachtig. Ze kijkt op naar de muur van camera's voor haar en slaat dan weer verschrikt haar ogen neer. Twee appels kleuren rood op haar ronde wangen.

'Ik... ik.' Ze begint weer te huilen en haar moeder – de vrouw achter haar moet haar moeder wel zijn, ze hebben dezelfde grote huilogen – slaat een arm om haar schouder. Andie gaat verder met haar verklaring. 'Het spijt me erg en ik schaam me voor wat ik heb gedaan. Ik wil graag mijn excuses aanbieden aan Amy's familie voor het verdriet dat ik hun heb aangedaan. Ik help de politie met hun onder... O, nee, dat heb ik al gezegd.'

Ze glimlacht verlegen en de journalisten lachen bemoedigend.

'Het arme kind,' zegt de roodharige.

Ze is een slet, je hoeft geen medelijden met haar te hebben. Ik snap niet hoe iemand medelijden met haar kan hebben. Ik weiger het te geloven.

'Ik ben drieëntwintig en student,' vervolgt ze. 'Het enige wat ik vraag is een beetje privacy in deze moeilijke tijd.'

'Succes ermee,' mompel ik. Andie doet een stap terug en als een politieagent weigert in te gaan op vragen van de journalisten, verdwijnen ze uit beeld. Ik betrap mezelf erop dat ik naar links buig, alsof ik ze dan nog kan zien.

'Het arme schaap,' zegt de oudere vrouw. 'Ze was volgens mij doodsbang.'

'Ik denk dat hij het toch heeft gedaan.'

'Hij heeft langer dan een jaar iets met haar gehad.'

'De schoft.'

Desi geeft me een por en kijkt me met grote ogen vragend aan: of ik van de affaire af wist? Alles goed met je? Mijn gezicht is een masker van woede – *het arme schaap, laat me niet lachen* – maar ik doe alsof het vanwege het overspel is. Ik knik, glimlach zwakjes. Het gaat wel. We willen net vertrekken als mijn ouders, hand in hand, in beeld verschijnen en naar de microfoon lopen. Mijn moeder ziet eruit alsof ze net naar de kapper is geweest. Ik vraag me af of ik me gekwetst moet voelen dat ze zich druk maakt om haar uiterlijk terwijl haar dochter vermist wordt. Als iemand overlijdt en de familie pakt het leven weer op, dan wordt er altijd gezegd dat hij of zij 'het zo zou hebben gewild'. Ik wil het niet zo.

Mijn moeder steekt van wal. 'Wij leggen maar een korte verklaring af en zullen naderhand geen vragen beantwoorden. Om te beginnen wil ik iedereen bedanken voor de enorme steun die mijn man en ik elke dag weer krijgen. De wereld houdt evenveel van Amy als wij. Amy, we missen je warme stem en je goede humeur, je humor en je hartelijkheid. Je bent echt geweldig. We zullen er alles aan doen om je bij ons terug te krijgen. Ik weet dat het ons zal lukken. Een ander punt is dat wij tot vanochtend niet wisten dat onze schoonzoon, Nick Dunne, een affaire had. Hij is vanaf het begin niet zo betrokken, geïnteresseerd en bezorgd geweest als hij zou moeten zijn. We gaven hem het voordeel van de twijfel en schreven zijn gedrag toe aan een shock. Maar nu we dit weten, denken we daar anders over. Vandaar dat we onze steun aan Nick intrekken. We gaan door met het onderzoek en kunnen alleen maar hopen dat Amy terugkomt. Haar verhaal moet worden vervolgd. De wereld is toe aan een nieuw hoofdstuk.'

Amen, zegt iemand.

Nick Dunne

Tien dagen vermist

Het programma was afgelopen, Andie en de Elliotts waren uit beeld verdwenen. Sharons producer zette de tv uit met de punt van haar naaldhak. Alle ogen in de kamer waren op mij gericht en men wachtte op een verklaring van de gast die zojuist te kakken was gezet. Sharon wierp me een iets te brede glimlach toe, een boze glimlach die haar gebotoxte huid onder druk zette. Haar gezicht plooide op de verkeerde plaatsen.

'Nou?' zei ze. Kalm, geaffecteerd. 'Wat had dat in gódsnaam te betekenen?'

Tanner greep in. 'Dat was onze onthulling. Nick was en is bereid volledige openheid te verschaffen. Het spijt me van de timing, maar in zekere zin pakt deze primeur gunstig voor je uit, Sharon. Jij krijgt als eerste een reactie van Nick.'

'Dan hoop ik voor je dat je iets verdomd interessants te vertellen hebt, Nick.'

Ze vloog weg en riep tegen niemand in het bijzonder: 'Geef hem een microfoon, we doen het nu meteen.'

Sharon Schieber bleek weg van me te zijn. In New York had ik regelmatig geruchten gehoord dat ze ooit was vreemdgegaan maar uiteindelijk voor haar echtgenoot had gekozen. Een publiek geheim binnen de journalistenkliek. Dat was nu bijna tien jaar geleden, maar ik vermoed dat ze nog altijd de behoefte heeft anderen zo'n misstap te vergeven. Ze straalde, dweepte, vleide en deelde plaagstootjes uit. Ze perste haar volle, glanzende lippen op elkaar en keek me doordringend met een knokige hand onder haar kin aan terwijl ze haar moeilijke vragen stelde die ik voor de afwisseling eens goed beantwoordde. Ik ben geen leugenaar van Amy's kaliber, maar als het moet ben ik er niet slecht in. Ik kwam over als een man die van zijn vrouw houdt, zich schaamt voor zijn ontrouw en bereid is zijn leven te beteren. De avond ervoor, toen ik niet kon slapen van de zenuwen, had ik op mijn laptop naar een uitzending van *Leno* uit 1995 gekeken, waarin Hugh Grant zich verontschuldigt voor het feit dat hij zich had laten pijpen door een hoer. Hij stotterde, stamelde en kronkelde alsof zijn vel twee maten te klein was. Maar geen excuses: 'Iedereen weet dat je goede en slechte keuzes kunt maken in het leven en ik heb iets gedaan wat slecht is... zo is het en niet anders.' Zo, die vent wist hoe het moest. Hij kwam zo onbeholpen en nerveus over dat je zijn hand zou willen pakken en zou willen zeggen: *Kerel, zo erg is het nu ook weer niet, kwel jezelf niet zo.* Dat was het effect dat ik wilde bereiken. Ik had het filmpje zo vaak bekeken dat ik moest uitkijken dat ik zijn Britse accent niet overnam.

Ik was de ultieme lege huls: de man van wie Amy altijd had gezegd dat hij zich niet kon verontschuldigen, gebruikte woorden en emoties die hij had geleend van een acteur.

Maar het werkte. *Sharon, ik ben fout geweest, ik heb iets onvergeeflijks gedaan. Dat valt niet goed te praten. Ik heb gefaald – ik had nooit gedacht dat ik vreemd zou gaan. Dat is onvergeeflijk en het enige wat ik wil is dat Amy weer thuiskomt zodat ik mijn leven kan beteren en haar de aandacht kan geven die ze verdient.*

O, wat zou ik haar graag de aandacht geven die ze verdient.

Maar wat ik wil zeggen, Sharon, is dit: ik heb Amy niet vermoord. Ik zou haar nooit kwaad kunnen doen. Ik denk dat hier eerder sprake is van wat ik zelf [grinniklach] het Ellen Abbott-effect noem. Dergelijke programma's bedrijven een gênant en onverantwoordelijk soort journalistiek. We zijn eraan gewend dat deze vrouwenmoordenaars worden gebracht als amusement, dat is op het walgelijke af. Want wie is in deze programma's altijd de dader? De echtgenoot. Het publiek en, in zekere mate zelfs de politie, wordt voorgehouden dat het altijd de echtgenoot is. Vrijwel meteen werd aangenomen dat ik mijn vrouw heb vermoord. Dat is namelijk het verhaal dat we keer op keer te horen krijgen, en dat is fout. Moreel fout. Ik heb mijn vrouw niet vermoord. Ik wil dat ze weer thuiskomt.

Ik wist dat Sharon alles zou aangrijpen om Ellen Abbott af te schilderen als een sensatiebeluste kijkcijferhoer. Ik wist dat een programma als dat van Ellen Abbott een doorn in het oog was van Sharon Schieber, al twintig jaar de koningin van de journalistiek. Ze had mensen geïnterviewd als Arafat,

Sarkozy en Obama. Ik ben (was) journalist, ik ken het klappen van de zweep. Dus toen ik 'het Ellen Abbott-effect' zei, herkende ik het zenuwtrekje bij Sharons mondhoek, de subtiel opgetrokken wenkbrauwen, het opklaren van haar gezicht. Het was de blik die je doet beseffen: *ik heb beet.*

Aan het eind van het interview nam Sharon mijn handen in de hare – koel, ietwat harteloos, ik had gelezen dat ze een verwoed golfer is – en wenste me het beste. 'Ik zal je goed in de gaten houden, collega,' zei ze. Ze kuste Go op haar wang en zweefde van ons weg. De achterkant van haar jurk was een slagveld van dasspelden die moesten voorkomen dat de jurk aan de voorkant uit model raakte.

'Dat heb je verdomd goed gedaan,' zei Go terwijl Sharon naar de deur liep. 'Je kwam heel anders over dan normaal. Doortastend maar geen haantje. Zelfs je kaak is minder... opgeblazen.'

'Ik ontspande mijn kin.'

'Bijna, ja. Ik zie je thuis.' Ze gaf me warempel een bemoedigende por tegen mijn schouder.

Ik deed na het Sharon-interview nog twee vluggertjes: één voor een regionale en één voor een landelijke zender. Het Schieber-interview zou daags erop worden uitgezonden, waarna de andere zenders zouden volgen, als een dominoreeks van berouw en verontschuldigingen. Ik had het heft in handen genomen. Ik wenste niet langer te worden afgeschilderd als de schuldige echtgenoot, de liefdeloze, overspelige echtgenoot, de emotioneel afstandelijke echtgenoot. Ik was de man die iedereen kende, de persoon die veel mannen (en vrouwen) waren geweest: *Ik ben vreemdgegaan, ik voel me klote, ik zal er alles aan doen om de schade te herstellen omdat ik een echte man ben.*

'We zijn op het moment aardig in vorm,' zei Tanner toen we ons opmaakten om te vertrekken. 'Dat gedoe rond Andie kan door het interview met Sharon wel eens minder ernstig uitpakken dan we hadden gevreesd. Nu moeten we alleen zorgen dat we iedereen een stap voor blijven.'

Go belde en ik nam op. Haar stem klom hoog en dun.

'De politie is hier met een huiszoekingsbevel voor het schuurtje... Ze zijn ook naar pa's huis gegaan. Ze zijn... Ik ben bang.'

Go stond in de keuken een sigaret te roken toen we arriveerden en aan de overvolle kitsch-asbak te zien was ze al aan haar tweede pakje begonnen.

Een onbeholpen, schouderloze knul met opgeschoren hoofd zat in politie-uniform naast haar op een van de barkrukken.

'Dit is Tyler,' zei ze. 'Hij is opgegroeid in Tennessee en heeft een paard dat Custard heet…'

'Custer,' zei Tyler.

'Custer, en hij is allergisch voor pinda's. Het paard niet maar Tyler. O ja, en hij heeft een labrumscheur. Dat is dezelfde blessure die honkbalpitchers krijgen, alleen weet hij niet hoe hij eraan komt.' Ze nam een trekje van haar sigaret. Haar ogen traanden. 'Hij zit hier al een eeuw.'

Tyler probeerde me strak aan te kijken maar richtte zijn blik al snel op zijn glimmende schoenen.

Boney kwam via de achterdeur het huis binnen. 'Wat een dag,' zei ze. 'Ik wou dat je ons had verteld dat je een vriendin had, Nick. Dat had ons een hoop tijd bespaard.'

'We zijn blij dat we het er nu over kunnen hebben. En over de inhoud van het schuurtje,' zei Tanner. 'Als jullie zo beleefd waren geweest ons over Andie te vertellen, had er een hoop ellende voorkomen kunnen worden. Maar jullie hadden de persconferentie nodig voor de publiciteit. Stuitend om dat kind voor de camera's te halen.'

'Oké,' zei Boney. 'Het schuurtje dus. Willen jullie even meelopen?' Ze keerde ons de rug toe en liep over het einde-van-de-zomergras naar het schuurtje. Een spinnenweb hing als een bruidssluier aan haar haar. Toen ze zag dat ik bleef staan, wenkte ze ongeduldig naar me. 'Kom,' zei ze. 'Ik bijt niet.'

De politie had draagbare verlichting meegenomen waardoor het schuurtje er nog dreigender uitzag.

'Wanneer was je hier voor het laatst, Nick?'

'Kort geleden, omdat de speurtocht van mijn vrouw me hiernaartoe leidde. Maar dit zijn niet mijn spullen, en ik heb niets aange…'

Tanner viel me in de rede. 'Mijn cliënt en ik hebben een opzienbarende nieuwe theorie…' begon Tanner met een geaffecteerde tv-stem, maar hij maakte zijn zin niet af. Zijn houding was totaal misplaatst en tenenkrommend.

'Opzienbarend nog wel. Wat spannend,' zei Boney.

'We stonden op het punt het je te vertellen…'

'O? Wat een perfecte timing,' zei ze. 'Een ogenblikje.' De deur hing los in zijn hengsels en onder de klink bengelde een verwrongen slot. Gilpin was in het schuurtje bezig met het beschrijven van de spullen.

'Zijn dit de golfclubs die je nooit hebt gebruikt?' zei Gilpin. Hij gaf de glanzende stokken een duw.

'Geen van deze spullen zijn van mij. Ik heb dit hier niet neergelegd.'

'Dat is vreemd, want alles wat hier ligt komt overeen met de aankopen die zijn gedaan met de creditcards die ook niet van jou zijn,' zei Boney scherp. 'Is dit, hoe zullen we het noemen, de mannenspeelkamer? Een speelkamer in wording, totdat de vrouw voorgoed weg is? Je hebt een paar leuke liefhebberijen, Nick.' Ze trok drie grote kartonnen dozen naar voren en schoof ze naar me toe.

'Wat is dit?'

Hoewel Boney handschoenen droeg, maakte ze de dozen met haar vingertoppen open. De walging was van haar gezicht af te lezen. In de dozen zaten porno-dvd's, met naakte vrouwen in alle kleuren en maten op de hoezen.

Gilpin grinnikte. 'Niet gek, Nick, dat moet ik je nageven. Een man heeft zo zijn behoeften...'

'Mannen zijn visueel ingesteld, zei mijn ex altijd als ik hem betrapte,' zei Boney.

'Dat is waar, maar deze rommel deed me wel blozen, Nick,' zei Gilpin. Hij spreidde de dvd's uit als een lelijk stel kaarten. De meeste titels duidden op geweld: *Brutaal Anaal, Brute Pijpbeurten, Vernederde Hoeren, Sadistische Sletjes, Keiharde Rapeseks,* en een serie *Martel het Kreng,* delen 1-18, met op elke foto vrouwen die kronkelen van de pijn terwijl grijnzende mannen objecten in hen duwen.

Ik wendde me af.

'O, nu schaamt hij zich,' zei Gilpin grinnikend.

Maar de reden dat ik niet reageerde was dat Go buiten het schuurtje naar een politiewagen werd geleid.

We zagen elkaar een uur later op het politiebureau. Tanner had me afgeraden ernaartoe te gaan, maar ik had voet bij stuk gehouden en een beroep gedaan op zijn dwarse, succesvolle rodeo-cowboyimago.

Dat ze mij lastigvielen was tot daaraantoe, maar van mijn zus moesten ze afblijven.

'Ik geef je alleen je zin omdat ik denk dat je arrestatie onvermijdelijk is, Nick, wat we ook doen,' zei hij. 'Als ze weten dat we willen praten, krijgen we misschien informatie los over de zaak die ze tegen je denken te hebben. Zonder lijk willen ze een bekentenis, dus ze zullen proberen je te overdonderen met bewijzen. Daar kunnen wij dan misschien weer een succesvolle verdediging op bouwen.'

'Dus zij krijgen alles van ons?' zei ik. 'De aanwijzingen, de poppenkastpoppen, Go?' Ik raakte in paniek en wilde weg omdat ik voor me zag hoe de politie mijn zus onder een kaal peertje het vuur na aan de schenen legde.

'Zolang je mij maar het woord laat doen,' zei Tanner. 'Als ik over Amy's vooropgezette plan begin, kunnen ze dat tijdens het proces niet tegen ons gebruiken, ook niet als we voor een andere verdedigingsstrategie kiezen.'

Het baarde me zorgen dat mijn advocaat de waarheid totaal niet overtuigend vond.

Gilpin kwam ons op de trap voor het bureau met een cola in de hand tegemoet. Waarschijnlijk had hij nog niet gegeten. Toen hij zich omdraaide om met ons naar binnen te gaan, zag ik dat zijn rug nat van het zweet was. De zon was al lang onder maar de lucht was nog altijd vochtig. Hij schudde met zijn armen waardoor zijn hemd even losliet, maar de stof plakte meteen weer vast aan zijn huid.

'Het is nog steeds warm,' zei hij. 'En het wordt morgen nog warmer.'

Boney wachtte ons op in de ruimte waar we de eerste avond hadden gezeten. In De Nacht Van. Ze had haar lippen gestift en een aandoenlijke vlecht in haar slappe haar gelegd die ze met een speld achter op haar hoofd had vastgezet. Ik vroeg me af of ze een afspraakje had. Een *ik-zie-je-na-middernacht*-ontmoeting.

'Heb je kinderen?' vroeg ik terwijl ik een stoel naar me toe trok.

Ze keek me verschrikt aan en stak één vinger op. 'Eén.' Ze zei geen naam of leeftijd. Boney stond in de werkmodus. Ze probeerde ons uit de tent te lokken.

'Jij eerst,' zei Tanner. 'Vertel ons wat je hebt.'

'Ja,' zei Boney. 'Oké.' Zonder verdere inleiding zette ze de bandrecorder aan. 'Nick, blijf je bij je verklaring dat jij de spullen in het schuurtje van je zus niet hebt gekocht of aangeraakt?'

'Dat is juist,' antwoordde Tanner in mijn plaats.

'Nick, je vingerafdrukken zijn op bijna alle spullen in het schuurtje aangetroffen.'

'Dat lieg je! Ik heb níéts aangeraakt, helemaal niets! Alleen het trouwdagcadeau dat Amy in het schuurtje had verstopt.'

Tanner raakte mijn arm aan: *Hou verdomme je kop.*

'Je vingerafdrukken zitten op de porno, de golfclubs, de horlogedoosjes en zelfs op tv.'

En toen begreep ik hoezeer Amy hiervan moest hebben genoten: mijn diepe slaap, waarin ik haar altijd de baas was geweest. Ik was ervan overtuigd dat haar slapeloosheid zou verdwijnen als ze net als ik wat ontspannener in het leven zou staan. Maar mijn zelfvoldaanheid keerde zich tegen me. In gedachten zag ik Amy op haar knieën naast me zitten terwijl ik haar in haar gezicht snurkte en zij maandenlang mijn vingertoppen op al die spullen drukte. Mogelijk had ze zelfs iets in mijn drankjes gedaan. Ik herinnerde me dat ze op een ochtend naar me zat te kijken toen ik wakker werd, mijn mond nog plakkerig van de slaap, en dat ze zei: 'Je lag in coma alsof je gedrogeerd was. Of vervloekt.' Ik was beide en wist van niets.

'Hoe verklaar je die vingerafdrukken dan?' zei Gilpin.

'Vertel ons de rest,' zei Tanner.

Boney legde een bijbeldikke, lederen klapper op de tafel tussen ons in. De randen van de map waren verkoold. 'Herken je dit?'

Ik haalde mijn schouders op en schudde mijn hoofd.

'Het is het dagboek van je vrouw.'

'Eh, nee. Amy hield geen dagboek bij.'

'Jawel, Nick. Om precies te zijn zeven jaar lang,' zei Boney.

'Oké.'

Ik voelde de bui al hangen. Mijn vrouw had het weer heel slim aangepakt.

Amy Elliott Dunne

Tien dagen vermist

We rijden in mijn auto over staatsgrenzen naar een afgrijselijke buurt in een vervallen rivierstadje in Illinois waar we een uur kwijt zijn met het schoonmaken van de auto. Eenmaal klaar laten we de auto met het sleuteltje in het contact achter. Noem het de kringloop van de strijd: het stel uit Arkansas van wie ik de auto had gekocht was nogal onbehouwen; Ozark Amy was verdacht; hopelijk zou een arme sloeber uit Illinois er meer plezier aan beleven.

Daarna rijden we door glooiende heuvels terug naar Missouri totdat ik door de bomen Lake Hannafan zie glinsteren. Desi, die familie in St. Louis heeft, wil graag geloven dat de streek oud is, Oostkust Oud, maar dat is niet zo. Lake Hannafan is niet naar een negentiende-eeuwse staatsman of held uit de Burgeroorlog genoemd. Het is een privémeer dat in 2002 werd uitgebaggerd door een gladde projectontwikkelaar genaamd Mike Hannafan, die er een bijbaan in het illegaal lozen van gevaarlijk afval op na hield. De geschokte gemeenschap doet haar best een nieuwe naam voor het meer te vinden. Lake Collings is ongetwijfeld al eens geopperd.

Maar ondanks het mooi aangelegde meer, waarop slechts een paar bewoners mogen zeilen (zonder motor) en Desi's smaakvolle, luxe vakantievilla – een Zwitsers landhuis op Amerikaanse schaal – laat ik me niet verleiden. Daar had ik me altijd al aan geërgerd bij Desi. Kom uit Missouri of niet, maar doe niet net alsof Lake 'Collings' het Comomeer is.

Hij leunt tegen zijn Jaguar en laat zijn blik naar het huis dwalen om mij de tijd te geven zijn bezit te bewonderen.

'Het is ontworpen naar voorbeeld van een geweldig chaletje dat mijn moeder en ik ooit huurden aan de Brienzer See,' zegt hij. 'Het enige wat eraan ontbreekt zijn de bergen.'

Daar gaat het nou net om, denk ik, maar ik leg mijn hand op zijn arm en zeg: 'Ik popel om het vanbinnen te kunnen zien. Het is vast prachtig.'

Hij geeft me een uitgebreide rondleiding. Ik had niet anders verwacht. Een kathedraalachtige keuken (een en al graniet en chroom), een woonkamer met meerdere open haarden uitkomend op een buitenkamer (wat mensen uit het Midden-Westen een terras zouden noemen) die uitkijkt over het meer en de bossen. Een ontspanningsruimte in het souterrain met een snookertafel, darts, surround sound, een bar met een eigen buitenkamer (wat mensen in het Midden-Westen een tweede terras zouden noemen). Naast de ontspanningsruimte ligt een sauna en daar weer naast een wijnkelder. Op de bovenverdieping zijn vijf kamers, waarvan ik de op een na grootste krijg toebedeeld.

'Ik heb hem opnieuw laten schilderen,' zegt hij. 'Ik weet dat je van oudroze houdt.'

Ik hou niet van oudroze; dat was op de middelbare school. 'Wat lief van je, Desi, dank je wel,' zeg ik zo oprecht mogelijk. Mijn dankjewels komen er nogal moeizaam uit. Vaak zeg ik het niet eens. Mensen doen wat ze geacht worden te doen en verwachten vervolgens van je dat je overloopt van dankbaarheid – ze zijn als ijscomannen die je een bekertje voorhouden voor een fooi.

Maar Desi neemt mijn dankjewels in ontvangst als een kat die wordt geborsteld; zijn rug kromt bijna van genoegen.

Ik zet mijn tas in mijn kamer, in de hoop dat hij begrijpt dat ik me wil terugtrekken voor de nacht – ik wil weten hoe mensen reageren op Andies onthulling en of Nick al is gearresteerd – maar dan blijkt dat ik nog lang niet klaar ben met bedanken. Desi heeft zich ervan verzekerd dat ik hem voor eeuwig dank verschuldigd ben. Hij werpt me een specialeverrassingsglimlach toe, pakt mijn hand (*Ik wil je nog iets laten zien*) en neemt me mee naar beneden (*Ik hoop echt dat je het mooi vindt*), naar een hal voorbij de keuken (*Het was een hoop werk, maar het is de moeite meer dan waard*).

'Ik hoop echt dat je het mooi vindt,' zegt hij nogmaals, en hij zwaait de deur open.

Het is een serre, een tuinkamer, besef ik. In de kamer staan honderden tulpen in alle mogelijke kleuren. In Desi's huis aan het meer bloeien de tulpen in juli. In een speciale kamer voor een speciale vrouw.

'Ik weet dat de tulp je favoriete bloem is, maar helaas is het seizoen maar kort,' zegt Desi. 'Dus dat heb ik voor je geregeld. Ze bloeien hier het hele jaar door.'

Hij legt een arm om mijn middel en draait me naar de bloemen toe zodat ik ze ten volle kan bewonderen.

'Tulpen voor alle dagen van het jaar,' zeg ik, en ik doe mijn best mijn ogen te laten glanzen. De tulp was mijn favoriete bloem op de middelbare school. Van iedereen eigenlijk; het was de gerbera van eind jaren tachtig. Nu hou ik van orchideeën, het tegenovergestelde van tulpen.

'Zou Nick ooit zoiets voor jou doen?' zegt Desi bij mijn oor. De tulpen wiegen onder een kunstmatige waternevel van bovenaf.

'Nick herinnert zich niet eens dat ik van tulpen hou,' zeg ik. Het juiste antwoord.

Het is een lief gebaar, meer dan lief zelfs. Mijn eigen bloemenkamer, als in een sprookje. Toch voel ik een nerveuze kriebeling in mijn maag. Ik heb Desi nog maar vierentwintig uur daarvoor gebeld terwijl deze tulpen hier al veel langer moeten staan, en ook de slaapkamer rook niet naar verf. Ik denk aan het toenemende aantal brieven dat hij me het laatste jaar heeft gestuurd, aan de klaaglijke toon... Hoe lang wilde hij al dat ik hiernaartoe zou komen? En hoe lang denkt hij dat ik blijf? Lang genoeg om elke dag van het jaar van bloeiende tulpen te kunnen genieten.

'Mijn hemel,' zeg ik. 'Het lijkt wel een sprookje.'

'Jouw sprookje,' zegt hij. 'Ik wil je laten zien hoe het leven ook kan zijn.'

In sprookjes is het altijd goud wat er blinkt. Ik wacht totdat hij me een dikke stapel bankbiljetten geeft of een dunne creditcard, iets waar ik wat aan heb. De rondleiding voert terug door alle kamers zodat ik nog een paar keer 'oh' en 'ah' kan roepen bij details die me de eerste keer zijn ontgaan, en dan keren we terug bij mijn slaapkamer, een meisjeskamer met veel satijn-en-zijde, pastelkleuren en suikerspinroze pluche. Als ik uit het raam kijk, zie ik de hoge muur die het huis omringt.

'Desi, kun je me misschien ook wat geld lenen?' flap ik er nerveus uit.

Hij doet ook nog alsof de vraag hem verrast. 'Je hebt nu toch geen geld meer nodig?' zegt hij. 'Je hoeft geen huur meer te betalen en ik zal zorgen dat er altijd voldoende eten in huis is. Ik kan nieuwe kleren voor je meenemen. Niet dat ik je die vintagekleren niet vind staan, hoor.'

'Ik denk dat ik me toch prettiger zou voelen met wat contant geld op zak. Voor het geval er iets gebeurt en ik meteen moet vluchten.'

Hij pakt zijn portemonnee, haalt er een briefje van twintig uit en drukt me het geld in de hand. 'Kijk eens aan,' zegt hij toegeeflijk.

Ik vraag me af of ik geen enorme fout heb begaan.

Nick Dunne

Tien dagen vermist

Het was dom van me te denken dat mijn kansen waren gekeerd. Wat er ook in dit dagboek zou staan, het zou me kapotmaken. Ik zag het omslag van het waargebeurde misdaadverhaal al voor me: de zwart-witfoto van Amy en mij op onze trouwdag, de bloedrode achtergrond, de achterflap: *Inclusief zestien pagina's met nog nooit eerder vertoonde foto's van het dagboek van Amy Elliott Dunne – een stem van gene zijde…* Ik had het vreemd maar ook wel leuk gevonden dat Amy zich had overgegeven aan het schuldige genoegen van goedkope, waargebeurde misdaadboeken, die overal rondslingerden in huis. Ik dacht dat ze eindelijk iets minder streng was geworden en van zichzelf lectuur op het strand mocht lezen.

IJdele hoop. Ze was aan het studeren.

Gilpin trok een stoel naar zich toe, ging er achterstevoren op zitten en leunde met gekruiste armen voorover – zijn filmagenthouding. Het was bijna middernacht; het voelde later.

'Vertel eens iets over de ziekte van je vrouw van de afgelopen maanden,' zei hij.

'Ziekte? Amy was nooit ziek. Ze was misschien één keer per jaar verkouden.'

Boney pakte het dagboek op en sloeg een gemarkeerde bladzijde open. 'Vorige maand heb jij voor Amy en jezelf een paar cocktails gemixt die jullie op de veranda hebben opgedronken. Ze schrijft hier dat de drankjes mierzoet waren en dat ze er waarschijnlijk allergisch op reageerde: *Mijn hart ging tekeer, mijn tong werd slap en bleef onder in mijn mond plakken. Mijn benen leken wel van pap toen Nick me naar boven droeg.*' Boney gaf met een vinger aan waar ze gebleven was en keek naar me op alsof ze wilde zien of ik wel luisterde. 'De volgende ochtend wordt ze wakker: *Ik had hoofdpijn en was misselijk, maar het voelde anders dan anders. Mijn vingernagels waren lichtblauw en toen ik in de spiegel keek, zag ik dat mijn lippen ook blauw waren. Ik heb twee dagen niet geplast. Ik voelde me zo slap als een vaatdoek.'*

Ik schudde vol afschuw mijn hoofd. Ik was gehecht geraakt aan Boney en had haar hoger ingeschat.

'Is dit het handschrift van je vrouw?' Boney hield me de map voor en ik zag Amy's schuine handschrift in zwarte inkt, hoekig als een koortsgrafiek.

'Dat lijkt er wel op.'

'Dat denkt onze grafoloog ook.'

Boney zei het met een zekere trots en ik besefte dat dit de eerste zaak van het duo was waarvoor ze deskundige hulp hadden ingeroepen van experts die exotische dingen deden als handschriften analyseren.

'Weet je wat we nog meer te weten zijn gekomen toen we deze dagboekpagina aan onze medisch deskundige lieten zien?'

'Vergiftiging,' flapte ik eruit. Tanner keek me fronsend aan: *Hou je kop.*

Boney was even van haar stuk gebracht. Dit was niet het antwoord dat ik geacht werd te geven.

'Ja, Nick, dank je. Vergiftiging door antivries,' zei ze. 'Volgens het boekje. Ze heeft geluk gehad dat ze het heeft overleefd.'

'Ze heeft het niet overlééfd, want het is nooit gebeurd,' zei ik. 'Zoals je al zei, helemaal volgens het boekje. Het is gewoon van internet geplukt.'

Boney fronste maar weigerde te happen. 'Het dagboek schetst niet zo'n mooi beeld van je, Nick,' vervolgde ze. Ze streek met haar vinger over haar vlecht. 'Mishandeling: je gaf haar regelmatig een flinke duw. Stress: je werd snel kwaad. Seksuele handelingen die grensden aan verkrachting. Ze was aan het eind van het dagboek doodsbang voor je. Het is gewoon pijnlijk om te lezen. Dat pistool waar sprake van was, wilde ze kopen omdat ze bang was voor je. Dit zegt ze op de laatste dag: *Deze man zou me kunnen vermoorden. Deze man zou me kunnen vermoorden*. Dat zijn haar eigen woorden.'

Mijn keel kneep dicht. Ik had het gevoel dat ik moest overgeven. Angst, voor een groot deel, en toen een golf woede. *De trut. De godverdommese trut, trut, trut. Het klotewijf.*

'Een slimme zet van haar om daarmee af te sluiten,' zei ik. Tanner legde een hand op de mijne om me het zwijgen op te leggen.

'Je kijkt alsof je haar nog een keer zou willen vermoorden,' zei Boney.

'Je hebt al die tijd tegen ons gelogen, Nick,' zei Gilpin. 'Je zegt dat je die ochtend op het rivierstrandje was. Iedereen die wij hebben gesproken zegt dat je een hekel aan het strand hebt. Je zegt dat je geen flauw idee hebt hoe al die aankopen van jouw creditcards afgeschreven kunnen zijn. Inmiddels hebben we een schuur vol met spullen waarop ook nog eens je vingerafdrukken zitten. En nu blijkt uit dit dagboek dat je vrouw een antivriesvergiftiging lijkt te hebben gehad, en dat een paar weken voor haar verdwijning. Ik bedoel, kom op.' Hij pauzeerde even voor het effect.

'Nog meer belangrijk nieuws?' vroeg Tanner.

'We kunnen je plaatsen in Hannibal, waar het tasje van je vrouw een paar dagen later werd gevonden,' zei Boney. 'We hebben een buurman die jullie de avond voor de verdwijning heeft horen ruziën. Over een zwangerschap die je niet wilde. We hebben een bar waar het geld van je vrouw in zit, welk bedrag bij een scheiding aan haar moet worden terugbetaald. En natuurlijk, natúúrlijk, is er sinds ruim een jaar een minnares.'

'We kunnen je nu nog helpen, Nick,' zei Gilpin. 'Als je eenmaal gearresteerd bent niet meer.'

'Waar hebben jullie dit dagboek gevonden? In het huis van Nicks vader?' vroeg Tanner.

'Ja,' zei Boney.

Tanner knikte naar me: *Daar hebben we dus overheen gekeken.* 'Een gokje: een anonieme tip.'

Geen van beide agenten zei iets.

'Mag ik vragen waar in huis jullie het dagboek hebben gevonden?' vroeg ik.

'In de oven. Het is niet verbrand. Het dagboek heeft vlam gevat maar de waakvlam was te zwak en is uitgegaan. Alleen de randen zijn aangetast,' zei Gilpin. 'Gelukkig voor ons, kan ik wel zeggen.'

De oven. Nog zo'n inside joke van Amy. Ze verbaasde zich er altijd over dat ik zo weinig begreep van zaken die mannen geacht werden te begrijpen. Toen we het huis van mijn vader onderzochten, heb ik zelfs in de oude oven gekeken, maar had ik me geïntimideerd afgewend van al die buizen en draden.

'Het was geen geluk. Het was de bedoeling dat jullie het dagboek zouden vinden,' zei ik.

Boneys linkermondhoek plooide zich in een glimlach. Ze leunde afwachtend achterover, ontspannen als een actrice in een iceteareclame. Ik gaf een boos knikje naar Tanner: *Ga je gang.*

'Amy Elliott Dunne leeft nog en wil Nick Dunne laten opdraaien voor haar verdwijning,' zei hij. Ik vouwde mijn handen en ging rechtop zitten, alles om maar redelijkheid uit te stralen. Boney staarde me aan. Had ik maar een pijp, dacht ik, of een bril die ik snel op en af kon zetten om nog meer indruk te kunnen maken, liefst met een encyclopedie binnen handbereik. Ik voelde me duizelig worden. Lach me niet uit.

Boney fronste. 'Pardon?'

'Amy leeft nog en mankeert niets. Ze probeert Nick haar verdwijning in de schoenen te schuiven,' legde mijn spreekbuis nog een keer uit.

Ze wisselden een blik en bogen zich over de tafel naar elkaar toe: *Hij dúrft wel.*

'Waarom zou ze dat doen?' vroeg Gilpin, in zijn ogen wrijvend.

'Omdat ze hem haat. Logisch. Wat wil je, met zo'n echtgenoot.'

Boney keek naar de grond en slaakte een zucht. 'Helemaal mee eens.'

Op hetzelfde moment zei Gilpin: 'O, hou alsjeblieft op.'

'Bedoel je dat ze krankzinnig is, Nick?' vroeg Boney, zich naar me toe buigend. 'Want wat jullie beweren is krankzinnig. Het zou haar een half jaar, wat zeg ik, een jaar kosten om dit allemaal uit te werken. Behalve dat ze je moet haten, moet ze je ook nog een jaar lang kwaad willen aandoen. Weet je hoe moeilijk het is om een dergelijke haat een jaar lang vast te houden?'

Dat kon ze. Amy kon dat.

'Waarom zou ze niet gewoon van je scheiden?' vroeg Boney kortaf.

'Dat strookt niet met haar gevoel van… rechtvaardigheid,' antwoordde ik. Tanner keek me weer fronsend aan.

'Jezus, Nick, word je hier zelf niet doodmoe van?' zei Gilpin. 'Je vrouw zegt het zelf in haar dagboek. Ze denkt dat je haar zou kunnen vermoorden.'

Iemand had hen geleerd de naam van de verdachte vaak te laten vallen om hem het gevoel te geven dat ze hem kennen en om hem op zijn gemak te stellen. Net zoals verkopers deden.

'Ben je onlangs nog in het huis van je vader geweest, Nick?' vroeg Boney. 'Op 9 juli bijvoorbeeld?'

'Shit. Dáárom heeft Amy de alarmcode veranderd.' Opnieuw walgde ik van mezelf. Mijn vrouw had me twee keer te grazen genomen. Eerst liet ze me geloven dat ze nog altijd van me hield, daarna dwong ze me twee keer de beschuldigende vinger naar mezelf te richten. Het valse kreng. Ik moest er bijna om lachen. Mijn god, wat haatte ik haar. De trut. Maar stiekem had ik ook wel bewondering voor haar.

Tanner kwam tussenbeide. 'Amy gebruikte haar aanwijzingen om mijn cliënt naar verschillende plekken te laten gaan waar ze bewijs had achtergelaten zodat hij zich verdacht zou maken. Mijn cliënt en ik hebben de aanwijzingen bij ons. Om jullie ter wille te zijn.'

Hij haalde de aanwijzingen en liefdesbriefjes tevoorschijn en wapperde ermee voor de neus van Boney en Gilpin alsof hij een kaarttrucje showde. Zwetend keek ik toe terwijl ze alles doorlazen. Ik kon alleen maar hopen dat ze snel zouden opkijken om me te zeggen dat nu alles duidelijk was.

'Oké. Je wilt dus beweren dat Amy je zo haatte dat ze maanden bezig is geweest om jou te laten opdraaien voor haar verdwijning?' Boney vroeg het op de kalme, afgemeten toon van een teleurgestelde ouder.

Ik keek haar wezenloos aan.

'Dit klinkt niet als een boze vrouw, Nick,' zei ze. 'Ze doet haar uiterste best haar excuses aan te bieden en stelt zelfs voor om opnieuw te beginnen. Ze wil je laten weten hoeveel ze van je houdt: *Je bent warm – je bent mijn zon. Je bent briljant... geestig.*'

'O, hou alsjeblieft op.'

'Nogmaals, Nick, dat is een heel vreemde reactie voor iemand die onschuldig is,' zei Boney. 'Wij lezen hier allemaal lieve passages, misschien wel de laatste woorden van je vrouw aan jou, en jij wordt boos. Ik herinner me die eerste avond nog. Amy wordt vermist, jij komt binnen, we zetten je drie kwartier hier in dit verhoorkamertje en jij kijkt vervééld. We hebben je geobserveerd vanachter de doorkijkspiegel. Je viel bijna in slaap.'

'Dat heeft er niets mee te maken...' begon Tanner.

'Ik probeerde kalm te blijven.'

'Je zag er inderdaad héél kalm uit,' zei Boney. 'Al die tijd heb je je... ongepast gedragen. Onbewogen, luchthartig.'

'Zo ben ik nu eenmaal, snap je dat dan niet? Stoïcijns. Té. Amy weet dat... Daar klaagde ze altijd over. Dat ik niet invoelend genoeg was, dat ik me in mezelf terugtrok, dat ik niet met emoties als verdriet en wroeging kon omgaan. Ze wíst dat ik verdacht zou lijken. Goddomme, praat eens met Hilary Handy, oké? Of met Tommy O'Hara. Ik heb ze gesproken! Ze kunnen jullie vertellen hoe ze is.'

'Daar zijn we al geweest,' zei Gilpin.

'En?'

'Hilary Handy heeft na haar middelbareschooltijd twee zelfmoordpogingen gedaan. Tommy O'Hara heeft twee keer in een afkickkliniek gezeten.'

'Waarschijnlijk juist vanwége Amy.'

'Of omdat het labiele, schuldbewuste mensen zijn,' zei Boney. 'Laten we het over de speurtocht hebben.'

Gilpin las Aanwijzing Twee opzettelijk monotoon voor.

Je hebt me hiernaartoe meegenomen zodat je kon praten
Over je avonturen: een pet met klep, jeans met gaten
De rest kan de pest krijgen, welbeschouwd
En nu een heimelijke zoen… alsof we net zijn getrouwd.

'Je zegt dat dit geschreven is om jou naar Hannibal te lokken?' zei Boney.

Ik knikte.

'Hannibal wordt hier anders niet in genoemd,' zei ze. 'Ook niet indirect.'

'De pet met klep is een oude inside joke van ons…'

'O, een inside joke,' zei Gilpin.

'En die andere aanwijzing dan, over dat kleine bruine huis?' vroeg Boney.

'Ze wilde dat ik naar het huis van mijn vader zou gaan,' zei ik.

Boneys gezicht kreeg weer een strenge uitdrukking. 'Nick, het huis van je vader is blauw.' Ze keek Tanner hoofdschuddend aan: is dit alles wat jullie ons te bieden hebben?

'Ik krijg het gevoel dat je die "inside jokes" in de aanwijzingen verzint,' zei Boney. 'Ik bedoel, jij hebt het over een slimme zet van Amy. Wij ontdekken dat je in Hannibal bent geweest en, o toeval, deze aanwijzing betekent eigenlijk "Ga naar Hannibal".'

'Het trouwdagcadeau,' begon Tanner, en hij tilde de doos op de tafel, 'is anders een stuk minder subtiel. Jan Klaassen-en-Katrijn-poppen. Zoals je ongetwijfeld weet, vermoordt Jan Klaassen Katrijn en haar baby. Deze poppen hier zijn ontdekt door mijn cliënt. We wilden er zeker van zijn dat jullie ze in handen zouden krijgen.'

Boney trok de doos naar zich toe, deed latexhandschoenen aan en haalde de poppen eruit. 'Zwaar,' zei ze, 'massief.' Ze bekeek het kant aan de jurk van de Katrijn-pop en het narrenpak van de Jan Klaassen-pop. Ze tilde de mannenpop op en bekeek de dikke, houten steel met de vingergreep.

Ze verstijfde en staarde met een frons naar de mannenpop in haar handen. Toen draaide ze de vrouwenpop om zodat de rok omlaag viel.

'Aan deze zit geen steel.' Ze wendde zich tot me. 'Heeft er wel een steel aan gezeten?'

'Hoe moet ik dat nou weten?'

'Een steel van pakweg tien bij zeventig centimeter, heel dik en zwaar, met ingefreesde vingergroeven voor extra grip?' zei ze bits. 'Een steel die veel weg heeft van een knuppel?'

Ze staarde me aan en van haar gezicht viel af te lezen wat ze dacht: jij speelt een spelletje. Jij bent een sociopaat. Jij bent een moordenaar.

Amy Elliott Dunne

Elf dagen vermist

Vanavond is Nicks veelbesproken interview met Sharon Schieber. Ik was van plan er na een heet bad naar te kijken onder het genot van een fles wijn en het op te nemen, zodat ik aantekeningen kan maken bij zijn leugens. Ik wil elke overdrijving, elke halve waarheid en schaamteloze leugen opschrijven zodat ik me kan concentreren op mijn woede. Die begon na het bloginterview – één dronken, spontaan interview! – weg te ebben en dat kan ik me niet veroorloven. Ik mag niet verslappen. Ik ben niet achterlijk. Toch ben ik benieuwd naar zijn mening over Andie nu ze met hem heeft gebroken. De draai die hij zal maken.

Ik wil alleen kijken, maar Desi hangt al de hele dag om me heen en in welke kamer ik me ook terugtrek, hij wipt om de zo veel tijd even binnen, onvermijdelijk als een plotselinge onweersbui. Ik kan hem niet vragen te vertrekken, het is zijn eigen huis. Dat heb ik al eens geprobeerd en het werkt niet. Hij zal zeggen dat hij het sanitair in het souterrain wil controleren of dat hij de koelkast wil inspecteren om te kijken of er nog boodschappen moeten worden gedaan.

Daar zal weinig verandering in komen, denk ik. Zo zal mijn leven eruitzien. Hij duikt op wanneer hij wil, blijft zo lang als hij wil, schuifelt rond en begint een gesprek, gaat zitten en gebaart dat ik ook moet gaan zitten, opent een fles wijn en voor ik het weet zitten we samen te eten en is hij op geen enkele manier af te remmen.

'Ik ben echt doodmoe,' zeg ik.

'Verwen je weldoener nog heel even,' reageert hij, en hij strijkt met zijn vinger langs de vouw van zijn broekspijp.

Hij is op de hoogte van Nicks interview vanavond, dus hij gaat weg en komt terug met mijn favoriete eten en drinken: manchegokaas, chocoladetruffels en een fles oude sancerre. Hij legt zelfs met een kritisch opgetrokken wenkbrauw een zak chili-kaaschips van Fritos neer waaraan ik verslaafd ben geraakt toen ik nog Ozark Amy was. Hij schenkt de wijn in. We zijn stilzwijgend overeengekomen dat we het niet over de baby zullen hebben. We weten allebei dat er veel miskramen in onze familie voorkomen en dat het te pijnlijk voor me is om erover te praten.

'Ik ben benieuwd wat dat zwijn nu weer te zeggen heeft,' zegt hij. Desi zegt zelden 'klojo' of 'klerelijer'. Hij zegt 'zwijn', wat uit zijn mond zelfs nog giftiger klinkt.

Een uur later hebben we een lichte avondmaaltijd genuttigd die Desi heeft bereid en de wijn gedronken die Desi heeft meegebracht. Hij heeft me één hapje van de kaas gegeven en een truffel met me gedeeld. Hij heeft me op de kop af tien Fritos gegeven en de zak toen weggemoffeld. Hij houdt niet van de geur; hij stoort zich eraan. Maar waar hij zich vooral aan stoort is mijn gewicht.

We zitten naast elkaar op de bank onder een zachte, wollen deken. Desi heeft de airconditioning zo hoog gezet dat het herfst in juli is. Ik vermoed dat hij dat doet om de open haard te kunnen aansteken en onder een deken te kunnen zitten; kennelijk krijgt hij een oktobervisioen als hij aan ons beiden denkt. Hij heeft zelfs een cadeau voor me gekocht – een heidekleurige coltrui die ik meteen moet aantrekken – en het valt me op dat de trui perfect kleurt bij de deken en Desi's donkergroene trui.

'Door de eeuwen heen hebben dergelijke zielige mannen sterke vrouwen die een bedreiging vormen voor hun mannelijkheid mishandeld,' zegt Desi. 'Ze zijn geestelijk zwak en hebben die controle over anderen nodig...'

Ik denk aan een ander soort controle. Ik denk aan controle onder het mom van zorg: *Hier heb je een trui voor de kou, lieverd, dus trek hem maar snel aan zodat je eruitziet zoals ik wil dat je eruitziet.*

Nick deed dit soort dingen tenminste niet. Nick liet me mijn gang gaan.

Ik wil dat Desi stilzit en zijn mond houdt. Hij is onrustig en nerveus, alsof zijn rivaal bij ons in de kamer zit.

'Sst,' zeg ik als mijn mooie gezicht op het scherm komt. Daarna volgt de ene foto na de andere, als vallende bladeren. Een Amy-collage.

'Ze was het meisje dat élk meisje graag zou willen zijn,' zegt Sharons voice-over. 'Mooi, briljant, inspirerend en heel rijk. Hij was de jongen die door alle mannen werd bewonderd...'

'Niet door deze man,' mompelt Desi.

'... knap, geestig, slim en charmant. Maar op 5 juli stortte hun schijnbaar perfecte wereld in toen Amy Elliott Dunne op hun vijfde trouwdag verdween.'

Herhaling, herhaling, herhaling. Foto's van mij, Andie, Nick. Fotokopieën van een zwangerschapstest en onbetaalde rekeningen. Ik moet zeggen dat ik mijn werk goed heb gedaan. Het is alsof je een muurschildering hebt gemaakt en dan een stap terug doet en denkt: perfect.

'Nu doorbreekt Nick Dunne speciaal voor dit programma zijn stilte, niet alleen over de verdwijning van zijn vrouw maar ook over zijn ontrouw en de geruchten.'

Ik voel een golf van genegenheid voor Nick omdat hij mijn favoriete stropdas draagt die ik voor hem heb gekocht en die hij te meisjesachtig vindt, of beter, vond. De das heeft een pauwpaarse kleur die zijn ogen bijna violet maakt. Hij is niet meer zo onuitstaanbaar dik als een maand geleden: hij is zijn buikje kwijt, zijn gezicht is niet meer pafferig, zijn kin niet meer zo rond. Zijn haar is bijgepunt maar niet geknipt. In gedachten zie ik Go nog snel even met een schaar wat haar wegknippen en in de Mama Mo-rol schieten door met een natte duim een vlekje op zijn kin weg te werken voordat hij voor de camera moet. Hij draagt mijn stropdas, en als hij een gebaar maakt met zijn hand, zie ik dat hij ook het vintage Bulova Spaceview draagt dat ik voor zijn drieëndertigste verjaardag heb gekocht en dat hij nooit droeg omdat hij het niet bij zich vond passen, wat juist wel het geval was.

'Hij ziet er wel érg verzorgd uit voor een man wiens vrouw wordt vermist,' snauwt Desi. 'Maar goed dat hij zijn manicure niet heeft overgeslagen.'

'Nick zou nooit een manicure laten doen,' zeg ik met een zijdelingse blik op Desi's gepolijste nagels.

'Laten we meteen ter zake komen, Nick,' zegt Sharon. 'Heb je iets te maken met de verdwijning van je vrouw?'

'Nee. Nee, absoluut niet. Honderd procent zeker,' zegt Nick. Hij heeft geleerd oogcontact te blijven houden. 'Maar laat ik je dit zeggen, Sharon, ik ben allesbehalve de onschuldige, goede echtgenoot die ik zou moeten zijn. Als ik me niet zo veel zorgen zou maken om Amy, zou ik zeggen dat haar verdwijning me op de een of andere manier... goed uitkwam.'

'Het spijt me, Nick, maar ik denk dat veel mensen hun oren niet zullen geloven. Dat je zoiets zegt terwijl je vrouw wordt vermist.'

'Het is echt een afgrijselijk rotgevoel en ik wil niets liever dan haar vinden. Het enige wat ik zeg is dat ik op een heel wrede manier ben geconfronteerd met het feit dat ik een slechte echtgenoot ben geweest. Het is een vreselijk idee dat er zoiets als dit moest gebeuren om me uit die zelfzuchtige spiraal te halen en me te doen inzien dat ik de gelukkigste man ter wereld ben. Ik bedoel, ik had een vrouw die mijn gelijke was, mijn betere helft, in alle opzichten, en dan laat ik me door mijn onzekerheden – over mijn werkloosheid, niet voor mijn gezin kunnen zorgen, ouder worden – van het rechte pad afbrengen.'

'O, alsjeblieft, hè...' begint Desi. Ik maan hem tot stilte. Voor Nick is een televisiebekentenis dat hij een slechte man is een kleine dood, en dan bedoel ik niet de *petite mort*.

'En Sharon, ik wil nog iets zeggen, en wel hier en nu. Ik ben vreemdgegaan en dat was respectloos tegenover mijn vrouw. Ik wilde niet de man worden die ik was geworden, maar in plaats van aan mezelf te werken, koos ik voor de gemakkelijkste weg. Ik bedroog haar met een jonge vrouw die me nauwelijks kende. Zodat ik kon dóén alsof ik heel wat voorstelde. Ik kon doen alsof ik de man was die ik wilde zijn – slim, vol zelfvertrouwen en succesvol – omdat deze jonge vrouw me niet anders kende. Deze jonge vrouw had me niet midden in de nacht in de badkamer zien huilen in een handdoek omdat ik was ontslagen. Ze kende mijn zwakke plekken en tekortkomingen niet. Ik was een idioot die dacht dat mijn vrouw niet van me zou houden als ik niet perfect was. Ik wilde Amy's held zijn, maar toen ik mijn baan verloor, verloor ik mijn zelfrespect. Ik kon die held niet meer zijn voor haar. Sharon, ik weet het verschil tussen goed en kwaad. En ik... ik heb het gewoon niet goed gedaan.'

'Wat zou je tegen je vrouw willen zeggen, mocht ze daarbuiten ergens zijn en je vanavond kunnen zien en horen?'

'Ik zou zeggen: Amy, ik hou van je. Je bent de beste vrouw die ik ken. Je bent meer dan ik verdien, en als je terugkomt, dat zal ik het de rest van mijn leven proberen goed te maken. We zullen een manier vinden om deze ellende achter ons te laten en ik zal de beste man van de wereld voor je zijn. Kom alsjeblieft terug, Amy.'

Hij legt heel even het topje van zijn wijsvinger in het kuiltje in zijn kin, een oude geheime code van ons om aan te geven dat we elkaar niet voor de gek houden: die jurk staat je echt heel mooi, dat artikel is echt goed. *Ik ben nu honderd procent serieus, ik steun je en zal je nooit belazeren.*

Desi buigt zich voor me langs om me het zicht op het scherm te ontnemen en pakt de fles sancerre. 'Nog wat wijn, lieverd?' zegt hij.

'Sst.'

Hij zet het programma op pauze. 'Amy, je bent een zachtaardige vrouw. Ik weet dat je gevoelig bent voor... smeekbeden. Maar alles wat hij zegt is gelogen.'

Nick zegt precies wat ik wil horen. Eindelijk.

Desi keert de tv de rug toe zodat hij recht in mijn blikveld komt te zitten en ik niets meer van het scherm zie. 'Nick voert een toneelstukje op. Hij wil overkomen als een goede, berouwvolle man. Ik moet toegeven dat hij dat heel knap doet. Maar het is niet echt. Hij rept met geen woord over het misbruik en de mishandelingen. Ik snap niet wat voor macht die man nog over jou heeft. Het moet wel een soort stockholmsyndroom zijn.'

'Ik snap wat je bedoelt,' zeg ik. Ik weet precies wat ik tegen Desi moet zeggen. 'Je hebt gelijk. Je hebt helemaal gelijk. Ik heb me in lange tijd niet zo veilig gevoeld, Desi, maar ik ben nog steeds... Ik zie hem en... Ik verzet me ertegen, maar hij heeft me jarenlang... pijn gedaan.'

'Misschien is het beter dat we niet meer kijken,' zegt hij, en hij speelt met mijn haar en buigt zich te dicht naar me toe.

'Nee, laat de tv maar aan,' zeg ik. 'Ik zal erdoorheen moeten. Met jou. Met jou erbij kan ik het aan.' Ik leg mijn hand in de zijne. *En hou nou verdomme je kop.*

Ik wil gewoon dat Amy terugkomt zodat ik het de rest van mijn leven goed kan maken en haar kan behandelen zoals ze verdient.

Nick vergeeft me. *Ik heb jou het leven zuur gemaakt, jij het mijne, zand erover.* Stel dat zijn codetaal oprecht is? Nick wil me terug. Nick wil me terug zodat hij een goede man voor me kan zijn. Zodat hij me de rest van zijn leven kan behandelen zoals hij me zou behoren te doen. Dat klinkt best goed. We zouden terug naar New York kunnen gaan. De *Amazing Amy*-boeken gaan sinds mijn verdwijning als warme broodjes over de toonbank; drie generaties lezers herinnerden zich hoe dol ze op me waren. Mijn inhalige, domme, onverantwoordelijke ouders kunnen me eindelijk het trustfonds terugbetalen. Mét rente.

Omdat ik terug wil naar mijn oude leventje. Of mijn oude leventje met mijn oude geld en mijn Nieuwe Nick. De Liefhebbende-Respecterende-Gehoorzamende Nick. Misschien heeft hij zijn lesje geleerd. Misschien wordt hij weer zoals hij was. Omdat ik heb zitten dagdromen toen ik gevangenzat in mijn Ozark-hut, en daarna hier in Desi's villa, waar ik tijd genoeg heb om te dagdromen over de Nick uit onze begindagen. Ik dacht dat ik zou dagdromen over Nick die wordt verkracht in de gevangenis, maar dat komt de laatste tijd steeds minder vaak voor. Ik denk aan die begintijd toen we nog naast elkaar in bed lagen, onze naakte lijven op het koele katoen, en dat hij dan alleen maar naar me staarde en zijn vinger van mijn kin naar mijn oor liet glijden terwijl ik huiverde onder de lichte tinteling in mijn oorlel, en vervolgens langs alle zeeschelprondingen van mijn oor en langs mijn haarlijn, tot hij één haarlok pakte, zoals die eerste keer dat we elkaar kusten, zijn vingers naar het uiteinde liet glijden en eraan trok, alsof het een bel was. En dan zei hij: 'Je bent beter dan welk boek ook, beter dan alles wat iemand zou kunnen verzinnen.'

Door Nick voelde ik me verbonden met de aarde. Nick was niet zoals Desi, die me geeft wat ik wil (tulpen, wijn) om me dingen te laten doen die híj wil (van hem houden). Nick wilde gewoon dat ik gelukkig was, meer niet, heel puur. Misschien zag ik dat aan voor luiheid. *Ik wil alleen maar dat je gelukkig bent, Amy.* Hoe vaak heeft hij dat niet gezegd en dat ik dacht dat het betekende: *Ik wil alleen maar dat je gelukkig bent omdat me dat minder inspanning kost.* Maar misschien zag ik het verkeerd. Of beter, verwarde het me. Niemand van wie ik ooit heb gehouden had géén eigen agenda. Dus hoe had ik dat kunnen weten?

Het is echt waar. We moesten in deze verschrikkelijke situatie komen om dat te beseffen. Nick en ik passen bij elkaar. Ik ben een tikje te veel, hij een tikje te weinig. Ik ben een doornstruik, vol stekels door te veel aandacht van mijn ouders, hij is een man met duizenden kleine steekwonden die zijn vader hem heeft toegebracht. Mijn doornen passen daar precies in.

Ik moet naar hem terug.

Nick Dunne

Veertien dagen vermist

Ik werd wakker op de bank van mijn zus met een gierende kater en de behoefte om mijn vrouw te vermoorden. Dat was een vrij normaal gevoel in de dagen na het dagboekverhoor op het politiebureau. Ik stelde me voor dat ik Amy in een of ander kuuroord aan de westkust zou vinden, nippend aan een glas ananassap op een divan terwijl haar zorgen oplosten in de strakblauwe lucht boven haar, en dat ik vuil en stinkend van een koortsachtige reis door het land naast haar ga staan en dat mijn schaduw haar doet opkijken terwijl ik mijn handen om haar volmaakte hals leg, om de spieren, de holten, de aderen waarin het bloed eerst snel en dan steeds langzamer klopt terwijl we elkaar aankijken en eindelijk iets van elkaar begrijpen.

Mijn arrestatie zou een kwestie van tijd zijn. Gebeurde het niet vandaag, dan gebeurde het wel morgen; was het niet morgen, dan wel overmorgen. Dat de politie me na het verhoor liet gaan, had ik opgevat als een goed teken, maar Tanner had me uit de droom geholpen. 'Zonder lijk is een aanklacht buitengewoon lastig. Ze zijn bezig de puntjes op de i te zetten. Gebruik je vrije dagen om te doen wat je nog moet doen, want zodra je wordt gearresteerd, krijgen we het druk.'

Net buiten het raam hoorde ik de geluiden van de cameraploegen: mannen die elkaar goedemorgen toeriepen, alsof ze inklokten bij de fabriek, camera's die klik-klikten als rusteloze sprinkhanen terwijl ze Go's huis fotografeerden. De ontdekking van mijn 'speelkamer' met spullen in Go's tuin en mijn ophanden zijnde arrestatie waren uitgelekt. We durfden geen van beiden in de buurt van de gordijnen te komen.

Go kwam met haar laptop onder haar arm de kamer binnen. Ze droeg een flanellen boxershort en het Butthole Surfers-shirt uit haar middelbareschooltijd. 'Iedereen keert zich weer tegen je,' zei ze.

'De grilligheid van het lot.'

'Gisteravond heeft iemand informatie gelekt over het schuurtje, Amy's tasje en het dagboek. Nu is het een en al: *Nick is een leugenaar, Nick is een moordenaar, Nick is een leugenachtige moordenaar.* Sharon Schieber heeft een verklaring afgelegd waarin ze zegt dat ze "geschokt en teleurgesteld" is over de wending die de zaak heeft genomen. O ja, en iedereen wil weten hoe het zit met de porno – *Vermoord de Krengen.*'

'*Martel het Kreng.*'

'O, sorry,' zei ze. 'Martel het Kreng. Dus Nick is een leugenachtige moordenaar-slash-sekssadist. Ellen Abbott wordt nu helemaal bloedfanatiek. Ze heeft een afkeer van porno.'

'Natuurlijk,' zei ik. 'Ik weet zeker dat Amy dat wist.'

'Nick?' zei ze met haar wordwakkerstem. 'Dit is zeer ernstig.'

'Go, het doet er niet toe wat anderen denken. Dat moeten we niet vergeten,' zei ik. 'Waar het om gaat is wat Amy denkt. Of zíj nu milder tegen me aan kijkt.'

'Nick. Denk je nu echt dat ze zo snel kan overschakelen van haten naar houden van?'

Het was de vijfde verjaardag van ons gesprek over dit onderwerp.

'Ja, Go, dat denk ik echt. Amy heeft nooit een onzindetector gehad. Als je zei dat ze er mooi uitzag, wist ze dat dat zo was. Als je zei dat ze briljant was, vond ze dat geen vleierij maar een terechte opmerking. Dus ja, ik denk dat ze grotendeels echt gelooft dat ik weer van haar ga houden zodra ik mijn fouten inzie. Want waarom zou ik níét van haar houden?'

'Maar stel dat ze inmiddels een onzindetector heeft ontwikkeld?'

'Je kent Amy, ze wil per se winnen. Het probleem is niet dat ik ben vreemdgegaan maar dat ik iemand anders boven haar heb verkozen. Ze zal me terug willen omdat ze wil bewijzen dat zij altijd wint. Dat ben je toch met me eens? Als ik haar smeek terug te komen om haar weer te kunnen aanbidden zoals het hoort, dan kan ze dat moeilijk weerstaan. Denk je niet?'

'Het zou zomaar kunnen,' zei Go op de manier waarop je iemand succes wenst in de loterij.

'Heb jij dan een beter idee?'

Tegenwoordig snauwden we op die manier tegen elkaar. Dat hadden we nooit eerder gedaan. Toen de politie het schuurtje ontdekte hebben ze Go flink aan de tand gevoeld, precies zoals Tanner had voorspeld. *Wist ze ervan? Had ze meegeholpen?*

Ik had verwacht dat ze die nacht vloekend en tierend thuis zou komen, maar er had alleen maar een gegeneerd glimlachje vanaf gekund terwijl ze langs me heen glipte naar haar kamer in het huis waarop ze een tweede hypotheek had moeten nemen om Tanner te kunnen bekostigen.

Door mijn idiote gedrag had ik mijn zus zowel financieel als juridisch in de problemen gebracht. Ik voelde me beschaamd onder de situatie en Go wrokkig, een dodelijke combinatie voor twee mensen die opgesloten zitten in een kleine ruimte.

Ik gooide het over een andere boeg. 'Ik overweeg Andie te bellen nu...'

'God, dat zou een geniale zet zijn, Nick. Dan kan ze daarna weer naar *Ellen Abbott*...'

'Ze is niet bij *Ellen Abbott* geweest. Ze had een persconferentie die door *Ellen Abbott* werd gesteund. Ze bedoelt het niet kwaad, Go.'

'Ze gaf die persconferentie omdat ze pissig op je was. Misschien had je beter door kunnen rotzooien met haar.'

'Dank je.'

'Wat zou je dan in godsnaam tegen haar willen zeggen?'

'Dat het me spijt.'

'Ja, logisch dat je spijt hebt,' mompelde ze.

'Ik vind... De manier waarop we moesten breken zit me dwars.'

'De laatste keer dat je Andie zag heeft ze je gebéten, Nick,' zei Go met overdreven veel geduld in haar stem. 'Ik denk niet dat jullie elkaar nog iets te zeggen hebben. Jij bent hoofdverdachte in een moordzaak. Je hebt het recht op een soepele breuk verspeeld. Denk verdomme eens na, Nick.'

We werden gek van elkaar, wat ik nooit had verwacht. Het was niet alleen de stress of de puinhoop waarmee ik Go had opgescheept. Ik kon die tien seconden na het openen van de schuurdeur nog maar een week geleden niet vergeten, en Go ook niet. Ik had verwacht dat Go zoals altijd mijn gedachten zou lezen maar wat Go las was dat ik mijn vrouw had vermoord. Ik betrapte haar erop dat ze met dezelfde harde, kille blik naar me keek als waarmee ze naar onze vader keek: de zoveelste klootzak die ruimte inneemt. En ik wist zeker dat ik soms naar haar keek met die vreselijke blik van mijn vader: de zoveelste kleingeestige vrouw die wraak wil nemen.

Ik zuchtte diep, stond op en gaf haar een kneepje in haar hand. Ze kneep terug.

'Ik kan maar beter naar huis gaan,' zei ik. Ik voelde een golf van misselijkheid opkomen. 'Ik kan er niet meer tegen op mijn arrestatie te moeten wachten. Ik kan er niet meer tegen.'

Voordat ze me kon tegenhouden, had ik mijn sleutels gepakt en de voordeur opengegooid. Talloze camera's klikten waarna het geschreeuw losbrak onder de verzamelde menigte die nog groter was dan ik had gevreesd. *Hé Nick, heb je je vrouw vermoord? Hé Margo, heb je je broer geholpen met het verduisteren van de bewijzen?*

'Stelletje hufters,' snauwde Go. Ze kwam solidair naast me staan in haar boxershort en Butthole Surfers-T-shirt. Een paar actievoerders liepen met borden. Een vrouw met dun, blond haar en een zonnebril zwaaide met een posterbord: *Nick, waar is AMY?*

Het geschreeuw zwol aan en grensde aan razernij toen ze mijn zus in het oog kregen. *Margo, is je broer een vrouwenmoordenaar? Heeft Nick zijn vrouw en kind gedood? Margo, ben je medeplichtig? Heeft Nick zijn vrouw vermoord? Heeft Nick zijn kind vermoord?*

Ik vermande me. Ik weigerde terug het huis in te gaan. Toen zag ik Go naast me bukken en de kraan bij de trap helemaal opendraaien, waarna ze de tuinslang pakte en een harde, dikke straal op de horde cameramensen, demonstranten en mooie journalisten in hun tv-outfits richtte alsof het een kudde dieren was.

Ze gaf me rugdekking. Ik sprong in mijn auto en scheurde weg, de menigte druipend achterlatend in de voortuin. Ik hoorde Go's schrille lach.

Het kostte me tien minuten stapvoets rijden door een zee van boze mensen – behalve de cameraploegen stonden er minstens twintig demonstranten voor mijn huis – voordat ik mijn auto via mijn oprit de garage in kon rijden. Mijn buurvrouw Jan Teverer was een van de demonstranten. Toen ik oogcontact met haar kreeg, zwaaide ze met haar bord naar me: WAAR IS AMY, NICK?

Eindelijk was ik binnen en rolde de garagedeur zoemend omlaag. Zwaar ademend staarde ik voor me uit in de bloedhete, betonnen ruimte.

Alles voelde nu als een gevangenis – deuren die almaar open- en dichtgingen. Ik voelde me nergens meer veilig.

De rest van de dag fantaseerde ik over manieren waarop ik Amy kon vermoorden. Ik kon aan niets anders meer denken: ik moest een manier vinden om haar om zeep te brengen. Ik zou Amy's koortsachtige brein inslaan. Ik mocht de afgelopen jaren misschien zijn ingedut, ik was nu klaarwakker. En dat was Amy's verdienste. Ik voelde dezelfde opwinding als in de begindagen van ons huwelijk.

Ik wilde iets doen, wilde dat er iets gebeurde, maar er viel niets te doen. Tegen het einde van de avond waren alle cameraploegen weg, maar ik durfde het huis niet te verlaten. Ik wilde een eind gaan lopen. Het werd ijsberen. Ik was gevaarlijk opgefokt.

Andie had me laten vallen, Marybeth had zich tegen me gekeerd, Go's onvoorwaardelijke vertrouwen had een deuk opgelopen. Boney had me in de val gelokt. Amy had me kapotgemaakt. Ik schonk mezelf bourbon in. Ik nam een flinke slok, klemde mijn vingers om de welvingen in het glas en smeet het toen tegen de muur. Het glas sloeg met een klap aan gruzelementen en spatte als vuurwerk uiteen. Ik rook de wolk bourbon. Woede in alle vijf de zintuigen. *Die godverdommese trutten.*

Mijn hele leven had ik geprobeerd een nette vent te zijn, een man die van vrouwen hield en vrouwen respecteerde, iemand zonder complexen. Maar hier stond ik dan met mijn nare gedachten over mijn tweelingzus, mijn schoonmoeder, mijn minnares. Ik fantaseerde over hoe ik mijn vrouw haar schedel zou inslaan.

Er werd op de deur gebonsd. Een luid, woedend beng-beng-beng. Ik schrok wakker uit mijn nachtmerrie.

Ik rukte de deur open en begroette woede met woede.

Het was mijn vader, opgeroepen door mijn haat, als een kwade geest. Hij hijgde zwaar en was nat van het zweet. Een mouw van zijn overhemd hing aan flarden en zijn haar stond wild overeind, maar zijn ogen hadden zoals gewoonlijk een duistere waakzaamheid die hem er akelig gezond deed uitzien.

'Is ze hier?' snauwde hij.

'Wie bedoel je, pa? Wie zoek je?'

'Je weet wel wie.' Hij duwde me opzij en stormde met gebalde vuisten en modderige schoenen de woonkamer in. *Trut-trut-trut.* Zijn zwaartepunt lag te ver naar voren, waardoor hij in beweging moest blijven om niet voorover te vallen. Hij rook naar munt. Echte munt, geen pepermunt. Ik zag een veeg groen op zijn broek, alsof hij door een tuin had gebanjerd.

Die stomme trut, stomme trut, mompelde hij voortdurend. Via de eetkamer naar de keuken, overal knipte hij het licht aan. Een waterwants vluchtte weg over de muur.

Ik liep achter hem aan en probeerde hem tot bedaren te brengen. *Pa, pa, ga even zitten, pa, wil je een glas water, pa…* Hij stampte de trap af naar beneden, klonten modder achterlatend op de treden. Mijn handen balden zich tot vuisten. Natuurlijk moest die klootzak net nu langskomen, alsof ik me nog niet al rot genoeg voelde.

'Pa! Verdomme, pa! Er is hier niemand. Alleen ik.' Hij negeerde me, gooide de deur van de logeerkamer open en liep toen weer terug naar de woonkamer. 'Pa!'

Ik wilde hem niet aanraken. Ik was bang dat ik hem zou slaan. Ik was bang dat ik zou gaan huilen.

Toen hij naar de slaapkamer wilde gaan, versperde ik hem de toegang tot de trap. Ik plantte mijn ene hand tegen de muur en greep met de andere de trapleuning vast – een menselijke barricade. 'Pa! Kijk me aan.'

Het schuim stond op zijn mond van woede. 'Zeg tegen die lelijke trut dat het nog niet voorbij is. Ze is niet beter dan ik, zeg dat maar tegen haar. Ze is niet te goed voor mij. Ze heeft niks te vertellen. Die lelijke trut zal eindelijk eens leren…'

Ik zweer je dat ik op dat moment een wit licht zag, een moment van volledige, achterbakse helderheid. Ik staakte mijn pogingen om mijn vader het zwijgen op te leggen en liet zijn stem in mijn oren doordreunen. Ik was die man niet: ik haatte noch vreesde alle vrouwen. Ik haatte slechts één vrouw. Als ik alleen Amy verachtte en mijn woede en venijn op de vrouw richtte die het verdiende, maakte me dat nog niet tot mijn vader. Dan was ik geestelijk gezond.

De trut, de trut, de trut.

Ik haatte mijn vader meer dan ooit omdat ik van zijn woorden genoot.

Vuile trut, vuile trut.

Ik greep hem hard bij de arm en trok hem mee naar de auto. Tot aan Comfort Hill bleef hij zijn bezweringen herhalen. Ik parkeerde bij het tehuis in het gereserveerde vak voor de ambulance, liep naar zijn kant van de auto, rukte het portier open, trok hem aan zijn arm eruit en bracht hem tot net binnen de deur.

Toen draaide ik me om en ging terug naar huis.

Vuile trut, vuile trut.

Voor mij zat er niets anders op dan te smeken. Die trut van mij had me alles afgenomen, dus het enige wat me nog restte was mijn vrouw te smeken bij me terug te komen. Kranten, internet, tv, wat dan ook, ik kon alleen maar hopen dat ze me de goede echtgenoot zag spelen en de woorden hoorde zeggen die ze wilde dat ik zei: *overgave, compleet. Jij hebt gelijk en ik ben fout, zoals altijd. Kom bij me terug (jij godverdommese trut!). Kom bij me terug zodat ik je kan vermoorden.*

Amy Elliott Dunne

Zesentwintig dagen vermist

Desi is er weer. Hij is hier nu bijna elke dag. Hij loopt met een glimlach op zijn gezicht rond, laat de ondergaande zon in de keuken zijn profiel belichten zodat ik hem kan bewonderen, trekt me aan de hand mee naar de tulpenkamer zodat ik hem opnieuw kan bedanken, herinnert me eraan hoe veilig en geliefd ik ben.

Hij zegt dat ik veilig en geliefd ben maar hij laat me niet gaan, zodat ik me allesbehalve veilig en geliefd voel. Ik krijg geen autosleutels van hem. En ook geen huissleutels of de code van het beveiligingshek. Ik ben letterlijk een gevangene – het hek is vijf meter hoog en er zijn geen ladders in huis (ik heb ernaar gezocht). Ik zou een aantal meubelstukken naar de muur kunnen slepen om ze daar op te stapelen en eroverheen te klimmen, zodat ik me vervolgens al dan niet mank uit de voeten kan maken. Maar daar gaat het niet om. Waar het om gaat is dat ik zijn gewaardeerde, dierbare gast ben, en een gast moet kunnen gaan en staan waar hij wil. Ik heb dit een paar dagen geleden ter sprake gebracht. 'Stel dat ik heel snel weg moet?'

'Misschien kan ik beter hier komen wonen,' verweert hij zich. 'Dan ben ik er altijd om je te beschermen. Als er dan iets gebeurt, kunnen we samen weggaan.'

'Maar stel dat je moeder argwaan krijgt? Stel dat ze hierheen komt en ontdekt dat jij me hier verborgen houdt? Dat zou verschrikkelijk zijn.'

Zijn moeder. Het zou een ramp zijn als zijn moeder hier kwam; ze zou me meteen aangeven. Die vrouw veracht me, al was het maar vanwege dat incident op de middelbare school. Het is alweer zo lang geleden en nog altijd koestert ze een wrok tegen me. Ik had destijds mijn gezicht opengekrabd en tegen Desi gezegd dat ze me had aangevallen (de vrouw was zo bezitterig en gedroeg zich zo koud tegenover mij dat ze ertoe in staat zou zijn geweest). Ze hebben een maand niet met elkaar gesproken. Kennelijk hebben ze het weer bijgelegd.

'Jacqueline kent de code niet,' zegt hij. 'Dit is míjn vakantiehuis.' Hij doet even alsof hij nadenkt. 'Ik kan hier echt beter komen wonen. Het is niet gezond om zo veel alleen te zijn.'

Maar ik ben helemaal niet zo veel alleen. In de voorbije twee weken tijd hebben we al een soort routine opgebouwd. Een door Desi opgelegde routine, mijn decadente cipier, mijn verwende hoveling. Desi arriveert meestal net na de middag, geurend naar een of andere dure lunch die hij met Jacqueline in een of ander chic restaurant heeft genuttigd, het soort restaurant waar wij ook zouden gaan eten als we naar Griekenland zijn verhuisd. (Dit is de andere optie waar hij herhaaldelijk over begint: we zouden naar Griekenland kunnen verhuizen. Om de een of andere reden denkt hij dat ik nooit zal worden herkend in een klein vissersdorpje in Griekenland, waar hij vaak 's zomers op vakantie is geweest en waar hij ons ongetwijfeld in gedachten wijn ziet drinken en met een buik vol inktvis de liefde ziet bedrijven in de ondergaande zon.) Hij komt in een wolk van lunchgeuren binnen. Het lijkt wel of hij foie gras achter zijn oren smeert (net zoals zijn moeder altijd een vage vaginale geur met zich meedraagt – eten en seks, de Collings-geur, geen slechte strategie).

Als hij binnen is, begin ik meteen te watertanden. Die geur. Hij heeft iets lekkers voor me meegebracht, maar het is vast niet zo lekker als wat hij zelf heeft gegeten. Hij wil dat ik afslank omdat hij van bleke, magere vrouwen houdt. Hij neemt heerlijke stervruchten, stekelige artisjokken en krabben voor me mee, in elk geval iets wat veel bereidingstijd vergt maar weinig eetbaars oplevert. Ik ben weer bijna op mijn normale gewicht en krijg uitgroei in mijn haar. Ik draag mijn haar, dat ik weer blond heb geverfd met de haarverf die hij voor me heeft gekocht, achterover in een haarband die hij ook voor me heeft gekocht. 'Ik denk dat je je beter voelt als je weer op jezelf gaat lijken, lieverd,' zegt hij. Jazeker, het gaat allemaal om mijn welzijn, niet omdat hij wil dat ik er weer precies zo uitzie als vroeger. De Amy uit circa 1987.

Ik lunch terwijl hij om me heen draait en naar complimenten vist. (Ik hoop dat ik die drie woordjes – dank je wel – nooit meer hoef uit te spreken. Ik kan me niet herinneren dat Nick ooit pauzeerde om me de kans te geven – te dwingen – hem te bedanken.) Als ik klaar ben met lunchen, ruimt hij alles naar beste kunnen op. We zijn allebei niet gewend onze eigen rommel op te ruimen; het huis ziet er bewoond uit, met vreemde vlekken op het aanrechtblad en stof op de vensterbanken.

Als Desi klaar is met opruimen, begint hij aan me te friemelen. Aan mijn haar, mijn huid, mijn kleren, mijn geest.

'Kijk toch eens naar jezelf,' zegt hij, en hij strijkt mijn haar achter mijn oren zoals hij het graag ziet, knoopt mijn blouse een knoopje verder open en schikt mijn kraag wat losser zodat hij naar de holte bij mijn sleutelbeen kan kijken. Hij legt zijn vinger in de lichte uitholling. Het is obsceen. 'Hoe kan Nick je zo veel pijn hebben gedaan? Hoe kan hij niet van je hebben gehouden en vreemd zijn gegaan?' Hij zegt het zo vaak dat het een verbale blauwe plek wordt. 'Zou het niet heerlijk zijn om Nick en die vijf afschuwelijke jaren te kunnen vergeten en verder te gaan met je leven? Die kans heb je, weet je, om helemaal opnieuw te beginnen met de juiste man. Hoeveel mensen kunnen dat zeggen?'

Ik wil opnieuw beginnen met de juiste man: de Nieuwe Nick. Het ziet er slecht voor hem uit. Hopeloos. Alleen ik kan Nick van mij bevrijden. Maar ik zit gevangen.

'Als je hier ooit zou weggaan en ik niet zou weten waar je bent, dan zou ik naar de politie moeten stappen,' zegt hij. 'Ik zou geen keus hebben. Ik zou zeker willen weten of je veilig bent, dat Nick je niet… ergens tegen je wil vasthield en mishandelde.'

Een bedreiging verpakt als bezorgdheid.

Ik kijk Desi nu met openlijke walging aan. Soms heb ik het gevoel dat mijn huid gloeit van woede en van de inspanning om die woede verborgen te houden. Ik was vergeten hoe hij kon zijn. Manipulatief, overredend, tiranniek, op een zeurende, subtiele manier. Een man voor wie schuld erotiserend werkt. Die als hij zijn zin niet krijgt op subtiele manieren overgaat tot straffen. Nick was tenminste mans genoeg om zijn pik ergens in te steken. Desi zal blijven aandringen met zijn taps toelopende, wasachtige vingers totdat ik hem geef wat hij wil.

Ik dacht dat ik Desi aankon, maar dat kan ik niet. Ik heb het gevoel dat er iets ergs te gebeuren staat.

Nick Dunne

Drieëndertig dagen vermist

De dagen waren leeg en lang en klapten toen op een muur. Ik had op een ochtend in augustus boodschappen gedaan en toen ik thuiskwam trof ik Tanner in mijn woonkamer aan, samen met Boney en Gilpin. In een plastic bewijszak op tafel zat een lange, dikke steel met fijne vingergroeven.

'Dit hebben we tijdens ons eerste onderzoek gevonden aan de oever van de rivier vlak bij jouw huis,' zei Boney. 'Op dat moment leek het niet belangrijk. Gewoon een vreemd uitziend stuk drijfhout op de oever. Maar alles wat tijdens zo'n onderzoek wordt gevonden wordt bewaard. Toen je ons die poppen liet zien, viel het kwartje. Dus we hebben het lab ingeschakeld.'

'En?' zei ik. Effen.

Boney stond op en keek me recht aan. Ze klonk verdrietig. 'Amy's bloed is erop gevonden. Deze zaak is nu officieel een moordzaak. We denken dat dit het moordwapen is.'

'Rhonda, kom nou toch!'

'Het is zover, Nick,' zei ze. 'Het is zover.'

We gingen de volgende fase in.

Amy Elliott Dunne

Veertig dagen vermist

Ik heb een oud touw en een lege wijnfles gevonden die ik heb gebruikt voor mijn project. En wat vermout, natuurlijk. Ik ben er klaar voor.

Discipline. Dit zal discipline en concentratie vergen. Ik weet dat ik het kan.

Ik dos me uit in Desi's favoriete look, oftewel de tere bloem. Mijn haar los, golvend en geparfumeerd. Mijn huid is bleek na een maand binnen zitten. Ik heb me nauwelijks opgemaakt: een veegje mascara, roze-roze wangen en transparante lipgloss. Ik draag een nauwsluitend roze jurkje dat hij voor me heeft gekocht. Geen beha. Geen panty. Geen schoenen, ondanks het frisse aircoklimaat in huis. De open haard brandt en ik heb een lekker luchtje in de kamers gespoten. Als hij na de lunch ongevraagd op bezoek komt, begroet ik hem hartelijk. Ik sla mijn armen om hem heen en verberg mijn gezicht in zijn hals. Ik wrijf mijn wang tegen de zijne. Ik ben in de afgelopen weken steeds liever tegen hem gaan doen, maar deze omhelzing is nieuw.

'Wat doe je nou, lieverd?' zegt hij verbaasd. Hij is zo blij dat ik me bijna schaam.

'Ik heb vannacht een vreselijke nachtmerrie gehad,' fluister ik. 'Over Nick. Ik werd wakker en het enige wat ik wilde was dat jij bij me was. En vanochtend... Ik kijk al de hele ochtend naar je uit.'

'Ik kan hier altijd zijn, als je wilt.'

'Dat wil ik,' zeg ik, en ik hef mijn gezicht naar hem op en laat me kussen. Ik walg van zijn kus; het is een aarzelende knabbelkus, als van een vis. Het is Desi's manier om respectvol met zijn verkrachte, mishandelde vriendin om te gaan. Hij knabbelt weer, met natte, koude lippen. Zijn handen raken me nauwelijks aan en ik kan alleen maar hopen dat het snel voorbij is. Ik heb haast. Ik trek hem tegen me aan en duw zijn lippen uiteen met mijn tong. Ik wil hem bijten.

Hij trekt zich terug. 'Amy,' zegt hij. 'Je hebt een zware tijd achter de rug. Dit gaat misschien te snel. Ik wil niet dat je dit doet als je het nog te vroeg vindt. Als je het niet zeker weet.'

Ik weet dat hij mijn borsten zal moeten aanraken, ik weet dat ik hem in me zal moeten dulden, en ik wil dat het voorbij is. Ik kan me nauwelijks bedwingen hem te krabben als ik eraan denk dat het langzaam moet.

'Ik weet het zeker,' zeg ik. 'Ik denk dat ik het al zeker weet vanaf dat we zestien waren. Ik was alleen bang.'

Dit betekent niks maar ik weet dat het hem diep zal raken.

Ik kus hem weer, en dan vraag ik hem of hij me naar ónze slaapkamer wil brengen.

In de slaapkamer begint hij me langzaam uit te kleden en mijn lichaam te kussen op plaatsen die niets met seks te maken hebben – mijn schouder, mijn oor – terwijl ik hem subtiel wegleid van mijn polsen en enkels. Neuk me nou gewoon, verdomme. Na tien minuten pak ik zijn hand en duw hem tussen mijn benen.

'Weet je het zeker?' zegt hij, en hij maakt zich van me los. Hij heeft een opgewonden blos op zijn wangen en een lok haar valt over zijn voorhoofd, net als op de middelbare school. Het lijkt wel of we nog op mijn studentenkamer zijn, zo weinig vorderingen heeft Desi gemaakt.

'Ja, schat,' zeg ik, en ik reik bescheiden naar zijn pik.

Na nog eens tien minuten is hij eindelijk in me en gaat hij langzaam, heel langzaam op en neer. Desi *bedrijft de liefde*. Hij pauzeert voor kussen en strelingen totdat ik hem bij zijn billen grijp en hem begin te duwen. 'Neuk me,' fluister ik, 'neuk me hard.'

Hij stopt. 'Het hoeft niet op die manier, Amy. Ik ben Nick niet.'

Maar al te waar. 'Dat weet ik, lieverd, maar ik wil dat je... me vult. Ik voel me leeg vanbinnen.'

Dat komt aan. Ik trek grimassen boven zijn schouder terwijl hij nog een paar keer stoot en klaarkomt. Ik heb het bijna te laat door – o, dit is zijn klaarkomkreuntje! – en veins snel een paar oh's en ah's en zachte miauwgeluidjes. Ik probeer wat tranen in mijn ogen te persen omdat ik weet dat hij zich voorstelt dat ik de eerste keer met hem zal huilen.

'Lieverd, je huilt,' zegt hij als hij uit me glijdt. Hij kust een traan weg.

'Van geluk,' zeg ik. Dat is wat dat soort vrouwen zegt.

'Ik heb een paar martini's gemixt,' kondig ik aan – Desi houdt van een decadent middagdrankje – maar wanneer hij aanstalten maakt om zich aan te kleden en de drankjes te halen, probeer ik hem zover te krijgen dat hij in bed blijft.

'Ik wil voor de afwisseling eens iets voor jóú doen,' zeg ik.

Ik haast me naar de keuken waar ik twee grote martiniglazen pak. In mijn eigen glas doe ik gin en een olijf, in het zijne drie olijven, gin, olijvensap, vermout en mijn laatste slaappillen, die ik alle drie fijnstamp.

Ik loop met de martini's terug naar de slaapkamer. We nestelen ons knuffelend tegen elkaar aan. Ik neem zo nu en dan een flinke slok van mijn gin. Mijn gespannen zenuwen moeten worden verdoofd.

'Vind je je martini niet lekker?' vraag ik. Hij heeft pas één slok genomen. 'Ik stel me altijd voor dat ik je vrouw ben en martini's voor je mix. Raar, hè?'

Ik begin te pruilen.

'O, schatje, dat is toch niet raar? Ik wou er alleen lang van genieten. Maar...' hij slaat het glas in één keer achterover, 'als jij je nu beter voelt!'

Hij is uitgelaten, triomfantelijk. Zijn pik is glibberig van zijn veroveringstocht. Hij is, in wezen, net als alle mannen. Al snel wordt hij slaperig en het duurt niet lang of hij ligt te snurken.

Ik kan beginnen.

DEEL 3

JONGEN KRIJGT MEISJE TERUG
(OF VICE VERSA)

Nick Dunne

Veertig dagen vermist

Ik ben op borgtocht vrijgelaten en in afwachting van mijn proces. Ik ben voorgekomen en weer vrijgelaten: het anonimiserende cel in cel uit, de borgtochtzitting, de vingerafdrukken en foto's, het gedraai, het geschuifel, de behandeling; ik voelde me geen dier maar een product dat in elkaar werd gezet op een lopende band. Wat ze produceerden was Nick Dunne, Moordenaar. Het zou nog maanden duren voordat mijn proces (mijn *proces*: het woord alleen al weet me volledig uit mijn doen te brengen en me een idioot, zenuwachtig hoog lachje te ontlokken) zou beginnen. Ik werd geacht me bevoorrecht te voelen omdat ik op borgtocht was vrijgelaten: ik was gebleven waar ik was terwijl ik wist dat ik gearresteerd zou worden, dus ik werd niet als vluchtgevaarlijk gezien. En misschien had Boney een goed woordje voor me gedaan. Dus ik mocht nog een paar maanden in mijn eigen huis doorbrengen totdat ik naar de gevangenis zou worden gebracht en zou worden gedood door de staat.

Ja, ik was een bevoorrecht man.

Het was half augustus, wat ik nog steeds vreemd vond omdat het nog zomer was. *Hoe kan er zo veel zijn gebeurd terwijl het nog niet eens herfst is?* Het was vreselijk warm. Kortemouwenweer zoals mijn moeder altijd zei. Ze maakte zich altijd drukker over het comfort van haar kinderen dan over de werkelijke temperatuur. Kortemouwenweer, jassenweer, overjassenweer, parkaweer – het Jaar in Overkleding. Voor mij zou dit jaar handboeienjaar worden, en daarna waarschijnlijk gevangenisoveralljaar. Of begrafenispakjaar, omdat ik niet van plan was de gevangenis in te gaan. Voor het zover was had ik allang zelfmoord gepleegd.

Tanner had een team van vijf rechercheurs samengesteld om Amy op te sporen. Tot dusver zonder resultaat. Alsof je water probeerde te vangen. Al wekenlang had ik dagelijks mijn eigen duit in het zakje gedaan: ik nam een videofilmpje op met een bericht aan Amy en plaatste het op Rebecca's Whodunnit-blog. (Rebecca was tenminste loyaal gebleven.) In de filmpjes droeg ik kleding die Amy voor me had gekocht, kamde ik mijn haar zoals zij het graag zag en probeerde ik haar gedachten te lezen. Mijn woede jegens haar was als een oververhitte elektriciteitsdraad.

De cameraploegen stelden zich bijna elke ochtend op in mijn voortuin. We waren als vijandelijke soldaten die maandenlang op schootsafstand van elkaar bivakkeerden en elkaar over het niemandsland in de gaten hielden en een soort vervormde broederschap met elkaar gingen voelen. Er was een vent met een stem als een krachtpatser in een tekenfilm aan wie ik gehecht was geraakt zonder dat ik wist hoe hij eruitzag. Hij maakte afspraakjes met een meisje dat hij heel erg leuk vond. Elke ochtend analyseerde hij hun dates en donderde zijn stem door mijn ramen binnen; het ging erg goed tussen die twee. Ik wilde weten hoe het verhaal afliep.

Ik had mijn avondfilmpje aan Amy klaar. Ik droeg een groen overhemd dat ze me goed vond staan en ik had haar het verhaal verteld van de eerste keer dat we elkaar hadden ontmoet: het feest in Brooklyn, mijn vreselijke openingszin, *en met één olijf bedoel ik ook één olijf*, waar ik me altijd voor schaamde als Amy het rondbazuinde. Ik had het over ons vertrek uit het oververhitte appartement, de vrieskou, haar hand in de mijne, en over de kus in de wolk poedersuiker. Het was een van de weinige verhalen die we op dezelfde manier vertelden. Ik vertelde het in de cadans van een verhaaltje voor het slapengaan: rustig, vertrouwd, herhalend. En altijd sloot ik af met *Kom bij me terug, Amy.*

Ik zette de videocamera uit en ging weer op de bank zitten (ik filmde altijd terwijl ik op de bank zat onder haar spuuglelijke, onvoorspelbare koekoeksklok, omdat ik wist dat als ik haar de koekoeksklok niet liet zien, ze zich zou afvragen of ik hem had weggegooid, en na verloop van tijd zou ze eenvoudigweg aannemen dat ik dat had gedaan, en wat ik dan ook voor lieve dingen zei, ze zou altijd bij zichzelf denken: *en toch heeft hij mijn koekoeksklok weggegooid*). Op dat moment begon de koekoeksklok zich knarsend op te winden – bij het geluid klemde ik onwillekeurig mijn kaken op elkaar – en kon het vogeltje elk moment uit zijn huisje komen, toen de cameraploegen buiten een luide, oceanische geluidsgolf voortbrachten. Er was iemand. Ik hoorde het zeemeeuwengekrijs van een paar vrouwelijke tv-presentatoren.

Er is iets aan de hand, dacht ik.

De deurbel ging drie keer achter elkaar. Nick-nick! Nick-nick! Nick-nick!

Ik aarzelde niet. Ik was in de afgelopen maand gestopt met aarzelen. Laat het slechte nieuws maar meteen horen.

Ik opende de deur.

Het was mijn vrouw.

Ze was terug.

Amy Elliott Dunne stond blootvoets voor mijn deur in een dunne, roze jurk die aan haar kleefde alsof hij nat was. Haar enkels vertoonden donkerpaarse kringen. Aan een van haar slappe polsen hing een stuk touw. Haar haar was kort en rafelig aan de punten, alsof het met een botte schaar was afgeknipt. Haar gezicht was beurs, haar lippen gezwollen. Ze huilde.

Toen ze haar armen om mijn nek sloeg, zag ik dat haar middel bedekt was met geronnen bloed. Ze probeerde te praten; haar mond ging open, één keer, twee keer, maar er kwam geen geluid uit, als een aangespoelde zeemeermin.

'Nick!' riep ze ten slotte klagend – een schreeuw die weerkaatste tussen de lege huizen – en viel in mijn armen.

Ik wilde haar vermoorden.

Als we alleen waren geweest, hadden mijn handen waarschijnlijk haar hals gevonden en mijn vingers volmaakte vingergroeven in haar vlees achtergelaten. Om die krachtige hartslag onder mijn vingers te kunnen voelen… maar we waren niet alleen, we stonden voor de camera's en de toeschouwers beseften wie deze vreemde vrouw was en kwamen tot leven zoals de koekoeksklok binnen aan de muur. Een paar klikken, een paar vragen en toen een lawine van geluid en licht. De camera's klikten en snorden, de verslaggevers drongen zich op met hun microfoons, iedereen riep, nee gilde Amy's naam. Dus ik deed wat er van me werd verwacht: ik drukte haar tegen me aan en gilde mee: 'Amy! Mijn god! Mijn god! Lieverd!' en verborg mijn gezicht in haar nek, mijn armen stevig om haar heen. Ik gaf de camera's hun vijftien seconden en fluisterde in haar oor: 'Trut dat je bent.' Toen streelde ik haar haren, nam haar gezicht in mijn liefdevolle handen en trok haar naar binnen.

Buiten onze deur scandeerde een rockconcert om meer: *Amy! Amy! Amy!* Iemand gooide een handvol kiezelsteentjes tegen ons raam. *Amy! Amy! Amy!*

Mijn vrouw nam het in ontvangst alsof het haar toekwam en wuifde minachtend naar het gepeupel voor ons huis. Ze wendde zich met een vermoeide maar triomfantelijke glimlach tot me – de glimlach van een verkrachtingsslachtoffer, de misbruikoverlever, de brandstichter in oude tv-series, de glimlach in het besef dat de schoft eindelijk zijn verdiende loon heeft gekregen en de heldin weer verder kan gaan met haar leven. Stilstaand beeld.

Ik gebaarde naar het touw, het kortgeknipte haar, het geronnen bloed. 'Nou, wat heb je me te vertellen?'

'Ik ben terug,' snikte ze. 'Ik ben teruggekomen naar jou.' Ze wilde haar armen weer om me heen slaan maar ik deinsde achteruit.

'Wat heb je me te vertéllen, Amy?'

'Desi,' fluisterde ze met trillende onderlip. 'Desi Collings heeft me ontvoerd. Het was op de ochtend van onze trouwdag. De deurbel ging en ik dacht... Ik weet het niet, ik dacht dat er misschien bloemen werden gebracht. Van jou.'

Ik kromp ineen. Natuurlijk moest ze weer een steek onder water geven: dat ik haar nooit bloemen had gestuurd terwijl haar vader haar moeder elke week bloemen stuurde sinds ze waren getrouwd. Dat zijn 2444 boeketten versus 4.

'Bloemen of... iets anders,' vervolgde ze. 'Dus ik opende zonder na te denken de deur. En daar stond hij, Desi, met die vreemde blik. Vastberaden. Alsof hij zich er lang op had voorbereid. En ik had de steel... van de Katrijnpop in mijn hand. Heb je de poppen gevonden?' Ze glimlachte door haar tranen heen. Ze zag er erg lief uit.

'O ja, ik heb alles gevonden wat je voor me had achtergelaten, Amy.'

'Ik had de steel van de Katrijnpop net gevonden – hij was eruit gevallen – dus die hield ik in mijn hand toen ik opendeed. Toen ik hem ermee probeerde te slaan, ontstond er een worsteling en gaf hij me een klap met die stok. Hard. En voor ik wist wat...'

'Verdween je en schoof je mij de moord op jou in de schoenen.'

'Ik kan alles uitleggen, Nick.'

Ik staarde haar een ogenblik strak aan. Ik zag *dagen in de hete zon*, languit op het strand, haar hand op mijn borst en ik zag *familiediners* bij haar ouders thuis, met Rand die telkens mijn glas bijvult en me op de schouder slaat, en ik zag ons *languit op het Perzisch tapijt liggen* in mijn haveloze appartement in New York terwijl we kletsend naar de lome ventilator aan het plafond staarden, en ik zag de *moeder van mijn kind* en het geweldige leven waarvan ik ooit had gedroomd. Ik wenste heel even – twee tellen, *één, twéé* – vurig dat ze de waarheid sprak.

'Ik denk niet dat je alles kunt uitleggen,' zei ik. 'Maar ik zal graag toekijken hoe je je eruit probeert te redden.'

'Vraag maar raak.'

Ze probeerde mijn hand te pakken maar ik schudde haar af. Ik liep van haar weg, haalde diep adem en draaide me toen naar haar om. Mijn vrouw moet altijd worden aangekeken.

'Toe maar, Nick. Wat wil je weten?'

'Oké. Waarom lag elke aanwijzing van de speurtocht op een plek waar ik met Andie... was geweest?'

Ze zuchtte en keek naar de grond. Haar enkels waren rauw. 'Ik wist het niet eens van Andie, totdat ik het op tv zag... terwijl ik vastgebonden lag aan Desi's bed in zijn vakantiehuis waar hij mij verborgen hield.'

'Dus het was toeval?'

'Het waren allemaal plekken die belangrijk voor ons waren geweest,' zei ze. Er rolde een traan over haar wang. 'Je kantoorkamer, waar je je passie voor journalistiek nieuw leven had ingeblazen.'

Ik snoof.

'Hannibal, waar ik eindelijk begreep hoeveel die plek voor je betekent. Het huis van je vader – om je te confronteren met de man die je zo had gekwetst. Het huis van je moeder, dat nu van Go is, de twee mensen die zo'n fijne man van je hebben gemaakt. Maar... het verbaast me niet echt dat je die plekken graag wilde delen met iemand' – ze boog haar hoofd – 'op wie je verliefd was geworden. Je doet altijd graag dingen over.'

'Waarom werden op al die plaatsen aanwijzingen gevonden die mij aanwezen als jouw moordenaar? Vrouwenondergoed, je tasje, je dágboek. Hoe verklaar je dat dagboek, Amy, met al die leugens?'

Ze glimlachte en schudde haar hoofd alsof ze medelijden met me had. 'Alles. Ik kan alles verklaren,' zei ze.

Ik keek naar dat lieve, betraande gezicht. Toen gleed mijn blik omlaag, naar het bloed. 'Amy. Waar is Desi?'

Weer schudde ze haar hoofd. Om haar mond lag een verdrietig glimlachje.

Ik liep naar de telefoon om de politie te bellen maar een klop op de deur zei me dat ze er al waren.

Amy Elliott Dunne

De avond van de terugkeer

Ik heb Desi's zaad van zijn laatste verkrachting nog in me, dus het medisch onderzoek verloopt naar wens. Het lichaam dat ik ze laat zien is helemaal volgens het boekje: mijn door touwen verwonde polsen, mijn beschadigde vagina, mijn blauwe plekken. Een oudere, mannelijke arts met een vochtige adem en dikke vingers doet schrapend en hijgend het inwendig onderzoek terwijl Rhonda Boney mijn hand vasthoudt. Haar greep heeft iets van een koude vogelklauw. Allesbehalve geruststellend. Ik zie haar zelfs een keer grijnzen als ze denkt dat ik niet kijk. Ze is dolblij dat Nick het niet heeft gedaan. Ja, de vrouwen van Amerika slaken collectief een zucht van opluchting.

De politie is naar Desi's vakantiehuis gegaan waar ze hem naakt en doodgebloed in bed hebben aangetroffen. Zijn gezicht had een verbijsterde uitdrukking en in zijn vuisten had hij plukken van mijn haar. Het bed was met bloed doordrenkt. Het mes en de touwen die ik heb gebruikt zullen op de grond zijn gevonden waar ik ze heb laten vallen. Daarna ben ik blootsvoets en als verdoofd met de sleutels het huis uit gelopen – naar de auto, naar de poort – en plakkerig van zijn bloed in zijn oude Jaguar gestapt om rechtstreeks terug te rijden naar mijn echtgenoot, als een lang verdwaald, trouw huisdier. Ik was verlaagd tot een dier; ik dacht aan niets anders dan aan teruggaan naar Nick.

De oude arts brengt me het goede nieuws: geen permanente schade en geen reden tot dilatatie en curettage. Ik heb in een vroeg stadium een miskraam gehad. Boney houdt nog altijd mijn hand vast en mompelt: *Mijn god, wat heb je moeten doorstaan, ben je in staat een paar vragen te beantwoorden?* Zo snel schakelt ze van medeleven over op de harde feiten. Ik vind lelijke vrouwen altijd overdreven respectvol of juist enorm onbeschoft.

Stel: je bent Amazing Amy en hebt net een brute ontvoering en herhaaldelijk misbruik overleefd. Je hebt je ontvoerder vermoord en bent teruggegaan naar je echtgenoot die vreemd bleek te gaan. Je:

a) kiest voor jezelf en vraagt tijd om je ervaringen te verwerken.
b) houdt je nog een tijdje groot om de politie te kunnen helpen.
c) overweegt welk interview je het eerst zult geven omdat je het beste uit de beproeving wilt halen, zoals een boekcontract.

Antwoord: B. Amazing Amy denkt altijd eerst aan anderen.

Ik mag mezelf zonder toezicht opfrissen in een kamertje in het ziekenhuis en trek de kleren aan die Nick thuis voor me heeft ingepakt: een spijkerbroek met de ligvouwen er nog in, een mooie blouse die ruikt naar stof. Boney en ik rijden in betrekkelijke stilte van het ziekenhuis naar het politiebureau. Ik vraag zwakjes naar mijn ouders.

'Ze wachten op het politiebureau op je,' zegt Boney. 'Ze huilden toen ze het hoorden. Van vreugde. Pure vreugde en opluchting. Maak je geen zorgen, jullie kunnen elkaar uitgebreid begroeten voordat we met onze vragen beginnen.'

Bij het politiebureau worden we opgewacht door talloze cameraploegen. De parkeerplaats heeft de verwachtingsvolle, oververlichte uitstraling van een sportstadion. Er is geen ondergrondse parkeergarage, dus we moeten tot voor de ingang rijden. We worden meteen ingesloten door een hysterische massa. Ik zie natte lippen en speeksel van mensen die vragen naar me roepen, ik hoor geluiden van flitslampen en camera's. De menigte duwt en trekt en golft van rechts naar links, in een poging bij me te komen.

'Ik kan dit niet,' zeg ik tegen Boney. Een vlezige hand van een fotograaf die zijn evenwicht tracht te bewaren klapt tegen het autoraampje. Ik pak haar koude hand vast. 'Het wordt me te veel.'

Ze geeft me een klopje op mijn hand en zegt: 'Wacht.' De deuren van het bureau gaan open en de collega's van Boney komen het gebouw uit om aan beide zijden van de auto een haag te vormen die de pers op afstand moet houden. Het lijkt wel een erehaag. Rhonda en ik rennen als een pasgetrouwd stel hand in hand de trap op naar de ingang waar mijn ouders op me staan te wachten. Fotocamera's klikken terwijl we elkaar omhelzen en mijn moeder almaar *mijnlievekindmijnlievekindmijnlievekind* mompelt en mijn vader zo hartverscheurend huilt dat hij er bijna in stikt.

Alsof er nog niet genoeg met me is gezeuld, word ik weer door iemand meegenomen. Ik word neergezet in een piepklein kamertje met comfortabele maar goedkope stoelen waarvan de bekleding eruitziet alsof er restjes beschimmeld eten door de stof geweven zijn. In een hoek knippert een camera, ik zie geen ramen. Ik had het me anders voorgesteld. Deze kamer is niet ingericht om me een veilig gevoel te geven.

Ik word omringd door Boney, haar collega Gilpin en twee FBI-agenten uit St. Louis die nauwelijks iets zeggen. Ik krijg een glas water aangereikt en dan steekt Boney van wal.

B: Oké, Amy, eerst willen we je oprecht bedanken dat je met ons wilt praten na wat je hebt meegemaakt. In een zaak als deze is het heel belangrijk om de feiten vast te leggen zolang de herinneringen nog vers zijn. Je moest eens weten hoe belangrijk dat is. Het is dus goed om nu met elkaar te praten. Zodra we alle details hebben genoteerd, kunnen we de zaak sluiten en kunnen Nick en jij jullie leven weer oppakken.

A: Dat zou heel fijn zijn.

B: Dat verdien je. Dus als je er klaar voor bent kunnen we beginnen met de tijdlijn. Hoe laat kwam Desi bij jou aan de deur? Herinner je je dat?

A: Rond tien uur in de ochtend. Iets over tienen, omdat ik me herinner dat ik de Teverers hoorde praten terwijl ze naar hun auto liepen om naar de kerk te gaan.

B: Wat gebeurde er toen je de deur opende?

A: Ik voelde meteen dat er iets niet klopte. Desi schrijft me al mijn hele leven brieven. Maar zijn obsessie leek in de loop der jaren alleen maar gegroeid. Hij scheen zichzelf te zien als een oude vriend van mij en omdat de politie er niets aan kon doen, had ik me erbij neergelegd. Ik had nooit het gevoel dat hij me echt iets wilde aandoen maar ik vond het niet prettig dat hij zo dichtbij woonde. Ik denk dat hij daardoor over de schreef is gegaan. Het idee dat ik in de buurt was. Hij liep mijn huis binnen met… Hij was bezweet en ietwat nerveus maar had ook iets vastberadens over zich. Ik kwam van boven.

Ik wilde net mijn jurk gaan strijken toen ik de lange steel van de Katrijn-pop op de grond zag liggen. Ik denk dat die eraf was gevallen. Daar baalde ik van omdat ik de poppen al in het schuurtje had verstopt. Ik raapte de steel op en liep ermee naar beneden om open te doen. Ik herinner me dat ik hem in mijn hand had.

B: Knap dat je dat hebt onthouden.

A: Dank je.

B: Wat gebeurde er toen?

A: Desi stormde naar binnen en ijsbeerde opgewonden door de woonkamer. Hij maakte een paniekerige indruk en zei: 'Wat doe je voor je trouwdag?' Ik vond het beangstigend dat hij wist dat het onze trouwdag was. Hij leek zich er boos over te maken. Het volgende moment greep hij me bij mijn pols en draaide hij mijn arm op mijn rug. Ik verzette me hevig en er ontstond een worsteling.

B: En toen?

A: Ik gaf hem een schop en wist me los te rukken. Ik rende naar de keuken, waar weer een vechtpartij ontstond. Toen gaf hij me een klap met de steel van de pop. Ik viel. Ik herinner me dat hij me daarna nog twee of drie keer sloeg en dat ik even niets meer zag en duizelig werd. Mijn hoofd bonkte en ik probeerde de stok af te pakken toen hij me met een zakmes in mijn arm stak. Het litteken is nog te zien. Kijk maar.

B: Ja, daar werd melding van gemaakt in het medisch dossier. Je mag blij zijn dat het maar een vleeswond was.

A: Zo voelt het anders niet, geloof me.

B: Dus hij heeft je gestoken? De hoek is...

A: Ik weet niet of hij het met opzet heeft gedaan of dat ik per ongeluk in het mes viel. Ik stond nogal wankel op mijn benen. Ik herinner me nog wel dat de stok op de grond viel en dat hij onder het bloed zat dat uit mijn wond stroomde. Volgens mij ben ik daarna bewusteloos geraakt.

B: Waar was je toen je weer bijkwam?

A: Ik lag gekneveld in onze woonkamer.

B: Heb je gegild om de aandacht van de buren te trekken?

A: Natuurlijk heb ik gegild. Ik bedoel, heb je wel naar me geluisterd? Ik werd geslagen, gestoken en vastgebonden door een man die al decennialang door mij geobsedeerd was en die ooit zelfmoord probeerde te plegen in mijn studentenkamer.

B: Oké, oké, Amy, het spijt me. Die vraag was absoluut niet beschuldigend bedoeld. We willen alleen een volledig beeld krijgen zodat we het onderzoek kunnen afsluiten. Dan kun jij tenminste de draad weer oppakken. Wil je nog een glas water? Of liever koffie of iets anders?

A: Iets warms zou wel lekker zijn. Ik heb het ijskoud.

B: Geen probleem. Kan iemand een kop koffie voor haar halen? Oké, wat gebeurde er toen?

A: Ik denk dat het aanvankelijk zijn bedoeling was me gekneveld te ontvoeren, zodat het zou lijken dat ik was weggelopen. Toen ik bijkwam had hij net het bloed in de keuken opgeveegd en de antieke beeldjes op de keukentafel rechtgezet. Die waren omgevallen toen ik de keuken in rende. De stok was nergens meer te bekennen. Maar ik denk dat het hem allemaal te lang duurde en dat hij bij het zien van de rotzooi in de kamer heeft gedacht: *Ik laat het zo. Het ziet eruit alsof hier gevochten is.* Dus hij zet de voordeur open en gooit een paar spullen in de woonkamer omver. Onder andere de sofa. Daarom doet het ook zo vreemd aan. Het is half echt gebeurd en half in scène gezet.

B: Heeft Desi bezwarende spullen op de plekken van de speurtocht neergelegd? Nicks kantoorkamer, Hannibal, het huis van zijn vader, Go's schuur?

A: Hoe bedoel je?

B: Er lag een slipje in Nicks kantoorkamer. Overigens niet jouw maat.

A: Dat moet dan wel van het meisje zijn met wie hij… afsprak.

B: Nee, het blijkt ook niet van haar te zijn.

A: Dan zou ik het ook niet weten. Misschien sprak hij met meerdere vrouwen af.

B: Je dagboek is gevonden in het huis van zijn vader. Het lag in de oven en was deels verbrand.

A: Hebben jullie mijn dagboek gelézen? Er staan verschrikkelijke dingen in. Ik kan me voorstellen dat Nick het kwijt wilde. Ik kan het hem niet kwalijk nemen – jullie zoomden ook wel érg snel op hem in.

B: Ik vraag me af waarom hij het dagboek in het huis van zijn vader heeft geprobeerd te verbranden.

A: Dat kun je beter aan hem vragen. (Pauze.) Nick ging daar vaak heen als hij even alleen wilde zijn. Hij is graag op zichzelf. Dus voor hem is dat niet zo vreemd. Ik bedoel, hij kon het thuis niet doen omdat dat de plaats delict was. Als jullie zouden terugkomen zouden jullie het zeker vinden. In het huis van zijn vader werd hij niet op de vingers gekeken. Dat lijkt me slim van hem, want hij werd door jullie behoorlijk onder druk gezet.

B: Het dagboek bevat zorgwekkende informatie. Je schrijft over mishandeling en bent bang dat Nick de baby niet wil en je wel eens zou kunnen vermoorden.

A: Was het dagboek maar verbrand. (Pauze.) Ik geef toe dat er het een en ander in staat over de problemen waarmee Nick en ik de afgelopen jaren te kampen hebben gehad. Het schetst geen al te rooskleurig beeld van ons huwelijk of van Nick, maar dat komt doordat ik alleen in het dagboek schreef als ik supergelukkig was of juist heel erg ongelukkig en mijn ei kwijt moest. Dan wil ik nog wel eens... Ik krijg nogal melodramatische trekjes als ik in mijn eentje ergens mee zit. Ik bedoel, veel ervan is helaas waar. Hij heeft me wel eens een flinke duw gegeven en hij wilde ook geen kind. Bovendien had hij geldproblemen. Maar of ik ook echt bang voor hem was? Ik schaam me het te moeten zeggen, maar dat zijn mijn sentimentele trekjes. Soms word ik een beetje paranoïde omdat ik in het verleden een paar keer ben gestalkt, denk ik. Al mijn hele leven raken mensen geobsedeerd door mij.

B: Je hebt geprobeerd aan een pistool te komen.

A: Ik word paranoïde, oké? Sorry, hoor, maar als je eens wist wat ik allemaal heb meegemaakt.

B: Er staat een passage in het dagboek waaruit blijkt dat je na een nacht cocktails drinken tekenen van een antivriesvergiftiging vertoont.

A: (Lange stilte.) Dat is bizar. Ik was inderdaad ziek.

B: Oké, terug naar de speurtocht. Je had de Jan Klaassen-en-Katrijnpoppen dus in het schuurtje verstopt?

A: Klopt.

B: We hebben in deze zaak veel aandacht besteed aan Nicks schulden en de spullen in het schuurtje. Wat dacht je toen je de schuurdeur opende en al die spullen zag?

A: Het schuurtje ligt in Go's tuin. Go en ik zijn niet erg dik met elkaar, dus ik had een beetje het gevoel dat ik in andermans spullen zat te neuzen. Ik herinner me dat ik destijds dacht dat het haar eigen spullen uit New York waren die ze daar tijdelijk had opgeslagen. Totdat ik op het nieuws hoorde dat ze overeenkwamen met de aankopen die Nick… Ik moest van Desi al het nieuws volgen. Nick heeft een gat in zijn hand en ik wist dat hij geldproblemen had. Waarschijnlijk schaamde hij zich voor al die impulsaankopen. En omdat hij ze niet kon ruilen, verborg hij ze voor mij om ze later wellicht via internet te verkopen.

B: De Jan Klaassen-en-Katrijn-poppen lijken me een nogal obscuur trouwdagcadeau.

A: Dat begrijp ik. Nu ik het weet. Ik herinnerde me het verhaal achter Jan Klaassen en Katrijn niet. Ik zag alleen een man en een vrouw en een baby. Ze waren van hout en ik was zwanger. Ik zocht op het internet en las Jan Klaassens tekst: *Zo doen we dat!* Dat vond ik grappig. Ik wist niet wat het betekende.

B: Je werd dus gekneveld. Hoe heeft Desi je in de auto gekregen?

A: Hij zette de auto in de garage, liet de garagedeur zakken, sleepte mij erheen, duwde me in de kofferbak en reed weg.

B: Heb je toen weer om hulp geroepen?

A: Ja, en niet zo'n beetje ook. Maar als ik had geweten dat ik een maand lang door hem verkracht zou worden en dat hij daarna met een martini en een slaappil naast me zou kruipen om mijn gejank niet te hoeven aanhoren, dan had ik nog veel harder gegild. En zeker als ik had geweten dat jullie hem zouden verhoren en toen nóg geen verdenking tegen hem koesterden. Jullie hebben al die tijd uit je neus zitten eten.

B: Nogmaals, het spijt me. Hebben we misschien een paar tissues voor mevrouw Dunne? En waar blijft haar koffie? Dank je. Oké, hoe ging het verder, Amy?

A: We reden naar St. Louis. Ik herinner me dat we onderweg zijn gestopt in Hannibal. Ik hoorde het gefluit van de stoomboot. Ik vermoed dat hij toen mijn tasje heeft weggegooid. Om verwarring te zaaien, denk ik.

B: Dat is interessant. Er zijn veel vreemde toevalligheden in deze zaak. Dat Desi bijvoorbeeld uitgerekend in Hannibal jouw tasje weggooit, dat jij in je aanwijzing Nick naar diezelfde plek stuurt en dat wij op onze beurt denken dat Nick het tasje daar heeft weggegooid. En ook dat je je cadeau besluit te verstoppen op dezelfde plek waar Nick zijn spullen verbergt die hij met zijn geheime creditcards heeft gekocht.

A: Vind je? Zo komt het op mij eerlijk gezegd helemaal niet over. Het lijkt er eerder op dat een paar agenten zich in Nick hebben vastgebeten. Nu ik nog leef en hij dus onschuldig blijkt, komen ze gigantisch dom over en wringen ze zich ineens in allerlei bochten om zich in te dekken. In plaats dat ze hun verantwoordelijkheid nemen voor het feit dat Nick in de dodencel was beland en ik tot aan mijn dood, vastgebonden in bed, dagelijks zou zijn verkracht als deze zaak aan jullie incompetentie was overgelaten.

B: Het spijt me, het is...

A: Ik heb mezelf gered, en daarmee heb ik Nick gered en jullie behoed voor een nog grotere blamage.

B: Daar heb je zeker een punt, Amy. Het spijt me, we hebben te veel... We hebben veel tijd in deze zaak gestoken en willen elk gemist detail uitwerken zodat we van onze fouten kunnen leren. Maar je hebt gelijk, waar het in deze zaak echt om draait is dat jij een heldin bent. Een absolute heldin.

A: Dank je. Ik ben blij dat je dat zegt.

Nick Dunne

De avond van de terugkeer

Toen ik bij het politiebureau aankwam om mijn vrouw op te halen, werd ik onthaald als een popster/populaire president/eerste mens op de maan verenigd in één persoon. Ik moest me bedwingen om niet in een triomfantelijk gebaar mijn handen boven mijn hoofd te heffen. *Aha*, dacht ik, *nu doen we weer allemaal alsof we vriendjes zijn.*

Het tafereel dat ik binnen aantrof wekte de indruk van een uit de hand gelopen feestje: op een bureau stonden een paar flessen champagne en een heel stel papieren bekertjes. Agenten gaven elkaar schouderklopjes en feliciteerden elkaar, en ook voor mij waren er gelukwensen, alsof deze opgewekte mensen de dag ervoor niet mijn vervolgers waren geweest. Maar ik moest me op mijn schouders laten slaan en het spelletje meespelen. *Ja, we zijn nu de beste maatjes.*

Het enige wat telt is dat Amy veilig is. Ik had die zin uitentreuren geoefend. Ik moest overkomen als de opgeluchte, liefhebbende echtgenoot totdat ik zeker wist hoe de zaak zich zou ontwikkelen en de politie Amy's smerige, ingewikkelde leugens zou hebben ontrafeld. *Totdat ze gearresteerd is.* Zo lang zou ik het volhouden, *totdat ze gearresteerd is*, daarna kon ik mijn brein laten in- en uitzoomen als een Hitchcock-lens en denken: mijn vrouw heeft een man vermoord.

'Met een mes om het leven gebracht,' zei de jonge agent die aan de familie was toegewezen als coördinator. (Ik hoopte nóóit meer een coördinator toegewezen te krijgen, om welke reden dan ook.) Het was hetzelfde broekje dat tegen Go had lopen zeuren over zijn paard en zijn labrumscheur en zijn notenallergie. 'Ze heeft zijn halsslagader dwars doorgesneden. Hij moet in, pakweg, zestig seconden zijn doodgebloed.'

Zestig seconden is lang als je weet dat je doodgaat. In gedachten zag ik

Desi naar zijn keel grijpen, het bloed dat bij elke hartklop door zijn vingers gutst, Desi die steeds banger wordt, wat zijn hartslag alleen maar opjaagt... totdat zijn hartslag vertraagt en hij beseft dat dat nog erger is. En al die tijd staat Amy net buiten handbereik naar hem te kijken met de afkerige blik van een middelbare scholier die geconfronteerd wordt met een bloedende varkensfoetus, het scalpel nog in de hand.

'Ze heeft hem met een oud slagersmes de keel doorgesneden,' zei het broekje. 'Die vent ging altijd naast haar op bed zitten en sneed het vlees voor haar. Hij vóérde haar.' Hij zei het op een toon alsof hij het voeren walgelijker vond dan de steekpartij. 'Maar het mes valt op een dag van het bord zonder dat hij dat in de gaten heeft.'

'Hoe kon ze bij het mes? Ze was toch vastgebonden?' vroeg ik.

De jonge agent keek me aan alsof ik zojuist een grap over zijn moeder had gemaakt. 'Geen idee, meneer Dunne, maar ze zullen wel snel met de details komen. Het gaat er nu om dat uw vrouw veilig is.'

Hoera. Het broekje praatte me na.

Ik zag Rand en Marybeth door de deuropening van de kamer waar we zes weken geleden onze eerste persconferentie hadden gegeven. Ze stonden zoals altijd dicht tegen elkaar aan terwijl Rand haar een kus op haar kruin gaf en Marybeth hem knuffelde. De aanblik maakte me zo woedend dat ik ze bijna een nietmachine naar het hoofd had gegooid. *Jullie stelletje adorerende sukkels hebben dat* ding *beneden gecreëerd en haar de wereld in gestuurd.* Grappig hè, het perfecte monster! En worden ze ervoor gestraft? Nee, geen mens die er ook maar aan denkt hun opvoeding in twijfel te trekken; ze worden bedolven onder liefde en krijgen van alle kanten steun. Amy zou bij hen terugkomen en iedereen zou nog meer van haar houden.

Mijn vrouw was altijd al een onverzadigbare sociopaat geweest. Wat zou er nu van haar worden?

Wees voorzichtig, Nick, wees voorzichtig.

Rand kreeg me in het oog en wenkte me. Hij schudde me de hand voor een paar verslaggevers die exclusief door de Elliotts waren toegelaten. Marybeth hield voet bij stuk: ik was nog altijd de man die haar dochter had bedrogen. Ze knikte kortaf en wendde zich af.

Rand boog zich naar me toe; ik kon zijn pepermuntkauwgom ruiken. 'We zijn vreselijk opgelucht dat Amy terug is, Nick, en bieden jou onze excuses aan. Dubbel en dwars. Amy moet zelf beslissen wat ze met jullie huwelijk wil, maar ik wil me op z'n minst verontschuldigen voor de manier waarop het is gelopen. Begrijp wel dat...'

'Ik begrijp het,' zei ik. 'Ik begrijp het helemaal.'

Voordat Rand zich nog verder kon verontschuldigen of me iets kon vragen, kwamen Tanner en Betsy binnen. Ze leken zo weggelopen uit een *Vogue*-reclame: kraaknieuwe pantalons, juweelkleurige zijden overhemden, glimmende gouden horloges en ringen. Tanner boog zich naar me toe en fluisterde *Laat mij even zien hoe we ervoor staan* in mijn oor toen Go kwam binnenstormen en me met verschrikte vraagogen aankeek: *Wat is er aan de hand? Wat is er met Desi gebeurd? Stond ze zomaar ineens bij jou op de stoep? Wat is er aan de hand? Hoe is het met jou? Wat nu?*

Het was een bizarre bijeenkomst – de sfeer die er hing was helemaal niet zoals op een reünie of in een ziekenhuiswachtkamer, feestelijk maar tegelijk bezorgd, alsof we een gezelschapsspel deden waar niemand de regels van kende. Intussen bleven de twee verslaggevers die door de Elliotts tot hun innerlijke heiligdom waren toegelaten op bitse toon vragen op me afvuren: *Hoe geweldig voelt het om Amy terug te hebben? Hoe geweldig voel je je nu? Hoe opgelucht ben je, Nick, dat Amy terug is?*

Ik ben enorm opgelucht en heel gelukkig, zei ik als een slappe pr-verklaring voor mezelf. Op hetzelfde moment gingen de deuren open en kwam Jacqueline Collings binnen. Samengeknepen lippen als een strak, rood litteken, haar gepoederde gezicht vlekkerig van de traansporen.

'Waar is ze?' vroeg ze aan mij. 'De leugenachtige trut, waar is ze? Ze heeft mijn zoon vermoord. Mijn zóón.' Ze begon te huilen toen de verslaggevers een paar foto's van haar maakten.

Hoe voelt het dat uw zoon wordt beschuldigd van ontvoering en verkrachting? vroeg een van de verslaggevers stijfjes.

'Hoe dat vóélt?' snauwde ze. 'Meent u dat echt? Stellen mensen echt dit soort vragen? Dat valse, gewetenloze kind heeft mijn zoon zijn hele leven gemanipuleerd. Schrijft u dat maar op. Ze manipuleerde en loog en vermoordde hem ten slotte, en nu, zelfs nu hij dood is, gebruikt ze hem nog voor...'

'Mevrouw Collings, wij zijn Amy's ouders,' begon Marybeth. Ze probeerde haar hand op Jacquelines schouder te leggen maar Jacqueline schudde haar af. 'Ik vind het heel erg voor u dat u zo veel verdriet hebt.'

'Maar niet dat ik mijn zoon kwijt ben.' Jacqueline kwam een hoofd boven Marybeth uit en keek woedend op haar neer. 'Maar níét dat ik mijn zoon kwijt ben,' zei ze nogmaals.

'Het spijt me van... alles,' zei Marybeth terwijl Rand naast haar kwam staan, die weer een hoofd groter was dan Jacqueline.

‘Wat gaan jullie met die dochter van jullie doen?’ vroeg Jacqueline. Ze wendde zich tot onze coördinator die geen krimp probeerde te geven. ‘Wat gaat er met Amy gebeuren? Want ze liegt als ze zegt dat mijn zoon haar heeft ontvoerd. Ze liegt. Ze heeft hem vermóórd, in zijn slaap, maar niemand schijnt dat serieus te nemen.’

‘Er wordt héél serieus naar gekeken, mevrouw,’ zei de jonge agent.

‘Mag ik een quote van u, mevrouw Collings?’ vroeg de verslaggever.

‘Die heb ik je net gegeven. *Amy Elliott heeft mijn zoon vermoord.* Het was geen zelfverdediging. Ze heeft hem vermóórd.’

‘Kunt u dat bewijzen?’

Natuurlijk kon ze dat niet bewijzen.

In het verhaal van de verslaggevers zou worden ingegaan op mijn vermoeidheid (*zijn afgetrokken gezicht wees op angst en slapeloze nachten*) en de opluchting van de Elliotts (*de ouders klampten zich aan elkaar vast terwijl ze wachtten op het moment dat hun enig kind officieel aan hen werd overgedragen*). Het stuk zou gaan over het blunderen van de politie (*er was sprake van tunnelvisie, een zaak vol losse eindjes en verkeerde veronderstellingen, men beet zich ten onrechte vast in de echtgenoot*). Jacqueline zou in het artikel in één adem worden afgeserveerd: *Na een ongemakkelijke woordenwisseling met de ouders van Amy Elliott werd de verbitterde Jacqueline Collings, die beweert dat haar zoon onschuldig is, uitgeleide gedaan.*

Jacqueline werd inderdaad naar een andere kamer gebracht waar haar verklaring zou worden opgenomen en waar ze werd weggehouden van het veel betere verhaal: de Triomfantelijke Terugkeer van Amazing Amy.

Toen Amy aan ons werd overgedragen, begon het hele circus opnieuw. De foto’s en de tranen, de omhelzingen en de lachende gezichten, alles voor onbekenden die wilden weten hoe het was. *Amy, hoe voelt het om je ontvoerder te zijn ontvlucht en terug te keren bij je man? Nick, hoe voelt het om je vrouw terug te hebben en weer een vrij man te zijn?*

Het grootste deel van de tijd zweeg ik. Ik had mijn eigen vragen, dezelfde vragen die ik al jaren had en die het onheilspellende refrein van ons huwelijk uitmaakten: *Wat denk je, Amy? Hoe voel je je? Wie ben je? Wat hebben we elkaar aangedaan? Hoe gaat dit verder?*

Het was een vergevingsgezinde, koninklijke daad van Amy om met haar overspelige man mee naar huis te gaan en terug te keren naar haar echtelijke sponde. Daar was iedereen het over eens. De media volgden ons terwijl we samen langs fastfoodrestaurants door de neonverlichte straten van Carthage zoefden op weg naar ons grote huis aan de rivier. Alsof het een koninklijke huwelijksprocessie betrof. Amy's gratie, haar moed. Een sprookjesprinses. En ik? Ik was de uitsloverige echtgenoot die de rest van zijn leven aan haar grillen zou moeten voldoen. Tot haar arrestatie. Als dat al zou gebeuren.

Dat ze op vrije voeten werd gesteld was zorgwekkend. Meer dan zorgwekkend, het was een enorme schok. Ik zag ze een voor een uit de verhoorkamer komen waar ze haar víér uur lang hadden ondervraagd en toch hadden besloten haar te laten gaan: twee FBI-agenten met griezelig kort haar en uitdrukkingsloze gezichten; Gilpin, die eruitzag alsof hij net een negengangendiner had weggewerkt; en Boney, de enige met een strakke mond en een kleine frons-v tussen haar wenkbrauwen. Ze keek me in het voorbijgaan even aan, trok een wenkbrauw op en weg was ze.

En toen stonden Amy en ik veel te snel weer alleen in onze woonkamer. Bleecker nam ons met glanzende ogen op. Aan de andere kant van de gordijnen brandden nog altijd de lampen van de tv-camera's die onze woonkamer in een bizarre, weelderige oranje gloed zette. We zagen eruit alsof we verlicht werden door kaarsen. Romantisch. Amy oogde beslist beeldschoon. Ik haatte haar. Ik was bang voor haar.

'We kunnen niet samen in hetzelfde huis slapen,' begon ik.

'Ik wil hier bij jou blijven.' Ze pakte mijn hand vast. 'Ik wil bij mijn man zijn. Ik wil je de kans geven de echtgenoot te zijn die je wilt zijn. Ik vergeef je.'

'Je vergééft me? Amy, waarom ben je teruggekomen? Vanwege wat ik in de interviews heb gezegd? Vanwege de videofilmpjes?'

'Dat was toch wat je wilde?' zei ze. 'Dat was toch de bedoeling van je videoboodschappen? Die waren perfect. Ze herinnerden me eraan wat we ooit hadden. Hoe speciaal dat was.'

'Dat zei ik allemaal omdat jij dat wilde horen.'

'Dat weet ik. Zo goed ken je me dus!' zei Amy. Ze straalde. Bleecker begon achtjes te draaien tussen haar benen. Ze pakte hem op en streelde hem. Zijn gespin was oorverdovend. 'Begrijp je het dan echt niet, Nick. Wij kénnen elkaar. Beter dan wie ook ter wereld.'

Ik moet toegeven dat ik dat gevoel de afgelopen maand ook had gehad op de momenten dat ik Amy geen kwaad toewenste. Het kwam op de meest rare momenten in me op: als ik midden in de nacht moest plassen of als ik 's ochtends melk over mijn cornflakes goot. Dan voelde ik diep vanbinnen iets van bewondering, ja zelfs genegenheid voor mijn vrouw. Omdat uit de briefjes bleek dat ze precies wist wat ik wilde horen en dat ze wist hoe ze me kon verleiden om bij haar terug te komen. Zelfs mijn foute zetten had ze weten te voorspellen... Deze vrouw kende me door en door. Ze kende me beter dan wie ook. Al die tijd had ik gedacht dat we vreemden voor elkaar waren, maar ik wist nu dat we elkaar intuïtief aanvoelden. In onze botten, in ons bloed.

Het had iets romantisch, iets rampzalig romantisch.

'We kunnen niet gewoon verdergaan waar we gebleven waren, Amy.'

'Nee, niet waar we gebleven waren,' zei ze. 'Waar we nu zijn. Nu je van me houdt en nooit meer de verkeerde dingen zult doen.'

'Je bent gek. Je bent echt gek als je denkt dat ik bij je blijf. Je hebt iemand vermóórd,' zei ik. Ik keerde haar de rug toe, totdat ik haar in gedachten met een mes in haar hand zag staan en haar gezicht zag betrekken omdat ik haar niet gehoorzaamde. Ik draaide me weer naar haar om. Mijn vrouw moet nooit de rug worden toegekeerd.

'Om te kunnen ontsnappen.'

'Je hebt Desi vermoord om een nieuw verhaal te hebben en te kunnen terugkeren. Nu kun je weer de geliefde Amy zijn zonder boete te hoeven doen voor wat je hebt gedaan. Zie je daar de ironie dan niet van in, Amy? Je ergerde je juist aan mij omdat ik niet instond voor de gevolgen van mijn daden. Nou, als er iemand gestraft is, dan ben ik het wel. Maar jij? Jij hebt een man vermoord, een man die waarschijnlijk van je hield en je hielp. En nu verwacht je van mij dat ik zijn plaats inneem. Nu mag ik van je houden en je helpen, maar... dat kan ik niet. Ik kan het gewoon niet. En ik doe het ook niet.'

'Nick, ik denk dat je verkeerd bent geïnformeerd,' zei ze. 'Geen wonder met al die geruchten die de ronde doen. Maar dat kunnen we beter vergeten als we vooruit willen. En dat willen we. Heel Amerika wil vooruit. Dat is het verhaal dat de wereld nu wil horen. *Ons* verhaal. Desi is de slechterik. Niemand wil twee slechteriken. Ze willen je aardig vinden, Nick. Je bent alleen weer geliefd als je bij mij blijft. Een andere manier is er niet.'

'Vertel me wat er is gebeurd, Amy. Heeft Desi je geholpen je plan uit te voeren?'

Ze stoof op. Ze had geen hulp nodig van een man, hoewel het tegendeel duidelijk het geval was. 'Natuurlijk niet!' snauwde ze.

'Vertel het me dan. Het kan toch geen kwaad? Vertel me alles. Jij en ik kunnen niet verder met dit fantasieverhaal. Ik zal me altijd tegen je blijven verzetten. Ik weet dat je aan alles hebt gedacht. Ik zit echt niet te wachten op een misstap, want ik ben het beu die strijd met je aan te gaan. Ik kan toch niet van je winnen. Ik wil gewoon weten wat er is gebeurd. Ik stond met één been in de dodencel, Amy. Je bent teruggekomen en dat was mijn redding. Daar ben ik je dankbaar voor. Hoor je me? Ik ben je dánkbaar, dus zeg later nooit dat ik dat niet heb gezegd. Ik ben je dankbaar. Maar ik móét het weten. Je weet dat ik het moet weten.'

'Trek je kleren uit,' zei ze.

Ze wilde zeker weten dat ik geen zendertje droeg. Ik kleedde me voor haar uit. Ze bekeek alle naden, inspecteerde me grondig en liet toen een hand van mijn kin naar mijn borst glijden, en van mijn borst naar mijn rug. Ze pakte mijn billen vast, liet haar hand tussen mijn benen glijden, legde hem om mijn testikels en pakte toen mijn slappe penis vast, die ze even vasthield om te zien of er iets gebeurde. Er gebeurde niets.

'Je bent schoon,' zei ze. Het was bedoeld als grap, een kwinkslag, een filmquote waar we ooit om hadden gelachen. Toen ik niet reageerde, deed ze een stap achteruit en zei: 'Ik keek altijd graag naar je naakte lijf. Dat maakte me gelukkig.'

'Niets kan jou gelukkig maken. Kan ik me weer aankleden?'

'Nee. Ik wil me niet druk hoeven maken om verborgen zendertjes in manchetten of zomen. Laten we trouwens maar naar de badkamer gaan en de kraan openzetten. Voor het geval je afluisterapparatuur in huis hebt aangebracht.'

'Je hebt te veel films gezien,' zei ik.

'Ha! Wie had ooit gedacht dat jij dat nog eens zou zeggen.'

We stonden in de badkuip en zetten de douche aan. Het water spatte op mijn blote rug en doorweekte de voorkant van Amy's blouse. Ze trok hem uit. De rest van haar kleren volgde in een opgewekte striptease; ze gooide haar kleren over het douchescherm op dezelfde speelse manier als toen we elkaar net hadden leren kennen – *Ik ben overal voor in!* Daarna draaide ze zich naar me toe en ik verwachtte dat ze haar haren over haar schouder zou gooien, zoals ze altijd deed als ze met me flirtte, maar daarvoor was haar haar te kort.

'Nu staan we quitte,' zei ze. 'Het heeft iets onbeleefds om als enige aangekleed te zijn.'

'We zijn de etiquette wel voorbij, Amy.'

Kijk alleen naar haar ogen, raak haar niet aan, laat haar jou niet aanraken.

Ze ging dicht tegen me aan staan, legde een hand op mijn borst en liet het water tussen haar borsten wegstromen. Ze likte een douchetraan van haar bovenlip en glimlachte. Amy had een hekel aan douchen. Ze hield niet van een nat gezicht en ook niet van het kletterende water op haar huid. Dat weet ik omdat ik met haar getrouwd ben en haar vaak heb geprobeerd te verleiden onder de douche. Ze wees me echter altijd af. (*Ik weet dat het heel sexy lijkt, Nick, maar dat is het niet, dat gebeurt alleen in films.*) Nu deed ze precies het tegenovergestelde alsof ze was vergeten dat ik haar kende. Ik deinsde achteruit.

'Vertel me alles, Amy. Maar eerst dit: was je echt zwanger?'

De baby was een leugen. Dat deed me het meest pijn. Mijn vrouw als moordenaar was beangstigend, weerzinwekkend, maar dat ze over de baby gelogen had was bijna onverdraaglijk. De baby was een leugen, de angst voor bloed was een leugen – een jaar lang was mijn vrouw grotendeels zelf een leugen geweest.

'Hoe heb je Desi erin geluisd?'

'Ik vond een stuk touw in de kelder dat ik met een steakmes in vieren heb gesneden...'

'Liet hij messen rondslingeren?'

'Je vergeet dat we vrienden waren.'

Ze had gelijk. Ik ging uit van het verhaal dat ze aan de politie had verteld, en daarin had Desi haar gegijzeld. Dat was ik vergeten. Ze kon als geen ander verhalen vertellen.

'Als Desi weg was, bond ik het touw zo strak mogelijk om mijn polsen en enkels om dit soort ribbels te kweken.'

Ze liet me de lugubere groeven in haar polsen zien die me aan armbanden deden denken.

'Ik heb mezelf elke dag misbruikt met een wijnfles zodat de binnenkant van mijn vagina eruit zou zien als... zoals het hoort. Zoals een slachtoffer van verkrachting er vanbinnen uit zou zien. Ik ben alleen vandaag met hem naar bed geweest, zodat ik zijn zaad in me zou hebben. Daarna heb ik een paar slaappillen in zijn martini gedaan.'

'Vond hij het goed dat je slaappillen had?'

Ze zuchtte. Ik lette niet op.

'Ja ja, jullie waren vrienden.'

'En toen...' Ze deed me voor hoe ze hem de keel had doorgesneden.

'Was het zo eenvoudig?'

'Je moet je gewoon voornemen dat je het gaat doen en dan doe je het,' zei ze. 'Discipline. Doorzetten. Zoals met alles. Dat heb jij nooit begrepen.'

Er verscheen een koude blik in haar ogen. Ik gaf blijk van te weinig waardering.

'Vertel me meer,' zei ik. 'Vertel me hoe je het hebt gedaan.'

Een uur later, toen het water koud werd, maakte Amy een eind aan deze douchescène.

'Je moet toegeven dat het een briljante actie was,' zei ze.

Ik staarde haar aan.

'Geef het nou maar een klein beetje toe,' drong ze aan.

'Hoe lang duurde het voordat Desi doodgebloed was?'

'Het wordt tijd dat we naar bed gaan,' zei ze. 'Morgen kunnen we verder praten als je wilt. We kunnen nu beter gaan slapen. Samen. Dat lijkt me wel belangrijk. Om het af te sluiten. Of eigenlijk, het tegenovergestelde daarvan.'

'Amy, ik blijf vanavond hier omdat ik geen zin heb in vragen van de pers. Maar ik slaap beneden.'

Ze keek me met een schuin hoofd onderzoekend aan.

'Nick, vergeet niet dat ik je nog altijd heel vervelende dingen kan aandoen.'

'Ha! Erger dan wat je me al hebt aangedaan?'

Ze keek verbaasd. 'O ja, veel erger.'

Ik liep naar de deur.

'Poging tot moord,' zei ze.

Ik bleef staan.

'Dat was mijn eerste plan. Ik zou een arme, zieke vrouw zijn die regelmatig hevige aanvallen krijgt. Totdat blijkt dat de cocktails die haar man voor haar maakte…'

'Zoals in het dagboek.'

'Maar ik besloot dat een poging tot moord niet goed genoeg voor jou was. Het moest meer zijn dan dat. Toch bleef dat vergiftigingsidee door mijn hoofd spelen. Het idee dat jij me langzaam wilde vermoorden. Dat je het eerst op een laffe manier wilde proberen. Vandaar dat ik ermee ben doorgegaan.'

'Denk je echt dat ik daar intrap?'

'Zo vaak te moeten braken was beangstigend. Een onschuldige, bange vrouw zou wat van dat braaksel hebben bewaard, voor het geval er eens iets mocht gebeuren.' Ze glimlachte voldaan. 'Zorg altijd dat je een plan B hebt voor een plan B.'

'Je hebt jezelf vergiftigd.'

'Nick, schrik je daar nou echt van? Ik heb mezelf vermóórd.'

'Ik heb een borrel nodig,' zei ik. Ik liep weg voordat ze nog iets kon zeggen.

Ik schonk mezelf een whisky in en ging in de woonkamer op de bank zitten. Achter de gordijnen gloorde het licht van de cameralampen. Nog even en de nacht was alweer om. Ik was de ochtenden deprimerend gaan vinden bij de gedachte dat het telkens weer ochtend zou worden.

Tanner nam na één keer overgaan op.

'Ze heeft hem vermoord,' zei ik. 'Ze heeft Desi vermoord omdat hij... omdat ze zich aan hem ergerde en hij een machtsspelletje met haar speelde. Ze besefte dat ze hem kon vermoorden en op die manier haar oude leventje weer kon oppakken omdat ze de schuld op hem kon schuiven. Ze vermóórdde hem, Tanner. Dat heeft ze me net verteld. Ze heeft het me bekend.'

'Ik neem aan dat je het niet... op de een of andere manier hebt kunnen opnemen? Met je mobiel of zo?'

'We stonden naakt onder de douche met de kraan open. Ze heeft me alles fluisterend verteld.'

'Ik wil er niet eens naar vragen,' zei hij. 'Jullie zijn het meest idiote stel dat ik ken, en ik ben gespecialiseerd in idioten.'

'Hoe kijkt de politie ertegenaan?'

Hij zuchtte. 'Haar verhaal is waterdicht. Het is te belachelijk voor woorden, maar niet belachelijker dan ons eigen verhaal. In feite hanteert ze de meest geloofwaardige stelregel van de sociopaat.'

'En die is?'

'Hoe groter de leugen, hoe eerder ze het geloven.'

'Kom op, Tanner, er moet iets zijn.'

Ik liep naar de trap om er zeker van te zijn dat Amy me niet stond af te luisteren. Ik fluisterde wel, maar toch. Ik moest voorzichtig zijn.

'We kunnen voorlopig slechts vanaf de zijlijn toekijken, Nick. Je staat er niet al te best voor. Ze zegt dat alles in het dagboek waar is. Alle spullen in het schuurtje zijn van jou. Je hebt alles gekocht met je creditcards maar schaamt je om het te moeten toegeven. Zij is rijk en beschermd opgevoed, dus hoe weet zij nu hoe ze aan een geheime creditcard op haar mans naam kan komen? Om nog maar te zwijgen van die pornografie.'

'Ze heeft me verteld dat ze helemaal niet zwanger was. Ze heeft Noelle Hawthornes urine ingeleverd bij de huisarts.'

'Waarom zei je dat niet... Daar hebben we wat aan! We baseren ons op Noelle Hawthornes verklaring.'

'Noelle wist er niets van.'

Ik hoorde een diepe zucht aan de andere kant van de lijn. Hij nam niet eens de moeite te vragen hoe Amy het voor elkaar had gekregen. 'We blijven nadenken en zoeken,' zei hij. 'Er komt vast een opening.'

'Ik kan hier niet blijven met dat mens. Ze heeft gedreigd me aan te klagen voor...'

'Poging tot moord... met antivries. Ik hoorde dat dat in haar cocktail zat.'

'Daar kunnen ze me toch zeker niet voor oppakken, of wel? Ze zegt dat ze wat braaksel heeft bewaard. Als bewijs. Maar kunnen ze me echt...'

'Laten we nu even niet te hard van stapel lopen, Nick,' zei hij. 'Speel het spelletje voorlopig mee. Ik vind het erg dat ik het moet zeggen, maar op dit moment luidt mijn beste juridische advies: speel het spelletje mee.'

'Het spelletje meespelen? Raad je me dat aan? En dat zegt mijn tópadvocaat? Het spelletje meespelen? Bekijk het, zeg.'

Ik hing woedend op.

Ik vermoord haar, dacht ik. Ik vermoord die trut, verdomme.

Ik zakte weg in de duistere dagdroom waaraan ik me de afgelopen jaren had overgegeven als Amy me weer eens had gekleineerd. Ik dagdroomde dat ik haar net zo lang met een hamer de schedel insloeg totdat ze ophield met praten. *Eindelijk* kwam er een eind aan de woorden waarmee ze voortdurend macht over me uitoefende: doorsnee, saai, middelmatig, niet verrassend, niet bevredigend, niet indrukwekkend. Vooral: *niet.* In gedachten hakte ik op haar in totdat ze als een kapot stuk speelgoed *niet, niet, niet* mompelde en er geen woord meer uit haar mond kwam. Maar dat was niet genoeg, dus ik lapte haar op totdat ze er weer volmaakt uitzag en vermoordde haar opnieuw: ik legde mijn handen om haar nek – ze hunkerde altijd naar intimiteit – en kneep tot ik haar hartslag...

'Nick?'

Ik draaide me om. Amy stond in haar nachthemd op de onderste tree van de trap en keek me met een schuin hoofd aan.

'Speel het spelletje nou mee, Nick.'

Amy Elliott Dunne

De avond van de terugkeer

Hij draait zich om. Als hij me ziet staan, zie ik hem schrikken. Dat komt me goed van pas. Omdat ik hem niet laat gaan. Hij mag dan denken dat hij al die vleiende woorden waarmee hij me terug naar huis wilde lokken niet meende, maar ik weet wel beter. Ik weet dat Nick niet op die manier kan liegen. Ik weet dat de waarheid pas tot hem doordrong toen hij al die aardige dingen zei. *Ping!* Als je zo van elkaar hebt gehouden als wij in die eerste jaren dan gaat dat in je botten zitten. Onze liefde kan tijdelijk in remissie gaan, maar kan altijd weer terugkomen. Zoals de zoetste kanker.

Onwaarschijnlijk? Stel dat het woord voor woord gelogen was? Dan kan ik alleen maar zeggen dat hij het verrekte slim heeft aangepakt. Juist als hij zo is vind ik hem aantrekkelijk. Vrouwen houden van het type man dat hij veinsde te zijn. En ík dus ook. Dat is de man die ik wil als echtgenoot. Dat is de man voor wie ik heb getekend. Dat is de man die ik verdien.

Dus hij kan kiezen: of hij houdt van me zoals hij ooit van me hield of ik ga hem temmen en verander hem terug in de man met wie ik ben getrouwd. Ik ben dat gedoe van hem meer dan zat.

'Speel het spelletje nou mee, Nick,' zeg ik.

'Nee, Amy.'

'Ik kan je kapotmaken, Nick.'

'Dat heb je al gedaan, Amy.' Ik zie hem trillen van woede. 'Waarom wil je in godsnaam bij me blijven? Ik ben saai, doorsnee, ik ben niet interessant, niet inspirerend. Ik ben niet tegen je opgewassen. Hoe vaak heb je dat de afgelopen jaren niet tegen me gezegd?'

'Alleen omdat je je best niet meer deed,' zeg ik. 'Je was volmaakt als je bij mij was. Wij als stel waren volmaakt, in het begin. Maar je deed je best niet meer. Waarom niet?'

'Ik hou niet meer van je.'

'Maar waaróm niet?'

'Omdat jij niet meer van mij houdt. We vormen een zieke möbiusband, Amy, we vergiftigen elkaar. We waren onszelf niet toen we verliefd op elkaar werden en toen we eindelijk onszelf werden – o, verrassing! – werden we giftig. We vullen elkaar op een akelige, foute manier aan. Je houdt niet van míj, Amy. Je mag me niet eens. Laten we gaan scheiden. Laten we uit elkaar gaan en proberen gelukkig te worden.'

'Ik wil niet scheiden, Nick. Vergeet het maar. Als jij bij mij probeert weg te gaan, offer ik míjn leven op om jóúw leven tot een hel te maken. Dat zweer ik je. En je weet dat ik dat kan.'

Hij loopt als een gekooide tijger heen en weer. 'Zie je dan niet dat we een slechte invloed op elkaar hebben, Amy? Twee van de meest behoeftige mensen op aarde die met elkaar opgescheept zitten. Als jij niet van mij wilt scheiden, ga ik van jou scheiden.'

'O ja?'

'Ja, ik ga van je scheiden. Maar eigenlijk zou jij van mij moeten scheiden. Ik weet al wat je denkt, Amy. Je bent bang dat het geen goed verhaal wordt: *Amazing Amy doodt haar krankzinnige ontvoerder en keert terug naar haar man... om te scheiden.* Je vindt het geen triomf.'

'Het ís ook geen triomf.'

'Bekijk het eens van een andere kant. Jouw verhaal is geen saai, serieus jarennegentigoverwinnaarsverhaal. Absoluut niet. Jij bent een sterke, levenslustige, onafhankelijke vrouw, Amy. Je hebt eerst je ontvoerder gedood en vervolgens de bezem door je huwelijk gehaald en die sukkel van een overspelige echtgenoot eruit gegooid. Vrouwen zullen je op handen dragen. Je bent geen bang slachtoffer. Je bent een machovrouw die recht op haar doel afgaat. Zo moet je het zien. Je weet dat ik gelijk heb. Het tijdperk van vergeving is voorbij. Passé. Denk aan al die vrouwen – vrouwen van politici, filmsterren – die bedrogen zijn. Niemand blijft nog bij een man die vreemdgaat. Het is niet meer *steun je man in voor- en tegenspoed* maar *ga scheiden van die klootzak.*'

Even haat ik hem omdat hij nog altijd onder ons huwelijk probeert uit te komen terwijl ik hem duidelijk heb gezegd dat daar geen sprake van kan zijn. Hij denkt nog altijd dat hij me in zijn macht heeft.

'Dus als ik niet van jou wil scheiden, ga jij van mij scheiden?' vraag ik.

'Ik wil niet getrouwd zijn met een vrouw als jij. Ik wil een normale vrouw.'

De smeerlap.
'Ach zo. Je wilt dus terug naar die lamlendige loser die je was? Je wilt je uit de voeten maken? Vergeet het maar. Je kunt geen doodsaaie Amerikaan in Missouri worden die met zijn doodsaaie buurvrouw trouwt. Dat heb je al eens geprobeerd, weet je nog wel, lieve schat? Ook al zou je het willen, dan nog kan dat niet meer. Je zult gezien worden als de behaagzieke klootzak die zijn ontvoerde vrouw in de steek heeft gelaten. Denk je nu echt dat je nog een leuke vrouw kunt krijgen? Jij krijgt alleen nog...'
'Psychopaten? Krankzinnige psychotrutten?' Hij wijst woest met een vinger in mijn richting.
'Noem me niet zo.'
'Psychotrut?'
Het zou zo simpel zijn om me op die manier te kunnen afschrijven. Hij zou niets liever willen dan dat.
'Alles wat ik doe, doe ik met een reden, Nick,' zeg ik. 'Alles wat ik doe vergt planning, precisie en discipline.'
'Je bent een zielige, egoïstische, manipulatieve, gedisciplineerde psychotrut...'
'Jij bent een man,' zeg ik. 'Je bent een luie, saaie, laffe doorsneeman die bang is voor vrouwen. Zonder mij zou je dat nog altijd zijn, ad nauseam. Maar ik heb iemand van je gemaakt. Ik heb het beste in je naar boven gehaald. Dat weet je zelf maar al te goed. Je hield alleen van jezelf toen je je voordeed als iemand die ik leuk zou kunnen vinden. Zonder mij ben je net je vader.'
'Zeg dat niet, Amy.' Hij balt zijn vuisten.
'Denk je niet dat je vader net als jij gekwetst is door een vrouw?' Ik zeg het bevoogdend, alsof ik tegen een puppy praat. 'Denk je niet dat hij net als jij vond dat hij beter verdiende? Denk je nu echt dat jouw moeder zijn eerste keus was? Waarom denk je dat hij zo'n hekel had aan jullie?'
Hij doet een stap in mijn richting. 'Hou op, Amy.'
'Denk toch na, Nick. Al vond je een lieve, gewone vrouw, dan nog zou je elke dag aan mij denken. Zeg eens dat het niet zo is.'
'Dat is niet zo.'
'Hoe snel vergat je die kleine Andie toen je dacht dat ik weer van je hield?' Ik zeg het op een ach-arme-schattoon. Ik trek zelfs een pruilmondje. 'Eén liefdesbriefje, lieverd? Was er maar één liefdesbriefje voor nodig? Twee? Twee briefjes waarin ik zweer dat ik van je hou en je terug wil, waarin ik zeg

dat ik je geweldig vind – was dat genoeg voor jou? Je bent GEESTIG, je bent WARM, je bent BRILJANT. Stumper dat je bent. Denk je echt dat je ooit weer een normaal leven kunt leiden? Ook al vind je een leuke vrouw, dan denk je toch aan mij. Je zult ontevreden zijn en je gevangen voelen in je saaie, normale leventje met je doorsneevrouw en je twee doorsneekinderen. Je zult aan mij denken, en als je dan naar je vrouw kijkt, denk je: *Stomme trut*.'

'Hou je kop, Amy. Ik meen het.'

'Net als je vader. Wij vrouwen zijn toch eigenlijk allemaal trutten, Nick? Stomme trut, psychotrut.'

Hij grijpt me bij mijn armen en schudt me door elkaar.

'Ik ben de trut die jou tot een betere persoon maakt, Nick.'

Hij zegt niets meer. Hij probeert uit alle macht zijn handen naast zijn lichaam te houden. Zijn ogen zijn nat van de tranen. Hij beeft.

'Ik ben de trut die een man van je maakt.'

Dan voel ik zijn handen om mijn nek.

Nick Dunne

De avond van de terugkeer

Eindelijk voelde ik haar hartslag onder mijn vingers, precies zoals ik me had voorgesteld. Ik kneep harder en duwde haar op de grond. Ze maakte rochelende klokgeluidjes, krabde aan mijn polsen. Tien seconden lang zaten we op onze knieën tegenover elkaar, alsof we in gebed waren.

Krankzinnig kreng dat je bent.

Een traan drupte van mijn kin op de vloer.

Vuile, gemene, krankzinnige moordenares. Je drijft mensen tot waanzin, trut.

Amy's helderblauwe ogen keken me strak aan.

Toen kwam er met veel tamtam een idiote gedachte vanuit de krochten van mijn dronken geest mijn bewustzijn binnen: *Als ik Amy vermoord, wie ben ik dan?*

Ik werd verblind door een helderwitte flits. Ik liet mijn vrouw los alsof ze een gloeiend heet stuk ijzer was.

Ze zat in elkaar gedoken en hapte al kuchend naar adem. Toen ze weer lucht kreeg, klonk haar ademhaling raspend, met een vreemd, bijna erotisch piepje aan het eind.

Wie ben ik dan? Ik bedoelde het niet in verwijtende zin. Het antwoord was allesbehalve het vrome: *Dan ben je een moordenaar, Nick. Dan ben je net zo slecht als Amy. Dan ben je wat iedereen dacht dat je was.* Nee. De vraag was gevaarlijk emotioneel en moest letterlijk worden opgevat: wie zou ik zijn als ik Amy niet had om op te reageren? Ze had gelijk: als man was ik op mijn best toen ik van haar hield, en ik was op mijn één na best toen ik haar haatte. Ik kende Amy pas zeven jaar, maar ik zou niet terug kunnen naar mijn leven vóór ik haar kende. Ze had gelijk dat ik niet terug kon naar een doorsneeleven. Ik wist het voordat ze het met zo veel woorden zei. Ik had me mezelf al voorgesteld met een gewone vrouw – een lief, normaal meisje – en dat ik deze gewone vrouw over Amy vertelde en over de moeite die ze had gedaan om me te... te straffen en terug te krijgen. Ik had me deze lieve, middelmatige vrouw al zoiets oninteressants horen zeggen als: *O neeeeee, o mijn god!* en dan wist dat ik haar zou aankijken en zou denken: *Jij hebt nooit iemand vermoord voor mij. Jij hebt nooit geprobeerd me een moord in de schoenen te schuiven. Je zou niet eens weten waar je moest beginnen als je zoiets als Amy zou willen doen. Zo veel zou je nooit om me kunnen geven.* Het verwende moederskindje in me zou nooit rust vinden bij zo'n normale vrouw, en ze zou al heel snel niet alleen normaal zijn maar ook beneden de maat, en dan zou mijn vaders stem – *stomme trut* – in me naar boven komen en het van me overnemen.

Amy had helemaal gelijk.

Dus misschien was er geen mooi einde voor mij.

Amy vergiftigde me, maar ik kon me een wereld zonder haar niet voorstellen. Wie zou ik zijn als Amy er niet meer was? Er waren geen alternatieven die me nog interesseerden. Maar ze moest op haar knieën worden gebracht. Amy in de gevangenis, dat was voor haar een mooi einde. Weggestopt in een cel waar ze me geen kwaad meer kon doen en waar ik haar zo nu en dan kon bezoeken. Of dat ik me in elk geval kon voorstellen dat ze daar zat. Een hartklop, mijn hartklop, daarbuiten ergens.

Ik was degene die haar achter de tralies moest zien te krijgen. Dat was mijn verantwoordelijkheid. Zoals Amy het als haar verdienste zag dat ze het beste in mij naar boven haalde, zo moest ik de schuld op me nemen voor het feit dat de krankzinnigheid in Amy tot wasdom was gekomen. Er waren miljoenen mannen die Amy trouw zouden zijn gebleven in voor- en tegenspoed en zich bevoorrecht zouden hebben gevoeld. Zelfverzekerde, echte mannen die haar niet gedwongen zouden hebben te veinzen dat ze iemand anders was dan haar eigen volmaakte, starre, veeleisende, briljante, creatieve, fascinerende, hebzuchtige, megalomanische zelf.

Mannen die hun vrouw kunnen liefhebben.

Mannen die haar geestelijk gezond kunnen houden.

Amy's verhaal had duizenden andere richtingen op kunnen gaan, maar ze kwam mij tegen en toen begon de ellende. Dus ik moest haar stoppen.

Niet vermoorden maar stoppen.

Haar opbergen in een van haar dozen.

Amy Elliott Dunne

Vijf dagen na de terugkeer

Ik weet nu absoluut zeker dat ik voorzichtiger moet zijn met Nick. Hij is niet meer zo tam als vroeger. Hij lijkt elektrisch geladen; er is een knop omgezet. Ik mag dat wel. Maar ik moet voorzorgsmaatregelen nemen.

Eén heel bijzondere voorzorgsmaatregel.

Het zal tijd kosten om het voor elkaar te krijgen. En planning. Maar ik heb het eerder gedaan. In de tussentijd kunnen we aan het herstel van onze relatie werken. Te beginnen met de façade. We zullen een gelukkig huwelijk hebben, ook al moet hij daarvoor alles uit de kast halen.

'Je gaat weer proberen van mij te houden,' zei ik de ochtend nadat hij me bijna had vermoord. Het was toevallig Nicks vijfendertigste verjaardag; hij was er niet over begonnen. Mijn man heeft genoeg van mijn cadeaus.

'Ik vergeef je wat er gisteravond is gebeurd,' zei ik. 'We stonden allebei onder grote druk. Maar vanaf nu moet je het opnieuw proberen.'

'Dat weet ik.'

'Het moet anders,' zei ik.

'Dat weet ik.'

Hij weet het niet. Maar dat komt nog wel.

Mijn ouders zijn dagelijks op bezoek geweest. Rand, Marybeth en Nick overladen me met aandacht. Kussens. Iedereen wil me kussens geven: we gaan allemaal gebukt onder een massapsychose die van mij een teer, fragiel poppetje heeft gemaakt. Ik ben een zielig vogeltje geworden dat heel voorzichtig in de palm moet worden gehouden omdat ik anders breek. Dus ik ga languit op de beruchte sofa zitten en trippel voorzichtig over de keukenvloer waarop mijn bloed ooit lag. We moeten goed voor me zorgen.

Toch ben ik vreemd genoeg nerveus als ik Nick met anderen zie praten. Hij lijkt steeds op het punt te staan er van alles uit te flappen, alsof zijn longen barstensvol beschuldigende woorden zitten die mij in de problemen kunnen brengen.

Ik heb Nick nodig, besef ik. Ik heb hem nodig om mijn verhaal te bevestigen. Hij moet ophouden mij te beschuldigen en alles te ontkennen. Het wordt tijd dat hij toegeeft dat hij verantwoordelijk is voor de creditcards, de spullen in het schuurtje, de opgehoogde levensverzekering. Anders zal de geur van onzekerheid altijd om me heen blijven hangen. Ik heb een paar losse eindjes en die losse eindjes zijn mensen. De politie, de FBI zijn mijn verhaal aan het napluizen. Ik weet zeker dat Boney me graag zou arresteren. Maar tot nu toe hebben ze broddelwerk geleverd – ze staan volledig voor schut – en zonder bewijs kunnen ze me niets maken. En dat hebben ze niet. Ze hebben Nick, die zweert dat hij onschuldig is aan de dingen waarvan ik zweer dat hij ze wél heeft gedaan. Dat is niet veel, maar meer dan ik zou willen.

Ik heb zelfs voorzorgsmaatregelen getroffen voor het geval mijn vrienden uit Ozark, Jeff en Greta, hier opduiken omdat ze uit zijn op publiciteit of geld. Ik heb de politie verteld dat Desi niet direct naar zijn vakantiehuis is gereden. Hij heeft me eerst een paar dagen – tenminste ik dénk dat het een paar dagen waren – gedrogeerd en geblinddoekt en met een lap om mijn mond opgesloten in een kamer. Misschien ergens in een motel? Of een appartement? Ik weet het niet zeker, het is allemaal zo wazig. Ik was doodsbang, en dan die slaappillen. Als die gluiperige Jeff en Greta hier hun gezicht laten zien en de politie op de een of andere manier zover weten te krijgen dat de technische recherche naar het park wordt gestuurd en er vingerafdrukken of haren van mij worden gevonden, dan is daarmee alweer een deel van de puzzel opgelost. Dan zijn zij degenen die liegen.

Nick vormt dus mijn enige probleem. Maar het zal niet lang meer duren of ik heb hem aan mijn kant. Ik ben slim, ik heb geen bewijzen achtergelaten. En ook al gelooft de politie me niet helemaal, ze zullen niets tegen me ondernemen. Dat leid ik af uit de kribbige toon in Boneys stem; ze zal van nu af aan één brok ergernis zijn en hoe gefrustreerder ze raakt, hoe eerder mensen zich van haar zullen afkeren. Ze heeft toch al dat arrogante, betweterige toontje van een complotdenker. Ze kan maar beter meteen een plastic zak over haar kop trekken.

Jazeker, het onderzoek wordt afgebouwd. Maar voor Amazing Amy is het juist andersom. De uitgever van mijn ouders heeft ze voorzichtig om een nieuw *Amazing Amy*-boek verzocht en ze een fors honorarium in het vooruitzicht gesteld. Opnieuw zullen ze bezit nemen van mijn geest om er zelf aan te verdienen. Ze zijn vanochtend uit Carthage vertrokken. Ze vinden het belangrijk dat Nick en ik (grammaticaal de juiste volgorde) tijd voor onszelf krijgen zodat de wonden kunnen helen. Ze willen weer aan het werk. Ze vertelden me dat ze de 'juiste toon' proberen te vinden. Een toon die zegt: *Onze dochter is ontvoerd en herhaaldelijk verkracht door een monster dat ze wel móést doden... maar we doen dit niet om hier een slaatje uit te slaan.*

Ik zit er niet mee dat ze hun zielige imperium weer willen opbouwen, omdat ik zelf dagelijks word gebeld om míjn verhaal te vertellen. Mijn verhaal: van mij, van mij, van mij. Kwestie van het beste aanbod accepteren en beginnen met schrijven. Ik moet alleen Nick nog aan mijn kant zien te krijgen zodat we het erover eens zijn dat dit verhaal een happy end krijgt.

Ik weet dat Nick nog niet verliefd op me is, maar dat komt nog wel. Ik heb er alle vertrouwen in. We blijven gewoon doen alsof totdat we er zelf in geloven. Hij speelt nu nog de oude Nick uit de tijd dat we gelukkig waren. En ik speel de oude Amy. De tijd dat we elkaar nog niet zo goed kenden als nu. Gisteren stond ik achter op de veranda te kijken naar de opgaande zon boven de rivier. Het was een opmerkelijk koele augustusochtend. Toen ik me omdraaide zag ik Nick vanuit het keukenraam naar me kijken. Hij hield vragend een beker koffie omhoog: *Jij ook koffie?* Ik knikte, en even later stond hij naast me en dronken we samen koffie terwijl we naar het water keken en de lucht opsnoven die naar gras rook. Het voelde goed, normaal.

Hij wil nog niet met me naar bed. Hij slaapt beneden in de logeerkamer met de deur op slot. Maar er komt een dag dat hij zijn oplettendheid laat varen en geen energie meer heeft om elke avond de strijd aan te gaan. Ik weet dat hij dan bij mij in bed zal stappen en dat ik me midden in de nacht zal omdraaien en me tegen hem aan zal drukken. Ik zal me als een slingerplant aan hem vasthechten totdat ik hem heb overwoekerd en hij weer van mij is.

Nick Dunne

Dertig dagen na de terugkeer

Amy denkt dat ze de situatie weer meester is, maar ze heeft het mis. Of: het zal nog blijken dat ze het mis heeft.

Boney, Go en ik werken samen. De politie, de FBI, niemand toont nog serieus interesse in de zaak. Gisteren belde Boney totaal onverwacht. Zonder zich voor te stellen, viel ze met de deur in huis alsof we elkaar al jaren kenden: *Zullen we ergens een kop koffie gaan drinken?* Ik heb Go bij de arm gepakt en ben met haar naar het Pannenkoekenhuis gegaan waar we hadden afgesproken en waar Boney al in een nis aan een tafeltje zat te wachten. Ze stond op toen ze ons zag en glimlachte zwakjes. Ze had veel kritiek over zich heen gehad in de pers. Er volgde een ongemakkelijke begroeting waarin we twijfelden tussen omhelzen of een hand geven. Boney koos voor een knikje.

'Ik heb een dochter,' was het eerste wat ze tegen me zei toen ons eten was geserveerd. 'Ze is dertien. Ze heet Mia. Naar Mia Hamm. Ze is geboren op de dag dat we de wereldcup wonnen. Dus dat is mijn dochter.'

Ik trok mijn wenkbrauwen op. *Interessant. Vertel eens wat meer.*

'Dat heb je me al eens gevraagd en toen... Ik was onbeleefd. Ik was ervan overtuigd dat je onschuldig was en toen... toen wees alles wat je zei op het tegendeel en werd ik boos. Dat ik me door jou om de tuin had laten leiden. Vandaar dat ik in jouw nabijheid mijn dochters naam niet wilde zeggen.' Ze schonk ons koffie in uit de thermoskan.

'Ze heet dus Mia,' zei ze.

'Oké. Dank je,' zei ik.

'Nee, ik bedoel... Shit.' Ze blies haar pony uit haar gezicht. 'Ik weet dat Amy je voor haar verdwijning wilde laten opdraaien. Ik weet dat ze Desi Collings heeft vermoord. Ik wéét het. Ik kan het alleen niet bewijzen.'

'Waar is de rest mee bezig nu jij aan deze zaak werkt?' vroeg Go.

‘Er is geen zaak meer. Iedereen gaat weer over tot de orde van de dag. Gilpin is op het matje geroepen, en dan druk ik me zwak uit. Ik heb van hogerhand te horen gekregen dat ik die puinhoop moet afsluiten. Ik moest er meteen een streep onder zetten. We worden in de nationale media afgeschilderd als domme provinciaaltjes. Ik kan dus alleen actie ondernemen als jij iets voor me hebt, Nick. Heb je iets voor me?’

Ik haalde mijn schouders op. ‘Ik heb net zo veel als jij. Ze heeft alles aan me bekend, maar...’

‘Ze heeft alles bekénd?’ zei ze. ‘Verdomme, Nick, dan kunnen we je een zendertje geven.’

‘Dat heeft geen zin. Dat heeft echt geen zin. Ze denkt overal aan. Ik bedoel, ze weet precies hoe jullie te werk gaan. Ze heeft er een studie van gemaakt, Rhonda.’

Ze goot neonblauwe siroop over haar pannenkoek, ik prikte de punten van mijn vork in mijn eigeel en roerde in het zonnetje.

‘Ik erger me dood aan dat “Rhonda”.’

‘Ze heeft er een studie van gemaakt, mevrouw de rechercheur.’

Ze blies haar pony weer uit haar gezicht en nam een hapje van haar pannenkoek. ‘Nou ja, ze geven me op dit moment toch geen zendertje.’

‘Kom op, jongens, er moet toch iets zijn,’ zei Go kortaf. ‘Waarom blijf je in godsnaam in dat huis wonen, Nick, als je toch niets loskrijgt?’

‘Het kost tijd, Go. Ze moet weer vertrouwen in me krijgen. Zodra ze me dingen tussen neus en lippen door vertelt en we niet allebei naakt zijn...’

Boney wreef in haar ogen en wendde zich tot Go. ‘Wil ik dit weten?’

‘Ze praten altijd naakt onder de douche met de kraan open,’ zei Go. ‘Kun je geen zendertje in de douche monteren?’

‘Ze fluistert alles in mijn oor, en dat ook nog onder stromend water,’ zei ik.

‘Ze weet inderdaad wel wat ze doet,’ zei Boney. ‘Ik heb de auto waarmee ze terug naar huis is gereden bekeken. Je weet wel, Desi’s Jaguar. Ik heb de kofferbak laten onderzoeken waarin Desi haar zou hebben vervoerd toen hij haar ontvoerde. Ik had gedacht dat we niets zouden aantreffen en haar op een leugen zouden kunnen betrappen. Ze is in de kofferbak gaan liggen, Nick. Haar geur werd herkend door onze honden. En we hebben drie lange blonde haren gevonden. Lánge blonde haren. Haren van voor dat ze haar haar afknipte. Hoe ze dat heeft geflikt...’

‘Kwestie van plannen. Ik weet zeker dat ze wat lange haren heeft bewaard voor het geval ze die ergens moest achterlaten om het bewijs in mijn richting te laten wijzen.'

'Jezus, je moet er toch niet aan denken dat je haar als moeder zou hebben? Je zou nóóit kunnen jokken. Ze zou je altijd drie stappen vooruit zijn. Altijd.'

'Boney, kun je je voorstellen hoe het is om haar als vrouw te hebben?'

'Het kan niet anders of ze maakt een keer een fout,' zei ze. 'Er komt een moment dat ze zich verspreekt.'

'Vergeet het maar,' zei ik. 'Kan ik niet beter gewoon tegen haar getuigen?'

'Je bent niet geloofwaardig,' zei Boney. 'Je ontleent je geloofwaardigheid alleen aan Amy. Zij heeft jou in haar eentje gerehabiliteerd. Dat kan ze dus ook weer zo tenietdoen. Als ze met het antivriesverhaal naar buiten komt...'

'Ik moet het braaksel vinden,' zei ik. 'Als ik dat kan weggooien en we haar op een paar leugens kunnen betrappen...'

'We moeten het dagboek doorspitten,' zei Go. 'Zeven jaar dagboekaantekeningen? Daar moeten tegenstrijdigheden in zitten.'

'We hebben Rand en Marybeth gevraagd het dagboek door te nemen om te zien of er zaken niet kloppen,' zei Boney. 'Drie keer raden hoe ze reageerden. Marybeth had me bijna de ogen uitgekrabd.'

'En die Jacqueline Collings dan? Of Tommy O'Hara? Hilary Handy?' zei Go. 'Zij kennen de ware Amy. Er moet iets te vinden zijn.'

Boney schudde haar hoofd. 'Geloof me, het zal niet genoeg zijn. Ze zijn lang niet zo geloofwaardig als Amy. Het gaat om de publieke opinie en dat is op dit moment het enige wat de politie interesseert.'

Ze had gelijk. Jacqueline Collings was in een paar kabelprogramma's verschenen en had volgehouden dat haar zoon onschuldig was. Ze begon altijd rustig, maar haar moederliefde werkte in haar nadeel. Al snel kwam de rouwende vrouw in haar naar boven die wanhopig in de goedheid van haar zoon wilde geloven en hoe meer medelijden de presentator kreeg, hoe kribbiger ze werd en hoe onsympathieker ze overkwam. Ze werd al snel afgeschreven. Zowel Tommy O'Hara als Hilary Handy had me gebeld. Ze waren woedend dat Amy vrijuit ging en wilden ergens hun verhaal doen, maar niemand toonde interesse in gestoorde gevallen uit het verleden. Houd moed, zei ik, er wordt aan gewerkt. Hilary, Tommy, Jacqueline, Boney, Go en ik zouden aan het langste eind trekken. Ik zei tegen mezelf dat ik daar echt in geloofde.

'En als we Andie nu eens aan onze kant proberen te krijgen?' zei ik. 'Als zij zou getuigen dat we op al die plekken waar Amy haar aanwijzingen heeft verstopt... eh, seks hadden? Andie is geloofwaardig. Het publiek is dol op haar.'

Andie was na Amy's terugkeer weer even opgewekt als daarvoor. Dat leidde ik af uit de foto's in de roddelbladen die ik soms inkeek. Daarin had ik ook gelezen dat ze nu een vriendje van haar eigen leeftijd heeft, een leuke jongen met een wilde haardos en van die eeuwige oortelefoontjes om zijn nek. Ze vormen een leuk stel, jong en gezond. De pers is weg van hen. De beste kop: *Love Finds Andie Hardy!*, een woordspeling op een film met Mickey Rooney uit 1938 die misschien twintig mensen begrepen. Ik stuurde haar een sms'je. *Het spijt me. Voor alles.* Ze heeft er niet op gereageerd. Maar beter ook. Dat meen ik.

'Toeval.' Boney haalde haar schouders op. 'Ik bedoel, een vreemd toeval, maar... niet genoeg om een zaak te beginnen. Niet in dit klimaat. Je moet zorgen dat je vrouw je iets vertelt wat we kunnen gebruiken, Nick. Jij bent het enige wapen dat we hebben.'

Go sloeg haar koffie achterover. 'Belachelijk dat we dit gesprek voeren,' zei ze. 'Nick, ik wil niet dat je nog langer in dat huis woont. Je bent toch geen undercoveragent? Het is jouw taak niet. Je woont samen met een moordenaar. Ga daar weg. Het spijt me dat ik het zeg, maar maakt het dan niemand iets uit dat ze Desi heeft vermoord? Ik wil niet dat ze jou ook nog vermoordt. Straks laat je een keer per ongeluk haar tosti aanbranden en dan word ik gebeld met de mededeling dat je van het dak bent gevallen of zo. Ga bij haar wég.'

'Dat kan niet. Nog niet. Ze zal me nooit helemaal loslaten. Ze houdt te veel van dit spel.'

'Stop dan met dat spel.'

Ik kan er niet mee stoppen. Ik word er steeds beter in. Ik blijf in haar buurt totdat ik haar ten val kan brengen. Ik ben de enige die nog over is die dat kan. Op een dag verspreekt ze zich en vertelt ze me iets wat ik kan gebruiken. Vorige week ben ik naar onze slaapkamer verhuisd. We hebben geen seks, we raken elkaar nauwelijks aan, maar we zijn man en vrouw in ons eigen bed, wat voor Amy op dit moment genoeg is. Ik streel haar haren. Ik neem een lok tussen wijsvinger en duim, laat ze naar het uiteinde glijden en trek eraan, alsof ik aan een bel trek, en dat vinden we allebei leuk. En dat is het probleem.

We doen alsof we verliefd zijn en doen de dingen die we graag deden toen we verliefd waren. Soms voelt het bijna als liefde, omdat we elkaar op volmaakte wijze op de proef stellen. Herinneringen aan het begin van onze romance worden tot leven gewekt. Als ik er niet aan denk – soms vergeet ik even wie mijn vrouw is – vind ik haar zelfs leuk gezelschap. Althans de vrouw die ze speelt. Feitelijk is Amy een moordenaar die soms erg grappig is. Mag ik een voorbeeld geven? Toen ik laatst op een avond net als vroeger een kreeft had laten invliegen, deed ze net alsof ze me met die krengen achternazat terwijl ik deed alsof ik me verstopte en toen maakten we allebei *tegelijk* een *Annie Hall*-grap. Dat was zo volmaakt, zo hoe het zou moeten zijn, dat ik even de kamer uit moest. Mijn hart bonkte in mijn keel. Ik moest mijn mantra blijven herhalen: *Amy heeft een man vermoord, en ze vermoordt jou ook als je niet heel erg op je hoede bent.* Mijn vrouw, de grappige, mooie moordenaar, zal me iets aandoen als ik iets doe wat haar niet zint. Ik merk dat ik schrikachtig reageer in mijn eigen huis. Laatst stond ik 's middags in de keuken een boterham te smeren en likte ik de pindakaas van mijn mes toen ik me omdraaide en besefte dat ik me in dezelfde ruimte bevond als Amy, met haar stille kattenvoetjes. Ik huiverde. Ik, Nick Dunne, de man die ooit zo veel details vergat, is nu een man die gesprekken in gedachten naloopt om er zeker van te zijn dat zijn opmerkingen niet beledigend waren en dat hij zijn vrouw niet heeft gekwetst. Ik schrijf alles op wat ze die dag heeft meegemaakt, wat ze leuk en niet leuk vindt, voor het geval ze me probeert uit te testen. Ik ben een modelman omdat ik bang ben dat ze me zal vermoorden.

We praten niet over mijn paranoia, omdat we doen alsof we verliefd zijn. Ik doe alsof ik niet bang voor haar ben. Soms roert ze het alleen even aan: *Nick, je kunt wel bij mij in bed slapen, hoor, ik bedoel écht slapen. Er zal niks gebeuren, dat beloof ik. Wat er met Desi is gebeurd, was een incident. Sluit je ogen en slaap.*

Maar ik weet dat ik nooit meer zal kunnen slapen. Ik kan mijn ogen niet sluiten als ik naast haar lig. Dat is als slapen met een spin.

Amy Elliott Dunne

Acht weken na de terugkeer

Niemand heeft me gearresteerd. De politie is gestopt met vragen stellen. Ik voel me veilig. Nog even en ik zal me nóg veiliger voelen.

Eén voorbeeld om aan te geven hoe goed ik me voel. Gisteren kwam ik beneden voor het ontbijt en stond de pot waarin ik mijn braaksel had bewaard leeg op het aanrecht. Nick – de klaploper – had zich van mijn laatste stok achter de deur ontdaan. Ik gaf geen krimp en gooide de pot weg.

Het maakt nu eigenlijk niet meer uit.

Het gaat de goede kant op.

Ik heb een boekcontract: ik ben nu officieel heer en meester over ons verhaal. Hoe heerlijk symbolisch. Want is dat in wezen niet de kern van elk huwelijk? Een eindeloos spel van hij-zei, zij-zei? Hoe dan ook, zíj zegt iets en de wereld zal naar haar luisteren, en Nick zal het met een glimlach moeten bevestigen. Ik zal hem beschrijven zoals ik wil dat hij is: romantisch en beschouwend en vooral erg berouwvol over de creditcards en de aankopen in het schuurtje. Als ik hem dan toch niet zover kan krijgen dat hij het hardop zegt, laat ik het hem toch in mijn boek zeggen? En als we dan op tournee gaan door het land zal hij een en al glimlach zijn.

Ik noem het boek simpelweg: *Amazing*. Het zal grote verwondering of verbazing wekken. Verbijstering. Mijn verhaal in een notendop, dunkt me.

Nick Dunne

Negen weken na de terugkeer

Ik heb het braaksel gevonden. Ze had het achter in de vriesla verstopt. Het zat in een potje dat weer in een doos met spruitjes zat. De doos, die hard was van het ijs, moet er al maanden hebben gelegen. Weer een van Amy's binnenpretjes: *Nick eet nooit zijn groente op, Nick maakt nooit de vriezer schoon, Nick zal het potje daar nooit zoeken.*

Maar dat deed Nick dus wel.

Nick weet nu hoe hij de koelkast moet schoonmaken en zelfs hoe hij hem moet ontdooien. Ik spoelde al het braaksel weg en zette het potje op het aanrecht zodat ze zou weten dat ik het had gevonden.

Ze gooide het in de vuilnisbak en heeft er met geen woord meer over gerept.

Er is iets mis. Ik weet niet wat het is, maar er is iets goed mis.

Mijn leven is op een epiloog gaan lijken. Tanner heeft een nieuwe zaak aangenomen: een countryzanger ontdekte dat zijn vrouw vreemdging en de volgende dag werd haar lichaam gevonden in een afvalbak van Hardee's nabij hun huis. Naast haar lag een hamer met zijn vingerafdrukken. Tanner gebruikt mijn zaak als voorbeeld. *Ik weet dat het er slecht voor hem uitziet, maar het zag er ook slecht uit voor Nick Dunne, en jullie weten allemaal hoe die zaak is afgelopen.* Ik kon hem bijna naar me zien knipogen door de cameralens. Hij stuurt me zo nu en dan een sms'je: *Alles oké?* Of: *Al nieuws?*

Nee, geen nieuws.

Boney, Go en ik hebben een paar keer afgesproken in het Pannenkoekenhuis, waar we het vuile zand van Amy's verhaal zeefden, in de hoop dat we iets zouden vinden wat we konden gebruiken. We plozen het dagboek uitvoerig uit op inconsequenties in het tijdsverloop. Wanhopige muggenzifterij: 'Hier zegt ze iets over Darfur; was dat in 2010 in het nieuws? (Ja, we vonden een nieuwsclip uit 2006 waarin George Clooney Darfur aankaartte.) Of mijn allerslechtste vondst: 'Amy maakt in juli 2008 een grap over het vermoorden van een zwerver, maar volgens mij werden dodezwervergrappen pas populair in 2009. Waarop Boney reageerde met: 'Geef me de siroop eens aan, randdebiel.'

Mensen vielen af, gingen verder met hun leven. Boney bleef. Go bleef.

En toen gebeurde er iets. Mijn vader ging eindelijk dood. 's Nachts, in zijn slaap. Een vrouw lepelde zijn laatste maaltijd in zijn mond, een vrouw legde hem een laatste keer te rusten, een vrouw waste zijn dode lichaam en een vrouw belde mij om het nieuws te vertellen.

'Hij was een goed mens,' zei ze verveeld maar met een plichtmatige dosis empathie.

'Nee, dat was hij niet,' zei ik, en ze lachte zoals ze zo te horen lang niet had gelachen.

Ik dacht dat ik me beter zou voelen wanneer die man van de aardbodem was verdwenen, maar ik voelde een grote, beangstigende leegte in mijn borst. Mijn leven lang had ik mezelf met mijn vader vergeleken, maar nu hij er niet meer was had ik alleen Amy nog om me tegen te kunnen afzetten. Na de eenvoudige, bedompte, eenzame begrafenisdienst vertrok ik niet met Go, maar ging ik naar huis met Amy en hield haar dicht tegen me aan. Ja, ik ging naar huis met mijn vrouw.

Ik moet weg uit dit huis, dacht ik. *Ik moet eens en voor altijd met Amy breken.* Ik moet ons verleden platbranden, zodat ik nooit meer kan terugkeren.

Wie zou ik zijn zonder jou?

Ik moest het weten. Ik moest mijn eigen verhaal vertellen. Dat zag ik maar al te duidelijk in.

De volgende ochtend, toen Amy in haar werkkamer driftig zat te typen aan haar *Amazing*-verhaal dat de hele wereld straks zou lezen, liep ik met mijn laptop naar beneden. Ik staarde naar het felle, witte scherm.

Ik begon aan de openingszinnen van mijn boek.

Ik ben een overspelige, ruggengraatloze lafaard, ik ben bang voor vrouwen en de held van dit verhaal. Omdat de vrouw die ik bedroog – mijn vrouw, Amy Elliott Dunne – een sociopaat en een moordenaar is.

Ja. Dat zou ik lezen.

Amy Elliott Dunne

Tien weken na de terugkeer

Nick speelt nog steeds toneel. We doen alsof we gelukkig, onbezorgd en verliefd zijn. Maar ik hoor hem 's nachts driftig tikken op zijn laptop. Hij schrijft. Hij schrijft zijn kant van het verhaal, dat weet ik. Dat wéét ik, dat maak ik op uit de koortsachtige stroom van woorden, uit het getikketak van de toetsen, alsof er miljoenen insecten overheen lopen. Ik probeer in te loggen als hij slaapt (hoewel hij nu net zo slaapt als ik – onrustig en alert – en ik zo slaap als hij). Maar hij heeft zijn lesje geleerd; hij weet dat hij niet langer de geliefde Nicky is die nooit iets zal overkomen. Hij gebruikt zijn verjaardag niet meer als wachtwoord, noch die van zijn moeder of Bleecker. Ik kom er niet in.

Toch hoor ik hem typen, snel en zonder onderbreking, en in gedachten zie ik hem met opgetrokken schouders en het puntje van zijn tong tussen zijn tanden over het toetsenbord gebogen zitten. Het was verstandig van me om mezelf tegen hem in bescherming te nemen. Dat ik mijn voorzorgsmaatregel genomen heb.

Omdat hij geen liefdesverhaal schrijft.

Nick Dunne

Twintig weken na de terugkeer

Ik ben niet verhuisd. Ik wilde dat dit een verrassing was voor mijn vrouw, die zich nooit laat verrassen. Ik wilde haar het manuscript geven terwijl ik de deur uit ging om een contract te tekenen bij een uitgever. Ik wilde dat zij ook eens de angst zou voelen bij het vooruitzicht dat haar wereld op zijn kop zou komen te staan en dat er een hoop ellende over haar zou worden uitgestort waar ze geen invloed meer op had. Oké, misschien gaat ze nooit de gevangenis in en zal het altijd mijn woord tegen het hare blijven, maar mijn zaak is net zo overtuigend. Mijn boek zal een emotionele weerklank hebben en misschien ook op juridisch gebied iets teweegbrengen.

Laat iedereen maar partij kiezen. Team Nick, Team Amy. Maak er een populair gezelschapsspel van. Met een beetje mazzel worden er ook nog een hoop T-shirts verkocht.

Mijn knieën knikten toen ik Amy ging vertellen dat ik niet langer deel uitmaakte van haar verhaal.

Ik liet haar het manuscript zien en onthulde de harde titel: *Psychotrut.* Een inside joke. We hielden allebei van onze inside joke. Ik wachtte af tot ze me mijn ogen zou uitkrabben, mijn kleren aan flarden zou scheuren, me zou bijten.

'O! Wat een perfecte timing,' zei ze opgewekt, en ze keek me met een brede grijns aan. 'Wacht, ik wil je iets laten zien.'

Ik liet het haar nog een keer doen waar ik bij was. Plassen op het staafje terwijl ik hurkend naast haar in de badkamer toekeek hoe de urine uit haar stroomde en op het staafje viel dat zwangerblauw werd.

Vervolgens werkte ik haar meteen de auto in en reden we naar de huisarts, waar ik toekeek hoe haar bloed werd afgenomen – omdat ze helemaal niet bang is voor bloed – en we twee uur wachtten totdat de uitslag van de test bekend was.

Amy was zwanger.

'Het kind kan niet van mij zijn,' zei ik.

'O, jawel hoor.' Ze glimlachte terug en probeerde zich in mijn armen te nestelen. 'Proficiat, papa.'

'Amy...' begon ik, omdat het niet waar kón zijn. Ik had mijn vrouw sinds haar terugkeer niet meer aangeraakt. Totdat het me in een flits duidelijk werd: de doos tissues, de vinyl fauteuil, de tv en de porno, mijn zaad ergens in de vriezer. Ik had schuldbewust een 'nog-weg-te-gooien'-briefje op tafel gelegd, waarna het briefje was verdwenen. Mijn vrouw had zoals altijd al actie ondernomen. Maar in plaats van het weg te gooien, had ze het bewaard. Voor het geval dat.

Ik voelde een enorme blijdschap – ik kon het niet helpen – en meteen een verlammende schrik.

'Ik zal een paar dingen moeten doen om mezelf te beschermen, Nick,' zei ze. 'Gewoon omdat het bijna onmogelijk is om je te vertrouwen. Om te beginnen moet je je boek natuurlijk deleten. En om die andere kwestie uit de wereld te helpen hebben we een beëdigde verklaring nodig waarin je zweert dat jij de spullen die in het schuurtje zijn gevonden hebt gekocht en daar hebt verstopt. Dat je eerst dacht dat ik jou daarvan wilde beschuldigen maar dat je nu van me houdt en ik van jou en dat alles weer koek en ei is.'

'En als ik weiger?'

Ze legde haar hand op haar kleine, gezwollen buik en fronste. 'Dat zou vreselijk zijn.'

We hadden jaren gestreden om de macht over ons huwelijk, over ons liefdesverhaal, over ons levensverhaal. Ik was eindelijk weggespeeld. Ik had een manuscript gecreëerd, zij een leven.

Ik kon het gevecht aangaan voor de voogdij, maar ik wist nu al dat ik dat zou verliezen. Amy zou genieten van de strijd – God wist wat ze al allemaal had uitgedacht. Tegen de tijd dat ze alles had geregeld, zou ik mijn kind al niet meer om het andere weekend bij me mogen hebben. Ik zou alleen nog in een vreemde kamer contact mogen hebben met mijn kind onder het toeziend oog van een koffiedrinkende voogd. En misschien zelfs dat niet. Ik zag ineens de beschuldigingen van mishandeling of misbruik voor me; ik zou mijn kind nooit te zien krijgen omdat het van me vandaan werd gehouden terwijl zijn moeder leugens fluisterde in zijn kleine roze oortjes.

'Het is trouwens een jongen,' zei ze.

Ik was uiteindelijk toch een gevangene. Amy had me voor altijd, althans zo lang als ze dat nodig vond, in haar macht omdat ik mijn zoon moest redden. Ik moest alles wat Amy deed tenietdoen en de haken en ogen aan zijn opvoeding proberen glad te strijken. Ik moest me letterlijk opofferen voor mijn kind, en dat zou ik met alle plezier doen. Ik zou mijn zoon opvoeden tot een goed mens.

Ik wiste mijn verhaal.

Boney nam na één keer overgaan op.

'Pannenkoekenhuis? Twintig minuten?' zei ze.

'Nee.'

Ik vertelde Rhonda Boney dat ik vader werd en dat ik niet langer kon meewerken aan welk onderzoek dan ook. Sterker nog, ik zou mijn verklaring dat ik mijn vrouw ervan verdacht mij te laten opdraaien voor haar verdwijning intrekken en was bereid mijn rol in de creditcards toe te geven.

Er volgde een lange stilte. 'Hmm,' zei ze. 'Hmm.'

In gedachten zag ik Boney met haar hand in haar sluike haar op de binnenkant van haar wang kauwen.

'Zorg je goed voor jezelf, Nick?' zei ze uiteindelijk. 'En ook voor de kleine?' Toen lachte ze. 'Wat er met Amy gebeurt zal me worst wezen.'

Ik ging bij Go langs om haar het nieuws te vertellen. Ik probeerde het als een blij nieuwtje te verpakken. Een baby. Je kunt toch niet zo van streek zijn van een baby? Je kunt de situatie vreselijk vinden, maar een kind niet.

Ik dacht dat Go me een klap zou verkopen. Ze stond zo dicht bij me dat ik haar adem voelde. Ze priemde met een wijsvinger in mijn borst.

'Je zoekt gewoon een smoes om bij haar te kunnen blijven,' zei ze. 'Jullie zijn verdomme verslaafd aan elkaar. Dat zal me een explosief gezinnetje worden. Dat overleef je niet, Nick. Denk je nu echt dat je dit een jaar of achttien jaar kunt volhouden? Of dat ze je niet zal vermoorden?'

'Niet zolang ik de man ben met wie ze is getrouwd. Dat was ik een tijdje niet, maar dat kan ik nu weer zijn.'

'Ben je niet bang dat jij háár zult vermoorden? Wil je in een tweede pa veranderen?'

'Begrijp dat dan, Go. Dit is mijn enige garantie om níét in pa te veranderen. Ik moet de beste echtgenoot van de wereld zijn, en de beste vader.'

Go barstte in tranen uit. Ik had haar sinds onze jeugd niet meer zien huilen. Ze liet zich als een pudding op de grond zakken alsof de kracht uit haar benen was weggevloeid. Ik ging naast haar zitten en legde mijn hoofd tegen het hare. Ze slikte een laatste snik in en keek me aan. 'Weet je nog, Nick, dat ik ooit zei dat ik ook van je zou houden *als*? Dat wat er ook na *als* kwam, ik altijd van je zou blijven houden?'

'Ja.'

'Nou, ik hou nog steeds van je. Maar dit breekt mijn hart.' Ze hapte snikkend naar adem, als een kind. 'Dit is niet wat we voor ogen hadden.'

'Het is een vreemde wending,' zei ik, in een poging er een luchtige draai aan te geven.

'Ze zal toch niet proberen ons uit elkaar te drijven, hè?'

'Nee,' zei ik. 'Bedenk dat zij zich ook voordoet als een beter mens.'

Ja, ik ben eindelijk tegen Amy opgewassen. Laatst werd ik naast haar wakker en keek ik naar de achterkant van haar schedel. Ik probeerde haar gedachten te lezen. Voor het eerst had ik het gevoel dat ik niet in de zon keek. Ik begin de gekte van mijn vrouw te evenaren. Omdat ik voel dat ze me weer verandert: eerst was ik een onervaren jongen, toen een man met goede en slechte eigenschappen. Nu ben ik een held. Ik ben de goede in het eindeloze oorlogsverhaal van ons huwelijk. Het is een verhaal waar ik mee kan leven. Op dit moment kan ik me mijn verhaal niet eens voorstellen zonder Amy. Ze is mijn eeuwige tegenstander.

Wij zijn één lange, huiveringwekkende climax.

Amy Elliott Dunne

Tien maanden, twee weken en zes dagen na de terugkeer

Mij is altijd verteld dat liefde onvoorwaardelijk is. In de regel. Maar als liefde geen grenzen heeft, geen beperkingen, geen voorwaarden, waarom zou iemand dan voor altijd proberen zich ervoor in te spannen? Als je ervan uitgaat dat de ander altijd van je zal houden, waar blijft dan de uitdaging? Ik word geacht van Nick te houden ondanks al zijn tekortkomingen. En Nick wordt geacht van mij te houden ondanks mijn nukken en grillen. Maar het is zonneklaar dat we dat allebei niet kunnen. Ik heb het gevoel dat het uitgangspunt niet klopt en dat er voor de liefde heel veel voorwaarden zouden moeten gelden. Liefde zou van beide partners moeten eisen dat ze te allen tijde hun uiterste best doen. Onvoorwaardelijke liefde is ongedisciplineerde liefde, en zoals is gebleken, pakt ongedisciplineerde liefde desastreus uit.

Hoe ik verder over de liefde denk staat te lezen in *Amazing*, dat binnenkort in de winkel ligt.

Maar eerst: het moederschap. Morgen is de uitgerekende datum. Morgen is toevallig ook onze trouwdag. Zes jaar. IJzer. Ik heb overwogen Nick een paar mooie handboeien te geven, maar ik ben bang dat hij daar nog niet om zal kunnen lachen. Het is een raar idee: precies een jaar geleden ontleedde ik mijn echtgenoot; nu ben ik bijna klaar met hem weer in elkaar te zetten.

Nick heeft de afgelopen maanden al zijn vrije tijd gestoken in het masseren van mijn voeten, het insmeren van mijn buik met cacaoboter, naar de winkel rennen voor augurken, en al die dingen die goede vaders-in-spe geacht worden te doen. Hij verafgoodt me. Hij leert onvoorwaardelijk van me te houden onder mijn voorwaarden. We zijn eindelijk op weg naar het geluk. Ik weet eindelijk hoe het moet.

We staan op het punt het beste, mooiste gezinnetje van de wereld te worden.

We hoeven het alleen maar vol te houden. Nick heeft het nog niet helemaal onder de knie. Deze ochtend streelde hij mijn haar en vroeg hij wat hij nog meer voor mij kon doen, en toen zei ik: 'Jeetje, Nick, waarom verwen je me toch zo?'

Hij had moeten zeggen: *Je verdient het. Ik hou van je.*

Maar hij zei: 'Omdat ik met je te doen heb.'

'Waarom?'

'Omdat je elke ochtend weer wakker moet worden en jou moet zijn.'

Ik zou echt willen dat hij dat niet had gezegd. Het blijft maar door mijn hoofd malen. Ik kan het niet van me afzetten.

Ik heb hier niets aan toe te voegen. Ik wilde alleen zeker weten dat ik het laatste woord heb. Ik vind dat ik dat heb verdiend.

Dankwoord

Ik moet beginnen met Stephanie Kip Rostan. Met haar goede advies, gezond verstand en goed humeur heeft ze me al met drie boeken begeleid. En ze is ook nog eens gewoon prettig gezelschap. Bedankt voor de uitstekende begeleiding al die jaren. Veel dank ook aan Jim Levine en Daniel Greenberg en iedereen bij Levine Greenberg Literary Agency.

Mijn redacteur Lindsay Sagnette is fantastisch. Bedankt voor je expertise, dat je me precies de juiste hoeveelheid koppigheid hebt gegund, dat je me hebt uitgedaagd tot betere prestaties en hebt aangemoedigd gedurende de laatste loodjes. Als jij er niet was geweest, was ik voor altijd bij 'voor 82,6 procent klaar' blijven steken.

Veel dank aan Crown-uitgever Molly Stern voor de feedback, de steun, het wijze commentaar en de eindeloze energie.

Ik ben ook dank verschuldigd aan Annsley Rosner, Christine Kopprasch, Linda Kaplan, Rachel Meier, Jay Sones, Karin Schulze, Cindy Berman, Jill Flaxman en E. Beth Thomas.

Voor mijn vele vragen over politiekwesties en juridische procedures heb ik me gewend tot enkele zeer bereidwillige experts. Ik bedank mijn oom, de edelachtbare Robert M. Schieber, en inspecteur Emmet B. Helrich dat ik altijd bij hen mocht aankloppen met mijn ideeën. Zeer veel dank aan advocaat Molly Hastings in Kansas City, die me, met veel gratie en overtuigingskracht, van alles heeft uitgelegd over haar baan. En eindeloos veel dank aan rechercheur Craig Enloe van de Overland Park Police Department voor het beantwoorden van de 42.000 e-mails (een bescheiden schatting) die ik hem de afgelopen twee jaar heb gestuurd. Hij was geduldig, goedgehumeurd en kwam altijd met precies de juiste dosis informatie. Eventuele fouten zijn voor mijn rekening.

Mijn dank, om vele en diverse redenen, aan: Trish en Chris Bauer, Katy Caldwell, Jessica en Ryan Cox, Sarah en Alex Eckert, Wade Elliott, Ryan Enright, Mike en Paula Hawthorne, Mike Hillgamyer, Sean Kelly, Sally Kim, Sarah Knight, Yocunda Lopez, Kameren en Sean Miller, Adam Nevens, Josh Noel, Jess en Jack O'Donnell, Lauren 'Fake Party We're Awesome' Oliver, Brian 'Map App' Raftery, Javier Ramirez, Kevin Robinett, Julie Sabo, gg Sakey, Joe Samson, Katie Sigelman, Matt Stearns, Susan en Errol Stone, Deborah Stone, Tessa en Gary Todd, Jenny Williams, Josh Wolk, Bill en Kelly Ye, Chicago's Inner Town Pub (Van de Christmas Morning) en de onverwoestbare Courtney Maguire.

Ik dank mijn fantastische familie in Missouri – al de Schiebers, de Welshes, de Flynns, en de diverse vertakkingen daarvan. Bedankt voor alle liefde, steun, pret en voor de gevulde augurken en de bourbon… jullie hebben er feitelijk voor gezorgd dat Missouri, zoals Nick zou zeggen, 'een magische plek' was.

Ik heb onbeschrijfelijk behulpzame reacties gekregen van een paar lezers die ook goede vrienden zijn. Marcus Sakey heeft me goed geadviseerd over Nick wat betreft bier en Thais eten. David MacLean en Emily Stone waren zo aardig om *Verloren vrouw* te lezen in de maanden voorafgaand aan hun huwelijk. Niet erg… romantisch. Het heeft jullie kennelijk niet in het minst geschaad en het boek is er een stuk beter van geworden. Bedankt.

Scott Brown: dank voor alle keren dat ik me mocht terugtrekken tijdens het schrijven van *Verloren vrouw*, vooral in de Ozarks. Ik ben blij dat die peddelboot toch niet is gezonken. Bedankt voor je ongelooflijk inzichtelijke adviezen, en voor het feit dat je er altijd voor me was en me hebt geholpen bij het formuleren van hetgeen ik probeerde te zeggen.

Mijn broer Travis Flynn, bedankt dat je altijd in de buurt was om vragen te beantwoorden over hoe dingen echt werken. Veel liefs aan Ruth Flynn, Brandon Flynn en Holly Bailey.

Ik bedank mijn schoonouders Cathy en Jim Nolan, Jennifer Nolan, Megan, Pablo en Xavy Marroquin, en alle Nolans en Samsons: ik ben me er heel goed van bewust hoezeer ik heb geboft dat jullie mijn schoonfamilie zijn. Bedankt voor alles. Cathy, we wisten altijd al dat je een warm hart had, maar het afgelopen jaar heb je dat weer op talloze manieren laten blijken.

Dank aan mijn ouders, Matt en Judith Flynn. Stimulerend, attent, grappig, aardig, creatief, behulpzaam en na meer dan veertig jaar nog steeds dolverliefd op elkaar. Ik heb, zoals altijd, het grootste respect voor jullie. Bedankt dat jullie zo aardig voor me zijn en dat jullie voortdurend vreemde mensen proberen te overreden mijn boeken te kopen. En bedankt dat jullie zo leuk omgaan met Flynn. Alleen al door naar jullie te kijken word ik zelf een betere ouder.

Tot slot de leden van mijn eigen gezin.

Roy: lief katje.

Flynn: lieve jongen, ik ben dol op je! Als je dit leest vóór het jaar 2024: daar ben je nog veel te jong voor! Leg dit boek weg en pak je knuffel!

Brett: echtgenoot! Vader van mijn kind! Danspartner. Maakt tosti's voor me in noodgevallen. Zo'n man die altijd de juiste wijn weet te kiezen. Zo'n man die er geweldig uitziet in een smoking. Al is het een zombie-smoking. De man met de vriendelijke lach, de man die zo leuk kan fluiten. De man met alle antwoorden. De man die mijn kind aan het lachen maakt tot hij omvalt. De man die mij aan het lachen maakt tot ik omval. De man die ik allerlei opdringerige en onfatsoenlijke vragen mag stellen over hoe het is om een man te zijn. De man die las en herlas en herlas en herlas, en die me niet alleen goede raad gaf, maar ook een bourbon op zijn tijd. Jij bent het helemaal, schat. Fijn dat je met me getrouwd bent.

Ik hou van je, voor altijd.

Gillian Flynns eerste boek *Teerbemind* ontving in 2006 twee Dagger Awards van de Britse Crime Writers' Association en haalde de shortlist van de CWA Gold Dagger Award en de Edgar Award. Het was voor het eerst dat een boek werd bekroond met twee Daggers. Haar tweede boek was in 2010 het alom geprezen *Duisternis*. Het in 2012 gepubliceerde *Gone Girl* (in het Nederlands eerst verschenen als *Donker hart*) betekende haar grote doorbraak; er zijn al 2,5 miljoen exemplaren van verkocht.

Toen haar debuut verscheen werkte ze als journalist en recensent voor *Entertainment Weekly*, inmiddels is ze fulltime auteur. Haar boeken zijn gepubliceerd in 28 landen; voor elk van de drie is er een filmdeal en schrijft ze zelf het scenario. Ze woont in Chicago met haar man, zoon en een enorme zwarte kat, Roy.

Discussievragen

- Welke betekenis geeft het motto aan dit boek?

- Wat zijn je eerste indrukken van Nick?

- ‘Dat is toch de bedoeling van een relatie: dat de ander je kent en begrijpt?’ Dit is natuurlijk Dagboek Amy, maar denk je dat Amy er echt zo over denkt?

- ‘Ik zeg vaak dingen niet hardop, zelfs als ik dat wel zou moeten doen.’ Waarom houdt Nick zo vaak zijn mond?

- ‘Wij waren de eerste mensen die nooit iets voor het eerst zouden aanschouwen.’ Is in onze moderne door de media gedomineerde wereld niets meer authentiek en origineel? Maakt dat ons allemaal ten diepste verveeld?

- ‘Niemand kijkt graag naar de onderkant van dingen.’ Geldt dat voor ons allemaal, of alleen voor Nick?

- ‘Ik ben dol op het weglaten van feiten.’ Wat dacht je dat Nick had weggelaten, op dit punt in *Verloren vrouw*, als hij het alarm in zijn vaders huis probeert uit te zetten?

- ‘Liefde maakt dat je boven jezelf uit wilt stijgen – ja, dat zal best. Maar misschien geeft liefde, echte liefde, je ook toestemming om gewoon de man te zijn die je bent.’ Ben je het met Nick eens?

- 'Iedereen *mag* haar. Ik heb nooit begrepen waarom dat als een compliment moet worden opgevat: dat je door iedereen aardig gevonden wordt.' Zegt dit iets over Amy, of ben je het met haar eens?

- 'Amerikanen zijn dol op zondaars die zich verontschuldigen.' Waarom is dat, denk je? Wat zegt het over de Amerikaanse volksaard?

- Brengt Amy in Nick het beste naar boven?

Een gesprek met Gillian Flynn

Mag je Nick?
Absoluut. Ik denk dat hij fouten maakt, en hij heeft soms moeite los te komen van zijn vaste gewoonten, maar gelukkig heb ik een diepe genegenheid voor mislukkelingen. Ik denk dat hij iemand is die uiteindelijk het juiste wil doen – hij doet er alleen langer over dan zou moeten. Maar ik waardeer mensen voor wie het een worsteling is om goed te zijn, in tegenstelling tot mensen die zich van nature goed gedragen.

Heeft Amy ook goede kwaliteiten?
Absoluut! Ze plant, volgt op, ze blinkt uit, ze sluit geen compromissen, ze denkt groot. Ze is ongelooflijk slim en tamelijk grappig en een zeer goed observator. Ze is volledig wakker en bewust. Alleen leiden deze kwaliteiten – hoe druk ik dat vriendelijk uit? – bij haar tot extremen.

'De meeste mooie, goede dingen worden gedaan door vrouwen op wie anderen neerkijken.' Ben je dat eens met Dagboek Amy?
Ik denk dat vrouwen uiteindelijk opgezadeld worden met het leeuwendeel van het soort werk waarvan we allemaal willen dat het gedaan wordt maar dat we niet zelf willen doen. Vrouwen maken de plakboeken en familiefoto's, vrouwen organiseren de liefdadigheidsacties en lunches, vrouwen regelen de feestdagen – versieren het huis, kopen de papieren bordjes, maken de punch. Vrouwen zijn degenen die zich verjaardagen herinneren en surpriseparty's plannen. Al die aangename dingen, die veel tijd en energie kosten – ze zijn makkelijk weg te wuiven, maar ze maken het leven bijzonder.

Bestaat 'Coole Meid' denk je?
Ik denk dat er coole meiden zonder hoofdletters zijn – vrouwen die interessant zijn en slim en grappig, persoonlijkheden met hun eigen vreemde voorkeuren en antipathieën – maar 'coole meid' bestaat niet, dat is een verzinsel van mannen. Natuurlijk is het punt van die hele tirade dat er meer dan genoeg vrouwen zijn die doen alsof ze 'coole meiden' zijn, die doen alsof ze van alles houden waarvan de vent houdt van wie zij houden en die inspelen op bepaalde stereotypen die vrouwen geen goed doen (of mannen, wat dat aangaat). Doen alsof je een hedendaagse 'coole meid' bent is even restrictief en benauwend als de rol van 'Gelukkige Huisvrouw' voor vrouwen in de jaren vijftig was. Het is desondanks treurig dat we vandaag de dag de keus hebben om te zijn wie we willen – en dat we nog steeds niet kiezen. We plooien ons nog te vaak naar wat we geloven dat mannen pleziert.

'Sinds internet, Facebook, YouTube bestaat er niet meer zoiets als een onbevooroordeelde jury.' Heeft het Amerikaanse juridische systeem een fatale tekortkoming? Is er een oplossing?
Ik denk dat we in toenemende mate een dogmatische samenleving zijn. Hoeveel of hoe weinig we ook denken over iets te weten, we voelen de noodzaak om ons erover uit te spreken. Daarbuiten zijn er veel meningen, en die zijn vaak gebaseerd op schokkend weinig feiten – en deze opiniemassa is bijna onmogelijk te vermijden. Ik weet het antwoord ook niet; het is echt een modern dilemma. Maar het is inmiddels wel de vraag hoe er bij een geruchtmakend proces nog een jury zonder vooropgezette meningen kan aantreden.

Hoe heb je dit boek fysiek geschreven, en waarom?
Ik heb een klein kantoortje in de kelder van ons huis. Het is deels ondergronds, het is er koud en donker en naargeestig, dus de volmaakt bij mijn werk passende enge atmosfeer. Ik drink een pot koffie en begin mijn dag. Ik doe mijn meeste denkwerk over een boek met gekriebel in grote gele juridische notitieboeken – er is iets aan handschrift dat mijn brein losmaakt. Veel gedroedel en gecursiveerde sleutelwoorden. Het is allemaal heel erg schetsmatig. Af en toe bedenk ik een karaktertrek of een sleutelfrase over een personage die ik echt bruikbaar vind, en die scheur ik van het vel en tape ik aan de muur van mijn kantoor. Ik doe mijn eigenlijke schrijven op een laptop. Omdat *Verloren vrouw* een soort uurwerk is – wie vertelt welke leu-

gen tegen wie en wanneer – heb ik een tijdlijn bijgehouden. Elke keer dat ik een feitje vond dat ik moest controleren – data of tijden of mogelijkheden – schreef ik het op een indexkaart die ik ook op mijn muur plakte. Dat is mijn bizarre archiefsysteem. Tegen het einde van *Verloren vrouw* zag mijn kantoor eruit als het hol van een seriemoordenaar. Waanzinnige woorden en vragen die van elk oppervlak fladderden.

Stilte of muziek als je schrijft?
Stilte! Ik ben nooit iemand geweest die naar muziek kan luisteren of zelfs maar in een koffiehuis kan zijn tijdens het schrijven. Te veel afleiding. Wel luister ik soms vooraf naar muziek, om 'in een personage te kruipen' maar nooit als ik feitelijk schrijf.

Welke auteurs bewonder je en waarom?
Ik ben dol op Margaret Atwood en Joyce Carol Oates, omdat ze inventief en onbevreesd en uitdagend en verrassend zijn, altijd. Ik aanbid momenteel Hillary Mantel omdat ze Thomas Cromwell zo weelderig tot leven heeft gewekt. Arthur Phillips overtreft zichzelf met ieder boek. Ik zal alles lezen van Harlan Coben, Dennis Lehane of Laura Lippman, omdat ik weet dat ik bij hen in handen ben van absolute experts. Lionel Shriver is briljant en empathisch en scherpzinnig. Kate Atkinson is gewoonweg een wonder – een van de meest humane, diepdenkende, diepvoelende en ongelooflijk grappige schrijvers die vandaag werkzaam zijn. En eens per jaar lees ik *Vanity Fair* van Tackeray. Becky Sharp (dat zal zeker geen verrassing zijn) is een van mijn favoriete literaire creaties.

'Mensen die gepakt worden, worden gepakt omdat ze niet geduldig zijn; ze weigeren te plannen.' Ben jij een planner? Kun jij zo ver vooruitkijken als Amy?
Ik ben een planner, zeker weten. Niet tot Amy's niveau van waanzin, maar niet ver daarvandaan. Ik ben gek op mijn todolijstjes. Ze zijn altijd gedetailleerd en amuseren mijn man eindeloos. Hij mag er graag absurde dingen aan toevoegen: 'een hotdogfort maken', of iets totaal ridicuuls. Ik heb altijd gedacht dat als ik iemand zou willen vermoorden, ik het er goed van af zou brengen, want ik zou zowel geduld en planning aan mijn kant hebben. Dus maak me niet kwaad.

Wat is je meest gekoesterde bezit?
Als kind stuurde ik Jimmy Steward een fanbrief, en hij stuurde me een gesigneerde foto terug die in mijn kantoor hangt.

'Trouw nooit met een man die geen schaar in huis heeft. Dat zou mijn advies zijn. Er komt weinig goeds van.' Ben jij het eens met Amy?
Ha! Ik heb beslist het gevoel dat bepaalde huishoudelijke voorwerpen symbolisch zijn voor volwassenheid. Ik herinner me nog dat ik zeer tevreden met mezelf was toen ik op mijn dertigste of zo eindelijk een schaar, een nietmachine en een plakbandhouder kocht. Ik dacht: nu heb ik het echt voor elkaar. Achteruit, wereld!

Welk weetje over jou zou ons het meest verbazen?
Ik ben een enthousiaste karaokezangeres.

Wat is je levendigste herinnering?
Mijn levendigste boekgerelateerde herinnering is het lezen van *A Wrinkle in Time* als kind waarbij ik zo opgewonden raakte dat ik van mijn bed afkwam en de vloer op kroop, nog meer las en toen terug mijn bed op ging en in een hoekje kroop. Mijn moeder begon me te roepen voor het avondeten – de lucht van gebakken kip kwam uit de keuken – en al die tijd dacht ik dat het letterlijk, fysiek onmogelijk zou zijn om dat boek weg te leggen. En ik was dol op gebakken kip, dus dat zegt wel iets.

Wil je al wat kwijt over je volgende boek – kun je ons wat brokjes toewerpen?
Ik werk momenteel aan het filmscenario voor *Gone Girl*, dus ik moet nog beginnen aan het volgende boek – maar dat ga ik binnenkort doen! Wees maar niet bang, het wordt weer duister en gemeen.